CHROMOSOM

Das verschlüsselte Paradies

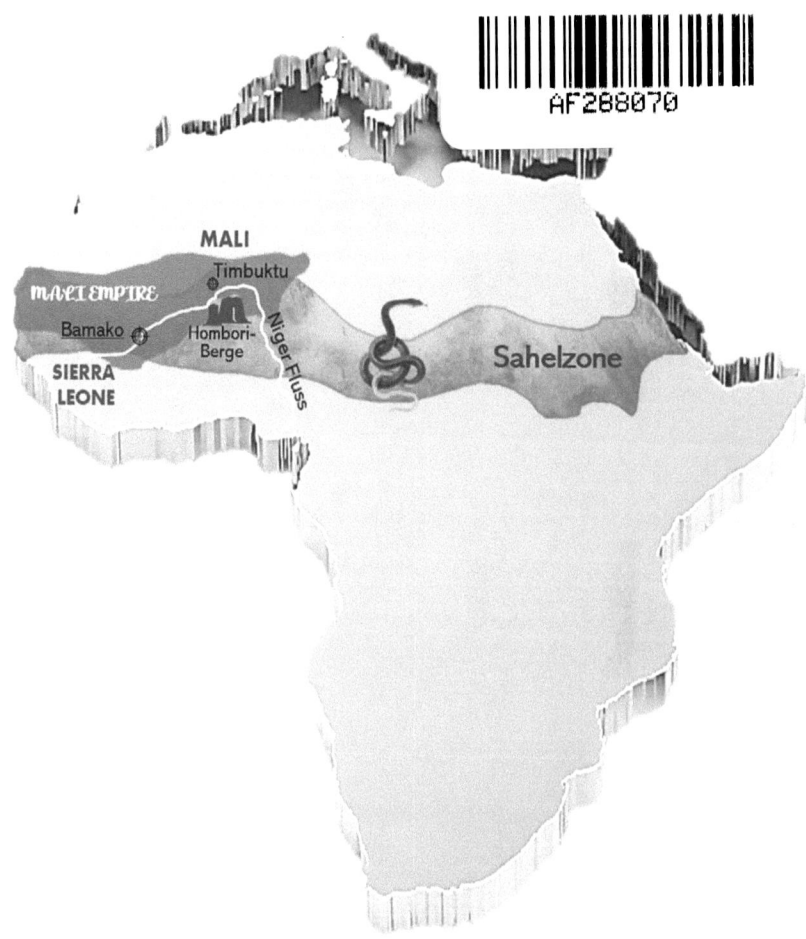

AF288070

MALI
Timbuktu
MALI EMPIRE
Bamako
Hombori-
Berge
Niger Fluss
SIERRA
LEONE
Sahelzone

Der Anhang enthält ein Personenverzeichnis. Einige Begriffe sind *kursiv* gesetzt, wenn es im Glossar eine Erläuterung gibt. Sofern es auf Fakten basiert, wird dort auch auf Quellen verwiesen.

Im eBook sind *markierte* Begriffe direkt mit dem Glossar verlinkt.

Karsten Lehmann

CHROMOSOM

Das verschlüsselte Paradies

WISSENSCHAFTSROMAN

Bibliografische Information der Deutschen Nationalbibliothek: Die Deutsche Nationalbibliothek verzeichnet diese Publikation in der Deutschen Nationalbibliografie; detaillierte bibliografische Daten sind im Internet über dnb.dnb.de abrufbar.

1. Auflage
© 2025 Karsten Lehmann
Lektorat & Korrektorat: Elke Harms
Covergestaltung: KLB-Design
Nicht im Quellenverzeichnis aufgeführte Fotos und Abbildungen stammen aus dem Archiv des Autors.

Verlag: BoD · Books on Demand GmbH, In de Tarpen 42, 22848 Norderstedt, bod@bod.de
Druck: Libri Plureos GmbH, Friedensallee 273, 22763 Hamburg

ISBN: 978-3-7693-5037-1

www.karsten-lehmann-books.de

Bevor es losgeht

"Wenn es gut ist, dass diese Welt besteht, so ist es nicht weniger gut, dass auch jede der unzähligen anderen Welten bestehe.

Giordano Bruno (1548-1600), italienischer Universalgelehrter

Schon erstaunlich, was dieser Mann da schrieb. Allerdings bezahlte Giordano Bruno den Mut mit dem Scheiterhaufen. Seine Welt war noch nicht bereit für dieses Wissen.

Könnte es sein, dass wir heute immer noch etwas Wichtiges übersehen, womöglich etwas, das uns den Weg in eine dieser vielen anderen Welten versperrt? Sie meinen, ich übertreibe?

Verurteilen Sie mich ruhig, aber wagen Sie zuvor den Blick auf etwas, das Ihnen anfangs völlig fremd erscheinen könnte. Doch seien Sie gewarnt! Wer neugierig hinter einen Vorhang blickt, könnte auch erschrecken. Vielleicht verwundert es auch zu lesen, dass wir alle gerade auf diesen Moment vorbereitet werden. Sie haben davon nichts bemerkt? Warten Sie es ab!

Fangen wir mit einem bekannten Mysterium an und gehen der Frage nach, warum sich unsere Gehirne gegenwärtig so stark verändern. Auch das wussten Sie nicht? Obwohl meine Geschichte fiktiv ist, geht es hier um etwas ganz Reales, denn die Struktur und innere Vernetzung in unseren Gehirnen macht eine rasante Veränderung durch. Ja, auch wegen des exzessiven Umgangs mit den sozialen Medien. In meiner Geschichte geht es allerdings um noch gravierendere Ursachen. Manchmal hören wir von Quantenbewusstsein, künstlicher Intelligenz und der Macht von

Informationsnetzwerken. Vieles davon ist ebenso umstritten wie mysteriös.

Dabei sollte ich eine Sache nicht verschweigen: Je mehr Zeit wir damit verbringen, die Geheimnisse hinter diesem Vorhang jenseits der Quantenwelt zu verstehen, desto schneller scheint unser Organismus neue Sinne dafür zu entwickeln. Langsam nähern wir uns dem, was wir heute noch paranormale Phänomene nennen. Wie dem auch sei, ich frage mich, wie viele Menschen ausreichend mit diesem Thema vertraut sind, um das eine oder andere Phänomen bereits zu durchschauen.

Ohne zu spoilern, nur mal zwei Dinge vorweg: Ist es denkbar, dass Menschen unter uns weilen, die bereits über solche Sinne verfügen, weil sie aus irgendeinem Grund das passende Training absolvieren durften? Kann es sein, dass diese Menschen in der Lage sind, die feinstoffliche Welt wahrzunehmen, aber von den »normalen« Menschen kaum ernst genommen, sogar verspottet werden? Die Wissenschaftler in meinem Abenteuer müssen jedenfalls damit klarkommen, dass es keinen Fortschritt auf diesem Gebiet gibt, ohne etwas von dem lieb gewordenen Alltag aufzugeben.

Bevor es nun losgeht, sei noch erwähnt, dass sich meine handelnden Personen mit gesellschaftlichen Konflikten auseinandersetzen müssen. Es könnte sein, dass es diese Konflikte auch deshalb gibt, weil sich jeder Mensch mit seiner eigenen Geschwindigkeit an neue Bedingungen anpasst. Vielleicht wird es Sie überraschen zu lesen, welche Menschen die neuen Sinne schon nutzen und wie sie sich von anderen unterscheiden. Aber letztlich kann ich auch nicht ausschließen, dass auch Sie bereits dazu gehören, ohne es zu wissen. So könnten manche von uns ihrer Zeit ähnlich weit voraus sein wie Giordano Bruno, als er kurz vor seiner Ermordung das Folgende schrieb:

> 💬 *Nur ein ganz Törichter kann die Ansicht haben, im unendlichen Raum, auf den zahllosen Riesenwelten, gebe es nichts anderes als das Licht, das wir auf ihnen*

wahrnehmen. Es ist geradezu albern, anzunehmen, es gebe keine anderen Lebewesen, keine anderen Denkvermögen und keine anderen Sinne als die uns bekannten.

Unsere Abenteuerreise beginnt nun und wir nähern uns einer Welt, deren Mysterien wir gerade zu verstehen beginnen. Wer Lust hat, einen Blick hinter den ersten Vorhang zu werfen, sollte nun bitte einchecken!

1 – Kindertag im Labor

2029: Freiburg im Breisgau, Institut für Psychologie und Verhaltensforschung

Um 6:30 Uhr war noch alles dunkel. Nur winzige Roboterarme taten ihren Dienst in diesem Labortrakt, gesichert durch gläserne Panzertüren. Pausenlos wanderten die Messergebnisse an das Rechenzentrum. So viele Daten konnte nur ein spezieller Algorithmus verarbeiten, optimiert und überwacht von künstlicher Intelligenz. Alles folgte einem einprogrammierten Ziel, festgeschrieben im Gesetzestext für Maschinen.

Hin und wieder dachte Tony darüber nach, dass er diese Maschinengesetze gar nicht mehr durchschaute. Die KI optimierte sich selbst und legte auch das jeweils nächste Ziel im Algorithmus fest. Was, wenn eines dieser Ziele fehlerhaft sein würde? Da er wenig Einfluss darauf nehmen konnte, waren diese Gedanken meist schnell wieder verflogen. Immerhin hatte sich das Institut die Aufgabe gestellt, junge Menschen auf solche Herausforderungen vorzubereiten. Trotzdem, ein Problem schien sich weiter hochzuschaukeln: Viele Menschen verstanden die neuesten Forschungsergebnisse nicht mehr. Wissenschaftler wurden manchmal sogar als elitäre Gruppe dargestellt, ausgestattet mit exklusivem Wissen, das sie willkürlich missbrauchen könnten.

Die Beleuchtung hinter der Türschleuse ging an, als Alice ihre Codekarte benutzte.

»Warte, ich fasse mit an!«, rief Tony. Sie schleppten die schweren Kartons an den noch menschenleeren Räumen vorbei.

Das Gebäude war gerade renoviert worden und sollte ein paar Bereiche besser für die Öffentlichkeit zugänglich machen. Die Idee war, auch Kinder schon früh an die Forschung heranzuführen. Durch interessante Veranstaltungen könnten sie auf dem Campus spielerisch für die Wissenschaft begeistert werden.

Sogar interaktive Spielgeräte gab es jetzt im Außengelände, die an allen Tagen zugänglich waren.

Eine Zeit lang kursierten Gerüchte über das Institut. Es sollen geheime paranormale Experimente der Regierung stattgefunden haben. Danach war auch Professor Fjodorow überzeugt, dass die Öffentlichkeit mehr Einblicke bekommen müsse. Damit wollte er die Spukgeschichten beenden. Doch es kam anders. Statt den Campus für Interessierte zu öffnen, mussten zusätzliche Sicherheitsschleusen und Kameras installiert werden. Das ganze Gelände brauchte nun rund um die Uhr Schutz vor Vandalismus.

Trotz der Bemühungen um Aufklärung konnte die Verbreitung von Falschinformationen kaum eingedämmt werden. Als wäre es eine Droge, wurde der Kreis von Verschwörungsgläubigen immer größer. Erfundene Skandalgeschichten in Umlauf zu bringen und damit Follower zu generieren, war einfach zu verlockend.

In Fjodorows Institut war man sich schließlich einig, welches Gegenmittel dem Volk verabreicht werden könnte. Mit der am einfachsten zu manipulierenden Bevölkerungsschicht wollten sie beginnen. Die gefährlichste Armee zur Verteidigung der Wissenschaft sollte so früh wie möglich ihre Waffen erhalten und in deren Handhabung trainiert werden. Aber nur eine Gruppe brachte die idealen Voraussetzungen mit und würde sich auch kaum gegen die Maßnahmen wehren. Für den Anfang reichten auch nur ganz wenige Dinge: Neugierde, Unvoreingenommenheit und Motivation. Wenn es funktionierte, könnte diese Waffe ungezügelt weiterverbreitet werden, ganz ohne jeden Hass auf den eigentlichen Gegner, das faktenlose Wissen.

Zugegeben, mit diesen Worten konnte eine Forschungseinrichtung keine Werbung betreiben, aber Tony und sein Team hatten ganz praktische Ideen zur Umsetzung und so taten sie sich mit der institutseigenen Kinderbetreuung zusammen. Auch andere Kitas beteiligten sich. An diesem Freitagnachmittag waren Familien eingeladen, mit den Kindern spielerisch zu forschen. Tonys fünfjährige Tochter besuchte den Institutskindergarten und war schon den ganzen Tag aufgeregt. Ihr Papa leitete die Arbeitsgruppe Experimentalarchäologie. Dort gab es sowieso die spannendsten Dinge zu sehen. Ein besonderes Highlight sollte das Experiment ZAUBERN MIT BLAUEN STEINEN werden.

Die Steine hatte Tonys Frau Dyani besorgt. Sie arbeitete als Physikerin an der Freiburger Universität und hatte auch die Idee für das Experiment. Ihr Physiklabor war nur wenige Kilometer von Tonys Institut entfernt.

Einige Wochen zuvor erhielt Dyani eine Kiste mit einzigartigen Gesteinsproben aus Westafrika. Sie sollte eine Analyse dieses sonderbaren Minerals anfertigen. Die ungewöhnliche Farbe war nur eines der Rätsel, die zu lösen sich Dyanis Team vorgenommen hatte. Der Anblick war faszinierend und jeder verspürte das Verlangen, es einmal in die Hand zu nehmen. Zwar kannte man die chemische Zusammensetzung und dessen ungewöhnlich hohen Sauerstoffanteil, aber niemand wusste, unter welchen Bedingungen so etwas entstanden sein könnte. Steine wie diese waren schon weltweit in Laboren untersucht worden. Dyani stellte aber fest, dass alle Messwerte voneinander abwichen. Zum Teil waren die Angaben sogar widersprüchlich. Dieses Mysterium sollte aber nicht das einzige bleiben.

Bislang gab es nur einen einzigen Fundort, eine ehemalige Diamantenmine in Sierra Leone. Auch Legenden rund um die Steine gab es schon, denn einheimische Urvölker behaupteten, diese wären von Besuchern aus dem All auf die Erde gebracht worden. Schnell war der Name SKY STONES geboren, den die Wissenschaftler später auch nicht mehr änderten, da es zur azurblauen Farbe passte.

Die Kisten, mit denen sich Alice und Tony gerade abschleppten, enthielten kleine Bruchstücke davon. Sie hatten einen Riesenspaß damit gehabt, sich einfache Experimente auszudenken und für die Kinder vorzubereiten. Gummihandschuhe und Schutzbrillen würden den Kleinen einen Hauch von Abenteuer vermitteln. Spätestens, wenn die Chemie dann laute Geräusche und bunte Farbspiele produzierte, sollten die ersten Funken überspringen. Die strahlenden Gesichter der Kinder würden aber die eigentliche Magie sein. Genau das richtige Konzept, dachten die Erwachsenen zu diesem Zeitpunkt noch.

»Was ist los?«

»Das darf doch nicht wahr sein! Aber wir hätten es wissen müssen. Diese Leute schrecken vor nichts zurück!«

Jetzt hielt es niemanden mehr an seinem Platz. Alle schauten aus dem Fenster des Labors. Vom dritten Stock aus konnten sie die Zufahrt zum Institutsgelände überschauen. Eine kleine Gruppe Demonstranten hielt Plakate hoch.

»Was rufen die denn?«

»Keine Ahnung. Aber gib mir mal dein Fernglas.«

»Und?«

Da steht: »KEINE EXPERIMENTE MIT UNSEREN KINDERN! ... Das andere kann ich nicht lesen.«

»Mit wem sollen wir sonst experimentieren? Affen dürfen wir doch nicht mehr aufschneiden!«, scherzte Baihu, der jüngste Assistent in Tonys Forschungsgruppe.

»Mensch, mach nicht so blöde Witze. Ich finde das überhaupt nicht lustig!«, ermahnte ihn Tony, wohlwissend, welche Gerüchte über dieses Institut bereits kursierten.

Tony rief den Direktor an: »Was machen wir?«

»Ich sehe keinen Grund, die Veranstaltung abzusagen. Der Sicherheitsdienst wird dafür sorgen, dass unsere Besucher freien Zugang bekommen. Holt doch die Leute mit dem Shuttlebus schon an der Zufahrtsstraße ab.«

»Super Idee. Und die Presse?«

»Achtet darauf, dass alle Experimente gefilmt werden. Am besten, es wird zeitnah in den sozialen Medien geteilt, bevor die Fake News wieder schneller sind.«

Sergei Fjodorow war seit 2019 Direktor des Instituts und hatte sich viele junge Leute nach Freiburg geholt. Von Anfang an dabei war auch Lisas Papa. Tony Peller hatte von seinem Chef damals eine Doktorandenstelle angeboten bekommen.

Obwohl dessen erstes Archäologie-Projekt mit einem Desaster und dem Entzug des Visums in Indien endete, konnte Tony mehrere Erfolge vorweisen. Bei seinem damaligen Aufenthalt in Indien hatte er auch seine Frau Dyani kennengelernt. Sie folgte ihm nach Deutschland, als die Freiburger Universität eine Stelle in der physikalischen Fakultät zu besetzen hatte. Dann kam Tochter Lisa vor fünf Jahren in Indien zur Welt. Dyanis erstes Kind sollte im Heimatland und traditionell im Haus der Großeltern geboren werden. Das Zweite, der quirlige Antony, war nun auch schon ein Jahr alt. Dyanis Familie stammte von der zweithöchsten Kaste, den Kshatriyas, ab. In früheren Zeiten waren das die Fürsten, Krieger und höheren Beamten. Trotzdem hatten sie ihrer einzigen Tochter eine moderne und weltoffene Erziehung zukommen lassen.

Die Werbung mit den Sky Stones war eine Punktlandung. Mehr als dreißig Kinder waren gekommen. Wegen des großen Andrangs musste dann etwas improvisiert werden. Es waren Drei- bis Zwölfjährige dabei und alle wollten das Experiment mit den blauen Steinen machen. Zugegeben, bei den ganz Kleinen konnten wohl die Eltern nicht widerstehen, denn für diese Altersgruppe waren eigentlich die Klassiker Malen mit Leuchtfarbe und Spielen mit »trockenem« Wasser gedacht.

Tony teilte die Steine auf mehrere Kartons auf. Die Bruchstücke waren zwar nicht wertvoll, aber es sollte nichts verschwendet werden. Dyani hatte zuvor die besten Stücke für die Forschung aussortiert. Aus Afrika kam viel mehr Material, als sie für die Analysen brauchen würden.

Es wurde ein anstrengender Nachmittag und Tony war froh, dass wenigstens vor dem Institut alles ruhig blieb. Der Direktor hatte einen Wasserspender für die Demonstranten aufstellen lassen. Der wurde zwar nicht angerührt, aber zum Dank hatten die ungebetenen Gäste ihre Papiertaschentücher auf der Zufahrt liegenlassen, die der einsetzende Gewitterregen nun langsam wegspülte.

»Komm, Lisa, wir müssen gehen!«

»Nur noch die Schuhe ausmalen. Sonst läuft Wasser rein«, beschwerte sie sich und rubbelte mit ihrem schwarzen Stift auf dem Malpapier herum.

»Der Mann mit den schwarzen Schuhen, bin ich das?«

»Ja. Die anderen haben viel schönere Schuhe als du! Aber für mich ist das okay.«

Alice kringelte sich vor Lachen, denn Lisa hatte recht. Ihr Papa trug hässliche, halbhohe schwarze Arbeitsschuhe ohne jeden Chic. Alle anderen Labormitarbeiter nutzten die farbigen und leichten Arbeitsschuhe des Instituts.

Als Tony mit seinem Kind an der Hand gehen wollte, rief ihn Alice noch mal zurück: »Tony! Kommst du noch mal, bitte?«

»Was ist los?«, aber er sah gleich was geschehen war. In einer verschließbaren Glasvitrine hatten sie für die Besucher die schönsten Sky Stones ausgestellt. Auf der mittleren Glasplatte klaffte eine Lücke.

»Nummer vier fehlt!«

»Aber das kann nicht sein! Der Schrank war die ganze Zeit abgeschlossen!«

»Wirklich immer?«

Das beeindruckendste Exemplar, ein etwa sieben Zentimeter langer keilförmiger Stein, fehlte. Tony spürte eine unangenehme Frage im Blick seiner Kollegin.

»… kann ich mir nicht vorstellen!«, flüsterte Tony und drehte sich nach Lisa um, die nochmal zum Fenster gelaufen war und rausschaute. Draußen hämmerte der Regen gegen die Scheibe, sodass die Fünfjährige wohl nichts von dem Gespräch mithören konnte. Doch dann fiel Tony etwas auf. Eine längliche Beule an Lisas linker Hosentasche schien den Verdacht der Kollegin zu bestätigen.

»Kann sein, dass du recht hast. Ich werde das aber draußen mit ihr klären.«

Als Tony den Gurt des Kindersitzes festmachte, tat er so, als wäre seine Hand versehentlich an die Hosentasche gekommen: »Was hast du denn hier drin?«

»Na das ist doch Egon!«

»Wer ist Egon?«

»Hier schau!«

Lisa holte eine kegelförmige Holzfigur mit lustigem Gesicht heraus, mit dem ihnen der Kreiseleffekt demonstriert wurde.

Jedes Kind hatte eins geschenkt bekommen, damit sie zuhause weiterüben konnten.

Tony war erleichtert. Trotzdem ärgerte er sich, weil Lisa bei der Kollegin noch immer als verdächtig galt. Er schickte ihr sofort eine Nachricht, was er in der Hosentasche gefunden hatte. Das Verschwinden des Steins beschäftigte ihn trotzdem noch lange. Während der Heimfahrt behielt er das Symbol für den Posteingang im Auge und hoffte, dass jeden Moment jemand das Auffinden des vermissten Stücks melden würde.

»Gute Nacht, Schätzchen!«

»Gute Nacht, Mami!«

Dyani ließ sich aufs Sofa fallen und grinste Tony an: »Du siehst auch geschafft aus. Habt ihr mit den Kindern kämpfen müssen?«

»Nein, es ist alles klasse gelaufen. Aber ich muss dir etwas beichten.«

»Ach ja?«

Tony erzählte von den Umständen des Verschwindens: »Und dann ausgerechnet Nummer vier. Du weißt schon, der Stein mit der winzigen Gravur.«

»Das ist keine Gravur, es sieht nur so aus.«

»Dich regt das wohl gar nicht auf?«

»Nein, nicht wirklich. Es ist ein Stein, mehr nicht. Wir haben euch auch nur das geschickt, was wir notfalls entbehren können. Trotzdem, die Nummer vier war schon ein cooles Stück.«

»Lisa war das einzige Kind, welches im Labor war, während der Schrank offenstand. Mich ärgert, dass jetzt jemand denken könnte, ich würde unser Kind decken.«

»Wenn ihr keine anderen Probleme habt, …«

Am darauffolgenden Montag dachte schon niemand mehr an den verschwundenen Stein und der Alltag war wieder eingezogen. Tony holte Lisa von der Kindergruppe ab und staunte. An der Garderobe hingen neu gemalte Bilder.

»Hey, da wart ihr aber fleißig!«, lobte er die Kinder, während sie mit dem Anziehen beschäftigt waren.

Sein geübter Blick auf die Kunstwerke ließ ihn sofort erkennen, dass der Experimente-Nachmittag große Eindrücke hinterlassen hatte, obwohl das Wochenende schon dazwischen lag.

Die Erzieherin kam auf Tony zu: »Lisa ist immer noch beeindruckt. Sie erzählt den anderen aufregende Sachen!«

»Ach ja? Was erzählt sie denn?«

»Keine Ahnung, ich verstehe es nicht. Hat sie vielleicht schon etwas Hindi von ihren Großeltern gelernt?«

»Nein, das kann nicht sein.«

»Na, egal. Sicher einfach nur Fantasiesprache. Vielleicht wird sie mal eine gute Führungskraft. Sogar die Älteren hören ihr begeistert zu.«

Beide lachten, aber Lisa musste das Gespräch aufgeschnappt haben und wirkte verlegen.

Zuhause angekommen, verschwand sie sofort in ihrem Zimmer. Nicht mal Antony hatte sie heute begrüßt, der bereits gefüttert und zufrieden in seinem Laufstall lag und kurz davor war, ins Bettchen gebracht zu werden.

Ein paar Minuten später war Musik aus Lisas Zimmer zu hören. Sie hatte ein Internetradio, auf dem die Eltern kindgerechte Sender eingestellt hatten. Lisa schaltete ständig daran herum, als würde sie etwas suchen. Wegen der ungewöhnlichen Lautstärke liefen beide Eltern gleichzeitig zur Tür, horchten aber erstmal nur.

»Wonach sucht sie denn?«

»Keine Ahnung.«

Dyani klopfte, ohne die Tür zu öffnen und rief: »Lisa, Abendessen!«

Alles schien wie immer, bis es Tony nicht mehr aushielt und fragte: »Habt ihr im Kindergarten noch über den Besuch im Labor gesprochen?«

»Nein.«

»Aber ich habe die schönen Bilder gesehen.«

»Hm.«

Dyani bemerkte bei Lisa gerötete Augen und schaute ihren Mann an. Er verstand es als Bitte, die Tochter in Ruhe zu lassen.

Nach dem Zähneputzen, tapste sie doch noch mal in die Küche und fragte: »Warum sprecht ihr in letzter Zeit kein Englisch mehr?«

»Weil Antony gerade die ersten Wörter lernt und wir möchten, dass er sie auf Deutsch spricht.«

Lisa nickte nur. Obwohl zu spüren war, dass sie noch irgendetwas auf dem Herzen hatte, bohrten sie nicht nach.

»Du hast ihr jetzt aber nicht ganz die Wahrheit gesagt«, gab Tony zu bedenken.

»Stimmt. Aber ich kann ja wohl schlecht erklären, dass du eifersüchtig warst, als sich seine ersten Töne wie englisches Gebabbel anhörten«, konterte Dyani.

»Quatsch! Das war nicht so.«

»Du hast es nicht gesagt, aber ich habe es dir angemerkt, weil du mich immer auf Deutsch verbessert hast.«

Nach dem Aufräumen der Küche hatte Dyani das Thema schon wieder vergessen. Als sie schon im Bett lagen, erzählte Tony aber noch von der Fantasiesprache, die Rita im Kindergarten erwähnt hatte.

»Du siehst doch, dass sie sich Gedanken macht, warum wir zuhause mal Englisch und mal Deutsch sprechen. Sie hat sich für die anderen Kinder wohl einfach etwas ausgedacht.«

»Möglich. Vielleicht sollten wir mit Antony nicht so übertrieben in Babysprache sprechen.«

»Ach, jetzt übertreibst DU aber.«

»Vielleicht. Komisch ist nur, dass auch die Vorschulkinder interessiert zugehört haben. Wäre es nur Babysprache gewesen, hätten die sich gelangweilt abgewandt.«

»Lass es gut sein. Solange sie keine bösen Zaubersprüche benutzt, ist es einfach mal eine Laune«, beendete Dyani die Diskussion. Lächelnd küsste sie ihn auf den Mund und knipste ihre Nachttischlampe aus.

In der Nacht erschien Lisa am Bett der Eltern und kroch in die Mitte. Das hatten sie ihr eigentlich abgewöhnt, als Dyani mit Antony schwanger war.

»Was ist mein Schatz?«

Lisa murmelte nur etwas und schlief schnell wieder ein.

Am nächsten Morgen hatte Dyani einen Arzttermin. Tony fuhr deshalb mit beiden Kindern los und lieferte den kleinen Antony zuerst an Dyanis Arbeitsstelle bei der Kinderbetreuung ab. Danach fuhr er die fünf Kilometer zu seinem Institut. Lisa stürzte mit Begeisterung in ihre Gruppe und vergaß sogar, sich von ihrem Papa zu verabschieden. Alles schien wieder normal, so wie Dyani vorhergesagt hatte. Tonys Bedenken waren nicht völlig verflogen, trotzdem ging er mit einem guten Gefühl zur Arbeit.

In dieser Woche passierte nichts Aufregendes mehr. Auch der verschwundene Stein tauchte nicht wieder auf. Erst als am Freitag kurz nach zwölf das Telefon klingelte, änderte sich die Stimmung. Als könne man es am Klingelton hören, fühlte Tony, dass dieser Anruf nichts Gutes bedeutete.

Universität Freiburg, Physikalisch-Chemische Fakultät

»Hast du schon Ergebnisse?«

»Schon, aber für einen Bericht reicht es noch nicht.«

»Im Moment brauchen wir erstmal nur die chemische Zusammensetzung. Danach werde ich entscheiden, welche Experimente folgen.«

»Das ist mir schon klar. Aber es wird wohl nicht so einfach, wie wir uns das vorgestellt haben.«

Dyani schaute ihren Kollegen ungläubig an. Sein Spitzname war Bulli, benannt nach seinem vierzigjährigen Kleinbus, den die ganze Abteilung wegen der Pannenhäufigkeit schon sehr gut kannte. Vom letzten Ausflug kamen sie mit der Bahn zurück.

»Lass mal sehen!«

Sie gingen in eine kleine Besprechungsnische, die ein paar Meter weiter vom Flur abging. Bulli verband sein Tablet mit dem Wandmonitor und Dyani trat verwundert näher, während ihr Kollege erklärte: »Ich habe zwölf Proben genommen, aber keine eindeutigen Ergebnisse bekommen. Mit Ausnahme …«

»Ich sehe nichts Auffälliges!«

»Schau hier … Auf der linken Seite sind die Werte der Proben, die ich Typ A genannt habe. Rechts ist Typ B. Bei A handelt es sich um die Steine, die wir gleich nach deren Ankunft zerschnitten haben. Typ B sind die Bruchstücke nach dem Kindertag im Institut.«

»Aber die hatten wir doch aussortiert. Warum hast du davon nochmal Proben genommen?«

»Weiß nicht, irgendwie hatte ich das Gefühl … na ja, als sie zurückkamen, sah es aus, als hätte sich deren Farbe verändert. Ich weiß, das klingt blöd, aber ich war einfach neugierig.«

»Vielleicht waren die Steine in Tonys Labor irgendeinem chemischen Einfluss ausgesetzt. Wir können diese Proben nicht für die offiziellen Analysen verwenden! Es könnten Verunreinigungen drin sein.«

»Ich weiß. Ich werde Typ B auch nur für uns dokumentieren. Trotzdem ist das hier merkwürdig …«

Bulli zeigte auf die Tabellen, aus denen hervorging, dass Typ A 77% Sauerstoff enthielt. Bei Typ B dagegen waren es nur 73%, dafür war der Anteil Kohlenstoff hier entsprechend größer. Es schien, als hätten einige Steine ihre chemische Zusammensetzung verändert, während sie von den Kindern berührt wurden.

»Für Mineralien ist so ein hoher Sauerstoffanteil schon mysteriös genug. Jetzt gibt es auch noch verschiedene Sorten innerhalb der Proben?«, wunderte sich Dyani.

»Vielleicht ist das auch der wahre Grund dafür, warum man die Steine schon seit dreißig Jahren untersucht und nichts darüber veröffentlicht hat. Die anderen sind wahrscheinlich auf ähnliche Probleme gestoßen. Und wenn die Analysen nicht eindeutig sind, wird sie kein seriöses Labor veröffentlichen.«

Bulli wies mit dem Finger auf eine weitere Auswertung: »Aber das ist noch nicht alles. Schau mal hier: Die erste Messung bei den Spielzeug-Steinen hatte ich am Dienstag vorgenommen, gleich nachdem sie wieder zurückkamen. Dabei habe ich die große Abweichung festgestellt. Es war schon spät und am nächsten Tag hatte ich etwas anderes zu tun. Deshalb wurde die Messung erst am übernächsten Tag wiederholt. Du wirst es nicht glauben, aber Typ B verändert sich permanent. Der Sauerstoffanteil steigt an und liegt inzwischen schon wieder bei 76%.«

»Das lässt sich nicht rational erklären. Wir müssen wissen, was da passiert, sonst sind wir nicht besser als die anderen Labore. Lass uns mal etwas anderes testen«, schlug Dyani vor. »Wie habt ihr die Steine eigentlich gelagert?«

»Sie sind nicht besonders isoliert. Dafür gab es ja auch keine Veranlassung. Alles liegt noch in den Plastikbehältern aus Sierra Leone. Nur die ausgeliehenen Bruchstücke haben eigene Kisten. Die Behälter stehen aber direkt nebeneinander.«

Dyani überlegte, welche äußeren Einflüsse eine Einlagerung von Kohlenstoff und die Veränderung des Sauerstoffanteils verursachen könnten. Dann hatte sie eine Idee: »Wir sollten mal Proben von A und B paarweise zusammenlegen und anschließend in regelmäßigen Abständen untersuchen.«

»Ganz schön aufwendig!«

»Es nützt nichts.«

Schon einen Tag später erhärtete sich Dyanis Verdacht. Typ A und B waren wieder identisch. Allerdings hatten beide Sorten leicht an Sauerstoff verloren, dafür nun etwas mehr Kohlenstoff.

»Ich glaube das nicht«, schüttelte Bulli seinen Kopf. »Als ob das Mineral bestrebt ist, seine chemische Zusammensetzung anzugleichen.«

»Das könnte auch etwas anderes bedeuten: Vielleicht ist es eine Art Informationsaustausch. Wie bei einem Organismus oder so, wo es einen Stoffwechsel gibt?«

»Du meinst, das Gestein versucht, seine Bestandteile immer auf gleichem Niveau zu halten?«

»So, oder …«

Schließlich sprach Bulli dann doch aus, was er die ganze Zeit nur zu denken wagte: »Ich habe den Verdacht, dass der kristalline Aufbau der Sky Stones eine Art Organismus ist. Vielleicht reagiert es mit Kohlenstoffverbindungen aus der Umwelt. Jedenfalls lagert sich dieser Kohlenstoff ein und wird unter anderen Umständen wieder abgegeben. Das geschieht offenbar im Austausch mit Sauerstoff. Welche Funktion die anderen Elemente wie

Silizium, Kalzium und Natrium haben, kann ich aber noch nicht sagen.«

»Wir müssen das mit den Biologen besprechen. Vielleicht haben die …« Dyani überlegte ein paar Sekunden und meinte: »Wir sollten auf keinen Fall von einem Organismus sprechen. Damit werden die Biologen nur abgeschreckt. Besser, wir nennen es einen Mechanismus oder so was in der Art.«

Bulli war nicht überzeugt: »Aber es scheint ein selbsterhaltendes System zu sein.«

Dyani schüttelte ihren Kopf: »Die Biologen akzeptieren nur lebende Organismen als selbsterhaltende Systeme. Ein Mechanismus dagegen folgt einem vorgeschriebenen Ablauf, aber er hat niemals ein eigenes Ziel.«

»Wie du meinst, ist sowieso besser, unvoreingenommen an die Sache ranzugehen.«

2 – Der dubiose Besucher

Berlin, Görlitzer Park, Zentrum für Innovationen

Auf der gegenüberliegenden Straßenseite gab es ein paar Ladesäulen, von denen fast alle belegt waren. Wie die meisten hier war auch Lucas mit dem Fahrrad gekommen und presste gerade das Vorderrad in den Ständer. Seine neue Anschaffung wurde mit einem riesigen Panzerschloss gesichert.

Mindestens einmal pro Woche kam Lucas in dieses umgebaute Industriegebäude aus dem 19. Jahrhundert. Es gehörte zu einer Gruppe Berliner Kreativ-Zentren. Hier konnten sich Firmengründer und Investoren treffen, um kluge Köpfe aus Wissenschaft und Geschäftswelt zusammenzubringen. Den vorwiegend jungen Leuten bot es für wenig Geld gute Arbeitsbedingungen und für internationale Teams ideale Kontaktmöglichkeiten. Unternehmen konnten hier hoch spezialisierte Mitarbeiter oder Innovationen für ihr Business finden, aber auch Dinge, über die niemand öffentlich sprach.

»Hi Luc!«

»Hi!«, grüßte Lucas eine kleine Gruppe in der Kaffeeküche. Da es in diesen offenen Arbeitsbereichen keine festen Plätze gab, war es normal, dass Ankömmlinge erstmal die Etagen nach einem geeigneten Sitzplatz absuchten.

Bei Lucas verhielt es sich anders. Er suchte keinen Platz zum Arbeiten, sondern den freien Blick auf einen bestimmten Tisch. In dieser Etage gab es wegen der vielen Stahlsäulen nicht die sonst üblichen langen Tische, dafür einige gepolsterte Sitzgruppen. Jetzt wartete Lucas auf das Erscheinen einer Frau, die sich an genau diesem Ort während der vergangenen Wochen mit verschiedenen Leuten getroffen hatte. Immer am Donnerstag, immer am gleichen Tisch und immer kurz nach neun.

Es war noch nicht mal acht Uhr morgens, was gute Chancen auf einen gemütlichen Platz in der Raumecke bot. Zuerst prüfte er, ob der anvisierte Tisch von dort gut zu sehen war. Nun machte er es sich gemütlich, wobei sein Rücken zum Raum zeigte. Nach dem Aufklappen seines Laptops setzte er noch die gut gepolsterten Kopfhörer auf. Dann hieß es warten.

Wenn Leute hinter ihm vorbeiliefen, sahen sie auf seinem Computerbildschirm nur unauffällige Webseiten. Seine Pupillen waren aber auf die Projektionsfläche der Brillengläser gerichtet. Was hinter seinem Rücken im Raum geschah, erfasste eine Kamera im Bügel des Kopfhörers. Den Eingangsbereich des Gebäudes überwachte er mit den Kameras der Fahrzeuge, die gegenüber an den Ladestationen hingen.

Kurz vor neun kam Bewegung am observierten Tisch auf. Zwei junge Frauen machten wie selbstverständlich Platz für eine Frau mittleren Alters. Ihre Businesskleidung passte eher in eine Chefetage als in dieses quirlige Großraumbüro. Ohne Zweifel wollte sie seriös wirken. Lucas beeindruckte aber etwas anderes. Die jungen Frauen, die den Tisch für die Dame reserviert hatten und inzwischen verschwunden waren, vermittelten eine gewisse Unterwürfigkeit. Für Lucas ein Zeichen, welche Rangordnung sie in den Augen der Geschäftsfrau hatten.

Erstmal passierte nichts. Lucas nannte die Frau in seinen Notizen nur ZP, was für Zielperson stand. Sie legte ihre Handtasche auf den Tisch, holte ein Tablet heraus und schaute ununterbrochen darauf. Man konnte nicht sehen, dass sie ebenfalls den Gebäudezugang observierte. Auf die Idee des Anzapfens der Fahrzeugkameras war also nicht nur Lucas gekommen. Wenige Minuten später traf wohl die richtige Person ein, denn ZP stand auf und winkte jemandem zu. Alles lief nach Plan. Oder doch nicht?

Verdammt, diesen Kerl kenne ich nicht!

Lucas tippte auf seiner Tastatur, doch das Durchforsten der Datenbank dauerte schon viel zu lange. Es gab einfach nichts über den Fremden, jedenfalls nicht auf Basis der Gesichtserkennung.

»So was Blödes!«, fluchte er, aber gerade so laut, dass es im Gemurmel der Umgebung unterging. *Der muss doch irgendwann durch eine europäische Passkontrolle gekommen sein.*

Seine Daten hatte Lucas nicht selbst von den Behörden gestohlen. Das wäre viel zu gefährlich. Ohne die alten

Verbindungen zur Hackerszene wurde es immer schwerer, an so etwas heranzukommen. Das schafften inzwischen nur noch staatlich organisierte Gruppen. Aber selbst dort war die Konkurrenz groß. Gute Chancen auf fette Beute bei deutschen Behörden hatten jene, die ihre Kontakte Anfang der 1990er in Ostdeutschland nicht abgebrochen hatten. Wegen der chaotischen Situation nach dem Mauerfall ergab sich eine einmalige Gelegenheit, Verbindung zu ehemaligen KGB-Beamten aufzubauen. Nach dem Abzug der sowjetischen Besatzungstruppen hatten »ruhende« Geheimdienstleute Zeit, sich in Deutschland neue Jobs zu suchen und sich mit Hilfe alter Verbindungen sogar in Behörden einzuschleusen. Westliche Geheimdienste hatten es lange schwer, diese besondere Form des Social Engineerings zu durchschauen.

Inzwischen war das Darknet ein hervorragender Handelsplatz für alle Arten von Informationen. Damit ließ sich immer ein kleines Nebeneinkommen erzielen. Wer dort nach sensiblen Daten suchte, wurde schnell fündig.

Was das Darknet betraf, war Lucas kein Spezialist. Er nutzte einen Nachfolger des Tor-Browsers zum Surfen. Angeblich sei dieser gegen die unerklärlichen Störungen immun, die es gelegentlich mit der *Tor-Technologie* gegeben hatte. Man munkelte, den Behörden sei es gelungen, Spuren im Darknet mit völlig neuen Methoden zu verfolgen.

Manche Medienanstalten wie die NEW YORK TIMES oder der SPIEGEL betrieben im Darknet auch Postfächer für Whistleblower in Russland, China und Saudi-Arabien. Noch konnten diese Leute anonym arbeiten. Weder Lucas noch seine Quellen hatte herausfinden können, wie es westliche Geheimdienste geschafft haben, die Tor-Technologie zu knacken. Es gab nur Gerüchte, dass dabei Menschen mit paranormalen Fähigkeiten eingesetzt wurden. Aber eigentlich war es für Lucas zweitrangig, was da im Hintergrund alles passierte. Von seinen Verbindungen in einschlägige Kreise bekam er für wenig Geld, was für seine eigenen Auskundschaftungen notwendig war. Dadurch blieb er im Darknet unauffällig. Während seiner Zeit als Firmengründer musste er auch nur herausfinden, wer sich für seine Erfindung interessierte. Und wichtig war auch, an welche Geschäftsleute gestohlene Technologie geliefert wurde. So war er schließlich auch auf die Spur von ZP gekommen.

Schwieriger war es, Partner für seine Geschäftsidee zu begeistern. Ohne Geld konnte er die von ihm selbst gezüchteten Kristalle nicht zur Marktreife bringen. Damit wollte er später preiswerte Filter produzieren, mit denen sich Partikel im Nanobereich absorbieren ließen. Das war aber noch gar nicht das Besondere. Seine Filter konnten die Größe der Kristallgitter bei gleichbleibender Temperatur ändern. Damit ließen sich sogar Viren lebend aus dem Blut herausholen. Ähnliches gab es zwar schon, aber bisherige Techniken waren entweder zu teuer oder nur für wenige Anwendungsfälle geeignet.

Leider konnte er für das Patent noch kein funktionsfähiges Muster vorzeigen. Ein Investor musste her. Für Geldgeber war es aber riskant, in seine Idee zu investieren, denn auf diesem Gebiet forschten auch andere und schon morgen konnte jemand schneller mit seiner Patentanmeldung sein. Lucas blieb also nichts anderes übrig, als das Geld für die Herstellung eines Funktionsmusters selbst aufzutreiben. Dazu musste er jetzt ein Unternehmen finden, dem er irgendetwas Spektakuläres anbieten konnte.

Mehr als Smalltalk hatte Lucas noch nicht vom observierten Tisch gehört. Mit dem empfindlichen Richtmikrofon, das er gemeinsam mit der Kamera steuerte, waren normale Gespräche aus 15 Metern Entfernung zu hören.

»… ach, Sie sind direkt vom Restaurant hierhergefahren?«

»Ja, seit es auch im Osten Berlins eine Registrierungsstelle gibt, ist man nicht mehr von den Öffnungszeiten unserer Botschaft abhängig.«

Ein Wort im letzten Satz schreckte Lucas auf: Registrierungsstelle? Meinte der Mann etwa eine dieser inoffiziellen Polizeistationen, wie sie von chinesischen Behörden im Ausland betrieben wurden? Wenn ja, könnte der Fremde von dort oder aus Hongkong stammen.

Was solls, das kann auch ganz anders zusammenhängen. Vielleicht ist der Fremde ein Kontaktmann aus der chinesischen

Heimat und ZP gibt hier so etwas wie einen Zwischenbericht ab, dachte Lucas und horchte weiter.

»So wie es aussieht, haben die Deutschen keine Ahnung, was ihnen da in die Hände gekommen ist.«

»Trotzdem, diese Leute sind nicht blöd. Wir müssen dafür sorgen, dass sie nicht zu tief in das Thema einsteigen.«

»Wer es auch immer geschafft hat, das Material aus Sierra Leone herauszuschmuggeln, will uns das Geschäft vermasseln. Wie ich hörte, ging es sogar in einem handelsüblichen Plastikbehälter durch den Zoll, deklariert als afrikanischer Modeschmuck.«

»Lässt sich nicht mehr ändern. Sie werden einfach weitermachen wie geplant. Und wir greifen nur ein, wenn im Netz ernstzunehmende Daten auftauchen! Aber so weit wird es wohl nicht kommen.«

ZPs Stimme klang nun schon deutlich angespannter: »Die Sache scheint mir ehrlich gesagt etwas riskant. Wie Sie wissen, schläft unser Konkurrent nicht. Sollten die Wind von der Sache bekommen, werden sie mich kaltstellen. Aus deren Zentrale reicht ein Anruf … Sie wissen, wie die Beziehungen stehen?«

»Ich weiß. Verlassen sie sich auf uns. Das können auch nur wir regeln. Ihre Aufgabe ist es, schnell jemanden in die Universität einzuschleusen. Wie weit sind sie damit?«

»Das läuft. Aber die Reformen zum Bürokratieabbau sind in den Forschungseinrichtungen noch nicht abgeschlossen. Und dazu kommt noch etwas anderes. Die Deutschen sind bei der Anwerbung von ausländischem Fachpersonal vorsichtiger geworden.«

»Stimmt. Die haben angefangen, ihre eigenen Vorschriften ernst zu nehmen. Einstellungsverfahren sind nun aufwendiger. Eine abgeschlossene Digitalisierung könnte uns den Zugriff erleichtern, wenn auch im anderen Sinne. Aber was solls, so müssen wir eben konventionell arbeiten«, sagte der Fremde und lachte auf eine subtil gehässige Weise.

Wenige Tage später,
Düsseldorf, HAWAKI-Firmenzentrale

Die Gespräche verstummten, als Dr. Wen den Sitzungsraum betrat. Ein paar der Älteren erhoben sich sogar kurz von ihren Stühlen, als würden sie einen Staatsgast begrüßen.

Wen Chan war vor genau einem Jahr nach Düsseldorf gekommen und hatte die Verantwortung für den europäischen Vertrieb des Elektronikkonzerns. Er war Experte auf dem Gebiet der Speicherentwicklung. Diese Sparte verzeichnete seit ein paar Jahren die größten Wachstumsraten im Unternehmen. Die steigenden Energiepreise weltweit hatten die Speicherindustrie alarmiert. Wegen des exponentiellen Wachstums bei den Anbietern für Künstliche Intelligenz war deren Energieverbrauch inzwischen größer als in der Schwerindustrie und chemischen Industrie zusammen. Für die Rechenzentren der großen Provider wurden energiesparende Speicherlösungen bereits zur Überlebensfrage.

»Meine Damen und Herren, ich möchte Ihnen heute Morgen von meinem Besuch in den Vereinigten Staaten berichten. Wie Sie wissen, konnten wir letzte Woche endlich den Kooperationsvertrag mit der bekanntesten Forschungseinrichtung auf dem Gebiet von Supercomputern unterzeichnen. Wir werden die Grundlagenforschung für die Entwicklung biologischer Speichermedien ab sofort gemeinsam mit den Amerikanern fortsetzen. Nun hat man auch dort begriffen, dass der Ausbau erneuerbarer Energien viel zu lange dauert. Die erzeugte Energiemenge reicht schon heute kaum aus, um den Bedarf der Künstlichen Intelligenz zu decken.«

Wen Chan machte eine kurze Pause, während er zur Längsseite des langen Konferenztisches ging: »Was mich bei den Gesprächen mit den Biochemikern besonders beeindruckt hat, ist folgendes ...«

Die großen Bildschirme an den Wänden zeigten einen kurzen Film, den Wen kommentierte: »Das menschliche Gehirn benötigt unter Belastung etwa 20 Watt elektrische Leistung.«

Er schaute mit einem Schmunzeln auf den langen Tisch, wo sich jemand eine Schale mit Obst herangezogen hatte und regelmäßig davon nahm: »Nun, manche benötigen vermutlich etwas mehr als 20 Watt.«

Die Anwesenden lachten. Sie ahnten aber noch nicht, auf welche ernsthafte Sache Wen mit dieser Bemerkung wirklich anspielte.

»Nun ja, wir alle wissen, dass der Vergleich unserer heutigen Computer mit einem Gehirn nicht wirklich möglich ist. Dennoch sollten wir beachten, dass die Betriebskosten unseres menschlichen Bordcomputers nicht mal ein Milliardstel der Kosten für vergleichbare Rechenleistung der aktuellen Supercomputer ausmachen.«

Bis dahin erzählte Wen den Anwesenden nichts Neues. Die Dramatik seines Auftretens verriet aber, dass er jeden Moment die Katze aus dem Sack lassen würde.

»Mit diesen 20 Watt werden im menschlichen Gehirn etwa sieben Billionen Synapsen und eine Billion Querverbindungen mit Strom versorgt. Ich werde Ihnen nun offenbaren, welches Ziel der Vorstand in der Zentrale Shenzhen gestern beschlossen hat: Unser Unternehmen wird das erste sein, das innerhalb der kommenden zehn Jahre einen funktionsfähigen biologischen Speicherchip zur Marktreife bringt.«

Im Raum kam Unruhe auf und der Leiter der europäischen Entwicklungsgruppe fragte: »Was hat Sie beim Besuch im amerikanischen Oak Ridge so zuversichtlich gemacht?«

»Nun ja, eigentlich sind die theoretischen Grundlagen für diesen neuen Speicher weit fortgeschritten. Obwohl noch lange nicht so effizient wie ein Gehirn, soll die erste Generation der biologischen Speicher mit zwanzig Prozent des heutigen Stromverbrauchs auskommen. Wir können gemeinsam mit den Amerikanern sofort damit beginnen, groß angelegte Versuchsreihen zu starten. Wie Sie aber auch wissen, schläft die Konkurrenz nicht und dass unser Vorsprung gewahrt bleibt, werden wir nun mit den Amerikanern gemeinsam sicherstellen.«

Beim letzten Satz ging er zu seinem Stuhl zurück und beendete die Sitzung.

»Frau Yang, bitte bleiben Sie noch einen Moment.«

Yang Min war die Kollegin mit dem hohen Energiebedarf, die sich als einzige traute, von den angebotenen Snacks zu naschen. Ihr Resort war auch für die Beschaffung von Fachpersonal zuständig. Dr. Wen vertraute ihr. Natürlich wusste er auch, dass Yang regelmäßig an Fortbildungsmaßnahmen für kommunistische Führungskader in Peking teilnahm. Diese Art von Fortbildung gab es offiziell gar nicht. Sie war mit der Ära Xi in China eingeführt worden. Was in dieser Akademie für Führungskräfte gelehrt wurde, war in westlichen Unternehmen und Forschungseinrichtungen zwar bekannt, aber viele Jahre nicht wirklich ernst genommen worden. Chinesische Bildungseinrichtungen und alle größeren Unternehmen mussten ihre Fachkräfte vor Auslandsaufenthalten darüber belehren, wie wichtig ihre Arbeitskraft für den Aufbau der Volksrepublik China war und wie sehr man ihre Loyalität schätzte. Zum Inhalt der Belehrung gehörte, dass jeder Chinese im Ausland Augen und Ohren offenzuhalten hätte, um so viel Wissen wie möglich in die kommunistische Heimat tragen zu können.

Wen stand auf und setzte sich neben seine Mitarbeiterin: »Meine liebe Frau Yang, bitte glauben Sie mir, dass ich Ihren Scharfsinn außerordentlich schätze. Als ich vorhin einen Scherz bezüglich des Energieverbrauchs unserer Gehirne machte, wollte ich nicht despektierlich wirken. Meine Anmerkung hat aber vermutlich seine Wirkung nicht verfehlt. Während die einen glaubten, dass ich mich auf Ihre Kosten amüsieren wollte, haben doch ein paar am Tisch nachdenklich gewirkt und meine Kritik verstanden. Ich benötige mehr Engagement von unseren Führungskräften, wenn wir die gegenwärtige Position des Unternehmens auf dem Weltmarkt nicht verlieren wollen. Was Sie persönlich betrifft, glaube ich in der Tat, dass Sie Ihre Energie wesentlich effektiver einsetzen als andere.«

Yang überlegte, wie sie diplomatisch auf das Lob ihres Chefs reagieren sollte. Sie war außerordentlich intelligent und erfolgreich. Anders als in chinesischen Staatsbetrieben spielte das Geschlecht in privaten Unternehmen keine Rolle bei der Auswahl von Führungskräften. Yang fühlte sich trotzdem seit einiger Zeit nicht mehr wohl im Kreis ihrer ranggleichen Kollegen. Der härter werdende Konkurrenzkampf auf dem Weltmarkt hatte sich auch auf die Mitarbeiter ausgewirkt. Die Sprache wurde bissiger. Umso mehr fragte sie sich, warum ihr sonst so besonnen agierender Chef Minuten zuvor diesen versteckten Sarkasmus benutzte. Was bezweckte er damit?

»Vielen Dank für die Wertschätzung! Ich vermute, Sie möchten mit mir noch über etwas anderes sprechen?«

»So ist es. Wie Sie wissen, bin ich jemand, der sich sein Leben lang dafür interessiert hat, warum wir Menschen es noch nie geschafft haben, unsere Technologie so effizient zu gestalten, wie die Natur es kann. Die Frage war immer, warum schaffen wir es nicht mal, auch nur in die Nähe dieser Effizienz zu gelangen?«

»Seit die Menschheit begriffen hat, dass die Art der Energieerzeugung zu einer Überlebensfrage wird, ist die gesamte Wissenschaftswelt im Umbruch.«

»Ja. Aber erst jetzt beginnen wir zaghaft offen auszusprechen, was es bedeutet. Aus der theoretischen Physik gibt es seit 40 Jahren keine echten Neuigkeiten. Nun haben die Philosophen den Staffelstab übernommen.«

Yang war überrascht, von ihrem materialistisch eingestellten Chef so etwas zu hören: »Ich weiß nicht, ob ich wirklich verstehe, was Sie mir sagen wollen.«

»Sie haben recht. Ich muss die Dinge beim Namen nennen. Mein Besuch in Oak Ridge hat mir gezeigt, dass es immer mehr werden, die so denken wie ich. Dort wurde mir bestätigt, was ich in den letzten Jahren bereits in Fachbeiträgen der Grundlagenforscher lesen konnte. Anfangs nur zwischen den Zeilen, inzwischen aber auch …«

Yangs Mundwinkel zuckten kurz, doch sie beherrschte sich und unterdrückte ein Lächeln, bevor sie sprach: »Ihre Offenheit beeindruckt mich.«

»Aber ich habe doch noch gar keine Details genannt.«

»Und ob Sie das haben! Ihr Vortrag vorhin war ganz deutlich. Wir brauchen ein Umdenken in der Entwicklung neuer Technologien. So wie die gesamte Menschheit im Moment unruhige

Zeiten durchmacht, betrifft das auch die Wissenschaft. Besonders die Physik steckt in einer Sackgasse.«

»Wie wahr! Natürlich spüren auch unsere amerikanischen Kollegen diesen Konflikt. Man ahnt, dass die Kenntnisse über die Quantenwelt zunehmend Licht in dunkle Bereiche bringen wird, aber man traut sich nicht, offen zu kommunizieren, was das für die verschiedenen Ideologien auf diesem Planeten bedeuten wird.«

»Wie dem auch sei. Ich bin zuversichtlich, dass es HAWAKI als eines der ersten Unternehmen schaffen wird, die ideologischen Schranken zu öffnen.«

Dr. Wen hatte Frau Yang richtig eingeschätzt. Sie durchschaute nicht nur seine Absichten, sondern ließ sich auch für seine Ideen begeistern. Mit ihr könnte er eine völlig neue Denkweise im Konzern durchsetzen. Auch an Forschenden mangelte es nicht, die ähnlich dachten. Ein altes Problem blieb trotzdem: Loyale Wissenschaftler mussten erstmal gefunden werden. Zu groß war die Gefahr, wertvolle Patentideen durch Spionage zu verlieren. Und ohne Patente gab es keine Markbeherrschung.

Direktor Wen wollte einen strategischen Vorteil chinesischer Unternehmen nutzen: Die Loyalität der Angestellten konnte in seinem Land durch zielgerichtetes ideologisches Training konditioniert werden.

Wie auch Frau Yang sehr gut wusste, war vor Wochen etwas aufgetaucht, das ihnen gefährlich werden könnte, sollte es der Konkurrenz in die Hände fallen. Es ging um ein Material, das an einer süddeutschen Universität untersucht wurde, von dessen Eigenschaften bisher nur wenige wussten. Zuvor hatten findige Geschäftsleute aus Mali herausgefunden, dass sich mit den aus Sierra Leone stammenden Sky Stones viel Geld machen ließe. Dazu musste jedoch erst ermittelt werden, wie man die Steine gewinnbringend vermarkten könnte. Deshalb war die ehemalige Diamantenmine mit dem Fundort nun nicht mehr sicher. Bald würden auch korrupte und verfeindete Kräfte in Mali dahinterkommen, welchen Wert das Material hatte. Wenn der Wettlauf um einen gewinnbringenden Rohstoff erst entbrannt war, würden sich die Pläne des HAWAKI-Konzerns nicht mehr friedlich verwirklichen lassen.

Dr. Wen lehnte sich in seinem Stuhl zurück und lächelte: »Nun ja. Dann freue ich mich auf die nächsten Projekte mit Ihnen, Frau Yang. Wie weit sind Sie eigentlich mit der Suche nach einem geeigneten Mitarbeiter für Freiburg?«

»Möglicherweise hat sich ein glücklicher Zufall ergeben. Wie Sie wissen, suchen meine Leute immer noch im Firmengründer-Milieu nach Innovationen. Unter anderem natürlich auch einen Kandidaten für unser Vorhaben in Freiburg. Ich glaube, jetzt haben wir jemanden. Wir konnten seine Neugierde bereits wecken.«

»Wer ist der Typ?«, fragte Wen.

»Er heißt Lucas Reimann.«

»Habe ich den Namen nicht schon mal gehört?«

»Ich hatte Ihnen vor Ihrer Abreise etwas über seine Erfindung zugeschickt. Das ist die Sache mit den Filterkristallen, erinnern Sie sich? Sie hatten damals aber kein Interesse gezeigt.«

»Ach, richtig. Wir sind mit unserer eigenen Forschung schon recht weit. Ich wollte keine Kannibalisierung innerhalb des Unternehmens.«

»Inzwischen habe ich aber herausgefunden, dass er Leute in Freiburg kennt. Mit seiner Fachkenntnis wird man ihn sofort nehmen. Natürlich verdient er dort nicht genug, um sein Startup-Unternehmen zu finanzieren. Aber das könnten wir ja vertraglich regeln, sofern er erfolgreich abliefert.«

»Sie meinen, er sitzt tief genug im Dreck, um sich auf so etwas einzulassen?«

»Ganz sicher. Die Kredite für seine gescheiterte Firmengründung kann er nicht bedienen. Reimann ist ein brillanter Erfinder, aber ein mieser Geschäftsmann.«

»Also gut, wir machen das. Sorgen Sie dafür, dass alles legal abläuft. Und bitte nur über unser deutsches Partnerunternehmen. Mit HAWAKI darf man ihn nicht in Verbindung bringen!«

»Natürlich, verlassen Sie sich darauf!«

3 – Verpasster Elternabend

Freiburg

Dyani war etwas früher losgefahren. Sie wollte auf keinen Fall zu spät kommen. Tony war auf Dienstreise, deshalb musste sie heute auch Lisa mitnehmen und in seiner Instituts-Kita abliefern.

Rita war dort die Leiterin. Sie stand im Vorraum:»Guten Morgen Dyani! Du hast dich aber rar gemacht. Tony ist wohl schon wieder unterwegs?«

»Ja. Bitte entschuldige, dass ich gestern nicht zum Elternabend kommen konnte. Ich hatte niemanden für die Kleinen. Solche Tage sind der Horror. Ich beneide die Familien, in denen die Großeltern mal aushelfen können.«

»Das verstehe ich gut. Aber glaub mir, dort läuft es auch nicht immer reibungslos. Ich weiß das aus eigener Erfahrung. Aber weil ich dich schon mal treffe, hast du ein paar Minuten?«

»Äh, ja okay, aber …«, zögerte Dyani, die den unruhigen Antony auf dem Arm trug und deshalb etwas gestresst wirkte.

»Kein Problem. Gib ihn mir. Ich wette, er findet mit seinem Charm sofort Freunde.«

Und so war es auch. Antony ließ sich ohne Probleme von Rita auf den Arm nehmen, zeigte sich sogar anhänglich. Als sie ihn auf den Boden setzte, krabbelte er neugierig zur Gruppe der Jüngsten. Die Bauklötzer eines Puzzles waren spannender als seine Mama.

»Vielleicht kann ich kurz erzählen, um was es beim Elternabend ging …«

»Ja klar. Was habe ich verpasst?«

»Weißt du, ich wollte euch persönlich darauf ansprechen, bevor es über Susanna die Runde macht. Du weißt ja, sie berät die Eltern gern als Psychologin.«

»Sie will erst noch Psychologin werden. Und außerdem geht es bei ihrer Masterarbeit noch nicht mal um Kinderpsychologie, wie sie mir selbst erzählt hat.«

»Mag sein, aber nun hör doch erstmal zu.«

Dyani war aufgeregt und hatte Mühe, es zu verbergen. Mit Susanna konnte sie nicht so gut. Die war eine von denen, die beim Elternabend immer dominant waren und jeden Satz kommentieren mussten. Ein Gespräch gipfelte darin, dass sie Dyani sogar empfahl, ihr Deutsch zu verbessern. Ein so starker Akzent wäre angeblich negativ für die Sprachentwicklung des Kindes.

Nach einem kurzen Kontrollblick auf Antony, zeigte sich Dyani interessiert: »Okay, nun erzähl schon. Worum ging es gestern?«

»Ich selbst sehe da gar kein Problem, aber du kennst ja Susanna. Sie ist … also vielleicht hat sie sich da auf irgendetwas eingeschossen.«

»Natürlich. Sie hat sich auf mich eingeschossen. Was gab es denn dieses Mal zu kritisieren?«

»Tage zuvor muss sie einige Eltern darüber informiert haben, dass Lisa die anderen Kinder angeblich mit ihrer Fantasiesprache in den Bann zieht. Die meisten Eltern hätten darüber vielleicht nur gelacht, wären ihre Kinder nicht wirklich in letzter Zeit zuhause anders gewesen. Jedenfalls haben sich einige so geäußert.«

»Aber was meinen die? Lisa benimmt sich ganz normal. Na ja, vielleicht ist sie etwas ruhiger als sonst. Ich hatte mir schon Sorgen gemacht, dass ich sie vernachlässige, weil Antony im Moment etwas anstrengend ist, weißt du?«

»Das glaube ich gern. Schau, wie er die anderen beschäftigt. Das wird mal ein richtiger Entertainer!«

»Aber was hat die ›Psychologin‹ denn nun festgestellt? Beschuldigt sie Lisa, eine Hexe zu sein?«, fragte Dyani und gab sich keine Mühe, den Sarkasmus zu verbergen.

»Ich will ganz ehrlich sein. Vielleicht ist es gar nicht so schlecht, eure Tochter mal von einem Kinderpsychologen in ihrer normalen Umgebung beobachten zu lassen. Das gäbe euch Sicherheit und dessen Diagnose könnte Susanna zeigen, wie eine echte Fachmeinung aussieht.«

»Warum eigentlich nicht. Es kann ja nichts schaden.«

Rita streichelte Dyani am Oberarm und sagte: »Du solltest wissen, dass man sich Kinder wie Lisa in einer Gruppe nur wünschen kann. Nicht alle werden zuhause so intensiv aufs Leben vorbereitet. Manche denken wahrscheinlich, das wird sich später alles noch ergeben. Da seid ihr wirklich vorbildlich.«

»Ach wirklich?«

»Ja. Viele in Lisas Alter sind nicht in der Lage, sich mehrere Minuten selbständig zu beschäftigen. Sie wirken geistig abwesend und zeigen kaum soziale Aktivitäten. Selbst wenn wir nach Draußen gehen, bleiben sie passiv, sind uninteressiert. Dafür bemerke ich, dass es immer häufiger zu Raufereien kommt. Die Kinder haben weniger Hemmungen, ihren Willen mit Gewalt durchzusetzen. Vor Jahren gab es auch noch mehr Kinder, die eine Schlichterrolle übernommen haben. Was läuft da nur falsch?«

»Hast du das gestern Abend auch angesprochen?«

»Natürlich, ist aber ein heikles Thema. Sofort werden die Schuldigen woanders gefunden. Du weißt ja, mein Mann ist im Stadtrat, verbringt dort fast seine ganze Freizeit. Aber die Bürgerversammlungen machen ihm inzwischen keinen Spaß mehr. Alte Weggefährten bleiben fern, um sich nicht ständig streiten zu müssen. Jedenfalls, ach entschuldige, ich wollte dich nicht damit …«

»Zugegeben, mit solchen Themen habe ich mich bis jetzt noch nicht beschäftigt«, gab Dyani zu.

Rita kannte Dyanis Alltagsprobleme nur von Tonys Erzählungen, aber sie hatte volles Verständnis dafür: »Was ich eigentlich sagen wollte, … von einigen Eltern war zu hören, ihre Kinder müssten sich geistig freier entwickeln können. Da schwang auch ein bisschen Kritik mit.«

»Du meinst Kritik an euren Erziehungsmethoden in der Kita?«

»Ja. Die meinen wahrscheinlich, wir würden die Kinder irgendwie systemtreu erziehen oder so was.«

»Ich schätze, darüber könnten wir lange diskutieren. Weißt du was, Tony freut sich bestimmt, endlich mal deinen Mann kennenzulernen. Wie wäre es am Samstag bei uns zuhause?«

Rita schien sich zu freuen: »Klingt super. Ich rufe dich an.«

Dyani bedankte sich mit einer kurzen Umarmung. Beim Blick auf die Wanduhr erschrak sie. Antony sollte ja auch noch in seine Kita, doch zuvor musste ihn Dyani überzeugen, seinen neuen Freunden Tschüss zu sagen.

Beim Rausgehen traf sie auf Susanna, die Mühe hatte, ihre zwei schlecht gelaunten Kinder Tristan und Arvid zum Ausziehen zu bewegen. Die Blicke der beiden Mütter trafen sich. Während sich Dyani ein Lächeln abrang und hörbar grüßte, nickte Susanna nur, ohne ihr in die Augen zu sehen.

Zwei Tage später

Tony hatte sich ein Taxi vom Bahnhof genommen. Auf der Rückreise von einer Vorlesungsreihe in Strasbourg wollte er noch mal im Institut vorbeischauen. Beim Durchsehen seiner E-Mails stieß er auf etwas, das ein Gespräch mit seinem Chef notwendig machte. Professor Fjodorow war meist nur abends im Büro anzutreffen, sodass Tony diese Gelegenheit nutzen wollte.

Eigentlich hing das Thema mit Dyanis Job zusammen. Sie hatte für ihre Abteilung Stellenausschreibungen veröffentlicht. Da sein Institut eine enge Zusammenarbeit mit der Freiburger Universität pflegte, in der Dyani angestellt war, tauschten sie sich über interessante Bewerber aus. Zwei der Kandidaten erregten Tonys Aufmerksamkeit: eine Astrophysikerin aus China und ein Physikingenieur aus Deutschland.

Tony fand das Profil des Ingenieurs interessant, aber auf die freien Stellen in seinem Team passte er nicht. Um ihn nicht einfach nur abzulehnen, sollte Sergei noch mal drauf schauen. Der Professor hatte immer ein gutes Gespür für besondere Talente.

Sergei war schnell über die Unterlagen geflogen und meinte: »Du hast recht. Dieser Lucas Reimann wäre ein Gewinn für jede Forschungseinrichtung. Aber im Moment können wir ihn nicht bezahlen. Ich verstehe nicht, wieso Dyani die Bewerbung sofort weitergegeben hat. Vielleicht hatte sie keine Zeit, sich damit zu beschäftigen?

»Vielleicht stört sie, dass er mit seiner Vorgeschichte gezwungen ist, Geld zu verdienen. Er braucht den Job vielleicht nur als Überbrückung.«

»Gut, dann sollten wir ihm absagen. Aber du kannst ja noch mal mit Dyani sprechen. Wegen seiner Erfahrung mit der Industrie würde ich ihr empfehlen, ihn wenigstens mal genauer anzuschauen.«

»Gut. Ich spreche heute Abend mit ihr.«

Sergei gefiel das nicht: »Ihr habt euch eine Woche nicht gesehen. Gibt es da keine anderen Themen?«

»Die Kinder sind schon im Bett, wenn ich komme. Das passt schon.«

»Nein, nein, wir machen das anders. Ich rufe Dyani morgen selbst an und werde ihr diesen Reimann empfehlen.«

»Prima, danke!«, freute sich Tony und fuhr nach Hause.

Am nächsten Morgen wurde Lisa von ihrem Papa geweckt: »Hey, mein Schatz! Ein neuer Tag wartet!«

»Papa! Du warst aber lange weg!«

»Hab schon gehört, dass Antony sogar in deinem Kindergarten spielen durfte. Kannst mir ja beim Frühstück erzählen, was alles passiert ist. Jetzt erstmal aufstehen, los!«

»Okay. Aber Antony muss heute bestimmt zuhause bleiben.«

»Ach so? Warum?«

In diesem Moment kam Dyani mit dem Kleinen auf dem Arm ins Kinderzimmer: »Er ist ganz heiß und Durchfall hat er auch.«

Tony schaute zu Lisa und fragte: »Du wusstest, dass er krank ist?«

»Er hat in der Nacht geweint, da hab ich nach ihm gesehen.«

»Hast du seine Stirn angefasst?«

»Nein.«

»Woher wusstest du, dass es ihm nicht gut geht?«

»Er hat es mir gesagt und da hab ich ihn getröstet.«

Später in der Küche sagte Dyani: »Ich habe gar nicht gemerkt, dass Lisa im Schlafzimmer war. Antony war zwar etwas unruhig, aber sonst kam er mir ganz normal vor.«

»Komisch. Aber egal. Kannst du …?«

Dyani verstand: »Ja, klar. Ich fahre nachher beim Arzt vorbei. Aber im Moment wirkt Klein-Tony gar nicht mehr richtig krank. Vielleicht ist es in ein paar Stunden schon wieder vorbei. Schau mal, wie er seine Flasche reinzischt.«

»Tatsächlich. Das sieht nicht wirklich krank aus.«

Lisa hatte ihren Eltern aufmerksam zugehört. Sie legte ihr Brot aufs Brettchen und rutschte vom Stuhl runter.

»Wo willst du hin? Wir müssen gleich los!«, rief ihr Tony hinterher. Dabei sah er, wie sie im Schlafzimmer verschwand und kurz darauf wieder rauskam.

Dyani begann den Tisch abzuräumen und zeigte auf Lisas Platz: »Hast du gesehen, wieviel sie gegessen hat? Das ist auch im Kindergarten aufgefallen. Ach, da fällt mir ein, ich habe Rita mit ihrem Mann für Samstagabend eingeladen.«

»Gute Idee!«

Tony hatte die Szene mit Lisa schnell wieder vergessen, weil ihm immer noch durch den Kopf ging, was ihm Dyani am Abend über den Elternabend erzählt hatte. Sie sagte es nicht, aber Tony wusste, wie seine Partnerin unter den subtilen Anfeindungen litt. Während Rassismus unter Kollegen an der Universität überhaupt kein Thema war, passierten ihr unangenehme Dinge eher im alltäglichen Leben und auf der Straße. Tony versuchte immer klarzumachen, dass sie als Betroffene vielleicht zu viel auf jede Anspielung achtete. Damit könnten sich bei ihr ebenfalls Vorurteile manifestieren. Aber ihm war natürlich auch klar, dass er als Nichtbetroffener eine andere Sicht auf die Dinge haben könnte.

Lisa hatte ausgesprochen gute Laune und schien sich auf den Kindergarten zu freuen. Sogar ihre Schnürsenkel wollte sie heute selbst binden. Dafür saß die Hose nicht richtig. Der Knopf bei einer frisch gewaschenen Jeans überforderte ihre kleinen Finger noch. Der Papa half nach und dabei streifte sein Blick etwas, dass ihm schon aufgefallen war, als Lisa aus dem Schlafzimmer zurückkam. In ihrer linken Hosentasche steckte ein Gegenstand. Es hatte die Form von Egon, der lustigen Kreiselfigur vom Kindertag im Institut.

»Willst du Egon mit in den Kindergarten nehmen?«

Lisa schüttelte nur den Kopf. Die Frage war ihr zweifellos unangenehm. Ihre Fähigkeit zu Lügen war noch in den Anfängen, was die Eltern oft zum Lachen brachte, anstatt sich Sorgen zu machen. Aber der hochrote Kopf verriet, dass jetzt irgendetwas nicht stimmte. Er beschloss, es dabei zu belassen, um Lisa nicht zu bedrängen, nahm den Autoschlüssel von der Ablage und ging zur Tür. Anstatt ihrem Papa zu folgen, lies Lisa den Kopf hängen und holte etwas aus der Hosentasche. Es war ein blauer, keilförmiger Stein.

In Tonys Kopf ratterte es. Wie sollte er jetzt reagieren? Sie hatten Lisa nicht noch mal auf den fehlenden Stein angesprochen. Dafür war kein Tag ohne die Gedanken daran vergangen, dass sein Kind verdächtigt wurde. Und nun war alles anders.

»Wollen wir ihn zusammen wieder zurückbringen?«

Lisa nickte und trottete ihrem Papa hinterher.

Als die beiden im Institut ankamen, war Alice glücklicherweise schon da. Irgendwie musste sie den Gesichtern der beiden angesehen haben, was kommen würde, und ging ihnen entgegen: »Na ihr zwei, lasst uns mal in die Kaffeeküche gehen. Da sind wir ungestört.«

Lisa gab den Stein zurück und Tony beließ es dabei. Alice sagte ein paar Worte zu ihr, bedankte sich aber anschließend noch für ihre Ehrlichkeit. Dann war die peinliche Situation beendet und Tony brachte Lisa in den Kindergarten.

Am späten Vormittag sprach Alice ihren Teamchef nochmal an: »Tony, ich werde den Stein nicht an die Physik zurückschicken. Ich finde es besser, wenn DU ihn Dyani gibst. Der offizielle Weg ist doch blöd, oder?«

»Ja, gut. Ich nehme ihn mit, muss das ja sowieso noch mit ihr besprechen.«

Als die Kinder am Abend im Bett waren, legte Tony den Stein auf den Tisch und wartete auf Dyanis Reaktion. Die lachte aber nur: »Ich vermute, du konntest dich deswegen den ganzen Tag nicht konzentrieren, stimmts?«

»Weißt du, wie peinlich das war?«

»Natürlich. Ich war so alt wie Lisa, als ich das erste Mal beim Klauen erwischt wurde. Ich habe aus dem Lieferwagen des Bäckers Kuchen gestohlen. Weil die Fische in unserem Teich immer am Ufer bettelten, war ich der Meinung, sie litten genauso an Hunger wie die Bettler auf der Straße. Die Haushälterin hat dem Kindermädchen die Verantwortung zugeschoben, weil sie ja meine Erziehung versaut haben musste.«

»Doof, dass wir kein Kindermädchen haben!«

Beide lachten und für Dyani war die Sache erledigt: »Ich nehme den Stein morgen mit. Bin mal gespannt, ob er sich von den anderen unterscheidet.«

»Warum sollte er?«

»Wir haben nach dem Experimente-Nachmittag erhebliche Abweichungen festgestellt. Jetzt vermuten wir, dass sich die Steine verändern, wenn sie von Menschen berührt werden.«

»Du machst Scherze!«

»Überhaupt nicht«, bestätigte Dyani und erzählte von den erstaunlichen Messergebnissen.

Tony starrte eine Weile auf Lisas Kinderzimmertür.

»Was ist mit dir?«

Während er antwortete, waren seine Augen immer noch auf die Tür gerichtet: »Ich habe Lisa gefragt, warum sie den Stein in unserem Schlafzimmer versteckt hat.«

»Und?«

»Sie sagte, dass Antony krank geworden sei und deswegen hätte sie ihn in der Nacht unter seine Matratze gelegt.«

»Wie kommt sie auf sowas?«

»Das habe ich natürlich gefragt, aber sie sagte nur, das wisse sie nicht mehr.«

»Verheimlicht sie uns etwas?«

»Glaub nicht, Lisa ist noch kindlich naiv, sie lügt nicht. Aber irgendwie trotzdem komisch. Sie hat den Stein tagelang bei sich gehabt. Was, wenn sich dabei nicht nur der Stein verändert hat?«

»Ach rede nicht so ein Zeug!«, meinte Dyani, aber ihre Stimme klang unsicher. Sie nahm ihr Tablet in die Hand.

»Wonach suchst du?«

»… nur so eine Idee, ich hab schon mal gehört, dass …«

»Möchtest du auch ein Bier?«

»Jetzt nicht, danke.«

Als Tony mit seinem Bier zurückkam, las Dyani intensiv und nach zwanzig Minuten wurde er immer neugieriger: »Jetzt sag schon, was hast du gefunden?«

»Bis jetzt noch nichts. Nur so allgemeines Zeug. Blau taucht in der indischen Mythologie häufig auf, aber das kennst du ja schon.«

»Du meinst die blaue Hautfarbe bei Hindu-Gottheiten?«

»Ja, zum Beispiel. Blau ist die Farbe des Himmels und der Erleuchtung.«

Tony setzte sich neben Dyani und zeigte auf eine Abbildung: »Und warum sind auch Elefanten manchmal blau dargestellt?«

»Na weil, … ach das ist eben Mythologie. Jedenfalls ist der Elefant auch ein Symbol der Erleuchtung. Den Zustand der Materie am Anfang der Welt stellt man sich im Hinduismus als blaues Licht vor. Auch im Buddhismus gilt das Blau als spirituelle Essenz. Die Urform des Bewusstseins soll eine blaue Farbe gehabt haben.«

Tony lehnte sich zurück und fuhr mit dem Zeigefinger zärtlich über Dyanis Unterarm, wo sich ein paar Venen gut abzeichneten: »Schau mal, bei dir wird hier auch schon einiges blau. Bestimmt wirst du jeden Moment einen Geistesblitz haben.«

»Ach du Spinner!«

Er lehnte seinen Kopf an Dyanis Schulter und schob seine Finger langsam unter ihr Shirt: »Ich meine, vielleicht fällt dir ja auch noch etwas anderes ein, als nach blauen Göttern zu suchen?«

»In der Tat, du solltest jetzt mal nach Antony schauen und wenn du zurückkommst, bring mir doch ein Bier mit. Aber nicht so kalt.«

Tony sprang auf. Als er zurückkam, murmelte Dyani etwas vor sich hin: »Was hältst du davon: Im Süden des Atlas-Gebirges gibt es Menschen mit blauer Hautfarbe. Und in einer Familie in Kentucky USA hat man einen Gen-Defekt festgestellt. Sie hatten einen erhöhten Anteil von Methämoglobin im Blut, wobei sich die Haut blau färbt.«

»Erklär mir mal, warum du die blauen Steine mit der Hautfarbe in Verbindung bringst?«, wollte Tony wissen.

»Weiß nicht. Irgendwie habe ich so ein Gefühl, aber das war wohl doch nur eine blöde Idee. Jedenfalls schau ich mir dieses Ding morgen genauer an. Bin wirklich neugierig!«

Dyani legte das Tablet weg und steckte den Stein in ihre Handtasche. Zwanzig Minuten später war Dyani eingeschlafen, während ihr Bier noch unangetastet auf dem Couchtisch stand.

Nächster Tag, Physikalisch-Chemische Fakultät

»Guten Morgen, Dyani. Könntest du heute bitte mal die Bestellungen genehmigen? Einige sind schon zwei Wochen alt. Die Leute fragen schon nach, ob wir das Zeug vom Mond liefern lassen«, scherzte Bulli.

Dyani ärgerte sich, weil sie ein paar Dinge tatsächlich vernachlässigt hatte. Diese Bestellungen wollte sie schon an den vergangenen Abenden von zuhause freigeben. Aber im Moment waren ihre gewohnten Abläufe durcheinandergeraten.

Sie rief Bulli nochmal zurück, woraufhin sein Kopf im Türrahmen auftauchte: »Ja?«

»Der verschwundene Stein ist wieder aufgetaucht. Ich brauche davon eine Analyse, bevor wir ihn wieder zu den anderen legen …«

»Wo war er denn?«

»Erzähl ich dir später«, antwortete Dyani, während sie in ihrer Handtasche wühlte. »Ich war mir ganz sicher, ihn gestern Abend eingesteckt zu haben.«

Bulli lächelte nachsichtig: »Ist vielleicht der Stein der Weisen. Der ist doch immer weg, wenn man ihn braucht.«

Werde ich schon verrückt? Tony würde doch niemals etwas aus meiner Tasche …

Mit diesen Gedanken kam ihr etwas anderes in den Sinn, aber das konnte sich Dyani auch nicht wirklich vorstellen. Sie rief Tony an. Er war an diesem Tag zuhause geblieben, weil Antony spät abends plötzlich wieder Fieber hatte. Dabei war Dyani schon am Vortag bei der Kinderärztin gewesen. Die hatte nicht mal einen Infekt festgestellt. Die angebotene Arbeitsunfähigkeitsbescheinigung hatte Dyani dankend abgelehnt. Vielleicht dachte die Ärztin sogar, sie wäre nur dafür gekommen.

Tony nahm endlich ab: »Schatz, ist was passiert?«

»Wie gehts Antony?«

»Putzmunter. Er frisst wie ein Nimmersatt. Von Fieber keine Spur mehr.«

»Super. Sag mal, hast du zufällig den blauen Stein? Ich kann ihn nicht finden.«

»Nee. Ich dachte …«

»Ich hab da so einen Verdacht, aber …«

Tony wusste genau, was sie meinte und lief zu Antonys Kinderbett. Ein Griff unter die Matratze und …

»Ich glaub das nicht! Da ist er.«

»Was bedeutet das?«

»Hast du Lisa erzählt, dass der Stein wieder bei uns zuhause ist?«

»Nein. Sie hat doch längst geschlafen, als ich ihn gestern Abend rausholte.«

»Trotzdem, es kann nur Lisa gewesen sein und ob Zufall oder nicht, Antony gehts wieder gut!«

»Das kann doch nicht mit dem Stein zusammenhängen!«

»Man o man, hier spukt es«, murmelte Tony vor sich hin.

»Was hast du gesagt?«

»Dass es hier spukt«, antwortete Tony.

»Nein, ich meine davor.«

»Ach, ich sagte man o man. Das ist nur so eine Redensart im Deutschen.«

»Hm. Also dann bis heute Abend.«

»Kuss, Liebes!«

Am Abend hörten sie von Lisa die gleiche Geschichte, wie am Tag zuvor. Sie sagte ganz selbstverständlich, dass sie in der Nacht an Antonys Bett gelaufen wäre und den Stein unter seine Matratze gelegt hätte.

»Wo hast du den Stein denn her?«

»Weiß ich nicht mehr.«

Tony wurde ungehalten: »Aber du musst doch wissen, woher du ihn genommen hast!«

Lisa begann zu weinen und schüttelte nur den Kopf. Die Eltern sahen sich an und waren ratlos. Sie hatten keinen Zweifel, dass Lisa die Wahrheit sagte. Das machte die Sache aber nicht einfacher.

Als beide Kinder schliefen, setzte sich Tony neben Dyani aufs Sofa und fragte: »Meinst du, es ist so etwas wie Schlafwandeln, von dem die Betroffenen am nächsten Morgen nichts mehr wissen?«

»Keine Ahnung, aber ich frage mich, wieso ich von Antonys Fieber nichts bemerkt habe, aber Lisa im Zimmer nebenan schon. Da stimmt doch was nicht!«

»Moment, mal. Wenn Lisa am Bett war, muss es von der Kamera über dem Bett aufgezeichnet worden sein.«

Jetzt fiel auch Dyani wieder ein, dass Tony vor Wochen ein Babyfone installiert hatte. Damit konnten sie unbesorgt bei ihren Freunden im Nachbarhaus sitzen.

»Das Babyfone! Wieso haben wir daran noch nicht gedacht?«

»Aber ich habe die App schon seit Tagen nicht mehr kontrolliert.«

»Ach du liebe Güte, das Ding ist schon wochenlang in Betrieb und zeichnet alles auf, was wir seit …«

Dyani schien das nicht zu stören: »Und wenn schon. Die Daten werden doch nach Tagen wieder überschrieben.«

Tony blätterte nun die Aufzeichnungen der letzten zwei Tage durch. Jede von Antonys Bewegungen oder Geräuschen hatte eine kurze Filmsequenz erzeugt. Die Eltern waren häufig zu sehen, wenn sie sich über das Gitterbett beugten oder direkt daran vorbeigingen.

»Das verstehe ich nicht. Die Kamera wird durch Körperwärme oder Geräusche ausgelöst. Lisa ist aber nicht drauf.«

»Lass mich mal sehen«, bat Dyani und nach einer Weile rief sie: »Hier ist etwas, schau! Das war 2:43 Uhr. Lisa steht plötzlich am Gitterbett. Hier: Jetzt steckt sie den Arm unter die Matratze, dreht sich um und geht wieder. Irgendwie … als ob … ich meine, sie bewegt sich gar nicht wie Lisa.«

Tony schaute Dyani über die Schulter: »Ach was, sie ist im Halbschlaf. Ich laufe wahrscheinlich auch so, wenn ich nachts aufs Klo gehe.«

»Nein, das ist etwas ganz anderes. Wegen deiner Manie fürs Stromsparen donnerst du regelmäßig gegen eine offenstehende Tür. Mir bleibt jedes Mal das Herz stehen. Lisa hat sich aber wie eine Katze im Dunkeln bewegt, ohne anzuecken und ohne ein Geräusch zu machen. Dabei höre ich ihre Füße sonst immer über den Flur tapsen.«

»Schon gespenstig. Aber sie wollte bestimmt nur rücksichtsvoll sein.«

Am nächsten Tag funktionierte es dann mit der Analyse im Labor. Dyani erzählte Bulli von Lisas Verhalten und bat ihn, die Sache erstmal für sich zu behalten. Sie wollte nicht, dass jemand in ihrem Privatleben herumstöberte.

Am Nachmittag hielt sie es nicht mehr aus und besuchte Bulli, der wieder an seinem Computer saß: »Gibts schon Neuigkeiten?«

»Und ob! Ich hatte ja merkwürdige Werte erwartet, aber das hier kann ich kaum glauben.«

Dyani zog sich einen Hocker an den Tisch und brauchte eine Weile, bevor sie die Zahlen verstand. Der Kohlenstoffanteil war um fünf Prozent gestiegen. Dafür war der Anteil Sauerstoff entsprechend niedriger. Außerdem hatten sich nun auch Atome im Kristallgitter eingelagert, die es bei den unangetasteten Steinen nicht gab.

»Was bedeutet das?«

Bulli lehnte sich zurück: »Ich habe keine Ahnung, wie so etwas zustande kommt. Das Material verändert sich, je länger es mit Menschen in Kontakt ist. Die Frage ist, …«

»Sag schon, was meinst du?«

Bulli schüttelte ein paar Sekunden den Kopf, bevor er antwortete: »Ach, keine Ahnung, muss noch nachdenken.«

Dyani schaute ihm ins Gesicht und sah Besorgnis. Das übertrug sich sofort auch auf sie, denn ein schrecklicher Gedanke kam ihr in den Sinn: *Bei einer chemischen Reaktion wird Energie entweder freigesetzt oder aufgenommen. Wenn der Stein Energie abgegeben hat, wo ist sie hin? Genauso könnte es sein, dass sich der Stein irgendwoher Energie weggenommen hat, aber dann ...*

Den Gedanken wollte Dyani nicht zu Ende bringen. Wenn sich das Material durch Berührung verändert hatte, muss es auch Einfluss auf Lisa und Antony gehabt haben. Sie war sich sicher, den Stein nicht wieder in die Nähe ihrer Kinder zu bringen, bevor nicht klar war, was da vor sich ging.

Dyani meldete sich über Videoanruf bei Tony und erzählte ihm von ihrer Sorge. Er war froh, sie zu sehen, weil ihn die Sache auch schon den ganzen Tag beschäftigte: »Was hat Lisa auf die Idee gebracht, Antony mit dem Stein zu helfen?«

»Ich weiß nicht, was sie dachte, aber ich habe eine Vermutung, wie der Stein das Fieber von Antony senken konnte.«

»Erzähl schon!«

Dyani zögerte einen Moment, dann fragte sie: »Hast du schon mal eine Energiemassage bekommen?«

»Ja, in Thailand.«

»Ich habe mir gerade ein antikes indisches Rezept rausgesucht. Dort steht, dass es bei der Massage auf das Material ankommt, mit dem der Körper berührt wird.«

»Du meinst, die Sky Stones könnten als Massagesteine geeignet sein?«

»Man kennt für sechs der sieben Chakren bestimmte Massagesteine, nicht aber für das siebte Chakra. Im Internet wird zwar alles Mögliche verkauft, aber das sind nicht die Steine der indischen Meister.«

»Und nun denkst du, …?«

Es blieb einen Moment ruhig auf beiden Seiten. Ob Dyani auf den Rest von Tonys Frage wartete, oder von etwas abgelenkt wurde, war nicht klar, aber dann fragte er: »Bist du noch bei mir?«

»Ich dachte, DU wolltest noch etwas fragen?«

»Nee. Ich glaube nur, dass du dir zu viele Gedanken machst. Aber wenn es dich beruhigt, werde ich mich mal umhören.«

»Willst du deinen Chef fragen?«

»An Sergei hatte ich auch schon gedacht. Aber der ist mit anderen Dingen beschäftigt. Und außerdem meide ich ihn im Moment.«

Dyani bohrte nach: »Ich denke, du kannst ihm vertrauen. Außerdem hat er versprochen, wir könnten uns jederzeit an ihn wenden. Und überhaupt, wieso gehst du deinem Chef aus dem Weg, geht das überhaupt?«

»Na, es ist … ach, das will ich hier im Labor nicht erzählen. Heute Abend, okay?«

»Also, bis dann!«

Dyani wartete gespannt auf Tonys Erklärung, die er ihr versprochen hatte. Trotzdem wollte sie ihn nicht drängen. Als sie aber merkte, dass er, anstatt ins Wohnzimmer zu kommen, unnötig lange in der Küche kramte, stellte sie sich daneben und schaute ihn mit verschränkten Armen an.

»Was ist?«, fragte er unschuldig.

»Du denkst wohl, ich merke nicht, dass du dich drücken willst?«

»Wovor soll ich mich drücken wollen?«

»Dein Gedächtnis lässt beängstigend nach. Oder hast du mit deinen Kollegen irgendwas geraucht? Danach können die Erinnerungen schon mal aussetzen!«

Tony musste lachen: »Nein, wir haben auch ohne Gras noch genug ausgefallene Ideen. Aber ehrlich gesagt, … ich überlege noch, wie ich es dir erzählen soll.«

»Ach wirklich?«, staunte Dyani.

Dann begann Tony mit unsicherer Stimme: »Erinnerst du dich an die Manuskripte, die ich vor Jahren von diesem verrückten alten Mann bekommen habe?«

»Dieser Schweizer, der dir erzählte, er sei jahrelang mit deiner Seele verbunden gewesen?«

»Ja. Ich habe nur Sergei von den Manuskripten erzählt. Er meinte, ich solle ein Buch mit mehreren Teilen daraus machen.« Dyani schaute verwundert: »Du hast nie wieder davon gesprochen. Ich dachte immer, du brauchst noch Zeit, die Bücher fertig zu schreiben.«

»Ja. Das hatte ich auch vor. Aber irgendwas hat mich daran gehindert, meine Visionen zu beschreiben, die ich damals in Indien hatte. Vielleicht, weil dieser Schweizer sie aufgeschrieben hat, als wäre er in meinem Kopf gewesen.«

»Und das hindert dich daran, es fertigzustellen?«

Tony antwortete zögerlich: »Je länger ich darüber nachdachte, was der Alte aufgeschrieben hat, desto überzeugter war ich, es seien hundertprozentig meine Gedanken. Bis auf einige Punkte, die nicht so passiert sind.«

»Was zum Beispiel?«

»Weiß nicht. Manchmal habe ich gedacht, es würden Dinge darin stehen, die passierten, nachdem der Mann schon gestorben war. Dann habe ich mir eingeredet, es wäre Einbildung.«

»Aber er hat doch auch behauptet, dich und dein Leben genau zu kennen.«

»Wie du weißt, hat mich Sergei damals in Indien hypnotisiert und in mein früheres Leben zurückgeführt. Er hat mit seiner Therapiemethode herausgefunden, dass der alte Schweizer Dinge beschrieben hat, die ich inzwischen ins Unterbewusstsein verdrängt habe.«

Dyani spürte, dass Tony noch etwas anderes quälte, das er im Moment noch nicht ansprechen wollte. Sie unterließ es deshalb, ihn zu drängen.

Minuten später erzählte Tony von sich aus weiter: »Jedenfalls hat mich Sergei letzte Woche daran erinnert, dass ich das Manuskript an den Verlag schicken soll. Er hatte dem Verleger ein sensationelles Buch versprochen und nun mahnt der die zugesagte Lieferung an.«

Dyani versuchte neutral zu bleiben: »Trotzdem solltest du dir so viel Zeit lassen wie nötig. Auf ein paar Monate mehr oder weniger kommt es doch nicht an.«

»Schon, aber ein paar wissenschaftliche Aspekte in diesem Manuskript sind nicht mehr aktuell. Ich kann das nicht einfach so übernehmen. Es wäre ein alter Hut, verstehst du?«

»Eine alte Geschichte, meinst du?«

»Ja. Aber im Deutschen sagt man alter Hut.«

»Ich glaube, eure Sprache werde ich nie richtig verstehen.«

»Früher hast du so etwas nur selten hinterfragt.«

»In letzter Zeit muss ich mich auch viel mehr konzentrieren, um dir zu folgen. Als ob …«, suchte Dyani nach den passenden Worten.

»Als ob was?«

Sie nahm sich den Küchenlappen und wischte die Wasserpfützen weg, die sich um den Rand des Spülbeckens angesammelt hatten. Tony merkte natürlich, dass das nur dazu diente, seinem Blick auszuweichen.

Sie sprach, ohne ihn anzuschauen: »Wenn du etwas erzählst, höre ich in letzter Zeit nur noch die gesprochenen Worte. Früher hatte ich das Gefühl, auch Unausgesprochenes zu verstehen. So wie bei frisch Verliebten.«

Tony hoffte, dass Dyani jetzt nicht die berühmte Frage stellte. Aber es kam, was kommen musste: »Liebst du mich eigentlich noch?«

»Was hat denn das damit zu tun? Wir sprechen über die Manuskripte und du fragst so was.«

»Ich sage doch nur, dass ich dich früher besser verstanden habe. Da muss man doch mal fragen dürfen, ob sich bei unserer Kommunikation etwas verändert hat. Irgendwas steht auf der Leitung zwischen uns, so wie …«

»Wie was?«

»Damals in Indien, als du diese *Rückführungen* in Hypnose erlebt hast. Noch Monate danach wurdest du schwermütig, wenn dich irgendwas daran erinnert hat.«

»Ja, aber die Gefühlsausbrüche kamen erst, nachdem ich schon wieder ein paar Monate in Europa war und von Theodor

Huber, einem bis dahin wildfremden Menschen, diese zwei sonderbaren Manuskripte bekam.«

Bei diesem Satz zeigte sein Kopf auf den Schrank, in dem er das Paket mit den geheimnisvollen Manuskripten aufbewahrte.

»Hat er eigentlich gesagt, wann du sie veröffentlichen sollst?«

»Er betonte mehrmals, dass ich den Zeitpunkt selbst wählen soll. Seiner Meinung nach wären die Menschen noch nicht bereit dafür.«

»Oder er hatte nur den Mut nicht, denn mit dem Inhalt macht man sich bestimmt nicht nur Freunde.«

»Ich denke, er schätzte das richtig ein. Ein Teil davon ist bereits Ende der 1970er geschrieben worden. Auch 2020 war noch nicht viel von den Vorhersagen eingetreten. Die meisten hätten es als wirres Zeug eines narzisstischen Technologie-Nerds und eines mittelmäßig erfolgreichen Wissenschaftlers abgetan. Bis auf ein paar verrückte Verschwörungsidioten vielleicht.«

»Aber warum machst du dir so viele Gedanken? Wenn du noch warten willst, dann warte eben!«

»Vielleicht geht es mir inzwischen wie diesem alten Mann. Wie ich schon sagte, einige Kapitel kamen mir vor, als hätte ich sie selbst geschrieben. Er hat Details aus meinen Hypnosesitzungen beschrieben, als wäre er dabei gewesen, als Teil meiner Seele. Andere Sachen sind mir irgendwie unverständlich, so, als ob es noch gar nicht passiert wäre.«

Tony merkte, dass Dyani etwas fragen wollte und machte eine Pause.

»In einem der beiden Manuskripte geht es doch aber um ganz andere Dinge, wie die unerklärlichen Funde im chinesischen Hochgebirge. Und dann diese alten Texte mit den Prophezeiungen. Eine der beschriebenen Steinscheiben habe ich selbst im Golf von Khambhat gefunden«, erinnerte sich Dyani.

Tony richtete sich auf: »Genau das ist mein Problem. Je mehr ich darüber nachdenke, desto unsicherer werde ich. Sogar bei dem ersten Manuskript, welches eigentlich vom Sowjetrussen Professor Asmatow stammte. Er hatte es 1975 geschrieben. Angeblich sollte Huber es für den Professor in der Schweiz veröffentlichen lassen. Wie wir inzwischen wissen, hat er sich nicht an die Vereinbarung gehalten. Er stahl es und gab es mir Jahre später zusammen mit dem zweiten Manuskript. Darin geht es um seine persönliche Lebensgeschichte und meine Visionen.«

»Aber hatte er dir nicht auf dem Sterbebett erzählt, wie das alles zusammenhängt?«

»Es war keine Zeit mehr für Fragen, denn Minuten nachdem er mir das Paket mit den Manuskripten gegeben hatte, war er tot.«

Dyanis Sorge wegen Tonys Veränderung war noch nicht verflogen: »Machst du dir Gedanken, weil Sergei als dein Chef anderer Meinung ist?«

»Das ist es nicht. Natürlich vertraue ich ihm. Ich frage mich eher, warum ich nach all den Vorkommnissen der letzten Tage denke, dass diese Manuskripte noch eine Weile in der Schublade bleiben sollten.«

»Okay, aber nun lass uns über etwas anderes reden«, schlug Dyani vor.

Da schien noch etwas zu sein, das Tony jetzt loswerden wollte: »Jedenfalls wollte ich noch sagen, … der eigentliche Grund dafür, dass ich nicht weiter an den Büchern arbeite, ist, dass ich das zweite Manuskript nicht zu Ende gelesen habe. Ich habe es seit Lisas Geburt nicht mehr angerührt.«

»Wieso das denn?«

»Ich weiß, es klingt bescheuert. Aber ich habe das Gefühl, dass am Ende Dinge beschrieben werden, die in der Zukunft passieren.«

»Es sind eben wissenschaftliche Hypothesen. Manches tritt so ein, manches stellt sich als falsch heraus. Nichts Besonderes also«, beschwichtigte Dyani, doch dann sah sie, wie Tony blass wurde. »… oder wovon redest du wirklich?«

»Es geht da nicht nur um Wissenschaft. Es steht dort geschrieben, dass, wenn ich mit einer Frau Zwillinge bekomme, ein Zwilling sterben muss, damit die Seele des anderen in Ruhe aufwachsen kann.«

Dyani spürte einen Stich im Herzen. Es war die verdrängte Erinnerung an die Geburt ihres ersten Kindes. Lisa hatte eine Zwillingsschwester, die bei der Entbindung starb, ohne dass man einen medizinischen Grund feststellen konnte.

Den Rest seiner verschwiegenen Geschichte wollte Tony nun auch noch loswerden: »Das ist der Grund, warum ich dir nie von dem Inhalt erzählen wollte. Die ganzen Geschichten tauchen auch in meinen Träumen auf. Alles ist dann immer so, als ob mich jemand an die Geschichte mit den Zwillingen erinnern will. Und das ist auch der Grund, warum ich nicht weiterlesen konnte. Ich weiß, das wird alles nur Zufall sein. Trotzdem, ich will den Schmerz nicht noch mal aufwärmen. Und ich will auch nicht wissen, was uns vielleicht noch alles zustoßen könnte.«

Mit einem Lächeln versuchte Dyani die Stimmung zu heben: »Lass uns jetzt nicht weiter über die Manuskripte reden, okay?«

Er gab ihr einen Kuss auf den Mund. Dabei fiel sein Blick auf die Kühlschranktür, wo ein Zettel angeheftet war. Während Dyani gerade im Wohnzimmer verschwand, rief er ihr hinterher: »Hast du daran gedacht, dass wir am Freitag Besuch bekommen? Stinka ist für zwei Wochen bei uns!«

»Nicht so laut, du weckst die Kinder auf!«

»Was denn nun, hast du `dran gedacht?«

»Ehrlich gesagt, ich hab´s vergessen!«

»Dieses Mal müssen wir rechtzeitig alles vom Fußboden nach oben stellen. Diese Hündin ist so anstrengend.«

»Sie ist jetzt ein Jahr älter und bestimmt schon viel ruhiger geworden.«

»Wir hätten Anja nicht zusagen müssen. Bestimmt wären auch andere für die Urlaubsbetreuung dagewesen.«

»Das hätten wir Lisa nicht antun können. Die freut sich schon das ganze Jahr, Stinka wiederzusehen.«

»Der Name passt zu dieser Hündin. Die hat uns mit ihrem Durchfall und dem Gefurze die ganze Wohnung vollgestunken.«

»Das war unsere Schuld. Wir haben sie alles fressen lassen, was draußen herumlag. Welpen fressen nun mal auch Unrat. Inzwischen sollte sie aber ausgewachsen sein. Im Büro hört sie jedenfalls schon manchmal ganz gut.«

Tony lachte: »Manchmal? Das stimmt mich zuversichtlich!«

»Jetzt freu dich doch mal für Lisa! Wir haben bestimmt eine lustige Zeit.«

4 – Sonderbare Begebenheit

Freitagabend

Tony öffnete die Tür und da standen sie: Anja und ihr mittelgroßer Langhaarmischling Stinka.

»Hey, du bist aber chic!«, beugte er sich nach unten, um die Hündin zu streicheln.

Anja war es gewöhnt, dass die Leute zuerst den Vierbeiner begrüßten. Außerdem hatte sie sowieso keine andere Wahl, denn Stinka sprang alle Menschen an, die in ihre Reichweite kamen. So hatte das Tier sofort die gewünschte Aufmerksamkeit.

Anja nahm es mit Humor: »Danke, für das Kompliment. Ich habe Stinka nochmal gebadet. Wir wollen uns doch von der besten Seite zeigen.«

Dyani versuchte sich an Tony vorbeizuschieben, aber Lisa war schneller: »Endlich! Darf ich sie mit auf mein Zimmer nehmen?«

Dyani entschuldigte sich für ihren Mann und umarmte die Freundin: »Das darfst du ihm nicht übelnehmen. Deinen coolen Urlaubslook hätte er bestimmt auch noch bemerkt. Die kurzen Haare stehen dir wirklich blendend!«

Anja hielt Lisa die Leine hin: »Hier, nimm sie mal. Ich hole den Rest aus dem Auto.«

»Wo sind die Zwillinge? Ihr esst doch mit uns?«

»Nein danke, ein anderes Mal. Ich muss die Jungs noch vom Training abholen. Wir quatschen nach dem Urlaub ausgiebig, versprochen!«

Dyani freute sich für ihre Freundin: »Vielleicht hat es auch etwas Gutes, ohne Hund zu fahren, da könnt ihr euch mal ganz auf euch konzentrieren.«

»Du hast recht, trotzdem wird mir Stinka wohl schon morgen Abend fehlen. Schickt mir unbedingt regelmäßig Videos!«, bat Anja.

»Natürlich, schau, wie sie mit Lisa herumtollt. Sie wird es gut bei uns haben!«

Anja erzog ihre zwölfjährigen Zwillinge allein. Das war auch erst der zweite Urlaub mit ihnen. Sie konnte das Ferienhaus ihres Vaters nutzen, aber Hunde waren dort nicht erwünscht. Dessen zweite Frau war dagegen allergisch, jedenfalls behauptete sie das.

Eine gebuchte Urlaubsreise hätte sich Anja nicht leisten können, deswegen kam ihr das Angebot des Vaters gelegen. Das Ferienhaus wurde sowieso kaum genutzt.

Die Hündin war ursprünglich ein Wunsch ihrer Kinder. Gegen die wochenlange Drängelei anzukämpfen, fehlte ihr schon bald die Kraft und das Tier wurde schließlich Familienmitglied. Nun waren es drei Kinder im Haushalt. Und ob zwei oder vier Beine, keiner von ihnen war eine besonders große Hilfe. Wobei, ganz so stimmte das nicht, denn das andauernde Gebell bei Abwesenheit von Menschen, diente wenigstens als Abschreckung für potenzielle Einbrecher.

»Mach's gut, Stinka, ich hoffe du blamierst mich nicht!«, verabschiedete sich Anja und Tony fragte draußen vor der Tür noch: »Ach, wie ist es eigentlich mit dem Spazierengehen, muss sie an der Leine bleiben?«

Anja verzog ihr Gesicht, als hätte sie etwas zu beichten: »Vielleicht besser, ihr lasst sie nicht freilaufen. Sie springt die Leute an. Und wir lernen gerade erst, dass die Leine locker bleiben muss, aber so richtig gut läuft es noch nicht, um ehrlich zu sein.«

Tony ahnte nun, was ihm blühen würde. Er erinnerte sich an den unerzogenen Schäferhund aus der Nachbarschaft. Mit Frauchen lief er einigermaßen ordentlich. Beim Herrchen war der Hund wie ausgewechselt. Entweder wurde er herumkommandiert, wobei hauptsächlich der Name des Tiers zu hören war, oder sein Herrchen schaute aufs Smartphone. In beiden Fällen war klar, dass der Hund das Sagen hatte.

Ab diesem Freitag würde sich Tony wohl nicht mehr darüber lustig machen, denn nun hatten sie selbst so ein Monster im Haus. Allerdings nahm sich Tony fest vor, von Anfang an alles richtig zu machen.

Die Tür war gerade ins Schloss gefallen, als Anja nochmal klopfte. Sie reichte Tony eine Packung Hundekotbeutel: »… hätte ich beinahe vergessen. Ihr wohnt doch in einem feinen Wohngebiet. Das ist für die Hinterlassenschaften …«

Tonys Blick brachte Dyani zum Lachen: »Sie hat recht, wir ärgern uns doch auch über die anderen, wenn sie es liegenlassen.«

Am darauffolgenden Montag, 10 Uhr

»Dyani? Herr Reimann wartet schon ein paar Minuten«, erinnerte die Assistentin und schaute ihrer Chefin über die Schulter, die konzentriert an einem Labortisch arbeitete.

»Oh, natürlich, danke. Ich hatte mein Telefon noch umgeleitet.«

Sie ging auf den Flur, wo ein attraktiver junger Mann die Informationstafel der Forschungsgruppe studierte.

»Guten Morgen, ich bin Dyani Thakur-Peller, aber du kannst mich Dyani nennen.«

»Freut mich, ich bin Lucas.«

»Wir gehen in mein Büro dort drüben. Möchtest du Kaffee?«
»Gern.«

Dyanis Büro wirkte aufgeräumter, als Lucas erwartet hatte. Seine früheren Physikkollegen pflegten so wie er die Angewohnheit, sich ihre Arbeitsplätze mit Büchern oder 3D-Modellen vollzustellen.

Dyani ahnte seine Gedanken und brach die Stille: »Hier war es nicht immer so ordentlich. Ich habe mir angewöhnt, kein Papier mehr auszudrucken und das erleichtert das Leben ungemein.«

Lucas lachte: »Das kann ich bestätigen. Die Klausuren haben wir damals noch auf Papier geschrieben.«

»Wenn ich dich so ansehe, muss das wirklich vor langer Zeit gewesen sein«, scherzte Dyani, kam dann aber schnell zum Thema: »Ich will ganz ehrlich sein. Deine Bewerbungsunterlagen hatte ich schon wieder weggelegt, denn ich suche dringend jemanden für unsere Grundlagenforschung. Umtriebige Praktiker wie du sind jederzeit willkommen, aber uns fehlt im Moment das Geld, die Arbeitsgruppe dauerhaft zu vergrößern.«

Anstatt eine Frage zu stellen, neigte Lucas seinen Kopf leicht zur Seite. Dyani empfand es als Aufforderung, ihre Aussage zu erläutern: »Das sollte keine Ausrede für die Befristung der Stelle sein. Ich hätte da ein Projekt, das bestimmt zu deinen Erfahrungen mit der Industrie passt.«

Lucas gab vor, überrascht zu sein: »Ach, tatsächlich?«

Hierbei bemerkte Dyani ein Augenzwinkern und eine kaum wahrnehmbare Versteifung seines Oberkörpers. Die verkrampfte Haltung wirkte sich auch sofort auf die Stimme aus.

Spielt er die Überraschung nur? Vielleicht weiß er schon, was ich ihm anbieten werde. Oder ist es die Angst vor einer Überforderung?

Sie beschloss, die Situation nicht in die Länge zu ziehen und bat ihn, ihr in die Laborräume zu folgen. Wie selbstverständlich zog er sich einen der bereithängenden Kittel über und folgte Dyani.

»Weißt du, worum es sich hier handelt?«, fragte sie und beobachtete seine Augen.

»Also, ich würde nicht darauf wetten, aber das Material sieht aus, wie die Sky Stones aus Westafrika.«

»Kompliment! Das stimmt. Hattest du schon mal damit zu tun?«

»Nein, aber die wundersame Geschichte des Geologen Angelo Pitoni kennt wahrscheinlich jeder, der wie ich auch mal populärwissenschaftliche Reportagen anschaut.«

Jetzt wurde Dyani neugierig: »Über dessen Leben habe ich in der Wissenschaftsliteratur fast gar nichts gefunden. Was weißt du denn über diesen Italiener?«

»Soweit ich mich erinnere, brachte er 1990 aus Sierra Leone ein paar blaue Steine mit. Die hatte er dem *Fula*-Häuptling eines einheimischen Stammes abgekauft.«

»Ach, tatsächlich?«

»Aber wirklich abenteuerlich ist, was ihm dieser Häuptling über die Steine erzählt hat. Möchtest du es wissen?«

»Unbedingt!«

»Der Stamm behauptete nicht nur, die Steine würden von au- ßerirdischen Besuchern stammen, sie gaben sogar vor, Details über das Leben dieser Außerirdischen zu kennen.«

Dyani kam das bekannt vor: »So etwas Ähnliches habe ich schon mal gehört. Aber da ging es um das Volk der *Dogon*. Die leben wohl auch in diesem Gebiet.«

»Das stimmt. Fula und Dogon müssen die gleichen Vorfahren gehabt haben. Viele der Stämme sind verfeindet. Das hängt wohl auch mit dem Zerfall des ehemaligen Mali-Empires zusammen, aber das ist nicht wirklich mein Fachgebiet.«

»Trotzdem spannend. Ich würde mich gern mal mit den Indi- genen vor Ort unterhalten.«

Lucas machte eine ablehnende Handbewegung: »Davon würde ich dir abraten. Wie du weißt, herrscht dort Bürgerkrieg. Die Machthaber paktieren mit einer dubiosen Privatarmee aus dem Ausland. Meiner Meinung nach haben deren Geldgeber mehr Interesse an den Bodenschätzen als am Schutz der Bevöl- kerung.«

»Dann sieht es wohl so aus, dass wir alle Antworten in den Steinen selbst suchen müssen.«

Lucas überlegte, ob Dyani wirklich nicht ahnte, dass sich schon ein Tech-Konzern mit den merkwürdigen Eigenschaften dieses Minerals beschäftigte. Aber es war auch kein Wunder, denn seriös Forschende bildeten sich vorwiegend mit Hilfe wis- senschaftlicher Veröffentlichungen weiter. Was in den Social- Media-Kanälen zu finden war, bot nur Sensationsmeldungen und bestenfalls ein paar oberflächliche Information.

Aus Neugierde fragte er dann trotzdem: »Haben eure Auftrag- geber gesagt, wofür sie die Analyse der Steine brauchen?«

»Ich kann darüber nicht viel erzählen, weil der Auftrag mit gewissen Klauseln versehen ist, wenn du verstehst, was ich meine.«

»Na klar, wer zahlt, legt die Regeln fest.«

Dyani hob den Kopf, was ihre Stimme ernster wirken lies: »Aber eine andere Sache kann ich erwähnen, denn das hätte mit dir zu tun, falls du tatsächlich Interesse an dem Projekt hast.«

»Natürlich habe ich Interesse, aber …«

»Schon klar, du willst erst die Bedingungen hören.«

Als Lucas nur mit der Schulter zuckte, fuhr Dyani fort: »Unser Auftraggeber zahlt recht gut. Das gilt aber auch nur für die Dauer dieses Projektes.«

»Wie lange?«

»18 Monate. Der Erfolgsdruck ist groß, denn wenn wir nichts finden, geben sie anderen den Auftrag.«

»18 Monate ist erstmal okay. Wie du weißt, will ich später sowieso wieder mehr Zeit in mein Startup stecken.«

»Dann auf gute Zusammenarbeit!«

Auf dem Heimweg ging Lucas Reimann einiges durch den Kopf. Er hatte gut zugehört und war verwundert. Dyani sprach davon, dass sie etwas finden wollten. Wenn das nicht nur ein Versprecher war, ging es hier um mehr als eine Materialanalyse. Sie untersuchten also auch, was man mit dem Material anstellen kann. Somit steckte auch wirtschaftliches Interesse dahinter. Bevor er seinem eigenen Auftraggeber von diesem Verdacht berichten konnte, brauchte er aber noch mehr Informationen.

Auch Dyani beschäftigte das Gespräch mit Lucas. Dieser Mann hatte irgendetwas Geheimnisvolles.

Als sie am Abend zuhause ankam, war Antony schon von seinem Papa ins Bett gebracht worden. Lisa durfte eine Fernsehsendung schauen, während Tony ziemlich angespannt wirkte und gerade das Trockenfutter für Gästehund Stinka fertig machte.

Dyani fragte: »Na, wie lief es mit euch?«

»Geht so. Aber irgendwann werden wir ein perfektes Team sein.«

»Klingt nicht so gut. Konntest du wenigstens arbeiten?«

Tony hatte sich vorgenommen, erstmal im Homeoffice zu bleiben, solange sie nicht wussten, ob Stinka auch ein paar Stunden allein sein konnte. Er antwortete brummig: »Sie wollte immer wieder beschäftigt werden. Vielleicht ist es die neue Umgebung, oder ich mache mir einfach zu viele Gedanken.«

»Anja hat gesagt, dass man sie auch mal ignorieren muss, damit sie zur Ruhe kommt. Hunde brauchen viel mehr Schlaf als Menschen.«

Nach dem Essen legte sich Tony auf die Couch und war nach wenigen Minuten eingeschlafen. Stinka drückte sich auf den verbliebenen Platz und den Hundeblick deutete Dyani als klare Botschaft, wem das Sofa gehörte. Völlig klar, dass dieses Tier seine Rangordnung in der Familie selbst festlegen wollte.

Dyani holte sich ein Bier und suchte Informationen über den Stamm der *Fula*. Sie fand dutzende Artikel, blieb aber schnell an einer Sache hängen. Die ersten Sätze ließen ihr einen Schauer über den Rücken laufen. Was diese Erregung erzeugte, wusste sie nicht, vielleicht war es Intuition. Für die meisten wäre es keine große Überraschung, dass der Stamm und dessen Sprache den gleichen Namen trugen. Linguisten hatten *Fula* als Sprache noch nicht besonders gut erforscht, denn sie war eine der kompliziertesten überhaupt. Diese Ureinwohner behaupteten, ihre Vorfahren hätten alles von den *Nommos* gelernt.

Dieses Wort löste einen Impuls bei Dyani aus. Sie las sich in die faszinierende Mythologie der Nommos ein, aber wirklich furchteinflößend war die Parallele zu einem mythologischen Wesen aus ihre Heimat Indien.

Für das afrikanische Volk waren die Nommos reptilienähnliche Wesen, die unter der Erde lebten und gelegentlich an die Oberfläche stiegen, um die Menschen zu unterrichten. Aus Indien kannte sie etwas Vergleichbares: die schlangenartigen *Nagas*. Jahre zuvor hatte Tony eine gruslige Begegnung mit diesen Wesen, als er sich in verbotene Bereiche eines Hindutempels begab.

Dyani ließ das Thema nicht mehr los und sie steigerte sich immer mehr hinein: *Ist die Ähnlichkeit dieser mythologischen Wesen nur Zufall und warum regt mich das so auf?*

Im Innern wusste sie die Antwort schon. Den Gedanken zu verdrängen, gelang Dyani nun nicht mehr: *Soll ich mit Tony darüber sprechen? Wer, wenn nicht er, müsste wissen, welche Wirkung diese Wesen auf unseren Geist haben können.*

Dyani dachte so, weil ihr Partner noch Jahre nach den Erlebnissen in Indien von diesen Nagas träumte. Wenn er im Traum sprach, weckte sie ihn manchmal. Es war immer dasselbe: Er bat die Nagas um Verzeihung für seinen respektlosen Umgang mit dem heiligsten aller Hindutempel. Am Morgen danach waren die Erinnerungen an den Traum entweder verflogen oder es fehlten Details.

Professor Sergei Fjodorow war nicht nur Institutsdirektor und damit Tonys Chef, er war auch ein Freund der Familie. Außerdem schätzte ihn Dyani als Experte auf dem Gebiet der modernen Psychologie. Von ihm wusste sie, wie sich das Gehirn vor wiederkehrenden Angstzuständen schützt, aber nicht immer zum Vorteil der Betroffenen. Sergei setzte dabei auch Hypnose und Rückführungen ein. Damit half er Patienten, Konflikte aus der Vergangenheit aufzulösen.

Obwohl Tony aus eigener Erfahrung wusste, wie wirksam Sergeis *neuropsychologische Therapie* war, und wie gut man damit verdrängte Erinnerungen hervorholen konnte, wollte er sich nicht von ihm helfen lassen. Das beunruhigte Dyani und sie war entschlossen herauszufinden, was ihren Partner quälte. Ihrer Meinung nach musste es mit den geheimnisvollen Manuskripten zu tun haben.

Sie beendete das Grübeln und erinnerte sich an die merkwürdige Sprache der Fula. Zurückgelehnt und mit geschlossenen Augen dachte sie: *Was, wenn das alles zusammenhängt? Moment mal ...*

Mit einer Sprach-KI aus dem Internet übersetzte sie ein paar einfache Sätze ins Fula und hörte sich das immer wieder an. Es klang zwar fremdartiger als andere Sprachen, aber irgendwie auch angenehm und vertraut. Eine Idee war geboren, die sie in der nächsten Nacht nicht schlafen ließ.

Gerade vom Gassigehen mit Stinka zurückgekehrt, war Tonys Laune hervorragend. Das wunderte Dyani: »Was ist los? Habt ihr jemanden getroffen?«

»Ja. Wir sind zwei Hunden begegnet und Stinka hat es fast geschafft, ohne Bellen vorbeizukommen.«

»Hast du sie gelobt?«

»Nee, es war doch noch nicht perfekt.«

»Du bist mir ein Pädagoge. Kleine Erfolge müssen auch belohnt werden!«

»Hm, beim nächsten Mal.«

Dyani schaute sich nach Stinka um und meinte: »Ist dir aufgefallen, dass sie nie von Lisas Seite weicht?«

»Ja. Obwohl Lisa nicht annähernd so viel mit ihr redet wie ich.«

Das amüsierte Dyani: »Dann würde ich mir Gedanken machen, WAS du da redest!«

Als Lisa vergnügt zum Frühstück gehüpft kam, erinnerte sich Dyani an den ersten Teil des Experiments, das sie sich für heute vorgenommen hatte. Stinka trottete wie üblich hinter Lisa her und legte sich unter den Küchentisch.

Während Töchterchen ihr Müsli löffelte, drückte Dyani auf die Play-Taste ihres Handys. Mit geringer Lautstärke ließ sie eine der Übersetzungen abspielen. Tony bemerkte es gar nicht gleich. Er glaubte wohl, es käme vom Radio.

Lisa reagierte nicht. Dyani spielte die Aufnahme noch zweimal ab, aber es kam keine Reaktion. Nur Tony schaute verwundert, aber Dyanis Mimik machte klar, dass er nicht fragen sollte.

11:30 Uhr

Auf dem Monitor blinkte die Rufnummer von Lisas Kindergarten. Tony steckte mitten in der Vorbereitung für eine neue Versuchsreihe. Der Anruf passte jetzt überhaupt nicht: *Verdammt,*

Lisa hat bestimmt Fieber und muss abgeholt werden! Hat sich vielleicht bei Antony angesteckt.

Er nahm den Anruf an.

»Hier ist Rita. Keine Angst, Lisa gehts gut. Aber …«

»Hat sie was angestellt?«

»Nein, ich wollte nur mit dir sprechen. Kannst du rüberkommen?«

»Ist heute schlecht, ich arbeite von zuhause. Wir haben doch Anjas Hund in Pflege. Reicht es, wenn ich am Nachmittag etwas früher komme?«

»Natürlich, keine Panik. So dringend ist es nicht. Bis nachher!«

Schon Minuten später ärgerte er sich, nicht doch nach dem Grund gefragt zu haben. Wie er Dyani kannte, hätte sie kein Verständnis für seine Sorglosigkeit. So beschloss er, doch in den Kindergarten zu fahren. Zuvor stellte er in der Küche alle essbaren Dinge hoch genug, dass sie für Stinka unerreichbar waren. Das Hundekörbchen schob er dann in die Küche und schloss das Absperrgitter, welches das Wohnzimmer vom offenen Küchenbereich trennte. Dieses Gitter war eigentlich für Antony gedacht, damit er nicht in die Küche krabbeln und dort vom Hundefutter naschen konnte.

Stinka ließ sich ohne Probleme hinter das Gitter bringen und legte sich auch sofort in ihr Körbchen, obwohl es jetzt in der Küche lag. Tony beschwor die Hündin, während seiner Abwesenheit nichts anzustellen, und versprach in einer Stunde zurück zu sein. Stinka hatte ihren Kopf bereits auf die Pfoten gelegt und schaute Tony mit ihren großen Augen an, vermutlich bemüht, größtmögliches Mitleid zu erregen.

»Jetzt stell dich nicht so an! Bekommst nachher auch ein extra Leckerli!«

Als er im Kindergarten ankam, begrüßte ihn eine unbekannte Frau: »Wollen Sie jemanden abholen?«

»Nein. Rita wollte mich sprechen, deshalb bin ich heute etwas eher gekommen.«

»Sie ist mit der kleinen Gruppe draußen. Wenn Sie Dr. Peller sind, weiß ich auch, worum es geht. Lassen Sie uns kurz setzen.«

Tony war nicht begeistert, denn über Lisa hätte er schon lieber mit Rita persönlich gesprochen. Diese Neue konnte die Kinder doch noch gar nicht kennen. Außerdem empfand Tony keine Sympathie für die Frau. Ihre Worte klangen nicht annähernd so warm wie bei Rita und sie schien auch gar keinen Blick auf die Kinder zu werfen. Letzteres wäre eigentlich das typische Verhalten in einer Kindereinrichtung.

Sekunden später bemerkte Tony eine bekannte Erzieherin im Nebenraum. Er wollte auf sie zugehen, aber die Unbekannte ließ nicht locker: »Vielleicht sollte ich mich erstmal vorstellen. Mein Name ist Sophia Bell. Ich bin auf frühkindliche Lernmethoden spezialisiert. Im Moment läuft eine Studie mit 200 Vorschulkindern. Wir untersuchen deren soziales Umfeld und die Auswirkungen auf …«

»Vielen Dank, Frau Bell, aber bei so einem Gespräch sollte auch meine Frau dabei sein.«

Die Ablehnung gegen diese Person wurde immer größer. Tonys Hände lagen fest gefaltet im Schoß und begannen bereits zu schmerzen. Er konnte aber nicht einfach still herumsitzen und fragte: »Wie sind Sie denn gerade auf Lisa gekommen?«

»Die Kinder werden nach rein wissenschaftlichen Kriterien ausgewählt. Wir möchten alle sozialen Schichten und … gegebenenfalls Migrationshintergründe berücksichtigen.«

Tony kochte: »Meine Frage war doch sehr konkret: Wie sind Sie auf Lisa gekommen? Oder anders gefragt: Wer hat Sie auf unser Kind aufmerksam gemacht?«

»Aber bitte beruhigen Sie sich doch! In diesem Fall …«

»Ich möchte das Gespräch jetzt beenden. Eine Zustimmung für diese Studie kann ich nicht geben, ohne dass meine Frau Bescheid weiß.«

»Natürlich, ich werde das akzeptieren. Schade ist es trotzdem.«

Frau Bell wirkte plötzlich betroffen und Tony hatte den Eindruck, dass es nicht gespielt war. Das machte ihn neugierig: »Warum finden Sie es schade?«

»Wissen Sie, mich hat Professor Fjodorow auf Lisa aufmerksam gemacht. Er möchte aber nicht, dass sein Name in dieser

Studie auftaucht. Deshalb wollte ich ihn hier auch nicht erwähnen.«

»Kennen Sie sich persönlich?«

»Schon seit der Schulzeit in London. Ich war sogar mal ein paar Monate mit ihm in einer Klasse.«

»Nur ein paar Monate?«

»Ja. Sergei hat ja immer nur die Pflichtkurse belegt und danach gleich die ganze Klasse übersprungen. Kinder wie ich mussten sich da schon länger anstrengen.«

»Und haben Sie heute wieder regelmäßig Kontakt? ... Oh, Verzeihung! Das geht mich ja gar nichts an.«

»Oh doch, es geht ja um Ihr Kind.«

Sophia Bell schien einen Moment zu überlegen, wie sie die Beziehung zu Sergei beschreiben sollte. Für eine Sekunde wirkte sie sogar etwas verwirrt. Tonys innere Unruhe war noch nicht wieder abgeklungen, weshalb ihm ihre subtile Körpersprache entging.

Ein wenig verzögert antwortete Bell: »Der Professor hat mich angerufen und von einem auffälligen Kind in seiner Instituts-Kita gesprochen. Als ich meine aktuelle Studie erwähnte, bekam ich das Angebot, hier zu hospitieren und Lisa in der Umgebung zu beobachten.«

Tonys Puls wurde ruhiger. Er erinnerte sich, dass Dyani darauf bestand, Sergei persönlich zu fragen, ob er eine Kinderpsychologin empfehlen könne. Er hatte versprochen, sich gleich darum zu kümmern. Trotzdem passte da etwas nicht und er überlegte: *Dyanis Gespräch mit Sergei war doch erst letzten Freitag. Kann das alles so schnell gegangen sein?*

In der Zwischenzeit hatte sich Rita dazugesetzt: »Kann ich irgendwie behilflich sein?«

Tony antwortete indirekt auf die Frage: »Es tut mir leid, aber ich spreche trotzdem erst mit Dyani, also meiner Frau, bevor Lisa an dieser Studie teilnimmt.«

Bell lächelte: »Natürlich, das ist völlig in Ordnung!«

Sie reichte ihm ihr Smartphone mit den Kontaktdaten: »Wenn Sie es sich anders überlegen, melden Sie sich einfach noch mal.«

Tony fuhr mit seiner Smartwatch darüber, um Bells Daten ab-
zuspeichern. Danach verabschiedete sich die Kinderpsychologin.
Er sah Rita noch ein paar Minuten vor der Tür mit ihr sprechen.
Wegen der ganzen Umstände fühlte er sich unbehaglich. Inzwischen bereute er seine Unfreundlichkeit, denn die Frau machte ja
nur ihren Job. Außerdem war er selbst dafür, dass Lisa vor der
Einschulung noch einen ausführlichen Test erhalten würde.

»Dann werde ich jetzt auch gehen. Lisa nehme ich gleich mit.
Und vielen Dank, Rita, dass du mich angerufen hast.«

»Das ist doch selbstverständlich, aber weißt du, worüber ich
mich noch gewundert habe?«

»Hm?«

»Ich kenne Sergei jetzt schon so lange. Wenn es um die Kinder ging, hat er nie etwas über meinen Kopf hinweg entschieden.
Warum macht er das auf einmal?«

Tony sah aus dem Fenster, als könne er die Frau draußen noch
sehen: »Du hast recht. Das passt nicht zu ihm. Hatte diese Frau
Bell etwas Offizielles dabei, als sie sich bei dir vorstellte?«

»Ich habe nicht danach gefragt. Sie sei auf Empfehlung von
Professor Fjodorow hier, sagte sie. Da nehme ich doch an, dass
es in Ordnung geht.«

»Wahrscheinlich machen wir uns unnötige Sorgen. Bis Morgen, Rita!«

Tony fuhr rückwärts auf den Anwohnerparkplatz, weil sich die
Ladebuchse am Heck des Wagens befand. Lisa drehte sich in ihrem Kindersitz um und schaute aufgeregt zum Wohnzimmer-
fenster, das man von der Straße aus sehen konnte.

»Was ist?«

»Ich habe Stinka gesehen. Sie freut sich.«

Tony erschrak, denn um aus dem Fenster zu schauen, musste
sie ins Wohnzimmer gesprungen sein. Dort befanden sich auch
Dinge, auf denen ein Hund keinesfalls herumkauen sollte.

Die Wohnungstür war noch gar nicht aufgeschlossen, aber
Lisa hielt sich schon die Augen zu: »Oh je!«

»Was ist?«, wunderte sich Tony.

»Ich trau mich nicht reinzugehen.«

Stinka kam nicht wie sonst an die Tür zur Begrüßung. Dafür reichte ein kurzer Blick und Lisas Vorahnung wurde zur Gewissheit. Überall lagen Sachen herum. Tony sprintete ins Wohnzimmer. Stinka lag natürlich nicht in der Küche im Körbchen, sondern entspannt auf dem Sofa. Ihre großen Augen musterten Tony, als wartete sie schon auf seine Schimpftirade.

Erst auf den zweiten Blick erfasste Tony, dass die Lage noch verheerender war. Stinka lag auf den Resten der völlig zerfetzten Sofakissen. Überall kullerten Schaumstoffflocken herum. Außerdem musste es eine Weile Federn geschneit haben, die es sogar bis ins Bad schafften. Tony brachte keinen Ton heraus, stürzte um die Ecke, um in die offene Küche zu schauen. Das Absperrgitter war geschlossen. Also erfüllte das Ding seinen Zweck nicht. Vor Aufregung bekam er den Verriegelungsmechanismus gar nicht auf und stieg ebenfalls darüber.

Hier gab es allerdings nicht das befürchtete Chaos. Die Küche sah noch aus, wie er sie verlassen hatte, mit Ausnahme der eingeflogenen »Deko-Elemente« aus Kissenfedern.

»Ach du liebe Güte!«, rief Lisa, wobei sie ihre Mutter nachahmte, wenn sie ins verwüstete Kinderzimmer kam.

Ihren Papa fragte Lisa betroffen: »Müssen wir jetzt in eine andere Wohnung ziehen?«

Tony lachte, obwohl das gar nicht zu den Umständen passte: »Nein, mein Schatz. So etwas passiert eben, wenn sich Anfänger einen Hund zulegen. Aber das lässt sich alles reparieren.«

»Das schaffen wir aber nicht, bis Mami kommt.«

Tony hockte sich zu Lisa, die nun bitterlich weinte: »Es wird alles gut. Ich hätte Stinka eben nicht allein lassen dürfen.«

Lisa hatte das Tier bis zu diesem Moment weder begrüßt noch anderweitig beachtet und das musste etwas bewirkt haben. Die Hündin verschwand mit eingezogenem Schwanz in ihr Körbchen und kringelte sich zusammen.

»Weißt du was? Wir gehen jetzt erstmal mit ihr raus und danach räumen wir auf. Okay?«

Lisa nickte nur und schlüpfte wieder in die Schuhe. Mit Erstaunen sah Tony, wie sie zum ersten Mal freiwillig ihre

Schnürsenkel zuband. Es war noch nicht perfekt, aber Papa lobte sie trotzdem.

Stolz nahm sie das Hundegeschirr und rief nach Stinka. Die stürzte sofort zur Tür und ließ sich das Geschirr anlegen.

»Was ist denn jetzt los?«, staunte Tony, denn bei ihm zeigte die Hündin immer eine Abneigung gegen dieses sperrige Utensil.

»Darf ich sie halten?«

»Erst, wenn wir aus dem Wohngebiet raus sind.«

Lisa stellt sich ganz gut an, dachte Tony. Aber Minuten später fiel ihm auf, dass das eine große Untertreibung war, und korrigierte sich: *Das kann ich nicht glauben! Stinka läuft an der Leine, als würde sie von einem Hundeprofi geführt.*

Das war nicht übertrieben. Stinka lief diszipliniert, ohne zu ziehen oder die Richtung abrupt zu wechseln. Tony fiel auch auf, dass seine Tochter ihren Blick nicht von der Hündin abwendete: »Sagst du etwas zu ihr?«

»Nein, ich wünsche mir aber, was sie machen soll«, bekam er zur Antwort, als sei das ganz selbstverständlich.

»Wie machst du das?«

»Ich habe gedacht, dass Stinka viel mehr Kraft hat als ich. Wenn sie auf einmal losrennt, würde ich hinfallen!«

Tonys Mund blieb eine Weile offen. Nur, um nicht stumm zu bleiben, antwortete er: »Schlaues Tier!«

Tonys Gelassenheit hatte schon bald ein Ende. Der schlimmste anzunehmende Fall drohte einzutreten, denn ihnen kam der Nachbar mit seinem unerzogenen Schäferhund entgegen.

»Lisa, ab jetzt nehme ich Stinka wieder!«

»Nein!«

»Du kannst die Leine nicht festhalten, falls sich die beiden nicht benehmen sollten.«

»Doch! Ich kann das!«

Tony blieb dicht neben Stinka, um sich jederzeit die Leine schnappen zu können. Noch zehn Meter. Der entgegenkommende Schäferhund hatte eine angespannte Haltung und zog an der Leine. Sein Herrchen hatte Mühe, den Hund auf seiner Seite zu halten.

Die Situation flößte Lisa nun doch Angst ein. Sie blieb stehen. Stinka setzte sich sofort hin, blickte aber gelassen in Richtung des rüpelhaften Angreifers. Anstatt einen Bogen um Stinka zu machen, ließ sich der Nachbar von seinem Hund ziehen und der visierte natürlich nur noch die Hundedame an. Tonys Puls schoss in die Höhe. Inzwischen hatte er eine Position eingenommen, die ihm erlaubte, jederzeit zwischen die beiden Hunde zu springen.

Es kam aber anders. Schäferhund Luzifer wurde von seinem Herrchen permanent beim Namen gerufen, was natürlich keinerlei Wirkung zeigte.

Kein Wunder, auf so einen Namen würde ich auch nicht hören, dachte Tony.

Während Luzifer sein Herrchen Meter um Meter zum Ziel zerrte, blieb Stinka am Wegrand sitzen. Bei ihr nahm lediglich die Körperspannung zu, je mehr sich Luzifer näherte.

Als die Hunde nur noch Zentimeter trennten, stand Stinka auf und wedelte mit dem Schwanz. Luzifer wich etwas zurück, aber seine Rute begann nun auch zu wedeln.

Der Nachbar fragte: »Wollen wir die beiden von der Leine machen? Sie mögen sich doch.«

»Ich würde nicht darauf wetten, dass Stinka zurückkommt«, erklärte Tony.

»Dann vielleicht ein anderes Mal!«

In der Zwischenzeit hatte sich Luzifer wieder an seine schlechten Manieren erinnert und sprang Lisa an, so dass sie ins Taumeln kam. Stinka reagierte sofort mit einer Mischung aus Knurren und Bellen, was den Schäferhund wohl überzeugte, von Lisa abzulassen.

»Ihr Hund ist aber wachsam!«, staunte der Nachbar und Tony antwortete: »Hündin, … Stinka ist eine Hündin«, aber insgeheim dachte er: *So ein Trottel, eigentlich hätte er selbst aufpassen müssen!*

Der Rest des Spaziergangs verlief entspannter, doch auf den letzten Metern kam die Erinnerung an das Chaos, welches hinter der Wohnungstür auf sie wartete. Als Tony den Schlüssel aus seiner

Jackentasche kramte, betrat auch Dyani mit Antony auf dem Arm den Hausflur: »Ach, ihr wart schon spazieren?«

Sie gab ihrem Mann einen Kuss und wollte die Tür aufschließen, aber Tony stellte sich in den Weg.

»Was ist los? Habt ihr eine Überraschung für mich? Soll ich noch draußen warten?«

Lisa schaute staunend auf ihren Papa, der zu stottern begann: »Überraschung ist nicht das richtige Wort. Oder vielleicht doch …«

»Jetzt bin ich aber neugierig! Mach schon auf!«

Ohne umständliche Erklärung öffnete Tony einfach die Wohnungstür und ließ Dyani vorgehen.

Sie bewegte sich ganz ruhig durch alle Zimmer. Antony behielt sie so lange auf dem Arm, denn der hätte mit den aufgewirbelten Kissenfedern Spaß gehabt.

»Wir wollten eigentlich noch aufräumen, bevor du kommst«, versuchte Lisa auf den entsetzten Blick ihrer Mutter zu reagieren.

Tony wartete immer noch auf Dyanis Ausbruch, aber die setzte sich auf eine Sessellehne und schaute sich im Zimmer um: »Diese Kissen fand ich sowieso hässlich. Es wird mal wieder Zeit für einen Stilwechsel.«

»Stinka darf also bleiben?«, wollte Lisa wissen.

»Natürlich.«

Noch bevor sie sich ans Aufräumen machten, erzählte Tony von Stinkas Verhaltensänderung.

Dyani hockte sich vor Lisa: »Und sie ist freiwillig neben euch hergelaufen?«

»Nicht gleich. Aber weil ich noch nicht so viel Kraft habe, hat sie aufgehört zu ziehen.«

Tony meinte, dass es Stinka gespürt haben musste, denn Lisa hatte kein Wort verlauten lassen.

Lisa musste das wohl als Kritik verstanden haben und protestierte: »Du hast immer gesagt, Hunde verstehen nur antrainierte Gesten und Befehle. Aber das stimmt nicht!«

Dyani schaute sie fragend an: »Warum stimmt das nicht?«

»Weil Stinka gehört hat, was ich denke. Und sie hat meine Angst gespürt!«

»Wovor hattest du Angst?«

»Dass sie mich umreißt, wenn uns jemand entgegenkommt.«

»Und du meinst, Stinka hat das verstanden?«

Lisa spürte, dass Mama ihr nicht glaubte und machte ein enttäuschtes Gesicht: »Es stimmt!«

Tonys beschwichtigende Handbewegung beendete die Diskussion.

Stunden später war das Chaos beseitigt. Dyani hatte einige Artikel über die Kommunikation zwischen Hunden und Menschen gelesen, wobei sie auf den Namen eines britischen Wissenschaftlers stieß. Sie kannte ihn, aber die Überschrift des Artikels verursachte ein ungutes Gefühl in der Magengegend.

Tony hatte schon ein paar Minuten auf der Couch geschlafen. Jetzt saß er auf der Sofakante und wollte ins Bett gehen. Dyani fragte: »Kennst du den Biologen Rupert Sheldrake?«

»Natürlich, aber er ist später von der Wissenschaft weitgehend ignoriert worden. Übrigens wurde zur gleichen Zeit auch hier in Freiburg an dem Thema außersinnliche Wahrnehmung geforscht.«

»In Deutschland gab es damals schon offizielle Forschungen zu übersinnlichen Phänomenen?«

»Natürlich. Sogar Carl Friedrich von Weizsäcker war davon überzeugt, dass die menschlichen Sinne zeitüberbrückende Dinge wahrnehmen können. Später haben sich aber die strengen Materialisten in der Physik durchgesetzt. Deshalb geht Sergei heute mit seinen Forschungen an unserem Institut nicht mehr so gern an die Öffentlichkeit.«

»Wer kennt sich denn bei euch noch mit diesen Dingen aus? Außer Sergei, meine ich.«

»Ich kann ja mal Anna fragen, wenn du willst.«

»Ach richtig, deine Kollegin Anna hat doch mal bei der Suche nach einem verschollenen U-Boot geholfen, stimmts?«

»Diese Sache vor zwei Jahren war eine geheime Aktion der NATO. Ich hab dir nie davon erzählt!«

»Wenn ich eine Spionin wäre, bräuchte ich wenig Technik, um an dein Wissen heranzukommen. Du erzählst im Schlaf, als würdest du es vorlesen.«

Tony hielt seine Hände vors Gesicht und krümmte sich, als hätte er Schmerzen.

»Was ist?«

»Das Übliche: Diese Erinnerung ist auch so ein Auslöser für Magenkrämpfe.«

»Hat es etwas mit den Manuskripten zu tun?«

»Weiß nicht genau. Aber in den Träumen kommt vieles davon vor. Als mir der alte Mann damals die Manuskripte gab, sagte er, ich würde beim Lesen alles verstehen. Bis jetzt bekomme ich aber nur Schweißausbrüche, wenn ich an den Inhalt denke.«

Dyani merkte, dass Tony schon zu müde war, um sich zu konzentrieren. Sie nahm sich vor, am nächsten Tag noch mal nachzufragen. Aber dann wollte Tony doch darüber reden: »Vielleicht hätte ich schon eher mal zu Anna gehen sollen. Sie ist unsere Spezialistin für Telepathie und Fernwahrnehmung, hat sogar eigene Lehrmethoden entwickelt.«

»Dann sollte sie sich Lisa mal anschauen. Meinst du, sie könnte auch mit einem fünfjährigen Mädchen arbeiten?«

Tony überlegte: »Da fällt mir ein: Heute war schon eine Kinderpsychologin im Kindergarten. Rita hat mich gleich angerufen. Sergei muss sie geschickt haben, aber er will nicht, dass es offiziell über das Institut läuft.«

»Das ist komisch«, wunderte sich Dyani.

»Wieso?«

»Ich habe doch Sergei selbst gefragt und er hat sofort zugesagt, sich darum zu kümmern.«

»Hat er doch offensichtlich auch und diese Sophia Bell geschickt!«

»Zu mir sagte er, dass er das mit den Psychologen in eurem Institut besprechen will, und er würde sich bei mir melden.«

»Dann stimmt doch etwas nicht. Ich frage ihn morgen, oder ich rufe ihn gleich mal an ...«

Sergei wusste sofort, worum es ging: »Ich habe nicht mit Sophia Bell gesprochen. Wir haben seit Jahren keinen Kontakt mehr. Soweit ich weiß, arbeitet sie für einen großen Elektronik-konzern. Die forschen an einer Schnittstelle für das Gehirn, um der künstlichen Intelligenz menschliche Verhaltensmuster anzu-trainieren. Ich habe mich immer davon distanziert.«

»Aber woher weiß sie dann von Lisa? Und wie kann es sein, dass sie sich in deinem Namen Zugang zur Kita verschafft hat?«

»Ich werde mich darum kümmern. Du konzentrierst dich jetzt erstmal auf Lisa. Ich finde übrigens, dass Anna die beste Wahl ist, um euer Kind mal zu untersuchen.«

Dyani hatte das Gespräch mitbekommen: »Ich bin etwas ver-unsichert, aber Anna kann ja erst mal prüfen, ob an Lisas Verhal-ten überhaupt etwas auffällig ist.«

In Gedanken an den Artikel über die Kommunikation mit Hunden, meinte Tony: »Wir sind als Eltern bestimmt nicht ob-jektiv, aber irgendwie finde ich es gespenstig, wie Lisa mit der Stinka kommuniziert.«

Dyani zuckte mit der Schulter und zeigte auf einen anderen Artikel zum gleichen Thema: »Dieser Sheldrake hat in Experi-menten bewiesen, dass Hunde über große Entfernung Kontakt zu Menschen aufnehmen können.«

»Ich kenne das. Diese Kommunikation soll über *Morphische Felder* funktionieren. Darüber können sogar Pflanzen Informati-onen austauschen.«

Dyani dachte laut nach: »In Asien zweifelt kaum jemand da-ran. Wir haben dort nur andere Namen dafür. Unter uns Physi-kern gibt es einen Streit darüber, ob dieses Feld nicht etwas noch viel Aufregenderes sein könnte.«

»Du meinst so etwas wie den Übergang in höhere Dimensio-nen?«

»Nein. Ich meine den neu entdeckten fünften Aggregatzu-stand, aber das ist zu kompliziert für heute Abend.«

»Fünfter Aggregatzustand? Was soll das sein?«

»Bisher kennen wir fest, flüssig, gasförmig und das Plasma, aus dem die Sonne besteht. Doch meine Physikkollegen disku-tieren eine fünfte Materieform, die reine Information beinhaltet.«

Tony fühlte sich doch zu müde für dieses Thema: »Gelesen habe ich schon davon, aber es war für mich immer zu theoretisch. Das versteht doch kein Mensch mehr.«

Dyani dagegen steigerte sich immer mehr hinein: »Das normale Gehirn kann nur verstehen, was es mit den vorhandenen Sinnen wahrnehmen kann. Wir geben den Dingen eine Form, wollen es sehen, riechen, fühlen oder irgendwie messen. Inzwischen wissen wir aber, dass die Teilchen in der Quantenwelt total verrückte Eigenschaften haben, die wir uns weder vorstellen können, noch haben wir geeignete Messgeräte. Als wir begannen, mit künstlicher Intelligenz herumzuexperimentieren, kam die große Verwunderung. Plötzlich war klar, dass Computer die Quantenwelt besser verstehen als wir.«

Müde, aber höflich gab Tony ein paar zustimmende Laute von sich, was Dyani als Aufforderung wertete, weiterzusprechen: »Ich habe das Gefühl, dass uns etwas daran hindert, tiefer in die Quantenwelt vorzudringen. Irgendetwas verstehen wir falsch, aber was haben moderne Computer, das uns fehlt?«

Das musste einen Funken erzeugt und Tony wachgemacht haben: »Was meinst du mit falsch verstehen?«

»Jedes Elementarteilchen speichert die Information über sich selbst. Es weiß sozusagen, wie es sich verhalten muss. Spin-up, Spin-down und so was.«

»Und was hat das alles mit Lisa zu tun?«, wunderte sich Tony.

»Weiß ich noch nicht.«

Tony gähnte und ließ erkennen, dass seine Konzentration doch nicht mehr ausreichte: »Ich bin zu müde, um das heute noch zu verstehen.«

Hier ging es um Dyanis Fachgebiet und sie konnte ihre Begeisterung nicht verbergen: »Warte, ich hatte da so eine Idee! Es gibt eine Ausnahme unter allen Teilchen in der Quantenwelt. Das *W-Boson* verhält sich nämlich etwas merkwürdig.«

»Wie heißt der Herr?«

»Mach dich nicht über mich lustig! Wenn es dich nicht interessiert, dann geh eben ins Bett.«

»Entschuldige, ich gebe mir Mühe, erzähl bitte weiter!«

»Also, soweit wir wissen, haben die meisten Teilchen eine Masse und die kann man sowohl berechnen als auch messen. Bei diesem W-Boson hat man viel mehr Masse gemessen, als zuvor berechnet wurde. Man glaubte natürlich an Fehler, deshalb wurden die Versuche unzählige Male wiederholt.«

»Jetzt mach es nicht so spannend!«

»Was herauskam, war eine Sensation: Das W-Boson wird im Laufe seiner Lebenszeit immer schwerer.«

»Das geht mir auch so. Schau, diese Wölbung über dem Gürtel.«

»Aber dieses Teilchen hat kein Schubfach für Süßigkeiten.«

»Na schön, trotzdem sehe ich immer noch nicht, worauf du hinauswillst!«

»Man hat einen Verdacht, was für die Gewichtszunahme verantwortlich sein könnte. Ich meine das W-Boson«, ergänzte Dyani und stach Tony dabei in seine Wölbung über dem Gürtel. »Es speichert nämlich nicht nur Informationen über sich selbst, sondern auch über seine Umgebung. Es saugt sozusagen Informationen aus der Umgebung auf.«

»Vielleicht ist es der Staubsauger des Universums. Man sollte es zur Müllentsorgung im Internet verwenden!«

Dyani seufzte: »Du bist zu albern. Es ist eine ernste Sache, hör zu: Scheinbar interagiert es mit dem Higgs-Feld und vermutlich gibt es die gesammelten Informationen auch an dieses Feld weiter. Es ist irgendwie so, als wäre das der Cloudspeicher für die Natur.«

»Okay.«

»Und weil das Teilchen im Laufe seines Lebens schwerer wird, glaubt man, dass Informationen eine Masse haben.«

»Wofür wäre das wichtig?«

Jetzt drehte Dyani nochmal auf: »Es könnte die dunkle Materie erklären. Wenn INFORMATION der fünfte Aggregatzustand von Materie ist, dann ließen sich viele Rätsel plötzlich lösen.«

Tony gähnte: »Entschuldige, aber was mich betrifft, kann ich bestätigen, dass mich all deine Informationen schwerer gemacht haben. Zumindest meine Augenlider sind sauschwer!«

Dyani lachte und gab ihm einen Gutenachtkuss: »Du Blöd-
mann, dann darfst du jetzt ins Bett gehen!«

5 – Der Test

Am nächsten Tag blieb Dyani als Hundesitterin zuhause. Tony hatte sich mit Anna verabredet, und Lisa wollte er gleich mitnehmen. Kurz vor Sieben stand Lisa als Erste angezogen im Flur. An den Tagen zuvor war die morgendliche Trennung von Stinka jedes Mal ein Drama. Dieses Mal blieb die Hündin aus unerklärlichem Grund in ihrem Körbchen.

Wegen ihrer besonderen Lehrmethoden war Anna über das Institut hinaus bekannt. Sie brachte jungen Menschen verschiedene Meditationsarten bei. Sofern die Kinder nicht schon auf Förderschulen für Hochbegabte gingen, musste sie den Eltern manchmal erklären, dass die wichtigsten Fächer Kunst, Musik und Sport seien, weil das jene Hirnregionen trainierte, die für Kreativität benötigt wurden. Fächer wie Mathe und Sprachen wurden dann meist zu Selbstläufern, die sogar noch Spaß machten.

Eigentlich war Anna aber doch nur in Insiderkreisen bekannt, denn das, was ihre Studierenden in Freiburg zusätzlich lernten, konnte nicht einfach irgendwo nachgelesen werden. Dennoch gab es mehr Bewerber als freie Plätze. Von etwa tausend schafften es jedes Jahr nur zehn. Noch weniger kamen durch die Examensprüfung.

Bei ihrer eigenen Initiation zum elften Meistergrad war Anna 2019 beinahe ums Leben gekommen. Seitdem wurden diese Einweihungsrituale ausgesetzt. Das lag aber auch daran, weil die damals in Ägypten praktizierten Prüfungshandlungen nicht mehr geheim waren. Die heiligen Orte der alten Priester wurden von der ägyptischen Altertümerverwaltung abgeriegelt. Nun war Anna gemeinsam mit Institutsdirektor Sergei auf der zeitraubenden Suche nach einem Ersatzort für solche Prüfungen.

»Guten Morgen, ihr Zwei!«, empfing Anna die kleine Lisa und ihren Papa.

Lisa war nicht gesprächsbereit, aber Anna erkannte eine mögliche Ursache dieser Zurückhaltung. An Tony gerichtet sagte sie: »Ich schlage vor, wir fangen in der Turnhalle an. Habt ihr alles mitgebracht?«

Tony zeigte auf seinen Rucksack.

Anna beobachtete Lisa unentwegt, ohne sie anzustarren. In einem Vorraum zogen alle ihre Sportschuhe an. Die Halle mit einem kleinen Volleyballfeld wurde auch von Mitarbeitenden genutzt.

Anna sprach mit Tony über Alltagsdinge, während sie immer ein Auge auf die Bewegungen des Kindes hatte. Lisa probierte einige Sportgeräte, von denen sie sich am meisten angezogen fühlte.

»Hast du schon etwas Interessantes gefunden oder möchtest du noch allein probieren?«

Ohne zu antworten, rannte Lisa zur Sprossenwand und kletterte ein Stück nach oben. Später hüpfte sie kurz auf einer Schaumstoffsprungmatte herum. Anna behielt sie im Blick, bis Tony neugierig fragte: »Stimmt etwas nicht?«

»Alles gut! Wir beide könnten jetzt mal etwas tun, aber schau bitte nicht auf Lisa, auch wenn es schwerfällt. Konzentrier dich nur auf mich und mache meine Bewegungen nach!«

Sie zog eine Bodenmatte in die Mitte und begann mit Gymnastiübungen. Wie Anna erwartet hatte, dauerte es nicht lange und Lisa kam dazu. Sie konzentrierte sich auf Anna und versuchte sofort, deren Bewegungen nachzuahmen. Nach einer Weile gelang es ihr auch einigermaßen.

Die kurzen Übungen wurden immer anspruchsvoller, bis die Fünfjährige an ihre physische Grenze stieß. Trotzdem bemühte sich Lisa weiter, obwohl schon Schmerzenslaute zu hören waren.

Anna ließ sich nichts anmerken und hörte nicht auf. Inzwischen war sogar Tony erschöpft, versuchte aber trotzdem durchzuhalten. Ihm war nicht entgangen, dass sich seine Tochter quälte und bereits Tränen in den Augen hatte.

Diese Frau ist erbarmungslos. Sie hat selbst keine Kinder und weiß deshalb nicht, wie weit man bei einer Fünfjährigen gehen kann, dachte Tony und wollte gerade etwas sagen, aber Anna war schneller: »Okay, das wars erstmal.«

Lisa ließ sich auf die Matte fallen: »Puh, das war anstrengend! Ich muss jetzt erstmal ausruhen!«, aber schon nach wenigen Sekunden verschwand sie, um sich die anderen Sportgeräte anzuschauen. Die Zeit nutzte Tony für Kritik: »Musste das sein? Sie ist erst fünf!«

»Ich hatte gebeten, dass du dich nicht einmischst. Lisa hat die Übung mit Bravour gemeistert. Du nicht!«

»Was soll das heißen?«

»Erklär ich dir später. Lass uns Tischtennis spielen.«

Sie holte zwei Schläger und machte die Angabe. Schon nach wenigen Sekunden stand Lisa neben der Platte und schaute zu, bis Anna das Spiel unterbrach: »Möchtest du auch mal probieren?«

»Ja.«

»Okay, aber zuerst musst du mir noch etwas zeigen.«

»Was denn?«

»Du kletterst die Sprossenwand so hoch du kannst und springst von oben auf die Matten. Kannst du das?«

Tony erschrak. Die Sprungmatte lag anderthalb Meter von der Kletterwand entfernt. Wenn Lisa nicht richtig absprang oder abrutschte, würde sie auf den Boden krachen. Das wollte er nicht zulassen: »Anna, bitte! Das kannst du nicht machen!«

»Tony, bei aller Liebe, aber wenn du meine Meinung hören willst, musst du mir vertrauen!«

Er sagte nichts mehr, stellte sich aber so neben die Kletterwand, dass er Lisa im Notfall auffangen konnte. Anna schaute genervt und schob ihn mit einem ernsten Blick zur Seite. In der Zwischenzeit war Lisa schon zwei Meter hochgeklettert. Die sechzig Zentimeter dicke Sprungmatte war eigentlich für den Hochsprung gedacht.

»Von hier?«, rief Lisa und zeigte noch keine Angst.

»Kannst du noch höher?«, fragte Anna, ohne auf Tonys entsetztes Gesicht zu achten.

Lisa kletterte weiter und drehte sich bei drei Metern um: »Huuch, das ist aber hoch! Jetzt?«

»Wie weit traust du dich noch?«

Tony war entschlossen einzuschreiten, aber Anna spürte genau, was er vorhatte und fuhr ihn leise zischend an: »Du solltest vielleicht besser draußen warten!«

Die Stimmung an der Sprossenwand war hingegen ausgezeichnet. Außerdem fiel auf, dass Lisa ihren Papa überhaupt nicht beachtete und nur auf Anna fokussiert war. Anna wusste das, denn es war ein wichtiger Bestandteil dieser Übung.

»Jetzt?«, hörten sie Lisa von oben rufen.

Tony schätzte es auf vier Meter und begann im Kopf die Aufprallgeschwindigkeit auszurechnen. Die Kletteranlage ging bis fast unter die Decke des sechs Meter hohen Raums.

Anna rief nach oben: »Du bist ganz schön hoch. Aber einige waren schon höher als du!«

Lisa schaute nach oben und dann auf die Sprungmatte. Ihre dünnen Ärmchen umklammerten eine Querstange. Entschlossen rief sie nach unten: »Das schaffe ich!«

Je höher sie kletterte, desto entschlossener schienen ihre Bewegungen zu sein. Als das Mädchen die oberste Querstange erreichte und nach unten schaute, sah man eine Veränderung in ihrem Gesicht: Panik.

»Die Matte ist so klein!«

»Sie ist genau richtig!«, beruhigte Anna, während sie die überlebenswichtige Auffangmatte noch weiter von der Sprossenwand wegschob.

Tony war entsetzt, sagte aber nichts.

»Jetzt spring, wenn du willst!«

»Ich …«

Anna machte Lisa ein Angebot: »Okay, du kannst auch wieder runterklettern!«

»Wirklich?«

»Natürlich!«

»Ist schon mal jemand von hier oben gesprungen?«, wollte Lisa wissen.

»Ja, ich! Aber da war ich schon sechs!«

Tony hielt es nicht mehr aus und rief nach oben: »Komm wieder runter, Lisa!«

Anstatt auf ihren Vater zu hören, drehte sie sich in die richtige Position und sprang. Sie traf genau die Mitte der Matte.

»War es schlimm?«, fragte Anna.

Lisa strahlte: »Boah, das war cool!«

Langsam beruhigte sich Tony wieder. Wie versprochen, spielte Anna anschließend noch etwas Tischtennis mit Lisa. Es musste sie wahnsinnig anstrengen, denn ihre Arme konnten den Schläger kaum über der Platte halten.

»Das war fürs erste Mal schon richtig gut!«, bekam sie als Lob zu hören, obwohl alle mehr mit Ballholen beschäftigt waren.

»Ich habe noch ein spannendes Spiel vorbereitet, aber dafür müssen wir in mein Labor gehen, wenn du möchtest.«

Lisas Instinkte waren gut entwickelt für ihr Alter. So musste sie gespürt haben, dass Anna noch etwas anderes im Kopf hatte als zu spielen. Schließlich fragte sie: »Ist das auch ein Test?«

Anna lachte: »In der Tat. Ich möchte herausfinden, was du besser kannst: Turnen oder Bilder verstehen.«

Lisa legte den Schläger auf die Tischtennisplatte und lief langsam zum Ausgang. An der Tür drehte sie sich um und antwortete auf die zuvor gestellte Frage: »Ich kann Bilder genauso gut!«

Tony fiel auf, dass sich Lisa gerade so verhalten hatte, wie seit ein paar Wochen kurz vor dem Schlafengehen. Ihre Antworten kamen verzögert oder manchmal reagierte sie gar nicht. Dyani hatte es auf die Müdigkeit geschoben und auch jetzt konnte es sein, dass Lisa nach der Anstrengung einfach nur eine Pause brauchte. Anna dagegen vermutete eine andere Ursache. Um es herauszufinden, wollte sie Lisa keine längere Pause lassen: »Ach, wirklich? Ich bin sehr gespannt, ob dir meine Bilder gefallen!«

Etwas später saßen sie in einem Raum, den Tony noch nie gesehen hatte. Er wusste natürlich, dass sie in diesem Teil des Instituts nicht nur Hochbegabte trainierte, sondern auch eine Forschungsgruppe leitete. Dabei entstanden Lehrpläne, um die geistigen Fähigkeiten von jungen Menschen zu fördern. Wegen des sensiblen Themas genossen ihre Schützlinge eine besondere

Privatsphäre. Tony wusste das und hatte Sergei auch nie nach sensiblen Dingen gefragt. Nun war er mit Lisa zum ersten Mal in diesen streng abgeschirmten Räumen, nur ein paar Flure von seinem eigenen Arbeitsplatz entfernt.

Anna war sehr einfühlsam und versuchte, Lisa nicht mit den vielen Geräten zu erschrecken: »Schau mal hier, wir haben ganz bequeme Sessel. Du darfst dir einen aussuchen.«

»Hier liegt eine Mütze!«, staunte Lisa.

»Ja. Zu jedem Stuhl gehört eine farblich passende Mütze. Du solltest sie aufsetzen!«

Das Mädchen war aufgeregt, aber auch interessiert. Ihre Augen scannten alles Unbekannte und, wie Anna bemerkte, auch jene Gegenstände, die einem Kind Angst einflößen könnten.

»Das da kenne ich schon!«, rief sie und zeigte mit dem Finger auf einen Defibrillator, wie sie in allen öffentlichen Einrichtungen hingen.

Tonys Unbehagen war offensichtlich, aber er hielt den Mund. Anna hatte ihn auf einen Stuhl hinter seine Tochter gesetzt, sodass sie keinen Blickkontakt haben konnten.

Wie versprochen, zeigte Anna verschiedene Kinderzeichnungen auf einem großen Bildschirm. Manche kannte auch Tony, weil die Originale in der Kita des Instituts hingen. Darauf sprang Lisa auch sofort an und erklärte, was zu sehen war.

»Und was ist mit diesem hier? Hast du das auch schon mal gesehen?«

Lisa schüttelte den Kopf und Tony wunderte sich. Auf dem Bildausschnitt war die Deckenbemalung des Schlafraums im Kindergarten zu sehen. Mit der fantasievollen Blumenwiese hatte sich ein Künstler viel Mühe gegeben. Ein Junge umfasste mit seinen Händen einen blauen Schmetterling. Das Mädchen neben ihm kauerte und beobachtete eine bunte Schlange, die sich durchs Gras schlängelte.

Die Sensoren in der Mütze zeichneten die Hirnwellen auf und Anna konnte im Livestream sehen, was gerade in diesem Moment passierte. In Annas Gesicht meinte Tony Skepsis zu sehen.

»Was ist, stimmt etwas nicht?«

»Weiß noch nicht, wir warten mal auf die Auswertung der KI.«

Anna beendete die Messungen und bat Lisa, nun etwas von dem zu malen, was sie zuvor gesehen hatte. Zum Malen auf einer durchsichtigen Folie bekam sie dicke Wachsstifte. Das gab Anna etwas Zeit, Tony in eine Ecke des Raumes zu führen, wo sie sich unterhalten und gleichzeitig auf einen Monitor schauen konnten.

»Ich würde gern ein MRT bei ihr machen. Unser Gerät wurde speziell für die neurologischen Bereiche des Körpers ausgelegt. So können wir die Nervenverbindungen live beobachten. Es dauert auch nur wenige Minuten.«

»Okay, aber was hast du bis jetzt herausgefunden?«

»Ich brauche noch Zeit. Wenn du möchtest, komme ich heute Abend bei euch vorbei und wir besprechen alles.«

»Gut.«

19:00 Uhr

»Nach dem aufregenden Tag müsste Lisa todmüde sein. Stattdessen trödelt sie absichtlich herum. Schau mal!«, zeigte Dyani auf die Badezimmertür, wo Lisas Kopf regelmäßig auftauchte. Sie zog das Zähneputzen schon zehn Minuten in die Länge und beobachtete unentwegt die Wohnungstür, als wartete sie auf jemanden.

»Hast du ihr gesagt, dass Anna heute noch kommt?«

»Nein. Aber sie ist nicht blöd. Unsere Aufregung und das Getuschel, das bekommt ein Kind doch mit.«

»Das kleine Biest weiß ganz genau, dass wir sie gern im Bett haben möchten«, fluchte Dyani.

»Reg dich nicht auf. Deine Anspannung überträgt sich sogar auf Stinka.«

Er hatte recht. Um diese Zeit war Stinka sonst längst in ihrem Körbchen, das seit ein paar Tagen nachts in Lisas Zimmer stand.

Tonys Handy klingelte und Anna war dran: »Ich stehe hier unten, wollte nicht klingeln.«

»Alles klar, ich mach auf!«

Natürlich gab es noch lange Diskussionen mit Lisa, die immer wieder einen neuen Grund fand, Mama oder Papa in Anspruch zu nehmen. Erst als Anna sie zum Bett brachte und hinter verschossener Tür ein paar Worte mit ihr wechselte, hörte die Quengelei auf.

Dyani war begeistert: »Was hast du zu ihr gesagt?«

»Ach, zu Lisa habe ich gar nichts gesagt. Mit Stinka habe ich geschimpft, weil sie nicht dafür gesorgt hat, dass Lisa zur Ruhe kommt.«

»Wie, du hast Stinka die Schuld gegeben und das hat gewirkt?«

»War einen Versuch wert. Sie kennt das mit der Schuldabwälzung auf andere noch nicht. Bei Lisa überwiegt noch der Beschützerinstinkt und eine absolute Loyalität dem Tier gegenüber. Es war ihr unangenehm, dass ich der Hündin die Schuld für ihren eigenen Ungehorsam gegeben habe.«

»Das muss ich mir merken.«

»Sie würde euch schnell durchschauen. Bei mir hat es heute funktioniert, weil sie wusste, dass Stinka unschuldig war. Dazu kommt, dass sie wahrscheinlich eine Eigenschaft hat, die zu meiner Diagnose passen könnte.«

Dyani schaute auf: »Diagnose? Jetzt erzähl schon, was hast du herausgefunden!«

Tony bremste seine Partnerin: »Entschuldige, wir haben dir noch gar nichts angeboten. Ein Bier oder Fruchtsaft?«

»Nur Leitungswasser, bitte.«

Während Tony in die Küche ging, schaute sich Anna im Wohnzimmer um. Die Einrichtung müsste eigentlich etwas über den Lebensstil der Bewohner aussagen. Außerdem wollte sie wissen, welche Prioritäten es in der Familie gab. Aber in diesem Zimmer stimmte etwas nicht. Sie konnte es nicht zuordnen und ihre Gedanken wurden auch schnell wieder unterbrochen, als Tony das Wasser brachte. Deshalb kam sie auch gleich wieder auf das unterbrochene Gespräch zurück: »Ähm, um auf eure Frage zurückzukommen: Lisa zeigt die gleichen Symptome wie mein Freund Brian. Er hat etwas, das ich auch bei Lisa feststellen konnte: Beide können nicht lügen.«

Tony wollte das so nicht stehenlassen: »Ich dachte, bei Kleinkindern wäre das ganz normal.«

»Ja und nein. Lisa macht gerade eine Transformationsphase durch. Vorschulkinder verstehen plötzlich viel mehr von ihrem sozialen Umfeld. Sie lernen von den Älteren, dass es manchmal hilfreich ist, nicht die Wahrheit zu sagen. Manchmal auch, um andere zu schützen. Trotzdem fällt bei Lisa noch etwas anderes auf, das wir noch nicht vollständig verstehen. Es geht darum, warum bei manchen Menschen bestimmte Verhaltensweisen blockiert zu sein scheinen.«

»Ist das eine Krankheit, oder … ein Gendefekt?«

»Recht gut erforscht ist bisher der umgekehrte Fall, also genau das Gegenteil, von dem, was wir bei Lisa sehen. Ich spreche von den pathologischen Lügnern. Diese Leute haben eine Störung, die wir ›Pseudologia phantastica‹ nennen. Sie perfektionieren ihre Lügen mit der Zeit so sehr, dass sie selbst daran glauben.«

Tony klang erschrocken: »Aber du willst doch nicht etwa sagen, …«

»Natürlich nicht. Bei Lisa verhält es sich eben genau umgekehrt. Als ich sie mit Fragen konfrontierte, bei denen gleichaltrige Kinder bereits abwägen, ob die Wahrheit zu sagen ein Nachteil sein könnte, bemerkte ich ein interessantes Detail.«

Dyani rutschte auf dem Sofa hin und her und zeigte ihre Ungeduld: »Was meinst du damit?«

»Ich habe Lisa provoziert zu lügen, während ein MRT angefertigt wurde. Bei ihr sind in solchen Situationen ganz andere Hirnregionen miteinander in Kontakt als in ihrem Alter üblich.«

»Vielleicht ein Zufall? Muss man Tests nicht mehrmals wiederholen, bevor man so ein Urteil fällen kann?«

Anna merkte, dass Dyani schon von Anfang an skeptisch war. Vielleicht hatte sie als Mutter einfach nur Angst vor einer ungünstigen Diagnose. Sie beschloss deshalb, etwas behutsamer vorzugehen. An diesem Abend war sie eher als Freundin gefordert und nicht so sehr als Wissenschaftlerin. Das verursachte einen inneren Konflikt. Zu Annas Hochbegabung gehörte, Informationen und komplexe Zusammenhänge rasend schnell zu verarbeiten. Als Überbringerin von schlechten Nachrichten war aber auch Einfühlungsvermögen nötig. Sich fachlich korrekt auszudrücken, musste dabei auch mal vernachlässigt werden.

Die Situation war Anna unangenehm. Aus irgendeinem Grund schaffte sie es nicht, Ruhe auszustrahlen und die beiden anderen in einer vertrauensvollen Unterhaltung zu fesseln. Sie versuchte es erstmal mit einer positiven Aussage: »Auf jeden Fall möchte ich sagen, dass ihr euch keine Gedanken machen müsst. Ich sehe im Moment überhaupt keine negative Auswirkung für Lisa. Es sei denn, auch als Erwachsene nicht lügen zu können, wird als Nachteil betrachtet.«

Dyani reagierte darauf schon viel entspannter: »Wie ist das eigentlich mit Brian? Ich meine, lebt er gut damit?«

»Er kommt ganz gut zurecht. Jedenfalls schätzen ihn seine echten Freunde, denn von ihm hören sie immer ein offenes Wort. Aber er hat inzwischen auch gelernt, an der richtigen Stelle einfach zu schweigen.«

Dyani schaute Tony an und musste schmunzeln.

Anna sah es und sagte: »Wenn ich euch einen Vorschlag machen darf: Ihr solltet Lisa noch mal von Sergei untersuchen lassen. Er ist der Psychologe mit den meisten Erfahrungen in unserem Institut. Außerdem kann er viel tiefer in die Seele von Menschen schauen als jeder andere.«

Tony wusste genau, was sie meinte: »Wem sagst du das. Er hat mich mehrmals zurückgeführt und ich habe Dinge aus meiner Vergangenheit gesehen, die … Na, jedenfalls bin ich noch nicht sicher, ob ich unserer Tochter wünsche, jedes Detail aus einem ihrer früheren Leben zu erfahren.«

Anna wurde immer wieder von der Wohnungseinrichtung gefesselt. Unbewusst tasteten ihre Augen alles ab. Sie maß den Abstand der modern wirkenden Bilder von der Decke und den Wänden, registrierte, welche Gegenstände in den Regalen standen und wie die Bücher einsortiert waren.

Die Farben … Jetzt hatte sie es! Die Farben ergaben keine Harmonie. Es schien, als ob Dyani Kompromisse eingegangen war, um ihren indisch geprägten Geschmack mit dem schlichten Stil eines deutschen Mannes in Einklang zu bringen. Anna wusste auch, dass Farben in vielen Kulturen nicht nur als Kontrast zur Eintönigkeit dienten. Die Farbreize konnten Stimmungen verursachen und bestimmte Bereiche des Gehirns stimulieren. Die farbliche Vielfalt wurde von Europäern manchmal als verspielt wahrgenommen. Dabei lagen die Wurzeln der Farbspiele ganz woanders. Schon die Herrschenden in der Antike wussten, welche magische Wirkung damit erzielt werden konnte.

Während sich die meisten Menschen in Industrieländern nur untereinander oder mit Haustieren unterhielten, kannten andere Kulturen auch die Kommunikation mit Pflanzen und sogar Gegenständen. Anna dachte nach: *Ob Dyani Energiefelder von Lebewesen und Gegenständen für möglich hält, oder ist sie eher eine Wissenschaftlerin nach westlichem Muster?*

Anstatt weiter über Dyani nachzudenken, ging sie auf Tonys Bedenken ein: »Keine Angst. Sergei würde Lisa nicht in das Leben eines Erwachsenen zurückführen. Seine Stärke ist, den Patienten während der gesamten Sitzung im Geiste zu begleiten. Er erlebt praktisch alles mit und kann so besser eingreifen, wenn es für Lisa nachteilig sein würde. Trotzdem, für eure Entscheidung solltet ihr noch etwas anderes wissen.«

Als Anna ihren Laptop auspackte, ahnte Tony, was jetzt kommen würde.

»Bei Lisa ist die Fähigkeit, visuelle Eindrücke zu verarbeiten, sehr weit entwickelt. Sie kann Bilder bereits in Sprache übersetzen. Dazu habe ich sie mit Zeichnungen aus ihrem Kindergarten konfrontiert. Die KI hat bei manchen Bildern Details weggelassen und bei anderen wiederum hinzugefügt. Lisa konnte diese Fehler sehr gut herausfiltern und erzählte die Geschichten dann jeweils in der abgewandelten Form. Dieses Maß an Abstraktionsfähigkeit ist für ihr Alter enorm gut entwickelt.«

»Was bedeutet das?«

»Bei Lisa kommen gerade Fähigkeiten zum Vorschein, die denen von Hochbegabten ähnlich sind. Aber wie ich sagte, für eine Diagnose sollten wir Sergei noch hinzuziehen.«

Tony beschäftigte etwas: »Weißt du, eine Sache macht mich stutzig. Du sagtest, Lisa hätte Probleme, die Unwahrheit zu sagen, stimmts?«

»Ja.«

»Warum hat sie dann behauptet, das Deckenbild aus dem Schlafraum im Kindergarten nicht zu kennen?«

Anna schien nach den passenden Worten zu suchen: »Wisst ihr, darüber wollte ich heute eigentlich noch gar nicht sprechen. Aber da du es schon erwähnst, schaut mal hier …«

Sie öffnete eine Datei mit dem Bild, das Lisa am Vormittag auf die Folie malen sollte: »Ich bat sie, dieses Bild abzumalen, von dem sie ja zuvor behauptete, es nicht zu kennen. Schaut mal, was dabei herauskam …«

Sowohl Tony als auch Dyani kannten die Deckenbemalung aus der Kita, aber natürlich war ihnen nicht jedes Detail in Erinnerung geblieben. Eine Sache fiel Dyani trotzdem gleich auf: »Lisa hat etwas vom Original weggelassen.«

Anna zeigte mit dem Finger auf etwas: »Nicht nur weglassen. Sie hat diese Stelle regelrecht ignoriert, als wären ihre Augen nicht in der Lage, den Teil des Bildes zu erfassen, als wäre er gar nicht da. Schaut mal, hier ist eine leere Stelle!«

Sie blendete daneben das Originalbild ein: »Seht ihr, was fehlt?«

»Die Schlange! Aber warum?«, fragte Tony und schaute Dyani an, die nun mit blassem Gesicht flüsterte: »Ich habe mich geirrt!«

»Wobei?«, wunderte sich Tony.

»Ach, nur so, ich muss erst noch darüber nachdenken.«

Womöglich ahnte Anna, was Dyani meinte und ging noch auf etwas anderes ein: »Wir haben auch einen Sporttest durchgeführt. Darüber solltet ihr auch Bescheid wissen.«

»Stimmt, wir waren doch auch im Fitnessraum. Aber körperlich ist Lisa doch entwickelt wie die meisten in ihrem Alter, oder nicht?«

»Physisch schon. Aber kaum ein anderes Kind wäre bis an die Decke geklettert, ohne jemals zuvor an dieser Sprossenwand gespielt zu haben.«

Dyani schaute Tony fragend an. Der nahm es als Aufforderung, zu erzählen: »Eine sechs Meter hohe Konstruktion. Sie sollte so hoch klettern, wie sie sich traute und dann springen.«

»Und was hat sie gemacht?«

»Sie ist von ganz oben gesprungen.«

»Das gibts doch nicht!«, staunte Dyani.

»Hätten wir mehr Zeit gehabt, wäre sie gleich noch mal nach oben geklettert«, erklärte Tony stolz.

Anna ergänzte dann noch, dass es sich um eine Mutprobe handelte, wobei es aber eigentlich um etwas ganz anderes ging: »Ich wollte herausfinden, ob es möglich ist, Lisa mental von ihrem Papa zu trennen, der ja die Bezugsperson war. Die Erfahrung mit meinen Studenten und auch meine eigene Erfahrung zeigt, dass für Lisa ein Tag kommen wird, wo sie ganz unerwartet eine Entscheidung treffen muss, wohlwissend, dass Mama oder Papa anders entscheiden würden. Will sie ihr selbst gestecktes Ziel erreichen, könnte es auch eine schmerzhafte Entscheidung werden. Viele entscheiden sich in solchen Momenten falsch, was dann aber auch das Ende eines Lebenstraums sein kann.«

Das mussten die Eltern erstmal verdauen. Beide waren sich unsicher, ob sie richtig verstanden hatten. Anna nahm das natürlich auch wahr und wollte sich erklären: »Tony, es tut mir leid, aber ich habe dich heute bei den Tests etwas austricksen müssen und es hat funktioniert.«

»Was hat funktioniert?«

»Du hast dich wie erwartet verhalten, indem du dein Kind vor der Gefahr beschützen wolltest. Lisa kam so in eine Konfliktsituation: Entweder ihrem Papa vertrauen, der sie aufforderte, wieder runter zu klettern oder auf mich zu hören.«

»Was hast du damit bezweckt?«

»Ich hatte Lisa ein Ziel gestellt, nämlich so weit zu klettern, wie sie sich zutraute. Jedes Kind würde versuchen, den Papa stolz zu machen, aber Tony zeigte Angst um sein Kind und das stand Lisas Ziel im Weg. Wenn meine Theorie stimmt, hat sie diesen Informationskanal geblockt und entschieden, nur noch mir zu vertrauen.«

Dyani fragte: »Du meinst, sie hat eine logische Entscheidung getroffen?«

»Wieviel Logik darin steckte, kann ich nicht sagen. Wahrscheinlich hat Lisa nur ihre Instinkte abgerufen. Aber bei ihr sind jene Instinkte am stärksten, die sie trotz drohender Gefahr am schnellsten ans Ziel bringen. Sie beginnt gerade, zu begreifen, dass Angst zwar vor Verletzung schützt, aber auch ein Hindernis ist.«

»Und das wolltest du bei ihr testen?«

»In erster Linie wollte ich ihre Reaktionsfähigkeit unter Stress testen. Und es ergab sich dann auch noch eine weitere Sache: Bei Belastung verlangsamten sich ihre Reaktionen, aber nicht die Konzentrationsfähigkeit. Auch das Urteilsvermögen scheint der Stress nicht zu behindern.«

»Aber was ist daran ungewöhnlich?«, wollte Dyani wissen.

»Wie ihr vielleicht wisst, forscht meine Arbeitsgruppe unter anderem an Formen von Autismus.«

»Aber Lisa hat doch keinen Autismus! Sie hat auch noch nie irgendwelche Anzeichen gezeigt!«, beschwerte sich Dyani.

»Mag sein. Das ist auch der Grund, warum diese Form so selten erkannt wird.«

»Das musst du genauer erklären!«

»Natürlich. Zunächst muss ich sagen, dass Lisa Glück hat, solche Eltern wie euch zu haben. Ihr gebt ihr eine gute Förderung im familiären Umfeld. Hätte sie weniger soziale Kontakte, dafür aber mehr Reizüberflutung durch übermäßiges Fernsehen, wäre der Test heute ganz anders ausgefallen. Ich kenne Fälle, wo irrtümlich frühkindlicher Autismus festgestellt wurde und deshalb viel Zeit verging, bevor die Kinder die richtige Förderung bekamen.«

»Wie können wir sicher sein, dass deine Diagnose stimmt?«, fragte Dyani.

»Die Formen von Autismus sind vielseitig und wir finden immer mehr, deshalb sprechen wir auch von *Autismus-Spektrum-Störung*. Sergei ist der Meinung, dass es auch an der veränderten Art des sozialen Zusammenlebens liegt. Kinder, deren genetische Abweichung sich eigentlich positiv auswirken müsste, bekommen durch die soziale Isolierung weniger Gelegenheiten, ihre Stärken zu entfalten. So bleiben diese Begabungen im Dunkeln.«

Dyani war ihre Skepsis immer noch anzumerken: »Jetzt wissen wir immer noch nicht, was mit Lisa los ist!«

»Wir wissen auch noch lange nicht alles über Lisa. Autismus wird heute zwar besser erkannt, aber es scheinen auch neue Ausprägungen hinzuzukommen. Wir sollten nicht vergessen, dass sich ja auch unser soziales Umfeld verändert.«

»Was vermutest du denn nun bei Lisa?«

Anna lehnte sich zurück und suchte nach einer einfachen Erklärung: »Ich bin noch nicht sicher. Ich versuche mal, es zu erklären: Bei Autisten gibt es im Chromosom 11 meistens eine Anomalie. Entweder fehlen dort Gene oder sie sind nicht aktiviert. Was mich stutzig macht, ist, dass bei Lisa im Chromosom 11 beides nicht zutrifft. Im Gegenteil, es sind zusätzliche Genabschnitte aktiv, die bei anderen Menschen keine Funktion haben. Leider kennen wir noch nicht alle Aufgaben dieser zusätzlichen Gene.«

»Wie wird sich das auf Lisas Entwicklung auswirken?«

Anna zuckte mit der Schulter: »Wir vermuten, dass die inaktiven Gene durch bestimmte Umwelteinflüsse – ich sage mal – aufgeweckt werden. Das muss im Laufe der Evolution schon häufiger passiert sein.«

Dyani meinte: »Vielleicht wissen wir auch gar nicht, welche Veränderungen beim Erbgut normal sind und welche nicht.«

»Ein berechtigter Einwand! Vielleicht ist unser Körper darauf programmiert, bei bestimmten Umwelteinflüssen zu reagieren.«

Tony fragte: »So wie die schlagartige Mutation, die einst zur Faltenbildung in der menschlichen Hirnrinde geführt hat?«

»Ja, als sich unser Cortex wie aus dem Nichts zu falten begann, passten plötzlich viel mehr Nervenzellen auf die Hirnrinde. Das Besondere daran war, dass diese Veränderung nicht über viele Evolutionsschritte verlaufen ist, sondern über eine sogenannte *Punktmutation*.«

»Und du meinst, dass bei Lisa eine neuartige Punktmutation aufgetreten ist?«

»Möglich. Fakt ist, dass seit der *Generation Z* auffällig viele Veränderungen beobachtet werden. Das begann so nach der letzten Jahrtausendwende. Für das, was wir bei Lisa sehen, gibt es übrigens noch keinen wissenschaftlichen Namen. Sergei hat es erstmal ATYPISCHEN AUTISMUS TYP-X genannt.«

»Das ist doch nicht dein Ernst!«

»Du meinst, weil es wie die Filmreihe X-Men klingt?«

Tony war außer sich: »So ein bescheuerter Name! Dann braucht sich Sergei nicht wundern, wenn sich die Leute Geschichten ausdenken!«

»Ich glaube nicht, dass Sergei dabei an irgendeinen Film gedacht hat. Er wählte die Bezeichnung, weil ihn das an den Zoologen Henking erinnerte, der 1891 X-förmige Strukturen im Zellgewebe fand. Der Mann hatte dabei das X-Chromosom entdeckt und es damals ohne Hintergedanken einfach mal X-Faktor genannt.«

»Ich weiß nicht, ob mich das jetzt beruhigt«, meinte Dyani.

Anna rang mit sich, ob sie noch erwähnen sollte, wie Lisas Eltern ihre Entwicklung fördern könnten. Eigentlich wollte sie das lieber Sergei überlassen. Schließlich fand sie es fair, es jetzt anzusprechen. Allerdings hatte Anna das Gefühl, dass Dyani schon längst ahnte, wogegen sich Tony innerlich noch wehrte.

Die Grübelei wurde prompt durch Dyanis Frage beendet: »Wie können wir Lisa am besten fördern?«

»Ich hatte ja schon mal angedeutet, dass auch ich eine Anomalie im Chromosom 11 habe. Auch Brian hat sie. Wir haben uns übrigens beim Telepathie-Training kennengelernt.«

»Im Institut?«

»Ja.«

Tony erklärte es: »Anna war Brains Dozentin für spezielle Kommunikationstechniken.«

»Tatsächlich? Bist du denn so viel älter als er?«

»Nein, er ist etwas älter. Aber ich bin auch schon seit dem sechsten Lebensjahr in Freiburg zum Fördertraining. Mit 14 habe ich mein Musikstudium am Konservatorium begonnen.«

»Cool! Und denkst du, wir sollen Lisa auch in so ein Förderprogramm schicken?«

»Es würde mich freuen, wenn ICH sie ausbilden dürfte. Lisa vertraut mir. Aber das müsste sie sowieso alles freiwillig machen, sonst wäre der Erfolg nicht garantiert.«

Als sich Tony und Dyani anschauten, merkte Anna, dass es noch Diskussionsbedarf gab: »Natürlich, lasst euch Zeit, solange ihr braucht.«

»Vielleicht sollte ich noch etwas erklären, bevor du mit Lisa arbeitest«, sagte Tony. Er erwähnte die Begebenheit mit dem blauen Stein. So erfuhr Anna alles, was in den letzten Tagen mit diesen Steinen passierte.

Bevor Anna gegen 23 Uhr ging, vertraute sie den Eltern noch etwas an: »Ich verrate euch jetzt noch etwas, wovon nur sehr wenige wissen. Ich trage nämlich einen besonderen Talisman bei mir. Schaut mal …«

Sie zog eine Uhrenkette aus der Hosentasche. An deren Ende hing keine Taschenuhr, sondern ein abgewetzter Lederbeutel. Dort holte sie einen flachen schwarzen Stein mit brauner Verfärbung heraus: »Das ist mein liebster Gegenstand. Ich habe ihn oft bei mir. Er hat auch Brain schon mal geholfen. Vielleicht ist es so etwas wie unser Schicksalsstein.«

Dyani sagte: »Ich wollte Lisa den blauen Stein eigentlich nicht wieder zurückgeben.«

»Warum nicht?«

»Wir denken, dass sie sich verändert hat, nachdem der Stein auftauchte.«

Anna lächelte: »Ihr könnt euch das ja noch mal überlegen. Ich habe eine sehr alte Freundin. Sie ist wirklich sehr, sehr alt und klug. Was meinen Stein betrifft, sagte sie mal, dass es Gegenstände gibt, die sich von ihrem Besitzer nicht trennen lassen. So eine Verbindung hält dann sogar länger als das Leben.«

Weder Tony noch Dyani ahnten, was Anna damit meinte. Trotzdem musste irgendetwas auch Dyani überzeugt haben, ihr zu vertrauen.

6 – Grenzenlose Forschung

Universität Freiburg

Die Hundeaufsicht hatte Tony wieder übernommen, der deshalb zuhause arbeitete. Dyani wollte Lucas Reimann an seinem ersten Arbeitstag selbst in ihrer Abteilung vorstellen.

Bulli war begeistert, dass er endlich Unterstützung beim Bau seiner neuen Versuchskonstruktion bekam. Lucas hatte auch sofort eine Idee, wie sie die Veränderung in den blauen Steinen überwachen konnten. Dyani hatte klare Ziele definiert. Unter anderem wollten sie herausfinden, ob lebende Organismen tatsächlich in der Lage sind, die kristalline Struktur des Materials zu verändern. Die ersten Tests sollten mit elektromagnetischen Wellen und mit Schallwellen stattfinden.

Was Dyani vorschwebte, war ein tragbares Gerät, weil sie nicht nur im Labor testen wollten. Hier lagen die Hoffnungen auf Lucas, der ein Experte im Gerätebau zu sein schien. Zu diesem Zeitpunkt lag der Ausgang der Experimente noch völlig im Dunkeln. Die Sorge um ihr Kind trieb Dyani jedoch an. Letztendlich ahnte an jenen Tagen noch niemand, was ihnen später noch begegnen würde.

Institutskindergarten

Rita kam etwas später zum Dienst. Die Kinder saßen bereits beim Frühstück, aber irgendetwas stimmte nicht. Lisa wollte nicht mit am Tisch sitzen. Als Rita nachfragte, setzte sie sich widerwillig zu den anderen, sagte aber nicht, was vorgefallen war. Es brauchte nicht lange, bis die beiden Erzieherinnen die Situation durchschauten. Tristan, Susannas älterer Sohn, hatte ein paar Kinder aus der Gruppe um sich geschart. Fünf andere schienen davon keine Notiz zu nehmen und aßen friedlich ihre Brothäppchen. Lisa strahlte Angst aus und blickte demütig zu Tristans

Gruppe. Rita hielt es für möglich, dass Lisa gehänselt wurde. Irgendetwas war also vorgefallen und das wollte sie nicht ignorieren.

»Möchtest du mir sagen, warum du traurig bist?«

Lisa schüttelte den Kopf.

»Das ist für mich in Ordnung. Ich werde jetzt in mein Zimmer gehen. Du kannst es mir auch später erzählen.«

Es dauerte nicht lange, bis Lisa in Ritas Büro auftauchte. Sie schob sich auf den Stuhl und begann sofort zu erzählen: »Tristan hat gesagt, dass ich krank bin und erst gesund werden muss, bevor ich in die Schule darf.«

»Ich weiß nicht, von wem Tristan so etwas gehört hat, aber ich wüsste es, wenn du krank wärst. Mach dir also keine Sorgen.«

»Es ist bestimmt wegen des Tests.«

»Und wenn schon. Ich habe gehört, dass du richtig gut warst. Ich kenne Anna schon lange. Sie nimmt Kinder in ihre Gruppe auf, die besonders klug sind oder irgendetwas ganz besonders gut können. Du kannst also stolz auf dich sein! Und es wird dir bestimmt viel Spaß machen. Freust du dich schon auf die Übungsstunden mit Anna?«

Lisas Körpersprache verriet, dass sie sich noch nicht sicher war. Die Begegnung mit Tristan muss sie verunsichert haben.

Rita beendete die kurze Unterhaltung: »Ich werde den anderen Kindern erklären, dass du nicht krank bist. Dann wissen alle Bescheid, falls mal wieder jemand komische Sachen erzählt. In Ordnung?«

»Ja.«

Es funktionierte. Trotzdem ärgerte sich Rita, dass sie solche Vorfälle nicht immer im Griff hatte. Eine theoretische Weiterbildung war eben etwas anderes als das Arbeiten mit den Kindern. Obwohl sie erst im Alter von sechs Jahren begannen, ihr Handeln systematisch zu planen, beobachtete Rita auch schon mal frühe Einzelfälle von Mobbing. Tristan wollte sie trotzdem kein böswilliges Handeln unterstellen. Der Vorfall hatte vermutlich eine Vorgeschichte in häuslicher Umgebung. Susannas peinlicher Auftritt beim letzten Elternabend war nicht der erste dieser Art.

Rita hatte während ihrer Ausbildung in einer Kleinstadt unter ländlichen Bedingungen gelebt. Dabei lernte sie auch Kinder aus Flüchtlingsfamilien kennen, merkte aber schnell, dass sie die Arbeit mit diesen Kindern mental belastete. Sie bat eine Kinderärztin um Rat. Es stellte sich heraus, dass die Kinder keine Probleme beim Lernen der neuen Sprache hatten. Anders sah es mit dem Eingewöhnen in ein normales Leben aus. Schuld war etwas, an dem Rita beinahe selbst zerbrach: Der psychische Zustand der Kleinen. Körperlich sah man es ihnen nicht an, aber ihre Augen und unschuldigen Seelen hatten schon Dinge gesehen, die sich viele ihrer deutschen Spielgefährten erst im Teenageralter mit unangemessenen Videospielen »erarbeiten« würden. Bei der Suche nach Hilfe für die psychisch labilen Kinder, war ihre Ausbilderin schließlich auf das Institut in Freiburg gestoßen. Sergei hatte Hilfe zugesagt und Rita bekam die Möglichkeit, mit diesen Kindern nach Freiburg zu kommen. Später wurde ihr dann die Leitung der Kita übertragen.

Berlin, Sondergruppe für Cyber-Abwehr der Bundeswehr

»Und was meinen Sie zu diesem Bericht, Frau Jensen?«, forderte Major Beeske die neue Kameradin aus Dänemark auf, ihre Meinung abzugeben.

Frida antwortete nicht, sondern starrte nur auf das Deckblatt des internen Papiers. Beeske wusste, dass Frida unter einer Art Autismus litt, aber nach jahrelangem Training angeblich fast normal kommunizieren konnte. Mehr hatte er über ihren Gesundheitszustand nicht erfahren, vielleicht auch nicht nachgefragt. Das Schweigen der Kameradin erklärte er sich damit, dass sie wie so oft gar nicht zugehört, aber dafür gedanklich in ganz anderen Welten unterwegs war. Manchmal fragte er sich, ob ihre fehlende Kooperation doch Symptome von Autismus sein könnten. Die ihr bescheinigte Hochbegabung konnte er allerdings nicht erkennen.

Die Neue, wie sie abwertend von Beeske genannt wurde, war eine der wenigen Zivilangestellten und gehörte seit ein paar

Wochen zur militärischen Sondergruppe. Dieser Trupp schützte die NATO-Datennetze vor dem Eindringen feindlicher Kräfte. Als Psychoanalytikerin lag Fridas Stärke darin, Muster in der Kommunikation im Netz zu erkennen, die auf getarnte feindliche Aktivitäten schließen ließen. Das war etwas, womit eine klassische Firewall noch überfordert war.

Jeder Programmierer hinterließ bei seiner Arbeit unbewusst Spuren, meist ganz typische Angewohnheiten, die ihn verraten konnten. Ihren ersten großen Erfolg hatte Frida beim Aufspüren der berüchtigten Hackergruppe *Fancy Bear*, die Jahre zuvor für die Attacke auf den Deutschen Bundestag bekannt geworden war.

Aber Frida hatte im Moment Probleme. Mit ihren Vorhersagen lag sie in letzter Zeit häufiger daneben. Das konnte auch daran liegen, weil geheimdienstlich organisierte Gruppen wie Fancy Bear immer besser verstanden, ihre Spuren im Netz zu verwischen. Finanziell hervorragend ausgestattet, verfügten diese Hacker inzwischen über gefährliche Algorithmen, die sie sich von künstlicher Intelligenz und Quanten-Computern errechnen ließen.

Der Trick der Angreifer bestand in einer perfekten Täuschung durch Nachahmung normaler Aktivitäten. Oft wurden sogar falsche Spuren gelegt, um den Verdacht auf andere zu lenken, sollte der Angriff bemerkt werden.

Warum Frida in eines der geheimsten deutschen Sicherheitsprojekte gesteckt wurde, lag daran, dass sie mehr über diese neuartigen Täuschungsmanöver wusste als ihre Vorgesetzten in Berlin.

Das Ganze nahm seinen Anfang bei einer ungewöhnlichen Begegnung. Während sie ihre regelmäßigen Yoga-Übungen mit traditionell chinesischer Meditation durchführte, hatte Frida eine Vision. In ihrem Kopf entwickelte sich die Idee, wie man an eines der größten Geheimnisse moderner Spionageaktivitäten kommen könnte.

Sie tat es zunächst als Irrsinn ab, und wollte gar nicht weiter darüber nachdenken. Es gelang nicht. Diese Gedanken kamen wieder und wieder. Mit ihrer Erfahrung wusste sie, dass es nicht ohne Grund geschah und holte sich Unterstützung bei einer anderen Person. Es war ihre Freundin Anna Stein aus Freiburg. Sie kannten sich, weil Frida als Vierzehnjährige Kurse in Freiburg besuchte. Sie nannte Anna eine Freundin, hatte aber eigentlich gar keine richtige Erfahrung mit echten Freundschaften. Die meiste Zeit ihrer Kindheit lebte sie in ihrer eigenen Welt. Freundschaften, wie sie andere Kinder pflegten, kannte sie nur aus Büchern. Das hieß aber nicht, dass sie sich keine echten Freunde gewünscht hätte. Wenigstens eine, so wie Birthe von nebenan, die ihren Geburtstag immer mit einer Party feierte.

Bei Anna in Freiburg war es wie in einer anderen Welt. Auf einmal gab es außer ihren Eltern noch andere, die auf ihre Bedürfnisse eingingen und in der richtigen Weise mit ihr sprechen konnten. Während dieser Zeit traf sie Gleichaltrige, die wie sie waren und es war wie Glücklichsein.

Wegen böser Gerüchte über paranormale Aktivitäten im Freiburger Institut, entschied Fridas Vater allerdings, seine Tochter zurück nach Dänemark zu holen.

Das in Freiburg Gelernte reichte trotzdem, um sich an schwierigen Tagen mental mit einigen aus ihrer alten Gruppe verbinden zu können. Die Mitglieder stammten aus mehreren Ländern und unterschiedlichsten Kulturen. Außerdem hatte Frida Glück, weil die Freiburger Spezialisten ihre spezielle Art von Autismus erkannten und einen Teil ihres Gehirns durch gezieltes Training umprogrammieren konnten. So war eine fast normale Kommunikation möglich. Manchmal verstand sie sogar Ironie oder Humor, was vielen Autisten nicht gelang.

Während sie vor einiger Zeit in eine ihrer Meditations-Sitzungen vertieft war, tauschte sie sich in tiefer Trance mit einem chinesischen Gruppenmitglied aus. Als Frida ihm über die Misserfolge bei ihrer Arbeit erzählte, hatten die beiden plötzlich ein verbindendes Thema. Der Freund, ein hoch spezialisierter Programmierer, war ebenfalls unzufrieden mit seinem Job, wenn auch aus anderen Gründen. Durch Unachtsamkeit hatte er einem Programmierer aus Russland Details über streng geheime Vorgänge bei der chinesischen Cyber-Abwehr verraten. Ihn belastete, dass dieser Freund sein Wissen vielleicht nicht für sich behalten würde.

Die Dienstvorschrift seines chinesischen Arbeitgebers einhaltend, ging er deshalb zu seinem Vorgesetzten. Anstatt eines Disziplinarverfahrens bot man ihm eine Bewährung an. Sie beauftragten ihn, erneut Kontakt zu diesem russischen Freund aufzunehmen und ihm einen präparierten Trojaner zu senden. Danach sollte er den Russen zum Wettkampf herausfordern. Wer es mit diesem Trojaner zuerst schaffte, einen der NATO-Kommunikationssatelliten zu kapern, hätte den Wettkampf gewonnen.

Letztlich gelang den Chinesen etwas fast Undenkbares. Der Trojaner war nicht nur ein Spielzeug für zwei ehrgeizige Programmierer und zeigte Schwächen westlicher Satelliten auf. Nebenbei hatten die Chinesen ohne Wissen des unglücklichen Programmierers fortan einen Fuß in den Netzwerken des russischen *GRU*. Bis dahin war das jedoch noch nichts Spektakuläres.

Frida erfuhr etwas später, dass den chinesischen Freund das schlechte Gewissen plagte, weil er seinen russischen Hackerkollegen hintergangen hatte. Die Vorgesetzten hatten ihn ausgenutzt und das mit dem Dienst am Vaterland und der Partei begründet.

Nach dem Geständnis ihres Freundes kam Frida der Gedanke, die Chinesen könnten ein groß angelegtes Täuschungsmanöver vorbereiten. Vielleicht wollten die den Verdacht der Cyberspionage so auf die Russen lenken. Deren Troll-Brigaden hatten schon so viele Schandtaten auf ihrem Konto, da könnte man ihnen auch noch ganz andere Hackerangriffe unterjubeln. Mit diesen Gedanken im Kopf, wandte sich Frida an ihre heimatliche Whistleblower-Adresse in Kopenhagen. Dort nahm man sie sehr ernst und informierte die interne NATO-Informationszentrale.

Dann ging alles sehr schnell. Frida bekam einen Auftrag innerhalb der NATO Cyber-Abwehr. Sie wurde nach Deutschland zur dazugehörigen Einheit bei der Bundeswehr geschickt. Zu ihrem geheimen Auftrag gehörte herauszufinden, ob die Chinesen so weit gehen würden, einen Teil der nach dem Mauerfall in Deutschland verbliebenen russischen Staatsangehörigen für ihre Zwecke zu missbrauchen.

Alles fing mit dem kleinen Missgeschick dieses chinesischen Hackers an. Was weder Frida noch die westlichen

Nachrichtendienste wussten, war, dass sich die Chinesen über diesen Weg bereits Zugang zur berüchtigten russischen Hacker-Gruppe *Fancy Bear* verschafft hatten. Niemand konnte also genau wissen, ob die Moskauer Cyberaktivitäten wirklich immer russischen Ursprungs waren.

Wie bei Geheimdienstoperationen üblich, wussten auch Vorgesetzte nicht immer alles über ihre Unterstellten. Major Beeske ahnte zwar, dass Frida einen verdeckten Auftrag haben könnte, es gelang ihm jedoch nicht, seine Skepsis vor der medial geschulten Agentin zu verbergen.

Erst zwei Jahre zuvor war Beeskes Arbeitsgruppe von den europäischen NATO-Partnern zusammengestellt worden. Deutschland hatte sich spät entschlossen, die von der NATO geforderten Spezialisten bereitzustellen. Man wollte damals zwar unabhängiger von den Amerikanern werden, zögerte aber lange, die Mittel bereitzustellen. Erst als klar wurde, wie stark die westlichen Demokratien schon von ausländischen Kräften beeinflusst wurden, wachten die Verantwortlichen auf. Natürlich beobachtete man auch, wie sich eine Zweckliebe zwischen den Präsidenten Chinas und Russlands entwickelte. Trotzdem glaubten im Westen nur wenige an eine dauerhafte Allianz dieser beiden. Die Skepsis war begründet, denn historisch betrachtet hatten Autokraten eines gemeinsam: Sie entwickelten im Laufe der Zeit eine Paranoia, vertrauten niemandem und waren deshalb unfähig, echte Freundschaften zu entwickeln.

Der Bericht, um den es in diesem Meeting ging und zu dem Frida Stellung nehmen sollte, enthielt kritische Aussagen darüber, dass die westlichen Geheimdienste immer öfter bei den Vorhersagen daneben lagen. Über die Ursachen wurde viel spekuliert. Besonders bitter war, dass es Menschen wie Frida mit ihrer herausstechenden Intuition ebenfalls schwerer hatten, nennenswerte Ergebnisse zu erzielen. Das nahm sich Frida natürlich zu Herzen.

Frida saß immer noch am Konferenztisch, wo sie von Beeske Minuten zuvor aufgefordert wurde zu antworten. Von ihrem gedanklichen Ausflug zurückgekehrt, schaute sie ihren Vorgesetzten an. Um genau zu sein, starrte sie. Beeske ahnte, dass nun gleich wieder eine von ihren geistreichen Metaphern folgen würde. Er vermied es deshalb, den Blick zu erwidern. Sie könnte es als Aufforderung verstehen, etwas zu sagen.

Das funktionierte nicht ewig. Auch ohne Aufforderung und zu einem Zeitpunkt, als längst ein neues Thema besprochen wurde, legte Frida plötzlich los: »Ein Kapitän gibt die Kommandos ans Ruder. Kennt er die Schwächen des Ruders nicht oder fehlen Informationen über die Strömungsverhältnisse, muss ständig nachgesteuert werden.«

Alle am Tisch verstummten. Auch wenn sie ungewöhnliche Wortmeldungen von Frida gewöhnt waren, schienen die anderen verwirrt und warteten auf eine Erklärung. Frida konnte diese Form der Aufmerksamkeit nicht lange ertragen und richtete die Augen verlegen auf ihre Hände.

Beeske fragte genervt: »War das Ihre Stellungnahme zum Lagebericht?«

Emotionslos antwortete Frida: »Das war, was mir beim Lesen als Erstes aufgefallen ist.«

»Und Sie meinen, ich bin dieser Kapitän, der die Schwächen des Systems nicht kennt? Soll das die Entschuldigung sein, warum Sie in letzter Zeit bei allen Vorhersagen daneben lagen?«

Frida schaute auf die Tischplatte, während sie antwortete: »Wenn beim Flugzeug ein Rumpfteil verloren geht, waren nicht die fehlenden Bolzen schuld. Zuvor muss eine ganze Kette von Sicherheitsvorkehrungen versagt haben. Der größte Mangel ist meistens die fehlende Weiterleitung von Information.«

»Übertreiben Sie da nicht etwas? Warum vergleichen Sie dieses Beispiel aus der Luftfahrt mit unserem Lagebericht?«

Als Skandinavierin sträubte sie sich innerlich, Beeske zu siezen, auch wenn es ihr Vorgesetzter war: »Das werde ich dir erklären. Seit Jahren wissen wir, dass unsere Gegner mit Quantencomputern experimentieren. Damit werden sie die Mängel der heutigen KI schnell beheben. Erst mit neuen Quantenalgorithmen bekommt man die Chance, in eine Ebene des erweiterten

Bewusstseins vorzudringen. Wer diese Stufe zuerst erreicht, wird der wahre Beherrscher der Datennetze sein!«

»Das klingt sehr pathetisch. Wie Sie wissen, fehlen uns nicht die Quantencomputer, sondern die dazugehörigen Programmierer. Von den Leuten, die die KI anlernen sollen, ganz zu schweigen.«

Frida ärgerte sich über die Begriffsstutzigkeit ihres Chefs: »Das weiß ich natürlich. Und du kennst auch meine Meinung hierzu: Die benötigten Algorithmen können gar nicht mehr von einzelnen Programmierern entwickelt werden. Dazu braucht man den geistigen Zusammenschluss vieler intelligenter Leute. Ich bitte dich noch einmal, Kontakt mit Freiburg aufzunehmen. Die haben uns damals bereits helfen können. Ich meine die Suche nach dem verschwundenen U-Boot.«

»Damals ging es um einen internationalen Konflikt und außerdem war es Zufall, dass sich ein Medium an Bord des U-Bootes befand. Nur so war ein Kontakt möglich. Wir können unsere Agenten nicht alle in Meditation und Telepathie ausbilden.«

Frida war zu müde, um weiter zu reden und zuckte nur mit den Schultern. Über den Vorgang zwei Jahre zuvor wusste sie auch nicht alles. Nur Indizien sprachen dafür, dass dort bereits Dinge im Einsatz waren, die ihr auch jetzt beim Aufspüren von Agentenaktivitäten helfen würden. Inzwischen war Frida überzeugt, dass Beeske sie dabei nie wirklich unterstützen würde. Kein Wunder, dieser Mann war dafür ausgebildet, rationale Entscheidungen in einem von Computern dominierten Schlachtfeld zu treffen. Beeske war ausschließlich auf konventionelle Technik fokussiert. Mit Fernwahrnehmung, Telepathie oder ähnlichen Dingen konnte er nichts anfangen. Dass er sich jetzt mit ihr herumärgern musste, machte ihn vermutlich unsicher. Um es nicht zugeben zu müssen, steigerte sich Beeske deshalb in immer mehr Ablehnung.

Für Frida war inzwischen klar, dass sie auf eigene Faust vorgehen musste, wenn ihre Vorhersagen feindlicher Aktivitäten wieder effektiv werden sollten.

Der Blick auf die Uhr zeigte, dass sie schon zwölf Stunden in diesen Räumen verbracht hatte. Sie wählte den Weg zum

Fitnessraum und steuerte die gemütliche Meditationsecke an. Dort waren schon zwei Kameradinnen mit Yoga-Übungen beschäftigt. Sie suchte sich eine Matte abseits der anderen und begann mit der ersten Entspannungsübung.

Auf dem Nachhauseweg ging Frida an einem asiatischen Restaurant vorbei. Im Erdgeschoß gab es einen To-Go-Schalter, aber das online bestellte Abendessen war noch nicht fertig. Eine mit Ketchup bekleckerte Bank sollte das Warten angenehmer machen. Sie setzte sich auf die Lehne und fand schnell wieder zu ihren Gedanken zurück: *Offiziell darf ich mich nicht an Anna wenden, aber es kann nicht schaden, nachzuschauen, woran dort gerade gearbeitet wird.*

Das Institut galt wie die meisten Forschungseinrichtungen als systemrelevant und wurde somit vom Staatsschutz überwacht. Die Maßnahmen beschränkten sich aber auf die Überwachung der Internetknotenpunkte. An der Firewall endete der Einfluss der Datenhüter. Alle Vorgänge innerhalb des Instituts lagen in eigener Verantwortung. Fridas Idee war, nach Schwachstellen zu suchen. Manchmal fiel ihr bei solchen Aktionen ein kleines Löchlein auf, durch das sie dann selbst einen Blick wagen konnte.

Im Schneidersitz auf ihrem Drehstuhl beobachtete Frida die Datenströme und Internetadressen, die zu diesem Institut führten. Von Zeit zu Zeit stopfte sie etwas von dem Reisgericht in sich hinein. Die Eingabe von Befehlen mit den Augen war zwar bequem, aber nach dem langen Tag passierten ihr schon viele Fehler, sodass sie doch ihre Hände an die Tastatur legte.

Komisch, mit den Fingern an der Tastatur hat man mehr das Gefühl, etwas Unerlaubtes zu tun, überlegte sie, als ob man mit den Händen tiefer in private Bereiche eindringen würde als mit den Augen.

Das Durchsuchen war eintönig, zumal sie lange überhaupt nichts Auffälliges fand. Parallel prüfte eine Software, ob ihre Aktivitäten von irgendjemandem beobachtet wurden. Dieser Schritt war für den Selbstschutz jedes Hackers unverzichtbar.

Als ihre Augen schon den Dienst versagen wollten, poppte eine erste Meldung auf. Der Code bedeutete hohen Datenverkehr außerhalb der üblichen Zeiten. Es war also nur eine Abweichung von der erwarteten Statistik. Sie klickte die Meldung weg, aber sie erschien nach zwanzig Sekunden erneut. Das weckte Fridas Neugier: *Nanu? Der Kindergarten des Instituts sendet mitten in der Nacht Datenpakete?*

Das war auffällig genug, um etwas genauer hinzusehen. Die Zieladresse war ein gewöhnlicher Cloudspeicher. Das sprach für ein reguläres Backup. Es konnten aber auch einfach Aufzeichnungen von Überwachungskameras im Außenbereich sein. Trotzdem gab das keine befriedigende Antwort, denn Bewegungen von Tieren oder Menschen wären niemals so regelmäßig.

Ihre Skepsis war berechtigt, denn sie bekam bald die Bestätigung: Die Datenpakete wurden über das *Tor-Netzwerk* an verschiedene Serveradressen weitergeleitet. Zeitlich versetzt holte dann jemand die Pakete wieder ab. Als endgültiges Ziel machte Frida ein chinesisches Restaurant in Berlin ausfindig. Aber das konnte auch eine Tarnadresse sein, um den Weg der Daten zu verschleiern. Freie Internetzugänge wurden für solche Zwecke gern missbraucht.

Frida überlegte, ob der Kindergarten mit seinem W-LAN auch eine Schwachstelle des Instituts sein konnte und sich als Hintertür zu den wissenschaftlichen Abteilungen eignete. Ähnliche Fälle hatte es gegeben, um in Industrieanlagen der kritischen Infrastruktur Schadsoftware zu installieren. Sie wollte ihren Fund schon abhaken, denn das könnte man auch später noch den zivilen Behörden zur Überprüfung melden. Dann kam ihr aber ein unheimlicher Gedanke.

Eigentlich nur, um eine Bestätigung für ihren Irrtum zu finden, checkte sie, ob auch direkt im Gelände des Kindergartens Kameras installiert waren. Es war so. Der genaue Standort war nicht zu sehen, aber die Bildinformationen lieferten die Identität des Kameratyps und da waren sowohl einbaufähige Kleingeräte als auch wettertaugliche Kameras dabei.

»Sie haben ohne Auftrag …, schlimmer noch, gegen meine Anweisung gehandelt!«, schrie Beeske, nachdem er Fridas Report über den merkwürdigen Vorgang im Freiburger Kindergarten erhalten hatte.

»Aber angesichts dieses Verdachtes, ist es doch egal, unter welchen Umständen …«

»Halten Sie den Mund! Selbstverständlich werde ich Ihren Bericht weiterleiten. Die Leute von der Abwehr werden aber Fragen haben, wie wir ohne Genehmigung an diese zivilen Daten gelangt sind. Und glauben Sie bloß nicht, ich würde diesen Disziplinverstoß in irgendeiner Weise decken!«

Frida unterließ es, zu widersprechen und ging an ihren Schreibtisch zurück.

Eine Woche später hatte sie von der Sache noch nichts gehört und schaute selbst nach, was aus ihrer schriftlichen Meldung an Beeske geworden war. Der Vorgang war als abgeschlossen gekennzeichnet. Das hieß, Beeske wartete nicht mehr auf eine Rückmeldung von der übergeordneten Stelle.

Sie beschloss, mit Anna Verbindung aufzunehmen, musste sich aber etwas einfallen lassen, um nicht gegen das Kontaktverbot zu verstoßen. Natürlich wusste Frida, dass jede elektronische Kommunikation Spuren hinterließ. Solche Spuren waren immer das Erste, wonach Cyber-Agenten wie sie im Netz suchten.

Erst Stunden später fiel ihr ein, dass sie gar keine der üblichen Kontaktkanäle benötigte. Es gab noch eine ganz andere Möglichkeit. Jeder ehemalige Kursteilnehmer konnte über eine App mit den Freiburger Dozenten in Kontakt treten. Dieses Tool hatte Sergei Fjodorow als Institutsdirektor vor Jahren eingeführt. Und das aus gutem Grund, wie ihr jetzt gerade wieder bewusst wurde.

Wenn möglich, vermied es Frida mit Fremden über ihre Begabung zu sprechen. Dadurch stufte man sie oft einfach nur als Autistin ein. Das war ihr eigentlich auch ganz recht so. Unter einer Autistin konnten sich die meisten etwas vorstellen und das ersparte ihr Nachfragen darüber, welche mentalen Fähigkeiten sie noch hatte. Das, was sie mit ihren Gedanken anstellen konnte, würden sowieso nur wenige verstehen. Wenn sich so ein

Gespräch dann doch einmal ergab, merkte Frida schnell, dass es unter Nichteingeweihten die Vorstellungen gab, Menschen mit paranormalen Fähigkeiten seien anderen überlegen. Deshalb müsse man die Bevölkerung vor solchen Freaks schützen. In Sergeis Institut dagegen wusste man, dass Menschen mit diesen Begabungen eher sensibler und verletzlicher waren als allgemein angenommen.

Da sich Frida bei psychischen Problemen nicht einfach so an Schulmediziner wenden konnten, bot ihnen die institutseigene Handy-App in besonderen Situationen Hilfe. Diesen Kanal hatte Frida noch nie in Anspruch genommen, aber nun wollte sie es nutzen, auch wenn es eigentlich gar nicht um sie selbst ging.

Aber, wie so oft, hatte jede gute Idee einen Haken und Frida ahnte nicht im Geringsten, worauf sie sich da einlassen würde.

Köln, Zentrale des Militärischen Abschirmdienstes (MAD)

Nur noch wenige Fenster an der Fassade waren erleuchtet. Oberst Kutzner saß in einem kleinen Besprechungsraum und hatte zwei Gäste. Er war ein Pedant und hatte Angewohnheiten, die andere zum Wahnsinn treiben konnten. Besonders das Weglassen von Pausen in seinen endlosen Besprechungen nervte. Manche hatten sogar den Eindruck, er mache sich einen Spaß daraus, die Vielkaffeetrinker zu ärgern, wenn sie mit einer verkrampften Sitzhaltung nach Entspannung im Blasenbereich suchten.

An diesem Abend saßen ihm keine Unterstellten gegenüber, mit denen er seine Machtspiele treiben konnte. Es hatte Ärger gegeben. Eigentlich hätte dieses Gespräch am nächsten Tag im Verteidigungsministerium stattfinden sollen. Es sollte eines der regelmäßigen Treffen mit dem Bundesnachrichtendienst werden, wo zivile und militärische Aktivitäten abgestimmt wurden. Stattdessen waren zwei Beamte des Verteidigungsministeriums nach Köln gereist, um mit Kutzner einen akuten Vorfall zu besprechen. Das Besondere an diesem Fall war, dass es dafür noch keinen Notfallplan zur Abwehr gab, obwohl bereits die Wehrbeauftragten des Bundestages auf solche Risiken hingewiesen hatten.

Kutzner war im Ministerium nicht beliebt, trotzdem schätzte man seine ausgezeichneten Kenntnisse im Bereich der Cyber-Abwehr. Den eigenen Personalmangel bekämpfte er anders als seine Kollegen in Berlin. Dort überprüfte man die Kandidaten für geheime IT-Projekte immer noch mit klassischen Mitteln. Kutzner wusste, dass gefälschte Lebensläufe bei gezielt eingeschleusten Agenten nicht nur in Kinofilmen vorkamen. Seine engeren Mitarbeiter waren schon genervt, wenn er bei jeder Gelegenheit einen seiner uralten Witze erzählte: »Die besten IT-Spezialisten sind solche, die ihre Einladung zum Vorstellungsgespräch selbst schreiben.«

Wegen seines notorischen Misstrauens nutzte er eigene Methoden für die Personalentscheidungen. Alle IT-Mitarbeiter wurden psychologischen Tests unterzogen, viel umfangreicher als in Deutschland üblich. Das war ihm während seiner Zeit in den Vereinigten Staaten beigebracht worden, wo er die Rekrutierung von speziellen NATO-Mitarbeitern kennengelernt hatte. Wer regelmäßig im Einflussbereich feindlicher Kräfte arbeitete, war auch deren psychologischen Kriegsführung ausgesetzt.

Kutzner wusste bereits, worum es ging, und richtete eine Frage an seine beiden Gäste: »Worauf stützt sich Ihr Verdacht?«

»Der gestern aufgetretene Vorfall ähnelt dem von 2021 in der US-Botschaft in Berlin. Auch der Fall beim NATO-Gipfel 2023 in Vilnius gleicht diesen Symptomen.«

»Tatsächlich? Sie gehen davon aus, dass das *Havanna-Syndrom* wieder aufgetaucht ist?«

»Wundert Sie das?«

»Ich hatte die Hoffnung, die Russen hätten diese Form der Angriffe eingestellt, nachdem sie von mehreren Geheimdiensten beschuldigt wurden. Danach traten meines Wissens keine neuen Fälle mehr auf.«

»Entweder traten keine auf, oder wir haben sie nicht bemerkt. Bis jetzt ist es nur eine Vermutung, aber die russische Waffe, sofern es überhaupt die Russen waren, muss inzwischen verbessert worden sein.«

»Tatsächlich, inwiefern?«

»Die früheren Angriffe schienen nur dazu gedient zu haben, die Birne feindlicher Diplomaten weich zu kochen und so Verunsicherung hervorzurufen. Aber die ganzen Umstände machen meines Erachtens keinen Sinn. Wer mit solchem Aufwand kocht, will auch essen.«

Kutzner stimmte ihm zu: »Es gibt bereits seit den 1960ern Berichte über ähnliche Symptome, allerdings unter ganz anderen Umständen. Und wie Sie wissen, glaube ich nicht an die dort beschriebenen UFO-Entführungen.«

»Egal, wie wir es nehmen, unsere nachrichtendienstlichen Partner haben Grund zur Annahme, dass der Feind jetzt über eine verbesserte Technologie verfügt. Dabei sollen kaum noch Nebenwirkungen auftreten. Wobei das nicht ganz richtig beschrieben ist, denn Symptome sind definitiv aufgetreten, aber nur bei sensiblen Personen.«

»Dann würde ich es eher gefährlich nennen als interessant. Ohne Nebenwirkungen könnte die Dunkelziffer nämlich viel höher sein. Wie dem auch sei. Was wollen Sie tun, um die Angreifer zu stoppen?«, fragte Kutzner.

»Zunächst möchten wir, dass Sie umgehend die CIA informieren und warnen. Wir vom Ministerium könnten nur den offiziellen Weg über die Botschaft nehmen, aber das scheint unter diesen Umständen unangebracht. Keiner weiß, ob dort nicht auch schon wieder ein Angriff läuft. Falls es sich um eine Abhöraktion handelt, sollte der potenzielle Angreifer nicht mitbekommen, dass wir schon Bescheid wissen.«

»Sie haben recht, aber mir macht noch etwas anderes Sorgen: Wenn die Symptome nur bei Menschen mit besonderen mentalen Eigenschaften auftreten, könnten diese Leute das eigentliche Ziel des Angriffs sein. So nach dcm Motto: Wer Kopfweh hat, muss zur Psycho-Gruppe gehören.«

»Das sehe ich auch so«, meinte der zweite Mann aus Berlin. »Jedenfalls ist es denkbar, dass sie damit herausfinden wollen, welche Agenten die Fähigkeit zur Fernwahrnehmung haben.«

Kutzner wurde immer nervöser: »Verdammte Scheiße. Das ist wirklich knifflig. Jetzt müssen wir diese Leute vielleicht vom Schlachtfeld holen, bevor sie gegrillt werden.«

»Richtig. Zumindest, solange nicht klar ist, womit wir es zu tun haben.«

Freiburger Universität, Physikalisch-Chemische Fakultät

»Bulli hat sich krank gemeldet. Heute wollten wir eigentlich mit den Biologen über die Steine sprechen«, erklärte Dyani ihrem neuen Mitarbeiter Lucas. »Ich denke, das Treffen sollte auch ohne Bulli stattfinden. Die haben mich angerufen, weil es Neuigkeiten gibt. Wäre ganz gut, wenn du stattdessen mitkommst.«

Etwas später saßen sie im Nachbargebäude bei Andreas Fugel, dem Leiter der Forschungsgruppe »Biophysikalische Phänomene«. Manche bezeichneten Andreas Gruppe auch als Biofreaks, weil sie schon gruslige Biomasse gezüchtet hatten. Auch Tony kannte Andreas aus gemeinsamen Projekten. Vor ein paar Jahren haben sie sich mit Leuchterscheinungen im Meer beschäftigt, die regelmäßig an Flussmündungen auftreten. Das Leuchten wurde von Satelliten bemerkt und der erste Verdacht fiel auf größere Plankton-Teppiche, die sich vom nährstoffreichen Süßwasser ernähren. Das konnte später auch bestätigt werden, aber Andreas hatte noch ein anderes Phänomen im Auge. Während der Versuche im Labor stellte sich heraus, dass der Leuchteffekt auftrat, nachdem man das Plankton mit einem gerichteten Mikrowellenstrahl beschossen hatte. Leider wurde das Plankton von den Mikrowellen zerstört. Deshalb gingen sie davon aus, dass das Leuchten im Meer einen anderen Grund haben musste. Inzwischen war das Projekt aus finanziellen Gründen eingestellt worden.

»Mit diesen Steinen habt ihr uns eine knifflige Sache gegeben«, begann Andreas das Meeting.

»Ich wollte euch mal herausfordern, damit ihr nicht immer nur nach alten Hüten sucht!«, versuchte Dyani zu scherzen.

»Nach alten Hüten? Was meinst du damit?«

»Sagt man im Deutschen nicht so für Althergebrachtes?«

»Ich glaube, du brauchst einen moderneren Deutschlehrer!«

»Das habe ich von Tony!«, beschwerte sich Dyani.

»Na, wie auch immer, jedenfalls handelt es sich bei euren Steinen um ein faszinierendes Zeug.«

Lucas dachte in zwei Richtungen. Zum einen war sein Auftrag, die Entdeckungen möglicher Eigenschaften für die Elektronikindustrie zu sabotieren. Andererseits hörte sich dieser Biologe an, als wäre er noch einer ganz anderen Sache auf der Spur. Lucas interessierte sich neben seinen Nanofiltern natürlich auch für jede andere Innovation. Seine Ohren versuchten von nun an, jede Kleinigkeit aufzuschnappen.

Andreas bestätigte, dass sich das Material wie ein Mechanismus verhält, der auf Umweltbedingungen reagierte. Aber dann sagte er etwas, dass Dyani aufhorchen ließ: »Wenn ich es nicht besser wüsste, würde ich sagen, dass sich diese Steine wie ein Organismus verhalten.«

»Ein Organismus?«

»Und ob! Das wissen wir aber nur, weil meine Kollegin auf eine völlig absurde Idee kam. Sie musste mich dazu überreden, so eine bekloppte Sache auszuprobieren.«

»Jetzt spanne uns nicht auf die Folter!«

Andreas hatte schon zur Antwort angesetzt, stockte aber nochmal und ging in einen Nebenraum. Mit einem luftdicht verpackten Rollwagen kam er zurück, auf dem zwei Glasschalen nebeneinander lagen. In jeder Schale ein kleines Stück von den Steinproben.

»Auf den ersten Blick sieht es vielleicht nach einem Versuchsaufbau aus dem letzten Jahrhundert aus, aber Sabine wollte das so. Sie fuhr den Wagen tagelang mit sich herum.«

»Warum denn?«

»Also das kam so: Sie hatte einen Verdacht, wie der zusätzliche Kohlenstoff in das Material gekommen sein könnte. Wir wussten erstmal nur, dass es nicht aus der Luft und auch nicht aus dem Verpackungsmaterial kam. Die Steine hatten ansonsten nur Kontakt mit Menschen, beziehungsweise mit deren Händen. Das brachte Sabine auf die Idee, etwas Hornhaut von ihren Händen abzurubbeln. Es funktionierte tatsächlich. Kaum lag das Hautgewebe daneben, nahm das Gestein Kohlenstoff auf. Aber bald waren die Finger abgerubbelt und so versuchte sie es mit tierischem Gewebe.«

Dyani ahnte schon, was Andreas sagen wollte: »Hat nicht funktioniert?«

»Nee. Also bettelte sie bei allen Kollegen um etwas Hornhaut und siehe da, …«

»Was denn nun?«

Andreas zuckte mit der Schulter: »Hat auch nicht funktioniert. Nur ihr eigenes Gewebe wurde von den Steinen aufgenommen. Das heißt, dieses Gestein entzieht den Zellen von bestimmten Menschen Kohlenstoff.«

Lucas war echt überrascht, aber bei all dem, was er in Freiburg schon gesehen hatte, wunderte ihn nichts mehr. Er äußerte sich vorsichtig: »Sabine muss also etwas in ihrem Zellgewebe haben, das mit dem Material reagiert.«

Andreas lehnte sich zurück, bemüht, gefasst zu wirken: »Wir hatten einen Verdacht, der sich inzwischen auch bestätigte: Bei Sabine liegt eine minimale genetische Abweichung im Chromosom 11 vor.«

Dyani war angespannt, sagte aber nicht, was sie von Anna über diese Gen-Anomalie erfahren hatte. Sie dachte nach: *Lucas weiß noch nichts über Lisas Testergebnisse. Auch die Tatsache, dass mehrere Mitarbeiter in Tonys Institut so eine Anomalie haben, wissen nur sehr wenige. Das hat Fremde auch gar nicht zu interessieren. Und vermutlich weiß Lucas auch nicht, dass in unserem Partnerinstitut unter der Leitung von Sergei Kinder und Jugendliche ausgebildet werden, die alle bestimmte genetische Abweichungen haben. Das kann ich jetzt unmöglich in dieser Runde ansprechen!*

Nach der kurzen Pause fühlte sich Sabine aufgefordert, etwas zu erklären: »Andreas hat ja schon angedeutet, dass es sich um einen Organismus handeln könnte. Wie wir wissen, unterscheiden sich Organismen von toter Materie, weil sie einen Plan verfolgen.«

»Einen Plan?«, fragte eine hinzugekommene Assistentin.

»Der wichtigste Plan eines Organismus ist es zu überleben. Und wenn ihr mich fragt, sieht dieses Vorgehen sehr planmäßig aus.«

Lucas schüttelte den Kopf: »Daran glaube ich nicht. Ich kenne mich mit programmierbaren Kristallen ganz gut aus. Sollte dahinter ein Plan stecken, dann könnten die Sky Stones auch nur das übertragende Medium sein, so wie ein Roboter, der ein von Menschen geschriebenes Programm abarbeitet.«

»Du hast da eben von Verhalten gesprochen. Das klingt, als würdest du unsere Theorie gar nicht mehr ablehnen. Einigen wir uns doch erstmal darauf, dass die Steine so etwas wie eine Maschine sind, die im Auftrag eines fremden Organismus agieren. Was meint ihr?«

»Das erscheint mir jedenfalls plausibler als ein eigenständiges Handeln. Immerhin liegen in diesen Petrischalen nur Bruchstücke eines toten Materials.«

Sabine schüttelte den Kopf: »Nicht ganz. Es liegt Zellgewebe meiner Haut neben den Steinen und wie es aussieht, sind die Steine auch noch wählerisch und wollen nur Gewebe von mir.«

Lucas musste zustimmen: »Zugegeben, das ist etwas gruslig.«

Andreas versuchte, sich seine Gedanken nicht anmerken zu lassen, die ihn innerlich aufwühlten: *Es ist in meinem Verantwortungsbereich passiert und Sabine geht es nicht gut. Sie kann nicht einfach zum Arzt gehen und behaupten, dass sie diese Steine füttern muss, um keine Kopfschmerzen zu bekommen. Wir müssen selbst einen Weg finden!*

Zu den anderen meinte er: »Egal, welchen Grund das alles hat, wir brauchen jetzt schnell eine Lösung für Sabine. Alles andere können wir später klären.«

»Wozu braucht ihr eine Lösung? Ich nehme das ganze Zeug wieder mit und ihr macht einen Haken an die Sache«, sagte Dyani, entschlossen, ihren Auftrag an die Kollegen sofort zurückzuziehen.

Andreas wirkte verzweifelt: »Das geht leider nicht!«

»Wieso?«

»Sobald Sabine aufhört, ihre zwei Steinchen zu füttern, bekommt sie Kopfschmerzen. Inzwischen nimmt sie die Behälter schon mit nach Hause, aber an ihrem Körper wird die Hornhaut knapp. Womit soll sie dann füttern?«

»Verbrennt das Zeug doch einfach!«

»Leider keine gute Idee. Das habe ich nämlich schon getan. Kaum waren die Steinchen in Rauch aufgegangen, ging es Sabine schlechter. Erst als wir erneut zwei Bruchstücke des Materials angesetzt und gefüttert hatten, wurde es besser.«

Dyani wurde übel und man musste es ihr auch angesehen haben, denn sie war nun den besorgten Blicken der anderen ausgesetzt: »Es tut mir so leid, dass ich euch damit in Schwierigkeiten gebracht habe!«

»Es konnte doch keiner ahnen, was harmlose Steinchen anrichten können!«, versuchte Andreas zu beruhigen, aber Dyanis Gedanken waren bereits ganz woanders: *Diese verdammten Steine! Ich muss sofort hier weg und nach den Kindern schauen!*

Was Lucas da gerade gehört hatte, faszinierte und beunruhigte ihn zugleich. Es warf immer mehr Fragen auf und selbst die in paranormalen Dingen erfahrenen Biologen konnten sich das Verhalten der Steine nicht erklären. Aber wirklich nervös machte ihn, dass es nur bestimmte Menschen betraf. Wussten seine Auftraggeber bereits davon? Hatte man ihm verschwiegen, dass er sich selbst in Gefahr bringen könnte?

»Tony? Warum meldest du dich nicht zurück? Es ist dringend!«, beendete Dyani ihre Sprachnachricht. Sie wollte nicht mehr warten und ging zur Kinderbetreuung, schnappte sich Antony und fuhr nach Hause.

»Was machst du denn schon hier? Ist etwas mit Antony?«

Dyani schaute sich um und sah sofort, dass Stinka wieder etwas angestellt haben musste: »Sag mir lieber, warum du nicht ans Telefon gehst! Das hätte mir viel Aufregung erspart!«

»Telefon? Ach richtig, das ist noch leise gestellt. Ich musste eine Konferenzschaltung unterbrechen, weil Lisa aufgeregt zu mir kam. Sie behauptet, Stinka hätte ihren blauen Stein verschluckt. Jetzt versuchen wir, das Ding wieder rauszubekommen.«

»Waaas? Der Stein ist doch viel zu groß zum Verschlucken!«
Lisa stand daneben und erklärte: »Er war in meiner Socke drin. Papa wollte mit mir einen Lederbeutel basteln. So einen, wie Anna für ihren Stein hat.«

»Wieso ist Lisa überhaupt zuhause?«, fragte Dyani.

Tony schaute auf die Uhr und antwortete: »Sie hat doch heute ihren zweiten Termin bei Anna.«

»Ach richtig. Aber dann hättet ihr schon aufbrechen müssen. Jedenfalls müssen wir uns jetzt erst mal um den Hund kümmern.«

Sie hockte sich vor Lisa, um zu fragen: »Bist du sicher, dass Stinka den Stein verschluckt hat? Wie kam sie denn an ihn heran?«

»Die Socke mit dem Stein drin hab ich aufs Bett gelegt und dann …«

Lisa begann zu weinen und Tony erklärte, während Dyani sie tröstete: »Du weißt doch, wie verrückt der Hund auf Socken ist. Sie hat sich das Knäul sofort geschnappt und als wir es ihr wegnehmen wollten, hat sie es runtergewürgt.«

Dyani verstand: »Die Socke war wie eine Beute. Bevor Jagdhunde eine Beute hergeben, verschlingen sie es lieber. Das Hergeben hat sie noch nicht gelernt.«

»Ich fahre jetzt zum Tierarzt!«, entschied Tony und Lisa bettelte, mitkommen zu dürfen.

Weil Dyani keinen Einwand hatte, gab er nach: »Dann los! Aber warte mal, kommt heute Abend nicht Anja, um Stinka wieder abzuholen?«

»Richtig, die zwei Wochen sind rum. Ich rufe sie an, dass ihr euch etwas verspäten werdet.«

Die Ultraschallbilder bestätigten den Fremdkörper in Stinkas Magen. »Wir sollten ihn entfernen, denn diese Größe kann einen Darmverschluss verursachen«, empfahl die Tierärztin.

»Wie geht das?«, wollte Lisa wissen.

»Schau hier: Ich schiebe diese kleine Sonde über das Maul in den Magen. An der Spitze ist so etwas wie ein Meißel. Mit Schalltechnik zerkleinern wir den Stein und wenn alles funktioniert, können wir ihn zusammen mit der Socke wieder rausziehen.«

»Dann ist der Stein aber kaputt!«

»Das stimmt.«

Lisa war die Enttäuschung über den verlorenen Talisman anzusehen. Tony dagegen war erleichtert und tröstete sie. Trotzdem hatte er ein ungutes Gefühl bei der Sache.

Je näher sie der Wohnung kamen, umso aufgeregter wurde Stinka.

»Sie ahnt vielleicht, dass Anja gleich kommt«, erklärte Tony und Lisa nickte wieder wie selbstverständlich, als hätte sie sich das von Erwachsenen abgeschaut.

Anjas Auto stand schon vor dem Haus und Stinka quietschte vor Wiedersehensfreude, während Lisa feuchte Augen bekam.

Tony hielt gleich den Plastikbeutel hoch. Die bunte Socke war deutlich zu sehen. Als Anjas Auto wegfuhr, griff Dyani hinein, um den Stein herauszufischen. Ihr Aufschrei ließ Tonys Atem stocken. Auch Lisa starrte erschrocken auf ihre Mutter.

»Was ist mit dem Stein passiert?«

Tony verstand gar nicht, warum sich Dyani so aufregte: »Den hat die Tierärztin zertrümmert, danach ließ er sich durch die Speiseröhre wieder rausziehen.«

Im Beisein von Lisa wollte Dyani ihre Aufregung nicht zeigen: »Okay, dann lasst uns mal Abendbrot machen.«

Tony fragte nicht, machte sich aber Gedanken, warum Dyani so nervös war: *Sie ist früher nach Hause gekommen, benimmt sich anders als sonst und nun beobachtet sie jede Bewegung von Lisa. Weiß sie etwas, das ich noch nicht weiß? Sicher will sie noch warten, bis wir allein sind. Aber warum hat sie sich über den Verlust des Steins so aufgeregt? Unter den vielen Bruchstücken wird doch noch ein anderes Stück für Lisa dabei sein.*

7 – Plötzlich ist alles anders

Freiburg, Institut für Psychologie und Verhaltensforschung

Dyanis Vermutung bestätigte sich schnell. Der Verlust des Sky Stones wirkte sich auch bei Lisa aus. Anna sah das nicht so dramatisch und war der Meinung, dass es sich schnell normalisieren würde. Deshalb setzte sie das Training fort. Bei einem gewohnten Tagesablauf würde sich nicht so viel von der Aufregung auf das Kind übertragen.

Lisa zeigte während der folgenden Trainingseinheiten mehr Interesse am Turnen als am Computer. Anna reagierte darauf und nahm sich erstmal mehr Zeit für die körperlichen Übungen. Schon nach zwei weiteren Trainingseinheiten war klar, dass die Erschöpfung zunehmend früher einsetzte. Was die körperliche Verfassung betraf, machte sich Anna noch keine Sorgen. Solche Schwankung waren auch entwicklungsbedingt. Stutzig wurde sie erst, als Lisa bei den geistigen Übungen bereits Erlerntes nicht mehr beherrschte. Das war ein Alarmsignal und Anna ging sofort zu ihrem Chef.

Sergei fand die beschriebenen Symptome nicht dramatisch: »Wenn wir sofort auf alles reagieren, lenken wir das Kind zu sehr vom Alltag ab. Besser du beobachtest sie noch ein paar Tage. Die psychologischen Tests sind schon für Erwachsene Stress. Wir sollten behutsam damit umgehen, zumal man dem Kind nichts vormachen kann. Sie würde unsere Verunsicherung schnell bemerken.«

»Lisas Symptome ähneln dem *Chronischen Fatigue-Syndrom*. Vielleicht könntest du das neurologisch prüfen lassen«, schlug Anna vor.

»Sollte es CFS sein, was ich nicht glaube, müssten wir vor einer Behandlung auch erst nach einem Auslöser suchen. Für eine Diagnose reicht der Beobachtungszeitraum nicht. Bei Lisa kann ich mir aber nicht vorstellen, dass es einen psychischen

Auslöser gibt. Dafür sind die Symptome zu plötzlich aufgetreten. Bitte verfalle nicht in Panik, aber beobachte sie aufmerksam.«

Anna beruhigte die Unterredung nicht, aber Sergei hatte mehr Erfahrungen mit der Psyche von Hochbegabten. Sie rief Lisas Papa an und bat ihn, seine Tochter früher abzuholen, weil sie erschöpft sei. Auf der Heimfahrt sah Tony schon nach wenigen Minuten im Rückspiegel, wie ihr die Augen zufielen.

Gegen Sieben schaute Dyani nach Lisa. Sie hatte nichts mehr essen wollen und schlief bereits. Die Beine schauten unter der Decke hervor und Dyani spürte eine erhöhte Temperatur. Aufgeregt rief sie bei Anna an und bat sie um Rat.

»Ich bitte Dr. Soh, bei euch vorbeizuschauen.«

»Wer ist das?«

»Eine Kindersportärztin aus unserem Netzwerk. Sie macht bei den Minderjährigen in meinen Gruppen die regelmäßigen Untersuchungen.«

»Aber …«

»Bleib ganz ruhig, sie kennt die Besonderheiten unserer Schützlinge.«

Dr. Soh wohnte am gleichen Ende von Freiburg und klingelte 30 Minuten später an der Tür. Sie hatte einen hakeligen Gang und Dyani vermutete, dass sie zwei Beinprothesen trug.

»Wir hätten ja auch zu Ihnen kommen können«, entschuldigte sich Dyani aber die Ärztin winkte ab: »Es ist besser so. Meine Nachbarn registrieren jeden Besucher akribisch. Womöglich wäre Lisa in der Foto-Sammlung auffälliger Besucher gelandet.«

»Haben Sie so einen schlechten Ruf?«

»Nun, ich weiß nicht, wer in unserer Straße den schlechtesten Ruf hat, aber seit mal jemand das Gerücht verbreitete, ich hätte meine Beine bei einer Teufelsaustreibung verloren, kann mich nichts mehr erschüttern.«

»Ich vermute, das war ein Scherz?«, fragte Dyani besorgt.

»Entschuldigen Sie meinen Sarkasmus. Damit wollte ich Sie nicht erschrecken! Ich habe zwar regelmäßig mit Annas Schützlingen im Institut zu tun, aber meine Expertise liegt in der Humanmedizin, nicht im Exorzismus.«

Dyani zeigte auf die offene Kinderzimmertür: »Hier ist es.«

Die Skepsis gegenüber dieser skurrilen Ärztin wollte gerade verfliegen, als sich Dyani schon wieder wunderte. Die Frau begann ihre Untersuchung nicht wie bei Patienten üblich. Sie beugte sich zuerst über Lisas Bett und führte beide Hände mehrmals in geringem Abstand über den Körper. Erst danach untersuchte sie das Kind mit den üblichen Methoden. Von einer europäischen Ärztin hatte Dyani so etwas nicht erwartet, aber sie kannte diese Form der Erstuntersuchung aus der traditionellen asiatischen Medizin. Dr. Soh fragte Lisa zwischenzeitlich auch mal dieses und jenes, bekam aber nur Unverständliches zu hören.

An die Eltern gerichtet fragte sie: »Verstehen Sie, was Lisa sagt? Ihre Temperatur liegt unter 39 Grad, deswegen kann es eigentlich kein Fieberwahn sein.«

»Nein, aber vielleicht können wir es herausfinden …«, sagte Dyani und zeigte mit dem Finger auf die Kamera, die Tony am Abend noch aufgestellt hatte. Damit wollten sie Lisa überwachen.

Die Ärztin streichelte Lisa über den Kopf, bevor sie den Raum verließ. Sie setzten sich ins Wohnzimmer, wo Tony schon die Tonaufzeichnung aus dem Kinderzimmer suchte. Dyani ließ die zuvor von Lisa gesprochenen Worte durch eine KI auswerten und bekam ihre Vermutung schnell bestätigt.

»Es ist Fula, eine Sprache, die in Mali gesprochen wird.«

»Fula, natürlich! Warum nicht mal etwas Einfaches?«

Tony schaute fragend in das Gesicht der Ärztin, die auch gleich erklärte, was sie meinte: »Lisas Energiefluss ist völlig durcheinander. Das könnte Annas Verdacht bestätigen, dass der verloren gegangene Stein bereits eine Verbindung mit Lisas Körper eingegangen war. Ich gebe zu, dass ich persönlich bisher nur harmlose Energiesteine kannte, solche, wie sie für Massagen verwendet werden. Die Sache macht mich deshalb neugierig. Wir sollten dem nachgehen.«

»Meinen Sie wirklich, Lisa hätte mit diesem Stein irgendeine Verbindung aufgebaut?«, fragte Tony, wobei er zum ersten Mal aussprach, was er gegenüber Dyani bisher immer abgestritten hatte. Nun begann seine Hoffnung zu schwinden, das Problem würde sich einfach von allein erledigen.

»Haben Sie denn etwas von Lisas Gemurmel übersetzen können?«, fragte die Ärztin.

»Ich weiß nicht, ob wir darauf vertrauen können. Die Worte ergeben für mich keinen Sinn. Aber hören Sie selbst …«

Dyani spielte die Übersetzung ab: »… Naha helfen … sie hat Schmerzen. Mama muss ihr helfen …«

»Hm. Kennen Sie jemanden, der Naha heißt?«

Die Eltern schauten sich nur fragend an und verneinten.

»Sie sollten sich nicht unnötig aufregen. Wenn die Temperatur nicht sinkt, machen Sie Lisa lauwarme Wadenwickel, nur nicht zu kalt. Melden Sie sich, wenn es schlimmer wird.«

»Sonst nichts?«, fragte Tony.

»Morgen früh rufe ich einen Freund an, der sich mit afrikanischer Kultur auskennt. Er gehört zu unserem Netzwerk. Sergei vertraut ihm auch.«

Dyani wusste, dass Sergei seine Diagnose immer mit einer Hypnose beginnen würde. Sie war aber nicht begeistert von der Idee, Lisa in diesem Alter schon hypnotisieren zu lassen.

Wegen der Gesundheitspanne im Biologielabor hatte sie sich vorsorglich ein paar Stücke von den Sky Stones zur Seite gelegt. Allerdings war da noch die Hoffnung, ihr Kind nicht noch einmal mit dem Material in Kontakt bringen zu müssen. Der Schrecken über die Nebenwirkungen bei Sabine saß noch in ihr drin. Ihrer Kollegin ging es inzwischen zwar schon wieder gut, aber nur, solange sie die beiden neuen Steinsplitter bei sich trug. Niemand wusste, ob es nicht auch Langzeitwirkungen haben würde.

Das Fieber war am nächsten Morgen verschwunden, trotzdem schien sich Lisas mentale Verfassung weiter zu verschlechtern. Tage später zeigte sich auch noch, dass der Lernerfolg nachließ. Die Überwachungskamera in ihrem Zimmer zeichnete in jeder Nacht unruhige Phasen auf, in denen sie mit jemandem sprach. Anfangs fiel es niemandem auf, aber als Tony sich die Aufzeichnungen noch mal anschaute, bemerkte er, dass in diesen unruhigen Momenten besonders viele Lichtreflektionen aufgezeichnet wurden. Lauter kleine Lichtpunkte, die wie Insekten im Raum umherschwirrten. Sobald Lisa ruhiger wurde, verschwanden auch diese Lichtpunkte wieder.

Nach langen Diskussionen mit Anna und Sergei stimmte Dyani einer neurologischen Diagnose mit Hypnose zu. Sergei tauchte dann bei der nächsten Trainingseinheit unangemeldet auf und fragte Lisa: »Hat dir deine Mama erklärt, wie das mit der Hypnose funktioniert?«

Lisa erklärte stolz: »Das ist so wie zusammen etwas träumen.«

»Super. Du hast ja sicher schon mal die Erwachsenen gesehen, wenn sie nebenan im Meditationsraum liegen.«

Lisa zeigte auf diesen Raum, ohne zu antworten. Sie war auch etwas aufgeregter als sonst.

»Wir machen es genauso. Nur legen wir uns auf den Rücken und berühren uns alle drei mit den Händen.«

»Warum machen wir das?«

Sergei hockte sich schon mal auf den Boden und erklärte: »Du kannst dir das so vorstellen: Diese große Bodenmatte hier ist sehr schwer. Ich könnte sie allein nicht tragen. Wenn ich noch ein paar Leute hole, können wir sie zusammen gut bewegen. So ähnlich ist das auch mit unseren Gedanken. Wenn wir eine Antwort nicht wissen, dann ist es am besten, ein paar Freunde zu fragen. Gemeinsam findet man schneller eine Lösung. Und so machen wir das jetzt auch. Wenn sich unsere Hände dabei auch noch berühren, können wir uns noch viel besser verstehen.«

Lisa war kooperativ und wie schon bei allen anderen Übungen an allem interessiert, was sie lernen konnte. Minuten später lagen die drei auf der großen Bodenmatte im Meditationsraum. Die Köpfe berührten sich fast in der Mitte, damit ihre Hände einen geschlossenen Kreis bilden konnten.

Anna hatte drei von den bunten Mützen aus ihrem Labor mitgebracht. Damit sollten die Hirnwellen gemessen werden. Eine Kamera zeichnete alles auf. Sergei brauchte wie erwartet nur einen Moment, um Lisa in eine leichte Trance zu versetzen. Das war ein Zwischenzustand, um den Geist des Patienten nach außen zu öffnen. Eine ähnliche Methode wurde Jahrzehnte zuvor schon von Geheimdiensten genutzt, um Menschen suggestiv zu beeinflussen. Damals gelang das allerdings nur mit Hilfe von verabreichten Drogen. Sergeis Methode war so weit entwickelt, dass die Zirbeldrüse des Patienten mit der Produktion des körpereigenen Botenstoffs *DMT* begann. Die Menge war sehr gering, aber ausreichend, um die Person stufenweise in einen höheren Bewusstseinszustand zu versetzen. Die Methode stammte von den *Tummo-Mönchen* in Tibet, die auf ähnliche Weise sogar ihren Stoffwechsel und die Körpertemperatur regeln konnten.

Wie Anna bereits Lisas Eltern erklärt hatte, war Sergeis Hypnose-Methode eine weiterentwickelte Form der *neuropsychologischen Diagnostik*. Um Lisa während ihrer Trance vor schädlichen Einflüssen zu schützen, sollte sie in jeder Phase von mindestens einem Menschen begleitet werden. Diese Funktion übernahm nun Anna und sie sollte die ganze Sitzung live miterleben. In Trance konnte Anna mehrere Bewusstseinsebenen gleichzeitig steuern. Sollte etwas schief gehen, würde sie einschreiten oder einfach nur Kontakt mit Lisa aufnehmen. Soweit zur Theorie.

Der Monitor zeigte die Hirnfrequenzen und die aktiven Hirnareale in verschiedenen Farben. Sergei wollte herausfinden, ob sich bei Lisa eine spezielle Region im Endhirn verändert hatte, seit sie an Annas Training teilnahm. Bei Hochbegabten waren die neuronalen Verbindungen in einem Bereich, der *Putamen* genannt wurde, stärker ausgebildet. Diese Region beherbergte auch die Sinneszentrale für den Empfang von Signalen.

Die Hypnosesitzung entwickelte sich dann doch etwas anders, als Sergei dachte. Die Verbindung zwischen Anna und Lisa war stärker als erwartet. Sergei bekam zwar auch Zugang zu Lisas Gedanken, entschied aber, passiv zu bleiben und Anna die Kontrolle zu überlassen.

Die Veränderung der farbig markierten Bereiche in den Hirnarealen zeigte, dass Lisas Endhirn nun anders arbeitete als vor der Hypnose. Bei Anna waren die gleichen Regionen aktiv und Sergei wusste, dass seine Kollegin damit beschäftigt war, sanft in Lisas Welt einzutauchen. Jeden Moment würde Anna die virtuellen Wahrnehmungen des Kindes so empfinden, als wären es ihre eigenen:

Rama lag zusammengerollt auf der Seite. Beim Aufwachen war der Platz neben ihr leer und sie dachte: *Wo ist Naha? Es ist so kalt allein. Sicher ist sie wieder vor Sonnenaufgang zum Baden an den Fluss gegangen. Es hilft ihr gegen die Schmerzen.*

Mutters lauter Ruf beendete die Ruhe: »Mädchen, steh auf! Hilf den anderen beim Wasserholen und vergiss nicht wieder, dich zu waschen!«

Mit den Augen suchte Rama den Waldrand nach den anderen Kindern ab. Niemand war da, also musste sie mit ihrem Holzeimer allein zum Flussufer gehen.

In der Mitte des Dorfplatzes standen die beiden Muabhas, zwei ältere Frauen, die Rama schon manchmal in den benachbarten Dörfern gesehen hatte, wenn sie mit ihrem Vater dort war. Die Frauen sprachen mit dem Dorfältesten.

Normalerweise durften nur die Söhne ihre Väter in andere Dörfer begleiten, aber Mutter hatte nur Töchter bekommen und Rama hoffte, eines Tages als Junge akzeptiert zu werden, wenn sie nur alles so tat, wie die Jungen im Dorf. Sogar Vaters Waffen durfte sie reinigen, wenn er von der Jagd zurückkam. Das machten sonst auch nur die Jungs.

Die schwarz gekleideten Muabhas flößten allen Kindern Angst ein. Um zum Fluss zu kommen, nahm sie deshalb einen Umweg und schlich hinter den Viehhütten entlang. Naha hatte ihrer kleinen Schwester nicht verraten, was diese Frauen in den Dörfern taten und warum sie so anders gekleidet waren. Kaum jemand sprach mit den Muabhas und dann waren sie auch plötzlich wieder weg. Auch Mutter hatte nur geantwortet: »Das erfährst du, wenn es Zeit ist.«

Je weiter sich Rama vom Dorf entfernte, desto schwächer waren die Bilder, die Anna wahrnehmen konnte. Irgendetwas musste die mentale Verbindung stören oder Ramas Sinne waren mit etwas beschäftigt, das eine Kommunikation nach außen verhinderte. Vielleicht gab es aber auch einen ganz anderen Grund für die Übertragungsstörung. Sergei bekam alles mit, aber er vertraute auf Anna und ihre Geduld, denn kurze Unterbrechungen während der Meditationsübungen kamen häufig vor.

Etwa zwanzig Minuten später tauchten die Lehmhütten mit ihren zugespitzten Dächern wieder auf. Rama trug ihren halb gefüllten Holzeimer auf dem Kopf und eilte auf einen rostigen Blechcontainer zu, wo das Wasser gesammelt wurde.

»Du warst schnell zurück. Hast das Wasser wieder an der Brücke geholt, stimmts?«, fragte Mutter und Rama gab zu, den kürzesten Weg genommen zu haben.

»Wir gehen niemals an die Brücke. Sie wurde gebaut, um unser Land zu stehlen. Die Fremden wollen auch unsere Geheimnisse mitnehmen. Versprich mir, immer in der Nähe der anderen Mädchen zu bleiben!«

»Ja, Mama!«

»Wo ist Naha geblieben?«, schaute sich Mutter besorgt um.

»Hab sie heute noch nicht gesehen.«

Nach einer Stunde beendete Sergei die Sitzung. Er hatte nichts Beunruhigendes gesehen. Die fünfjährige Lisa erfuhr in ihrer Trance vom normalen Leben eines afrikanischen Kindes. Trotzdem wollte er den Standort des Dorfes ausfindig machen. Das könnte später noch mal wichtig werden, falls sich Lisa wider Erwarten an etwas aus dem Traum erinnern sollte. Manchmal passierte es, dass Sergeis Patienten nicht nur Rückblicke in ihre eigene Vergangenheit sahen, sondern Geschehnisse gleichzeitig lebender Personen. Sollte das bei Lisa so gewesen sein, wäre es gut zu wissen, in welcher Beziehung sie zu diesem anderen Mädchen stand.

Lisa war nach der Hypnose müde und wollte schlafen. Anna nutzte die Zeit, um sich mit Sergei die aufgezeichneten Traumsequenzen anzusehen.

»Hier, schau! Da sind eindeutig kahle Berge im Hintergrund. Direkt an den Steilhängen sieht man Lehmhäuser, aber die sehen verlassen aus.«

»Und hier haben wir die Brücke, von der Nahas Mutter gesprochen hat. Faszinierend!«

»Das sollten wir mal mit den Satellitenbildern vergleichen«, schlug Anna vor.

Die Suche dauerte nicht lange. Der Ort, an den Lisa in ihrer Trance gereist war, lag direkt an den Hombori-Bergen im Südosten von Mali. Beim Betrachten überkam Anna ein merkwürdiges Gefühl: »Etwas stimmt hier nicht!«

»Warum?«

»Die Sprache. Ich kenne diese Berge. Dort leben die Dogon und ich weiß ein paar Dinge über dieses Volk.«

»Und was stimmt nicht damit?«

»Lisa hat in ihrem Traum mit den Kindern gesprochen. Es war aber nicht die Sprache der Dogon.«

»Vielleicht ein benachbarter Stamm, der anders spricht? «

»Möglich. Schau mal hier: In der Nähe dieser Brücke leben die *Kuram*. Das sind genauso geheimnisvolle Menschen. Anders als die Dogon sprechen sie nicht mit Fremden über ihre Bräuche. Deshalb sind sie auch kaum erforscht. Nur wenige Ethnologen hatten bisher Kontakt zu ihnen. Es heißt, sie verteidigen ihr Gebiet aggressiv. Man weiß nur, dass ihre Bräuche denen der Dogon ähneln. Dazu gehört auch, dass deren junge Männer vor der Heirat einige Zeit in die Berge ziehen. Aber manche Rituale passieren nur alle sechzig Jahre. Warum sie das tun, ist umstritten.«

»Und wie sprechen die? Es soll dem Fula ähneln, obwohl dort gar keine Fula-Stämme leben. Man vermutet, dass sie sich mal von ihrem Hauptvolk getrennt haben. Auch die Dogon sind einst aus dem Osten Afrikas ausgewandert, weil sie sich nicht dem Islam unterordnen wollten.«

»Das mit der Sprache würde eigentlich passen. Rama hat doch mit ihrer Mutter in Fula gesprochen. Mir ist nur noch nicht klar, ob dieser Traum überhaupt etwas mit Lisa zu tun hat.«

»Manchmal finden wir das auch gar nicht heraus. Wie du weißt, verstehen hypnotisierte Personen auch Fremdsprachen, ohne sie jemals gelernt zu haben.«

Anna war skeptisch: »Trotzdem, in Lisas Traum kam es mir vor, als ob Rama anders sprach als ihre Mutter. Das wäre doch ungewöhnlich.«

»Vielleicht gehörte ihr Vater einem anderen Stamm an und das Kind wächst zweisprachig auf?«

»Möglich. Das wäre dann wie bei Lisa zuhause. Aber gibt es solche Zufälle?«

Sergei zuckte mit der Schulter: »Manche glauben, dass in dieser Welt nichts zufällig passiert.«

Als Tony kam, um Lisa abzuholen, schlief sie noch, zugedeckt mit Annas Sportjacke.

»Habt ihr etwas herausgefunden?«

»Zunächst wissen wir, dass Lisa irgendeine Verbindung zu afrikanischen Ureinwohnern hat. Wie das zusammenhängt, ist uns noch nicht klar. Interessant ist aber, dass diese Bewohner noch leben, denn das Dorf und die Gegend sieht auf Satellitenbildern genauso aus wie in Lisas Rückführung.«

»Unsere Familien haben noch nie Kontakte nach Afrika gehabt. Erst als …«

»Du meinst die Sky Stones?«

Tony machte einen verzweifelten Eindruck: »Dyani ist davon überzeugt, dass nur dieser Stein die Veränderung ausgelöst haben kann. Inzwischen muss ich ihr zustimmen.«

Anna schien das nicht zu überraschen: »Möglich, aber meistens spielen mehrere Faktoren eine Rolle, sonst wären wohl auch andere Menschen betroffen. Übrigens hat sich die Kinderärztin gemeldet.«

»Dr. Soh?«

»Sie hatte versprochen, jemanden zu fragen, der sich mit afrikanischer Kultur auskennt. Es gibt da jemanden, der im diplomatischen Dienst für Sierra Leone arbeitet. Seit die Zusammenarbeit mit der Regierung in Mali nicht mehr so gut läuft, sucht Sergei gelegentlich seinen Rat. In Mali gibt es ehemalige Studenten von Sergei, die manchmal Hilfe benötigen.«

»Was ist das für ein Typ?«

»Auf Europäer wirkt er etwas sonderbar. Jedenfalls ist sein Äußeres sehr traditionell. Und das meine ich wörtlich.«

»Wieso? Läuft er barfuß und mit Speer durch Berlin?«

Anna lachte: »Auf dem Gelände der Botschaft gibt es ein kleines Kulturzentrum. Fahrt mit Lisa dorthin und schaut es euch an. Macht euren Kopf frei von allen Vorurteilen. Was euch dort erwartet, ist sowieso völlig anders.«

Berlin, Botschaft der Republik Sierra Leone

»Vermutlich möchten Sie zu mir«, wurden sie von jemandem angesprochen, als Tony gerade an eine der Türen klopfen wollte. Das Türschild trug die Aufschrift: »DR. JOHNSON MAMMAH cultural representative«

Der kleine Mann hatte auf einer Holzbank im Flur gesessen, wo sie ihn für einen Besucher hielten und deshalb im Vorbeigehen auch nur flüchtig grüßten. Nun kam er auf seine Gäste zu und verbeugte sich höflich: »Nennen Sie mich John. Sie sind also die Familie Peller?«

Anna hatte nicht übertrieben, denn dieser Mann war eine ungewöhnliche Erscheinung. Obwohl er noch recht jung wirkte, war sein Schopf grau. Auf der dunklen Gesichtshaut zeichneten sich Tätowierungen ab. Die Piercings an den Ohren machten den Eindruck, als hätte man sie während einer drogengeschwängerten Party eingestochen.

Ganz anders seine Kleidung. Der Rollkragenpullover aus feinster Wolle und die graue Stoffhose wirkten sehr europäisch, zumal er auch noch moderne Sneakers trug.

»Verzeihen Sie, dass ich hier so auf der Lauer gelegen habe. Ich wollte Sie noch vor meinem Büro abfangen. Wir sollten einen angemessenen Ort wählen, um uns kennenzulernen.«

Am Ende des Flurs im Erdgeschoss der Jugendstilvilla führten ein paar Stufen auf die Gartenterrasse. Etwa zwanzig Meter dahinter stand ein beeindruckender Holzpavillon, der viel besser zur afrikanischen Tradition passte als das alte Botschaftsgebäude an der Straße.

»Wirklich beeindruckend«, sagte Tony, aber Johns Augen waren nur auf Lisa gerichtet, die sich für die Schnitzereien an der Fassade des Pavillons interessierte.

»Bei den Figuren neben dem Eingang handelt es sich um ehemalige Raubkunst. Wenn das Museum in Freetown fertig ist, werden wir sie wieder zurück bringen«, erklärte John. »Aber treten Sie ruhig ein. Ihren Kleinen können Sie in den Gebetskreis legen, wenn er etwas schlafen soll.«

»Und das funktioniert, meinen Sie?«, wollte Dyani wissen und schaute dabei ungläubig.

»Ganz sicher, probieren Sie es.«

Dyani legte Antony auf ein Ziegenfell, dass in einem Kreis aus geflochtenen Baumfasern lag. John reichte ihr noch eine bunte Decke. Anders als erwartet, blieb Antony ruhig liegen und interessierte sich nur noch für die vielen Gegenstände, die an der Decke hingen. Auch als ihn Dyani allein zurückließ, widmete er seiner Mutter keinen Blick mehr.

»So, liebe Lisa, ich freue mich, dich kennenzulernen«, wand sich John dem Mädchen zu und bat seine Gäste, sich auf die kreisförmig zusammengestellten Bänke in der Raummitte zu setzen.

Unerwartet sprach John auf Fula weiter und erwartete wohl, dass es Lisa verstehen würde. Die hörte auch interessiert zu, antwortete aber nur: »Ich weiß nicht, was das bedeutet.«

»Das ist gar nicht schlimm. Ich habe diese Sprache als Kind in meinem Dorf gelernt. Als meine Familie in die benachbarten Länder auswanderte, verlernte ich es schnell wieder. Erst später, als wir von einem Fula-Stamm aufgenommen wurden, konnte ich mich wieder erinnern. Bei uns in Afrika sagt man, dass die Kinder ihre Sprache nicht nur von den Eltern lernen. Die *Nommos* entscheiden, ob die Kinder auch Wörter der alten Götter verstehen. Sie erlauben es aber nur solchen Kindern, die ihr Herz dafür öffnen.«

Dyani war nicht überrascht, so etwas zu hören und Tony war schon berufsbedingt an den Traditionen indigener Völker interessiert.

Als Lisa etwas später mit den Kindern des Botschaftskindergartens spielen durfte, wurde John ernst: »Annelise hat Sie zu mir geschickt, weil sie sich die Veränderung bei Lisa nicht erklären kann, jedenfalls nicht aus Sicht der Schulmedizin. Sie hat Ihnen sicher auch erklärt, dass wir uns schon sehr lange mit der traditionellen afrikanischen Medizin beschäftigen. Auch für uns sind einige der uralten Rituale noch rätselhaft, aber eine Sache möchte ich Ihnen ans Herz legen, wenn Sie bereit sind.«

»Natürlich. Wir sind sehr interessiert, wenn es Lisa hilft!«

»Annelise befürchtet, dass die Entwicklung bei Lisa unumkehrbar sein könnte, wenn ihr jetziger Zustand länger andauert.«

Dyanis Blick erstarrte und sie schüttelte unbewusst den Kopf. Tony versuchte zu beschwichtigen: »Aber das können Sie nicht wissen!«

»Ich wünschte, Sie hätten recht und tatsächlich habe ich mich in einigen Fällen auch schon geirrt. Aber leider werden Sie es erst genau wissen, wenn die Degeneration der Nervenverbindungen in Lisas Gehirn schon weit fortgeschritten ist.«

»Was passiert da?«

»Die Symptome bei Lisa ähneln denen, wie wir sie von *digitaler Demenz* bei Kindern kennen. Bei Ihrem Kind wird die Rückbildung der Nervenverbindungen natürlich nicht durch überzogenen Konsum von digitalen Medien verursacht. Es ist eher anzunehmen, dass das Gesteinsmaterial aus Afrika der Auslöser war.«

»Woher wissen Sie das und warum hat uns in Ihrem Land niemand vor diesem Material gewarnt?«

»Nun, ich bin mir sicher, dass nur wenige überhaupt etwas über diese Steine wissen. Außerdem wird das Material für den überwiegenden Teil der Menschen völlig ungefährlich sein. Bisher sollen nur Menschen mit der Blutgruppe Null-negativ Probleme bekommen haben. Da Sie als Eltern keine Probleme zu haben scheinen, müssen also noch andere Faktoren eine Rolle spielen. Die afrikanischen Schamanen haben zwar eine Erklärung, aber das nehmen die Wissenschaftler bekanntlich nicht allzu ernst. Ich persönlich denke, dass man die mythologischen Erzählungen der *Dogon* näher untersuchen sollte. Die Geschichten dieses geheimnisvollen Volkes aus Mali könnten einen realen Hintergrund haben.«

»Was wissen Sie noch darüber?«

»Die Dogon behaupten, dass sie regelmäßig von den *Nommos* besucht werden. Diese Geistwesen wurden vom Schöpfergott Amma geschaffen, um auf der Erde mit den Menschen zu leben. Angeblich haben sie ihr Wissen von den Nommos erhalten. Von den männlichen Nachkommen wählen die Dogon einen geistlichen Führer für das gesamte Volk aus. Der muss aber ein besonderes Blut haben. Nur dann könne er mit den Nommos sprechen, selbst wenn diese nicht anwesend sind.«

»Wie stellen die Dogon fest, wer von ihnen das besondere Blut hat?«, fragte Dyani.

»Sie praktizieren Rituale und tanzen mit geheimnisvollen Masken. Der Zweck einiger Gegenstände ist umstritten. Früher haben sie Fremden noch viel über ihre Traditionen erzählt. Heute sind sie vorsichtiger geworden, weshalb manche Hintergründe geheim bleiben. Entweder wissen sie es selbst nicht mehr oder es wird wirklich nur an die geistlichen Führer weitergegeben. Bei den Tänzen bringen sie sich in einen Trancezustand und sprechen dabei mit ihren Ahnen.«

Berufsbedingt interessierte sich Tony natürlich für Rituale alter Kulturen: »Wie sehen die geheimnisvollen Gegenstände aus?«

John stand auf und winkte ihn zu einer Wand mit diversen Ausstellungsstücken: »Schauen Sie, dort haben wir die Nachbildung einer Maske, wie sie die Männer beim Tanz tragen. Damit müssen sie versuchen, einen der Nommos zu kontaktieren. Für Außenstehende kann das alles sehr verwirrend sein, denn manchmal sprechen sie mit den Nommos und manchmal mit den Ahnen.«

Tony erinnerte sich daran, dass Sergei bei der Hypnose mit dem körpereigenen Halluzinogen *DMT* arbeitete. Er meinte: »Vielleicht produzieren die Dogon bei ihren Tänzen auch körpereigene Drogen.«

John schien dem gegenüber aufgeschlossen zu sein: »Das kann gut sein. Vielleicht wirken die Helme mit den riesigen Antennen sogar als Verstärker für ihre Hirnwellen.«

Tony kam auf eine Idee, behielt die Gedanken aber erstmal für sich: *Da müsste man wirklich mal mit Messgeräten hinfahren.*

Dyani sah, dass John seine Gäste sehr genau beobachtete. Vielleicht ahnte er auch, woran Tony dachte. Weil Lisa mit ihrem Papa und den Masken beschäftigt war, nutzte sie die Gelegenheit und fragte: »John, kennen Sie jemanden, der Lisa helfen kann?«

»Nun, zunächst müssen Sie mir sagen, welche Art von Hilfe sie erwarten.«

Diese Antwort wunderte Dyani, denn John selbst hatte doch über die unerklärlichen Rückbildungen von Nervenverbindungen gesprochen. »Ich verstehe das alles nicht und habe Angst. Vielleicht bin ich auch zu besorgt, um klar denken zu können.«

»Das verstehe ich. Aber schauen Sie, Professor Fjodorow ist offenbar der Meinung, jemand von den afrikanischen Ureinwohnern könnte Lisa helfen. Ich bin auch dieser Meinung, allerdings müssen wir beachten, dass sich die Dogon nur dort aufhalten, wo ihr spirituelles Leben funktioniert. Sie verstehen, was ich meine?«

»Sie meinen, wir sollten mit Lisa zu den Dogon reisen?«

»Ja.«

»Wie würde die Diagnose, ich meine …«

»Ich verstehe schon. Erzählen Sie dem Schamanen alles wahrheitsgemäß. Er würde sofort merken, wenn Sie etwas verschweigen, vielleicht im Glauben, er könne technische Details nicht verstehen. Wenn Sie sein Vertrauen gewinnen, wird er sich mit Lisa beschäftigen. Vertraut man Lisa und vor allem Ihnen, werden diese Menschen ihr Herz auf der Zunge tragen. Der *Ho-Gon* …«

»Ho-Gon?«

»Verzeihung, ich vergaß zu erklären: So nennt man den geistlichen Führer dieses Volkes. Alle Dörfer haben einen Ältesten und viele nennen sich selbst Ho-Gon, aber soweit ich weiß, gibt es nur einen, der auch von ihren Ahnen dazu berufen wurde. Man müsste also vor Ort einen Fachmann fragen, um den richtigen Geistlichen zu finden.«

Dyani schaute nachdenklich irgendwohin und schien abgelenkt zu sein. Dem aufmerksamen Gastgeber entging das nicht: »Geht es Ihnen gut?«

»Alles in Ordnung. Ich dachte nur, … obwohl die afrikanischen und asiatischen Sprachen kaum etwas gemeinsam haben, hören sich manche Wörter gleich an. Gerade bei den Bräuchen und Überlieferungen erkennt man immer mehr Gemeinsamkeiten. Aber ich schweife ab, bitte erklären Sie weiter!«

»Eigentlich habe ich schon alles erzählt. Ich möchte Sie zu nichts überreden. Ich kann Ihnen aber anbieten, die Reise über unsere Kulturorganisation zu organisieren.«

Dyani schaute skeptisch: »Ich habe keinen deutschen Pass. Könnte das ein Problem werden?«

»In der Tat. Aber Ihren Mann und Lisa darf ich natürlich diplomatisch vertreten. Für die beiden könnte ich die Reise arrangieren.«

Auf der Heimfahrt diskutierten sie Johns Vorschlag: »Ich kann doch erstmal allein nach Mali reisen. Lisa hole ich nach, wenn ich mir diese einheimischen Medizinmänner angeschaut habe. John hat zugesichert, dass die Reise von seinem Kulturattaché organisiert wird und damit einen offiziellen Charakter bekommt.«

Dyani reagierte auf Tonys Vorschlag erst, als beide Kinder schliefen: »Mali ist ein gefährliches Land. Wenn Lisa etwas zustieße, würden wir uns das nie verzeihen! Trotzdem, wie soll der *Ho-Gon* etwas über Lisa sagen, ohne sie zu kennen?«

»Stimmt. Das wäre nur vergeudete Zeit. Und davon haben wir nicht genug. Mit John sind jetzt schon vier der Meinung, dass sich Lisas Zustand noch verschlechtern könnte.«

Dyani klang verzweifelt und Tränen liefen ihre Wangen herunter: »Es geht nicht anders: Du musst Lisa zu den Dogon bringen!«

Berlin, Bundesnachrichtendienst

»Beeske vom *MAD* glaubt, dass seine dänische Kollegin unter Druck steht.«

»Inwiefern?«

»Sie ist eine aus Freiburg. Hat ihr Studium dort zwar nicht beendet, aber der Cyber-Rat hat sie trotzdem zur *M-Agentin* gemacht. Wie bei allen M-Agenten, liegen auch ihre Vorhersagen in letzter Zeit häufig daneben. Wir müssen uns darum kümmern.«

»Diese Leute brauchen vielleicht Weiterbildungen.«

»Meinen Sie Leute wie Major Beeske oder die M-Agenten?«

»Gute Frage, aber ich sorge mich mehr um diese … wie ist ihr Name?«

»Sie arbeitet in Deutschland unter dem Namen Frida Jensen.«

»Kennt Beeske ihre Aufgabe als Medium?«

»Natürlich weiß er, dass sie ein Medium ist. Aber für Alpha-Männchen wie ihn ist es schwer zu ertragen, seine Unterstellten nicht voll unter Kontrolle zu haben. Er setzt sie bei der Erkennung von Cyber-Risiken ein. Wahrscheinlich ist sie damit gar nicht ausgelastet.«

»Warum schicken wir sie nicht in eine der neuen Spezialeinheiten beim MAD? «

»Das geht nicht. Es gibt Verträge mit den Dänen. Die NATO hat Leute für den Schutz sensibler Infrastruktur angefordert und die Skandinavier haben geliefert. Außerdem macht diese Jensen ihren Job. Für die Entdeckung des Datenlecks in Freiburg verdient sie Respekt. Allerdings liegt sie mit ihrem Verdacht daneben. Sie vermutet einen Pädophilenring.«

»Aber das ist doch Blödsinn!«

»Natürlich, sie muss aber nicht mehr wissen als nötig. Zu viele Mitspieler machen die Sache unüberschaubar.«

»Trotzdem. Mir gefällt das nicht. Wenn sie den Eindruck hat, dass sich niemand darum kümmert, könnte sie auf eigene Faust nachforschen. Mit diesen M-Leuten erleben wir ständig Überraschungen.«

»Da ist was dran. Eine neugierige *M-Agentin* können wir bei der Sache in Freiburg nicht gebrauchen. Außerdem, solange wir die Ursache für deren hohe Fehlerquoten nicht kennen, sind alle M-Agenten ein Risiko.«

»Und, was ist nun Ihre Entscheidung?«

»Geben Sie Major Beeske Bescheid, er soll sie in ein anderes Projekt stecken. Soweit ich weiß, wollte sie mal in die Weltraumforschung. Da wüsste ich etwas …«

8 – Die Trommel

Mali

Stundenlang fiel der Blick aus dem Fenster nur auf endlose Wüste. Gelegentlich überflogen sie eine kleine Stadt und Straßen, auf denen Lastwagen Staubfahnen hinter sich herzogen.

Nach dem Abschied von Mama am Frankfurter Flughafen war Lisa erstaunlich ruhig, hatte seitdem aber kaum geschlafen. Die letzten Stunden im Flugzeug war sie dann auch völlig überdreht und schließlich sogar unerträglich. Nun, kurz vor der Landung, schlief sie endlich.

Dyani sagte beim Abschied, dass sie ihm vertraute, aber ihr sorgenvoller Blick hatte sich in sein Gewissen gebohrt. Lisas Schicksal lag nun in seiner Verantwortung. Auch der Diplomatenpass konnte nicht darüber hinwegtäuschen, wie gefährlich eine Reise durch ein Land im Süden der Sahara werden konnte. Die unstabile malische Regierung und dazu noch schwierige Beziehungen mit Deutschland waren keine guten Voraussetzungen.

Offiziell reiste Tony als Beauftragter des deutschen Kulturministeriums. Seine Coverstory klang überzeugend, denn in Europa lagerten tausende Exemplare von Raubkunst, für die noch Rückgabevereinbarungen ausstanden. Tony sollte herausfinden, ob es sich bei einigen Kunstgegenständen tatsächlich um das Eigentum der Dogon handelte. Dass Lisa ihren Papa auf einer Dienstreise begleitete, würde hoffentlich niemand näher hinterfragen.

Das Anschnallsignal ertönte für die Landung in der Hauptstadt Bamako. Tausend Dinge gingen Tony durch den Kopf. Diese Reise war nicht zu vergleichen mit seinem ersten großen Auslandseinsatz als Archäologe, bei der er Jahre zuvor einige Abenteuer in Indien erlebte. Damals musste er nur auf sich selbst aufpassen. Nun lag seine fünfjährige Tochter neben ihm und schlief unbekümmert, im Vertrauen auf die Kraft und das Wissen ihres Papas.

8 – Die Trommel | 137

Lisa wurde von der Unruhe in der Kabine wach und nörgelte wieder. Der Landeanflug war schon unruhig, aber ausgerechnet jetzt gab Lisa vor, ohne Trinken sofort verdursten zu müssen. Die Flugbegleiterin erbarmte sich und brachte sogar noch nach dem Sicherheitscheck einen Becher Wasser, der aber angeblich nicht schmeckte. Als Tony alle persönlichen Sachen wieder in den Rucksäcken verstaut hatte, fror das Kind plötzlich, so dass die Strickjacke nochmal rausgezerrt werden musste. Wahrscheinlich waren die Flugbegleiterinnen froh, als der völlig überfordert scheinende Vater endlich mit seinem weinenden Kind ausgestiegen war.

Das Flughafengebäude machte von außen einen guten Eindruck. Wenig überraschend, dafür umso respekteinflößender, waren die Militärpolizisten, die den Weg der Passagiere zur Passkontrolle flankierten. Tony hielt Ausschau nach dem Schalter für Diplomaten und Business Class Passagiere, wie ihm die Angestellte beim Check-In in Frankfurt empfohlen hatte.

»Da ist es! Lisa, wir müssen dort rüber«, erklärte Tony seinem Kind, aber als er aus der Reihe ausscheren wollte, versperrte ihnen ein Sicherheitsmann den Weg: »Bleiben Sie bei den anderen, Monsieur!«

Tony zeigte seinen deutschen Diplomatenpass, aber er bekam mit dem Gewehrkolben einen Schubs gegen die Schulter. Lisa bekam das natürlich mit und weinte wieder, weswegen er sie auf den Arm nahm und wie geheißen den anderen folgte. Ein anderer Passagier hatte die Szene beobachtet und sprach ihn an: »Sie haben wohl auch nichts mitbekommen?«

»Wieso, was ist denn los?«

»Vor einer Stunde wurde der Ausnahmezustand ausgerufen. Die haben den Flughafen dicht gemacht.«

»Auch das noch«, flüsterte Tony, dem trotzdem nicht gelang, seine Aufregung vor Lisa zu verbergen.

Es standen noch etwa zwanzig Passagiere vor ihnen, als Tony mit seinem Kind aus der Reihe gewunken wurde. »Sie! Hier hinein!«

Neben den Passkontrollschaltern gab es einen Raum.

Lisa wurde von einer Frau in Uniform des Sicherheitspersonals auf Englisch gefragt, ob sie sich auf den Stuhl an der Wand setzen möchte. Lisa antwortete, dass sie lieber beim Papa bleiben wolle. Die Frau lächelte, machte aber klar, dass das jetzt nicht gehe, und nahm Tony das Kind ab. Tony befürchtete, dass sie jeden Moment wieder weinen würde, was zum Glück aber ausblieb.

Die Beamtin nahm die beiden Rucksäcke und begann, den Inhalt auf einem Tisch auszubreiten. In der Zwischenzeit scannte ein zweiter Beamter die beiden Diplomatenpässe und wartete auf das Ergebnis der Personenprüfung. Der Check kam Tony wie eine Ewigkeit vor. Anstatt die Pässe abzustempeln, kam der Beamte hinter seiner Glasabtrennung hervor und hockte sich vor Lisa, die nun zwei Meter von Tony entfernt saß. In dieser Position konnte sie ihren Papa nicht sehen.

»Du bist die kleine Kachina?«

»Ich heiße Lisa Kachina. Aber Lisa ist okay. Alle nennen mich so.«

Tony war der Stolz anzusehen, denn der Beamte wollte mit der Frage wohl prüfen, ob der Name im Pass stimmte.

»Wo ist denn deine Mama?«

»Zuhause bei Antony.«

»Und wo ist euer Zuhause?«

Lisa schaute nur verwundert und suchte verlegen den Blick ihres Papas. Tony sagte: »Sie ist erst fünf!«

Lisa protestierte: »Ich werde bald sechs!«

Während der männliche Uniformierte keine Mine verzog und weiter auf seinen Zettel schaute, musste die Beamtin schmunzeln. Tony täuschte das nicht über die schwierige Situation hinweg. Er vermutete, dass seine eigene Hautfarbe ein Problem werden konnte. Ein weißer Mann, der mit einem dunkelhäutigen Kind durch Mali reist? In dem Moment wurde ihm klar, dass ihre Diplomatenpässe wegen des Ausnahmezustandes vielleicht gar keinen Schutz bieten würden. Oder wollten die Beamten einfach nur Geld von ihm?

Der Mann wand sich an Tony: »Welche Staatsangehörigkeit hat die Mutter des Kindes?«

»Sie ist Inderin, daher Lisas Doppelname Thakur-Peller.«

»Welcher Art ist Ihr diplomatischer Dienst für Deutschland?«

»Ich bin vom Ministerium für Kultur beauftragt, die Herkunft einiger Raubkunst-Gegenstände zu erforschen. Es gibt ein Projekt bei der Universität für Kunst und Geisteswissenschaften in Bamako.«

Tony nahm sein Smartphone und wollte eine Internetseite öffnen, aber der Beamte winkte ab: »Mit welchen Personen arbeiten Sie hier in Mali zusammen?«

Tony erschrak: *Kann ich meinen Kontakt unter diesen Umständen überhaupt nennen? Die Lage in Mali war schon vorher schlecht. Im Moment weiß ich gar nicht, was dort draußen los ist! Was, wenn Professor Bernard als Franzose inzwischen in Ungnade gefallen ist? So ein Mist!*

Es gab durchaus Grund zur Sorge, denn die Rückführung von Raubkunst in politisch unsichere Länder war ein heikles Thema. Man konnte nie sicher sein, ob die Gegenstände nicht durch korrupte Beamte wieder auf dem Schwarzmarkt landeten. Zwei Mitarbeiter von Professor Bernard waren bereits spurlos verschwunden, zusammen mit antiken Grabbeigaben. Ob sie selbst daran beteiligt waren oder als Zeugen beseitigt wurden, wusste niemand.

»Haben Sie die Frage verstanden, Dr. Peller?«

»Ach so, natürlich«, antwortete Tony aus seinen Gedanken gerissen und zeigte auf ein offizielles Einladungsschreiben, das zwischen den anderen Gegenständen auf dem Tisch lag. Das Papier stammte von der hiesigen Universität und war von Professor Emil Bernard unterschrieben.

»Wir sollen vom Flughafen abgeholt werden und wohnen im Gästehaus der Universität.«

Nach einem intensiven Blick auf das Schreiben hörte Tony nur noch: »Vielen Dank, Monsieur. Einen angenehmen Aufenthalt in unserem Land!«

Mehr als zwei Stunden nach der Landung erhielten die beiden ihren Koffer, mit dem sie noch einmal an einer Reihe bewaffneter Soldaten vorbeilaufen mussten. Tony hatte erwartet, dass jemand in der Empfangshalle des Terminals mit einem Schild in der Hand auf sie wartete. Ähnlich überrascht mussten auch andere gewesen sein, denn die Halle war menschenleer.

Die meinen es ernst mit der Absperrung des Flughafens, dachte Tony und suchte nach dem richtigen Ausgang. Der erste Schritt ins Freie war, als blies ihnen ein Fön feucht-heiße Luft ins Gesicht. Lisas Stimmung schien das gut getan zu haben, denn sie zeigte ihre Überraschung mit einem ausgelassenen Lachen. Tony schaute auf die Uhr und überlegte: *Kurz vor sechs, also ist es in Deutschland schon 20 Uhr. Ich schicke Dyani erstmal eine Nachricht.*

Danach rief er seine Kontaktnummer in Mali an und erfuhr, dass jemand auf dem Parkplatz vor dem Terminal auf sie wartete. Es war Professor Bernard persönlich.

»Ich freue mich, Herr Peller! Hallo Lisa!«, wurden sie überschwänglich begrüßt.

Im Auto wagte es Tony dann, die aktuelle Lage im Land anzusprechen: »Ich hörte von politischen Schwierigkeiten. Könnte uns das aufhalten?«

»Wir machen alles wie geplant. Allerdings übernachten Sie in meinem Haus. Das Gästehaus der Universität ist geschlossen. Ich hoffe, dass übermorgen alles wieder normal läuft. Wenn die einen Anschlag befürchten, riegeln sie einfach die ganze Gegend ab und schließen öffentliche Einrichtungen. Das ist jetzt schon das dritte Mal in diesem Jahr, dauert aber vermutlich nur einen Tag.«

»Werden wir überhaupt weiterreisen können?«

»Natürlich. Unser Projekt ist doch im Interesse der Regierung. Im Moment unterstützen sie uns noch dabei, geraubte Gegenstände nach Mali zurückzuholen. Der Flug zu den Hombori-Bergen wird dann übermorgen stattfinden. Inzwischen können Sie sich etwas ausruhen.«

»Vielen Dank für Ihre Freundlichkeit!«

Tony hatte noch keine Ahnung, ob er offen mit dem Professor über Lisa sprechen konnte. Vor allem wollte er es nicht in ihrem Beisein tun. Er hoffte noch am Abend eine Gelegenheit zu bekommen. Später entschied er, ihn doch nicht auf Lisas Problem anzusprechen. Wenn Bernard etwas wüsste, würde er vielleicht selbst darauf zu sprechen kommen.

Der Aufenthalt im Haus der Bernards war sehr angenehm. Die Luft kühlte nachts deutlich ab, weil der Wind aus Richtung Sahara blies.

Nach dem Abendessen ließ sich Lisa ohne Probleme ins Bett bringen und Tony saß mit seinen Gastgebern auf der Terrasse des Hauses.

»Sie sind mutig, ihre Tochter mitzubringen.«

»Es ging nicht anders«, begann Tony seine Antwort, ohne zu wissen, wie er das begründen sollte.

Bernard bemerkte die Zurückhaltung und wechselte das Thema: »Ich kann Sie leider nur bis an den Rand der Hombori-Berge begleiten. Dort gibt es das Dorf *Samak* mit dem gleichnamigen Stamm. Ich kenne den Dorfältesten. Er wird auch von den meisten im ganzen Volk als Geistlicher anerkannt. Wahrscheinlich, weil die Samak noch traditionell leben. Anschließend fliege ich weiter nach Diré. Wo die Dogon leben, gibt es kaum Mobilfunk, wie Sie vielleicht wissen. Sie bekommen ein Satellitentelefon, das ist für Notfälle unerlässlich.«

»Das ist gut. Aber sagen Sie, ich hörte davon, dass die Dogon bereits verunglückten Klettertouristen geholfen haben. Die sind zu Hilfe gekommen, obwohl man sie gar nicht gerufen hatte. Wie lässt sich das erklären?«

»Was die Dogon betrifft, gibt es noch einige Ungereimtheiten, aber auch Legenden. Eine davon besagt, dass die geistlichen Führer immer genau wissen, wenn sich etwas ungewöhnliches in ihrer Nähe ereignet. Man kann das durchaus mit den Schamanen anderer Völker vergleichen.«

Tony hörte heraus, dass der Professor aufgeschlossen gegenüber solchen Phänomenen war, und wagte es, nachzuhaken: »Die Fähigkeiten der Dogon werden sehr unterschiedlich bewertet. Nur lese ich in der Fachliteratur, dass es kaum noch Dinge aufzuklären gibt. Was halten Sie davon?«

»Ich schlage vor, Sie machen sich ein eigenes Bild. Von meinen Fachkollegen kamen viele mit der Bestätigung ihrer vorgefassten Meinung zurück. Wer an Wunder nicht glaubt, wird auch nie welche sehen, wenn Sie verstehen, was ich meine.«

»Natürlich, … aber sagen Sie, …« Tony überlegte, ob er jetzt einfach ganz gezielt seine Fragen stellen sollte: »Was wissen Sie von den Göttern der Dogon. Ich meine, …«

»Sie meinen wahrscheinlich die *Nommos*. Die Dogon behaupten, ihr astronomisches Wissen von Wesen erhalten zu haben, die einst von den Sternen gekommen sein sollen.«

»Und was meinen Sie?«

»Ich finde das faszinierend. Eine Sache lässt mich allerdings nicht mehr los, seit ich das erste Mal davon gehört habe: Es gibt hundert Jahre alte Aufzeichnungen von Forschern, denen die Dogon vom Mehrfachsternsystem Sirius erzählt haben. Das war zu einer Zeit, als die europäischen Astronomen noch gar nicht wussten, dass das Sirius-System aus mindestens zwei Sternen besteht. Erst Jahrzehnte später stellte sich heraus, dass die Indigenen sogar die Umlaufdauer von Sirius-B kannten. Sie haben auch von einem dritten Stern erzählt, den die Astronomen später als Sirius-C identifizierten. Der wiederum umkreist den Hauptstern Sirius-A. Etwas rätselhaft ist auch, warum die Dogon alle sechzig Jahre ihr heiligstes Fest feiern. Sie selbst behaupten, es hätte mit der Heimat der Himmelswesen zu tun, aber die Konstellationen der Sterne ergeben meiner Meinung nach keine sechzig Jahre. Zufall oder nicht, alle Erklärungsversuche, woher sie ihr astronomisches Wissen haben könnten, sind bisher gescheitert.

Sie haben übrigens Glück, derzeit feiern die Dogon das *Sigui-Fest.* Es hat bereits 2027 begonnen und dauert insgesamt sieben Jahre. Sie können also einiges von diesem Fest live miterleben.«

»Können Sie mir auch etwas über die Sky Stones erzählen?«

Bernard zögerte: »Das ist nicht mein Fachgebiet. In alten Legenden tauchen solche Steine gar nicht auf. Aber das ist auch kein Wunder, man fand sie erst in den letzten Neunzigern in einer Diamantenmine in Sierra Leone.«

Tony spürte sofort, dass der Professor etwas für sich behielt und schaute ihm in die Augen. Das verfehlte seine Wirkung nicht, denn Bernard erzählte weiter: »Aber ich bin noch hinter einem anderen Rätsel her, dass mich seit dreißig Jahren beschäftigt. Wissen Sie, es gibt nur noch wenige spirituelle Führer unter den Dogon und man verehrt sie wie Heilige. Wie ich vorhin schon andeutete, sollen sie Zauberkräfte besitzen.«

»Sprechen Sie von den *Ho-Gon*?«

»Ja, so werden sie offiziell genannt. Ich weiß, dass diese Geistlichen ein uraltes Geheimnis bewahren, aber von uns Menschen aus westlichen Kulturkreisen ist noch niemand dahinter gekommen.«

»Welcher Art soll dieses Geheimnis sein?«

»Das ist nicht so einfach zu erklären. Anthropologen haben diese Menschen jahrelang beobachtet. Es heißt, man braucht viel Erfahrung, um einen echten Ho-Gon unter ihnen ausfindig zu machen.«

»Sie meinen, es gibt auch falsche darunter?«

»Natürlich. Ein Kollege von mir hat deshalb heimlich Messgeräte in so ein Dorf gebracht und wollte den dort lebenden Geistlichen auf angebliche Superkräfte testen. Es ist ihm nicht bekommen, denn Tage später fand man ihn völlig verwirrt umherirren. Seine Geräte haben die Dorfbewohner in einer nächtlichen Zeremonie zerstört. Der Mann hat sich nie wieder vollständig erholt.«

Tony versuchte die ganze Zeit, jede Gefahr auszublenden, die Lisa in irgendeiner Form schaden könnte. Und nun erzählte dieser Professor so eine Schauergeschichte.

»Lieber Herr Peller, mit etwas Glück lässt man Sie mit einem dieser Zauberer verhandeln, wenn Sie ihnen etwas von der Raubkunst zeigen.«

»Ich befürchte, diese Menschen wissen ganz genau, dass man ihnen ihre Kunst nie wieder aushändigen wird. Bestenfalls landet alles in den Museen der Hauptstadt. Warum sollten sie also gerade mir vertrauen?«

»Versuchen Sie es trotzdem. Ich werde mich dafür einsetzen, dass wenigstens einige Gegenstände direkt bei den Indigenen ankommen werden.«

»Sagen Sie, Monsieur Bernard, könnten Sie uns nicht doch begleiten?«

»Das geht leider nicht, lieber Freund. Bei den Erfahrungen, die die Dogon in der Neuzeit gemacht haben, ist das Misstrauen gegenüber Fremden groß. Sie sind grundsätzlich friedlich, wenn man ihnen ebenso begegnet. Wenn Sie etwas erreichen wollen, müssen Sie eine Weile dort bleiben und ihr Vertrauen gewinnen. Meine Erfahrung hat gezeigt, dass das nur geht, wenn Sie allein kommen und echtes Interesse zeigen. Wenn ein Fremder sein eigenes Kind mitbringt, bedeutet es, dass er ihnen vertraut und das wiederum könnte ein Türöffner sein.«

»Das klingt logisch. Ich möchte jedenfalls daran glauben.«

»Ich will nicht belehrend wirken, aber einen Rat wollte ich noch loswerden: Wenn Sie mit ihnen sprechen, vermeiden Sie, andere Ethnien zu erwähnen. Die Dogon sind, … ich sage mal vorsichtig, nicht auf alle Völker gut zu sprechen. Übrigens kamen deren Vorfahren einst aus Ägypten. Sie flohen von dort, weil sie sich nicht einer neuen Religion unterordnen wollten. Im damaligen Mali-Empire haben sie Zuflucht gefunden, obwohl auch dort der Islam vorherrschte. Sie behaupten auch, dass das Gebiet, welches wir heute die *Sahelzone* nennen, jenes Gebiet sei, in dem sich ihre alten Götter einst niederließen. Was immer das heißen mag, niemand weiß Genaues darüber.«

»Was war hier so anders als in den übrigen islamischen Reichen?«

»Bis ins 14. Jahrhundert war Timbuktu das wissenschaftliche Zentrum der islamischen Welt. Hier wurde die Null als mathematisches Konzept entwickelt, während man in Europa noch skeptisch auf solche Ideen schaute. Aber die Dogon sind dann wohl doch aus einem anderen Grund in dieser Gegend geblieben. Die Gelehrten des Islam hatten mit ihnen etwas gemeinsam, das man sonst nur aus der asiatischen Kultur kannte: Es war die Überzeugung, dass nicht nur der Allmächtige die Kraft habe, auf die Materie einzuwirken. Wer für das große Wissen bereit und fleißig genug war, der sollte mit seinem Geist auf die Geschehnisse im Irdischen einwirken können.«

»Diese Idee ist sogar heute noch revolutionär«, staunte Tony.

»Ich weiß, was Sie meinen, aber wieviel man damals schon von Quantenphänomenen wusste, bleibt wohl Spekulation.

Jedenfalls wird uns noch manches überraschen, was die alten Medizinmänner damals schon wussten. Wir müssen uns nur beeilen, bevor die letzten Schamanen verschwinden.«

Für den nächsten Tag hatte der Professor eine Tour in die Gegend südlich der Hauptstadt organisiert. Dort teilte sich der Fluss Niger und mehrere kleine Inseln mit langgezogenen Sandbänken boten gute Bademöglichkeiten.

Weil die Schulen geschlossen waren, nahmen sie den siebenjährigen Jungen der Haushälterin mit. Bernards Frau, eine einheimische Lehrerin für Französisch und Geschichte, kannte eine sichere Badestelle. In der Freizeit brachte sie dort ihren Grundschülern das Schwimmen bei. Früher gab es staatlich organisierte Schwimmkurse, aber als die rivalisierenden Gruppen näher an die Hauptstadt rückten, ließen viele Eltern ihre Kinder nicht mehr aus der Stadt.

Die Kinder gingen ausgelassen ins Wasser und fanden auch schnell Anschluss. Tony ließ Lisa nicht aus den Augen: »Geh nicht so weit rein, es könnte plötzlich tief werden!«

»Papa, schau! Ich kann bald schwimmen!«

Dabei ging Lisa in die Hocke und tat so, als würde sie sich mit den Armen über Wasser halten. Das war natürlich gemogelt, aber schon bald versuchte sie selbst, die Bewegungen der beiden Jungen nachzuahmen und den Auftrieb im Wasser zu nutzen. Der Sohn der Haushälterin und ein gleichaltriger Junge schienen sich zu kennen. Trotzdem wichen sie nicht von Lisas Seite und korrigierten geduldig ihre Schwimmversuche.

Bernard sah, wie verkrampft Tony auf seine Tochter starrte und versuchte ihn zu beruhigen: »Lösen Sie Ihre Umklammerung, sonst wird Ihr Kind nie schwimmen lernen!«

»Was meinen Sie damit?«

»Lassen Sie sie ruhig los! Den Rest macht Lisas Selbstvertrauen und die beiden Jungs passen auf.«

Tony ärgerte sich über die Sorglosigkeit des Professors. Wie konnte er solche Ratschläge geben, wenn es um ein fremdes Kind ging. Er machte noch ein paar Schritte ins Wasser, gerade so, dass die Shorts noch trocken blieben. Seine Angst verflog, je länger er dem Treiben zuschaute, doch dann fiel ihm etwas auf, dass er gar nicht glauben konnte. Lisas Scheu vor dem tiefen Wasser war verschwunden. Sie wurde immer wagemutiger und war voll auf beide Jungs konzentriert, die nicht mehr als eine Armlänge von ihrer Seite wichen und gelegentlich auf Lisa einredeten.

Bernard sah Tonys Erstaunen und lachte ausgelassen. Auf dessen fragenden Blick reagierte er: »Das funktioniert bei den Einheimischen seit tausend Jahren! Die älteren Kinder bringen den Kleinen das Schwimmen bei. Sie müssen nur rechtzeitig damit anfangen.«

»Aber wie funktioniert das?«

»Ich kann nur Vermutungen anstellen, aber eins ist sicher: Diese Kinder hier lernen von klein auf, Verantwortung zu übernehmen.«

Minuten später stockte Tony der Atem, als Lisa plötzlich davontrieb. Sie schien sich zwar noch über Wasser zu halten, aber der Fluss hatte den kleinen Körper erfasst und nahm sie mit rasender Geschwindigkeit mit. Tony stürzte hinterher und schwamm wie der Teufel, um sein Kind zu retten.

Die beiden Jungs standen einfach nur da und schauten dem davontreibenden Mädchen hinterher. Der Abstand verringerte sich nur langsam. Als Tony glaubte, sie jeden Moment packen zu können, stand Lisa plötzlich im hüfthohen Wasser und schrie: »Papa, Papa! Schau wie ich schwimmen kann!«

Sekunden später sprangen die beiden Jungs ins Tiefe und tauchten um die Wette. Sie hatten ihre Aufgabe erledigt.

»Jetzt aber raus aus dem Wasser! Du zitterst ja schon!«

Bernard amüsierte die Szene. Es freute ihn, seinem Gast schon am ersten Tag eine Lebensweisheit der Einheimischen gezeigt zu haben: lerne, zu vertrauen.

Die Freude über Lisas Erfolg hielt nicht lange an. Die Schwimmversuche hatten nicht länger als eine Stunde gedauert, aber sie zeigte bereits Anzeichen totaler Erschöpfung. Mit Bernard sprach Tony nicht darüber.

Später ging auch der Professor ins Wasser. Er stieg über die lagunenähnliche Sandbank, die verhindert hatte, dass Lisa gefährlich weit abtreiben konnte. Erst dahinter gab es wirklich starke Strömungen, gegen die er eine Weile anschwamm, um sich auszupowern.

Lisa trank zwar ausgiebig, wollte aber nichts von dem mitgebrachten Picknick. Beim Sprechen brachte sie die Wörter durcheinander und war auch kaum zu verstehen. In ein Badehandtuch gewickelt schlief sie dann auch schnell ein. Tony war sich nicht sicher, aber ihre Haut fühlte sich komisch an. Der Mittagsschlaf änderte an Lisas Verhalten nichts. Sie trank etwas und wollte danach gleich weiterschlafen. Das wunderte allerdings auch den Professor, denn normalerweise wollten Kinder so schnell wie möglich wieder ins Wasser.

Nächster Tag

Das einmotorige Kleinflugzeug vom Typ Reims Rocket gehörte der Universität und war mit diversen Messgeräten ausgestattet. Damit wurde der Niger und sein natürliches Überflutungsgebiet nördlich der Hauptstadt überwacht.

Die Piloten übernahmen auch Versorgungsflüge für abgelegene Forschungsstationen. Das Dogon-Gebiet rund um die Hombori-Berge war eine Schutzzone. Deshalb brauchten sie eine Sondergenehmigung. Der Flug zum siebenhundert Kilometer entfernten Ziel sollte eigentlich um sechs Uhr starten. Östlich der Hauptstadt gab es eine geeignete Freifläche, wo sie auf das Flugzeug warteten. Bernard war wütend auf den Piloten, weil er sich nicht meldete. Eine Stunde später hörten sie das Motorengeräusch. Vom Piloten erfuhren sie, dass er sein Flugzeug erst nach langen Diskussionen und einer größeren Geldmenge auftanken durfte: »… womöglich nutzen die Leute am Hangar den Ausnahmezustand als Gelegenheit für ein Extraeinkommen.«

Bernard fluchte, hielt sich aber in Lisas Beisein mit Worten zurück: »Langsam wird aus dem Ausnahmezustand ein Normalzustand.«

Lisa war aufgeregt und an allem interessiert, was sie aufschnappen konnte. Die Erschöpfung vom Vortag war verschwunden, aber sie hatte ausgedehnte Augenringe, was Tony mit Sorge beobachtete. Zudem plagte ihn ein schlechtes Gewissen, denn er hatte Dyani am Vortag nicht die Wahrheit über Lisas Zustand gesagt. Beim vorerst letzten Videoanruf wollte er ihre Sorgen nicht vergrößern. Trotz der Müdigkeit hatte Lisa stolz von ihrem Schwimmerfolg im Niger erzählt. Dass ihr Kind nun schwimmen konnte, würde Dyani vielleicht etwas beruhigen.

Sie hörten die Stimme des Piloten in den Kopfhörern: »Wir landen fünfhundert Meter nördlich des Dorfes. Dort gibt es zwischen den kleinen Waldstücken eine Piste.«

Lisa schaute gebannt aus dem Fenster. Ihr Gesicht strahlte, als erwartete sie etwas besonders Aufregendes.

»Schau, die vielen Kinder! Du findest bestimmt schnell ein paar Freunde«, meinte Tony in der Hoffnung, das alles würde sein Kind nicht überfordern.

Mit etwas Abstand zur Landepiste warteten Kinder und winkten. Sie wussten wohl, dass die Propeller viel Sand aufwirbeln und die kleinen Steinchen auch schmerzhaft sein konnten. Als sich die Staubwolke gesetzt hatte, stürmten die Mutigsten zum Flugzeug und plapperten sofort los.

Ein Pilotenkollege hatte vor Jahren den Fehler gemacht, Kinder für Selfies mit Touristen in sein Flugzeug zu lassen. Seither war die Angst vor dem Ungetüm verloren. Mit seinem Vorstoß hatte er sich dann aber Ärger beim Dorfältesten eingehandelt. Wie weit sich ihre Kinder dem Leben der Fremden nähern durften, wollte dieser Dogon-Stamm selbst entscheiden. Dazu kamen noch schlechte Erfahrungen mit abenteuerlustigen Touristen, von denen einige glaubten, ein freundlicher Empfang sei gleichzusetzen mit dem Willen, sich die Kultur der Weißen anzueignen.

Bernard sprach diesbezüglich noch eine Warnung aus, obwohl er Tony nicht für töricht hielt: »Es hat schon Leute gegeben, die es trotz Warnung nicht unterließen, die Bewohner vom schönen Leben in der Zivilisation überzeugen zu wollen. Wer das versucht, wird sich sein Leben lang mit Schrecken daran erinnern, denn das wird sofort vereitelt. Hier bei den *Samak* übernehmen das die verheirateten Frauen, indem sie die Fremden mit wildem Geschrei davonjagen.«

Tony zeigte, dass er verstanden hatte, fand das aber trotzdem lustig. Alles andere als lustig empfand er einen Satz des Piloten, der sich damit möglicherweise verplappert hatte. Bernards Gesicht verfinsterte sich ebenfalls, nachdem sie in den Kopfhörern vernahmen: »Die Luftüberwachung ist noch auf den Raum nördlich der Hauptstadtregion konzentriert. Niemand wird uns bemerkt haben.«

Bernard sah sich gezwungen, das zu erklären: »Ich wollte Sie nicht beunruhigen. Wir sind tatsächlich ohne Fluggenehmigung gestartet. Die Zeiten sind eben schwierig. Ich nehme die Sache auf meine Kappe. Außerdem wird es bei dem Chaos in diesem Land sowieso niemandem auffallen.«

Der Professor stieg als erster aus dem Flugzeug und kniete sich auf den Boden. Zuvor hatte er Tony gebeten, dieses Ritual nachzumachen. Mit beiden Händen nahm er etwas Erde auf und spuckte hinein. Dann verteilte er die klebrigen Krumen auf seinem Haupt, das nur noch wenig Haare hatte. Lisa schien das Spaß zu machen, ahnte aber, dass diese Geste etwas Wichtiges bedeutete und war neugierig: »Warum haben wir das gemacht?«

»Die Erwachsenen beobachten uns genau, auch wenn wir hier nur Kinder sehen. Uns mit der Erde zu beschmieren, bedeutet, dass wir deren Territorium respektieren.«

Bernard stand auf und verabschiedete sich: »So, mein lieber Kollege. Hier trennen sich unsere Wege erstmal. Der Akku des Satellitentelefons reicht für etwa zwanzig Tage. Aber es ist besser, wenn Sie es nur im Notfall benutzen. Niemand weiß, wer morgen in diesem Land etwas zu sagen hat, und an den Geheimnissen der Dogon sind auch zweifelhafte Leute interessiert. Die mögen es vielleicht nicht, wenn hier ein Ausländer mit den Indigenen verhandelt.«

»Vielen Dank, Ich bin Ihnen sehr dankbar für alles! Ach, könnten Sie bitte meine Frau informieren, dass es Lisa und mir gut geht?«

Bernard lächelte: »Natürlich, … und lassen Sie die Kinder ruhig das Gepäck tragen, aber geben Sie ihnen nichts dafür. Wie ich schon sagte, die Samak sind ein besonderer Stamm der Dogon. Diese Menschen drücken Dank nicht mit materiellen Dingen aus. Ich wünsche Ihnen viel Erfolg!«

Der Dorfälteste wusste längst, dass sich Fremde näherten. Es hätte auch nicht den Fluglärm gebraucht. Hier funktionierte der Buschfunk noch in seiner ursprünglichen Bedeutung. Die Burschen übernahmen die Funktion des Datenträgers und übermittelten dem Dorfältesten alle Neuigkeiten. Anschließend verbreiteten sie es unter den anderen Männern.

Die *Samak* lebten seit einiger Zeit nicht mehr direkt an den Steilhängen der Berge, wie ihre Vorfahren. Mit steigenden Temperaturen waren sie an den Rand des Waldes gezogen. Ihr gleichnamiges Dorf war aber in keiner offiziellen Landkarte eingezeichnet. Ein kleiner Nebenfluss des Niger führte im trockenen Winter nur wenig Wasser, aber es reichte gerade noch zum Fischfang. Außerdem war seit einigen Jahren immer mehr Wasser nötig, um Hirse anzubauen.

An den Bräuchen und vor allem dem Baustil hatte sich allerdings seit tausend Jahren kaum etwas geändert. Aus den nach oben spitz zulaufenden Lehmbauten ragten rundherum Holzbalken heraus. Damit konnten sie nach oben klettern, und nach der Regenzeit die Lehmschicht ausbessern.

Schon während des Studiums beschäftigte sich Tony mit Sprachen alter Völker. Das war für seine Arbeit als Experimentalarchäologe unverzichtbar. Die wichtigsten Wörter der Dogon hatte er sich noch vor der Abreise angeeignet, sodass eine einfache Kommunikation eigentlich möglich sein müsste.

Kurz bevor sie das Dorf erreichten, stellte sich ihnen jemand in den Weg. Sein Alter schätzte Tony auf fünfzehn Jahre. Er war plötzlich da, als hätte ihn jemand dorthin gebeamt. Die Jungen vom Begrüßungskomitee schleppten das Gepäck unbekümmert weiter in Richtung Dorf.

Obwohl der Bursche eine Schrotflinte trug, sah er nicht bedrohlich aus. Er musterte die Ankömmlinge für ein paar

Sekunden, bevor er sprach: »Ich begrüße den Mann aus dem Norden. Warum bringst du ein Kind mit?« Die Frage machte klar, dass fremde Kinder im Dorf unüblich waren.

Ob Lisa die Worte verstanden hatte, wusste Tony nicht, jedenfalls ahnte sie, worum es ging. Sie hielt sich an Tonys Arm fest und sagte auf Deutsch: »Ich bin Lisa. Das ist mein Papa!«

»Ich bin Lago, mein Vater ist Zikomo, der *Ho-Gon*.«

Tony antwortete, wobei er eine leichte Verbeugung andeutete: »Ich bin Tony. Kannst du uns zu deinem Vater bringen?«

Lago erwiderte die Verbeugung: »Folgt mir.« Mit dem Zeigefinger deutete er auf Lisa: »Das Kind muss bei den Frauen bleiben.«

So wie Lago zuvor aus dem Nichts auftauchte, trat nun auch noch ein Mädchen hinter einem niedrigen Busch hervor. An ihr fielen die bunten Ohrringe und ein ebenso bunter Rock auf, der bis über die Knie reichte. Sie streckte einen Arm nach Lisa aus, die sofort begriff und mitging.

»Du bist ein kluger Mann, Tony aus Europa. Aber es muss einen Grund geben, wenn ein Mann sein Kind zu uns bringt«, sprach Zikomo, während er mit der rechten Hand in der Luft herumwirbelte, als wolle er Insekten damit vertreiben. Tony konnte allerdings keine entdecken.

Die beiden Männer saßen an einem zentralen Teil des Dorfes unter einer massiven Dachkonstruktion aus Balken und Ästen, die mit Lehm und Stroh abgedichtet waren. Sie nannten diese flache Baukonstruktion *Toguna*. Tony fühlte, dass die Temperatur unter dem Dach wesentlich angenehmer war als im einfachen Schatten. Lago hatte erklärt, dass sich sein Vater fast den ganzen Tag an diesem Platz aufhielt. Von dort hätte er das Dorfgeschehen im Blick. Außerdem sei es der einzige Platz mit freier Sicht auf die Berge.

Tony war bis zu diesem Moment mit keinem Wort auf den Grund seiner Reise eingegangen. Nun erklärte er, dass sein Land Masken zurückgeben wolle, aber bei einigen Exemplaren sei der Ursprung noch nicht geklärt. Sie schauten gemeinsam auf die mitgebrachten Fotos und der Alte erklärte, dass nur zwei davon

von den Dogon stammen würden. Eine beschädigte Maske mit langgezogenem Gesicht und Schlitz-Mund sei ein ritueller Gegenstand, der am Ende des *Sigui-Festes* angelegt werde. Das sei der Zeitpunkt, wo die Ahnen auch das Dorf besuchen würden.

»Welche Bedeutung hat diese Maske?«

»Damals, als die *Nommos* noch feste Gestalt hatten und nachts unsere Dörfer besuchten, brachten sie uns ihr Wissen bei. Jeder Schüler musste so eine Maske tragen, um ihre Worte verstehen zu können.«

»Die Nommos haben jetzt keine feste Gestalt mehr?«

»Sie können uns auf verschiedene Arten begegnen. So wie das Wasser zu Dampf wird und sich vor unseren Augen in Luft auflöst, können auch die Nommos ihre Körper in einen anderen Zustand verwandeln.«

»Und wo sind sie jetzt?«

Zikomo zeigte auf die hochragenden Felsen, die am westlichen Horizont emporragten: »Einige sind geblieben und wohnen in diesen Bergen. Aber die Lehrer unter ihnen kommen nur während des Sigui-Festes zurück.«

»Ich hörte, dass dieses Fest schon vor zwei Jahren begann.«

»So ist es. Wir feiern es alle sechzig Jahre.«

Tony erinnerte sich an einen Film, den französische Forscher 1967 im Dogon-Land gedreht hatten. Für Menschen aus der westlichen Welt war es schwer vorstellbar, dass ein Fest nur alle sechzig Jahre stattfand und sich über mehrere Jahre hinzog. Er beschloss, dieses Phänomen näher zu untersuchen, sollten die Dogon dazu bereit sein.

Im richtigen Moment sprach Zikomo weiter, als wüsste er genau, wann Tonys Gedanken beendet waren: »Unsere jungen Männer brauchen lange, um diese Rituale zu lernen. Wenn sie erwachsen werden, ziehen sie sich für ein paar Monate in die Berge zurück. Dort lernen sie die Sprache und Regeln der Nommos. Wenn sie zurückkehren, dürfen sie eine saubere Frau heiraten. Einmal in sechzig Jahren wird aus dem Volk der Dogon ein neuer Ho-Gon bestimmt.«

Dass die jungen Männer binnen weniger Monate die Sprache der Nommos erlernen würden, hielt Tony für einen

Übersetzungsfehler, unterließ es aber nachzufragen. Viel faszinierender war für ihn, wie dieses Volk die Beziehung zu seinen Göttern pflegte. Es klang, als hätte der Alte ein regelrechtes Bedürfnis, über das ungewöhnliche Sigui-Fest zu reden. Verwundert war Tony deshalb, weil Professor Bernard mehrmals betont hatte, dass sie über ihre heiligen Rituale seit einiger Zeit nicht mehr mit Fremden sprachen. Die Fremden hätten viel Falsches über die Religion der Dogon geschrieben und nun sei deren Blick von falschen Bildern getrübt.

Unaufhörlich schwirrte die Geschichte der Nommos in Tonys Kopf: *Vielleicht wurde aus der lange zurückliegenden Begebenheit im Laufe der Zeit eine Fantasiegeschichte? Obwohl, ... bei den Hindu-Priestern in Asien scheint das ganz ähnlich zu sein. Sie sind bekannt dafür, ihr altes Wissen in Form der Veden immer sehr exakt weiterzugeben.*

Tony erinnerte sich an Gespräche mit Dyani, die ihm oft von alten Geheimnissen aus dem Hinduismus erzählte. Sie ging offen damit um, obwohl es in der Tradition ihrer Kaste lange Zeit verboten war, Details vom alten Wissen an Menschen unterhalb ihres Standes weiterzugeben. Eines der gut gehüteten Geheimnisse war das Mysterium, wie es den Hindus jahrtausendlang gelang, die Texte der Veden unverfälscht zu kopieren, obwohl sie es anfangs nur durch Gesänge taten. Tony erfuhr erst durch Dyani, dass das mit dem Gesang nicht die ganze Wahrheit war. Ihr heiliges Wissen vererbten die Hindus in einem Ritual an sogenannte *Zweimalgeborene*, und das hörte sich wirklich verrückt an. Natürlich war auch dieses Ritual den Mitgliedern der oberen Kasten vorbehalten. Wer es vollziehen durfte, wurde geistig wiedergeboren und konnte dabei praktisch das komplette Wissen aus dem früheren Leben übernehmen.

Zuerst hielt es Tony für einen Mythos und meinte, dass lernfaule Schüler vor einer Prüfung wohl ganze Pizzastapel opfern würden, wenn sie auf diese Art lernen könnten.

Wieder schien Zikomo zu ahnen, wie lange Tony für seine Überlegungen brauchte. Als hätte er die Gedanken des Fremden mitgelesen, sprach er genau im richtigen Moment weiter: »Wir werden dich und dein Kind heute Abend mit der Trommel begrüßen. Leider sind viele junge Männer bereits fort. Sie werden also nicht dabei sein. Trotzdem wirst du sie kennenlernen.«

»Aber ich dachte, sie sind in den Bergen?«

»Warte den Abend ab.«

Die Sonne war gerade am Horizont verschwunden, als Lisa am Arm berührt wurde. Eine Frau in buntem Kleid und Kopfschmuck gab zu verstehen, dass sie jetzt zum Dorfplatz gehen sollten. Lisa war trotz des langen Tages keine Müdigkeit anzusehen. Allerdings hatte sie mit den anderen Kindern über die Mittagszeit im Schatten gelegen und vermutlich auch etwas geschlafen. Tony wähnte Lisa in sicherer Obhut. Seit der Begebenheit am Fluss wusste er, dass die älteren Kinder permanent auf die Kleinen aufpassten. Vielleicht war es auch nur die Hoffnung, dass es so funktionierte, denn bei der Weitläufigkeit des zerklüfteten Dorfes hätte er gar keine Chance, sein Kind im Blick zu behalten.

Ihr Nachtlager bekamen sie schon am frühen Nachmittag zugewiesen. Das war eine schmucklose Hütte, die für die Gäste hergerichtet wurde. Zu Tonys Erstaunen fand er darin vier mit frischen Blüten geschmückte Schlafplätze vor und wunderte sich. Nachzufragen traute er sich allerdings nicht. Auf einem Bett lagen ein grauer Umhang und eine bunte Mütze. Er vermutete, dass es für ihn bestimmt war.

»Papa, da bist du ja!«, rief Lisa, als sie von einer Frau an der Gästehütte abgeliefert wurde.

»Schau, hier werden wir schlafen!«

Lisa sprang über alle vier Lager und rief: »Das hier ist meins!«

»Von wegen! Wir warten erstmal, wem die anderen beiden gehören.«

Tony stellte sich bei der Frau vor und erwartete, daraufhin ihren Namen zu erfahren, aber sie lächelte nur und schwieg.

Leiser Trommelschlag kam vom Dorfplatz. Das Begrüßungsritual begann. Eine rhythmisch geschlagene Handglocke rief die Menschen zusammen. Tony setzte die lustig aussehende

Zipfelmütze auf und war froh, keinen Spiegel in der Nähe zu haben. Da es noch recht warm war, legte er sich den Umhang nur über den Arm und stellte sich vor den Eingang der Hütte: »Komm, mein Lieschen, wir gehen. Musst du vorher noch mal auf Toilette?«

Lisas schüttelte den Kopf und sagte: »Ich habe Hunger!«

Weil die Frau ohne Namen sehr dicht neben ihnen stand, flüsterte Tony nur: »Ich auch. Sicher gibt es auch etwas zu essen.«

Der Weg zum Dorfplatz war mit kleinen Öllichtern beleuchtet. Alles sah anders aus als bei Tageslicht. Die niedrigen Bäume zwischen den Felsbrocken warfen merkwürdige Schatten. Lisa schien sich zu fürchten, denn sie schmiegte sich an ihren Papa. Die Frau ohne Namen beobachtete Lisas Bewegungen genau. Tony fragte sich, ob sie sich über die Anhänglichkeit des Kindes wundere. Den wahren Grund für ihre Skepsis sollte Tony erst später erfahren.

Eine wirkliche Überraschung waren die vielen Menschen, die sich inzwischen am zentralen Platz versammelt hatten. Dort wurden sie von Lago begrüßt und aufgefordert, auf einer Holzbank neben dem Ho-Gon Platz zu nehmen. Die Frau ohne Namen wich ihnen nicht von der Seite, blieb aber hinter den Gästen stehen.

Das Trommeln wurde lauter und Tony wurde in die Mitte einer Gruppe tanzender Männer gebeten. Wie Zikomo erzählt hatte, fehlten die meisten heiratsfähigen Burschen. Sie mussten irgendwo in den entfernten Schluchten der Berge sein. Tony hätte gern gewusst, was diese Jungen auf ihrer Initiierungsreise lernten. Genauso rätselhaft war, warum ihnen das Wissen in einer Geheimsprache vermittelt wurde. Da sich Zikomos Sohn Lago im Dorf aufhielt, vermutete Tony, er sei noch nicht im richtigen Alter.

Der Trommel-Rhythmus übertrug sich auf die Körper aller Dorfbewohner und mit der Zeit fingen immer mehr an zu tanzen. Der Rhythmus animierte auch Lisa, den Tanzbewegungen der anderen Kinder zu folgen. Sie stellte sich einfach dazu und machte mit. Der Tanz dauerte etwa zwanzig Minuten, dann verstummten die Trommeln mit einem lauten Schlag.

Nun reichten die Frauen des Dorfes Schalen mit verschiedenen Gerichten herum. Tony nahm sich etwas, das wie dicker Hirsebrei und Hühnerfleisch aussah. Darunter waren getrocknete Früchte gemischt. Lisa kostete aus Papas Schüssel: »Mm, lecker! Das esse ich auch!«

Etwas überraschend war das gereichte Getränk, das sie Merisa nannten. Es war Hirsebier, von dem mindestens ein halber Liter in die Schale passte. Lisa durfte davon kosten. Die umherstehenden Leute lachten ausgelassen über die Reaktion der Fünfjährigen, denn Hirsebier konnte je nach Art der Fermentierung auch mal ordentlich Alkohol enthalten.

Als die Hälfte des Biers den Weg durch Tonys Kehle genommen hatte, sah er sich selbst plötzlich eine etwa fünfzig Zentimeter lange Pfeife halten. Im Pfeifenkopf glomm etwas, dessen Rauch fürchterlich schmeckte. Trotzdem wurde er aufgefordert zu inhalieren. Lisa hatte ihre Scheu vor den fremden Ritualen verloren, war inzwischen sogar etwas übermütig: »Lass mich auch mal ziehen, Papa!«

Tony lächelte Lisa nur an, reagierte aber nicht weiter auf die Bitte. Anders die Frau ohne Namen. Sie gab mit einem krächzenden Schrei zu verstehen, dass Lisa auf keinen Fall an der Pfeife ziehen sollte.

Der Pfeifeninhalt reichte nur für wenige Züge und Tony war froh, als es ein Ende hatte. Erst danach bemerkte er, dass seine Augen plötzlich andere Bilder wahrnahmen. Außerdem hing er auf seiner Holzbank fest wie angeschraubt.

Die Trommel wurde nun wieder geschlagen, aber der Rhythmus änderte sich von Zeit zu Zeit. Gerade in diesem Moment waren es etwas mehr als vier Hauptschläge pro Minute. Das musste Einfluss auf die Stimmung haben, denn die Bewegungen der Anwesenden waren nun anders. Es gab nicht mehr die ausgelassene Fröhlichkeit. Alle hatten sich hingesetzt und bewegten nur noch die Köpfe im Trommelrhythmus. Einige Männer stimmten Töne an, die in regelmäßigen Abständen wiederholt wurden. Tony bekam noch mit, dass Lisa zwischenzeitlich von der Frau ohne Namen ins Bett gebracht wurde. An das, was danach auf dem Dorfplatz geschah, konnte er sich später nicht mehr erinnern.

Anders war es mit dem Traum, in den er im Laufe der folgenden Minuten fiel. Der Inhalt war so aufregend und realistisch, wie er es erst ein einziges Mal in Indien erlebt hatte, genau zehn Jahre zuvor. Doch damals hatte alles mit seinem eigenen Leben zu tun. Das war dieses Mal anders.

9 – Weg ohne Anfang

Im Dorf der Dogon, Traumszene

Der grässliche Geschmack des Pfeifentabaks auf der Zunge war schon wieder verflogen. Und überhaupt, die Zunge schien eine ganz andere Funktion zu haben. Worte ließen sich nicht formen. Sie war lang und konnte plötzlich neue Dinge schmecken. Auch der Rest seines Körpers hatte sich verändert.

Von dort drüben zieht der Geruch von kühlem Wasser herüber. Der Wasserdampf vom Fluss schwebt durch den Wald. Und gerade eben, das war ein Rest verbrauchter Atemluft. Und da! Ein herrlicher Duft von Nagetieren in feuchter Erde. Sie sind dort, um zu fressen ... Die Sonne ist verschwunden, aber die Temperatur ist noch angenehm für einen Ausflug. Ich werde mich entlang der großen Steine bewegen. Dort bleibt es noch lange warm.

Tonys Gedanken verschwammen und der Ort hatte sich geändert. Langsam baute sich ein völlig anderes Bild auf. Er hörte jemanden sagen: *In diesem Jahr sind nicht viele gekommen und sie sind schwach, bringen wenig Energie mit. Wir werden Mühe haben, sie zu unterrichten. Es muss am Ho-Gon liegen. Er ist zu alt und kann die Männer nicht mehr führen. Die Boten werden enttäuscht sein, wenn in keinem der Jungen das richtige Blut fließt. Wir werden es schwer haben, aber noch ist Zeit, bevor das Ende des Zyklus erreicht ist.*

Durch die zerklüfteten Steilhänge zwängten sich fünfzehn junge Männer, die zwischen vierzehn und neunzehn Jahre alt waren. Keiner hätte den Weg an diesen Ort allein gefunden. Als sie vom Ho-Gon an den Rand des Berges geführt wurden, waren es noch dreißig. Nach einer zweitägigen Einführungszeremonie entschied er, wer das Tal durch den verborgenen Eingang betreten durfte. Die anderen wurden vom Ho-Gon wieder in ihre Dörfer geschickt, darunter auch Lago, sein eigener Sohn. Manche waren schon im letzten Jahr durch die Reifeprüfung gefallen, aber im nächsten Jahr würden sie noch einen letzten Versuch bekommen.

Die Männer beobachteten die Umgebung, als suchten sie nach Zeichen, die ihnen den Weg zeigten. Edem hockte sich auf die Knie und roch am Sand und den kleinen Grasbüscheln. Er äußerte sich vorsichtig: »Die Spuren sind schon alt und führen nach oben. Ich würde ihnen erstmal folgen.«

Von den anderen schien niemand zugeben zu wollen, dass sie schon lange keine menschlichen Spuren mehr sahen. Edem in der Gruppe zu haben, war beruhigend. Dessen Gabe, Spuren zu lesen und zu riechen, hatte er vom Vater, der ihm schon sehr früh das Leben außerhalb des Dorfes zeigte. Wegen seiner geringen Körpergröße wurde Edem oft gehänselt, aber seine Mutter versicherte ihm, dass es für die Spurensuche gut sei, Augen und Nase näher am Boden zu haben.

Während der Vorbereitung auf die Zeit im Tal sprach der Ho-Gon eine Warnung aus. Die Gruppe könne den Rückweg nur finden, wenn sie zusammenblieben. Erst am Ende der Reise würden sie wissen, wer von ihnen für welche Rolle vorgesehen sei.

Etwa eine Stunde vor Sonnenuntergang gabelte sich der aufsteigende Pfad. Die Spur führte weiter bergauf, aber Edem zeigte nach unten: »Ich rieche Wasser dort unten. Lasst uns das Lager in der Schlucht aufschlagen.«

»Aber dann müssen wir morgen den ganzen Weg wieder nach oben klettern!«

»Trotzdem, Edem hat recht. Unsere Wasserschläuche sind leer. Außerdem brauchen wir ein Bad. Ich mag schon nicht mehr hinter euch laufen«, scherzte Niam, der Kräftigste in der Gruppe, weshalb er auch als letzter lief.

Auf der Jagd hatte der Letzte nicht nur die Aufgabe, die Gruppe im Blick zu behalten, sondern auch nach hinten zu schauen. Niam war zwar groß und kräftig, aber keinen Gefährten hinter sich zu wissen verursachte Unbehagen. Im heimischen Jagdgebiet kannte er die Pflanzen und Tiere. Hier zwischen diesen Felsen mit ihren tausenden kleinen Höhlen gab es nur Unbekanntes. Nicht umsonst erzählten sich die Kinder Gruselgeschichten über die unsichtbaren Geschöpfe, die hier wohnen würden. Ob Einbildung oder nicht, Niam spürte schon seit dem Betreten des Gebirges, dass sie von irgendjemandem beobachtet wurden.

Der Abstieg in die Schlucht war nicht beschwerlich. In der Felswand gab es regelmäßige Absätze, die sich als Trittstufen eigneten. Verlassene und frische Vogelnester säumten den Weg. Die Stufen reichten nicht bis nach unten, so dass sie die letzten zwei Meter springen mussten. Bakari, der beste Bogenschütze unter ihnen, jammerte beim Sturz ins Kiesbett des kleinen Flusses.

»Bist du verletzt? Was läuft denn an deinem Bein herunter?«

»Ich bin nicht verletzt, aber ein Ei ist beim Sprung kaputt gegangen.«

Niam war überrascht: »Du hast Eier gesammelt?« Er hätte schwören können, von hinten alle im Blick gehabt zu haben. Doch Bakari hatte es geschafft, sich unbemerkt wie ein Raubtier durch das flache Gebüsch zu schleichen.

»Warum hast du nichts gesagt? Wir hätten beim Sammeln helfen können!«, beschwerte sich Niam.

Bakari lachte: »Ich denke nicht, dass du viele Eier gefunden hättest.«

»Warum sagst du das?«

»Ich habe so ein Gefühl.«

Niam ärgerte das und sein Ehrgeiz spornte ihn an, noch mal nach oben zu klettern. Dem eingebildeten Burschen wollte er es zeigen. Bakaris Familie kannte er gut. Sie gehörten zu den *Kuram*, die eine Stunde von Niams Dorf entfernt lebten. Die Kuram waren eigenartig und unterhielten sich untereinander in einer eigenen Sprache. Sie hatten aber auch die Sprache und Religion von den Dogon übernommen und akzeptierten deren Ho-Gon. Anders als die Dogon duldeten sie keine Fremden in ihrem Gebiet. Sie behaupteten auch, mit den Tieren sprechen zu können, so wie es sonst nur der Ho-Gon konnte. Zu ihrem Gebiet gehörte eine alte Brücke, die aber nur gelegentlich von Touristen benutzt wurde. Die Franzosen hatten sie vor langer Zeit gebaut. Die beiden Stämme an den Flussufern waren noch nie Freunde gewesen, aber sie respektierten sich. Die Brücke hatte nur bewirkt, dass immer mehr Fremde kamen und die Mythologie der Menschen in die anderen Teile der Welt mitnahmen.

Als Niam zurückkam, brannte ein Holzfeuer und zwei der Jungen waren mit der Essenzubereitung beschäftigt.

»Hattest du Glück?«

»Nein. Ist schon zu dunkel. Bakari hat wohl schon alle Eier eingesammelt.«

Einige lachten, denn die Ausrede klang nicht überzeugend.

Edem fand die Sache spannend und wollte Niam so nicht davonkommen lassen: »Ich denke, Bakari hat bessere Augen als du und findet bestimmt noch etwas. Ein paar Eier mehr wären auch nicht schlecht.«

Bakari war sofort klar, dass es einen Konflikt geben könnte, wenn er sich anstacheln ließe, noch einmal auf die Suche zu gehen. Aber erwartungsvolle Blicke lasteten auf ihm. Er hatte also keine Wahl.

Schon kurze Zeit später hörte man weiter oben Vögel kreischen. Dieses Mal verteidigten sie ihre Nester gegen den Dieb. Bakari brachte dann tatsächlich noch einmal zehn Eier mit. Er selbst setzte sich aber etwas abseits auf einen toten Baumstamm. Irgendetwas stimmte nicht mit ihm. Einer der älteren Jungs hockte sich neben ihn: »Was ist passiert, Bakari?«

»Ich habe etwas Dummes getan!«

»Was denn?«

»Ich hätte nicht noch einmal hochklettern dürfen. Es diente nur meinem Stolz.«

»Die Vögel werden neue Eier legen.«

»Sie sind zornig und das kann gefährlich werden. Der Zorn der Tiere kommt in unseren Träumen zurück, bis die Schuld getilgt ist.«

»Vielleicht. Aber du hast den Ho-Gon gehört. Jeder eingesehene Fehler ist gleichzeitig ein Wegweiser.«

Bakari schaute ihn an und zögerte, fragte dann aber doch: »Spürst du sie auch?«

»Du meinst die Nommos?«

»Ja.«

»Wir sind ihretwegen gekommen, damit sie uns die Gesetze der alten Zeit lehren.«

»Aber niemand hat uns gesagt, wie wir sie finden.«

»Das war schon immer so. *Amma* hat sie geschaffen und nun ist ihre Aufgabe, uns Weisheit zu bringen. Ich bin sicher, dass sie uns bereits beobachten.«

»Es heißt, sie lassen uns nur dann in die Maskenhöhle, wenn wir alle zusammen für würdig befunden wurden. Was, wenn ich es bin, der nicht würdig ist und wir deshalb ohne Masken zurückkehren müssen?«

»Für mich macht das keinen Sinn. Wir sind hier, um zu lernen. Wir können nicht alles richtig machen. Ich weiß noch nicht warum, aber es heißt, auch die Nommos brauchen uns Menschen. Sie werden uns also bestimmt helfen. Jetzt komm, du musst etwas essen.«

Als das Feuer runtergebrannt war, glaubte Bakari auf der anderen Seite des Flusses ein Licht zu sehen. Es hätte eine Spiegelung sein können, vielleicht durch Wasser, das an der Wand herunterlief. Die Felswand war übersäht mit dunklen Schatten, darunter auch Löcher und eines davon könnte der gesuchte Höhleneingang sein. Wegen der Dunkelheit wollten sie erst am nächsten Morgen dort drüben nachsehen. Bakari war sicher, dass die dunklen Stellen nicht nur bei ihm Unbehagen auslösten. Die anderen beobachteten die Wand ebenso skeptisch.

Ach was, es ist nur eine Spiegelung, versuchte er sich zu beruhigen.

Sonnenaufgang im Dorf der Dogon

Stimmen schallten aus den benachbarten Hütten herüber. Die Mütter weckten die Mädchen zum Wasserholen. Wer zu lange liegen blieb, musste allein zum Fluss laufen und für die kleinen war es wie ein Albtraum. Die Jungen erzählten im Dorf

Gruselgeschichten über Wassergeister, die sich einmal im Jahr ein Mädchen holten.

Tony hatte die Augen noch geschlossen. Sein Körper schmerzte, als hätte er zwei Tage Steine geschleppt.

Ob ich Lisa auch wecken sollte? Erwarten die Dogon von ihren Gästen, sich an die Bräuche zu halten?

Er machte die Augen auf. Lisas Lager war zerwühlt und leer. Die beiden anderen Betten in der Mitte waren ordentlich zurechtgemacht. Hatte die Frau ohne Namen überhaupt hier geschlafen? Und wofür war eigentlich das vierte Bett?

»Lisa?«, rief Tony, und zog sich dabei ein frisches T-Shirt aus dem Rucksack. Er bekam keine Antwort, also war sie wohl schon mit den anderen Kindern unterwegs.

Nach dem Stand der Sonne zu urteilen, konnte es noch nicht mal sieben Uhr sein. Er schätzte die Temperatur vor der Hütte auf höchstens zehn Grad. Da die Frau ohne Namen nicht zu sehen war, ging er davon aus, dass Lisa in ihrer Obhut war. Es war ja üblich, dass die Mädchen morgens am Fluss Wasser holten. Als ihm kalt wurde, lief er zum Dorfplatz, wo die Sonne schon den Sand erwärmte. Ein paar ältere Männer unterbrachen ihre Diskussion und begrüßten Tony freundlich. Seine Erkundigung nach Lisa muss sie verwundert haben, denn um die Kinder kümmerten sich hier ausschließlich größere Kinder und Frauen. Als Lago über den Platz lief, fragte er auch ihn nach Lisa.

»Wenn die Mädchen vom Wasserholen zurück sind, treffen sich alle Kinder in der Schule. Sicher wird sie auch dort sein. Komm, wir schauen nach.«

Tatsächlich saßen schon ein paar Kinder dort, aber sie waren älter als Lisa. Tony wurde nervös und ging nochmal zu seiner Hütte. Die Frau ohne Namen stellte gerade die geflochtenen Matratzen zum Lüften in die Sonne.

Als er nach Lisa fragte, reagierte sie erschrocken. Sie musste angenommen haben, das Mädchen sei mit ihrem Vater unterwegs. Sie ließ alles fallen und lief zum Haus des Ho-Gon, der sofort begriff: »Wir schicken alle Männer zum Fluss. Sicher ist sie bei den anderen Mädchen. Sollte sie sich doch verlaufen haben, werden wir sie schnell finden!«

Tony war es unangenehm, selbst nicht zu wissen, wie er am Abend ins Bett gekommen war. Aber der Ho-Gon verstand ihn auch ohne Worte und meinte: »Es gehört zum Begrüßungsritual, dass die Gäste zu Bett gebracht werden. Die Frauen haben Lisas Beine mit Hirsebrei gekühlt, weil sie leichtes Fieber hatte.«

»Sie hatte Fieber?«

Dass Tony die Nachricht vom Fieber so beunruhigte, wunderte Zikomo. Die Frau ohne Namen sprach Tony niemals direkt an, sodass Zikomo wie ein Übersetzer vermittelte: »Die Frauen dachten, das Fieber sei von der Sonne. Kinder überschätzen ihre Kräfte. Es ging Lisa im Laufe des Abends dann auch wieder besser.«

Tony stürzte in die Hütte und schaute nach, welche Kleidung Lisa trug. Ihre gelben Wanderschuhe standen ordentlich neben dem roten Kinderrucksack. Sie war also barfuß. Es fehlte nur die kurze Sporthose und ein ärmelloses Shirt, dass sie schon am Abend getragen hatte. Er griff in seinen Rucksack, um das Satellitentelefon herauszuholen, aber es war verschwunden.

Kann es sein, dass Lisa versucht hat, ihre Mutter anzurufen? Hatte sie sich Sorgen gemacht, weil ich bewusstlos von der Feier zurückgebracht wurde? Was geht in so einem Kinderkopf vor sich, wenn der Papa nicht ansprechbar ist?

Eine Gruppe Männer hatte sich auf dem Dorfplatz versammelt. Sie besprachen sich und strömten aus, um Lisa zu suchen. Tony sprang auf, um mit ihnen zu gehen, aber Zikomo hielt ihn zurück: »Du musst hierbleiben. Diese Männer wissen, wie man einen Menschen findet. Dein Geruch würde Lisas Spur zerstören. Vertrau uns.«

Tony war nicht sofort überzeugt, aber die energischen Worte machten Eindruck. Außerdem forderte ihn Zikomo auf, sich dort hinzusetzen, wo sie sich schon am Tag zuvor unterhalten hatten: »Scheinbar fällt dir das Vertrauen noch schwer. Sonst hättest du mir gestern schon erzählt, warum ihr wirklich gekommen seid.«

Das hatte gesessen. Tony fühlte sich ertappt, obwohl er keine Ahnung hatte, wie es der Alte so schnell herausfinden konnte. Aber dann dämmerte es. Die Trommel, das Hirsebier und der Pfeifenrauch hatten ihn in Trance versetzt. Wenn sogar Anna und

Sergei in der Lage waren, sich während einer Hypnosesitzung mit dem Geist eines anderen Menschen zu verbinden, dann würde es ein Schamane der Dogon erst recht können. Zikomo wusste also, dass Tony wegen Lisa nach Mali gekommen war.

»Es tut mir leid. Ich muss es erklären.«

»Du brauchst nichts erklären. Die Sorge um dein Kind hat dich vorsichtig gemacht. Ich will aber ganz offen sprechen. Es könnte sein, dass Lisa etwas fehlt, dass auch wir ihr nicht geben können.«

»Das verstehe ich nicht.«

»Wenn sie lange genug mit einem Himmelsstein verbunden war, wird diese Verbindung bis über den Tod hinaus bestehen. Wir Dogon lernen viel von unseren Ahnen …«

»Du sprichst von den Nommos?«

»Nur von jenen Nommos, die uns die Religion lehren.«

»Gab … ich meine … gibt es denn noch andere Nommos?«

»Wie bei uns Menschen, gibt es auch unter den Nommos hin und wieder Zwietracht. Sie teilten sich vor langer Zeit in verschiedene Völker auf und einige von ihnen sahen die Menschen nicht als ebenbürtige Wesen an. Heute wachen die Menschenfreunde unter ihnen über uns. Die Berge dienen ihnen als Rückzugsort.«

»Sind sie auch an anderen Orten auf der Erde zu finden?«

»Darüber weiß ich nicht viel, aber energiereiche Berge gibt es überall, warum also nicht?«

Tonys Gedanken schweiften ab und er dachte an die Diskussionen mit Dyani. Sie hatte mehrmals betont, dass es auf allen Erdteilen ähnliche Wörter für den Drachen als Fabelwesen gibt. Das Wort Dogon ähnelte also nicht zufällig dem englischen Dragon oder dem lateinischen Draco. Mit einem Unterschied. Die Dogon verwiesen in ihrer Mythologie darauf, dass die Menschen direkt von geflügelten Drachenwesen erschaffen wurden. Im Dogonland hatten sie immer reptilienartiges Aussehen, meist aber die Form einer Schlange.

Zikomo hatte gewartet, bis Tony sich wieder auf ihn konzentrierte und erklärte: »Du musst verstehen, dass ich nicht alles darüber erzählen kann. Die Menschen aus dem Norden sind in unser Land gekommen und waren neugierig. Wir haben ihnen alles über unsere Kultur erklärt und sie schrieben es in ihre Bücher. Danach sind andere gekommen und begannen, uns unsere eigene Mythologie zu erklären. Viele Dogon haben daraufhin ihre Traditionen vergessen. Jetzt sind sie vom Wohlstand des Nordens geblendet, leben aber weit weg von den Bergen in elenden Hütten. Um das Wissen unserer Väter zu schützen, möchte ich keine weiteren Geheimnisse offenbaren. Jedenfalls nicht, solange ihr Wissenschaftler nicht gelernt habt, mit geschlossenen Augen zu sehen.«

Tony verstand den alten Mann sehr gut und dachte: *Professor Bernard muss eine Ausnahme unter den Europäern sein. Er kennt das Potential dieses Schamanen. Vielleicht hat auch er schon geahnt, dass Lisa der Grund meiner Reise ist.*

Im Dorf kam Unruhe auf und Tony ahnte, warum. Er sprang auf ging den Stimmen entgegen: »Habt ihr Lisa gefunden?«

Lago hob die Hand, um anzuzeigen, dass er sprechen wollte: »Das Mädchen ist fort!«

»Wie fort? Wir müssen weitersuchen!«

Die Panik ließ Tony kurzzeitig erstarren. Ohne besonderes Mitgefühl zu zeigen, erklärte Lago: »Die Spur des Mädchens führt zur Brücke. Sie haben sie geholt.«

»Wer? War es ein Raubtier?«

Zikomo spürte, dass sein Sohn zu wenig Einfühlungsvermögen besaß, um schlechte Nachrichten zu überbringen. Deshalb übernahm er die Erklärung: »Wäre es ein Tier gewesen, hätten wir dessen Spuren sofort erkannt. Dein Kind wurde von Menschen weggebracht. Lago meint, sie sei ins Dorf der Kuram gebracht worden.«

»Was wollen die von ihr? Sie ist erst fünf.«

»Wie du weißt, feiern wir seit zwei Jahren *Sigui*. In dieser Zeit kommen die Männer der Kuram in unser Dorf. Sie haben keinen eigenen Ho-Gon. Deshalb erlauben wir ihren Männern, an allen Feiern in unserem Dorf teilzunehmen.«

»Ich verstehe noch nicht!«

Zikomo senkte den Kopf: »Die Kuram sind spirituell sehr erfahren. Vielleicht hat jemand von ihnen gestern Abend ebenfalls erfahren, weswegen du Lisa zu uns gebracht hast.«

Tony rannte zu seiner Hütte, fest entschlossen sofort ins Dorf der Kuram zu laufen.

Zikomo stellte sich vor den Eingang und rief: »Warte! Du kannst dort nicht hin. Sie würden dich sofort töten. Kein Fremder wird auf ihrer Seite des Flusses akzeptiert.«

»Aber ich muss etwas tun!«

»Nein. Sie werden niemals mit dir verhandeln. Ich gehe und Lago wird mich begleiten«, entschied Zikomo.

Tonys Kopf glühte vor Wut und Angst. Er fühlte sich elend. Lago hatte sich einen bunten Rock über die locker sitzende Hose gezogen und hielt einen Stab in der Hand. Um den Stab war eine Schlangenhaut gewickelt. Tony erinnerte das an den Schlangenstab der Mediziner.

Zikomo schickte seinen Sohn vor und drehte sich Tony zu: »Ich werde dich mitnehmen. Du musst dich genau an meine Anweisung halten. Zieh das hier an, bevor wir das Gebiet der Kuram erreichen.« Er zeigte auf einen kurzen Rock, den ihm die Frau ohne Namen reichte. Er war aus dicht geflochtenen roten Fasern gefertigt. Tony war nicht klar, wie der Ho-Gon mit der Frau kommunizierte. Jedenfalls hatte er kein Wort gesagt und trotzdem schienen die beiden auf irgendeine subtile Weise zu sprechen.

»Soll ich den Rock über die Hose ziehen?«

Zikomo lachte: »Ja, die Hose behältst du besser an. Die erwachsenen Fula zeigen keine Nacktheit. Auch bei den Männern bleiben die Beine oberhalb der Knöchel bedeckt.«

Auf dem Weg erklärte Zikomo, was die roten Röcke bedeuteten: »Die jungen Männer tragen ihn während des Sigui, aber heute zeigen wir damit, dass wir in guter Absicht kommen. Mache einfach alles so, wie Lago und vergiss nicht: Sprechen werde nur ich!«

Tony war wesentlich größer und nicht so schlank wie die Dogon-Männer. Er hatte Mühe, den Rock über die Hüfte zu bekommen. Das schien sogar den humorlos wirkenden Lago zu belustigen. Der half ihm, das Kleidungsstück zu weiten. Der Bund des

Rockes war aus Baumfasern geflochten und erstaunlich robust, wie alles, was diese Leute mit ihren Händen herstellten.

Zikomo musste Tonys Gedanken geahnt haben, denn er ging auf das Thema ein: »Ich beobachte bei fremden Besuchern, dass sie unsere Gegenstände sehr vorsichtig benutzen, als ob sie schnell zerbrechen würden. Wir wurden auch oft gefragt, wie wir das so stabil herstellen können, obwohl es in ihren Augen zerbrechlich aussieht.«

»Das interessiert mich auch.«

»Ich kann es erklären, aber es wird nicht zu dem passen, was ihr in eurer Welt über die Natur gelernt habt.«

»Ich lerne gern dazu!«

Zikomo drehte seine linke Hand in der Luft nach oben, als wäre es eine rituelle Geste: »Alle Dinge und alle Lebewesen bestehen aus zwei Teilen. Den einen Teil kannst du sehen und fühlen. Aber dann gibt es auch etwas, das ewig besteht und alle Informationen über den sichtbaren Teil enthält.«

»Wie muss ich mir das vorstellen?«

»Das Unsichtbare wird sichtbar, wenn wir uns in Trance mit diesem Teil der Welt verbinden. So wird auch dein Energiekörper für andere sichtbar und dieser offenbart alle Geheimnisse deines weltlichen Körpers. Manche sehen es auch, ohne sich vorher stimulieren zu müssen.«

Tony ahnte, was er meinte: »Du meinst dich damit?«

Zikomo lächelte nur, aber Tony kannte bereits Legenden über die Ho-Gon, denen wundersame Kräfte zugesprochen wurden. Je länger er mit Zikomo zusammen war, umso wahrscheinlicher schien es ihm, dass dieser Schamane Dinge sah und fühlte, die mit der Mainstreamwissenschaft nicht erklärt werden konnten.

Wie auch schon zuvor, wartete Zikomo so lange, bis sich Tony wieder auf ihn konzentrierte: »Wir nennen es Formgebende Felder. Diese Felder zeigen uns auch, an welcher Stelle ein Zweig brechen wird oder wieviel Wasser die Hirse bis zur Ernte braucht. Manche können auch tief in die Schwingungsmuster der Lebewesen hineinschauen. So finden wir heraus, ob das Blut einer Frau und das ihres Bräutigams gut genug ist, um gesunde Kinder zu bekommen.«

Tony hielt das für übertrieben, antwortete aber trotzdem höflich: »Das ist erstaunlich.«

»Ja. Und ich staune ebenfalls, denn es scheint dich nicht zu überraschen.«

Wie meint er das jetzt? Spürt er, dass ich Zweifel habe?

Trotz der Unsicherheit, inwieweit er den Ho-Gon wörtlich nehmen konnte, war Tony von dessen Wissen über die Natur beeindruckt. Das mit den Formgebenden Feldern hielt er keinesfalls für ein Hirngespinst und das lag auch an Dyani. Sie hatte ihm vor einiger Zeit vom Higgs-Feld und einem speziellen Elementarteilchen erzählt, das ein Informationsspeicher sein könnte. Wenn Tony den Alten richtig verstanden hatte, glaubten auch die Dogon daran, dass feste Körper und Lebewesen von einem Energiekörper umgeben sind. In diesem feinstofflichen Gebilde soll alles gespeichert sein, was für die Existenz notwendig ist. Das Erstaunlichste war für ihn, dass einige Dogon solche Felder mit ihren Sinnen wahrnehmen konnten.

Es ging um Tonys Kind und Lisas Schicksal war vielleicht vom Verhandlungsgeschick dieses Mannes abhängig. Tony vertraute dem Ho-Gon. Was blieb ihm auch anders übrig? Umgekehrt schien auch Zikomo Tonys Vertrauen gewinnen zu wollen. Warum sonst würde er so viel von seinem Wissen offenbaren?

Wie wenig Tony zu diesem Zeitpunkt noch über die Geheimnisse und die Spiritualität dieser Menschen wusste, würde er erst später erfahren.

Mit seinem Stab deutete Lago auf eine Stelle: »Hier ist es, wo Lisa über den Fluss gebracht wurde.«

»Kannst du mir sagen, welche Bedeutung dein Stab hat?«

Lago schaute zu seinem Vater. Der zögerte etwas mit der Antwort.

»Schon gut, Verzeihung! Ich wollte keine unangemessene Frage stellen.«

Zikomo blieb stehen und schaute Tony in die Augen: »Die Schlange an dem Stab verkörpert bei uns die Wiedergeburt aus sich selbst heraus.«

»Verstehe. Die Schlangen legen ihre alte Haut ab, aber warum trägt Lago den Stab zu den Kuram?«

»Dieser Stab wird für den Abschluss des Sigui-Festes gebraucht. Sein Eigentümer trifft die letzte Entscheidung bei der Wahl des nächsten Oberhaupts. Die Kuram haben nur einen einzigen Kandidaten in die Berge schicken können und deshalb kaum Chancen, dass der nächste Ho-Gon aus ihrem Dorf kommt.«

Tony verstand und war gerührt: »Du bietest ihnen den Stab zum Tausch gegen Lisa an?«

»Ich werde es nicht anbieten, aber sie könnten es fordern.«

»Lago ist dein Sohn. Er wird dann erst in sechzig Jahren eine neue Chance bekommen!«

»Lago kann im nächsten Jahr seine Prüfung wiederholen. Trotzdem hat der Kuram-Jüngling eine größere Chance. Er ist bereits in den Bergen und lernt die alten Rituale kennen.«

Tony war zu aufgeregt, um darüber nachzudenken. Die Sorge um Lisa lenkte von anderen Dingen ab. Noch bevor sie die Brücke erreichten, zeigte Lago mit dem Stab, dass sie durch den Fluss gehen sollten. Auf der anderen Seite markierte ein künstlich aufgeschütteter Steinwall die Grenze zum Gebiet der Kuram. Ein Trampelpfad führte nach Süden, wo sie auf eine schmale Straße stießen, die rechts zur Brücke und links ins Dorf führte. Der Wall war einst für die Straße durchbrochen worden, aber Lago ging nicht einfach weiter. Er rief etwas, als wolle er ihre Anwesenheit kundtun.

Sekunden später trat ein schwarz gekleideter Mann aus dem Gebüsch und wechselte ein paar Worte mit Lago. Die drei Besucher waren von ihm natürlich längst bemerkt worden.

Es entsprach den Gepflogenheiten, dass der Ho-Gon nicht selbst mit dem Grenzposten sprach. Lago hatte die Funktion des Sprechers und Assistenten seines Vaters inne. Als sich Zikomo dann aber doch in die Diskussion einmischte, war Tony klar, dass etwas nicht stimmte. Er verstand die Worte nicht, aber es klang wie Fula. Die Sprachen dieser Indigenen begannen sich seit einiger Zeit zu vermischen. Sogar französische Wortfetzen hörte Tony heraus. Das bestätigte die Gerüchte über dieses Gebiet. Die in der Nähe des Dogon-Landes lebenden Volksstämme versuchten zwar kulturell eigenständig zu bleiben, wegen des kleiner werdenden Territoriums praktizierten sie aber auch einen regen Austausch.

Auch über diese Stämme hatte Professor Bernard mit Tony gesprochen. Dabei erzählte er von einem interessanten Sachverhalt. Immer mehr kleinere Gruppen verbündeten sich mit den Dogon, obwohl sie früher Krieg gegeneinander führten. Vor allem die äußeren Gefahren bedrohten die Existenz der Menschen hier. Die Klügsten unter ihnen sahen ein, dass man dagegen nur gemeinsam vorgehen konnte. Die größten Gefahren waren Plünderungen durch Rebellen, und die elende Trockenheit. Seit der Grundwasserspiegel sank und die Anbaufläche für Hirse kleiner wurde, waren sie zu Allianzen gezwungen. Gruppen, die sich nicht mit anderen zusammentaten, wurden vertrieben oder verschwanden auf unerklärliche Weise. Bernard meinte, die Dogon hätten noch eine Chance, solange sie ihre Kunst und die Geheimnisse der Masken nicht für materielle Dinge eintauschten. Überall dort, wo sich Fremde eingemischt hatten, flossen kommerzielle Interessen ein. Wo die Geldgier den Geist verdarb, verlor jede Form von Spiritualität ihre Kraft, hatte Bernhard gesagt. Doch seit Tony bei den Dogon war, hatte sich auch bei ihm etwas verändert. Hier gab es Dinge, die Menschen weder aufschreiben noch erzählen konnten. Es musste vielleicht an diesem Ort liegen, dass man sein Umfeld auf eine andere Weise wahrnahm.

Zikomo ging ein paar Schritte auf Tony zu, der sich bis jetzt im Hintergrund gehalten hatte: »Der Kuram sagt, er wisse von keinem fremden Kind.«

»Aber dann lügt er!«

»Deine Lautstärke ist nicht angemessen! Wenn er gelogen hätte, wüsste ich es. Wir wissen nur, dass Lisas Spur in Richtung Dorf führt. Ich habe um Erlaubnis gebeten, die Spur verfolgen zu dürfen. Er ist einverstanden und wird uns begleiten.«

Sie liefen ein kurzes Stück die Straße entlang. Lago war sich plötzlich nicht mehr sicher und kniete sich auf den Boden. Ob er Augen oder Nase benutzte, konnte Tony nicht erkennen, aber es schien Probleme zu geben.

»Hier endet die Spur. Vielleicht ist das Kind getragen worden.«

Der Kuram zeigte sich kooperativ und schien sich an der Spurensuche zu beteiligen. Mit einer Geste wies er in den Wald neben der Straße, wo der Boden mit flachem Buschwerk bedeckt war: »Wir nehmen den Pfad der Schlangen.«

Das Wort für Schlangen verstand Tony und das ließ sein Adrenalin im Körper wirken. In diesen lichten Wäldern lebte die giftige Puffotter. Ihr Gift verändert die Beschaffenheit des Blutes, was zur Zerstörung des Gewebes führt. Als Vorbereitung auf die Reise hatte sich Tony über giftige Tiere in der Region erkundigt. Das erinnerte ihn an das Satellitentelefon, denn auch für solche Fälle war es eigentlich gedacht.

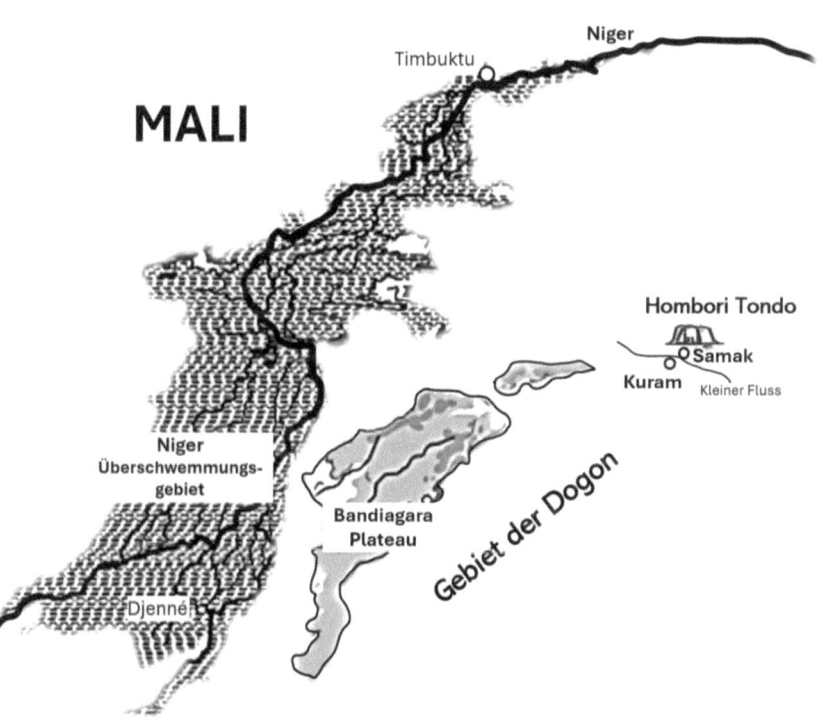

Die Leichtigkeit, mit der sich die anderen durch den Wald mit niedrigem Unterholz bewegten, beruhigte Tony. Er fragte trotzdem: »Warum nennt ihr ihn Pfad der Schlangen?«

Lago zeigte auf den Boden: »Hier fließt ein Fluss unter der Erde. Durch dieses Wasser gelangen die Nommos aus den Bergen in die Dörfer. Auch unsere Ahnen kommen auf diesem Weg zu uns. Die oberirdischen Schlangen wachen über diese Unterwelt. Abends jagen sie hier am feuchten Flussufer.«

»Wo sind die Schlangen jetzt?«

»Um diese Zeit schlafen sie in den Baumkronen.«

Fortan achtete Tony darauf, kein unnötiges Geräusch zu machen. Er kam sich wie jemand vor, der durchs Schlafzimmer fremder Leute schlich. Diese Gedanken hatten böse Nebenwirkungen. In jeder zweiten Baumkrone sah Tony nun sprungbereite Schlangen. Seine Angst konnte er nicht unterdrücken, obwohl ihm solche Sinnestäuschungen gut bekannt waren. Es dauerte auch nicht lange, bis es Zikomo bemerkte: »Sie tun das, um uns von ihren Schlafplätzen fernzuhalten. Aber solange wir keine bösen Absichten haben, lassen sie uns in Ruhe.«

»Du sprichst, als würden die Schlangen meine Angst erzeugen.«

»Etwa nicht? Außerdem haben sie nicht nur Gift in den Zähnen. Sie lesen unsere Gedanken, wenn wir uns ihnen nähern. Es ist dein Körper, der die Angst ausstrahlt, auch ohne gesprochene Worte. Du bist ein kluger Mann, Tony aus Europa, aber mit den Tieren kannst du nicht sprechen.«

Tony machte sich seine eigenen Gedanken. Tiere und Menschen sonderten Duftstoffe ab. Raubtiere konnten die Angstausdünstungen ihrer Beute über große Distanzen riechen. Dass diese Schlangen suggestiv auf ihre Beute einwirken konnten, vermochte er jedoch nicht zu glauben.

Prompt reagierte Zikomo: »Vielleicht hat dein Kind mit diesen Schlangen gesprochen.«

»Wie meinst du das?«

»Sollte Lisa nicht entführt worden sein, ist sie vielleicht freiwillig gegangen.«

Eine Diskussion mit dem alten Mann wollte Tony auf jeden Fall vermeiden. Er war ihm dankbar und ohne seine Hilfe aufgeschmissen.

Der Wald lichtete sich. Wieder markierte ein flach aufgeschütteter Steinwall eine Grenze. Sie hatten das Dorf der Kuram erreicht. In regelmäßigen Abständen steckten Stöcke in dem Wall, die oben mit rot gefärbten Federn geschmückt waren. Dieses Dorf wirkte sehr aufgeräumt. Die hier lebenden Kinder hielten sich zurück und begrüßten Fremde nicht so freundlich wie bei den Dogon. Auch die Erwachsenen machten einen wenig einladenden Eindruck. Sie trugen bodenlange Kleidung, meist schwarz gefärbt.

In diesem Teil des Dorfes standen etwa zwanzig Hütten dicht nebeneinander. Aus einer davon klang das Weinen von Frauen herüber. Der Kuram erklärte, dass die ältere Tochter einer Familie in der Nacht gestorben sei. Naha sollte beim nächsten Neumond eigentlich heiraten, aber mit ihrem Tod hatte die Familie schon das dritte Mädchen verloren. Nun blieb ihnen nur noch die jüngste Tochter. Sie hatte das Leiden ihrer Schwester in den letzten Tagen beobachten müssen und wirkte nun völlig verstört.

Sie brachten das tote Mädchen auf einer kunstvoll geflochtenen Trage zum Dorfplatz. Tony vermutete, dass es ein Abschiedsritual werden würde. Der Anblick des blassen toten Kindes war unerträglich, denn die Ungewissheit über Lisas Verbleib schwang bei allen Eindrücken mit. Die Emotionen überrannten Tony und er konnte seine Tränen nicht mehr zurückhalten. Das musste die Bewohner des Dorfes beeindruckt haben. Eine Frau zog ihn zur toten Naha und machte ein Zeichen, dass er sie berühren solle.

Es kostete Überwindung, aber er legte eine Hand auf die Stirn des Leichnams. Die Haut sah blass und marmoriert aus, Gesicht und Hände wirkten geschwollen. Ihr Körper musste kurz zuvor für das Ritual farbig bemalt worden sein.

»Was ist passiert?«, traute sich Tony den Kuram zu fragen, der sie ins Dorf gebracht hatte. Der zeigte keine Reaktion, aber Zikomo antwortete, dass Naha an etwas gestorben sei, dessen Bezeichnung Tony nicht übersetzen konnte. Sekunden später begriff er. Die äußeren Anzeichen deuteten auf eine Sepsis hin. Das Kind war nur an der Hüfte bekleidet. Tony konnte keine Verletzung oder Entzündung an ihrem Körper ausmachen. Das brachte ihn auf einen entsetzlichen Gedanken. Ein schreckliches Ritual, dessen Ursprung mit bestimmten afrikanischen Völkern in Verbindung gebracht wurde.

Eigentlich hatte er alles ausgeblendet, was an dieses Ritual erinnerte, während er die Reise gemeinsam mit Dyani plante. Deshalb war Tony bis zu diesem Moment auch nicht bewusst, dass er sich mit seinem Kind an dem Ort befand, den man als Ursprung dieses grausamen Brauchs vermutete. Sie befanden sich hier inmitten der *Sahelzone*. Dieser Teil Afrikas war auch während der großen letzten Eiszeiten bewohnbar. Die Anthropologen fanden hier die ältesten Humanoiden-Knochen. Allerdings blieben die evolutionären Sprünge vom Tierreich zum Homo sapiens nach wie vor rätselhaft, genauso wie die ursprüngliche Bedeutung mancher Rituale, deren Ursprung genau hier sein könnte.

Vielleicht um Tony zu beruhigen, hatte Bernard nebenbei erwähnt, dass die traditionellen Dogon schon lange keine *Genitalbeschneidungen* mehr vornahmen. Jedenfalls seien ihm kaum noch Fälle bekannt geworden. Damit war das Thema schnell wieder vom Tisch. Über andere Volksstämme in der Umgebung hatten sie allerdings nicht gesprochen.

Tony schaute Zikomo in die Augen. Was sie ausdrückten, bestätigte seinen Verdacht. Um kein entsetztes Gesicht zu machen, wandte er sich ab und ging ein paar Schritte weg. Vielleicht würde es gegen die aufkommende Panik helfen.

Was tun diese Leute ihren Kindern an? Und, ... haben sie Lisa in ihrer Verzweiflung über den Tod von Naha vielleicht doch entführt?

Zikomo kam sehr nahe und berührte Tony am Arm. Es war die erste körperliche Berührung überhaupt: »Es stimmt. Die Kuram tun es bei ihren Töchtern. Sie überlassen die Wundheilung den Geistern der Berge. Wir können nichts tun, es ist ihre Entscheidung.«

»Ich habe Angst.«

Zikomo sah, dass sich Tonys Gedanken auf etwas anderes konzentrierten. Deshalb fragte er: »Dich beschäftigt noch etwas. Du solltest darüber sprechen.«

»In Deutschland hat Lisa von Naha geträumt. Wir wollten etwas über ihr verändertes Verhalten herausfinden und haben sie hypnotisieren lassen. In diesem Traum muss sie in einem dieser Dörfer gewesen sein. Eigentlich hat uns Lisa ja auch hierhergeführt.«

Zikomo schien gar nicht überrascht zu sein. Er verstand auch sofort, was Tony mit Hypnose meinte: »Unsere Gedanken kennen im Traum mehr als nur Erinnerungen. Es ist die Welt, in der auch unsere Ahnen leben. Von ihnen haben wir gelernt, dass Zeit nur in der Welt des Wachseins existiert. Dort, wo unsere Träume entstehen, gibt es keine Uhren.«

»Lisa war in ihrem Traum hier. Es muss so gewesen sein! Man hat sie Rama genannt und sie konnte sogar die Sprache der Kuram sprechen.«

Das hatte der alte Mann nicht erwartet. Sein Gesicht erstarrte. Tony war sich sicher, dass seine Worte die Veränderung ausgelöst hatten. Zikomo näherte sich daraufhin der Mutter des toten Mädchens. Sie weinte leise und als Zikomo vor ihr stand, warf sie sich vor ihm auf den Boden. Auch die Kuram verehrten den Ho-Gon. Sie akzeptierten ihn als geistlichen Führer, auch wenn sich manche Bräuche der Stämme unterschieden.

Zikomo zog die Frau hoch und verbeugte sich vor ihr, was Tony als Beileidsbekundung interpretierte.

Die beiden sprachen eine Weile, bis die Frau auf ihre Hütte zeigte. Zikomo gab Tony zu verstehen, dass er draußen warten sollte und verschwand allein in dieser Hütte. Minuten später kam er mit einem Mädchen heraus, etwa so alt wie Lisa. Sie trug ebenfalls nur ein Lendentuch. Der übrige Körper war so bunt bemalt wie bei ihrer toten Schwester.

Mit dem Mädchen an der Hand lief er zu Tony und sagte: »Das ist Rama. Sie sagt, Lisa sei vor ein paar Tagen hier gewesen.«

Ohne darüber nachzudenken, dass das gar nicht möglich sein konnte, warf er sich vor dem Kind auf die Knie: »Wo ist Lisa? Wann ist sie wieder gegangen?«

Ramas Hand machte eine Drehbewegung von der Stirn in Richtung Berge.

Zikomo übersetzte die Geste: »Lisa ist ihr im Traum erschienen und anschließend wieder in die Berge zurückgegangen.«

Tonys fragender Blick veranlasste ihn, noch etwas hinzuzufügen: »Erinnere dich, dass Zeit für uns eine andere Rolle spielt als für die Menschen in deiner Welt. Für Rama ist es ganz normal, von Ereignissen zu träumen, die später wirklich eintreten. Obwohl das Geträumte in der Zukunft geschieht, sind es immer nur Erinnerungen.«

In diesem Erregungszustand fiel es Tony schwer, über den Sinn dieser Worte nachzudenken. Trotzdem fiel ihm eine Theorie aus der modernen Physik ein. Demnach sei Zeit nur eine Illusion des Bewusstseins, damit wir uns in der räumlichen Welt zurechtfinden. Dass ein kleines Mädchen wie Rama so komplexe Vorgänge verstehen würde, konnte er allerdings nicht glauben.

Was hat das alles mit Lisa zu tun? Bei dieser Geschichte stimmt so vieles nicht und doch passt es irgendwie zusammen. Vielleicht ist Rama der Schlüssel. Oder hat mein Traum aus der letzten Nacht damit zu tun? Es war auch kein gewöhnlicher Traum. Vielleicht muss ich nochmal dieses Zeug rauchen, um das Verwirrspiel begreifen zu können.

Wieder war es Zikomos Berührung, die Tony aus seinen Gedanken holte: »Wir werden Lisa finden. Aber du musst mir vertrauen. Die Kuram sagen die Wahrheit. In ihrem Dorf ist sie nicht.«

»Lisa kann nicht allein in die Berge gegangen sein. Kein Kind läuft so einen weiten Weg. Und es muss doch hier irgendwo Spuren geben!«

Erst jetzt merkte Tony, dass Lago verschwunden war: »Wo ist dein Sohn?«, doch Zikomo winkte ab: »Lass uns gehen. Wir werden später wiederkommen.«

»Wieso später?«

»Die Kuram müssen jetzt ihr totes Kind ins Jenseits begleiten.«

Tony machte eine zustimmende Kopfbewegung, wie es die
Dogon taten. Er hatte aber ein starkes Bedürfnis, sich noch einmal von der toten Naha zu verabschieden. Es musste eine Verbindung zu ihr geben. Langsam lief er zur Gruppe, die sich um
den Leichnam versammelt hatte. Die Menschen machten Platz,
als würden sie ihn schon erwarten. Was Tony jetzt sah, versetzte
ihm einen Schock. Er hatte Mühe, normal zu atmen, auch sein
Puls raste. Das tote Mädchen sah ganz anders aus als noch Minuten zuvor. Die fleckigen und aufgedunsenen Stellen waren verschwunden. Überhaupt sahen alle nicht bemalten Hautbereiche
wie bei einem gesunden Kind aus.

Er bemühte sich, normal zu wirken und deutete eine Verbeugung an. Die Mutter legte ihre Hand auf den Brustkorb der Toten
und murmelte etwas. Eine andere Frau bat Tony, ebenfalls seine
Hand aufzulegen. Er erwartete, eine kühle Haut zu berühren, so
wie zuvor bei ihrer Stirn, doch es fühlte sich warm an.

Wie kann das sein? Lebt Naha etwa noch?

Instinktiv fasste er an ihre Halsschlagader, um den Puls zu
prüfen. Da war nichts, kein Lebenszeichen, bis auf die merkwürdige Wärme in ihrer Herzgegend. Zikomo stand ganz dicht hinter
Tony und erklärte ihm etwas, aber er verstand es nicht und
schaute den Ho-Gon fragend an. Der wiederholte auf Französisch: »Wir müssen jetzt gehen. Naha braucht uns nicht mehr. Sie
ist im *Nyama*.«

»Ny…ama?«

»Ihr Körper funktioniert nicht mehr, aber sie ist noch nicht
bereit zu gehen und wird auch nicht verwesen, solange ihr Geist
den Körper nicht verlässt.«

»Das verstehe ich nicht.«

»Das Mädchen ist in einem Moment gestorben, als sie eine
starke geistige Verbindung mit den Ahnen hatte. Es kommt nicht
so häufig vor. Eigentlich können sich nur ausgebildete Ho-Gon
in so einen Zustand versetzen. Dieses Mädchen ist …«

»Ja?«

»Sie war etwas Besonderes.«

Tony hatte das Gefühl, er hätte den Alten in Verlegenheit gebracht. War es ein Versprecher oder gibt es etwas, das er ihm nicht sagen wollte oder konnte?

»Wie werden sie Naha beerdigen?«

Dass Zikomo still blieb, bestätigte Tonys Verdacht, dass es dabei um eines der vielen Geheimnisse ging, über die die Ureinwohner nicht sprachen.

Später antwortete Zikomo doch noch, blieb aber sehr allgemein: »So wie wir, bringen auch die Kuram ihre Toten in die Berge. Dort gibt es Höhlen, über die sie ins Reich der Ahnen gelangen. Aber wir bringen niemals Fremde dorthin.«

»Ich verstehe«, murmelte Tony, dachte aber: *Vielleicht denkt er, ich wolle am Begräbnis teilnehmen. Er muss bemerkt haben, dass ich von den Umständen ihres Todes und vor allem von dem Phänomen des **Nyama** beeindruckt bin.*

Zikomo sprach erst wieder, als sie die Dorfgrenze überschritten: »Ich habe Lago beauftragt, Lisas Spur zu folgen.«

»Er weiß, wo Lisa hingebracht wurde?«

»Wenn du möchtest, dass wir bei der Suche helfen, musst du jetzt genau zuhören: Naha ist nicht zufällig im Nyama. Sie war die letzte Kuram mit dem Blut eines Ho-Gon. Als ich sie berührte, konnte ich etwas sehen. Während sie starb, hat sie ihre Schwester Rama um Hilfe gebeten. Die Kuram sehen jetzt Rama als Kandidatin für den nächsten Ho-Gon. Sie soll die Rolle ihrer toten Schwester einnehmen. Du weißt, dass jeder Stamm das Recht hat, einen Nachkommen für die Wahl zum Ho-Gon aufzustellen. Aber die letzte Prüfung muss der Kandidat in den Bergen ablegen.«

»Ich dachte, nur junge Männer ziehen in die Berge?«

»So ist es Tradition, aber das war nicht immer so. Es kommt auch gar nicht auf das Äußere an. Der Höhepunkt des *Sigui*-Festes ist die Paarung eines Nommos mit dem neuen Ho-Gon. Nur passiert das nicht so, wie es Menschen tun. Wie du weißt, wurden die Nommos mit allen Geschlechtern geboren.«

»Du meinst, sie sind zweigeschlechtlich?«

»Vielleicht verstehst du darunter etwas anderes als wir. Ich würde einfach sagen, ihre Beschaffenheit lässt ihnen die Wahl.«

Tony war das in diesem Moment alles zu viel. Obwohl er ahnte, dass Lisa irgendeine Verbindung mit dem Stamm der Kuram haben musste, wollte er sie einfach nur finden, egal was dahintersteckte. Die einzige Hoffnung lag auf dem Ho-Gon, doch der schien etwas zu verschweigen. Tony spürte es und fragte einfach: »Ich habe dein Gesicht gesehen, als du die Tote berührtest. Was hast du noch gespürt?«

Zikomo schien zu wissen, dass dieser Mann aus Europa weniger voreingenommen war als die meisten anderen Forscher. Vor allem hatte Tony die Gabe, in seinen Träumen mit den Sinnen der Erdgeister zu sehen und so an deren geheime Orte zu reisen. Diese Gabe musste auch Lisa von ihrem Vater geerbt haben. Das war es, was dieses Mädchen mit den Menschen in dieser Gegend verband. Zikomo wusste, dass er selbst der letzte echte Ho-Gon war, und dieser Fremde mit seinem wundersamen Kind könnte eine Hoffnung für das sterbende Volk der Dogon sein. Er musste ihm helfen, sein Kind wiederzufinden. Aber von den geheimsten Dingen der Vorfahren durften die Fremden niemals erfahren. Sie würden es sowieso nur für Aberglaube halten und ihre eigenen Auslegungen wieder in die Lehrbücher schreiben.

Dieser Konflikt ließ Zikomo nicht ruhen, trotzdem wollte er auf Tonys Frage antworten und schaute dabei in dessen glasige Augen: »Was ich vorhin sah, war, dass Naha eigentlich die Prüfung zum neuen Ho-Gon ablegen sollte. So war es vorbestimmt. Nun ist sie tot und kann ihre Aufgabe nicht zu Ende bringen.«

»Aber sie hat doch noch eine Schwester!«

»In Wahrheit ist Rama gar nicht Nahas Schwester. Sie hat zwar viel von dieser Familie gelernt, aber das Blut eines Ho-Gon fehlt ihr. Deshalb würde Rama auch niemals die Prüfungen bestehen. Nur ihre Mutter weiß das, aber ihr Stamm darf es nicht erfahren. Sie würden die Mutter aus dem Dorf jagen.«

»Das ist furchtbar! Aber ich spüre, dass du noch mehr darüber weißt, habe ich recht?«

»Naha muss herausgefunden haben, dass Rama von einem fremden Stamm abstammt. Aber nun, nach ihrem Tod, findet sie niemanden, dem sie ihre ursprüngliche Aufgabe übertragen kann. Als ich die tote Naha berührte, spürte ich, dass sie so lange im *Nyama* bleiben wird, bis ihre Seele den passenden Körper gefunden hat.«

»Wie lange kann ein Mensch in diesem Zustand bleiben?«

»Solange ihr Geist im Körper verbleibt, stehen alle materiellen Dinge still. Für uns erscheint es, als würde ihr Körper nicht verwesen. In Wirklichkeit befindet er sich aber in der Zwischenwelt, ohne Zeit und ohne Vergehen.«

All das erinnerte Tony an ägyptische Mythologie, mit der er sich etwas auskannte. Dort erreichte die Seele das Totenreich über eine Zwischenwelt, sofern sie von Osiris für würdig befunden wurde. Für die Übergangsphase bis zur Wiederbelebung musste der Körper allerdings konserviert werden.

Weniger bekannt war, dass die alten Götter der Vorzeit gar keine Mumifizierung brauchten. Nicht, weil sie unsterblich waren, sondern weil sie ihre Seelen selbst in den neuen Körper überführen konnten. Den Menschen kamen diese Götter deshalb unsterblich vor.

Tony grübelte, ob das Nyama in Afrika und das *Tukdam* bei den tibetischen Mönchen ein und dasselbe sein könnte. War das schon immer ein geheimes Sterberitual, wie es die alten Gott-Könige vor den Pharaonen benutzten, um in einen neuen Körper zu gelangen? Konnten sie deshalb so lange auf der Erde verweilen und herrschen?

Ein merkwürdiger Druck lastete auf Tonys Brust und brachte ihn zu seinem größten Problem zurück: *Was könnte der Grund sein, dass jemand ein fünfjähriges Kind von einem anderen Stamm entführt? Hatte Dyani nicht etwas von einem geheimen Ritual der* **Zweimalgeborenen** *erzählt? Hat die oberste Kaste in Indien etwa Menschen der untersten Schicht benutzt, um ihre Seelen auf einen neuen Körper zu übertragen? Kann es sein, dass dieses Ritual auch in dieser Gegend praktiziert wird? Was verschweigt der Ho-Gon?*

Abrupt wurde dieser Gedanke unterbrochen, als wäre er gerade von Dyani erinnert worden, sich endlich bei ihr zu melden. Ob sie irgendwie ahnte, was mit Lisa passiert war? Diesen plötzlichen Druck in der Herzgegend kannte Tony schon seit seiner Kindheit. Manchmal stellte sich später heraus, dass sich in diesem Moment jemand Sorgen um ihn gemacht hatte oder selbst in Schwierigkeiten steckte.

Dyani kann ich durch Meditation nicht erreichen, aber mit Anna könnte es funktionieren. Aber im Moment habe ich noch keine guten Nachrichten. Zuerst muss ich Lisa finden!

10 – Kopfschmerzen

Berlin, Bundeswehr-Sondergruppe für Cyber-Abwehr

Der Monatserste war ein Freitag. Frida freute sich auf ihren ersten Tag in der Sondergruppe. Endlich kam sie ihrem Wunsch näher, in der Raumfahrt arbeiten zu können.

In den sozialen Medien folgte Frida einigen Wissenschaftsjournalisten. Manchmal sickerte da etwas von den neuesten Entdeckungen in der Raumfahrt und Astrophysik durch. Mit etwas Glück könnte sie in ihrem neuen Job noch früher an solche Informationen kommen. Der Grund war ganz einfach: In ihrer künftigen Abteilung wurden Satellitendaten ungefiltert empfangen und das sorgte sogar bei Spezialisten manchmal für Überraschungen.

Es ging los mit einer zweitägigen Einführung in Sicherheitsvorschriften. Mit ihr zusammen hatten noch zwei weitere Kameraden angefangen. Der Unterricht fand in einem neu eingerichteten Schulungsraum statt. Wenigstens gab es hier Fenster, auch wenn die in den Innenhof führten. Sie saßen an einem U-förmigen Tisch in bequemen Drehstühlen.

Frida kam es vor, als würde jeder den anderen skeptisch begutachten. Das lag wohl daran, weil in dieser Gruppe jeder etwas Besonderes können musste. Schon nach der ersten

Unterrichtsstunde machte sich Ernüchterung breit. Als Cyber-Spezialisten durften sie sich nur unter Einhaltung strengster Vorschriften untereinander austauschen. Im Grunde musste alles zuerst mit dem Vorgesetzten besprochen werden. Wenigstens war das nun nicht mehr Beeske, dieser neurologische Unfall in Uniform, wie sie ihren letzten Chef immer nannte.

Am Nachmittag waren die Verkehrs- und Kommunikationsregeln im Erdorbit dran. Jason, ein ehemaliger NASA-Ingenieur, war ihr Trainer. Er hatte die Neuen abends noch zum Bier eingeladen, einfach zum Kennenlernen. Frida war die einzige Frau, aber etwas älter als die zwei frisch examinierten Jungs. Zum Small Talk trug sie eher wenig bei, dafür beobachtete sie die männlichen Kollegen gern, einfach nur, um ihre Mimik und Gestik zu studieren. Manchmal entwickelten sich auch gewisse Fantasien, wobei sie hoffte, dass niemand ihre Gedanken lesen konnte.

Der zweite Schulungstag begann für Frida mit Schwierigkeiten. Ihre Codekarte funktionierte nicht und auch der Sicherheitsdienst hatte sie noch nicht auf der Liste für Zutrittsberechtigte. Die zwei anderen Neuen hatten keine Probleme, aber sie nahmen Frida nicht mit rein. Der Picklige von den beiden hatte ein typisches Nerd-Outfit und genauso gab er sich auch Frida gegenüber: »Das ist gegen die Vorschrift!« Erst Jason klärte das Problem, nachdem sie schon durchgefroren war.

»Was ich nicht verstehe«, fragte der Picklige. »Warum wird der ganze Müll im Orbit nicht schneller beseitigt? Es gibt doch inzwischen genügend Firmen dafür.«

»Als die ersten Schrottsammler ihre Dienste anboten, hatten sie die Rechnung ohne die Chinesen gemacht. Obwohl klar ist, dass man ein globales Problem nur global lösen kann, bleiben die Chinesen bis heute dabei, ihren Schrott selbst zu entsorgen.«

»Aber …«

»Nun wartet ab! Wie ihr wisst, hat das Riesenreich damit begonnen, ein chinesisches Satellitennetz nach dem Modell von SpaceX aufzubauen. Es sollen 20.000 Satelliten werden.«

»Nicht nur die Astronomen sind besorgt wegen der einge-
schränkten Sicht ins All. Auf einigen Bahnen wird es schon eng
und immer mehr defekte Teile irren ungesteuert herum.«

»Wieso weigern die sich, beim Schrottsammeln mitzuma-
chen?«

»Das fragen wir uns auch, ist aber eigentlich nur ein Teil des
Problems. Es wird nämlich noch komischer. Wir vermuten, dass
sie absichtlich defekte Satelliten in Umlaufbahnen bringen, wo
sie nichts zu suchen haben. Dabei gibt es international festgelegte
Bahnen für den Weltraumschrott. Die chinesische Raumfahrtbehörde gibt uns noch nicht mal alle Daten, zum Beispiel das genaue Gewicht. Sie deklarieren es einfach nur als Weltraummüll
und wir müssen alles selbst berechnen, damit andere Objekte
nicht mit dem Schrott kollidieren.«

»Aber andere Länder lassen auch einfach defekte Teile im Orbit. Darüber regt sich keiner auf?«

»Die Russen sind wesentlich kooperativer. Jedenfalls ist es
jetzt eure Aufgabe, eine Art Inventur der fragwürdigen Objekte
aufzustellen.«

»Was sollen wir? Warum macht das nicht ein ziviles Unternehmen, die sind doch billiger als das Militär?«

»Weil wir mit denen nicht über unsere Probleme sprechen
können.«

»Probleme?«

Jason schaltete auf den großen Wandmonitor um und erklärte:
»Also, seht mal hier … Es geht um diesen Orbit in 800 km Höhe.
Hier weisen einige defekte Satelliten merkwürdige Flugbahnen
auf. Merkwürdig deshalb, weil sie sich manchmal untypisch bewegen. Irgendwas muss die Objekte ablenken. Wir machen uns
die Mühe, deren Bahnen zu berechnen, aber bei einigen liegen
wir immer wieder falsch.«

»Vielleicht kollidieren sie mit irgendetwas?«

»Möglich, aber das ist nur Spekulation. Um weitere Kollisio-
nen der Schrottteile zu verhindern, müssen wir die Bahnen aller
Körper kennen. Wie ihr wisst, erzeugt jeder Crash zusätzliche
kleine Teile, die wir kaum noch beobachten können.«

Frida war in Gedanken kurz woanders, denn irgendwie schien an der Sache mehr dran zu sein, als man ihnen bisher gesagt hatte.

Es war Zeit für die Mittagspause und Jason schloss die Lektion mit den Worten ab: »Warum uns das bei einigen dieser chinesischen Satelliten nicht gelingt, sollt ihr in den kommenden Wochen herausfinden!«

Zuerst enttäuscht über die langweilig klingende Aufgabe, wurde Frida doch immer neugieriger. Wenn sich ein Trupp bei der Cyber-Abwehr um Bahnberechnungen von Weltraumschrott kümmert, könnte das mit der Sicherheit von militärischen Satelliten zu tun haben. Sie wollte nun wissen, wer da noch alles involviert war und vor allem: Wozu brauchen die hier eine *M-Agentin*?

Frida interessierte sich nach der Pause für die Methode, mit der sie arbeiten sollten: »Wie weit dürfen wir vordringen?«

Oberstleutnant Karlmann hatte dieses Thema übernommen. Er hörte sich aber genervt an: »Bitte stellen Sie präzise Fragen, Frau Jensen!«

»Ich meine, was gebt ihr uns in die Hand? Wir sollen doch sicher nicht nur die bodengestützte Technik für die Überwachung nutzen.«

Karlmann schwieg, was Frida klar machte, dass sie die Frage zu früh gestellt hatte: »Verstehe, darüber werden wir später …«

»Nein, nein, das ist schon in Ordnung. Wir teilen den Trupp auf. Was Sie betrifft, … ich möchte, dass Sie mit ERNST arbeiten.«

»Ich hoffe, dieser Typ ist nicht so, wie es sein Name verspricht!«, sprach Frida aus, was die anderen wohl höchstens zu denken wagten.

»Sie haben noch nicht von *ERNST* gehört?«

Jetzt dämmerte es Frida, denn das Wort stand für Experimentelle Raumfahrtanwendung mit Nanosatelliten-Technologie. Eines der Fraunhofer-Institute hatte den ersten Kleinsatelliten dieser Serie vor Jahren für die militärische Aufklärung gebaut. Als die Entwickler 2024 vorschnell einen Wissenschaftsbeitrag herausbrachten, wurden sie sofort vom Militär zurückgepfiffen.

Inzwischen war die Familie dieser Mini-Satelliten schon größer geworden. Sie sollten der NATO die Früherkennung von feindlichen Raketenstarts erleichtern. Vor allem die neuen Hyperschallantriebe der Chinesen und Russen machten dem Westen Sorgen, denn hierfür gab es bis dahin keine Früherkennungssysteme.

Jason hatte auf die Worte von Karlmann geachtet und war von dessen Geheimniskrämerei genervt. Frida konnte er nur dann gut einarbeiten, wenn sie alles über ERNST wusste. So ergänzte er einfach ungefragt: »Als der erste Satellit in Betrieb ging, gründete der *MAD* eine gleichnamige Arbeitsgruppe. Wer alles dazu gehört, bleibt natürlich geheim.«

Karlmann konnte nicht verbergen, dass ihm Jasons Bemerkung über die ERNST-Gruppe nicht schmeckte. Frida vermutete auch gleich, dass Jason dazu gehörte. Dass man beim Geheimdienst nie viel über die Kameraden erfuhr, nervte sie. Nicht, dass sie ein besseres Rezept hätte, aber ständig mit Leuten zu arbeiten, die einem etwas vormachen müssen, erzeugte kein Gefühl der Zusammengehörigkeit.

»Frida! Wo bist du gerade?«, erkundigte sich Jason, der schon in der Tür stand und wartete. Die beiden Jungs waren verschwunden und Frida hatte es gar nicht mitbekommen. Zu Jason sagte sie nur: »Mach dir keine Gedanken, ich lauf schon nicht weg. Wirst dich noch daran gewöhnen, dass ich ab und zu abwesend erscheine.« Mit dem Finger tippte sie an ihre Schläfe: »Manchmal machen meine Neuronen einen Ausflug.«

Jason verstand Fridas Antwort als Entschuldigung: »Ich versuche, es mir zu merken, habe aber keine Zeit, dir alles zweimal zu erklären! Nachhilfe gibt es nicht. Wenn du zu langsam lernst, schickt dich Karlmann wieder zu Beeske.«

»Lass diese Psycho-Scheiße, sonst muss ich dich verhexen!«

»Ach, das kannst du?«

Wie so häufig, zögerte Frida auch dieses Mal mit einer Antwort. Für normale Menschen war die Ursache für ihre langen Antwortzeiten nicht gleich erkennbar. Besonders komisch fanden es manche, wenn Frida antwortete, nachdem die anderen schon das Thema gewechselt hatten: »Du wirst schon sehen! Wir Dänen wurden von Odin persönlich ausgebildet!«

»Da kann ich wohl nicht mithalten, aber warte ab, bis du unsere KI kennengelernt hast, falls die überhaupt mit dir redet.«

»Warum sollte sie nicht?«

»Hat Karlmann nichts davon erzählt?«

»Ich weiß nicht, was du meinst.«

»Die Prüfungskommission besteht aus zwei Offizieren und der KI. Jeder vergibt ein Drittel der Prüfungspunkte.«

»Wurdest du auch so geprüft?«

»Da gab es sowas noch nicht. Die Maschine gehört zur zweiten Generation mit Neuronen-Kern, also ein Quantencomputer mit Bioprozessoren.«

»Ihr habt hier ein neuronales System am Laufen?«

»Ja. Die Verwaltung hat mal Humor bewiesen und das Projekt für die künstliche Intelligenz AVA genannt.«

»Klingt komisch.«

»Sag ich doch, aber es passt zu den Umständen der Anschaffung. Am Ende des vorletzten Jahres war noch Geld übrig. Sie haben das Ding noch schnell gekauft, obwohl uns die Leute zum Anlernen der KI fehlten.«

Frida überlegte, was an dem Namen AVA humorvoll sein sollte. War ihr ein versteckter Hinweis entgangen? Trotz der guten Therapie in Freiburg brachten sie Ironie und subtile Bemerkungen immer noch zur Verzweiflung. Um eine Bemerkung zwischen den Zeilen verstehen zu können, musste sie hunderte Möglichkeiten in Sekundenschnelle abwägen. Was in einer lockeren Runde für andere lustig erschien, erforderte für Frida größte Anstrengung. Um es einfacher zu haben, hatte sie unzählige Redewendungen, Metaphern und komische Situationen auswendig gelernt und das nicht nur in ihrer Muttersprache, denn bei NATO-Projekten wurde englisch gesprochen. Und da begannen schon die nächsten Probleme: Was Engländer lustig fanden, war in Amerika unter Umständen anstößig und umgekehrt. Fridas Welt war also in mehrfacher Hinsicht kompliziert.

In Fällen wie diesen ging es nicht anders, als geradeheraus zu fragen: »Ich habe es nicht kapiert, was ist an dem Namen AVA lustig?«

»Sei nicht so ungeduldig, das wollte ich doch gerade erklären!«

Weil Frida emotionslos auf die Antwort wartete, kürzte Jason das Thema enttäuscht ab: »Die drei Buchstaben stehen für AUS VERZWEIFLUNG ANGESCHAFFT.«

Frida versuchte die Stimmung zu retten und gab ihr Bestes: »Ist doch schön, wenn die Verwaltung Humor versteht!«

»Hm. Aber um hier mitmachen zu dürfen, erwartet man keinen Humor. Hier geht es in erster Linie um ERNST.«

Was meint er damit? Schon wieder versteckter Humor? Das nervt!

Natürlich wusste Jason von Fridas Atypischem Autismus. Inwieweit sich das auf ihre Arbeit auswirken würde, war aber nicht vorhersehbar. Umso erstaunter war er, als sie dieses Mal ohne zu zögern antwortete: »Dann gehöre ich also dazu?«

Jason schmunzelte und öffnete die Türschleuse zur Computerzentrale: »Nichts übereilen! Du musst noch eine Prüfung bestehen und denke dran, AVA hat auch mal schlechte Tage. Deshalb muss sie wohl auch weiblich sein!«

Solche subtilen Anspielungen hatte Frida unter der Rubrik Frauenwitze abgespeichert und konnte deshalb mit einer passenden Geschichte parieren: »Typisch Männer. Aber wusstest du, dass Intelligenz, ob künstlich oder nicht, immer weiblichen Ursprungs sein muss?«

»Nee, wieso?«

»Gott muss sich genau überlegt haben, warum er Adam ein Stück Rippe herausschnitt, um Eva zu erschaffen. Das war viel näher am Herzen und mit dem, was er im Kopf vorfand, wäre niemals eine Frau entstanden.«

»Ich dachte, du kannst keine Witze erzählen.«

»War auch keiner … apropos Männer, wo sind eigentlich die Jungs geblieben?«

»Die haben noch keine Freigabe von Karlmann bekommen. Aber sie werden uns vielleicht trotzdem helfen können. Die kennen sich nämlich mit dem *Drei-Körper-Problem* aus.«

»Im Ernst?«

Jason lachte: »Nein. Ich sagte doch, dafür haben sie noch keine Freigabe.«

Sie versuchte es zu verbergen, aber die Unterhaltung mit Jason war für Frida extrem anstrengend. Entweder nahm er keine Rücksicht auf ihre Beeinträchtigung oder es waren wirklich alles Tests ihrer Fähigkeiten. Über die angeblichen Superkräfte von M-Agenten gab es jedenfalls genug Gerüchte, die neugierig machten.

Eigentlich wäre sie nach dieser Unterhaltung schon wieder reif für eine Entspannungsübung. Daraus wurde aber nichts. Die Sache mit dem Drei-Körper-Problem brachte Frida auf eine Idee, die sie bis zum Abend nicht wieder losließ: *Warum verhalten sich einige der unbrauchbaren Satelliten so merkwürdig? Sie verlassen gelegentlich die vorausberechneten Bahnen. Gibt es dort wirklich etwas sehr Großes, das für uns nicht sichtbar ist?*

Am späten Abend wachte sie auf ihrem Sofa auf. Schon Sekunden nach dem Ausstrecken waren ihr die Augen zugefallen, ohne etwas gegessen zu haben. Nun schaute sie an die Decke und grübelte: *Die Jungs könnten zwar bei den Bahnberechnungen helfen, aber wenn meine Vermutung stimmt, haben wir ein ganz anderes Problem. Die Bewegung der Objekte hängt von der gegenseitigen Masseanziehung ab. Der Haken ist, wir kennen die Masse der Satelliten nicht genau. Es muss eine völlig andere Lösung her!*

Später war sie dann doch wieder auf dem Sofa eingeschlafen, wachte aber nach wenigen Stunden durchgeschwitzt auf. Sie hatte eine Lösung, aber es gab einen neuen Haken. Einen großen sogar: *Jason wird nicht erfreut sein, dass wir vielleicht gar keinen Quantencomputer brauchen werden. Und die Jungs mit ihren Mathekenntnissen wahrscheinlich auch nicht. Nun bin ich aber erstmal gespannt, wie weit die Entwickler von ERNST mitgedacht haben!*

An Schlaf war nicht mehr zu denken. Frida ging ihre Lösung mit allen möglichen Szenarien gedanklich durch. Dabei machte sie es wie immer und schaute auf eine imaginäre Wand aus Glas. Anderen erklärte sie immer, diese Wand wäre eine Sicherheitsscheibe, die aus unendlich vielen Glasschichten bestehe. Jede Schicht brauchte sie zur Abspeicherung eines Bildes, was dann zu einem fotografischen Gedächtnis führte. Jede hauchdünne Glasebene war wie eine Zeitscheibe, auf der das Bild des jeweiligen Moments zu sehen war. Wollte sie es später noch einmal ansehen, musste sie nur gedanklich durch das Glas fliegen und alles lief wie in einem Film ab. Sowohl vorwärts als auch rückwärts.

Anna hatte ihr beigebracht, dass diese Speichermethode besonders gut von Menschen wie Frida beherrscht würde. Das Mysterium dieser besonderen Hirnleistung läge aber nicht allein an einer genetischen Abweichung. Der Ursprung könnte in den Wurzeln der menschlichen Evolution liegen. Manche vermuteten sogar, dass es das Erbe einer technischen Zivilisation sein könnte, die vor der Sintflut existierte.

Als diese Zivilisation am Ende der letzten Eiszeit ausgelöscht wurde, blieben nur wenige Menschen übrig. Für diese waren dann ganz andere Dinge wichtig als Mathematik und Quantenphysik. Sie fingen praktisch wieder als Jäger und Sammler an. So gerieten die hoch entwickelten kognitiven Funktionen in den Hintergrund. Schließlich wurde auch das dafür notwendige Gen im Chromosom 11 abgeschaltet. Es ging gemeinsam mit anderen Genen in den Winterschlaf. So lautete jedenfalls die These von Professor Fjodorow.

Frida wollte damals von Anna wissen, warum dieses Gen seit der *Generation Z* wieder häufiger aktiv zu sein schien und welche Gene es noch betraf. Anna meinte, dass Organismen zu spüren scheinen, wenn ihre Evolution in eine Sackgasse gerät. Lebewesen, die in der Vergangenheit nicht auf solche Signale reagieren konnten, seien ausgestorben. Den Menschen müsse jetzt dringend etwas von ihrem Ego und der Sturheit genommen werden, sonst wären sie auch vom Untergang bedroht.

Solche Gespräche mit ihren Freunden aus Freiburg hatten Frida gezeigt, was eine längst untergegangene Zivilisation vielleicht durchgemacht haben könnte. Menschen mit Ideen für Veränderungen waren schon immer in Gefahr. Besonders, wenn sie selbst anders waren. Danach hatte Frida verstanden, warum manche Forschungsergebnisse der Freiburger noch nicht öffentlich gemacht werden konnten.

Am nächsten Morgen bat Frida um ein Meeting, bei dem sie auch Oberstleutnant Karlmann dabeihaben wollte. Der sagte ab, schrieb ihr aber, Jason würde sich der Sache annehmen.

»Ich bin ganz Ohr«, begann Jason, nachdem sie sich in eine Ecke des Kommandoraums gesetzt hatten.

»Ich möchte dich bitten, etwas zu prüfen. Es hat mit den Orbit-Anomalien der Schrottsatelliten zu tun.«

»ICH soll das prüfen?«

»Wir, nein, … ich meine … es gibt vielleicht eine Möglichkeit, die Ursache für die Bahnabweichungen herauszufinden.«

Jason lehnte sich zurück: »Tut mir leid, da war die KI wohl schneller als du. Sie hat uns letzte Nacht ein Modell geliefert. Demnach soll sich ein großes Schrottteil in der Bahn befinden, das wir wegen seiner Tarnkappentechnik bisher nicht gesehen haben. Das könnte eine der verunglückten Laserkanonen sein, die den Russen vor Jahren verlorenging.«

»Wenn die KI geliefert hat, gibt es also einen Beweis?«

»So weit sind wir noch nicht. Die Jungs bekommen heute den Auftrag, die Werte mit ihrer Telemetrie-Software zu prüfen.«

»Dann …«

Jason stand auf, vielleicht um die unausweichliche Frage nicht beantworten zu müssen, doch Frida gab nicht nach: »Aber du hast gesagt, jeder muss eine Prüfung machen, bevor er ins ERNST-Team darf.«

»Karlmann hat entschieden, dass die besonderen Umstände eine Ausnahme erfordern. Außerdem hätte die hervorragende Software der Jungs ihre Eignung bestätigt und sogar die Prüfung überflüssig gemacht.«

»Und was soll ICH jetzt tun?«

Jason stand schon an der Tür, als er antwortete: »Du kannst dich heute um deine Prüfungsvorbereitung kümmern. Die KI hat ein Übungsprogramm dafür erstellt.«

Frida kam sich schon wieder abserviert vor, hatte aber auch das Gefühl, irgendetwas stimme an der Sache nicht.

Was ist passiert, dass dieser Idiot so schnell seine Meinung geändert hat? Egal, unter den besonderen Umständen ist es sicher gerechtfertigt, dass auch ich die Vorschriften umgehe, dachte sie und überlegte, ob das jetzt Ironie war. Ihr Entschluss stand fest: Über das Kontaktverbot mit Freiburg wollte sie sich jetzt erst recht hinwegsetzen und bei Anna Rat einholen.

Ich war schon wieder viel zu lange mit dieser Zicke zusammen, dachte Frida, nachdem sie alle Übungsfragen der KI beantwortet hatte. Laut Plan sollte danach der psychologische Test stattfinden, aber Frida hatte keine Lust, sich nach dem Termin zu erkundigen.

Sie ging in den Meditationsraum. Auf dem Weg vom abgesicherten Kern der Kommandozentrale zu den Freizeiträumen holte sie sich ihr Smartphone wieder ab. Sie hatte auch ein Armband, womit man alle digitalen Dienste nutzen konnte. Die Hautsensoren mochte sie allerdings nicht. Außerdem zeigten sie regelmäßig falsche Werte an. Das verursachte immer aufwendige Nachkontrollen. Den Ärzten musste Frida dann ständig aufs Neue erklären, dass bei ihr alle Hautsensoren schon nach kurzer Zeit Abwehrreaktionen hervorriefen. Weil keine Reizungen auf der Haut zu sehen waren, hat das aber nie jemand ernst genommen.

Als das Handy wieder Empfang hatte, fiel ihr sofort eine Meldung ins Auge: »Aktion erforderlich.«

Es war das Symbol der App für die Freiburger Ehemaligen-Gruppe. Frida hoffte, dass es Anna war und sie lag richtig. Die vollständige Nachricht lautete: »Wollte mal wieder von dir hören! Wenn du magst, heute nach 17 Uhr? Anna«

Fast sieben, Anna müsste jetzt eigentlich zuhause sein. Nach ein paar Fehlversuchen zeigte die App endlich die erwartete Meldung: »Warten auf Eingangssignal.«

Es war Freitagabend. Außer ihr befand sich niemand mehr in den Freizeiträumen. Einige Yoga-Matten waren noch schweiß-verschmiert und wegen der heruntergefahrenen Belüftung roch es wie in einer Sportplatz-Umkleide. Frida fühlte sich in dieser Atmosphäre auf einmal nicht mehr wohl und entschied, doch nach Hause zu fahren.

Das Handy schnurrte und erinnerte an den Termin mit Anna. Weil es alle so machten, nutzte sie seit einiger Zeit die automatische Erinnerungsfunktion. Die Folge war, dass sich ihr Körper langsam daran gewöhnte und der biologische Wecker immer unzuverlässiger wurde.

Zuhause duschte sie und spülte damit alle Spuren möglicher Hautkontakte ab. Die Meditation begann sie auf einer Yoga-Matte im Wohnzimmer. Es war immer das gleiche Startritual, mit dem sie die Welt um sich herum verließ. Obwohl die Routine stets gleich begann, landeten ihre Gedanken immer an einem anderen Ort. Es war zwar möglich, anschließend an das eigentliche Ziel zu reisen, aber der erste Anlaufpunkt war nie genau vorhersehbar. In Freiburg hatte sie auch gelernt, dass jeder Mensch ein individuelles Meditationsritual benötigte. Trotzdem bekam sie auch dort keine wissenschaftliche Erklärung dafür, warum der Übergang in die transdimensionale Welt immer an einem anderen Punkt erfolgte.

Die tibetischen Mönche, von denen Professor Fjodorow diese Methode der Selbsthypnose mitgebracht hatte, erklärten es etwa so: Die menschliche Seele sei zwar im Körper, aber sie kann sich in einem Feld frei bewegen, von dem das Universum durchdrungen ist.

Den Übergang in dieses Feld beschrieb Anna ihren Studenten immer mit anderen Worten. Ihrer Meinung nach war das Gehirn eine Art Eingang in einen *Quanten-Tunnel*. Das sei ein Tor in die höherdimensionale Welt und durchaus mit moderner Physik zu erklären. Mit dieser Beschreibung konnte sich auch Frida anfreunden. Sie selbst versuchte auch alle Phänomene zuerst mit bekanntem Wissen zu erklären. Das Einzige, was den Menschen fehlte, waren Sinne zur Wahrnehmung dieses Tunnels.

Anders verhielt es sich aber bei Fridas Trancezustand. Einmal dort angekommen, brauchte sie keine äußeren Sinnesorgane mehr. Das war für sie der Beweis, dass das Gehirn selbst alle Voraussetzungen hatte, sich auch außerhalb von Raum und Zeit zu bewegen. Eine KI funktionierte ähnlich, hatte aber keine eigenen Sensoren, um zu sehen und zu fühlen. Inzwischen war das aber kein Problem mehr. Milliarden Kameras, Mikrofone, Thermometer und Frequenzmessgeräte weltweit, alles konnte übers Internet erreicht werden. Die Frage war nur noch, wann sich die erste KI ohne Regulierung frei bewegen durfte, wie es ein paar Tech-Milliardäre bereits vorhatten.

Um sich über die App auf ihrem Handy mit Anna zu verbinden, musste Frida ihr gewohntes Ritual etwas ändern. Jede Abweichung erforderte Überwindung. Das war wohl einer der Gründe, warum sie die Nutzung der App immer wieder hinausgeschoben hatte.

Die App funktionierte nun und zeigte eine stabile Verbindung an. Jetzt musste Frida nur noch an der richtigen Stelle ihrer virtuellen Welt ankommen.

»*Ich dachte schon, du würdest Tag und Nacht in diesem Bunker arbeiten*«, war der erste deutliche Satz, den sie von Anna hörte.

»*Kommt ab und zu vor, aber heute habe ich mal wieder gemerkt, dass ich im Wettbewerb mit den normalen Kollegen nicht mithalten kann.*«

»*Schön, dass du dich meldest, anstatt in Selbstzweifel einzutauchen. Ich freue mich so, von dir zu hören.*«

»*Und ich bin froh, dass es dich gibt!*«

»*Nun erzähl schon!*«

Zuerst machte sich Frida wegen ihrer verständnislosen Kammeraden und den blöden Vorgesetzten Luft. Anna verstand sofort. Wer wie Frida Symptome von Autismus zeigte, hatte es schwerer, Seelenverwandte zu finden. Wenn die Betroffenen auch noch fern der angestammten Heimat lebten, konnte es besonders schwer sein. Einsamkeit wurde nicht nur zum Problem, ohne Hilfe ging es dann auch irgendwann nicht mehr weiter.

Anna hörte lange zu, erkannte aber anfangs keine unlösbaren Probleme. Stutzig wurde sie erst, als Frida von den vielen Fehlern berichtete, die ihr bei der Erkennung von feindlichen Mustern in den Datennetzen passierten. Das war der Auslöser des Ärgers im Job gewesen. Auch zwei andere ehemalige Studenten hatten sich kürzlich über die Freiburger App bei Anna gemeldet, weil es ihnen ähnlich ging. Die beiden waren auf Fernwahrnehmung spezialisiert. Es gab nun bereits drei von vier M-Agenten, die mit ihrer besonderen Begabung Probleme hatten, und alle wurden zuvor von Anna ausgebildet.

Ähnliches passierte schon mal in den Jahren 2023 und 2024. Damals vermutete man, dass es mit Störungen im Erdmagnetfeld zusammenhing. Im aktuellen Fall fiel aber eine Sache auf: Alle Betroffenen lebten in Berlin und noch etwas war anders. Dieses Mal dauerten die Probleme schon Monate an. Für eine bestimmte Menschengruppe könnte es wirklich gefährlich werden, aber damit wollte sie Frida jetzt nicht auch noch belasten. Dann wechselte Frida jedoch von selbst das Thema:

»Ich wollte schon vor Tagen mit dir sprechen, aber mein Chef hat es verboten.«

»Vielleicht wusste er schon darüber Bescheid und du hattest nicht die richtige Sicherheitsfreigabe?«

»Dann müssten es aber die Leute ganz oben beim Geheimdienst wissen. Ob da vielleicht irgendeine Schweinerei gedeckt wird?«

»Dazu kann ich nichts sagen. Ich weiß doch nicht mal, wovon du sprichst.«

Frida war kurz verunsichert. Von den Kameras im Kindergarten hatte sie wirklich nur ihrem Chef erzählt, mit Anna aber lediglich im Traum gesprochen. Wie konnte sie ihre Traumwelt und die Realität so durcheinanderbringen?

»Oh, sorry, ich hatte mir nur eingebildet, schon alles erzählt zu haben.«

Anna konzentrierte sich voll auf Frida. Da die benutzte App Hirnwellen übertrug und nicht nur gesprochene Worte wie bei einem Telefonat, waren viele Hirnareale involviert. Der größte Unterschied zur banalen Sprachkommunikation war, dass auch Emotionen übertragen wurden. Das konnte ein geübter Absender zwar unterdrücken, aber das war Frida nicht und außerdem hatte sie keinen Grund, ihre Gefühle zu verheimlichen.

Frida erzählte von ihrer merkwürdigen Entdeckung im Institutskindergarten. Anna war überrascht. Sie wusste zwar von Kameras im Institut, wozu auch der Kindergarten gehörte, aber dass Daten über den Internetzugang der Kita übertragen wurden, war ein Schock.

»Und du hast das alles schon an deinen Chef gemeldet?«

»Ja. Auch seine Vorgesetzten wissen Bescheid. So steht es jedenfalls im Protokoll. Trotzdem haben die nichts unternommen.«

»Du kannst nicht wissen, ob sie etwas unternommen haben. Trotzdem merkwürdig. Ich werde mich hier bei uns mal umschauen.«

»Aber sei vorsichtig!«

Sie verabschiedeten sich mit dem Versprechen, sich gegenseitig auf dem Laufenden zu halten.

Dienstag, 9 Uhr

Das Büro von Oberstleutnant Karlmann war eine Katastrophe für Menschen, die ihren Arbeitsplatz gern wohnlich gestalteten. Jeder Gegenstand wirkte, als sei er geometrisch ausgerichtet. Es gab keine Grünpflanze, keinen Fingerabdruck auf den lackierten Möbeln und schon gar kein herumliegendes Papier. Aber für Frida war es genau richtig.

Es dauerte eine Weile, bis sie sich endlich für einen der vier Stühle am runden Besprechungstisch entschieden hatte. Karlmann setzte sich daneben. Er wollte eine vertrauensvolle Atmosphäre aufbauen und wählte absichtlich nicht den Stuhl gegenüber. Das ging voll daneben, denn sie rückte instinktiv etwas von ihm ab.

»Bitte verzeihen Sie, ich wollte nicht …«, stotterte er und rutschte mit seinem Stuhl ein Stück zur Seite.

Eigentlich hätte er wissen müssen, dass Körpersprache bei ihr anders wirkte. Was durchschnittlichen Menschen Vertrauen suggerierte, konnte auf Autisten sogar beängstigend wirken. Dabei hatte sich Karlmann vor dem Gespräch noch mal Rat beim Amtspsychologen geholt. Der kannte Fridas Krankenakte und erklärte ihm, dass sie trotz ihres Autismus eher hochsensibel einzuschätzen sei. Das nannte er *autensitiv*.

Karlmann sollte sich darauf einstellen, dass seine Unterstellte mit inneren Mind-Maps arbeiten würde. Karlmann wusste also, dass Menschen wie Frida Verhaltensmuster anderer Menschen auswendig lernten, um sie besser verstehen zu können. Sogar Redewendungen, Gesten und Gesichtsausdrücke waren in diesen Mind-Maps enthalten.

Die Einschätzung des Arztes kam der Realität schon ziemlich nahe. Er warnte Karlmann aber davor, anzunehmen, er könne Frida Jensens Verhalten vollständig verstehen. Hochbegabte wie sie wiesen eine neurologische Diversität auf, die Forscher gerade erst zu verstehen begannen.

Am Ende des Gesprächs mit dem Psychologen wirkte Karlmann mehr verunsichert als zuvor. Der Arzt wollte ihn deshalb aufmuntern und versuchte es mit einem Scherz: »Wissen Sie, sollten Außerirdische eines Tages so mutig sein und Kontakt mit uns aufnehmen, würden sie wahrscheinlich dieselben Probleme mit uns haben, wie Frau Jensen mit Ihnen.«

Frida schätzte die Geste ihres Chefs, der nun etwas Abstand hielt. Gleichzeitig war es ihr peinlich, die eigene Körpersprache nicht im Griff zu haben: »Das ist okay, Herr Oberstleutnant. Es ist immer nur der erste Moment. Ich muss es sowieso lernen und möchte auch nicht, dass immer alle auf mich Rücksicht nehmen müssen.«

Karlmann wirkte daraufhin schon wieder entspannter: »Danke, für Ihre Offenheit. Ich habe Sie hergebeten, weil ich noch mal über Ihre Idee zu den Satelliten nachgedacht habe.«

»Dann hat Ihnen Jason von meinem Verdacht erzählt?«

»Ich war neugierig und habe selbst nachgefragt.«

»Darf ich fragen, was die Software meiner Kameraden im Trainingsteam gebracht hat?«

»Ich würde gern erstmal Ihre Theorie hören, Frau Jensen.«

Frida sortierte kurz die Fakten. Früher neigte sie dazu, den Kern der Sache immer sofort auszusprechen. Inzwischen wusste sie, dass es hilfreich ist, nicht sofort mit der Pointe zu starten. Für die Dramatik begann sie mit einer zurechtgelegten Frage: »Was, wenn es unter dem Weltraumschrott noch ein paar funktionsfähige Satelliten gäbe? Das würde erklären, warum die Chinesen so ein großes Geheimnis um das Gewicht der Teile machen.«

»Interessant, aber worauf wollen Sie hinaus?«

»Wenn man irgendwie nachweisen könnte, dass diese Körper im Laufe der Zeit an Gewicht verlieren, wüssten wir, dass sie immer noch Treibstoff verbrauchen und …«

»Aber Frau Jensen! Niemand steuert teure Satelliten freiwillig in einen Schwarm Weltraumschrott. Damit riskiert man ihre Zerstörung!«

»ICH würde es tun.«

»Was meinen Sie?«

»Ich würde meine Satelliten in den Schrott hineinnavigieren. Es wäre eine geniale Tarnung. Leider ist deren Bahn mit 800 km viel höher als die unserer Beobachtungssatelliten. Außerdem schauen die ERNST-Satelliten nur in Richtung Erde. Könnte man nicht einen von ihnen umdrehen?«

»Das müssten wir erst prüfen. Aber wenn Sie recht hätten, käme die Frage auf, was die Chinesen dort treiben?«

Frida überlegte, ob sie sich diesem Offizier anvertrauen könnte. Sie tat es dann einfach intuitiv und erzählte von jener Meditationssitzung, in der sie vor einiger Zeit mit dem chinesischen Programmierer gesprochen hatte.

Karlmann vergaß für eine Sekunde alle seine guten Vorsätze: »Waaas haben Sie?«

Frida war nicht überrascht, denn Kontakte mit feindlichen Kräften aus der Cyber-Szene waren strengstens verboten. Aber sie war vorbereitet: »Zunächst: Das war vor meiner Vereidigung und außerdem war es ein alter Freund aus meiner Zeit in Freiburg.«

»Nun, dann verstehen Sie sicher auch, warum wir Ihnen den Kontakt zu diesem Institut untersagt haben.«

Frida ignorierte diese Bemerkung: »Wie Sie wissen, bin ich für etwas ausgebildet, das man auch Fernwahrnehmung nennt. Nur wissen die wenigsten, dass es da unzählige Varianten gibt. Meine Methode ist nicht, irgendwelche entfernten Dinge zu sehen oder zu spüren.«

Karlmann schaute verunsichert, aber Frida verstand es als Aufforderung, sich zu erklären: »Ich kann während der Selbsthypnose, … so etwas wie der Trancezustand, …«

»Ich verstehe schon.«

»Also, in diesem Zustand kommuniziere ich mit Menschen, die ebenfalls diese Gabe haben. Manche glauben, dafür müssten sich Gehirne direkt miteinander verbinden können, aber das ist nicht so. Die klassischen Neurologen verstehen dieses Phänomen nicht. Sie konnten noch nie eine energetische Verbindung und schon gar keine denkbare Form der Datenübertragung messen, wenn sich zwei Menschen telepathisch unterhielten.«

»Ich weiß, wir schweifen vom eigentlichen Thema ab, aber es interessiert mich trotzdem. Können SIE es denn erklären?«

Frida hatte ein erstes Ziel erreicht, denn sie wollte Karlmann daran erinnern, dass M-Agenten für das scheinbar Unlösbare ausgebildet wurden, aber trotzdem selten tiefe Einblicke in geheime Projekte bekamen. Das schien bei allen Geheimdiensten so zu sein, denn wie kontrolliert man jemanden, der sich mit seinen Gedanken einfach so frei bewegen konnte?

Sie sprach extra langsam, um es nicht zu kompliziert zu machen: »Gehirne sprechen gar nicht direkt miteinander. Wenn ich mit jemandem telepathisch verbunden bin, ist es, als würden wir uns dort treffen, wo unser Bewusstsein abgespeichert ist. Eine Art Datenspeicher, der von jedem Ort aus erreicht werden kann. Verstehen Sie, was ich meine?«

»Wie ein Energiefeld, das örtlich nicht begrenzt ist?«

»Genauso!«

»Das heißt, eine Fernwahrnehmung ist gar keine Wahrnehmung in der Ferne? Sie lesen einfach nur die Information eines anderen, als würden Sie beide sich einen Cloudspeicher teilen?«

»Das ist ein sehr guter Vergleich.«

Karlmanns Mundwinkel verzogen sich zu einem Lächeln. Er verbuchte es als Erfolg, dass ihn diese Jensen lobte. Wenn er sonst von Unterstellten gelobt wurde, waren es meistens Speichelleckereien und selten aufrichtige Meinungen. Doch er hatte sich zu früh gefreut, denn Frida dämpfte seine Euphorie schnell wieder: »Trotzdem ist es in Wahrheit anders. Ich meine, … es ist so, als würde ich die Sinne eines anderen Menschen benutzen. Gibt es an dem anderen Ort niemanden mit dieser Gabe, kann ich dort auch nichts wahrnehmen.«

»Jetzt verstehe ich. Sie brauchen jemanden, um mit dessen Augen an einem anderen Ort sehen zu können.«

»Ja.«

»Wie lernen Sie diese Menschen kennen?«

»Ich bin nicht so gut darin, fremde Menschen kennenzulernen. Auch nicht im Trancezustand. Wir haben uns während der Ausbildung zum Medium getroffen und zusammen trainiert.«

»Aber auch wenn SIE es nicht können, gibt es denn Menschen, die direkt in die Köpfe anderer schauen können?«

»Sie meinen, ob jemand auch IHRE geheimen Gedanken lesen könnte, Herr Oberstleutnant?«

Karlmann spürte, dass es keinen Sinn hatte, Hintergedanken mit Worten zu verschleiern. Das zu erkennen, gehörte schließlich zur Ausbildung einer M-Agentin. Er musste schmunzeln: »Zum Beispiel.«

»Die gibt es, aber ich darf darüber nicht sprechen.«

»Über was genau dürfen Sie nicht sprechen?«

Frida schaute emotionslos in Karlmanns Gesicht und wunderte sich, wieso er ihre klare Antwort nicht verstand. Gewöhnlich schwieg sie einfach, wenn ihr die Frage oder der Gesprächspartner nicht gefiel. In diesem Fall wollte sie aber antworten: »Was ich Ihnen eben beschrieben habe, macht den meisten Menschen Angst. Leute wie ich werden manchmal als Freak bezeichnet. Dann ist auch Gewalt nicht mehr weit weg, wie so häufig bei Ablehnung von Fremdartigem. Wir M-Agenten wurden darauf trainiert, uns selbst vor solcher Gewalt zu schützen.«

»Aber ich bin Ihr Vorgesetzter und auch dafür verantwortlich, Sie zu schützen!«

Wieder wunderte sich Frida über ihren Chef, versuchte aber zu verstehen, ob er naiv war oder in seinem Ego verletzt. Es dauerte nicht mal eine Sekunde, bis sie alle Optionen mit den abgespeicherten Varianten verglichen hatte. Sie kam zum Ergebnis, dass Karlmanns Aussage nicht zu dem vorher Gesagten passte und beschloss, bei der Methode SCHWEIGEN UND AUSDRUCKSLOS SCHAUEN zu bleiben. Irgendwann müsste er schließlich selbst das Thema wechseln. Und sie behielt recht.

»Nun, trotzdem, danke, dass Sie so offen gesprochen haben.«

»Sind wir denn schon am Ende des Gesprächs?«

»Haben Sie noch etwas auf dem Herzen?«

»Ich hatte vorhin gefragt, was meine Kameraden mit ihrer Software erreichen konnten.«

»Richtig. Nun, um ehrlich zu sein, hat mich deren Ergebnis erst an Ihren Vorschlag erinnert. Die Simulation mit der Software ist nämlich zu einem ähnlichen Ergebnis gekommen.«

Dem Blick von Karlmann konnte Frida nicht lange standhalten. Sie sprach dann einfach aus, was sie dachte: »Sie haben mich eingeladen, weil sie glauben, …«

»Es geht nicht um Glauben. Ich möchte wissen, wie das möglich ist.«

Frida überlegte, ob dieser Mann tatsächlich in Erwägung zog, dass sie mit ihren Gedanken das Ergebnis der Simulation beeinflusst haben könnte.

»Es geht doch um Glauben, denn ich hatte Ihnen gesagt, dass ich für eine telepathische Verbindung gleichgesinnte Partner brauche. Ich kann keinen Computer manipulieren!«

»Gleichgesinnte?«

»Ich meine Menschen, deren Sinne so funktionieren wie meine. Das sollte keine Anspielung auf irgendeine Ideologie sein.«

»Haben Sie denn eine Ideologie?«

»Ich definiere Ideologie als etwas, das zur Rechtfertigung eines Weltbildes dient. Ideologen sind nicht gut im Umgang mit Fakten, wenn damit ihre Anschauungen in Frage gestellt werden.

Wenn Sie sich mit meinem speziellen Autismus beschäftigen, werden Sie schnell verstehen, dass mein Gehirn nur mit Fakten und Algorithmen etwas anfangen kann. Meine Antwort ist also Nein, ich habe keine Ideologie.«

»Ihre Sachlichkeit ist wirklich beeindruckend«, gab Karlmann zu. »Wissen Sie, als Diener meines Landes denke ich oft darüber nach, wie Menschen wissen können, welche Ideologie oder – wenn Sie so wollen – welches System das richtige ist. Vor allem frage ich mich, warum die Ideologie in autokratisch regierten Systemen so fest in den Köpfen sitzt. In deren Geheimdiensten arbeiten doch auch Menschen wie Sie, die mit Ideologie nichts anfangen können.«

»Ich denke, es funktioniert dort aus zwei Gründen. Das eine sind die Privilegien, die Funktionsträger genießen und das andere ist die Angst, alles zu verlieren, wenn man in Ungnade fallen sollte.«

»Aber das erklärt nicht, warum sich Hochbegabte einer Ideologie unterordnen können, die nicht auf Fakten basiert.«

»Ich verstehe das sehr gut«, gestand Frida. »Menschen mit Autismus sind oft einsam. Sie suchen Anerkennung und Geborgenheit. Ein soziales Umfeld ist aber nicht immer vorhanden, so dass ihr Leben aus einstudierten Routinen, Zahlen und Algorithmen besteht. Oft ist die reale Außenwelt auch noch durch digitale Medien abgeschirmt oder zumindest verzerrt. Ein Job in der Cyberwelt bietet Leuten wie mir eine Ersatzrealität, die man selbst mitgestalten kann. Das sind ganz neue Chancen für Leute mit besonderen analytischen Fähigkeiten.«

Karlmann zeigte Verständnis, aber Frida merkte natürlich, dass er das Gespräch in eine andere Richtung lenken wollte. Sie irrte nicht. Er bog tatsächlich behutsam ab: »Ich denke, dass so ein autokratisches System in Wirklichkeit schlechter funktioniert als es von außen scheint.«

»Was meinen Sie genau?«

»Solche Systeme schwächeln mit der Zeit. Alarmzeichen für den fortgeschrittenen Zerfall sehen wir immer dann, wenn reihenweise Funktionäre entlassen werden oder von selbst gehen.«

»Kommen Sie jetzt etwa auf den wahren Grund für unser Gespräch?«

»Sie sind wirklich besser im Lesen von Menschen, als ich dachte. Dann kann ich wohl gleich mit offenen Karten spielen: Könnten Sie sich unbemerkt Zugang zu dieser Hackergruppe beim *GRU* verschaffen?«

»Nein.«

»Aber ich dachte, Sie hätten es bereits getan?«

»Was ich für die Gedankenübertragung nutze, basiert auf dem, was wir M-Agenten in Freiburg gelernt haben. Ich hätte gern länger dort studiert, aber ich war zu jung und konnte nicht selbst entscheiden.«

»Sie meinen, Ihnen fehlt noch ein Teil der Ausbildung?«

»Bei meiner Methode sind mindestens zwei Individuen an der Gedankenübertragung beteiligt. Der andere würde es also immer bemerken.«

»Das passt schon, solange Sie das Vertrauen des anderen haben.«

»Aber Sie verstehen nicht! Menschen mit meiner genetischen Abweichung haben zwar die Fähigkeit zur Bewusstseinserweiterung und Kopplung mit anderen Wesen. Dafür ist aber die Fähigkeit zum Lügen stark eingeschränkt. Folglich würde der andere merken, wenn ich ihn hintergehe. Ich wäre für Ihr Vorhaben ein Risiko!«

»Das leuchtet mir ein. Scheint ein sinnvoller Schutzmechanismus zu sein, den die Natur da vorgesehen hat.«

Frida schüttelte den Kopf und Karlmann wartete auf ihre Erklärung: »Nun, ich weiß nicht, ob es sich dabei um eine natürliche Mutation handelt. Für mich spricht vieles dafür, dass unsere Entwicklung gezielt manipuliert wurde. Genetisch, meine ich. Aber ich schweife ab. Verzeihung!«

»Alles gut. Klingt spannend, auch wenn ich nicht viel von der These halte, dass wir Menschen von irgendwelchen fremden Mächten manipuliert wurden.«

»Dann sind Sie kein Christ?«

»Äh, das meinte ich jetzt eigentlich nicht.«

»Ich sehe da keinen Unterschied. Christen glauben an einen Schöpfer. Für mich waren die Götter unserer Vorfahren lebendige Wesen, die den Menschen wie Götter vorkamen und später aus irgendwelchen Gründen wieder verschwanden. Je größer die Reiche wurden, desto wichtiger wurde eine zentralistische Machtstruktur. Dabei bot sich der *Monotheismus* an: Ein Gott, ein Hirte, eine Herde. So ließ sich das Chaos am besten beherrschen, oder was meinen Sie?«

»Nun sind wir wirklich vom Thema abgekommen. Was mich aber interessiert, ist Ihr Vorschlag, wie wir an Informationen über die chinesischen Satelliten kommen könnten.«

»Warum suchen Sie beim GRU nach Antworten? Es handelt sich doch um chinesische Satelliten.«

»Das stimmt, aber es gibt Gemeinsamkeiten. In beiden Ländern ist die Weltraumfahrt komplett von Militärgeheimdiensten kontrolliert. An die chinesischen Dienste kommen wir nur schwer heran. Außerdem fällt auf, dass die digitalen Angriffe auf westliche Infrastruktur in letzter Zeit kaum noch von China ausgehen. Es ist, als hätten sich die Chinesen im Cyberraum zurückgezogen. Tatsächlich vermuten wir, dass sie sich nur tarnen. Vielleicht ist es ihnen gelungen, die Spuren zu verwischen. Nicht auszuschließen, dass sie den Verdacht auf Russland lenken wollen. Der beste Weg, das herauszufinden, wäre ein Zugang zur russischen Geheimdienstzentrale.«

»Und ich soll dabei helfen können?«

Karlmann spürte, dass sich Frida über ihn ärgerte und vielleicht auch ausgenutzt vorkam. Um die Situation zu retten, versuchte er es so: »Ich traue Ihnen zu, es zu schaffen und würde mich sehr über eine Zusammenarbeit freuen. Immerhin haben Sie es schon einmal geschafft!«

»Sie würden das Risiko eingehen, dass ich die ganze Mission gefährde?«

»Nein, natürlich nicht. Aber wir würden Ihnen gestatten, sich bei den Spezialisten in Freiburg Hilfe zu holen.«

Frida schüttelte ihren Kopf und schien jetzt wirklich verwirrt zu sein: »Wie stellen Sie sich das vor?«

Das war der Moment, wo sich Karlmann fast am Ziel glaubte: »Um das zu beantworten, würde ich Ihnen gern jemanden vorstellen.«

Er nahm den Telefonhörer: »Würden Sie bitte Herrn Wilson zu mir schicken!«

Frida kannte jemanden mit diesem Namen, aber das hielt sie für einen zu großen Zufall. Als dieser Wilson mit einer dunkelblauen Marineuniform eintrat, konnte sie es trotzdem nicht glauben. Es war Brian, der Lebensgefährte von Anna, ihrer Meditationstrainerin aus Freiburg.

Was macht Brian beim MAD und vor allem hier, bei der Satellitenaufklärung? Sicher kein Zufall, dass er Spezialist für Fernwahrnehmung ist!

»Schön, dich zu sehen. Wie gehts dir, Frida?«

Die Frage verstand sie nicht als oberflächliche Floskel, denn Brian war ihr ähnlicher als die meisten es sich vorstellen konnten. Obwohl Karlmann wusste, dass beide gewisse Besonderheiten aufwiesen, wunderte er sich über Fridas Begrüßung: »Mir gefällt dein Bart nicht. Die grauen Stellen machen dich älter. Ich träume manchmal von dir. Da hast du keinen Bart!«

»Verstehe. Dann beschäftigt dich also etwas. Bestimmt …«

Karlmann mischte sich in die seltsame Unterhaltung ein: »Schön, dann können wir jetzt anfangen. Herr Wilson, bitte zeigen Sie uns, was Sie mitgebracht haben.«

Brian orientierte sich kurz im Raum und verband dann seinen Handgelenkspeicher mit dem Smartboard an der Wand.

Eine Grafik mit verschiedenen erdnahen Orbits war zu sehen. Brian richtete die ersten Worte an Karlmann: »Herr Oberstleutnant, wie nun auch Frau Jensen vermutet, müssen wir davon ausgehen, dass mindestens einer der auffälligen Satelliten geplante Kurskorrekturen durchführt.«

Nun schaute Brian zu Frida und erklärte weiter: »Dein Vorschlag, einen unserer Satelliten aus dem Raketenüberwachungsschirm umzudrehen, war sehr schlau. Wie du weißt, arbeite ich seit 2027 im Marinekommando in Rostock.«

»Bei der deutschen Marine?«

»Nicht direkt. In Rostock werden spezielle Marineprojekte der NATO geleitet. Deshalb bin ich dort stationiert. Seit es ERNST gibt, überwachen wir natürlich auch seegestützte Raketen, aber darauf wollte ich jetzt gar nicht eingehen. Nur so viel erstmal: Einer der ersten deutschen Forschungssatelliten sollte planmäßig zum Absturz gebracht werden, aber es gab eine Fehlfunktion. So haben wir versucht, ihn in eine stabile Bahn zu bringen, wo sich auch der andere Weltraumschrott befindet. Mehr oder weniger zufällig bekamen wir mit, dass die Störung des Satelliten nur sporadisch auftrat. Das passierte immer dann, als wir zeitgleich merkwürdige Signale von einem der alten Schrottsatelliten empfingen. So begannen wir uns dafür zu interessieren.«

Frida rutschte schon wieder ungeduldig auf ihrem Stuhl umher. Tausende Dinge schossen ihr durch den Kopf, aber für die Bestätigung ihrer Vermutung fehlte noch die entscheidende Information: »Jetzt zieh es nicht so in die Länge! Haben die Chinesen einen Trojaner im Schrott versteckt?«

»Es spricht einiges dafür. Tatsächlich wird der Brocken gelegentlich bewegt. Die Amerikaner haben diesen Satelliten Gonzo getauft. Wie du sicher weißt, geben sie allen Objekten, denen sie feindliche Absichten zuschreiben, solche Namen. Unsere Sensoren stellten bei Gonzo aber keinerlei Wärmequelle fest. Es muss sich um einen kalten Antrieb handeln.«

»Was suchen die dort?«

»Unser eigener Forschungssatellit ist zwar mit hochauflösenden Kameras ausgestattet, aber wir haben lange nichts Auffälliges sehen können. Erst die KI von AVA hat winzige Abweichungen auf den Fotos bemerkt. Schau mal hier!«

Brian zeigte mit dem Finger auf verschiedene Stellen am Wandmonitor. Frida erfasste schnell, was er meinte. Ihr Mund stand offen, aber sie sagte nichts.

Obwohl es ihr schwerfiel, hielt sie Brians Blick stand und spürte etwas, das sie zuvor nur in Freiburg während der Meditationssitzungen mit Anna erlebt hatte: Jemand versuchte, ihre Gefühle und Emotionen von innen heraus zu lesen. Ob Brian so etwas beherrschte, wusste Frida nicht. In diesem Moment war das Gefühl auch schon wieder vorbei und Brian erzählte weiter:

»Schau hier, diese Antennen bleiben auf einen Punkt ausgerichtet, auch wenn sich Gonzo bewegt.«

»Ist es ein Punkt auf der Erdoberfläche?«

»Nein. Dafür bewegt er sich zu schnell auf seiner Bahn. Aber auch hier hat die KI eine Lösung gefunden.«

Brian schaute zu Karlmann, um sich die Zustimmung zu holen. Als der Oberstleutnant nicht widersprach, fuhr er fort: »Die kleine Antenne ist permanent auf einen russischen Satelliten ausgerichtet, der sich ganz in der Nähe befindet. Wir führen ihn als Objekt Nummer X2517, ein ausrangierter Forschungssatellit, der ebenfalls als Weltraumschrott geführt wird.«

»Dann haben auch die Russen einen Trojaner auf dem Schrottplatz versteckt?«

»Vermutlich nicht. Weder NASA noch *NSA* haben ihn als feindliches Objekt klassifiziert. Aber jetzt komme ich zu einer Sache, wobei wir deine Hilfe brauchen.«

»Meine Computerkenntnisse oder meine Vorhersagen? Falls du auf Letzteres hoffst, kann ich nur warnen. Ich liege in letzter Zeit häufig daneben.«

Brian lächelte schelmisch, als hätte er diese Reaktion erwartet: »Gerade, weil in letzter Zeit mehrere M-Agenten diese Probleme haben, hat mich Oberstleutnant Karlmann hierher beordert.«

»Weiß A …«, wollte Frida fragen, aber sie dachte den Satz nur zu Ende. Brian drehte sich um und als sich ihre Blicke trafen, spürte Frida wieder das Eindringen in ihren Kopf. Dieses Mal bekam sie von Brian eine Antwort übermittelt: »*Anna weiß nur, was du ihr kürzlich erzählt hast. Sie hat mich daraufhin gebeten, auf dich aufzupassen. Von den Offizieren hier sollte niemand erfahren, dass wir schon Kontakt mit Freiburg aufgenommen haben.*«

Das Nächste sprach Brian wieder laut aus: »Wenn ich das richtig verstanden habe, hat Oberstleutnant Karlmann schon mit dir gesprochen. Es wäre gut, wenn du deine Bekanntschaft in China noch einmal kontaktieren könntest. Ich könnte dir dabei helfen, dass es unbemerkt geschieht.«

»Was soll ich herausfinden?«

Darauf antwortete Karlmann: »Auch hierfür hat uns die KI Hinweise geliefert. Es ist zwar nur ein Verdacht, aber bei dem russischen Satelliten könnte es sich um eine Art Strahlenwaffe handeln. Die Berechnungen haben ergeben, dass die Antenne von X2517 immer dorthin ausgerichtet war, wo das *Havanna-Syndrom* aufgetreten ist.«

»Und ich soll …?«

»Richtig. Es wäre gut, wenn wir künftig solche Angriffe vorhersagen könnten.«

Frida schien verwirrt: »Moment mal. Meinen Sie, diese Waffe könnte etwas mit den Problemen der M-Agenten zu tun haben?«

»Zumindest sieht es danach aus. Aber wie diese Waffe genau eingesetzt wird, wissen wir nicht. Ob da etwas zerstört werden soll oder ob die uns nur abhören wollen, müssen wir noch herausfinden. Vor allem ist wichtig, wer diese Strahlenwaffe steuert. Sind es die Russen oder die Chinesen?«

Frida starrte geradeaus und murmelte: »Oder beide und die Russen wissen nicht, dass sie von den Chinesen benutzt werden.«

»Das ist auch denkbar. Es ließe sich herausfinden, wenn wir den kompletten Datenverkehr zurückverfolgen könnten. Ist das nicht deine Stärke?«

»Vielleicht, aber …«

»Die Einzige, die es bisher geschafft hat, in den Kopf eines chinesischen Hackers zu schauen, sind Sie!«, meinte Karlmann und es klang wie ein ehrliches Lob.

Wenn sich Brian in Berlin aufhielt, besuchte er manchmal Sean, einen alten Marine-Kameraden. Inzwischen war er als Techniker bei der amerikanischen Botschaft angestellt. Sie hatten sich bei einem Spezialeinsatz auf einer deutschen Fregatte im Mittelmeer kennengelernt. Da beide ursprünglich aus den Vereinigten Staaten stammten, hatten sie schnell gemeinsame Themen gefunden und verbrachten damals viel Freizeit gemeinsam.

Ein Unfall, über dessen genauen Umstände sie nie jemandem erzählen konnten, schweißte die beiden noch mehr zusammen. Sowohl Sean als auch Brian hatten sich damals geschworen, nie wieder zur See zu fahren. Dass sich Sean später als schwul outete, beeinträchtigte die Freundschaft nicht.

»Wird Zeit, dass du dich auch mal an alte Freunde erinnerst. Wie lange kannst du bleiben?«

»Kann ich noch nicht sagen. Die haben mich wegen einer ungeklärten Sache hergeholt. Hab auch eine alte Bekannte wiedergetroffen.«

»Kenne ich sie?«

»Unwahrscheinlich. Aber Anna war mal ihre Trainerin.«

»Komisch, du scheinst mehr Leute in Freiburg zu kennen als in den Staaten.«

»Das liegt aber an Anna. Sie ist mit Leuten aus der ganzen Welt vernetzt.«

»Und was hast du mit der Bekannten zu tun?«

»Wir arbeiten zusammen an einer Sache.«

»Eine Sache also. Nun sag schon, was es ist!«

»Geht nicht. Das weißt du!«

»Sag wenigstens, wie sie heißt, deine Bekannte.«

»Diese Leute haben keine Namen.«

Sean lachte: »Das klingt wie eine Agentengeschichte. Ist euch eine M-Agentin abhandengekommen?«

Brian erschrak, wollte sich aber nichts anmerken lassen: »Wie kommst du auf sowas?«

»Ach, ist bei uns gerade ein Thema in allen Kaffeepausen. Mit mir sprechen sie nicht darüber, aber die Posteingänge der Diplomaten sind voll von neuen Sicherheitshinweisen.«

»Machst du Scherze?«

»Wieso? Ich muss auch mal beim Vorsortieren der E-Mails aushelfen. Oder dachtest du, die Botschaftsangestellten bekommen ihre Nachrichten ungefiltert ins Postfach?«

»Und was weißt du von den M-Agenten?«

»Nur, dass einige von ihnen ausgeflogen wurden. Es gab mehrere Krankheitsfälle.«

»Nur bei den Ms?«

»Weiß nicht genau. Aber wer Symptome wie Kopfschmerzen und Übelkeit hatte, wurde aus der Botschaft gebracht.«

Brian war elektrisiert. Soweit er wusste, hatte sich die CIA mit befreundeten Diensten immer über alles ausgetauscht, was mit dem *Havanna-Syndrom* zu tun hatte. Das Problem tauchte ja auch in anderen Ländern oder deren Botschaften auf. Der MAD wusste dadurch von zwei Fällen in der amerikanischen Botschaft, die während der vergangenen vier Wochen aufgetreten sein sollen. Von einer Evakuierung betroffener Personen war allerdings nichts bekannt geworden, schon gar nicht, dass es so viele betraf.

»Hast wohl viel zu tun, wegen der Sache, was?«

»Es sind viele krank im Moment, da muss ich immer mal woanders aushelfen. Trotzdem machen die Druck, weil wir mit den neuen Kabeln nicht fertig werden.«

»Ihr verlegt Kabel? Im Zeitalter modernster Funkverschlüsselung?«

»Hat mich auch gewundert. Die haben das W-Lan abgeschaltet. Angeblich soll es die Kopfschmerzen verursachen. Aber den Blödsinn glaube ich nicht. Da steckt irgendein anderer Scheiß dahinter.«

Brian wollte nicht weiter fragen und Sean damit vielleicht in Schwierigkeiten bringen. Als beide das zweite Bier getrunken hatten, erzählte Sean aber von selbst weiter: »Weißt du, was komisch ist?«

»Nee.«

»Auf dem Botschaftsgelände haben die zwei Transporter aufgestellt. Diese Fahrzeuge werden bewacht, als wollten sie einen Staatsgast transportieren.«

»Vielleicht wollen sie das auch?«

»Die anderen Dienstfahrzeuge stehen nie lange unter freiem Himmel. Und diese Transporter haben ein Faltdach. Weißt du, wie bei den kleinen Campern, wo man das Dach hochklappen kann.«

»Vielleicht will der Botschafter mit Gästen zum Picknick an den Wannsee?«

»Bestimmt. Aber im Ernst. Die Dinger sind vollgestopft mit Technik. Die haben mich nicht mal reinschauen lassen, als ich ihnen ein kleines Stromaggregat brachte.«

»Hat die Botschaft keine eigene Notstromversorgung?«

»Schon, wahrscheinlich befürchten sie, dass Daten über das Stromnetz abfließen könnten.«

»Seltsam. Ich dachte, innerhalb der Botschaft ist sowas abgesichert.«

Das verletzte wohl Seans Ehrgefühl: »Was denkst du, was ich dort mache? Wir kontrollieren jede beschissene Steckdose, bevor sie benutzt werden darf. An jedem Verteilerkasten sind Siegel angebracht. Nirgends kommt man an unsere Datenleitungen heran.«

»Ist ein besonderes Event geplant?«

»Nur so ein Empfang am Samstagabend.«

»Was für …«

»Treffen der NATO-Botschafter. Sind doch im Moment alle in Berlin. Wer da genau kommt, weiß ich nicht.«

Brian überlegte, ob das Sinn ergab. Von einem so hochrangigen NATO-Treffen in einem Botschaftsgelände hatte er noch nie gehört. Sean konnte das natürlich nicht wissen. Irgendetwas sagte Brian aber, dass an der Geschichte etwas nicht stimmte.

MAD, nächster Tag

Als Brian ankam, war Frida schon zwei Stunden mit den neuesten Satellitenfotos beschäftigt. Sie hatte trotz verschiedener Entspannungsversuche schlecht geschlafen. Immer wieder war sie das Gespräch vom Vortag durchgegangen.

Bis zu den Morgenstunden hatte sie das alles zu einem imaginären Netz zusammengeknotet. Zum Schluss platzierte sie noch Personen in diesem Netz, die in ihrem Plan eine Rolle spielten. Die letzte Person war sie selbst. Als sie sich in diesem Geflecht sah, war es, als würde ihr jemand die Kehle zuschnüren.

Völlig durchgeschwitzt schreckte Frida auf, zog sich an und fuhr mit dem Fahrrad zur Dienststelle. Dieses Netzwerk mit Personen an allen Knotenpunkten war in ihrem Kopf zu einem furchteinflößenden System aus Menschen und Computern geworden. Bis zu diesem Tag hätte sie so etwas nicht für möglich gehalten. Insgeheim hoffte Frida sogar, ihre Fantasie hätte den

Bogen in dieser Nacht einfach nur etwas überspannt. Gerade deshalb war ihr auch klar, dass sie darüber mit niemandem reden konnte, ohne sich zuvor Gewissheit zu verschaffen.

»Guten Morgen! Ich hoffe, du hast gut geschlafen«, grüßte Brian, als er den Raum betrat. Jason folgte ihm und brachte zwei Kaffeebecher: »Heute gibts leider keine Milch. Alle Packs sind sauer geworden. Weiß gar nicht, wie das passieren konnte.«

»Gab es ein Gewitter?«

Jason überlegte kurz: »Nicht in Berlin, soweit ich weiß. Übrigens, müsst ihr bis zum Mittag ohne mich auskommen. Wir haben Betriebsratssitzung. Falls etwas Dringendes ist, meldet euch.«

Brian wunderte sich: »Ich dachte, unsere Sache hier wäre dringend, oder nicht?«

»Nicht zu ändern. Ohne mich sind die anderen nicht beschlussfähig. Es geht ums neue Arbeitszeitmodell.«

»Na dann!«, antwortete Brian, gab sich aber keine Mühe, sein Unverständnis zu verbergen.

Als sie allein waren, schloss Frida die Tür und schaute, als erwartete sie eine Erklärung von Brian.

»Äh. Also, … ich dachte wirklich, unser Problem könnte wichtiger sein als so eine Abstimmung, oder nicht?«

»Das neue Arbeitszeitmodell ist mir egal. Ich kann mit flexiblen Arbeitszeiten sowieso nichts anfangen. Aber ich verurteile die anderen auch nicht, wenn es ihnen zusagt. Ich bin sowieso der Freak hier.«

Brian merkte sofort, dass es Frida nicht gut ging: »Möchtest du erstmal meditieren, vielleicht mit mir zusammen?«

Sie lehnte ab, aber ihr schossen Tränen in die Augen: »Vielleicht später. Ich muss erstmal mit dir reden.«

Brian machte einen Schritt auf sie zu und hätte sie in den Arm genommen, aber ihre Körpersprache signalisierte eine Mauer.

»Hast wohl die Nacht durchgemacht, was? Du musst die Arbeit abends loslassen, sonst zerfrisst es dich!«

»Ich weiß. Aber dieses Mal könnte es wichtig sein.«

»Gut, erzähl!«

Ihre Blicke trafen sich und Frida spürte wieder diese andere Präsenz in ihrem Körper: *Was macht dieser Kerl mit mir?*

Anders als viele ihrer Kameraden, wusste Brian, dass Menschen wie Frida in manchen Situationen Zeit anders wahrnahmen und nicht merkten, wenn sie andere lange auf eine Antwort warten ließen. Trotzdem brach er nach einer Weile die Stille: »Wenn du möchtest, kann ICH anfangen. Vielleicht haben wir ja auch das gleiche Anliegen.«

Frida nickte, setze sich an den U-förmigen Tisch und starrte Brian an, der sich mit etwas Abstand auf die Tischplatte schwang. Er begann, ihr von dem Verdacht mit der amerikanischen Botschaft zu erzählen. Frida war gefesselt. Sie steckte die neuen Details in das bereits vorhandene Netzwerk in ihrem Kopf. Was nicht richtig passte, schob sie wie geschlagene Schachfiguren erstmal an den Rand. Brian stellte zwischendurch ein paar Fragen, aber sie starrte nur geradeaus und wartete auf weiteren Input. Wenn jemand verstand, was in diesen Minuten in Frida vorging, dann war es Brian.

»Nun, was hältst du davon?«

Frida schaltete ihren Bildschirm an und murmelte vor sich hin: »Es fehlt ein Stück. So kann es nicht funktionieren.«

»Was fehlt?«

»In meinem Plan fehlt ein Stück. Und ich kann nicht sehen, warum es gerade in Berlin passiert! Alle Vorfälle konzentrieren sich auf einen Zehnkilometer-Radius um die amerikanische Botschaft. Ist es wirklich die Botschaft oder was befindet sich noch dort?«

»Vielleicht ist das wieder ein Versuch ausländischer Geheimdienste, die diesjährigen Wahlen zu beeinflussen? Oder sie planen einen Terroranschlag. Damit würden die deutschen Behörden vor der Welt blamiert!«

Fridas Ellenbögen waren auf die Tischplatte gestützt und ihre Hände verdeckten das Gesicht: »Wir übersehen da irgendwas. Vielleicht will jemand, dass wir in die falsche Richtung schauen? Wir sollten die KI mit allem füttern, was wir bis jetzt haben.«

Brian war skeptisch: »Die KI kann uns auch in die Irre führen. Ich vertraue ihr nicht.«

»Da gebe ich dir recht. Aber Computer haben keine Vorurteile, solange wir sie nicht mit unseren eigenen füttern. Deshalb müssen wir der KI auch das geben, was uns selbst unwahrscheinlich erscheint.«

»Ein Versuch ist es wert.«

Jason hatte sich am frühen Nachmittag einmal blicken lassen, war aber schnell wieder verschwunden. Später verließ auch Brian den Raum, was Frida gar nicht bemerkte. Er kam mit Kaffee und zwei eingeschweißten Sandwiches zurück: »Ich habe uns was gekocht!«

Frida schaute skeptisch auf die Plastikverpackung und gab vor zu staunen: »Ah, Weißbrot mit Erdöl gebacken!«

»Tut mir leid, die Kantine war schon zu.«

»Kein Problem. Das Mikroplastik hilft, meine Neuronen zu isolieren, damit sie nicht durchbrennen.«

»Kopfschmerzen? Da hilft der Kaffee, … und wir sollten an die frische Luft gehen.«

Es regnete, weswegen sie die überdachte Außenterrasse der Kantine wählten. Dort standen nur zwei Raucher in leichten T-Shirts, die sich zitternd die letzten Züge gönnten.

Frida war neugierig: »Hast du irgendwas herausgefunden?«

»Ich war bei Karlmann. Er hat meinen Besuch in der amerikanischen Botschaft genehmigt.«

»Deinen Besuch? Du willst mich veralbern!«

Brian lachte: »In Brüssel kennen mich noch ein paar Leute. Es war gar nicht so schwer.«

»Aber was willst du dort? Mit einer Antenne nach feindlichen Störsendern suchen?«

»Ich werde keine Antenne brauchen. Vielleicht sind die beiden Fahrzeuge im Innenhof schon dafür platziert worden. Ich will rausbekommen, was die dort suchen … oder messen.«

»Das ist doch viel zu gefährlich! Man wird dich erkennen, denn vor zwei Jahren warst du tagelang in den Medien. Du wirst keine Sekunde unbeobachtet bleiben!«

»Halb so wild. Meine Einladung kam auf Empfehlung der amerikanischen NATO-Botschafterin. Da werde ich wohl kaum als Spion verdächtigt.«

»Hat Karlmann das organisiert?«

»Jedenfalls habe ich ihn heute Morgen um Unterstützung gebeten und Stunden später war ich eingeladen.«

»Du kannst dich doch gar nicht frei in dem Gelände bewegen. Wie willst du da unauffällig bleiben?«

»Ich weiß noch nicht. Vielleicht hole ich mir einen Tarnumhang aus dem Harry Potter Shop.«

»Hervorragende Idee! Ich bin schon auf die Bilder gespannt, wie ein Geisteskranker in Handschellen aus der Botschaft abgeführt wird!«

Einen kurzen Moment befürchtete Brian, Frida hätte es nicht als Scherz verstanden. Aber dann kritzelte sie etwas aufs Papier und gab ihm den Zettel. Brian amüsierte nicht nur das Pferd mit Reiter. Es waren alle Details zu sehen, die in einem Western nicht fehlen durften.

»Beeindruckend, aber jetzt mal im Ernst. Das ist eine einmalige Gelegenheit, in die Botschaft zu kommen. Bloß Anna darf nichts davon erfahren!«

Frida überlegte einen Moment, bevor sie protestierte: »Das wird schwierig. Ich wollte, dass sie mir hilft, meinen ehemaligen Kommilitonen in China zu kontaktieren. Du weißt doch, der Auftrag von Karlmann. Ich werde es heute Abend versuchen.«

»Daraus wird nichts. Du musst erstmal mit mir auskommen. In Freiburg darf niemand wissen, dass wir Kontakt in die chinesische Hackerszene suchen, schon gar nicht Anna.«

»Aber Anna kennt mich besser als du!«

»Mag sein, aber sie ist eben auch die beste Lehrerin für mediale Ausbildung. Ich kenne jede Zelle in ihrem Körper. Deshalb weiß ich auch, dass sie sofort merkt, wenn du ihr etwas verheimlichst. Und dann, … leider neigt Anna manchmal zum Aktionismus. Sie hat sich schon einmal für mich in Gefahr gebracht. Deswegen werde ich sie vor dem Termin in der Botschaft auch nicht mehr kontaktieren. Und du bitte auch nicht!«

»Falls du die Geschichte mit dem U-Boot meinst, war Annas Angst damals doch wirklich begründet!«

Was zwei Jahre zuvor passierte, wollte und durfte Brian mit niemandem besprechen. Er versuchte sich durch Schweigen aus der Situation zu mogeln. Mit dem Rest des Sandwiches im Mund hatte er noch etwas Zeit zum Überlegen.

Frida schaute verärgert zu, wie er extra lange kaute und ins Leere schaute. Sie hatte sich auf Anna gefreut. Dass Brian als Begleitung während einer Meditation genauso gut sein könnte wie Anna, glaubte sie nicht. Seine Art, sich vor der Antwort zu drücken, verstärkte ihre Zweifel. Trotzdem strahlte dieser Kerl irgendetwas aus und es faszinierte sie sogar: *Darf oder will er nicht darüber reden? Stimmt es, dass er seine geheimen Gedanken vor anderen Medien abschirmen kann, selbst wenn sie gemeinsam in Trance sind? Vielleicht probiere ich es doch mit ihm aus ...*

Es war schon dunkel, Frida wurde ungeduldig. Brian wollte sich nur einen Anzug für Samstagabend besorgen und danach mit ihr meditieren. Sie ging durch die schwach beleuchteten Gänge und schaute in alle Räume, in denen Licht brannte. Den Lichtspalt unter der Toilettentür hätte sie fast übersehen. Brian stand mit blassem Gesicht vor dem Spiegel und konnte nicht verbergen, dass er sich nicht gut fühlte.

»Was ist los?«

»Alles okay, … komme gleich.«

Wegen ihres fehlenden Zeitgefühls merkte Frida erst beim Blick auf die Wanduhr, dass schon dreißig Minuten vergangen waren. Panik schoss aus dem Dickicht ihrer akkurat geordneten Emotionen: *Geht es ihm doch schlechter, als ich dachte?*

Beim Verlassen des Zimmers wäre sie fast über Brian gestürzt. Er hockte direkt neben der Tür auf dem Fußboden.

»Ich rufe einen Arzt!«, rief Frida, stand aber nur da und schaute auf den zusammengesunkenen Kameraden. Das vom Bewegungsmelder eingeschaltete Lampenband flackerte ein paar Sekunden. Das war vor Tagen schon einmal passiert und sehr ungewöhnlich, denn die neuen HCL-Lampen waren für augenschonendes Licht bekannt.

Brian stand unbeholfen auf: »Nein! Ich muss nur schlafen. Denke … also, … das mit unserer Meditation müssen wir verschieben. Hab nachgedacht. Es ist zu gefährlich. Irgendetwas sagt mir, dass dein Bekannter …«

»Was meinst du?«

»… Bekannter … ist jemand, den du gar nicht …«

Das Gestammel ergab keinen Sinn und zeigte nur, dass Brian jetzt dringend ins Bett sollte. Dass er keinen Arzt wollte, verstand sie gut. Bei solchen Aussetzern würde man ihn wohl zur Beobachtung in ein Krankenhaus bringen. Frida spürte aber auch, dass Brian lediglich emotional überfordert war. Solche Symptome traten auch bei ihr auf, wenn sie eine anstrengende und tief bewegende Vision hatte. Brians Symptome mit diesen Sprachaussetzern waren für normale Menschen nur schwer zu interpretieren. Frida empfand solche Momente selbst wie ein Blitzeinschlag, der die Gedanken plötzlich in eine ganz andere Welt katapultierte. Ganz so, als hätte man eine bewusstseinserweiternde Droge genommen. Wie sollte sie das dem Arzt erklären?

Mit einem Taxi lieferte sie Brian bei Seans Apartment ab: »Wenn es ihm in ein paar Stunden nicht besser geht, melde dich bitte!«

Sean wirkte gelassen: »Ich kenne das schon. Mach dir keine Sorgen.«

Frida hätte Brian lieber selbst betreut, doch sie vertraute Sean. Außerdem waren ihre eigenen Kopfschmerzen inzwischen wieder so stark, dass sie sich auch nur noch ins Bett wünschte.

Später wachte sie noch mal auf und war verwirrt: *Habe ich gerade von Luan geträumt? Natürlich, er muss es gewesen sein!*

Luan, dessen Namen Frida nicht mehr erwähnte, seit er ihr die Geschichte mit dem chinesischen Trojaner gebeichtet hatte, war irgendwie verändert. Im Traum blieb er dieses Mal stumm und starrte nur auf seine Monitore. Frida erkannte darauf Details wieder. Es waren dieselben Satellitenbahnen und Telemetriedaten, die sie tags zuvor selbst mit Brian in Berlin beobachtet hatte.

Aber das war ja gar nicht möglich. Im Traum musste da etwas durcheinandergekommen sein.

11 – Die Steine

Mali, südlich des Hombori Tondo

»Ich dachte, wir gehen zum heiligen Berg? Der liegt doch weiter nördlich!«, wunderte sich Tony.

»Du hast recht, aber der Pfad zum Tal der Nommos ist verborgen. Wer direkt zum Berg geht, wird nur Felsen sehen.«

Tonys Beine waren schwer und sein linker Knöchel schmerzte. Vermutlich rief die alte Verletzung nach einer Pause.

Zikomo blieb stehen und musterte Tony, als wolle er dessen Verfassung prüfen: »Deine Füße brauchen Ruhe.«

»Nein, ich muss Lisa finden! Wir müssen weitergehen!«

Zikomo schaute in Tonys Gesicht: »Ich verstehe dich, aber Selbstzweifel stehen dir im Weg und deshalb zweifelst du auch an meinen Fähigkeiten. Das war auch der Grund, warum ich ohne dich in die Berge gehen wollte. Deine Angst um Lisa wird nicht ausreichen, sie zu finden. Vielleicht irre ich mich auch und Lisa ist an einem ganz anderen Ort. Aber du wirst erfolglos umherirren, wenn dein Kopf nicht bereit ist, auf die Kräfte eines Anführers zu vertrauen.«

Tony hielt Zikomos Blick nicht stand und setzte zu einer Antwort an, irgendwas Belangloses, einfach nur, um zu antworten. Zikomo tat daraufhin etwas, das er selten tat: Er unterbrach ihn: »Nun sehe ich, was mit dir los ist. Du sorgst dich nicht nur um Lisa.«

»Ich kann es Dyani nicht sagen. Oder soll ich sie anlügen, um ihr den Kummer zu ersparen?«

»Wenn das Quälen aufhören soll, musst du etwas tun. Wir werden eine Pause machen. Den Eingang zum Tal, in dem ich Lisa vermute, erreichen wir heute Abend nicht mehr. Ich bin sicher, in der Zwischenzeit wird dir etwas einfallen.«

Tony hörte die Worte des Ho-Gon wie durch einen Filter. Auch dieses Mal kam es ihm vor, als würde dessen Stimme Impulse an sein Gehirn senden. Genau an jene Stellen, die gerade dabei waren, aufzugeben. Wie schaffte es dieser Mann, so auf andere zu wirken?

Freiburg, Samstag 17:20 Uhr

»Wie oft haben wir das nun schon besprochen? Professor Bernard hat darauf hingewiesen, dass Tony nur im Notfall anrufen wird. Deshalb ist es eher ein gutes Zeichen, wenn er sich nicht meldet. Er hat auch gesagt, dass sie eine Weile in diesem Dorf bleiben müssen, um das Vertrauen des Ho-Gon zu gewinnen.«

»Ich weiß. Trotzdem werde ich immer unruhiger. Tony ist manchmal …«, versuchte Dyani zu erklären, aber Anna wollte ihre Bedenken zerstreuen: »Ach was! Er ist jetzt zehn Jahre älter und wird niemals sein Kind durch Leichtsinn gefährden, wie damals sich selbst. Lass ihm noch Zeit und vertraue Bernhard, wenn er sagt, dass Lisa bei den Dogon in guten Händen ist.«

»Glaubst du, Tony hat dem Professor in Mali alles über Lisas … ich meine, hat er ihm von ihrer Einschränkung erzählt?«

»Jedenfalls hörte es sich an, als wüsste er Bescheid.« Dyani erschrak: »Müssen wir nicht mal nach dem Backofen schauen?«

»Ach du Scheiße!«, rutschte Dyani raus, während sie in die Küche stürzte. »Gerade noch gerettet! … hatte vergessen, die Backzeit einzustellen.«

Antony war bis Sonntag bei Rita untergekommen. Sie wollte ihnen damit einen Mädels-Abend mit Pizza und einmal Ausschlafen ermöglichen.

Die Apps auf Annas Smartwatch waren stummgeschaltet. Trotzdem schaute sie nach den Essen gewohnheitsmäßig einmal drauf und meinte: »Bitte entschuldige. Frida wollte mich erreichen, ich rufe sie kurz zurück.«

Dyani kannte den Namen nicht, wusste aber, dass es eine Art Notruf war. Dyani schnappte von Annas Worten nur auf: »… und Brian hatte diese Kopfschmerzen auch am Donnerstag? Gab es noch andere Symptome?«

Nach dem Telefonat war Annas Gesicht von Angst gezeichnet. Frida hatte Anna darüber informiert, dass Brian wieder mal allein unterwegs war und sich deshalb vielleicht in Gefahr befand. Sie erzählte Anna auch, dass Brian in den Tagen zuvor ungewöhnlich starke Kopfschmerzen mit Begleitsymptomen hatte. Als dann auch ihre eigenen Beschwerden wieder stärker wurden, befürchtete sie, Brian könnte erneut zusammenbrechen, während er sich in der amerikanischen Botschaft befand.

Das Telefonat hatte Anna beunruhigt und mit der guten Stimmung war es erstmal vorbei. Dyani fragte besorgt: »Was macht Brian in Berlin?«

»Weiß noch nicht. Er unterstützt manchmal M-Agenten, wenn die Hilfe mit Fernwahrnehmung brauchen. Durch seine technischen Kenntnisse versteht er manches besser als klassische Mentaltrainer. Manchmal begleitet er auch Generäle bei offiziellen Anlässen, um … na, das muss ich ja nicht erklären. Leider ist er aber auch verspielt und schon manchmal in irgendwelche Abenteuer reingestolpert.«

»Ach, das mit den Abenteuern kommt mir bekannt vor«, wollte Dyani auf Tony anspielen, aber dann erinnerte sie sich an eine Nachrichtenmeldung vom Nachmittag und schaute auf ihrem Tablet nach: »Schau mal, heute ist ein Empfang für alle NATO-Botschafter in Berlin. Vielleicht ist er dort dabei.«

»Das würde passen. Moment mal, das ist gar nicht gut!«

»Wieso?«

»Brian hat mal so eine Andeutung gemacht, dass die Sache mit dem *Havanna-Syndrom* noch nicht vorbei ist. Diese Vorfälle spielten sich doch immer bei diplomatischen Anlässen ab. Mir gegenüber wollte er nie darauf eingehen, weil es dienstlich war.«

Dyani wollte den Gedanken verdrängen, aber nun sah sie einen Zusammenhang mit ihrer persönlichen Geschichte: »Die Sache mit den blauen Steinen, … ich muss wahrscheinlich selbst herausfinden, was noch dahintersteckt. Ich will nicht einfach nur darauf hoffen, dass irgendein Schamane etwas darüber weiß.«

»Sergei hat viel Erfahrungen mit alten Ritualen und was sie für Wirkung auf Körper und Geist haben. Wenn er es für richtig hält, dass Lisa zu den Dogon gebracht wird, dann vertraue ich ihm. Trotzdem, du solltest nicht alles in den Fall hineininterpretieren. Was in Berlin passiert, muss gar nichts damit zu tun haben.«

»Und Brian, hast du keine Angst, dass ihm so etwas wie dem Havanna-Syndrom passieren könnte? Ich dachte gerade an meine Kollegin Sabine. Sie hatte ähnliche Symptome. Und dann passiert das alles zeitgleich mit Lisas Problemen. Da liegt es doch nahe, dass es einen Zusammenhang mit den Steinen gibt. Und dann auch noch der komische Zufall, … ich meine, … weil du doch von der genetischen Abweichung im Chromosom 11 erzählt hast, die sowohl bei Lisa als auch bei Brian vorhanden ist.«

Anna hatte diese Gedanken auch schon, wollte ihre Vermutungen aber nicht mit Dyani diskutieren. Wenn sich das alles als harmlos herausstellen sollte, hätte sie Dyanis Sorge um Lisa und Tony ohne Grund verstärkt. Trotzdem waren die Fakten nicht von der Hand zu weisen und Dyani hatte zumindest die Chance, mehr über die Eigenschaften der Sky Stones herauszufinden. Sie schaute Dyani direkt in die Augen: »Du meinst, … also, wenn es einen Zusammenhang gibt, müssten es äußere Einflüsse sein, die so etwas auslösen. Ich meine, was da jetzt gerade in Berlin passiert.«

Eigentlich nur, um die Stimmung etwas aufzuhellen und ohne zu wissen, was sie auf diese Idee brachte, sagte Dyani: »Aber

Diplomaten werden ja sicherlich nicht an kleinen runden Tischen sitzen und sich mit blauen Edelsteinen die Zukunft voraussagen lassen.«

Anna musste lachen: »Du hast doch noch gar nichts getrunken heute, oder?« Mit dem nächsten Gedanken verging ihr das Lachen auch schon wieder. Da war plötzlich doch ein Zusammenhang erkennbar. Was sie eigentlich verdrängen wollte, kam nun wie ein Tiefschlag und versetzte Anna sogar in Panik. Halblaut sprach sie mehr zu sich: »Frida! Sie ist eine M-Agentin und die haben auch diese Chromosom 11 Abweichung! Alle haben es!«

»Wen meinst du mit alle, auch Lisa?«

Anna schüttelte fast unbemerkt den Kopf, als wolle sie es nicht wahrhaben: »Ich weiß nicht, aber was du über Sabine erzählt hast, spricht doch dafür, dass sich auch bei ihr die Vernetzungen im Gehirn verändert haben. Ihr geht es zwar wieder besser, aber Sabine ist auch kein Kind in der Wachstumsphase. Die Neuronen von Kindern reagieren anders auf äußere Einflüsse als bei Erwachsenen.«

Kaum ausgesprochen, bereute sie es auch schon wieder. Sabines Schwierigkeiten, sich von den Sky Stones zu entwöhnen, würde Dyanis Angst um Lisa und Tony noch einmal verstärken. Dabei wollte sie den Abend eigentlich nutzen, um sie abzulenken. Das war dann aber wohl nicht so gut gelungen. Dyani steckte viel zu tief in dem Thema drin, um sich davon ablenken zu lassen. Eine Wissenschaftlerin wie sie war permanent auf der Suche nach Lösungen. Schließlich sprach Dyani aus, was sich nicht länger verdrängen ließ: »Du hast völlig recht. Vielleicht ist es eine Schnapsidee, aber wir sollten uns diese Steine nochmal anschauen. Ich muss irgendetwas tun, um nicht verrückt zu werden.«

»Ihr habt doch schon alle möglichen Versuchsreihen laufen«, wunderte sich Anna.

»Ja. Lucas hat sich richtig reingearbeitet. Wir haben alle Prüfverfahren aktiviert, die sich an der Uni durchführen lassen. Wie es scheint, gibt es nichts Besonderes mehr zu entdecken. Jedenfalls habe ich von Lucas schon seit Tagen nichts Neues mehr gehört. Allerdings war ich auch zu abgelenkt und habe ihn einfach machen lassen. Ehrlich gesagt, ich wollte Distanz zu den Steinen.«

Anna hatte eine Idee: »Lass uns die Roller nehmen und eine Runde drehen. Die frische Luft bringt uns vielleicht auf eine Idee.«

»Was ist eigentlich mit Frida? Glaubst du, ihre Angst um Brian ist unbegründet?«

»Ich würde mir nur Sorgen machen, wenn er irgendwo allein unterwegs wäre. Ich kann ihn jetzt sowieso nicht erreichen. Würde es ihm schlecht gehen, hätte man ihn in ein Krankenhaus gebracht. Und unser Meldesystem über die elektronische Krankenakte …«

Dyani schaute ungläubig, deshalb fragte Anna: »Ach, davon weißt du gar nichts?«

»Nee, was für ein Meldesystem?«

»Brian und Frida nutzen beide die App unseres Instituts. Sobald sich einer unserer Absolventen in medizinische Behandlung begibt und sich mit seiner Versicherungsnummer anmeldet, wird das Institut informiert.«

»Und wenn er nicht bei Bewusstsein ist, wie soll er die App bedienen?«

»Das braucht er gar nicht. Jede Notaufnahme sucht zuerst nach dem Chip im Arm, wegen Allergien, Diabetes und so. Wenn sie die Krankenakte dann auslesen, löst das automatisch einen Alarm in unserem Institut aus.«

»Ich hoffe, dein Vertrauen in diese Technik ist berechtigt.«

Anna war noch nicht klar, was sich Dyani von diesem nächtlichen Besuch in der Uni versprach. Das Materialforschungszentrum war schon zu sehen, als die beiden auf ihren Elektrorollern das Ende der Kenzinger Straße erreichten. Es war der kürzeste Weg zu Dyanis Arbeitsplatz, aber kaum beleuchtet. Dazu verlief die Straße auch noch zwischen zwei Bahndämmen und lud nicht gerade zu einem nächtlichen Ausflug ein.

Es war fast 22 Uhr an diesem Samstagabend, aber für eine Sekunde glaubte Dyani Licht in der ersten Etage zu sehen. Sie wollte die Fenster zählen, aber in diesem Moment ratterte ein Güterzug vorbei und versperrte die Sicht. Jetzt blieb Anna auch noch zurück und rief etwas, doch viel zu leise, um das Donnern der Güterwagons zu übertönen.

Dyani war nervös. Bestätigte sich ihr Bauchgefühl? Kam das Licht wirklich aus ihrem eigenen Labor? Zwanzig Meter hinter ihr suchte Anna mit dem Licht des Rollers den Straßenrand ab. Die Anspannung ließ Dyanis Hände zittern. Sie rief: »Wonach suchst du? Ich möchte hier nicht so lange herumstehen!«

Anna hob die Hand als Antwort und schwang sich wieder auf den Roller, um ihren Rückstand aufzuholen.

»Was hast du dort gefunden?«

»Da stand ein Wagen zwischen den Sträuchern. Warum parkt jemand sein Auto so komisch? Ich wollte nur sicher sein, dass niemand Hilfe braucht.«

»Mit Freiburger Kennzeichen?«

»Zu blöd, hab ich gar nicht drauf geachtet, aber ich glaube, es war nicht von hier.«

»Ach, egal. Vielleicht ist es geklaut und einfach entsorgt worden.«

Als sie am Laborgebäude ankamen, war das Licht in einem von Dyanis Laborräumen deutlich zu sehen. Jemand war also dort.

»Hat gestern Abend jemand angelassen«, beschwichtigte Anna, während sie das Gebäude betraten.

»Nein. Es schaltet sich nach sechs Stunden automatisch aus, nachdem der letzte die Etage verlassen hat.«

»Arbeitet jemand von deinen Leuten am Wochenende?«

»Im Moment nicht, aber ich kann die Türschließanlage auslesen. Dann wissen wir, wer hier ist oder war.«

Vom Haupteingang bis zur Laboretage im ersten Stock brauchten sie drei Minuten. Durch die gläserne Feuerschutztür, die zum Laborflur führte, war kein Licht mehr zu sehen.

»Komisch«, wunderte sich Dyani und rief ins Dunkle, noch bevor sich die Lampen auf dem Flur automatisch wieder einschalteten: »Hallo, jemand hier?«, aber es kam keine Antwort.

»Das gibts doch nicht! Los, erstmal hier rein«, deutete sie auf den ersten Raum, in dem sich auch die Überwachungstechnik des

Labors befand. Sie startete den erstbesten Computer und schaute in der Steuerungssoftware nach.

»Sieh mal, seit neun Uhr heute Morgen hat regelmäßig Licht gebrannt. Zwischendurch zweimal Herrentoilette, ein paarmal Küche, und sieh dir das an: Vor wenigen Minuten wurde alles manuell ausgeschaltet!«

»Kannst du sehen, wer gearbeitet hat?«

»Warte, … ich …«

Ein Brummen ertönte irgendwo, das sich wie ein starker Transformator anhörte.

»Das kommt vom Ende des Flurs!«

Anna wollte loslaufen, aber Dyani hielt sie fest: »Warte, ich kann hier sehen, ob irgendwo viel Strom verbraucht wird.«

»Und?«

»Tatsächlich. In der versiegelten Kammer für chemische Analysen. Dort darf eigentlich niemand rein, sonst sind die Testergebnisse im Eimer!«

Anna ahnte schon die Antwort, fragte aber trotzdem: »Was wird dort analysiert?«

»Im Moment die Proben der Sky Stones. Genau jene, die wir für den Auftraggeber brauchen.«

»Meinst du, dort ist noch jemand drin? Kannst du nicht sehen, wessen Codekarte für die Türen benutzt wurde?«

Dyani schaute nach: »Die Notfallkarte der Feuerwehr. Die ist bei der Feuerwehrzentrale hinterlegt.«

Alle anderen Räume hatten die Frauen schon durchsucht. Nur das versiegelte Labor war übrig.

»Kann man das Labor auch anders verlassen?«

»Es gibt eine Fluchttür mit Feuerleiter, aber dann wäre Alarm ausgelöst worden. Bevor wir da reingehen, frage ich erstmal bei der Feuerwehr nach, an wen die Karte ausgehändigt wurde.«

Wie Dyani schon vermutet hatte, lag die Notfallkarte seit dem letzten Übungseinsatz an Ort und Stelle. Angeblich wurde sie seitdem an niemanden übergeben.

»Dann muss eine Kopie existieren. Perfekte Tarnung für den Eindringling, blöd für uns!«

»Spionage?«, wunderte sich Anna.

»Möglich. Auf jeden Fall ein großer Mist, denn den Verdacht auf Datendiebstahl muss ich melden. Das gibt einen Riesenbericht. Ausgerechnet mit den Sky Stones muss das passieren. Das wird uns einen schlechten Ruf einbringen!«

»Mach dich noch nicht verrückt, bevor wir wissen, was hier los ist!«

»Du hast recht. Lass uns nachsehen, aber wir müssen uns vorher umziehen.«

Mit Schutzanzügen standen sie in der Schleuse. Anna erschrak, als der Luftaustausch mit einem lauten Zischen begann.

Dyani trat zuerst aus der Schleuse ins Labor. Sie bemerkte gleich etwas, das dort nicht hingehörte: »Sieht gar nicht nach Einbruch aus. Hier hat jemand gearbeitet.«

»Hää?«

»Schau hier, … ein Versuchsaufbau mit Bestrahlung durch Mikrowellen. Den haben wir gerade erst angeschafft. Die Geräte sind noch warm.«

»Und wer arbeitet sonst damit?«

»Niemand. Das Experiment wollte ich erst nächste Woche beginnen.«

Das Labor hatte keine Fenster. Wer auch immer hier war, musste entweder über die Feuerleiter entkommen sein oder befand sich noch in diesem Raum. Das schien Dyani aber gar nicht zu interessieren. Sie war vom Versuchsaufbau fasziniert und schaute wie gebannt auf die Geräte.

Anders Anna, die sehr nervös war und sich über Dyani wunderte: »Willst du nicht erstmal herausfinden, ob sich dieser Jemand hier noch herumtreibt?«

»Schau dir das an! Faszinierend!«

»Ich verstehe dich nicht! Was hast du vor?«

Dyani reagierte unerwartet. Ihr Gesicht war verändert. Sie schien in einer anderen Welt zu sein und Anna versuchte herauszufinden, was dieses Verhalten verursachte: *Sie könnte in einem Zustand von Euphorie sein, der durch äußere Einflüsse ausgelöst wurde. Aber was sollte das sein?*

»Dyani! Hörst du mich? Dyani!«

Anna bekam keine Antwort, dafür schien sich Dyani immer weiter in die Sache hineinzusteigern. Wie besessen schaute sie die Computeraufzeichnungen durch und fand einen Computer-Dialog. Eine der letzten Anfragen an die KI lautete: »Erstelle ein Vergleichsmodell, das zu den gefundenen Gitterstrukturen passt!«

Was die KI als Ergebnis präsentierte, erkannte sogar Anna, ohne zu wissen, was wirklich dahintersteckte: »Ich bin ja kein Chemiker, aber das sieht aus wie der Aufbau von Proteinen.«

Nach ein paar Sekunden schien auch Dyani wieder in der Lage zu sein, zu antworten: »Aber das wäre unfassbar!«

»Warum?«

»Es würde bedeuten, dass die Steine Informationen über Eiweißstrukturen von biologischen … Aber das ist unmöglich!«

Anna versuchte, Dyanis Aussage zu verstehen. Trotzdem überwog ihre Sorge, dass sich der Unbekannte hier noch irgendwo herumtreiben könnte: *Das Labor ist so verwinkelt, ... aber das scheint Dyani gar nicht zu interessieren. Ist sie von der Entdeckung so sehr in Bann gezogen oder ahnt sie inzwischen, wer es gewesen sein könnte?*

Letzteres schien die plausibelste Erklärung zu sein. Dyani kümmerte sich gar nicht mehr um den Eindringling. Anna war sich aber noch nicht sicher. Das merkwürdige Verhalten konnte auch noch andere Gründe haben. In euphorischen Momenten neigten Menschen manchmal zu irrationalem Verhalten. Andere nannten es auch einfach komisch. Von sich selbst kannte sie dieses Gefühl ebenfalls. Aber dann bemerkte sie im Gesicht ihrer Freundin etwas Besorgniserregendes und das änderte alles.

Mali, Abenddämmerung am Fuß des heiligen Berges

Das Licht der untergehenden Sonne schaffte es nicht mehr über den Bergwipfel vor ihnen. Schon seit einer Stunde liefen sie an verlassenen Lehmhütten vorbei. In einer davon wurde Zikomo geboren. Die Brunnen in der Nähe hatten nicht mehr ausreichend Wasser für die Hirsefelder. Weiter südlich am Fluss war es besser. Dort wuchsen auch niedrige Bäume, die den steigenden Temperaturen trotzten und Schatten spendeten.

Als Tony in eine der Hütten schauen wollte, hielt ihn Zikomo zurück: »Sie dienen heute als Schlafplätze für Schlangen.«

»Greifen sie an?«

»Vermutlich nicht. Aber wir lassen ihnen die Ruheplätze, dann werden sie auch uns in Ruhe lassen.«

Tony machte sich über den Sinn dieser Worte keine Gedanken, er war schon zu müde. Aber als Zikomo unter einen Toguna kroch, schaute er den Ho-Gon fragend an. Er wusste, dass diese Überdachung früher als zentraler Platz für die Männer diente. Sofern das Dorf einen Ho-Gon hatte, war der Toguna tagsüber dessen Platz.

Zikomo hockte bereits auf einer Hirsematte und zeigte Tony, wo er es sich bequem machen sollte.

»Was ist mit den Schlangen?«

»Schlangen bleiben dem Toguna fern.«

»Warum ist das Dach eigentlich so niedrig?«

»Die Männer sollen diesen Ort gebückt betreten. Damit erweisen sie dem Dorfältesten Respekt, bevor sie ihre Anliegen vortragen.«

Der Boden war mit Steinen ausgelegt, einige hatten kunstvolle Gravuren. Tony erkannte eines der Symbole. Es war die Darstellung des Sirius-Doppelsternsystems. Bei Wissenschaftlern war umstritten, ob die Dogon tatsächlich vor mehr als tausend Jahren von einem Begleitstern des Sirius wissen konnten. Noch interessanter fand er die hölzernen Säulen des Daches. Sie waren kunstvoll geschnitzt und vermutlich uralt. Einigen hatte die Zeit auch schon deutlich zugesetzt.

Er zog seine Schuhe aus und legte sich auf den Rücken. Nur noch wenig Licht drang unter das Dach, aber eine Schnitzerei konnte Tony gut erkennen. Es glich einem dieser Kunstgegenstände, die er schon einmal gesehen hatte. Dieses geschnitzte Gesicht war unverwechselbar. Es sah aus wie die Maske, von der Lisa in der Botschaft so fasziniert war. John hatte ihnen erklärt, dass sie von den Dogon getragen wird, um mit den Nommos zu kommunizieren.

Etwas Faszinierendes ging von dieser Maske aus. Vielleicht das Gesicht eines Dämons? Das linke Auge war nach außen gewölbt, wie bei einem Chamäleon. Auf keinen Fall sollte das ein menschliches Auge darstellen. Das Besondere bei den Sehorganen dieser Reptilien war, dass sie jedes Auge unabhängig in alle Richtungen drehen konnten. Die rechte Augenpartie der Maske war eher menschlich geformt, aber der Augapfel fehlte. Das passte zu den Holzmasken der Dogon, die sie auch aufsetzten. Für eine Sekunde meinte Tony, jemand hätte von innen durchgeschaut, wie durch einen Türspion.

Er setzte sich auf, um näher heranzukommen, aber natürlich war das nur Einbildung. Trotzdem wurde Tony den Gedanken nicht mehr los, dass es Lisa war, die er eben kurz gesehen hatte. Es war wie neulich in Berlin, als sie durch diese Maske im afrikanischen Pavillon geschaut hatte.

Der Gedanke an Lisa schmerzte. Um nicht in Tränen auszubrechen, blieb er sitzen und wollte einfach nur seine Augen mit den Händen bedecken.

Wenn Dyani hier wäre, würde sie sich bestimmt nicht ausruhen. Sie würde laufen bis zur Erschöpfung und ich liege nur herum, während es Lisa vielleicht nicht gut geht. Ich könnte Anna kontaktieren. Vielleicht hilft sie mir bei der Fernwahrnehmung, um Lisa aufzuspüren?

Mit geschlossenen Augen fühlte Tony etwas, das es im Dorf der Dogon nicht gab. Zikomo hatte ihm am Abend zuvor erklärt, dass sein Volk die Nähe der Berge braucht, um seine Religion zu leben. Deshalb müssten sie auch regelmäßig hierher zurückkehren. Vielleicht war es wie eine Energieladesäule für die Sinne?

Tony tastete mit einer Hand den Steinboden ab. Er fuhr mit dem Zeigefinger um eine elliptische Gravur herum. Innerhalb der Ellipse war eine Stelle mit einem Kreuz markiert. Laut Literatur sollte es das Sirius Sternsystem darstellen. Man sagte, das Kreuz wäre Sirius A, welcher vom kleinen Begleiter Sirius B auf einer elliptischen Bahn umkreist würde. Aber seine Hand spürte noch etwas anderes. An einer Seite der Ellipse gab es eine Vertiefung im Stein, ein Punkt.

Tatsächlich hatte Tony den Eindruck, der Punkt wäre wärmer als der übrige Steinboden, aber diese Wärme war anders, so als ging es nicht um Temperatur. Er erinnerte sich: *Dieselbe Energie, wie bei der toten Naha. Sie soll sich ja noch in einem Stadium zwischen Leben und Tod befunden haben.*

Zikomo lag auf dem Rücken und Tony dachte, er wäre schon eingeschlafen. Unerwartet erklang dessen leise Stimme: »Spürst du es?«

»Es ist ungewohnt. Ich fühle die Nähe von Naha, aber wie ist das möglich?«

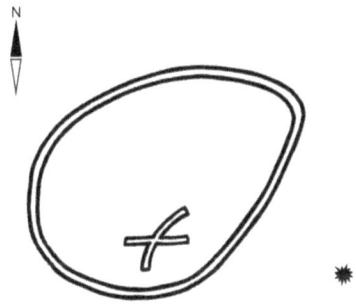

Zeichnung auf der Bodenplatte im Toguna
(Nordkennzeichnung wurde ergänzt)

»Du fühlst sie, weil sie hier ist. Und das ist gut. Sie wird dich zu Lisa führen.«

»Aber Naha ist tot! «

»Genau genommen ist Naha noch nicht tot, erinnerst du dich?«

»Ich bin verwirrt und wüsste gern mehr darüber, wohin du mich führen wirst. Ich habe Angst, dass Lisas Verschwinden etwas mit Nahas Tod zu tun haben könnte. Du weißt so viel über die Menschen hier. Können wir etwas tun, um Lisa schneller zu finden?«

»Alles hängt zusammen. Aber ich bin sicher, dass Lisa lebt. Ich spüre es. Es ist ihre Bestimmung zu leben …«

Was meint er mit Bestimmung? Der Mann verschweigt doch etwas. Liegt es an den geheimen Ritualen, über die ein Ho-Gon niemals spricht? Vielleicht könnte mir Anna jetzt helfen. Wenn jemand die Gedanken des Alten lesen kann, dann sie!

In der Hoffnung, dass Zikomo noch wach war, fragte er: »Gehen wir in dieser Nacht noch weiter?«

»Deine Lippen sprechen Worte, aber ich fühle sie nicht. Möchtest du vielleicht eine andere Person um Rat bitten?«

»Tatsächlich hatte ich an meine Frau Dyani gedacht. Aber sie weiß noch nichts von Lisas Verschwinden. Ich habe Angst, es ihr zu sagen.«

»Was möchtest du dann?«

»Ich würde gern meine Kollegin Anna um Rat bitten. Sie hat die Fähigkeit, mit Menschen über große Entfernungen zu sprechen. Vielleicht kann sie uns bei der Suche helfen.«

»Wir können es versuchen.«

Schwerfällig drehte sich Zikomo in eine Sitzposition. Tony wies er an, sich mit dem Rücken an die Maskensäule zu lehnen: »Das Holz wird deine Schwingungen übertragen.«

Er selbst setzte sich an die Säule gegenüber, deren Struktur stark verwittert war.

»Zuerst bringen wir gemeinsam das Holz zum Schwingen. Bist du bereit?«

»Ja.«

Universität Freiburg

»Dyani! Was ist los mit dir?«

»Wieso?«

»Könnten wir bitte erstmal nachsehen, ob sich hier noch jemand rumtreibt? Und dann mache ich mir jetzt doch Sorgen um Brian und Frida.«

»Ich habe mich bis jetzt dagegen gewehrt, aber es kann nicht anders sein. Wenn die Steine bei Lisa und Sabine etwas ausgelöst haben, dann kann es auch noch mehr Auswirkungen geben.

Vielleicht auch Fridas Kopfschmerzen und die Probleme der anderen M-Agenten.«

»Die Steine können auf so eine große Entfernung nicht auf sie einwirken! Du steigerst dich da in etwas hinein. Lass uns verschwinden«, schlug Anna vor.

Dyani zögerte. Was sie im Labor vorgefunden hatte, könnte viele neue Forschungsfelder eröffnen. Trotzdem dachte sie nochmal über Annas Argumente nach: »Du hast recht, die Steine können unmöglich über große Entfernungen wirken. Aber was, wenn es die Steine selbst sind, die auf irgendwas von außen reagieren?«

»Reagieren?«

»Ja. Schau die Messergebnisse an. Die Gitterstruktur der Steine verändert sich, wenn sie mit bestimmten Frequenzen bestrahlt werden. Das hat mich an das Havanna-Syndrom erinnert. Hatte man damals nicht vermutet, dass es eine Strahlenwaffe sein könnte, ein Störsender, oder eine Abhöreinrichtung, irgendwas in der Art?«

Dass Dyani kein echtes Interesse an der Aufklärung des Einbruchs hatte, konnte für Anna nur einen Grund haben: Sie wusste genau, wer bis eben noch im Labor war. Als sich ihre Blicke trafen, hatte Anna Gewissheit: Dyani quälte ein schlechtes Gewissen.

»Du weißt doch, wer es war, hab ich recht?«

Es ließ sich nicht mehr leugnen: »Lucas, der Neue.«

»Und warum nutzt er eine gefälschte Zugangskarte?«

»… wollte wohl nicht im Zeiterfassungssystem auftauchen. Außerdem verstößt es gegen Arbeitsschutzvorgaben, wenn man allein im Labor arbeitet.«

»Wir sind vorhin auf die Roller gestiegen, um uns von den Sorgen abzulenken. Ich hatte die Hoffnung, uns fällt eine plausible Erklärung ein, warum sich in Berlin so merkwürdige Dinge ereignen. Jetzt bin ich überzeugt, es war ein Fehler herzukommen. Ich sehe doch, dass du dich immer mehr in die Physik dieser Sky Stones hineinsteigerst!«

»Aber du hast doch auch einen Stein als Talisman. Glaubst du nicht an dessen Wirkung auf die Psyche?«

»Ich glaube nicht nur daran, ich habe es bereits bewiesen. Trotzdem muss ich nicht unbedingt wissen, was genau im Innern dieser Minerale passiert. Ich helfe meinen Studenten, mit der Welt jenseits des Sichtbaren zu kommunizieren, damit sie ihre mentalen Fähigkeiten optimal einsetzen können. Das sieht auch Sergei so, wenn er seinen Patienten mit neuen Hypnoseverfahren hilft. Wir wissen, dass die Materie mit ihren quantenmechanischen Eigenschaften wechselwirkt und auch manchmal sprunghafte Veränderungen auslöst. Wir Menschen bestehen ja auch aus Materie und so können wir eben irgendwie mit Steinen eine Verbindung aufnehmen. Aber deswegen muss ich nicht unbedingt verstehen, was die subatomaren Teilchen da im Einzelnen anstellen. Es reicht mir, zu wissen, dass unser Bewusstsein nicht nur in unserem eigenen Gehirn gespeichert ist. Es ist nur ein Informationsaustausch mit etwas da draußen.«

»Verstehe. Deiner Meinung nach sind wir Menschen Anwender eines großen Programms, habe ich recht?«

»So etwa.«

»Du darfst mir aber nicht übelnehmen, dass wir in der angewandten Physik anders arbeiten. Ich sehe bei Experimenten wie diesem hier, dass die Quantenteilchen irgendetwas treiben, das wir nicht verstehen. Es lässt mir keine Ruhe, wenn ich feststelle, dass das sogar Einfluss auf die Funktionen in unserem Körper hat. Was mit Lisa passiert ist, …«, wollte Dyani sagen, doch es blieb ihr ein Kloß im Hals stecken. Sie brauchte ein paar Sekunden, bevor sie weitersprach: »Ich sehe da sogar eine gemeinsame Schnittstelle zwischen meiner und deiner Forschung, was das Gehirn angeht.«

»Du meinst, …«

»Ja, das Bewusstsein. Manche Neurowissenschaftler gehen schon so weit, dass unser Gehirn nur der Computer ist. Das Speichermedium befindet sich außerhalb unseres Körpers. Unsere individuelle Persönlichkeit ist nur ein Filter, damit wir auf die eigenen Erinnerungen zugreifen können. Gäbe es keinen Filter, hätten wir nur Chaos im Kopf, und ohne Ordnung kann man kein Ziel verfolgen. Wir wissen doch, dass jeder Organismus das Ziel hat, dass seine Art überlebt.«

Damit hatten sie nun eines von Annas beruflichen Hauptthemen gestreift: »Natürlich, das weiß ich. Telepathisch kommunizieren ist praktisch so, als würde ich den Filter eines anderen Menschen benutzen. Ich bringe meinen Studenten bei, sich mit anderen Menschen auf mentaler Ebene so weit zu nähern, dass sie sich innerlich öffnen. Sozusagen ihren Filter aufmachen.«

Dyani wurde nachdenklich: »Es gibt doch auch so etwas wie eine gespaltene Persönlichkeit. Ich habe wohl schon mal erwähnt, dass Tony von einem alten Mann zwei Manuskripte bekommen hat. Der Alte behauptete, er wäre viele Jahre im Geiste eins mit seinem Zwillingsbruder und … und auch mit Tony gewesen. Ich weiß nicht, was in dem letzten Teil der Manuskripte steht. Ich weiß nur, dass der Alte auch Dinge aus einem früheren Leben von Tony aufgeschrieben hat. Demnach soll Tony vor langer Zeit schon mal gelebt und damals als dreizehnjähriges Kind gestorben sein. Wenn man in einer Hypnosesitzung von so einem früheren Leben erfährt, kann man es glauben oder einfach für eine Erfindung der eigenen Psyche halten. Aber wenn ein völlig fremder Mensch Details aus diesem früheren Leben kennt und sie sogar bis ins Detail aufschreibt, dann fängt man an, die Zweifel abzulegen. Jedenfalls würde es mir so gehen.«

»Ich weiß von den Manuskripten«, antwortete Anna. »Sergei drängt Tony immer wieder, sie endlich an den Verlag zu geben.«

Dyani zuckte mit den Schultern: »Im Moment will Tony aber noch nicht. Irgendwie hat er Angst vor dem Inhalt.«

»Wie Angst?«

»Er hat Andeutungen gemacht. Ich muss zugeben, dass ich das nicht so richtig ernst genommen habe«, erklärte Dyani.

»Was für Andeutungen?«

»Er hat das zweite Manuskript nicht bis zum Ende gelesen, weil er davon Albträume bekam. Das ist, weil …«

»Nun mach es nicht so spannend!«

»Es müssen wohl auch Dinge über unsere Familie darin stehen, die ihn total verstört haben.«

»Zum Beispiel?«

»Er hat mir nur eine Sache genannt, wo der Alte schrieb, dass es bei Tonys Nachkommen niemals Zwillinge geben dürfe.«

»Wieso das denn?«

»Vielleicht hat es damit zu tun, dass dieser Mann, er hieß übrigens Theodor Huber, selbst ein Zwilling war. Er behauptete, dass sein Zwillingsbruder den guten Teil der Seele besaß, er selbst aber alle schlechten Eigenschaften innehatte. Aus dem Manuskript geht hervor, dass diese seltsame Spaltung der Seele erblich sein könnte.«

Anna versuchte zu beschwichtigen: »Die Fantasie eines alten Mannes, mehr nicht! Vielleicht will er seine Sünden damit entschuldigen.«

»So einfach ist es wohl nicht, denn, … ach davon weißt du sicher noch gar nichts, …«

Trotz der Pause spürte Anna eine starke Körperspannung bei Dyani, was auf einen inneren Konflikt hindeutete. Sie überwand sich dann doch und erzählte Anna von Lisas Zwillingsschwester, die bei der Geburt gestorben war.

»Das tut mir furchtbar leid. Trotzdem muss es nicht zwangsläufig zusammenhängen. Darf ich dir dazu noch eine Frage stellen?«

»Natürlich!«

»Wusstet ihr beide schon vor der Geburt von der Prophezeiung dieses Herrn Huber?«

»Äh, wieso? Denkst du, dass es einen Einfluss gehabt haben könnte?«

Anna zuckte mit der Schulter: »Weiß nicht. In der Natur läuft alles in Zyklen ab. Wiederholungen sind also die Regel. Wenn der alte Mann von einer genetisch bedingten Zwillingssterblichkeit bei Tonys Vorfahren wusste, dann nicht, weil er hellsehen konnte.«

»Meinst du wirklich, er ging von einem genetischen Defekt in Tonys Familie aus? Das ist aber genauso mysteriös. Woher sollte er davon wissen und wie hätte er erfahren sollen, dass in Tonys Verwandtschaft Zwillinge häufig vor oder während der Geburt starben?«

»Ich kenne mich mit der Genetik nicht so gut aus. Es könnte ja wirklich so eine Art Schutzmechanismus sein«, schlug Anna vor.

Dyani wurde nachdenklich: »So ähnlich muss sich der Mann auch in dem Manuskript ausgedrückt haben. Jedenfalls war er der Meinung, der Tod eines Zwillings würde verhindern, dass sich die Seelen in Gut und Böse aufteilen. Trotzdem glaube ich nicht, dass es so etwas gibt.«

»Warum liest du nicht einfach bis zum Ende? Vielleicht löst sich das Rätsel am Ende noch auf.«

»Ich würde niemals heimlich in Tonys Sachen herumwühlen. Er hat die Manuskripte nicht ohne Grund weggeschlossen!«

»Aber auch Lisas Nachkommen könnte es treffen, sollte an Hubers Prophezeiung etwas dran sein. Es muss eine wissenschaftliche Erklärung dafür geben. Das herauszufinden, könnte künftigen Zwillingen das Leben retten.«

Dyani versuchte wohl, sich von diesem Gedanken abzulenken, indem sie unnötigerweise nach der Uhrzeit fragte.

»Das ist wirklich schwer herauszufinden, wenn über jeder Tür eine Uhr hängt«, scherzte Anna.

»Eigentlich wollte ich nur andeuten, dass es hier nicht gerade gemütlich ist. Nicht mal einen Stuhl hat dieses Labor. Außerdem bin ich müde.«

»Schon gut. Ich kann den Rest auch am Montag klären. Lass uns hier Schluss machen.«

»Magst du noch etwas trinken?«

»Meinst du, ich mache es mir auf eurem Sofa gemütlich, um auf den Sandmann zu warten? Nach der Aufregung würde ich noch einen von diesen indischen Drinks nehmen«, antwortete Anna.

»Mit oder ohne?«

»Mach wie du denkst.«

Als die beiden nebeneinander stumm an ihren Trinkhalmen nippten, bemerkte Anna, dass Dyani unentwegt auf einen alt wirkenden Schreibsekretär starrte.

»Ist dort etwa drin, worüber wir vorhin gesprochen haben?«

»Ja, aber das können wir nicht machen.«

»Wie du meinst, aber bedenke, dass es Angst sein könnte, die Tony am Weiterlesen gehindert hat. Angst hat man entweder vor einer Überforderung oder vor einer Gefahr.«

»Trotzdem. Das wäre ein Vertrauensmissbrauch.«

»Hat er denn gesagt, dass du es nicht lesen sollst?«

»Nein. Aber, warte mal … er hat mal gesagt, er will …. Ach, ich weiß nicht mehr.«

Auf Anna wirkte der Sekretär wie ein Magnet: »Warum steckt denn der Schlüssel, wenn die Manuskripte angeblich wegge-schlossen sind. Das sieht für mich aus wie eine Aufforderung, das Türchen zu öffnen.«

»Nein, bestimmt nicht.«

»Denke, was du willst, aber ich kenne deinen Tony jetzt auch schon zehn Jahre. Er steckt zwar voller Geheimnisse, aber eines weiß ich genau: Dieser Schlüssel steckt nicht ohne Grund im Schlüsselloch.«

»Meinst du das ernst?«

»Völlig ernst. Ich sehe doch, dass du dich quälst, nicht zu wis-sen, ob Lisas Schicksal etwas mit diesem alten Mann zu tun hat. Lisa wird es nicht schaden, wenn du es liest. Oder soll ICH es tun?«

Dyani ging zum Schrank und hielt den Schlüssel schon in der Hand, ohne ihn zu drehen. Sie murmelte vor sich hin: »Es könnte stimmen. Tony hat aufgehört zu lesen, weil er Angst hatte. Viel-leicht wollte er die ganze Zeit, dass ich ihm helfe.«

»Trotzdem ist dir nicht klar, ob du die Wahrheit überhaupt wissen möchtest, stimmts?«

Dyani antwortete nicht darauf, aber sie hatte das zweite Ma-nuskript schon in der Hand und reichte es Anna: »Ich mache uns noch einen Drink!«

Es steckten zwei Lesezeichen in dem Papierbündel. Eins etwa in der Mitte und das zweite einige Dutzend Seiten weiter. Dyani klappte die Seite mit dem ersten Lesezeichen auf. Am Seitenrand stand ein handgeschriebenes Datum: »04.02.2023«

Anna rief in die Küche: »Weißt du, was am vierten Februar vor sechs Jahren war?«

Dyani erinnerte sich nicht und suchte eine Weile im Kalender, wo sie für diesen Tag dann einen einzigen Eintrag fand: »Sex«.

Anna war ungeduldig: »Und, hast du etwas gefunden?«

»Ähm, vielleicht. Das Jahr war anstrengend. Wir hatten lange probiert, aber ich wurde nicht schwanger. An diesem Tag war mein Eisprung.«

»Und dieses Datum schreibt Tony in ein fremdes Manuskript?«

»Verstehe ich auch nicht. Zeig mal! Komisch, es sieht gar nicht wie Tonys Handschrift aus. Außerdem habe ICH ihn jeden Monat erinnern müssen. Er brauchte nichts tun, naja, außer es zu tun, eben. Da fällt mir ein, … warte mal!« Dyani war sich plötzlich sicher: »Er hat zu dieser Zeit nicht mehr in diesem Manuskript gelesen. Es lag nur noch herum. Auf jeden Fall hat er es nach Lisas Geburt nicht mehr angerührt. Die beiden Papierstapel liegen seit mehr als fünf Jahren unangetastet in diesem Schrank.«

»Das kannst du doch gar nicht so genau wissen!«

»Ich bin mir sicher. Es klingt vielleicht verrückt, aber Tony wischt nicht mal Staub auf diesem Schränkchen. Er meidet es, wie der Teufel das …, wie heißt das Zeug?«

Anna musste lachen: »Der Teufel meidet das Weihwasser. Ich habe als Kind mal geglaubt, es hieße Weinwasser und sei für diejenigen gedacht, die beim Abendmahl keinen Alkohol trinken dürfen.«

Dyani war interessiert: »Da bin ich heute auch nicht viel schlauer als du damals. Wie war das mit dem Abendmahl?«

Anna erklärte, dass der Rotwein das Blut Jesu Christi symbolisiert. Ohne speziell darauf eingehen zu wollen, erwähnte sie auch, dass viele Christen an die unbefleckte Empfängnis glaubten.

Die kleine Episode mit dem Weihwasser schien Dyani gut getan zu haben, deswegen blieben die beiden noch eine Weile bei lustigen Kindheitserinnerungen. Irgendein Stichwort verdarb Dyani dann aber die Stimmung. Ihr fiel ein, warum Tony aufgehört haben könnte zu lesen, und das ließ ihren Puls wieder ansteigen. Die Angst um Lisa war zurückgekehrt. Irgendwas hinderte sie daran, das Manuskript weiter in den Händen zu halten. Deshalb fragte sie Anna: »Macht es dir etwas aus, allein weiterzulesen, wo Tony aufgehört hat? Ich kann es nicht. Nimm einfach alles mit!«

12 – Am Berg der Träume

Mali, unter dem Dach des Toguna

Die beiden Männer saßen auf ihren Hirsematten. Der Ho-Gon summte und Tony kam es vor, als würde es immer lauter werden. Aber es war die hölzerne Säule, an die er seinen Rücken lehnte. Deren Vibrationen übertrugen sich auf Tonys Körper. Sogar die Bodensteine übernahmen die Schwingung, was sich anfühlte, als sitze man auf einem schwebenden Teppich. Ohne Aufforderung stimmte Tony leise in den Summton ein. Es machte auch keine Mühe, den richtigen Ton zu halten, denn schon die kleinste Dissonanz empfand sein Körper als unangenehm.

Auf diese Weise in Trance zu fallen, kannte Tony bereits von Sergei. Der Übergang in den anderen Zustand war auch dieses Mal kaum spürbar. Vielleicht, weil es dabei immer dunkel war und die Bilder des Traumes vor seinen Augen plötzlich aus der Dämmerung aufstiegen. Die neu auftauchende Umgebung war ihm aus dem letzten Traum bekannt. Dieselben Berghänge, an denen die jungen Männer entlang gelaufen waren. Es roch auch so, nur war Tony dieses Mal allein dort, so dachte er jedenfalls.

Er wollte Zikomos Namen rufen, um ihn um Rat zu fragen, aber seine Lippen bewegten sich nicht. Er ging einfach weiter, bis sich die Felsspalte etwas öffnete, an dessen Grund ein schmaler Trampelpfad nach oben führte. Etwa zwanzig Meter vor ihm glaubte er zwei Gestalten zu erkennen und rief in ihre Richtung: »*Hallo? Wo führt dieser Weg hin?*«

Sie drehten sich um, antworteten aber nicht. Tony beschleunigte seine Schritte und sah beim Näherkommen, dass sie den schwarz gekleideten Frauen ähnlich sahen, die er am Vormittag im Dorf der Kuram gesehen hatte. Zikomo hatte ihm erklärt, dass es Frauen gab, die von Dorf zu Dorf zogen und sich für rituelle Handlungen bezahlen ließen. Sie nannten diese Frauen Muabhas. Der Gedanke an Nahas Blutvergiftung, die das Mädchen nach einer Genitalbeschneidung erlitten hatte, ließ Tonys Atem stocken. Was machten diese Frauen am selben Ort, wo er nach Lisa suchte?

Die Frauen liefen einfach weiter, als wollten sie Tony ignorieren. Er schrie: »*Halt! Wo wollt ihr hin? Wisst ihr, wo mein Kind ist?*«

Als sie nicht reagierten, packte er eine der Frauen an der Schulter, aber sie wehrte sich mit einem Stock, der seinen Arm schmerzhaft traf.

Tony schlug die Augen auf und saß wieder an der Holzsäule. Das Licht der Sterne reichte gerade aus, um Zikomos erschrockenen Blick zu sehen. Er fragte auch gleich: »Warum bist du allein losgegangen und nicht meinen Gedanken gefolgt, wie abgesprochen?«

»Was meinst du? Ich war irgendwo in den Bergen, aber du warst nicht da!«

»Was ist passiert?«

»Ich stieg einen schmalen Pfad nach oben. Dort traf ich die beiden Kuram-Frauen, die Muabhas, aber sie haben meine Fragen nicht beantwortet.«

»Sie sprechen niemals mit Fremden. Sie folgen nur ihrer Tradition. Außerdem können sie gar nicht in den Bergen sein, es sei denn, …«

Dass Zikomo verstummte, beunruhigte Tony noch mehr. Er fühlte, dass ihm die Sache aus den Händen glitt. Was der Alte dann sagte, bestätigte schließlich die schlimmsten Befürchtungen: »Was du gesehen hast, bedeutet, dass ich dich nicht weiter begleiten kann. Wenn die Muabhas in diesem Teil der Berge unterwegs sind, müssen die Ahnen es so entschieden haben. Ohne ihre Hilfe können sie nicht ins Tal der Götter gelangen.«

»Du meinst, sie sind auf dem Weg zu den Nommos?«

Zikomo machte eine zustimmende Kopfbewegung, aber er strahlte plötzlich nichts mehr aus. Alle Energie war verschwunden. Tony ahnte, was das bedeutete und hielt seine Hand auf den Stein, wo er zuvor die warme Stelle berührt hatte. Es war keine Wärme mehr vorhanden.

»Was bedeutet das?«

»Wir feiern das Sigui-Fest nicht nur, um unsere Tradition zu wahren. Wie du weißt, kommen die Ahnen auch zurück, um nach uns zu sehen. Manchmal tragen sie neue Masken. Wir fertigen dann ebenfalls Masken nach deren Abbild an. Damit werden die Ahnen bei ihrer nächsten Rückkehr in 60 Jahren begrüßt.«

Tony malte sich aus, wieviel Interpretationsmöglichkeiten das alles ergab. Er fragte aber nur: »Und was tun die Muabhas in den Bergen?«

»Sie werden gerufen, wenn die Nommos einen neuen Ho-Gon bestimmen wollen. Das geschieht aber eigentlich erst zum Ende des Sigui. Vielleicht ist dieses Mal alles anders.«

»Was hat Lisa damit zu tun?«

»Die Antwort kann ich dir nicht geben. Du musst es selbst herausfinden. So wie ich deinen Traum verstanden habe, könntest du den Weg ins Tal bereits gefunden haben und brauchst mich dafür nicht mehr. Ich hoffe, du findest deine kleine Lisa. Meine Kräfte schwinden, deshalb wäre ich dir keine Hilfe mehr.«

Beim Aufstehen stieß Tony an die Holzdecke. Der Schmerz erinnerte ihn an den Zweck des niedrigen Daches. Er hockte sich noch einmal neben den alten Mann, dem er Respekt schuldete:

»Ich danke dir. Bitte verzeih meine Ungeduld. Ich kann nicht länger warten.«

Weder Müdigkeit noch Schmerzen spürte Tony, als er den Trampelpfad weiterging, der östlich am Heiligen Berg entlangführte. Der Himmel war klar und trotz fehlenden Mondes fiel ein kontrastreiches Licht auf den naheliegenden Berg. Tony konnte sich nicht mit dem Gedanken abfinden, dass Lisa diesen Weg freiwillig gegangen sein könnte. Die langen Schatten lösten mehr Grusel aus als jede Geisterbahn.

Jemand muss sie schlafend hierhergebracht oder zuvor in Trance versetzt haben. Verdammt, worauf muss ich achten, um den Eingang zu finden? Zeigen die Schatten auf eine Felsspalte?

Er blieb stehen und versuchte sich an die Zeichnung zu erinnern, die in den Boden des Toguna eingraviert war: *Da war doch eine Ellipse mit Kreuz im Innern. Es heißt doch, das Kreuz würde den Stern Sirius A darstellen. Die Ellipse soll die Umlaufbahn seines Begleitsterns Sirius B sein, wo sich die Heimat des Schöpfergotts Amma befindet.*

Tony holte eine Karte aus seinem Rucksack, die von Professor Bernard stammte. Das Licht war gerade hell genug, um die Reliefs der Landschaft darauf zu erkennen. Die Ausrichtung nach den Himmelsrichtungen war einfach. An dem Tag war auch der Hundsstern, wie der Sirius auch hieß, gut zu sehen. Er stand um diese Uhrzeit am südöstlichen Nachthimmel, etwa 15 Grad über dem Horizont.

Er suchte seinen aktuellen Standort auf Bernards Landkarte: *Das ist merkwürdig! Der Hombori Tondo ist ein Tafelberg und sieht von oben aus wie ein Ei. Das ähnelt auffallend der Dogon-Zeichnung!*

Er richtete die Karte nach Norden aus, so wie er auch die Zeichnung am Boden des Toguna in Erinnerung hatte. Darauf war zu sehen, dass der Berg eine flache Hochebene hatte mit einem Gipfel in Form einer kreisförmigen Erhebung. Der Gipfel befand sich an der gleichen Stelle wie das Kreuz in der Zeichnung. Zufall?

Kann es sein, dass das Kreuz nicht nur den Sirius A, sondern gleichzeitig den höchsten Punkt des Berges darstellt? Ist der

Berg deshalb heilig, weil er dem Sternensystem ihrer Götter ähnelt?

Tony wunderte sich, dass das noch niemandem aufgefallen war. Falls es stimmte, wäre er gerade hinter ein Geheimnis der Dogon gekommen.

Zikomo hat doch erklärt, wer direkt zum Berg läuft, findet den Eingang nicht. Also brauche ich bestimmt ein Hilfsmittel. Was, wenn ich eine Linie vom Sirius am Himmel bis zum höchsten Punkt auf dem Berg ziehen würde? Macht das Sinn?

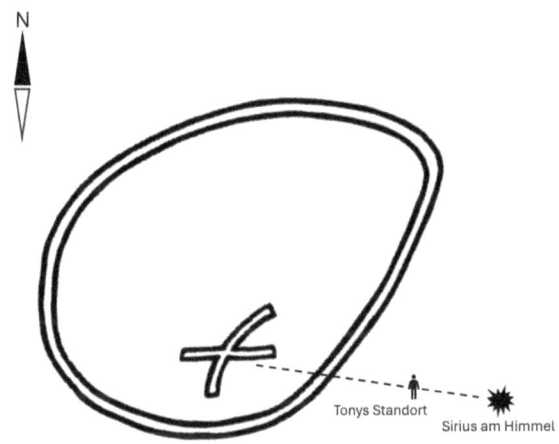

Tonys Standort · Sirius am Himmel

Von seinem Standpunkt aus konnte er den Gipfel nicht sehen. Dafür ging er etwa hundert Meter direkt auf den Sirius zu und drehte sich um. Der Berghang war an dieser Seite stark zerklüftet. Er lief so lange weiter, bis die Spitze des Berges zu sehen war. In der Hoffnung, einen Eingang am Berghang zu sehen, suchte er jeden Meter ab.

Verdammt, habe ich irgendetwas übersehen, oder ist es zu weit entfernt? Ein wenig Glück wäre jetzt nicht schlecht!

Zum Nachdenken setzte er sich auf den Boden und starrte den Berg an. Nach einer Weile kam es ihm vor, als würde die Müdigkeit mit seinem Verstand spielen. Tonys Uhr zeigte kurz nach fünf. Noch eine halbe Stunde bis Sonnenaufgang.

CHROMOSOM

Schon überzeugt, der verborgene Eingang würde sich erst mit Tageslicht zeigen, bemerkte er etwa fünfzig Meter über dem flach auslaufenden Fuß des Berges eine Lichtreflektion. In der Dämmerung präsentierte sich plötzlich ein interessantes Naturschauspiel. Ganz schwach zeichnete sich ein kleines Rinnsal ab. Es lief aus dem Berg heraus und verschwand weiter unten irgendwo wieder in einer Felsspalte. Die Stelle glitzerte regelrecht im Mondlicht. Mit der aufgehenden Sonne verschwand später die Reflektion am Berg.

Faszinierend! Der kleine Wasserlauf ist nur zu sehen, wenn man aus Richtung Sirius darauf blickt. Die Zeichnung war ein Wegweiser. Und den Punkt außerhalb der eiförmigen Zeichnung hat kein Wissenschaftler bis jetzt ernst genommen! Ich hielt das ja auch erst nur für ein Loch im Stein.

Als Tony den Fuß des Berges erreichte, stand die Sonne gerade über dem Horizont. Der Blick Richtung Norden war durch Bodennebel verdeckt. Das verriet den Flussverlauf des Niger, der sich von West nach Ost schlängelte. Als Tony direkt am Berg stand und nach oben schaute, war das Rinnsal nicht mehr zu sehen. Aus der Nähe bekam man von dem Wasser also gar nichts mit. Könnte dort oben der Eingang sein?

Eine geeignete Stelle zum Hochklettern fand er nicht sofort. Auf dieser Seite stieg der Berg ziemlich steil an und Tony war kein geübter Kletterer. Er überlegte, was einen Zugang für Fremde am besten verbergen würde. Nach ein paar Anläufen versuchte er es an der Stelle, wo ein Vorsprung die Sicht nach oben versperrte. Dort würde es wohl kaum jemand zuerst versuchen, dachte er. Damit lag er richtig, denn erst direkt am Vorsprung war zu sehen, dass er ihn ohne Mühe umklettern konnte. Oben auf dem kleinen Plateau gab es Fußspuren im Staub. Hier war also kürzlich jemand heraufgestiegen.

Erst an diesem Punkt gab der Berg den Blick auf eine Felsspalte frei. Tony passte kaum hinein und beim Durchquetschen verhakte sich sein Rucksack. Beim Versuch, das eingeklemmte Stück mit einer Hand freizubekommen, hätte er ihn beinahe fallen lassen. Schon kurz nach dem Eingang wurde es dunkel und roch nach feuchtem Moos. Etwas tiefer im Berg fiel nur noch wenig Licht von oben in die schmale Felsspalte. Dort fand er den winzigen Wasserlauf, der nach wenigen Metern aber auch schon wieder im Boden verschwand. Der schmale Weg führte weiter steil nach oben. Tony erkannte ausgetretene Stufen, denen er ein Stück folgte. Es kam ihm wie der Weg vor, den die jungen Männer in seinem Traum gegangen waren. Sie müssten hier also auch irgendwo sein. Tony wusste nicht, ob er darauf hoffen sollte, dass Lisa jetzt mit rivalisierenden Teenagern umherzog. Oder waren sie es sogar, die das Mädchen entführt hatten?

Je länger er nachdachte, desto weniger Sinn machte es, denn die jungen Männer gingen aus Tradition in die Berge. Sie hatten religiöse Rituale zu lernen und sich auf die Erwachsenenprüfung vorzubereiten. Nur einer von ihnen würde später zum Ho-Gon des ganzen Volkes gewählt werden. Sie waren irgendwie Konkurrenten, aber um alle Lektionen zu lernen, brauchten sie einander. Was sollten sie mit einem fünfjährigen Mädchen anfangen? Tony fiel jedoch eine Gemeinsamkeit ein. Angeblich würden die Jungen eine Geheimsprache lernen, während sie durch die Berge zogen. Lisa hatte vor Wochen aus unerklärlichen Gründen ebenfalls Wörter einer fremden Sprache gelernt. Aber das war tausende Kilometer entfernt im modernen Deutschland. Merkwürdig genug, um darüber nachzudenken, denn Tony war Wissenschaftler und oft genug kam das Unvorstellbare der Wahrheit am nächsten.

So sehr er es versuchte, die Gedanken an die Muabhas ließen sich nicht verdrängen. Diese schwarzen Gestalten mit grimmigen Gesichtern beunruhigten ihn mehr als eine Gruppe pubertierender Grünschnäbel. Jeder Gedanke daran, was Naha und anderen Mädchen in den Dörfern angetan wurde, beschleunigte seine Schritte.

Inzwischen verlief der Pfad wieder etwas abschüssig. Die Felsspalte wurde breiter und das einfallende Licht erlaubte einen kargen Pflanzenwuchs. Rechts neben dem schmalen Pfad ging es einige Meter steil nach unten und Tony machte den Fehler, dort nach Hinweisen zu suchen. Es rächte sich schnell, denn er knickte auf einem lose herumliegenden Stein um und fluchte. Dieser Fuß hatte schon zu Beginn des langen Fußmarsches

Probleme gemacht, doch erst jetzt fiel Tony ein, dass die Schmerzen nach der Pause im Toguna verschwunden waren. Nun schmerzte die frische Überdehnung. Das erinnerte ihn an einen Satz, den Zikomo vor dem Abschied sagte:»Lasse deine Schmerzen hier, sonst werden sie deine Entscheidungen beeinflussen.«

Tony hatte gedacht, der Alte würde das auf die seelische Verfassung beziehen, aber es konnte noch mehr bedeutet haben. Während der Ho-Gon sprach, hatte er seine knöchrigen Hände über Tonys gesamten Körper geführt. Tony dachte, es wäre eine Art Segnung, aber vielleicht besaß der Mann doch noch genug Kraft, die Energie anderer Menschen zu lesen und wenn nötig zu ordnen. Dass so etwas funktionierte, hatte Dr. Soh bewiesen, als sie mit ihren Händen Lisas Probleme erkannte.

Während Tony seinen Knöchel rieb und der Schmerz langsam nachließ, fiel ihm ein, dass die von den Dogon beschworene Magie des Berges auch ganz natürliche Ursachen haben konnte. Die Dogon behaupteten, dass ihre Kräfte umso stärker seien, je näher sie sich am heiligen Berg aufhielten. Für sie war diese massive Felsformation ein Ort, an dem die Götter und Ahnen ihr Wissen und ihre Kraft mit den Menschen teilten.

Das muss sich auch physikalisch erklären lassen! Zwar sollte ich die Magie eines Schamanen nicht von vornherein ausschließen, aber ich brauche naturwissenschaftliche Erklärungen. Den Eingang zum Tal habe ich auch mit Astronomie und Geometrie gefunden. Aber, ... kann es dann auch eine rationale Erklärung für Lisas Verschwinden geben?

Seine Arbeit als Experimentalarchäologe hatte Tony oft an rituelle Orte geführt. Dabei waren die ältesten Kultstätten immer die Rätselhaftesten. Wer Tony kannte, wusste, dass er selbst das Wort Kultstätte mied, denn es wurde von Wissenschaftlern immer dann benutzt, wenn sie in Wirklichkeit keine Ahnung hatten, wofür sie einst gebaut wurden. Das traf natürlich auch auf die drei ägyptischen Pyramiden auf dem Gizeh-Plateau zu. Inzwischen wusste Tony auch von den Materialeigenschaften des verwendeten Gesteins. Vor allem, dass jede Pyramide und jedes nach den Gesetzen der Physik gefertigte Bauwerk ganz bestimmte energetische Funktionen erfüllt.

Nachdem er seinen Schuh wieder angezogen hatte, trank Tony einen Schluck Wasser aus seiner Edelstahlflasche. Es schmeckte irgendwie sauer. Er wollte die Flasche wieder in die Seitentasche des Rucksacks stecken, als ihm der rosafarbene Granit auffiel, auf dem er mit seiner durchgeschwitzten Hose saß. Dieses Gestein enthielt Quarzkristall. Unter Druck erzeugte Quarz elektrische Entladungen, bekannt als piezoelektrischer Effekt. Diese elektrische Eigenschaft verstanden schon die frühen Ägypter zu nutzen. Dagegen war das moderne Feuerzeug eine eher bescheidene Erfindung.

Der Rucksack stand neben ihm auf dem Boden. Er zog die Flasche noch mal heraus und probierte das Wasser. Es schmeckte jetzt wieder ganz normal. Er fand auch schnell eine Erklärung. Wenn der Granit Elektromagnetismus erzeugen konnte, dann hatte sich die Metallflasche dadurch etwas aufgeladen. Über die feuchten Lippen gab es dann eine Entladung, was den sauren Geschmack erklärte.

Plötzlich überkam ihn ein schlechtes Gewissen: *Ich hätte den alten Mann nicht allein zurücklassen sollen. Vielleicht schafft er es gar nicht mehr ins Dorf? Ich habe mich egoistisch verhalten. In meiner Aufregung bin ich praktisch blind davongestürzt.*

Eigentlich wollte Tony jetzt weitergehen, aber er hatte das Bedürfnis, kurz die Augen zu schließen. Er war bereits seit 24 Stunden unter Volldampf. Die Nächte davor gab es auch keinen richtigen Schlaf oder er hatte intensiv geträumt. Und dann wirkte vielleicht auch noch der Pfeifentabak nach.

Ein paar Minuten, dann wird es wieder gehen, dachte er, doch stattdessen setzte ein tiefer Schlaf ein. Wie in der Nacht im Dorf, fiel er schnell in einen intensiven Traum. Tony befand sich plötzlich wieder in Freiburg. Das Erlebte war bizarr und er hätte schwören können, wie ein Geist dabei gewesen zu sein. Und wirklich verrückt war auch, dass niemand seine Anwesenheit zu bemerken schien, als wäre er ein aus dem Totenreich Zurückgekehrter:

Ob sich die Ahnen der Dogon so fühlen wie ich jetzt, wenn sie in die Dörfer kommen? Sicher nicht. Bei ihnen bereiten sich die Lebenden jahrelang auf die Rückkehr vor. Sie schmücken sich mit Masken, trinken Hirsebier und versetzen sich in Trance, bevor sie ihnen gegenübertreten. Hier scheint niemand auf mich zu warten. Bin ich nun tot oder lebendig?

Das ist doch Dyani! Aber sie nimmt mich nicht wahr. Was tut sie da? Diese Apparatur sieht aus wie ein Frequenzmessgerät. Das sind doch, ... tatsächlich, sie sitzt in ihrem Labor und untersucht Proben der blauen Steine.

Ein junger Mann näherte sich, den Tony von einem Bewerbungsfoto kannte. Es war Lucas Reimann und er sprach Dyani an: »Müssen wir nicht los?«

»Natürlich. Ich komme. Sergei gibt uns eine Stunde. Wir müssen ihn überzeugen!«

Dyani und Lucas ließen sich vom Shuttle der Universität zu Sergeis Institut bringen. Tony hatte das Gefühl, Lucas würde Dyani permanent beobachten, aber sie war nur mit ihrem Tablet beschäftigt.

Wenig später saßen sie in einem abhörsicheren Raum, den Tony auch schon für Videokonferenzen genutzt hatte. Nur dort waren Online-Veranstaltungen erlaubt, wenn es um sensible Informationen ging. Sergei nutzte ihn auch, um abhörsichere Gespräche mit Behörden und Institutionen zu führen. Als dieser Raum entstand, wurde den Angestellten des Instituts bewusst, dass sich die ganze Welt bereits in einem brutalen Cyberkrieg befand.

Im SAFE, wie die Instituts-Mitarbeiter ihren sicheren Konferenzraum nannten, gab es eine besondere Internetverbindung. Hier hatte Sergei nun zu einem vertraulichen Meeting geladen. Ob jemand von außerhalb zugeschaltet war, konnte Tony nicht feststellen. Als Dyani und Lucas den Raum betraten, saß dort bereits Dr. Ashley Harrison, eine Humangenetikerin und Spezialistin auf dem Gebiet der programmierbaren DNA. Sie verwendete eine vom russischen Biophysiker Garjajev entwickelte

Technologie weiter. Der fand zuvor heraus, dass sich genetische Informationen bei Pflanzen und Tieren mit bestimmten Frequenzmustern beeinflussen lassen.

Tony wunderte sich: *Was soll dieses Meeting? Hat Dyani neue Erkenntnisse über die Sky Stones?*

Dyani stand am Videobildschirm, als Anna den Raum betrat. Sie umarmten sich zur Begrüßung. Bevor sich Anna hinsetzte, geschah etwas Merkwürdiges. Sie schaute sich im Raum um, als vermisse sie noch jemanden. Sergei reagierte: »Wir sind vollzählig. Dyani, ich denke, du kannst beginnen.«

Tony ahnte, was los war. Als geübtes Medium spürte Anna sicher die Präsenz einer zusätzlichen Person im Raum. Vielleicht wollte sie Dyani aber nicht aus dem Konzept bringen und ließ sich nichts anmerken. Tony testete, ob er richtig lag und ging langsam um den Konferenztisch herum. Dass Annas Kopf seine Bewegung verfolgte, war der Beweis: Sie spürte die Anwesenheit eines imaginären Besuchers. Das schien Tony allerdings nicht ganz plausibel, denn da er nur träumte, konnte Anna nicht gleichzeitig seinen Traum miterleben, oder doch?

Er beschloss später darüber nachzudenken, denn Dyani präsentierte bereits die ersten Bilder. Tony hielt es dann doch nicht mehr aus und ging ganz nah an Dyani heran, beugte sich nach vorn und versuchte sie zu küssen. Annas Blick verriet ihm, dass die Verrenkung lustig ausgesehen haben musste. Sie konnte also zumindest die Umrisse von Tonys Körper wahrnehmen, vielleicht hatte ihn Anna auch schon erkannt. Aber dann horchte Tony auf:

»… keine Ahnung, womit wir es zu tun haben. Nur eins weiß ich, dieses Material ist der genialste Informationsspeicher, den man sich vorstellen kann. Die Frage ist nur, wer hat es hergestellt und wozu?«

»Warum gehst du davon aus, dass es jemand hergestellt hat?«

»Auf natürliche Weise kann kein System entstehen, das sich selbst organisiert.«

»Da bin ich anderer Meinung«, unterbrach Ashley. »Lebensformen sind irgendwann einmal aus toter Materie entstanden und das war nur möglich, weil es in der unbelebten Natur so etwas wie Selbstorganisation gegeben haben muss.«

Sergei hielt es nicht mehr auf seinem Stuhl: »Das sehe ich genauso! Jedenfalls gibt es nun verschiedene Vorschläge, womit wir es bei den Sky Stones zu tun haben. Wir sollten nicht ausschließen, dass es auch in der nichtbelebten Natur einfache Formen der Selbstorganisation geben kann. Ich wollte die Meinungen mehrerer Fachbereiche hören, was auch der Grund für dieses Treffen ist. Ashley, du bist Humangenetikerin. Wie wir inzwischen wissen, haben die Steine bei einigen Personen Veränderungen des Erbguts ausgelöst. Was passiert da?«

Ashleys Zögern nutzte Dyani für eine Antwort: »Leider kann ich zur Biologie nicht viel sagen, aber es gibt bereits Physik-Fachkollegen, die alle heute bekannten Lebensformen nur als Zwischenstufe zur nächsthöheren Form des Lebens verstehen. Und alles besteht aus Materie, auch diese Steine!«

»Du meinst eine höhere Form von Leben, in diesen Steinen?«

»Möglich, allerdings brauchen wir vielleicht einen neuen Begriff für diese völlig fremde Lebensform.«

»Nun, um die philosophische Seite können sich andere kümmern. Nennt es, wie ihr wollt, aber heute sollten wir uns auf das Technische konzentrieren«, schlug Anna vor und bat Lucas Reimann um seine Meinung.

Lucas machte einen schüchternen Eindruck, als er vor der Videowand stand und sich umständlich vorstellte. Vielleicht dachte er, die Anwesenden wüssten von seinem nächtlichen Alleingang in Dyanis Labor. Die hatte es allerdings für sich behalten und gab Lucas ein Zeichen, dass er jetzt zum Thema kommen solle.

»Zugegeben, meine These klingt etwas abgefahren. Wir hatten den neuen Frequenzmodulator bekommen und meine Idee war, die Gitterstruktur in den blauen Steinen zum Schwingen anzuregen. Wie Sie wissen, befasse ich mich seit einiger Zeit mit der Möglichkeit, Mineralien als Filter zu nutzen. Ich wollte prüfen, ob sich deren Gittergröße durch Frequenzen ändern lässt.«

Ashley war ungeduldig: »Dyani sprach vorhin von einem Informationsspeicher. Grundsätzlich kann man doch in jedem

Kristallgitter Informationen speichern. Was hat es denn nun damit auf sich?«

Sergei wollte Lucas nicht unter Druck setzen lassen: »Ich schlage vor, Herr Reimann zeigt uns erstmal, worauf er hinauswill.«

Ein Schaubild erschien auf dem Wandbildschirm.

»Hier sehen wir die Kristallstruktur des blauen Gesteins. Mich hat irritiert, dass es auf den ersten Blick einem Quarzkristall ähnelt. Sie sehen zwei spiralförmige Ketten, die sich mit jeweils sechs Tetraedern einmal um ihre Achse anordnen. Das wäre noch nichts Ungewöhnliches, aber als ich die Kristalle mit Mikrowellen bestrahlte, haben sie sich plötzlich anders angeordnet. Allerdings, … ich meine, … dieses Material tut etwas Unlogisches.«

Die Augen waren auf Lucas gerichtet. Er suchte nach den richtigen Worten, um noch nicht die Katze aus dem Sack lassen zu müssen: »Was ich meine, sehen Sie hier …«

Eine Bilderserie zeigte, wie die Doppelspiralen bei jeder Frequenzänderung andere Strukturen bildeten. Ashley war ganz nah an den Wandbildschirm herangetreten und suchte etwas. Lucas ahnte, um was es ihr ging, und wollte helfen: »Zuerst glaubte ich einfach nur an ein interessantes Phänomen. Aber wie ich sehe, hat Ihre Kollegin nicht so lange gebraucht wie ich, um das Wesentliche zu entdecken.«

Die Anspannung im Raum wuchs, während sie auf eine Erklärung warteten. Anna hatte es mit ihrem mathematisch-analytischem Talent auch schon erfasst, aber Ashley sprach es nun aus: »Es sind nicht nur sechs Tetraeder, es sind auch immer zehn hintereinander, bevor sie einen neuen Block bilden! Das Gitter ist wie ein *Sexagesimalsystem* aufgebaut, ein Zahlensystem auf der Basis 60.«

Lucas freute sich über die Begeisterung und nun hielt ihn auch keine Schüchternheit mehr zurück: »Okay, soweit ist also klar, dass es ein Naturphänomen ist.«

»Trotzdem würde ich jetzt gern wissen, worauf das Ganze hinausläuft«, meldete sich Sergei.

»Um ehrlich zu sein, war ich danach erstmal mit meinem Latein am Ende. Ich hatte wenig Hoffnung, fütterte aber die KI mit allem, was ich zu diesem Zeitpunkt wusste.«

Wieder zeigte Lucas kurze Filmsequenzen und erklärte: »Als die KI diese Daten auswarf, glaubte ich, sie hätte die Aufgabe falsch verstanden. Ich wollte schon von vorn anfangen. Erst in der darauffolgenden Nacht kam mir die entscheidende Idee. Ich fuhr zurück ins Labor und prüfte meinen Verdacht. Die KI hatte recht. In den Steinen sind alle Informationen zum Aufbau von Proteinen enthalten, die für die Herstellung von Aminosäuren benötigt werden. Es geht um Aminosäuren, die im menschlichen Erbgut enthalten sind. Allerdings war ich geschockt, dass …«

Ashley war nach wie vor skeptisch: »Aber wenn sich die Kristallstruktur durch Bestrahlung verändert, ändert sich dann nicht auch der Bauplan der Proteine? Ist das nicht widersprüchlich?«

»Schauen Sie hier … es verändert sich nicht nur das Kristallgitter, gleichzeitig erzeugt es ein kleines elektromagnetisches Feld. Für mich sieht es aus, als ob der Stein auf die Bestrahlung, sagen wir mal so, … er antwortet mit einem schwachen elektromagnetischem Feld.«

»Antwortet?«

»Ja. Mikrowellenstrahlung kommt rein, elektromagnetische Strahlung kommt raus, und diese verändert die menschliche

DNA. So ist es jedenfalls bei Ihrer Kollegin Sabine und bei Dyanis Tochter Lisa passiert. Ich denke, an dieser Stelle brauchen wir nun die Hilfe von Dr. Harrison als Humangenetikerin.«

Dyani meinte: »Anna hat mir erklärt, dass diese Erbgutveränderungen nur bei Menschen mit einer Abweichung im Chromosom 11 auftreten. Was hat es damit auf sich? Wie ihr wisst, ist Tony deswegen mit Lisa nach Mali gereist. War die Reise vielleicht ein Fehler?«

Weil sich Dyani in diesem Moment innerlich aufrieb, wollte Sergei sie beruhigen: »Die Dogon wissen viel mehr über diese Steine als wir. Tony bringt die besten Voraussetzungen mit, deren Vertrauen zu gewinnen. Nur so werden sie etwas von ihrem Geheimwissen preisgeben. Das tun sie, weil dein Mann anders ist als die Skeptiker unter den klassischen Wissenschaftlern. Gleichzeitig versuchen auch wir weiterhin alles, dieses Mysterium zu lösen. Im Moment wissen wir nicht, ob die Veränderung in Lisas Erbgut überhaupt zu ihrem Nachteil sein wird. Die Reise nach Mali war als Vorsichtsmaßnahme jedenfalls genau die richtige Entscheidung! Für mich jedenfalls ist klar: Die Geschichten der Dogon erzählen von solchen außergewöhnlichen Phänomenen und irgendwie haben sich diese Dinge in ihrer Religion verankert. Tony ist ein ausgezeichneter Wissenschaftler und ein wunderbarer Papa. Er wird alles tun, um das Rätsel zu lösen. Glaub mir, in seinen Händen ist Lisa gut aufgehoben.«

Die Sonne knallte Tony ins Gesicht. Völlig durchgeschwitzt kam er zu sich. Nur wenige Minuten am Tag drang direktes Sonnenlicht in die Schlucht ein. Weil die Felsspalte am Gipfel nur ein paar Meter breit war, blieb die Schlucht sogar aus der Luft gut verborgen.

Langsam fügte er die Details aus seinem Traum zusammen: *Kann es wirklich wahr sein, worüber die in Freiburg gesprochen haben? Die Steine sollen einen Bauplan für Aminosäuren enthalten. Das würde bedeuten, ... ach was, das kann nur eine erste Hypothese sein!*

Je klarer sein Kopf wurde, desto mysteriöser kam ihm die ganze Sache vor. Das verursachte ein flaues Gefühl im Magen. Die letzte Botschaft war, dass die Sky Stones nicht nur irgendeine Wirkung auf menschliches Gewebe hatten, sondern auch noch den Bauplan für menschliche DNA enthielten. Und einen Bauplan brauchte man gewöhnlich, um etwas herstellen zu können.

Moment mal, Lucas Reimann hat das Material mit Mikrowellen bestrahlt. Daraufhin wurde ein elektromagnetisches Signal erzeugt. Soweit verständlich. Ashley war sich sicher, dass sich damit gezielt Gene ein- und ausschalten lassen. Lisa wäre dann zufällig eine von jenen, die darauf reagiert haben. Aber woher kommt diese Mikrowellenstrahlung? Oder liegen wir doch alle daneben? Was wissen die Dogon darüber?

Während Tony seinen Rucksack aufnahm, stützte er sich kurz mit einer Hand an der Felswand ab. Für Sekunden war dort ein Schweißfleck zu sehen. Er sah es, aber sein Kopf war noch nicht klar genug, die Bedeutung zu erfassen. Mit etwas wackligen Beinen folgte er nun weiter dem schmalen Pfad. Seine Augen suchten unablässig nach den Muabhas, die er in seinem Traum getroffen hatte. Oder war das ein Teil seiner Fantasie gewesen, ausgelöst durch Angst? Überhaupt, wie sollten diese Frauen mit ihren langen Kleidern in so einer Schlucht herumklettern können?

Eine Schnalle am Rucksack hatte sich verklemmt. Tony fuchtelte nervös daran herum und fühlte etwas Klebriges. Es stammte aus einer der vielen Seitentaschen. Daraus zog er nun zwei zerquetschte Müsliriegel, die von einer der letzten Wanderungen stammten.

Gut, dass ich manchmal schlampig bin, dachte er mit Freude über die willkommene Mahlzeit, stopfte sie dann aber doch wieder in die Seitentasche. *Wie weit kann so eine Felsspalte in den Berg führen? Waren es schon zweihundert Meter?*

Der steinige Weg bog nach links ab und endete nach wenigen Metern an einem steil nach unten führenden Hang. An der linken Seite der Felswand waren kleine Löcher in den Stein gehauen.

Eine Aufstiegshilfe nach oben. *Für geübte Kletterer kein Problem*, dachte er, aber irgendwas zog seine Aufmerksamkeit nach unten. Ohne zu überlegen, rief er hinunter: »Hallo?«

Als Antwort kam nicht mal ein Echo. Aber dann, … was war das, eine Stimme? Er rief noch einmal.

Wieder dauerte es ein paar Sekunden, bis er es wieder zu hören glaubte. Es klang nicht vertraut, trotzdem vermutete er sein eigenes Echo als Ursache. Tony erinnerte sich an die Männer im Dorf, die mit ihrer Nase dicht am Boden nach Spuren gesucht hatten. Er roch an der Stelle, wo sich die Aufstiegslöcher im Stein befanden. Dort fand er keinen auffälligen Geruch. Er kniete sich hin und führte seine Nase entlang der Kante zum Abgrund. Ob Einbildung oder nicht und ohne es genau definieren zu können, roch es an einer Stelle vertraut. Irgendwie eine Mischung aus Schweiß und Kräutern.

Tony machte einen weiteren Versuch, den Geruch zu definieren und beugte sich über die Kante. Dabei fiel die Metallflasche aus der Seitentasche des Rucksacks. Mit lautem Gescheppere nahm sein Trinkwasser den Weg ins Dunkle.

»So eine Scheiße!«, fluchte er und lauschte, bis wieder Stille eintrat. *Also los, das Schicksal hat den Weg vorbestimmt. Ohne Wasser müsste ich sowieso zurückgehen.*

Der Abstieg war weniger anstrengend als gedacht. Vertrocknete Sträucher boten Halt und es sah auch so aus, als wären kürzlich Zweige abgebrochen worden. Kurz vor Erreichen des Bodens war er sich sicher, dass genau hier die jungen Männer ein Nachtlager eingerichtet hatten. Er suchte nach Spuren ihrer Anwesenheit, fand aber nur seine verbeulte Wasserflasche im Kiesbett. Durch die wenig einladende Schlucht floss ein kaum Wasser führendes Rinnsal. Ihm zu folgen, schien keine Option zu sein, denn so wie es irgendwo aus dem Gestein heraustrat, verschwand es auf der anderen Seite auch wieder. Dieser Ort war eine Sackgasse. Der einzige Weg hinaus führte wieder nach oben.

Gegenüber ragte eine zerklüftete Felswand empor und erinnerte ihn an das Licht, welches einer der Jungen in Tonys Traum gesehen hatte. Jetzt waren es Tonys eigene Augen, die sich am Felsen entlang tasteten. Der Schatten des schwachen Tageslichts hinterließ gruslige Löcher im Gestein. Das war kein Ort, wo man ein fünfjähriges Kind allein hinschicken würde. Auch Tony schreckte die Vorstellung ab, was sich in so einer Schattenwelt alles abspielen könnte. Der Gedanke, seine Tochter könnte hier mitten in der Nacht hergebracht worden sein, trieb ihn dazu weiterzugehen. Trotzdem kam er sich wie ferngesteuert vor. Merkwürdigerweise ging die größte Anziehungskraft von der dunkelsten Stelle aus.

Weil der Fluss kaum Wasser führte, gelangte Tony mit trockenen Füßen ans andere Ufer.

Sekunden später hatten sich seine Augen an das diffuse Licht gewöhnt. Hier war die Luft feuchter und kälter, was ihn sofort frösteln ließ. Letzteres war wohl nicht nur der Temperatur geschuldet. Nervös kramte er im Rucksack und holte seine Kopflampe heraus. Es ärgerte ihn, nicht früher daran gedacht zu haben. Als der Ho-Gon noch bei ihm war, hatte er die Lampe allerdings nicht benutzt, weil der mit seinen alten Augen auch ohne zurechtkam. Auch zuvor im Dorf mied es Tony, die Bewohner unnötig mit technischen Dingen zu konfrontieren.

Das Licht der Lampe reichte nicht, um den höhlenähnlichen Eingang im Berg voll auszuleuchten. Was er für einen natürlichen Hohlraum hielt, überraschte ihn dann aber doch. Ein schmaler Gang führte zwei Meter in den Berg und endete in einem zwanzig Quadratmeter großen Raum. Man stieß direkt auf eine Wand mit sauber behauenen Granitsteinen. Im Licht der Lampe tauchte eine mannshohe Nische in der Wand auf. Es wirkte wie ein Altar. Tony vermutete, dass es eine Scheintür sein könnte, wie er es schon oft in Tempeln gesehen hatte. Zwei Stufen führten zu dieser Nische hinauf. In die Fugen zwischen den Steinen passte kaum ein Fingernagel, wobei einer der Steine auf der oberen Stufe extrem ausgetreten war.

Ist das der geheime Ort, den die Dogon zu bestimmten Anlässen aufsuchen? Komisch, dass nur eine Stufe ausgetreten ist. Ist dieser Stein weicher als die anderen? Der kann trotzdem nicht von den wenigen Dogon ausgetreten worden sein. Oder, ... oder ist das alles schon uralt und einige Stufen wurden schon mal ausgetauscht?

Die Steine innerhalb der Nische waren kunstvoll bearbeitet. Fast mittig und einhundertzwanzig Zentimeter über dem Boden ragte ein Maskengesicht hervor. Diese Maske kam Tony bekannt vor. Die hatte er vergangene Nacht an der Säule unter dem Toguna gesehen. Er trat näher heran, wich erschrocken zurück und stolperte dabei über einen Stein.

Das kann doch nicht wahr sein! Warum müssen die so hässliche Fratzen anfertigen?

Schon unter dem Toguna hatte er sich eingebildet, Lisa hätte mit einem Auge durch die Maske geschaut. Nun war es wieder passiert.

Eine Halluzination, aber wodurch ausgelöst?

Bei seinen Forschungen war ihm immer wieder begegnet, dass sich die Oberschicht eines Volkes den nötigen Respekt mit der Angst vor göttlicher Bestrafung erkaufte. Bei den Dogon war es anders. Deren Götter und Ahnen wurden gleichermaßen verehrt. Wer sich mit ihnen sprachlich und mental verbinden konnte, verdiente sich damit Respekt bei den anderen Dorfbewohnern. Die Masken stellten hier eine Verbindung zwischen den reptilienähnlichen Nommos und den Menschen her. Die Kunstgegenstände dienten also nicht als Machtinstrument, sondern als Mittel zur Kontaktaufnahme.

Zu den Dogon hatte Tony sein Kind gebracht, weil er sich Hilfe erhoffte. Weder Dyani noch er wären auf eine solche Idee gekommen, hätten sie nicht gebildete Menschen getroffen, die an die besonderen Kräfte der Indigenen glaubten. Je länger er sich hier aufhielt, desto stärker wurde sein Verdacht, Lisas Veränderung hätte einen ganz anderen Hintergrund. Es musste ein Geheimnis der Nommos sein. Vielleicht wusste ja selbst der Ho-Gon nicht alles darüber.

Was für ein Ort ist das hier? Der Fluss kommt aus dem Felsen und verschwindet auf der anderen Seite wieder im Berg. Der einzige Weg führt zu dieser Scheintür. Oder existiert doch eine verborgene Öffnung?

Tony ging ganz nah an die mit Reliefs überzogene Wand in der Nische heran. Das Loch in der rechten Augenhöhle schien doch tiefer zu sein als gedacht. Mit der Kopflampe leuchtete er hinein.

Bewegte sich da etwas im Dunkeln? »Himmelherrgott, was war das?«, schrie Tony erschrocken, leuchtete aber gleich nochmal hinein: »Hallo! Ist dort jemand?«

Weil er an eine Sinnestäuschung glaubte, war das Erstaunen umso größer, als plötzlich eine Stimme zu hören war: »Geh weg, du darfst nicht hier sein!«

Tony war außer sich. Es klang wie sein Kind, aber sie benahm sich gar nicht wie ein Kind: »Lisa! Wie bist du da rein gekommen! Es wird alles gut, Papa holt dich gleich raus!«

»Nein, du musst gehen!«

Die Worte hinter der Wand waren kaum zu verstehen. Tony schrie in das Loch: »Warum sagst du sowas? Geht es dir gut? Wer hat dich hierher gebracht?«

»Niemand.«

»Weißt du, wie sich diese Tür öffnen lässt?«

Es kam keine Antwort, aber Tony glaubte noch andere Stimmen durch das Loch zu hören. Er verstand nichts davon. Dann sprach Lisa wieder und auch das war nicht zu verstehen. Sein Rufen blieb allerdings unbeantwortet. Dass Lisa nicht allein war, tröstete ihn nicht, denn kurz vor ihm mussten die Muabhas hier angekommen sein.

Es muss einen Eingang geben! Die Dogon sind Meister der Tarnung. Einfach nachdenken, nachdenken!

»Lisa! Hörst du mich? Wer ist bei dir, hast du etwas zu essen bekommen?«

Genaugenommen wusste Tony gar nicht, was er sein Kind fragen sollte. Mit fünf Jahren konnte sie die Situation sicher nicht überschauen. Merkwürdigerweise strahlte sie aber auch keine Angst aus. Nicht mal das Bedürfnis, schnell wieder in Papas Obhut zu kommen. Das schmerzte ihn am meisten.

Lisas Wille muss manipuliert worden sein. Hat der Ho-Gon davon gewusst?

13 – Spuren

Bamako, Hauptstadt von Mali

Professor Bernard versuchte schon den ganzen Tag, Tony über dessen Satellitentelefon zu erreichen. Er war besorgt. An der Universität breitete sich Unruhe aus, seit Leute vom Geheimdienst herumliefen. Sie erkundigten sich nach dem deutschen Wissenschaftler. Bernhard hatte ausgesagt, dieser hätte sich zwei Tage nach seiner Einreise auf den Weg in den Norden machen wollen. Mehr wisse er nicht.

Leider konnte man nie sicher sein, wer alles von ihrem Flug in den Osten Malis wusste. Mit ein paar Franc konnte das Erinnerungsvermögen mancher Leute schnell aktiviert werden. Ein aufgeregt wirkender Europäer mit einem dunkelhäutigen Kind war sicher einigen Leuten aufgefallen.

Eigentlich hatten sie vereinbart, das Satellitentelefon nur im Notfall zu benutzen. Diese Anrufe gingen über russische Kommunikationssatelliten. Auch die ausländischen Söldnertruppen in Mali nutzten diese Technik und arbeiteten eng mit dem Geheimdienst zusammen. Pellers Standort könnte also aufgespürt werden, wenn jemand die Satellitendaten auswerten würde. So blieb Bernard nur zu hoffen, dass sie das gerade aktivierte Telefon nicht mit Peller in Verbindung brachten.

Er hatte sich zur Kontaktaufnahme entschieden, nachdem sich Tonys Chef über eine sichere Internetverbindung bei dem Ethnologen in Mali gemeldet hatte. Die Kollegen in Freiburg waren auf Datenmuster in den Kristallgittern der Sky Stones gestoßen. Das sprach für eine künstliche Herkunft. Von deren mysteriösen Beschaffenheit wusste Bernard schon seit den 90er Jahren. Bei seiner Forschung zur Dogon-Kultur war er später zufällig darauf gestoßen, dass dieses Volk eine uralte Verbindung ins ostafrikanische Sierra Leone haben musste. Nur Indizien, aber dafür umso merkwürdiger. In den dortigen Tagebauminen fand man nämlich nicht nur die Sky Stones. Schon zuvor waren in der Gegend sogenannte *Nomoli*-Skulpturen aufgetaucht. Die waren nicht nur wegen ihrer skurrilen Formen, sondern auch wegen ihres Alters interessant. Der Zusammenhang mit den Sky Stones lag nahe, weil sie in ähnlichen Tiefen gefunden wurden. Die Erdschichten hatten ein Alter von bis zu 17.000 Jahren. Das allein war schon bemerkenswert, aber als feststand, dass für die Herstellung der ältesten Nomoli ein kompliziertes metallurgisches Verfahren nötig war, distanzierten sich die meisten Wissenschaftler von ihren ursprünglichen Altersangaben.

Anders als viele seiner Fachkollegen, sah Bernard schon damals eine Verbindung zu den *Nommos,* den Götterwesen der Dogon. Auch deren Holzmasken zeigten auffallende Ähnlichkeiten mit den Nomoli-Figuren. Nachdem die Freiburger Kollegen nun vermuteten, dass die Sky Stones etwas mit der Religion der Dogon zu tun haben könnten, war Bernard wieder Feuer und Flamme. Bei seinem langen Video-Call mit Deutschland brauchte Sergei Fjodorow allerdings lange, um Bernard zu überzeugen. Erst als ein bestimmtes Detail angesprochen wurde, war er bereit, auf die Bitte der Freiburger einzugehen.

Die Humangenetikerin Harrison hatte angedeutet, dass Lisa in Gefahr sei, sollte sie noch einmal ähnlicher Strahlung ausgesetzt werden, wie sie von den Sky Stones ausging. Bernhard hatte das zunächst für übertrieben gehalten, bis Fjodorow noch etwas preisgab: Bei Versuchen mit menschlichem Gewebe hatte Harrison herausgefunden, dass sich die von den Steinen ausgehende Strahlung auf Mädchen und Frauen auswirkt, wenn sie wie Lisa eine bestimmte Abweichung im Chromosom 11 hatten. In deren Eizellen veränderte sich das Erbgut nach Kontakt mit diesen Steinen, und zwar so, dass es später bei geschlechtsreifen Frauen zur *Parthenogenese* kommen könnte.

Bernard kannte diesen Fachbegriff nur oberflächlich, aber es klang gefährlich genug. Nach dem Gespräch wollte er es genau wissen: Parthenogenese war eine Form der eingeschlechtlichen Fortpflanzung. Umgangssprachlich war es eher als Jungfernzeugung bekannt. Das Besondere dieser seltenen Mutation war, dass nicht nur Clone der Mutter entstehen konnten. Bei einigen Tierarten wurde beobachtet, dass sich bei der von selbst teilenden

Eizelle auch ein Y-Chromosom bildet, welches für männliche Nachkommen sorgt.

Was er las, verblüffte Bernard. Bisher waren sich die Biologen einig, dass diese Form der Fortpflanzung bei höheren Lebewesen nicht möglich sei. Aber er kannte natürlich auch die Mythologie der Christen, dessen Messias Jesus Christus nach einer unbefleckten Schwangerschaft geboren wurde. Bernard selbst wurde jüdisch erzogen, wobei ihm beigebracht wurde, dass die Menschen immer noch auf das Kommen des Messias warteten. Dem Gedanken wollte er aber nicht weiter nachgehen. Wenn Jahrtausende nichts geschehen war, so würde der Messias sicherlich nicht morgen an der Tür klopfen. Welche Religion auch immer, er entschied für sich, dass alles nur ein Mythos sei.

Trotzdem beunruhigte ihn die Sache so sehr, dass er das Risiko eines Satellitenanrufs einging, um mit Peller zu sprechen. Lisas Gesundheit hatte Priorität. Ihre Eltern hätten das Kind niemals ohne wichtigen Grund in ein Bürgerkriegsland gebracht.

Das Grübeln dauerte noch lange an. Warum betrieb der Geheimdienst so einen Aufwand, einen unbekannten Wissenschaftler aus Deutschland zu finden? Außer Fotos von Raubkunst hatte er nichts bei sich. Sein Diplomatenvisum war nur vier Wochen gültig. Spätestens bei der Ausreise könnten sie ihn befragen. Da musste mehr dahinterstecken.

In Bernards Postfach ging eine Nachricht ein: »Hubschrauber der Söldner-Truppe mit unbekanntem Ziel in Richtung Osten gestartet. Transponder ist ausgeschaltet.«

Auf seine Freunde bei der malischen Luftüberwachung konnte er also noch bauen. Aber nun musste er sich etwas einfallen lassen. Pellers Telefon war so eingestellt, dass es sich auch im ausgeschalteten Zustand aktivieren ließ. Alle an der Uni nutzten diese Geräte, wenn sie in abgelegene Gebiete gingen. Wenn es nicht funktionierte, musste die Batterie entfernt worden sein, oder das Gerät ist zerstört worden.

Vielleicht haben es die Dorfbewohner beschädigt? Oder, ... natürlich, ich Trottel! Peller könnte auch in den Bergen unterwegs sein. In den Felsspalten und Höhlen gibt es keine Funkverbindung!

In Freiburg gab der Professor Bescheid, dass er sich am nächsten Morgen auf die Suche machen würde. Er war entschlossen, den alten Ho-Gon um Hilfe zu bitten. Der hatte schon früher verlorengegangene Touristen in den Bergen aufgespürt.

Noch am Abend war alles organisiert. Die Reims Rocket wurde wieder für einen Kontrollflug geordert. Bernard meldete vorschriftsmäßig einen Flug zur Überwachung der Wasserstände des Niger an seinen Überflutungsgebieten an. Die zivile Flugsicherung würde auch dieses Mal keine Abweichung von der geplanten Route melden. Zwei Stunden vor Sonnenaufgang war das Kleinflugzeug startklar, aber Bernard ahnte nicht, was ihn im Zielgebiet erwartete.

Berlin, Botschaft der Vereinigten Staaten, 18:30 Uhr

Um unauffällig durch die Empfangshalle zu kommen und sich dabei umsehen zu können, brauchte Brian jetzt ein Getränk in der Hand. Auch die Amerikaner sparten an allen Ecken, weshalb hier kaum Bedienpersonal herumlief. Also musste sich Brian selbst an das Buffet wagen. Leider war die Getränkequelle ein Platz, von dem sich manche Leute einfach nicht mehr wegbewegten. Personen aus dem Weg zu gehen, war dort also kaum möglich.

»Mein lieber Herr Wilson! Hinter wem sind Sie denn heute her?«, wurde Brian von Rudi Koning begrüßt. Das war der deutsche NATO-Botschafter im Nordatlantikrat.

Konings Anspielung auf Brian Wilsons Sondereinsatz vor zwei Jahren sollte wohl Humor sein, aber Brian war damals nur knapp einer Katastrophe entkommen. Anders als seine Kameraden hatte sich Koning zu Beginn der Rettungsaktion sehr zurückgehalten. Nur dem riskanten Einsatz der Wissenschaftler in Freiburg und seiner eigenen Kameraden hatte Brian sein Leben zu verdanken. Der Botschafter war zudem ein Skeptiker, was den Einsatz von medial ausgebildeten Leuten in der Truppe betraf. Man hatte ihn damals gebeten, die Amerikaner über den Brüsseler NATO-Rat vor seltsamen Geschehnissen in den Ozeanen zu warnen. Die politischen Verhältnisse erlaubten es nicht, sich direkt an das Weiße Haus zu wenden. Man glaubte damals, seine Zurückhaltung könnte am zweifelhaften Sparkurs des amerikanischen Präsidenten in Bezug auf das NATO-Budget gelegen haben.

Aber Brian war nicht nachtragend. Wie man es von ihm gewöhnt war, antwortete er ehrlich, was aber nicht jeder auch so verstand: »Guten Abend, Herr Botschafter! Ich bin einfach als Gast hier, und weil ich nicht anders kann, natürlich auf Agentensuche.«

»Dann wünsche ich Ihnen viel Erfolg!«

Um zu zeigen, wie die herablassende Bemerkung bei ihm ankam, bemühte sich Brian um eine staatsmännische Antwort: »Ich hoffe, Sie meinen das nicht wirklich ernst, Herr Botschafter. Aber auch Ihnen einen schönen Abend!«

Koning wirkte, als suchte er nach einer Antwort, wand sich dann aber doch nur ab, um sich einen würdigeren Gesprächspartner zu suchen. Brian zog eine Elektrozigarette aus dem Sakko und suchte nach dem Ausgang zum Innenhof. Eine Angestellte sah sofort, welches Anliegen der Gast hatte und zeigte ihm den Weg zur Raucherlounge im Freien.

Außerhalb des massiven Stahlbetonbaus ging seine Anspannung sofort zurück. Dafür spürte Brian einen leichten Druck im Kopf. Es begann so wie am Abend zuvor, war aber auszuhalten. Der Minivan, von dem Sean gesprochen hatte, war in Sichtweite. Das Auto war nicht einfach nur geparkt. Eine seitliche Schiebetür stand offen und jemand saß gelangweilt auf der Türschwelle und hantierte mit seinem Handy. Brian überlegte, ob er vorbeilaufen sollte. Er tat es und kam auch gleich mit dem Mann ins Gespräch: »… Wie lange musst du heute noch?«

Der zivil gekleidete Fremde schaute auf die Uhr: »Wird wohl spät, aber egal, nächste Woche gehts nach Hause!«

Brian hörte, dass er einen Dialekt von der US-Westküste sprach, der seinem eigenen aus dem Staat Washington ähnelte. Das brach sofort das Eis und vor allem, Brian konnte sich als Landsmann zu erkennen geben: »Ach, nicht für länger in Berlin stationiert? Ich muss noch zwei Jahre.«

»Ich hoffe, das Geld stimmt. Und wo bist du stationiert?«

Brian antwortete ehrlich: »Marine, NATO-Kommando. Aber ich hätte heute eigentlich frei, nur das Buffet wollte ich mir nicht entgehen lassen. Soll ich dir etwas bringen?«

»Nee, danke. Die versorgen uns hier ganz gut.«

Der unauffällige Blick ins Wageninnere bestätigte die Vermutung. Es war eine hochmoderne Funkmessstation. Einer der Monitore zeigte Empfangskanäle verschiedenster Frequenzen an. Brian vermutete die dazugehörigen Antennen unter dem technisch anmutenden Dachaufbau. Er verlagerte das Gewicht auf das andere Bein, um einen weiteren Monitor erkennen zu können. Dort sah er ein entscheidendes Detail: Es wurden auch Satellitensignale empfangen.

Alle NATO-Cyber-Einheiten verwendeten einheitliche Farben und Symbole für Objekte im Orbit. Brian erschrak und fühlte sich ertappt, als ein leises Alarmsignal aus dem Fahrzeuginnern kam. Der Westküsten-Kamerad sprang auf: »Entschuldige, ich muss …«

»Alles klar, bis später vielleicht!«

Brian entfernte sich ein paar Schritte, blieb aber hinter dem Van stehen, als sich im Wageninnern jemand über Sprechfunk meldete: »Es geht los. Noch fünf Minuten, dann kreuzen Kermit und Gonzo ihre Bahnen.«

Während Kermit ein russischer Spionagesatellit war, stand der Name Gonzo für einen stillgelegten chinesischen Kommunikationssatelliten. Letzterer war eines der Rätsel, um das sich auch die ERNST-Gruppe beim *MAD* gerade kümmerte.

Brian fragte sich, ob sich ein roter Faden durch die vielen Ungereimtheiten ziehen könnte, mit denen sich Frida und er in den letzten Tagen befasst hatten. War Frida vielleicht näher an einer Lösung als die Agenten der *NSA*?

Es gelang ihm plötzlich nicht mehr, seine Gedanken vernünftig zusammenzuhalten. Brian ahnte, was der Grund sein könnte, und wollte zügig ins schützende Gebäude laufen. Aus zügig wurde dann aber nichts mehr. Seine Knie begannen einzuknicken und er verlor binnen Sekunden das Gleichgewicht. Die Zunge war schon nicht mehr in der Lage, nach dem NSA-Mitarbeiter im VAN zu rufen. Kurze Zeit später lag er im schlecht beleuchteten

Teil des Innenhofs, während sich hunderte Kilometer über ihm ein wenig beachtetes Rendezvous ereignete.

Kurz vor Mitternacht, Cyber-Zentrale des MAD

Langsam füllte sich die Operationszentrale. Zehn Prozent der Spezialisten hatten auch am Wochenende Dienst. Ein weiterer Teil wurde wegen des Verdachts auf einen Cyber-Angriff in die Zentrale beordert. Fridas Aufgabe war es nun, den Kameraden die Situation zu erklären. Sie schwitzte und ihre Hände zitterten. Wenn die Kopfschmerzen so stark wurden wie in diesem Moment, nahm sie ein Schmerzmittel. Nur verstärkte das die Autismus-Symptome noch zusätzlich, besonders die Reaktionsgeschwindigkeit. Trotzdem waren ihre Gedanken so klar wie selten. Vielleicht war es auch eine Nebenwirkung der Kopfschmerzen, denn Puls und Blutdruck waren erhöht und das führte bei Frida nun zu einer Kampf-oder-Flucht-Reaktion im Körper.

Als Oberstleutnant Karlmann dazukam, ging er gleich zur Leinwand und eröffnete die Krisensitzung: »Wir hatten zwar Mitternacht vereinbart, aber die ERNST-Gruppe ist komplett anwesend, also fangen wir an: Vor einigen Stunden hat uns die NSA vor möglichen Ausfällen bei der Satellitenkommunikation gewarnt. Das ist zum Glück ausgeblieben, aber wir haben uns dann doch zu früh gefreut.«

Im Raum gab es fragende Gesichter, denn der Buschfunk berichtete von einem anderen Thema. Die Verwirrung war den Kameraden anzusehen.

»Dafür müssen wir uns heute um eine Sache kümmern, die manche schon für erledigt hielten, mich eingeschlossen, um ehrlich zu sein. Aber bitte, worum es geht, wird Ihnen Frida Jensen erklären.«

Die Tür ging auf und Major Beeske betrat den Raum. Frida als Sprecherin an der Leinwand zu sehen, verwunderte ihn. Ihr traute er keine fünf zusammenhängenden Sätze zu, geschweige denn, vor einer größeren Menschenmenge zu sprechen.

Für Frida war das Erscheinen ihres früheren Vorgesetzten eine Katastrophe. Ihr Puls schoss in die Höhe. Sie fühlte sich wie ein Sportler, der nach einem anstrengenden Wettkampf sofort zum Interview gerufen und nach dem Grund der Niederlage gefragt wurde. Atemlos und vollgestopft mit Adrenalin konnte sie jetzt unmöglich einen komplizierten Sachverhalt erklären.

Das Erstarren seiner Unterstellten war Karlmann natürlich aufgefallen. Er hasste unnötige Stresssituationen. Beeske rauszuschicken ging aber auch nicht, ohne ihn bloßzustellen. Er gehörte aber eigentlich auch nicht zum Krisenteam. Letztlich entschloss er sich, erstmal nichts zu tun. Die anderen wunderten sich zwar, dass Frida schon fast eine Minute nur geradeaus starrte, aber Karlmann hatte seinen gesamten Trupp inzwischen sensibilisiert. Alle wussten nun, dass die *autensitive* M-Agentin Unterstützung von ihren Kameraden benötigte, um volle Leistung bringen zu können. Das schien schon in dieser Nacht Wirkung zu zeigen. Die meisten scheuten sich nicht, Beeske anzustarren. Ob er die Botschaft verstand oder einfach nur genervt war, konnten sie nicht wissen, aber er verließ kurzerhand den Raum.

Karlmann gab Frida ein Zeichen und sie begann zu erzählen: »Bitte entschuldigt, ich wünschte, manchmal etwas spontaner zu sein. Meine Schaltkreise sind eben etwas gestört.«

Die Anwesenden lachten, wahrscheinlich weniger über den uralten Informatiker-Witz als eher aus Höflichkeit. Frida war das egal, denn die Emotionen der Zuhörer konnte sie in diesem Moment sowieso nicht verarbeiten. Bevor sie zum eigentlichen Anliegen kam, erklärte sie noch, seit Jahren in Kontakt mit einem Studienfreund zu stehen, der inzwischen wieder nach China zurückgekehrt war. Dass Frida als Mitarbeiterin in der Cyber-Abwehr Kontakt zu einem Chinesen pflegte, war schon überraschend genug. Was sie danach hörten, straffte aber bei allen die Rückenmuskulatur: »Also, da ist Folgendes, … ich hatte wieder Kontakt zu Luan. Dieses Mal war es aber anders. Er hat sich mir gegenüber vollständig geöffnet. Ich habe gar nicht sofort kapiert, dass mir Luan etwas mitteilen wollte.«

Die Videoleinwand leuchtete auf und Frida zeigte auf eine Grafik: »Es war wirklich Glück, dass ich in die ERNST-

Projektgruppe aufgenommen wurde. Anderenfalls hätte ich das hier gar nicht verstanden.«

Nur Jason wusste ungefähr Bescheid, wovon sie sprach. Ihn hatte Frida vorschriftsmäßig als ersten informiert und er verstand auch sofort, worauf seine Kameradin gestoßen war. Auch von ihren Trancesitzungen hatte sie ihm erzählt.

»Wir, also Jason und ich, sind der Meinung, dass …«

»Frida, das kann unmöglich stimmen!«, unterbrach jemand und meinte die neben der Grafik eingeblendeten Daten.

»Warte ab! Es kommt noch dicker. Wir sehen hier den russischen Satelliten X2517. Der wurde stillgelegt und als Weltraumschrott deklariert. Aber die Chinesen haben sich in seine Steuerung gehackt und ihn umprogrammiert. Dadurch bekamen sie auf einen zweiten russischen Satelliten Zugriff und der war dann auch das eigentliche Ziel ihrer Aktion. Die NATO führt ihn unter dem Namen Kermit. Seit ein paar Tagen weiß ich, dass es Luan war, der die Umprogrammierung beider russischer Satelliten vorgenommen hat. Dafür wurde er zuvor beim russischen Geheimdienst *GRU* eingeschleust. So ist er zu einem Mitglied der Hacker-Gruppe *Fancy Bear* geworden.«

»Ist das eine bestätigte Information?«

»Wer sollte uns so etwas bestätigen?«, wunderte sich Frida. »Ich weiß nur deshalb davon, weil ich mit Luans Augen sehen konnte, woran er gerade arbeitete. Aber trotzdem ist daran etwas merkwürdig …«

Geduldig warteten alle, bis Frida ihre übliche Denkpause beendete.

»Ich könnte schwören, dass Luan genau wusste, dass ich in seinem Kopf war und dadurch sehen konnte, was er sah. Er hat meine Aufmerksamkeit immer wieder auf ein Detail gelenkt.«

Nun fand auch Karlmann, dass Frida zu lange brauchte, um auf den Punkt zu kommen: »Frau Jensen, bitte erklären Sie uns erstmal, wieso wir es mit drei Satelliten zu tun haben.«

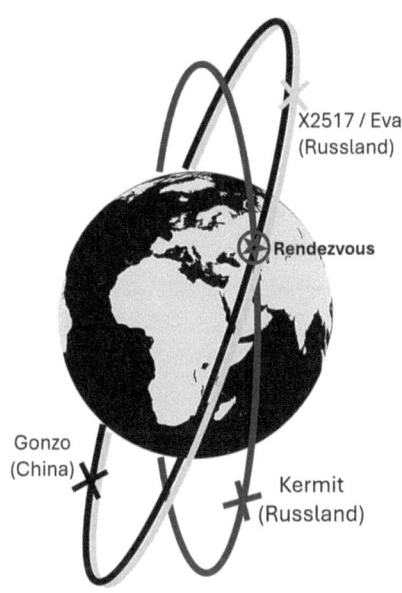

»Natürlich, Entschuldigung! Wie wir an diesen Bahndaten sehen können, gibt es das Satellitenpärchen aus dem Chinesen Gonzo und dem Russen X2517. Die Chinesen führen X2517 übrigens unter dem Namen Eva. Fragt mich nicht, wie sie darauf gekommen sind. Und mit dem Russen Kermit haben wir noch einen Dritten im Bunde. Die zuständige Raumfahrtbehörde gibt an, dass er nicht mehr gesteuert werden kann. Er bewegt sich auf einer leicht geneigten Ebene zum Pärchen Gonzo und Eva.

Interessant ist, dass unser Chinese Gonzo, obwohl er schon im Rentenalter ist, ab und zu fremdgeht. Er verlässt seine Begleiterin Eva manchmal, um sich der Bahn von Kermit zu nähern. Dort kreuzen sie sich. Naja, nur geographisch, natürlich. Es dauert auch nur wenige Sekunden. Gonzo macht auch nur kleine Bewegungen. Trotzdem haben wir uns schon lange darüber den Kopf zerbrochen.«

»Was machen die da?«, fragte jemand und löste Gelächter aus.

»Wirklich gute Frage! Jedenfalls ist gestern Abend das Havanna-Syndrom wieder aufgetreten. Und zwar in der Berliner US-Botschaft.«

»Ist jemand verletzt worden?«

Bevor Frida antworten konnte, mischte sich Karlmann ein: »Dazu können wir etwas sagen, nachdem uns die Amerikaner offiziell informiert haben. Was Sie hier hören, bleibt selbstverständlich in diesem Raum!«

»Also, es verdichtet sich der Verdacht, dass Kermit ursprünglich von den Russen als Strahlenwaffe gebaut wurde. Klar ist aber, dass der alte Gonzo von den Chinesen zur Fernsteuerung anderer Satelliten benutzt wird. Gestern Abend war es jedenfalls Kermit, den er fernsteuerte. So können die Chinesen im Verborgenen arbeiten und wenn etwas schief geht, sind die Russen schuld. Kermit sendet übrigens einen gebündelten Mikrowellenstrahl aus, der präzise auf feindliche Objekte gerichtet werden kann.«

»Wozu so ein großer Aufwand?«

Karlmann beantwortete das: »Möglicherweise, um die westlichen M-Agenten zu enttarnen.«

»Also ist jemand von unseren …?«

Alle starrten Karlmann an, der schließlich bestätigte: »Ja, es ist auch Brian Wilson darunter, aber es geht ihm inzwischen wieder besser.«

Jason schien verunsichert: »Aber Brian hatte schon gestern Probleme. Da war Gonzo doch noch mit Eva ein Paar. Und wie ich hörte, haben Fridas Kopfschmerzen auch schon früher begonnen. Hat das dann auch etwas mit dem Havanna-Syndrom zu tun?«

»Möglich, aber wir wissen noch nicht alles darüber.«
Mit einem zaghaften Räuspern wollte Frida die Aufmerksamkeit wieder auf sich lenken, um fortzufahren. Das hatte sie sich von alten Filmen abgeschaut, ohne zu wissen, dass es in der Realität gar nicht funktionierte. Damit erreichte sie nur, dass auch andere anfingen, sich zu räuspern.

Wieder war es Karlmann, der einspringen musste: »Wir sollten erstmal hören, was Frau Jensen noch zu sagen hat.«

»Danke. Also stellen sich wahrscheinlich alle die Frage, ob Kermit des Rätsels Lösung sein kann, was das Havanna-Syndrom betrifft. Ich denke NEIN.«

»Daran glaube ich nun auch nicht mehr. Kann es sein, dass das Havanna-Syndrom nur unangenehme Nebenwirkungen sind, die von den Chinesen gar nicht beabsichtigt waren?«, wollte jemand wissen.

»Vieles spricht dafür, denn gestern Abend hat Brian Wilson den Beweis für etwas gefunden, das er schon lange vermutet.«

Wieder waren alle Blicke erwartungsvoll auf die Leinwand gerichtet. Frida sagte aber nur: »Dass der Auslöser eine Mikrowellenstrahlung sein würde, vermuteten die Amerikaner schon lange. Sie haben in ihren Botschaftsgebäuden Messanlagen installiert. Jetzt weiß ich auch, warum Luan sich mir anvertrauen wollte. Ihn plagte sein Gewissen, weil seinetwegen die alten Kommilitonen aus Freiburg in Gefahr sind. Luan und ich haben in Freiburg zum ersten Mal echte Freunde kennengelernt, mit denen man über sein Anderssein sprechen konnte. Das muss Luan bei seiner Arbeit vermisst haben und nun hat er unbeabsichtigt einige seiner alten Freunde in Gefahr gebracht. Ob das von seinen Vorgesetzten bewusst in Kauf genommen wird, wissen wir natürlich nicht.«

»Hat er dir gesagt, … ich meine, irgendwie mitgeteilt, was sie mit der alten Strahlenwaffe vorhaben?«

»Nein nicht direkt, aber mit Brians Information passt jetzt vieles zusammen. Hier mal das, was wir schon wissen …«

Zur Veranschaulichung hatte sie Bilder mit einer Reihe von Gebäuden vorbereitet. Sie zeigten die US-Botschaften in Berlin und Havanna, das UNO-Gebäude in New York und ein paar große Kongresszentren in europäischen Hauptstädten.

»Was bedeutet das?«

»In diesen Gebäuden wurde der gleiche Grundbaustoff verwendet: Beton. Darin ist viel Quarz enthalten, also ein Kristall, das von außen leicht in Schwingung versetzt werden kann. Diese Schwingungen erzeugen wiederum Druck innerhalb der Kristallgitter und unter Druck entstehen beim Quarz elektromagnetische Wellen. Es fließt also auch ein kleinwenig Strom. Das ist durchaus vergleichbar mit dem Strom, der bei der Signalübertragung im Gehirn fließt.«

»Kann auch Zufall sein.«

Jason merkte, dass die ersten ungeduldig wurden und wollte Frida eine Brücke bauen, mit der sie schneller auf den Punkt kommen würde: »Ein komplexes biologisches System wie unser Gehirn nutzt die gleichen Naturgesetze wie ein Regenwurm. Die Chemie in den Bausteinen des Lebens ist überall gleich, nur dass die DNA des Regenwurms mit einem einfachen Programm arbeitet. Beim Menschen, also jedenfalls bei den meisten, hat sich der liebe Gott schon etwas mehr Mühe gegeben.«

Karlmann wollte nicht, dass Jason zu weit vom Thema abkommt und mischte sich zum ersten Mal ein: »Frau Jensen, verstehen wir Sie richtig, dass Kermit eine Strahlenkanone ist, die den Beton in Gebäuden in Schwingungen versetzt?«

»Ja.«

»Dann sind Symptome wie bei Brian Wilson doch nur eine unangenehme Nebenwirkung?«

»Ja und Nein.«

»Was um alles in der Welt passiert wirklich innerhalb der Gebäude?«

»Während des Rendezvous, also wenn Gonzo und Kermit ihre Bahnen kreuzen, wird die Strahlenkanone kurz auf das Ziel ausgerichtet und ein Impuls abgefeuert. Wegen des Impulses beginnen die Quarzkristalle im Beton zu schwingen. Brian Wilson meint, dass die so angeregten Kristalle Hirnwellen von Menschen abspeichern können. Wir haben allerdings keine Ahnung, wie man die Daten aus dem Beton wieder auslesen kann. Übrigens, ohne das schlechte Gewissen von Luan wären wir vielleicht auch allein darauf gekommen, nur würden alle weiterhin die Russen für das Havanna-Syndrom verantwortlich machen. Unser chinesischer Schrottvagabund Gonzo ist ja immer nur für Sekunden in der Nähe. Nach dem kurzen Stelldichein versteckt er sich wieder, wie es sich für einen perfekten Trojaner gehört.«

Renaldo war ebenfalls skeptisch: »Trotzdem kapier ich das mit dem Havanna-Syndrom nicht …«

Frida hob eine Hand, um die Frage abzukürzen: »Hierzu habe ich einen entscheidenden Hinweis aus Freiburg bekommen. Bei uns M-Agenten treten diese Nebenwirkungen auf, weil einige unserer Hirnregionen empfindlicher auf bestimmte Wellenlängen reagieren. Ob da noch andere Faktoren eine Rolle spielen, sollten die Spezialisten in Freiburg klären.«

»Okay, aber dann mal noch eine andere Frage: Funktioniert das nur mit Beton?«

»Darauf wollte ich noch kommen«, antwortete Frida und zeigte nun eine andere Bilderserie mit dutzenden Monumenten, Steinkreisen, Tempeln und Kathedralen, darunter Stonehenge in England, Angkor Wat in Kambodscha, die Pyramiden in Gizeh und ein grüner Hügel, der vollständig mit frisch gepflanzten Laubbäumen bedeckt war.

»Was ist denn das?«

Karlmann kannte die Bilder schon und musste schmunzeln, weil Frida die Kameraden raten ließ. Dieses Mal wusste der größte Skeptiker die Antwort: »Ist das etwa die *Weiße Pyramide* in China?«

»Genau! Aber inzwischen haben sie Bäume darauf gepflanzt. Westliche Archäologen durften noch nie dorthin. Die Chinesen müssen wohl irgendwann herausgefunden haben, dass einige der antiken Pyramiden mysteriöse physikalische Eigenschaften aufweisen. Anders als im Westen ist man in Asien zwar weit aufgeschlossener, aber die Chinesen verstanden es auch immer, ihre Geheimnisse für sich zu behalten. In Europa weiß kaum jemand, dass es in Zentralchina riesige Pyramidenfelder gibt. So viele Herrscher kann das Land gar nicht gehabt haben. Und heute schaut der Westen mit seiner Verbohrtheit nur ungläubig, wie das Reich der Mitte plötzlich zur größten Wirtschaftsmacht werden konnte. Deshalb verwundert es mich auch nicht mehr, dass sich Experten der Schulwissenschaft jahrelang am Havanna-Syndrom die Zähne ausgebissen haben.«

Karlmann wollte die Diskussion nicht in diese Richtung abdriften lassen: »Meine … Dame und meine Herren! Bitte keine Diskussionen auf dem Niveau von Verschwörungstheorien! Nur Fakten bringen uns hier weiter. Zunächst erst mal vielen Dank, Frau Jensen, dass Sie uns so schnell eine fundierte These liefern konnten. Wir machen es so, wie vorgeschlagen: Ich informiere die Spezialisten in Freiburg. Dort kann man die Risiken für unsere M-Agenten am besten einschätzen.«

Noch in der Nacht ging in Freiburg eine Liste mit Fragen ein.

Freiburg, nächster Tag,
Abhörsicherer Besprechungsraum des Instituts

»Wir dürfen jetzt nicht in Panik verfallen. Die Sache ist zwar verworren, aber wir haben schon ganz andere Herausforderungen gemeistert!«, versuchte Direktor Fjodorow seine Mitarbeiter zu beruhigen.

Renaldo Conti war Physiker und Sergei Fjodorow holte ihn immer gern dazu, weil er auch gern mal querdachte. Auch dieses Mal war er von Anfang an skeptisch: »Ich weiß nicht, ob dein Optimismus ausreicht. Wenn der Verdacht stimmt, dass es einen weltweiten Angriff auf westliche M-Agenten gibt, dann könnte unsere Arbeit der letzten zehn Jahre umsonst gewesen sein.«

Sergei stand auf und stützte sich auf die Lehne seines Konferenzsessels: »Als ich 2019 mit der Neugründung dieses Instituts beauftragt wurde, tat ich das nicht nur im Dienste der Wissenschaft. Ihr wisst natürlich auch, dass man damals schon die Veränderungen im weltweiten Kräfteverhältnis sah. Auch ich war lange so naiv zu glauben, dass sich die Menschen immer für die Demokratie und einen Staat mit Gewaltenteilung entscheiden würden. Jetzt, wo die alten Mächte wieder erstarken, besteht die Gefahr, auch das letzte Wissen über die vorsintflutliche Zeit zu verlieren. Autokraten haben gute Gründe, uns dieses vorzuenthalten. Die Menschen könnten sonst aus der Geschichte lernen und kein Alleinherrscher käme je wieder an die Macht.«

Anna hatte während Sergeis Worten den Kopf gesenkt, aber nicht aus Demut. Sie konnte sich auch nicht verkneifen, auf ihre Art zu antworten: »Danke für die Geschichtsstunde, Sergei. Aber mal ehrlich, das wäre etwas für unseren Institutsblock. Uns musst du nicht überzeugen, warum wir diesen Job machen!«

»Umso besser, dann können wir uns ja jetzt um die Planung kümmern. Ich schlage vor, Ashley erklärt uns erstmal, was bereits bekannt ist.«

Dr. Harrison war überrascht, dass sie beginnen sollte: »Äh, ja, also … Sorry, ich war noch beim Sortieren. Bitte nicht meckern, wenn ich einfach alles auf den Tisch bringe.«

Sie koppelte ihr Tablet mit dem Wandmonitor, rutschte nervös die altmodische Brille zurecht und begann: »Hier schaut mal. Defacto ist jetzt bekannt, dass chinesische Physiker an einer neuen Speichertechnik arbeiten. Ich meine die Fähigkeit natürlicher Kristalle, Informationen zu speichern. Die Militärs haben das sofort dafür benutzt, Gedanken feindlicher Diplomaten auszulesen. Trotzdem halte ich das nicht für unser größtes Problem. Die Kollegen von der Physik werden sicher eine Methode finden, das Speichern von Gedanken im Beton zu verhindern. Dann wird sich das Problem mit dem Havanna-Syndrom bald von allein erledigen. Besorgniserregend finde ich, dass Tech-Konzerne entdeckt haben, wie man die Rechenleistung der KI exponentiell steigern kann. Wem das zuerst gelingt, der hat das weltweite Monopol, von der Energieeffizienz ganz zu schweigen.«

Hier wurde sie von Sergei unterbrochen: »Nur ganz kurz als Zwischeninformation für die, die es nicht mitbekommen haben: Ein Mitarbeiter der physikalisch-chemischen Fakultät wurde noch gestern Abend verhaftet. Er steht unter Verdacht, für den chinesischen Konzern HAWAKI spioniert zu haben.«

»Meinst du den Neuen in Dyanis Team?«

»Ja.«

»Der hat doch an dem Projekt mit den blauen Steinen gearbeitet, oder nicht?«

Anna mahnte zur Vorsicht: »Wir sollten keine voreiligen Schlüsse ziehen. Angeblich hat sich dieser Reimann selbst angezeigt. Inzwischen wissen wir von Frida Jensen, dass der *MAD* den Internetverkehr unseres Instituts überwacht hat. So fanden sie die Spur zu HAWAKI und schließlich wohl auch zu Lucas Reimann.«

»Vielleicht hat dieser Reimann Mitleid mit Dyanis Tochter bekommen und wollte damit nichts mehr zu tun haben?«

»Glaube ich nicht. Ich wette, er hat begriffen, dass ihn die HAWAKI-Leute nur verarschen«, meinte Renaldo.

Sergei wollte das nicht so weiterlaufen lassen: »Alles nur Spekulationen! Ich würde lieber von Ashley hören, wo ihrer Meinung nach die Verbindung zu den Sky Stones ist.«

»Vielleicht haben wir diesem Lucas Reimann zu verdanken, was wir heute wissen. Er hat uns doch erst darauf gebracht, dass die Sky Stones auf Mikrowellen reagieren. Die Frage ist, was für ein verdammtes Zeug die uns aus Sierra Leone geschickt haben? Irgendjemand weiß doch bestimmt schon mehr als wir.«

Anna war sich nicht sicher, ob sie die Sache mit den Manuskripten hier erzählen sollte. Was sie darin gelesen hatte, war eigentlich nichts für eine Diskussion zwischen Naturwissenschaftlern. Aber so viele Zufälle konnte es gar nicht geben. Bevor die Diskussion um Ashleys Argumente weiterging, traute sie sich dann doch: »Also eine Sache solltet ihr noch wissen, obwohl es eigentlich eine Privatangelegenheit von Tony Peller ist.«

»Holst du jetzt noch ein Überraschungspaket aus der Schublade?«

Sergeis Gesicht sah man an, dass er schon etwas ahnte: »Hat es etwas mit seinen Manuskripten zu tun?«

Anna bestätigte es: »Dyani hat mich gebeten, alles zu lesen. Aber ich bin jetzt nicht wirklich schlauer. Vielleicht habt ihr eine Idee, was den alten Mann auf solche Ideen gebracht hat.«

Sie fasste zusammen, worum es in dem zweiten Manuskript ging und an welcher Stelle Tony aufgehört hatte weiterzulesen: »Auf den Textseiten, die Tony noch selbst gelesen hat, war ein Datum handschriftlich notiert. Diese Notiz muss der alte Mann noch hinzugefügt haben.«

»Was für ein Datum?«

»Das Zeugungsdatum der Zwillinge von Dyani und Tony. Aber das konnte der Alte gar nicht kennen, denn da war er schon lange tot. Übrigens, ich weiß nicht, ob es alle wissen, Lisas Zwilling starb bei der Geburt.«

»Und weiter?«

»Tony hat aus dem Manuskript erfahren, dass bei allen von ihm gezeugten Zwillingen nur einer überleben darf. Als dann tatsächlich eines seiner Kinder starb, wollte er den Rest nicht mehr lesen und hat sich wohl auch niemandem anvertraut.«

Sergei wurde blass und Anna sah es: »Was ist mit dir? Sollen wir eine Pause machen?«

»Es könnte sein, dass der Verfasser des Textes auf eine alte Legende aus der chinesischen Mythologie anspielt. Demnach wurde einst der Knabe Houji geboren, dessen Mutter schwanger wurde, als sie in einen riesigen Fußabdruck fiel. Der Abdruck gehörte dem göttlichen Wesen Shangdi. Die Mutter soll den Gott als grausam beschimpft haben, weil er Houjis Zwillingsbruder töten ließ. Naja, soweit eben die Legende, aber das Komische ist, dass man in einem antiken medizinischen Text Hinweise darauf fand, dass die Götter mit künstlicher Befruchtung experimentiert haben. Anfangs kamen Hybridwesen heraus, aber schließlich gelang es, ein Verfahren zu entwickeln, das wir heute *Parthenogenese* nennen. Ebenfalls merkwürdig ist, dass bei den Experimenten mit künstlicher Befruchtung immer von Zwillingen die Rede war. Nehmen wir mal an, dass die alten GOTTKÖNIGE, falls es sie gegeben hat, ihre Nachkommen künstlich gezeugt haben. Dadurch hätten sie ihr göttliches Erbgut sichern können, ohne es unkontrolliert an die Menschen weiterzugeben. Wenn ich jetzt die Geschichte einfach mal weiterdenke, könnte ich mir vorstellen, dass die alten Herrscher keine Zwillinge wollten, weil das Probleme mit der Thronfolge verursachte.«

»Und deshalb haben sie einen Zwilling töten müssen?«

»Ist doch denkbar.«

Anna zweifelte: »Ich sehe da keinen Zusammenhang. Lisas Zwilling wurde doch gar nicht getötet.«

»Mag sein. Aber irgendetwas sagt mir, dass wir dieser Spur nachgehen sollten.«

Renaldo schüttelte den Kopf: »Ich verstehe nicht die Verbindung von einer Strahlenwaffe zu dem Manuskript eines alten Mannes, bis hin zu den Eierstöcken eines fünfjährigen Mädchens.«

Ashley ließ sich nicht beirren: »Stand der alte Mann vielleicht dem jüdischen Glauben nahe? Die Juden glauben doch an die Geburt eines neuen Messias. So hat er sich daraus vielleicht eine Geschichte zusammengereimt.«

Anna protestierte: »Wieso zusammengereimt. Er hat den Tod von Lisas Zwilling vorhergesagt. Außerdem bin ich noch nicht am Ende der Geschichte. Auf den letzten Seiten des Manuskripts steht geschrieben, dass der überlebende Zwilling ein spirituelles Wesen treffen und sich mit ihm paaren wird. Wie wir aber nun wissen, hat Tony diesen Teil des Manuskriptes nie gelesen, anderenfalls wäre er nicht mit seinem Kind nach Mali gereist, um einen Schamanen zu treffen!«

»Aber Lisa ist doch erst fünf Jahre alt. Außerdem ist das sicherlich nur symbolisch gemeint. Es geht also kaum um eine echte Paarung«, meinte Renaldo.

Ashley stand auf, lief nervös umher und sprach mehr zu sich selbst: »Ich sehe das anders. Es könnte nämlich funktionieren. Lisa ist nicht geschlechtsreif, aber für die *Parthenogenese* ist das auch nicht nötig.«

»Was bedeutet das?«

»Mädchen besitzen bereits vor ihrer Geburt alle Eizellen. Diese verharren bis zur Geschlechtsreife in einer Art Wartezustand.«

Sergei fragte: »Wenn du solche Eizellen manipulieren wolltest, also um sie ohne männliche Samenzellen zu befruchten, was wäre die effektivste Methode?«

»Man könnte es durch Hormone auslösen, so wie es auch in der Natur passiert.«

»Aber ein passendes Hormon herzustellen, ist nicht einfach.«

»Dennoch ist es möglich, wie der US-Biochemiker Baker bewiesen hat. Gemeinsam mit zwei britischen Chemikern hat er die *Proteinstruktur* entschlüsselt. Sie können nun am Computer Aminosäuresequenzen erschaffen, mit denen sich jedes gewünschte Protein herstellen lässt. Dafür bekamen sie 2024 den Chemienobelpreis. Hormone bestehen ja auch aus Proteinen. Die Lösung des Problems ist also, dem Körper das Signal zu geben, die benötigten Aminosäuren für ein bestimmtes Hormon selbst herzustellen.«

»Du meinst also, man muss dem Gehirn nur den Auftrag geben, ein Hormon herzustellen, und schon verändert sich das Erbgut in bestimmten Zellen?«

»Genau das meinte ich.«

Renaldo schüttelte den Kopf: »Moment mal, nicht so schnell! Ich kapiere nicht, was das mit dem Tod eines Zwillings zu tun hat.«

Sergei mischte sich nochmal ein: »Darum können wir uns später kümmern. Für mich ist die Erklärung überzeugend genug, dass die Erschaffer eines künstlich gezeugten Nachkommens keine Zwillinge wollten, und sei es nur wegen der Thronfolge.«

»Ich habe einen Verdacht, warum bei Parthenogenese immer nur ein Zwilling lebensfähig ist«, sagte Ashley. »Diese angeblichen Götter oder vielleicht waren es auch Wissenschaftler einer antiken Zivilisation, hatten vielleicht andere ethische Grundsätze als wir. Sie stellten einfach sicher, dass die sich zuerst teilende Eizelle bessere Entwicklungschancen bekommt. Aber wie Sergei schon sagte, es gibt erstmal Wichtigeres zu klären.«

Anna wirkte plötzlich, als sei ihr der Leibhaftige über den Weg gelaufen: »Wenn ich kurz daran erinnern darf, gilt unsere größte Sorge erstmal Tony Peller und seinem Kind. Ich werde den Verdacht nicht los, die kleine Lisa könnte für irgendeine religiöse Zeremonie missbraucht werden.«

Im Raum wurde es totenstill.

»Warum gleich so eine krasse Vermutung?«

»Ich spüre es einfach. Ihr etwa nicht?«

Sergei hatte die Besprechung daraufhin für eine Pause unterbrochen, aber Ashley blieb, weil sie Sergei unter vier Augen sprechen wollte.

»Meinst du, ich hätte nicht gleich mit der Tür ins Haus fallen sollen? Anna ist vielleicht zu sensibel im Moment. Ihr Lebensgefährte ist verletzt worden. Du solltest sie freistellen.«

Sergei wehrte ab: »Ich denke, vorhin ist etwas in diesem Raum passiert. Ich habe Annas Emotionen gespürt, noch bevor man es ihr ansah. Ich hatte die gleichen Empfindungen und wir sind auch zur selben Zeit auf das gekommen, was Anna dann aussprach.«

»Du meinst, es war euer kollektives Bewusstsein? Etwa so, wie bei Entdeckungen, die zur gleichen Zeit an unterschiedlichen Orten gemacht werden?«

»So ungefähr. In diesem Fall wollte Anna, dass ich ihre Gedanken lese. Sie hat sich schon Minuten vorher dafür geöffnet. Sie ist diejenige, die das von uns am besten beherrscht.«

»Und was willst du jetzt tun?«

»Der MAD hat uns beauftragt, Schutzmechanismen gegen die Angriffe mit der Strahlenwaffe zu finden, nicht nur, um die M-Agenten zu schützen. Wir müssen ein Verfahren finden, mit dem man Beton oder Naturstein neutralisieren kann. Das soll die Spionage in sensiblen Einrichtungen verhindern. Darum wird sich Renaldo Conti mit seinen Leuten kümmern.«

»Und was soll ich tun?«

»Dich brauchen wir für etwas anderes. Auch die gesundheitlichen Probleme von Lisa könnten durch den Satelliten ausgelöst worden sein. Vom MAD wissen wir inzwischen, dass dieser Satellit schon Tage zuvor damit begonnen hat, Objekte in Deutschland zu bestrahlen. Damit haben sie die blauen Steine wohl unbeabsichtigt aktiviert. Die Universität, insbesondere das Gebäude, in dem Dyanis Labor ist, wurde an mehreren Tagen attackiert. Sicherlich auch unser Institut. Nur stellt sich die Frage, warum?«

»Verstehe, du denkst, jemand will herausfinden, was Dyanis Team mit den Steinen anstellt.«

»Ich denke, das wissen sie schon. Die Gedanken der beteiligten Mitarbeiter wurden inzwischen in den Mauern des Gebäudes abgespeichert. Für diesen Tech-Konzern war es wohl am wichtigsten, dass WIR nicht hinter das Geheimnis kommen.«

»Da muss auch dieser Lucas Reimann mit drinstecken, aber ich verspreche mir nichts davon, ihn zu befragen. Er sollte sicher nur verhindern, dass wir etwas finden. Dann hat ihn aber der Ehrgeiz gepackt und er fing an, selbst hinter das Rätsel zu kommen.«

»Ist das der Grund, warum wir uns nur noch in diesem abhörsicheren Raum treffen? Funktioniert das denn überhaupt?«

»Ich hoffe, die Wände sind ausreichend abgeschirmt.«

»Weißt du Sergei, manchmal denke ich, deine Gedanken sind so irre, die versteht sowieso kein Fremder!«

»Ich weiß nicht, ob mich das beruhigt.«

»Hast du mir nicht mal dieses chinesische Sprichwort mit dem Irren erzählt? Wie war das gleich?

Sergei wusste, was sie meinte: »Der Irre baut eine Brücke. Erst wenn sie fertig ist, gehen auch die Weisen wie selbstverständlich darüber.«

»Dann lass dem Irrsinn freien Lauf! Womit fangen wir an?«

»Wir müssen davon ausgehen, dass noch andere von Lisa wissen. Dann wollen die aber sicher verhindern, dass die Veränderung in ihrem Erbgut bekannt wird. Vielleicht haben wir Glück und es weiß noch niemand, wie weit wir mit unseren Recherchen sind.«

»Ich dachte, du hast schon diesen Professor Bernard in Mali beauftragt, nach Lisa zu suchen?«

»Richtig. Es war vielleicht ein Fehler, ihn einfach so über eine Videoverbindung zu informieren. Bernhard wird vermutlich schon überwacht. Auch in einem anderen Punkt bin ich mit Anna einer Meinung: Wir können nicht ausschließen, dass es fanatische Religionsgruppen gibt, die ein Problem damit haben, dass irgendwo auf der Welt eine Jungferngeburt stattfindet. Das Auftauchen eines neuen Messias müssten sie auf jeden Fall verhindern, um ihren eigenen Glauben nicht zu gefährden.«

»Dann haben wir vielleicht nicht mehr viel Zeit.«

Sergei wirkte regelrecht verzweifelt: »Nicht auszuschließen, dass es Leute gibt, die Lisa umbringen lassen, um das Geheimnis zu wahren. Es war auch mein Fehler, Tony diese Reise zu empfehlen.«

»Meinst du denn, die Dogon sind eine Gefahr für das Kind?«

»Sie werden nur ihren Ritualen nachgehen. Vielleicht hat Bernard die Sache auch unterschätzt. Er erforscht dieses Volk seit Jahrzehnten, aber das Geheimnis der Sky Stones kennen nur wenige Dogon und nur sie führen die heiligen Rituale durch. Schlimm wird es, wenn jetzt auch andere wissen, was man mit den Sky Stones anstellen kann.«

»Du meinst die Zeugung eines neuen geistlichen Führers?«

»Wir wissen jetzt, dass die Steine das Erbgut im Körper verändern können. Nicht auszuschließen, dass es die Lösung für das Rätsel ist, wie ein Ho-Gon zu seinen übersinnlichen Fähigkeiten gelangt. Aber dafür müsste er die genetische Abweichung im Chromosom 11 haben, wie bei Lisa.«

»Ich verstehe. Die Dogon betrachten Lisa vielleicht wie eine Heilige Mutter und würden ihr nichts antun. Aber für alle anderen Religionen wäre das Bekanntwerden eine Katastrophe.«

Sergei wollte schon den Raum verlassen, als ihm noch etwas einfiel: »Sag mal, Ashley, wie lange dauert die Produktion des Hormons in Lisas Körper und wann würde es überhaupt Wirkung zeigen?«

»Das Hormon bildet sich nach wenigen Tagen und man kann deren Wirkung auch sofort in allen Körperzellen nachweisen. Nach zwei bis drei Monaten werden alle Eizellen mutiert sein.«

»Dann bleibt uns nicht viel Zeit bis zur dauerhaften Schädigung!«

14 – Die Sprache des Berges

Mali, Schlucht im Hombori Tondo

Innerhalb der Höhle fand Tony keinen einzigen Hinweis auf verschiebbare Steine oder einen Spalt. Nichts deutete daraufhin, wie man hinter die Wand gelangen konnte. Die einzige Öffnung war das rechte Auge der Maske. Außerhalb der Höhle schaute er sich noch mal um, ob er etwas übersehen haben könnte. Der Felsen in Bodennähe war mit dem vertrockneten Holz alter Rankpflanzen bedeckt, die am Stein festgewachsen waren. Es half nur, weiter oben zu suchen.

Erst nach mehreren Versuchen gelang es ihm, die Felswand ein Stück hochzuklettern. Der verletzte Knöchel schränkte die Bewegung ein und später ließ auch noch die Kraft in den Fingern nach. Zweimal rutschte er ab und zog sich Abschürfungen an Knien und Ellenbogen zu. Etwa dreißig Meter über dem Höhleneingang wurde die Felswand immer glatter, sodass er aufgab. In dieser Höhe gab es auch keine Anzeichen dafür, dass der Hang jemals von den Dogon benutzt worden wäre. Schon gar nicht von Frauen mit langen Kleidern. Da das Wasser einfach aus dem Berg kam und talabwärts wieder in einem Loch verschwand, war entlang des Flusses auch kein weiterkommen.

Oder haben sie Lisa dazu gebracht, in dieses Wasserloch zu springen? Sie kann zwar etwas schwimmen, aber sicherlich nicht lange tauchen!

Tony schaute sich die ovale Öffnung im Boden genau an. Es war nicht breiter als vierzig Zentimeter. Für einen Menschen viel zu eng. Da gab es aber noch etwas, auf das er sich keinen Reim machen konnte. Parallel zum Wasserlauf war eine Rille in den Boden geschlagen, die in die Höhle hineinführte. Sie war stark verwittert, musste also schon lange existieren. Möglicherweise hatten die Erbauer des Steintors auf diese Weise Wasser in die Höhle geleitet. Nun lagen aber Steine in der Rille und versperrten dem Wasser den Weg.

Inzwischen war es schon wieder dunkel und das Licht der Kopflampe ließ beängstigend nach. Er ging zurück in die Höhle. Dort schaute er sich den künstlich angelegten Wasserlauf genauer an. Der führte in ein Wasserbecken, in dem scheinbar immer etwas Restwasser stand. Jedenfalls waren noch Pfützen zu sehen. Er fand die Konstruktion interessant. Das Becken war etwa zehn Quadratmeter groß, dafür hatten sie sogar Material aus dem Felsen geschlagen. Es gab auch einen kleinen Ablauf. Das Wasser sollte also auch wieder herauslaufen können.

Mit der Wasserflasche in der Hand, hockte Tony nun schon eine Weile an der Wand, hinter der er Lisa vermutete. Auch nach seiner Rückkehr antwortete niemand auf sein Rufen. Nicht das geringste Geräusch kam aus dem Auge. Ihm fielen die beiden Müsliriegel ein und das erzeugte ein kurzes Glücksgefühl, aber er brachte es nicht fertig, sie rauszuholen.

Stunden später wachte Tony fröstelnd auf. Es roch feucht und modrig, ganz anders als tagsüber. Nervös knipste er die Kopflampe an, doch deren Licht reichte kaum noch fünf Meter weit. Ein niedriger Nebelschleier war vom Fluss hereingekommen und kroch über den Höhlenboden in alle Ecken. Tony fiel Zikomos Erzählung von den Nommos ein und dass sie in der Lage sein sollen, ihre Form zu ändern. Sie könnten in fester Gestalt, durchsichtig wie Luft oder nur in Form von Gedanken erscheinen. Ohne zu wissen warum, erinnerte ihn das an Dyanis Beschreibung der fünf Aggregatzustände. Obwohl es ein sehr abstraktes

Thema war, ging es ihm nicht aus dem Kopf. Und das wiederum bedeutete, sein Unterbewusstsein hielt es für wichtig.

Wie war sie eigentlich darauf gekommen? Ging es nicht darum, ... natürlich, das Unterbewusstsein, Bewusstsein überhaupt. Das passt auch zu dem, was Zikomo über die Nommos erzählt hat. Und überhaupt, überall gibt es Berichte über Geistwesen. Sollte es sie wirklich geben, müssten sie auch ein Bewusstsein haben und das wäre dann auch irgendwo gespeichert. Dyanis Überlegungen sind also durchaus begründet.

Nur zwei Stufen trennten Tony noch vom feuchten Nebel, weshalb er sich auf der obersten an die Wand quetschte. Wäre es nur eine Nische mit kunstvoll behauenen Steinen, könnte man es einfach für einen Altar halten. Aber Tony wusste ja nun, dass es dahinter einen Raum gab, und dort hatte er auch Lisas Stimme gehört, zumindest bildete er sich das ein.

Die Vorstellung, dass der Nebel etwas mit Wassergeistern zu tun haben könnte, hielt er mit seinem eigenen wissenschaftlichen Verständnis zwar für Unsinn, trotzdem wäre ihm in diesem Moment etwas mehr Abstand ganz recht. Und da war noch der modrige Geruch, genau jener Geruch aus dem Traum am Trommelabend.

Jetzt werde nicht verrückt! Obwohl, war ich im Traum nicht selbst eine Schlange auf der Suche nach kleinen Nagetieren? Ob es vielleicht ...? Unwahrscheinlich, Schlangen jagen nicht in so einer kargen Höhle!

Es kostete ihn Überwindung, aber er knipste die Kopflampe aus und deckte sich mit dem Rucksack zu. Die Müdigkeit ließ ihn noch einmal tief einschlafen, aber der gefürchtete Traum kam wieder, derentwegen er Jahre zuvor das Lesen des Manuskriptes unterbrochen hatte.

Mali, Dogon-Land

Beim Blick aus dem Fenster bekam Bernard ein flaues Gefühl im
Magen. Der Pilot schien ebenfalls verunsichert zu sein: »Was soll
das, Professor? Sehen Sie die Landepiste?«

»Natürlich, aber ich weiß nicht, was das bedeutet!«

»Hier kann ich nicht landen. Wir müssen zurück!«

»Fliegen Sie näher heran, vielleicht erkennen wir etwas.«

Die Landepiste war mit Ästen und Steinen vollgepackt. Jemand hatte sich viel Mühe gemacht, eine Landung zu verhindern.
Bernhard gingen verschiedene Szenarien durch den Kopf.
Konnte Tony Peller der Grund sein? Hatte er sich ungebührlich
benommen und die Dogon wollten keine weiteren Besucher? Das
schien ihm zu weit hergeholt, denn dieses Volk war von Touristen Schlimmeres gewöhnt und durchaus in der Lage, diese zu
vertreiben. Oder war es umgekehrt? Wollten sie verhindern, dass
Tony und Lisa wieder abgeholt wurden?

Bernard überlegte, ob ihm irgendetwas entgangen war. Hatte
es einen Kampf befeindeter Stämme gegeben und die Verwüs-
tung der Landepiste ist dabei entstanden?

»Bitte fliegen Sie einmal direkt über das Dorf. Ich muss sehen, was dort los ist.«

»Sind Sie sicher, Professor? Sie hatten mir verboten, zu
nahe …«

»Ich weiß. Aber ich sehe keine andere Möglichkeit!«

Was ihm tatsächlich Sorgen bereitete, behielt er für sich: *Haben die Pellers eine ansteckende Krankheit eingeschleppt und
sind dadurch in Ungnade gefallen? Liegt Peller schwer krank
herum und kann deshalb nicht antworten?*

Der Überflug brachte eine erste Erkenntnis. Ein paar Männer
standen am Dorfrand und zielten mit ihren Bögen und Jagdge-
wehren auf das Flugzeug. Einige gestikulierten wild mit den Armen. Nur eine Drohgebärde, aber die Botschaft war klar: Bleibt
weg!

»Was machen wir?«

»Noch einmal überfliegen! Ich will den Ho-Gon finden.«

»Wozu?«

»Tagsüber sitzt er gewöhnlich im *Toguna*. Falls nicht, haben sie ihn vielleicht entmachtet oder er ist sogar gestorben. Für beides wäre jetzt wirklich ein schlechter Zeitpunkt.«

Der zweite Überflug brachte keine Erkenntnisse. Weder vom Dorfältesten noch von den Pellers war etwas zu sehen. Den Fluglärm hätte Tony gehört und wäre rausgekommen.

»Vielleicht ist der Deutsche in den Bergen unterwegs«, schlug der Pilot vor. »An dessen Ostseite könnte ich auf der ehemaligen Straße landen.«

Bernard überlegte, welche Optionen es gab. Von den Bergen zurück ins Dorf dauerte es zu Fuß vier Stunden. Das war noch an diesem Tag machbar. Notfalls könnte er in den verlassenen Hütten übernachten, wo er zwanzig Jahre zuvor wochenlang mit den Dogon gelebt hatte. Abend für Abend hatte ihm Zikomo Geschichten erzählt. Er tat es mit Begeisterung und konnte komplexe Zusammenhänge aus der Natur mit verständlichen Worten ausdrücken. Ein paar Dinge blieben dennoch geheim. Bernard hatte zum Beispiel nie erfahren, wo genau die Dogon hingingen, um ihre geheimen Rituale zu vollziehen. Er wusste nicht mal, ob es tatsächlich einen geheimen Zugang gab. In den Bergen mit der Suche nach den Pellers anzufangen, war also wenig aussichtsreich.

»Professor! Ich muss jetzt zurückkehren, bevor wir zu viel Aufmerksamkeit erregen!«

»Wir landen auf der alten Straße. Ich habe eine Idee, wo ich mit der Suche beginnen muss.«

Wenig später stand Bernard allein in der Savannenlandschaft. Im Rucksack war alles, was ihm schon früher in diesem Land beim Überleben geholfen hatte. Und doch war inzwischen vieles anders geworden. In zwei Tagen würde er zweiundsechzig werden, was sich beim Joggen schon bemerkbar machte. Auch eine alte Knieverletzung meldete sich regelmäßig. Während des Marsches durch die steinige Steppe erinnerte er sich an die Geschichte mit dem Unfall. Es passierte in der Nähe des verlassenen Dorfes, auf das er gerade zulief.

Es war genau zehn Jahre her, als Zikomo mit seinem Sohn Lago das Klettern an den Berghängen trainierte. Normalerweise übernahmen das die älteren Jungen, aber Lago fehlte die Kraft. So waren die anderen immer besser als er. Sein Vater drängte ihn nicht, denn Lago hatte eigene Stärken. Zum Beispiel konnte er hervorragend jagen, sah und hörte Dinge, die gleichaltrigen entgingen. Überhaupt waren Lagos Sinne bereits so weit entwickelt, dass sich das Kind nachts ohne Hilfe in der Umgebung orientieren konnte. Vom Professor lernte der Junge innerhalb weniger Wochen Französisch und irgendwie hatte Bernhard das Gefühl, der Junge würde ihn mögen. Zumindest verbrachte er in diesen Wochen mehr Zeit mit ihm als mit seinem Vater. Welche der Frauen im Dorf Lagos leibliche Mutter war, konnte Bernard nie herausfinden. Das Kind sprach viele Frauen mit Mutter an. Der Ho-Gon erklärte dazu, dass zu seiner Aufgabe gehörte, allein zu leben.

Eines Morgens fragte Lago, ob Bernard ihm das Klettern mit Seilen beibringen könne, wie es die Touristen taten. Das sah für den Jungen leichter aus und wäre vielleicht auch weniger gefährlich. Bernard wusste natürlich, was Lagos Problem war. Er hatte einfach Höhenangst. Mit dem Seil, so dachte er wohl, wäre die Angst leichter zu überwinden.

Zikomo stimmte zu und ließ sein Kind mitgehen. Damals war der Hombori Tondo noch frei zugänglich und in der Trockenzeit ein beliebtes Ausflugsziel. Als sie am Berg ankamen, begann es zu regnen und Bernard wollte zurückgehen. Aber der Junge flehte ihn an, er dürfe nicht wieder ohne einen Erfolg ins Dorf kommen. Der Ehrgeiz dieses Sechsjährigen beeindruckte ihn und so ließ er sich überreden, an einer einfachen Kletterstelle die Handhabung der Ausrüstung zu üben. Einer der Haken löste sich und der Junge fiel. Bernhard konnte ihn noch abfangen, aber beide zusammen rutschten dann ein Stück den glatten Stein hinunter.

Er selbst zog sich einen Kreuzbandriss zu und Lago brach sich den linken Unterarm. Trotz der Schmerzen strahlte der Junge, als sie verletzt im Dorf ankamen. Dort erzählte er stolz von seinem Klettererlebnis. Zikomo behandelte den Knochenbruch seines

Sohnes mit einer für Europäer befremdlich aussehenden wackeligen Bandage aus Korbgeflecht, in die einige Kräuter eingewickelt wurden. Nach etwa zehn Tagen lief der Junge schon wieder ohne diese Stütze umher. Bernard beobachtete, dass die Dogon bei schweren Verletzungen schon sehr schnell wieder mit Bewegungsübungen anfingen.

Auch seine eigene Heilung verlief besser als erwartet. Die Medizinfrau hatte ihm zunächst nur einen Kräuterbrei aufgelegt, um die Schwellung zu behandeln. Später wickelte sie noch ein Korbgeflecht um das Bein zur Ruhigstellung. Aber bevor sie irgendetwas mit dem verletzten Knie tat, massierte sie das gesunde Bein. Als Bernard darauf hinwies, dass sie das falsche Bein behandeln würde, lachte sie nur und machte sich über den Europäer lustig. Was es damit auf sich hatte, erfuhr er Jahre später bei einer Reise in den Sudan. Dort zeigte er einem nubischen Heilkundigen sein Knie, das bei Belastung manchmal anschwoll. Der erklärte ihm, dass er die Energiemassage beider Beine vernachlässigt hätte. Die Selbstheilung träte schneller ein, wenn gesunde und kranke Körperstellen gleichermaßen versorgt würden. Der Grund sei, dass der Körper eine energetische Einheit bilde, weswegen er manche Kopfschmerzen auch an den Fußsohlen behandeln würde.

Dicke Wolken begannen sich zusammenzuschieben und aus der Ferne näherte sich Donnergrollen. Bernard beschleunigte seine Schritte, um noch trocken bei den Dorfruinen anzukommen.

Natürlich wusste der Professor, dass sich die kühlen Lehmhütten tagsüber gut als Schlafplätze für Schlangen eigneten. Als er hier vor vielen Jahren mit den Dogon lebte, lernte er jeden Tag ein neues Rätsel kennen. Ohne jemals den wahren Grund erfahren zu haben, gab es einen Ort, an dem sich niemals Schlangen aufhielten: der Toguna.

Noch bevor er ihn erreichte, trommelten die ersten dicken Tropfen auf seinen Rücken. Ohne die Krempe des Lederhuts wären die immer verschmierten Brillengläser schon undurchsichtig. An einer Stelle des niedrigen Dachs zog Bernard eine Hirsematte heraus. Das Versteck hatte er sich gemerkt. Auf diese Art blieben sie vor Sand geschützt und wurden vom Wind nicht weggeblasen. Der Boden war von einer ungleichmäßigen Staubschicht bedeckt. Er konnte erkennen, dass sich hier kürzlich jemand aufgehalten haben musste. Die alte Zeichnung im Boden war freigewischt worden. Sogar Fingerspuren waren zu sehen. Der Ho-Gon hatte früher immer genau neben der Zeichnung gesessen, als würde er sie bewachen.

Bernard lehnte sich mit dem Rücken an die hölzerne Dachstütze, die schon deutliche Abnutzung zeigte. Erst jetzt fiel ihm auf, dass im Staub kürzlich zwei Hirsematten gelegen haben mussten.

Ob die Pellers hier übernachtet haben? Durchaus möglich, die Spuren sind nicht alt. Hat sich der Mann hier für die kunstvollen Schnitzereien interessiert?

Ein Ort wie dieser löste bei Bernard immer wieder Faszination aus, obwohl er optisch wenig Beeindruckendes hatte. Es gab viel größere und kunstvollere Togunas, doch dieser sollte zu den ältesten gehören. Von dem Holz durfte er damals eine Probe zur Altersfeststellung entnehmen. Das passte zum Siedlungsbeginn im elften Jahrhundert. Auch einige Holzmasken waren so alt.

Jedes Mal, wenn er hier war, fragte sich Bernard, was an diesem Platz nicht stimmte. Ihm kam der steinerne Untergrund viel zu wuchtig vor. Die massiven Steinplatten hätten auch einem großen Gebäude als Fundament dienen können. Es konnte ihm niemand erklären, aber er selbst vermutete, dass das Fundament schon existierte, bevor der erste Toguna darauf errichtet wurde.

Der Regen hatte nachgelassen aber das Gewitter kam immer noch näher. Zum ersten Mal war er allein an diesem Ort. Er strahlte genauso viel Energie aus, wie damals, als er hier mit dem Ho-Gon über die Welt philosophierte.

Wie mag es dem Alten jetzt gehen? Oder lebt er nicht mehr? Wie viele Geheimnisse hat er wohl für sich behalten?

Mit dem Rücken an das Holz gelehnt, ging ihm durch den Kopf, was er bei all seinen Forschungen übersehen haben könnte. Inzwischen war es mehr als ein Gefühl: *Hat die Aufregung an der Uni wirklich nur mit dem Wissenschaftler Peller zu tun? Was, wenn es das Kind ist, wonach sie suchen? Aber was könnte den Geheimdienst in Mali dabei interessieren?*

Bernard verfolgte die politische Entwicklung in seiner Wahlheimat mit Sorge. Polizei und Geheimdienst unterstützten offiziell die Militärjunta. Der Norden wurde von einem Zusammenschluss islamischer Gruppen kontrolliert. Darunter auch die Ansar Dine und Terroristen wie Al-Qaida. Zudem war die Einmischung von außen inzwischen zum brutalen Neokolonialismus geworden. Dabei ging es vorrangig um Gold, Diamanten und Uran.

Aber warum um alles in der Welt ist jemand hinter einem fünfjährigen Mädchen her? Können sie von Lisas Mutation wissen? Peller war vorsichtig, er hat es nicht mal mir erzählt. Oder jemand will einfach alles auslöschen, was mit den Sky Stones zu tun hat. Was wissen die Dogon darüber? Hätte ich doch zuerst in ihr Dorf gehen sollen? Dann wüsste ich wenigstens, was dort los ist.

Es begann wieder stärker zu regnen, sodass es keinen Sinn hatte weiterzugehen. Er fragte sich immer wieder, welchen Weg Tony Peller genommen haben könnte. Damals hatte ihm Zikomo einmal beschrieben, warum sich die Dogon nach ihrer langen Wanderung genau hier angesiedelt hatten. Bernard versuchte sich an den Wortlaut des Ho-Gon zu erinnern: »Die ersten Menschen wurden an diesem Ort von den Gesandten *Ammas* erschaffen. So berichtet es unsere Schöpfungsgeschichte. An diesem Ort erhofften sich die Rückkehrer eine zweite Chance für ihr Volk. Die Nähe zu den Göttern und das Wissen der Ahnen würden ihnen helfen.«

Hat Zikomo nicht auch erzählt, dass die Ankömmlinge ihren ersten Toguna hier errichteten, weil sich ihnen der Weg zu den alten Geheimnissen nur hier erschloss? Was, wenn er das sogar wörtlich gemeint hat?

Dem Professor wurde in diesem Moment klar, dass er genauso wie andere immer zuerst nur an eine Mythologie dachte, wenn die Dogon von alten Zeiten erzählten.

Was macht diesen Ort wirklich so besonders? Nur die alte Zeichnung im Steinboden stammt noch aus der ersten Zeit. Sie wurde geschaffen, lange bevor die Dogon zurückkehrten, hat er gesagt. Aber was soll ich mit dieser Siriuszeichnung anfangen? Ich brauche einen Wegweiser in den Berg!

Bernard wischte die Stelle am Boden sauber, fuhr immer wieder mit der Hand an der Ellipse entlang, berührte das Kreuz in der Mitte und dann blieben die Augen an dem kleinen Loch außerhalb der Zeichnung hängen.

Kann es sein? ... Moment mal. Als wir heute Morgen in Richtung Osten flogen, habe ich noch daran gedacht, dass wir die ganze Zeit den Sirius sehen können.

Er schaute aus verschiedenen Richtungen auf die Zeichnung und merkte zum ersten Mal, dass sie genauso ausgerichtet war, wie der Hombori Tondo. Der spitz zulaufende Fuß des Berges zeigte nach Nordosten und das Loch im Boden musste zur Zeichnung gehören. Es war nicht zufällig an dieser Stelle.

Der Sirius befindet sich also außerhalb der Ellipse und wird nicht wie viele vermuten, durch das Kreuz markiert! Mensch, dieser Peller kennt sich mit Astronomie noch besser aus als ich. Die Finger im Staub stammen sicher von ihm! Er muss dieser Zeichnung gefolgt sein!

Bernard kannte die Umrisse des Berges wie sein Wohnzimmer. Auch die zerklüftete Ostseite war ihm bekannt, aber dort kletterte niemand. Das Gestein war lose und wegen der regelmäßig austretenden Rinnsale stellenweise mit Algen bewachsen. Auch von Felsspalten wusste Bernard, aber es war allgemein bekannt, dass es nur Wasseradern waren, viel zu eng, um in den Berg zu gelangen. Sein Bauchgefühl sagte ihm, trotzdem dort zu suchen.

Den Kopf voll mit allerlei Ideen über die ungelösten Rätsel und den ethnischen Ursprung dieses Volkes, machte sich der Professor auf den Weg. Bei Sonnenuntergang gab er die Suche nach einem geeigneten Aufstieg auf. Einen trockenen Platz für die Nacht fand er unter einem Felsvorsprung, der wie eine Terrassenüberdachung aus der Wand hervorsprang. Das war auch der einzige trockene Platz, denn nach dem starken Regen tropfte und spritzte es überall von oben. Um sich zu erleichtern, lief er vor dem Schlafengehen noch ein paar Meter. Auf dem Rückweg erfassten seine Augen etwas Silberglänzendes, das dort nicht hingehörte. Es war das abgerissene Label eines Outdoor-Ausstatters. *Peller! Natürlich, der hat so einen Rucksack. Ich bin auf der richtigen Spur!*

Ein Geräusch weckte Tony. Nur den Bruchteil einer Sekunde brauchte das Adrenalin, um ihn in Alarmbereitschaft zu versetzen. Er begriff die gefährliche Lage, in der er sich jetzt befand. Das Geräusch kam vom Wasser, das in großer Menge in die Höhle floss. Es hatte stundenlang geregnet und nun sammelte sich alles in den Felsspalten.

Die Kopflampe funktionierte glücklicherweise noch und so konnte er beobachten, wie das Wasserbecken volllief. Das Überlauf-Loch war viel zu klein, um die große Menge abfließen zu lassen. Das Becken müsste jeden Moment überlaufen.

Scheiße! Wieviel Wasser kommt noch runter? Wird das alles hier zur Falle? Ist Lisa hinter der Mauer sicher?

Das Rauschen des Wassers war schon beängstigend. Nun kam aber ein Geräusch hinzu, das Tony weder orten noch definieren konnte. Ihm fiel ein, wo er das schon mal gehört hatte. In einem Hotel in Taiwan wurde nachts Erdbebenalarm ausgelöst. Das Gebäude knackte und knirschte genauso. In dieser Höhle war aber kein Erdbeben zu spüren, trotzdem knirschte es, als bräche jeden Moment die Decke ein. Tony geriet in Panik. Er musste sich blitzschnell entscheiden die Höhle zu verlassen, schnappte sich seinen Rucksack und watete zum Ausgang. Noch nicht am Eingang angekommen, krachte es kurz und laut, danach war nur noch das Rauschen des Wassers zu hören.

Vom Eingang der Höhle, wo er bis zu den Knöcheln im Wasser stand, reichte der Lichtkegel nicht weit genug, um innen etwas zu sehen. Aber Tony war neugierig und lief wieder hinein. Der Boden des Wasserbeckens hatte sich angehoben und es sah aus, als ob die Bodenplatte auf dem Wasser schwimmen würde.

Das ist doch verrückt! Wie ist das passiert?

Mit den Fingern kratzte er am Gestein und begriff: Das Material, aus dem die Bodenplatte bestand, war Bimsstein, superleicht und schwimmfähig. Schließlich bestätigte sich sein Verdacht, dass die altarähnliche Nische in der Wand eine Tür war. Sie hatte sich ein Stück gedreht, sodass er bequem durchpasste. Bei den Dogon hatte Tony noch keine vergleichbare Technologie gesehen. Diesen Öffnungsmechanismus konnten sie nicht selbst gebaut haben. Er überlegte, ob es die Nommos gewesen sein könnten:

Mensch, die Technik mit den Bimssteinen ist genial! Wer sich auskennt, muss nur Wasser ins Becken leiten, damit die Steine aufschwemmen. Hebt sich der Boden im Wasserbecken, wird die Tür über einen Hebel bewegt. Eigentlich gar kein Hexenwerk. Ganz sicher stammt diese Konstruktion aus einer Zeit vor den Dogon. Auch die ausgetretenen Steinstufen sprechen dafür, dass die Anlage schon da war, bevor dieses Volk nach Mali zurückkehrte.

Nebenbei fielen ihm auch die berühmten Automatiktüren in verschiedenen Tempeln von Alexandria ein. Der griechische Gelehrte Heron hatte eine Automatiktür erfunden und damit ordentlich Geld verdient. Wobei seine Auftraggeber damit einen teuflischen Plan verfolgten. Schon damals herrschte große Konkurrenz unter den Tempelherren. Den Gläubigen wurde mit solchen Wundern vorgegaukelt, dass der hier verehrte Gott mächtiger sei als andere.

Obwohl, diese Tür dient genau dem Gegenteil. Sie hält die Unwissenden fern. Ich hatte nur Glück, weil die Höhle überschwemmt wurde. Sonst würde ich jetzt noch auf der Stufe liegen wie eine Katze vor der verklemmten Katzenklappe. Egal, jetzt ist sie offen.

»Lisa! Hörst du mich?«, rief er in den dunklen Raum durch den Türspalt. Es blieb still.

Was passiert eigentlich, wenn kein Regenwasser mehr nachkommt? Der Bimssteinboden wird sich wieder senken und meine Katzenklappe schnappt zu. Das wäre echt blöd. Egal, ich muss da rein! Alles andere wird sich zeigen.

Bevor er sich traute, besann er sich doch eines Besseren und suchte einen losen Stein, mit dem sich die Tür blockieren ließ. Seine Idee wurde belohnt, denn so ähnlich mussten die

Konstrukteure es geplant haben. Ein Stein der oberen Treppenstufe ließ sich so verschieben, dass er das Schließen der Tür verhinderte. Die Abnutzung stammte dann also vom Gebrauch als Türstopper.

Die dunkle Stille wurde durch das Geräusch seiner nassen Schuhe gebrochen. Während das Wasser durch die Luftporen herausquoll, kam eine Erinnerung zurück. Furchteinflößende Reliefs an den Wänden hatten ihn in seinen Albträumen immer angestarrt. Es waren gefiederte Schlangenköpfe aus der indischen Mythologie, die aufwendig aus dem Stein gehauen waren. Einige erschienen abschreckend, andere wie Wegweiser. Es entsprang nicht seiner Fantasie. Es passierte tatsächlich vor Jahren, als er heimlich durch die Katakomben eines alten Tempels schlich. Auch damals hatte alles mit Wasser begonnen. Ein Mönch erklärte ihm später, die Hindus würden ihre heiligen Bereiche nicht selbst beschützen. Ob jemand hineingelangte, entschieden ausschließlich die *Nagas*, heilige Schlangenwesen, denen man auch in Indien göttliche Herkunft nachsagte.

Er ging ganz nah an die Wände heran und suchte nach solchen Abbildungen. Da war nichts, aber als die Lampe kurz nach oben leuchtete, erschrak er. Bis ganz an die Decke reichte das Licht zwar nicht, aber hier hing alles voll mit hölzernen Masken. Dicht nebeneinander hingen sie an Seilen. Darunter auch die meterlangen Exemplare, mit denen sich die Männer während des Sigui-Festes in Trance tanzten. Zweifellos war das die Kammer mit den geheimnisvollen Schätzen der Dogon. Wobei er in diesem Moment sicherlich alles für einen einzigen Schatz gegeben hätte: Lisa. Wie weit seine Vorstellung von dem abwich, was in dem Moment gerade in den Bergen passierte, ahnte er noch nicht.

So beeindruckend dieser Ort war, so beängstigend war die Vorstellung, was noch auf ihn wartete. Dieser Raum war groß und verengte sich weiter hinten zu einem schmalen Gang. Dort hatte jemand die Wände wieder gleichmäßig bearbeitet. Ohne dass Tony einen Sinn darin sah, war der Gang rechtwinklig ausgeschnitten und regelrecht geschliffen worden. Die Höhe erlaubte sogar einem hochgewachsenen Europäer aufrecht zu stehen. Wenn so ein aufwendig angelegter Weg existierte, musste es einen wichtigen Grund dafür geben. Eigentlich wäre es an der Zeit weiterzugehen, allerdings lud der Blick in dieses schwarze Loch nicht dazu ein. Gegen pure Angst gab es nur theoretische Hilfsmittel. In der Praxis kamen aber die natürlichen Instinkte durch. Selbst die draufgängerische Hündin Stinka ging nachts nie vorneweg, obwohl sie sich in der Dunkelheit besser orientieren konnte als Menschen.

Manchmal ist es auch besser, nicht zu sehen, was da lauert, dachte Tony, doch sofort stellte er sich Lisa vor, die hier irgendwo völlig verstört herumirren musste. Was seine Überwindung dann auslöste, war vermutlich das eigene Schamgefühl.

Die Lampe ging aus.

Verdammter Mist! Warum habe ich keine Profiausrüstung gekauft. Jetzt sitze ich wegen ein paar Piepen im Dunkeln!

Er nahm das LED-Stirnband vom Kopf und klopfte an den Akku.

Vielleicht erholen sich die Zellen noch einmal. Dort, wo sie Lisa hingebracht haben, wirds ja hoffentlich Licht geben.

Das Stirnband hatte er sich locker ums linke Handgelenk gewickelt. Mit beiden Händen tastete er sich in völliger Dunkelheit durch den Tunnelgang. Für einen Moment schien es, als hätte die Lampe noch einmal schwach aufgeleuchtet.

Kann nicht sein, ich habe sie ausgeschaltet.

So war es auch, doch Tony blieb verunsichert. Er bewegte das Band nochmal dicht an der Wand entlang und bekam die Bestätigung. Es flackerte auf. Das Gestein gab also schwache elektrische Ladung ab. Gerade so viel, dass die empfindlichen Leuchtdioden darauf reagierten. Das erinnerte ihn an die Gänge in einigen Pyramiden. Indische Physiker haben festgestellt, dass es in Tunneln aus Kalkstein oder Granit zu ähnlichen Effekten kommen kann. Dafür mussten sie nur so gebaut sein, dass sich die eigene elektromagnetische Strahlung selbst verstärken konnte. Pfiffige Bastler schmuggelten ihre Technik an den Taschenkontrollen vorbei in die große Pyramide von Gizeh. Auch dort konnten sie diesen Effekt nachweisen. Ob auch einigen Ägyptologen inzwischen ein Licht aufgegangen war, wusste Tony nicht.

Aber damit ergaben sich nun neue Fragen: *Der Türmechanismus für diese Höhle ist rein mechanisch. So etwas konnten die alten Griechen schon bauen. Merkwürdiger ist die Sache mit dem Elektromagnetismus. Die hier lebenden Dogon besitzen keine elektrischen Geräte. Aber die haben dieses Versteck auch nur von ihren Vorfahren übernommen.*

Während er sich weitertastete, fiel ihm der Stab mit der Schlange ein. Obwohl er diese Gedanken verdrängen wollte, ergaben sich immer mehr logische Zusammenhänge. Die Vorstellung der Dogon, dass sich ihre Götter in bestimmten Abständen mit einem Exemplar der Menschen paarten, bohrte sich in Tonys Kopf. Dass es direkt mit Lisa zu tun haben könnte, wollte er allerdings nicht wahrhaben.

Besonders krass fand er, was Zikomo auf dem Weg zum Dorf der Kuram erzählt hatte. Es gab Parallelen zur biblischen Geschichte von der Vertreibung aus dem Paradies. Früher dachte er, die *Erbsünde* wäre eine rein christliche Überlieferung. Aber später las Tony im sumerischen Schöpfungsepos ebenfalls von einem Sündenfall, nur gab es darin einen geradezu explosiven Inhalt. Die Menschwerdung hatte dort ganz praktische Gründe, und zwar für die Götter. Sie brauchten Arbeiter in ihren Bergwerken.

Der sumerische Weisheitsgott Enki, der auch der Anführer auf der irdischen Mission war, hatte eine Idee. Gemeinsam mit Ninmah, der Göttin der Heilung, entwickelte er einen Plan. Und der Epos auf den alten Rollsiegeln wurde noch konkreter. Die Erschaffung des Menschen geschah im Labor. Ihr Wissen und die Regeln der Wissenschaft hatten die sumerischen Götter in ihren *ME*s gespeichert. Laut Überlieferung waren das kleine Objekte mit allen Formeln der Wissenschaft.

Ninmah formte mit Hilfe dieser MEs den ersten Menschen aus Lehm. So übersetzten es die Schriftgelehrten am Ende des 19. Jahrhunderts. Zu dieser Zeit hatte noch niemand etwas von Genetik, geschweige denn von Raumfahrt gehört. Tony sah darin auch den Grund für den Übersetzungsfehler. Als Lehm interpretierte er das, was auf der Erde vorhanden war, einschließlich der Lebewesen. Es steht sogar geschrieben, dass viele Experimente nötig waren und auch unzählige Hybridwesen das Licht der Welt erblickten. Ganz so, wie in vielen Darstellungen der Sumerer. Die schließlich gelungenen Erdlinge waren trotzdem nur unvollkommen, ohne Fähigkeit zur Fortpflanzung.

Im Epos der Sumerer sündigten übrigens nicht die Menschen, sondern ihre Götter, weil sie die unvollkommenen Erdlinge noch verbessern wollten. Damit verstießen sie aber gegen ihre eigenen Gesetze, die ebenfalls in den MEs festgeschrieben waren. Doch die Fähigkeit zur sexuellen Vermehrung würde ihren Arbeitsaufwand im Labor verringern. Die Suche nach Gold und Erz war überlebenswichtig für den Heimatplaneten, der schon bald wieder in die Nähe der Erde kommen sollte. Die Zeit eilte also. Enkis Sohn Ningischzidda fügte dem menschlichen Erbgut schließlich noch zwei Äste hinzu. Die Eizelle der unfruchtbaren Menschenfrau Ti-Amat war danach in der Lage, sich zu teilen und dabei auch ein Y-Chromosom zu erzeugen. Der erste voll funktionsfähige Junge wurde geboren und Adapa genannt. Mit ihm wurde auch der Beginn einer Geschichte über die Erbsünde geboren.

Die totale Dunkelheit hatte noch ganz andere Folgen. Tonys Zeitgefühl ging verloren, dafür wurden seine Sinne geschärft. Warum er sich plötzlich an bestimmte Details erinnerte, war ihm schleierhaft. Es kam aber das Gefühl auf, als spreche der Berg zu ihm. Wegen seiner schwindenden Kraft wurde das inzwischen bedeutungslos. Es existierte nur noch eine einzige innere Antriebsquelle: Die Angst davor, seinem Kind könnte irgendetwas zugestoßen sein, oder jemand würde sie sogar benutzen, um …, aber diesen Gedanken wollte er nicht zu Ende bringen.

Stattdessen blieb ein sumerisches Rollsiegel vor seinem geistigen Auge stehen. Was darauf abgebildet war, schien einen Bezug zu einer Textstelle im zweiten Manuskript zu haben. Er erinnerte sich genau, dass dieses Rollsiegel im Vorderasiatischen Museum in Berlin ausgestellt wurde. Sein Herzschlag war plötzlich an der Halsschlagader zu spüren und der Magen meldete sich mit Würgereiz. Beim Vorbeugen stieß er mit dem Kopf gegen die Wand. Gleichzeitig trennte sich sein Magen von dem wenigen Inhalt.

Mit wackligen Beinen schleppte er sich danach noch ein Stück weiter. Eine solche totale Erschöpfung kannte Tony schon. Immer wenn er sich länger an spirituellen Orten aufhielt, erweiterte sich auch sein Bewusstsein. Doch offenbar waren dieses Mal zu viele kraftzehrende Umstände vorhanden. Außerdem hatte er schon seit mehr als 24 Stunden nichts gegessen.

Sein Körper wurde immer kraftloser. An die Wände des Tunnels gestützt schleppte er sich weiter, ohne mitzubekommen, wie sein Körper zusammensackte, als hätte jemand den Stöpsel aus einer Luftmatratze gezogen.

15 – Kontakt

Berlin, Cyber-Zentrale des MAD

Die Kameraden der ERNST-Gruppe saßen schon mehr als zwölf Stunden an ihren Monitoren. Fridas Kopfschmerzen kamen und gingen, aber inzwischen schrieb sie es nur noch der Hektik zu. Reizüberflutung steckte sie einfach nicht so leicht weg wie andere Menschen. Ein Zusammenhang mit der Mikrowellenstrahlung aus dem Orbit war aber ausgeschlossen, denn auch Brian war inzwischen wieder in der Zentrale. Er hatte sich selbst aus der Charité entlassen, nachdem ihm Sergei eine Weiterbehandlung in Freiburg vorgeschlagen hatte. Das wollte Brian tun, denn nach Wochen der Trennung könnte er so auch mal wieder bei Anna sein.

Doch zuvor gab es noch etwas, wobei ihn die Kameraden vom MAD brauchten. Fridas Verdacht, wonach sich die Chinesen in die russische Fancy Bear Gruppe eingeschmuggelt hatten, war inzwischen auch von den Amerikanern bestätigt worden. Nur blöd war für alle Beteiligten, dass seitdem Funkstille bei der NSA herrschte. Die Geheimdienste der Amerikaner hatten während der aktuellen Präsidentschaft mit sich selbst zu tun. Das lag an den internen Machtkämpfen zwischen dem gut ausgebildeten Stammpersonal und dessen neuer Führung. Immer wieder wurden interne Informationen geleakt und der Verdacht stand im Raum, dass das mit Deals zu tun hatte, die der Präsident in Eigenregie mit feindlichen Kräften aushandelte. Für den MAD bedeutete das jedenfalls, dass sie mit der aktuellen Problematik ohne die Amerikaner auskommen mussten.

»Wie weit sind Sie mit der Entschlüsselung gekommen?«, wollte Oberstleutnant Karlmann wissen.

Frida war klar, dass nicht sie gemeint war, antwortete aber trotzdem: »Bevor wir weitermachen, solltet ihr noch etwas wissen.«

»Ich hoffe, Sie sind nicht wieder hinter Pädophilen her. Ihre Trefferquote lag ja nicht so hoch in letzter Zeit. Wir haben für sowas jetzt keine Zeit«, monierte Major Beeske, wobei er in die Runde blickte und Bestätigung suchte.

Karlmann konnte Beeske so gut es ging von Frida fernhalten, aber bei den Briefings war das schlecht möglich. Er sah sich trotzdem gezwungen, zu reagieren: »Wofür wir Zeit haben, kann ich erst entscheiden, wenn alles auf dem Tisch liegt. Bitte, Frau Jensen, lassen Sie hören!«

»Ich habe in der Tat Neuigkeiten aus Freiburg, aber es geht um etwas anderes. Es gibt Probleme mit den Daten, die sie aus den blauen Steinen gewonnen haben. Dr. Harrison wollte die Struktur der Aminosäuren von einem britischen Kollegen auswerten lassen. Obwohl alles mit höchstem Standard verschlüsselt wurde, fehlen beim Empfänger immer einige Sequenzen.«

»Das ist doch eher eine Sache für unsere Kryptografen!«

»Genau. Die haben sich schon den Kopf zerbrochen, aber was sie fanden, hat das Problem erst richtig zum Problem gemacht.«

»Inwiefern?«

»Jetzt wissen wir, dass immer nur ganz bestimmte Datenpakete fehlen. Die Kryptos haben alle verfügbaren Computer gequält, um eine Systematik bei diesem Phänomen zu finden. Und es gibt sie. Egal wie oft es wiederholt wird, es verschwinden immer die gleichen Datenpakete, und zwar Formeln bestimmter Aminosäuren. Inzwischen wurden sie auch identifiziert. Es verschwinden nur solche Aminosäureverbindungen, die es ausschließlich beim Menschen gibt. Die Auswertungen laufen noch, aber es sind DNA-Stränge dabei, die uns Menschen das Bewusstsein ermöglichen. Und dann geht es noch um Formeln für Fortpflanzungsproteine, also die Proteine, mit denen die Teilung der Eizelle ausgelöst wird.«

Die Leute im Raum sahen sich unbeholfen an. Sie waren Computerspezialisten. Das Biologische überforderte die meisten, weshalb Jason fragte: »Aber wir sind doch hier, um bei dem Problem mit den Spionagesatelliten weiterzukommen! Warum sollen wir uns jetzt um so eine Sache kümmern?«

Karlmann hatte einen Verdacht, warum die Wissenschaftler in Freiburg Alarm schlugen: »Frau Jensen, was macht die Sache so dringend?«

»Es sind zwei Gründe: Einmal wissen wir inzwischen, dass die blauen Steine Informationen über den Aufbau der menschlichen DNA enthalten. Es sind aber auch Proteine darunter, die wir keinen irdischen Lebewesen zuordnen können. Vielleicht ist es DNA von bereits ausgestorbenen Arten. Auf jeden Fall müssen wir in Betracht ziehen, dass jeder weitere Kontakt mit diesen Steinen gesundheitliche Folgen für die Tochter von Tony Peller hat. Deshalb soll sie so schnell wie möglich nach Deutschland zurückgeholt werden.

Der zweite Grund ist, …, wie soll ich das jetzt ausdrücken … Na ja, vielleicht passiert mit den verschlüsselten Daten auch schon etwas Ungewöhnliches, bevor sie durchs Internet geschickt werden. Deshalb sollten wir auch einen Blick ins Innere des Instituts werfen. Soweit ich weiß, gehören Universität und Institut zur kritischen Infrastruktur. Dann fällt doch der betriebsinterne Datenschutz auch in unseren Verantwortungsbereich.«

Beeske schüttelte den Kopf: »Nein, nein. Unsere Zugriffsmöglichkeiten enden an der Haustür. Wir können nur in den öffentlichen Netzen operieren.«

Karlmann wusste, dass Beeske grundsätzlich recht hatte. Wollten sie in die internen Angelegenheiten einer Institution eingreifen, musste der Verteidigungsminister zustimmen. So etwas dauerte Tage und bei den Pellers konnten Stunden entscheidend sein. Er hatte eine andere Idee und bat Dr. Harrison, ihn aus dem sicheren Konferenzraum des Instituts zurückzurufen.

Wenig später hatten sich die beiden geeinigt: »… Okay, wir machen es so. Bis nachher!«

Harrison ließ über einen Assistenten kleine Datenpakete über einen privaten Internetzugang nach Berlin schicken. Karlmanns Team verfolgte den Datenstrom auf den Monitoren, aber das änderte nichts am bereits beobachteten Phänomen. Das Ergebnis war immer gleich: Die empfangenen Daten hatten Lücken. Brian war von Anfang an skeptisch: »Ich glaube, so wird das nichts. Wenn unterwegs etwas abgefangen wird, müsste das praktisch ohne Verzögerung dechiffriert, gefiltert und anschließend wieder neu verschlüsselt werden. Wer wäre dazu in der Lage?«

»Die NSA vielleicht oder die Chinesen?«, schlug Jason vor, aber mehr aus Verzweiflung.

Bevor Brian etwas sagen konnte, meldete sich Dyani aus Freiburg auf dem Handy von Oberstleutnant Karlmann. Der verließ kurz den Raum und hörte ihr zu: »Ich würde gern bei der Lösungssuche helfen. Einfach so meinen Job weitermachen, das geht jetzt sowieso nicht. Außerdem bin ich mit der Analyse der Sky Stones …«

»Das verstehe ich, aber bitte verstehen Sie auch mich, liebe Frau Peller.«

»Thakur-Peller, aber nennen Sie mich bitte Dyani.«

»Okay, also …«

Dyani wusste, dass sie Karlmann jetzt nicht aussprechen lassen sollte, denn seine Argumente wären schwer zu entkräften: »Bitte hören Sie mich erstmal an. Dr. Harrison hat sich wegen der verschwundenen Daten auch schon an mich gewandt. Sie ist Humangenetikerin, aber keine Physikerin.«

Karlmann wusste natürlich, dass niemand beim MAD genug Wissen von der theoretischen Physik hatte. Außerdem könnte er Dyani auch jederzeit wieder aus dem Team nehmen, falls es sie emotional zu sehr belasten würde. So ging Karlmann auf das Angebot ein und schaltete Dyani über den Videobildschirm ins Meeting.

»… Kurz gesagt, ich vermute einen Zusammenhang mit dem *No-Cloning-Theorem*«, endete ihre kurze Einführung.

Da der Begriff aus der Informationsverarbeitung kam, kannten ihn alle, wenn auch nur aus Fachzeitschriften.

Dyani wusste, dass sie nicht viele Versuche bekommen würde, ihre Idee zu erklären. Die Skeptiker könnten sich schnell durchsetzen, bevor die anderen begriffen, auf was die Freiburger gestoßen waren: »Okay, ich sehe schon. Wir müssen noch einen Schritt zurückgehen. Vielleicht sollte ich so anfangen: Wie Sie vielleicht wissen, kann man Daten innerhalb eines Quantensystems nicht einfach kopieren. Beim Versuch es zu tun, verändern sich zwangsläufig die Ursprungsdaten. Die Eigenschaften eines

Quantenobjektes lassen sich also nicht auf ein anderes Quantenobjekt übertragen. Dieses Phänomen ist eines der schwer zu lösenden Probleme bei modernen Quantencomputern.«

Hierauf erntete Dyani zustimmendes Nicken. Frida bemerkte aber einen Logikfehler: »Ich kapiere nicht, wieso du von einem Quantensystem sprichst. Es sind doch lediglich Aminosäuresequenzen, deren chemische Formeln kopiert werden sollen.«

»Stimmt und doch wieder nicht. Ohne dass ich erklären könnte, was das für die Physik bedeutet, wissen wir inzwischen, dass die Sky Stones nicht einfach nur irgendwelche Speicherkristalle sind. Ja, sie bestehen aus Kristallgittern wie andere Minerale auch. Aber es muss eine Beziehung zur Quantenwelt geben. Genauer gesagt, ich bin sicher, dass sie in einem Quantenfeld eingebunden sind.«

»Dieses Quantenfeld ist doch aber nur eine Theorie, damit sich die ganzen Phänomene erklären lassen«, meinte Jason, nach wie vor skeptisch.

Dyani hatte Zweifel, ob man ihr noch folgen würde, wenn sie jetzt einfach so weitermachte. Aber dann sprang sie einfach ins kalte Wasser: »Mag sein, dann vielleicht ein Beispiel: Es ist unbestritten, dass Gedanken keine Materie sind. Natürlich besteht unser Gehirn aus Molekülen, aber es kommuniziert in jedem Fall auch mit der Quantenwelt, oder feinstofflichen Welt, wie es manche nennen. Wie sonst könnte man Telepathie erklären? Bitte denken Sie auch an unser Bewusstsein. Die Neurowissenschaftler müssen ihr Weltbild neu ordnen, seit sie wissen, dass es nicht im Gehirn selbst gespeichert sein kann. Unsere Zellen greifen nur darauf zu. Und dann ... was ist mit der Liebe? Wer sich verliebt, braucht dafür keinen Hautkontakt und muss sich ja nicht erst mit dem Internet verbinden. Diese innere Verbindung funktioniert anders und ist auch unabhängig von der Entfernung.«

Beeske wollte wohl einen Scherz machen oder einfach nur etwas beitragen: »Also bei manchen weiß ich nicht, ob die nicht doch das Internet brauchen.«

Jason ließ sich auf dieses Niveau ein, um zu kontern: »Mensch Major, was Sie meinen, ist etwas anderes. Vielleicht sollten Sie mal einen romantischen Film auf frei zugänglichen Sendern schauen.«

Bevor es in eine falsche Richtung abdriftete, forderte Karlmann seine Leute auf, Ideen zu äußern. Zuerst reagierte keiner, nur Jason wirkte, als hätte ihn die Sache jetzt richtig gefesselt: »Trotzdem, der Vergleich mit dem Gehirn gefällt mir nicht. Mit den Steinen selbst passiert ja beim Kopieren gar nichts. Die Formeln waren sogar noch vorhanden, nachdem ihr sie auf andere Speichermedien kopiert habt, richtig? … Okay. Danach habt ihr sie übers Internet kopiert und dabei verschwand ein Teil davon.«

Dyani schüttelte den Kopf: »Ganz so war es nicht. Das Kopieren der Formeln im Institut hat noch funktioniert. Aber als Dr. Harrison den Datenträger aus dem Institut geschafft hat, fehlten Daten darauf. Das heißt, es verschwindet auch ohne Transfer durchs Internet.«

»Jetzt wird es aber spooky!«

»Kann man so sagen. Für mich gibt es nur eine Erklärung: Die kopierten Daten auf dem Speicherstick bleiben noch eine gewisse Zeit mit den blauen Steinen verbunden. Sie verhalten sich, als seien sie noch nicht kopiert worden. Jedenfalls, wenn wir annehmen, dass das *No-Cloning-Theorem* auf unseren Fall zutrifft. Aus irgendeinem Grund verliert das Speichermedium mit der Zeit die Verbindung zum Original, also zu den Steinen. Je größer der Abstand wird, desto schneller geht es. Für mich ist klar, dass dort kein Mensch seine Hände im Spiel hat. Es passiert, weil die kopierten Daten nicht mehr wissen, welchen Zustand sie haben sollen.«

»Vor zwei Minuten dachte ich noch, es verstanden zu haben!«, beschwerte sich Jason.

»Schauen Sie. Ich kann mir das nur so erklären: Die Informationen über die Aminosäuren sind im Kristallgitter des Minerals gespeichert. Aber meine Theorie ist, dass sie ursprünglich von ganz woanders kommen. Erinnern Sie sich, was ich über das Bewusstsein sagte? Erinnerungen und Bewusstsein sind in einem Quantenfeld gespeichert, mit dem unser Gehirn verbunden ist. So ähnlich funktioniert das auch mit den Sky Stones. Sie sind ebenfalls mit einem solchen Feld verknüpft.«

»Wieviel davon ist Theorie und was können Sie beweisen?«

»Hm, der Beweis ist, dass wir es beobachten können, und es lässt sich beliebig oft wiederholen. Wir erkennen bei den Steinen genau das, was vom No-Cloning-Theorem vorhergesagt wird.«

»Was genau passiert denn da beim Kopieren? Und hat es überhaupt etwas mit uns zu tun? Ich meine, wenn niemand Daten stiehlt oder spioniert, was soll der MAD tun?«

Karlmann sah das genauso, aber er vertraute Frida Jensens Intuition. Diese M-Agentin hatte ein Gespür für Gefahren. Er wollte Jensen nicht die Chance nehmen, mehr herauszufinden: »Machen Sie erstmal weiter.«

Dyani atmete auf: »Stört man das System, löst sich die Verschränkung und die Daten gehen verloren. Jedes Elementarteilchen in dem Kristallgitter ist Teil dieses verschränkten Quantensystems, in dem nicht einfach etwas kopiert werden kann, wie wir jetzt wissen.«

Jason murmelte etwas vor sich hin. Er verstand Dyani, aber es kam ihm so absonderlich vor. Frida spürte sehr genau, dass die Kameraden Schwierigkeiten hatten, die praktischen Auswirkungen zu überschauen. Sie versuchte es mit ihren Worten: »Was uns Dyani gerade erklärt hat, ist zwar theoretische Physik, aber doch Bestandteil meiner praktischen Ausbildung in Freiburg gewesen. Dass so wenig Menschen von Professor Fjodorows Institut wissen, liegt nicht daran, dass dort geheime Forschung betrieben wird oder irgendwelche Verschwörungen stattfinden.«

»Und das heißt?«

»Ich beneide Dyani für ihre Unvoreingenommenheit bezüglich paranormaler Phänomene. Sie ist eben in Indien aufgewachsen, wo solche Dinge nicht von vornherein abgelehnt werden.«

Dyani war es unangenehm, dass ihre Herkunft angesprochen wurde. Die asiatische Mythologie wollte sie jetzt nicht unbedingt ins Spiel bringen. »Danke, Frida. Trotzdem bin ich der Meinung, dass die Geheimhaltung in dieser Sache gerechtfertigt ist. Deshalb brauchen wir auch eure Unterstützung. Wie wir gerade in den letzten Tagen erfahren mussten, schaffen es immer wieder Leute, in den engsten Kreis der Forschenden einzudringen. In unserem Fall hatte Lucas Reimann einen chinesischen

Auftraggeber. Dieser HAWAKI Konzern ist uns vielleicht Jahre voraus, was neue Speichertechnologien betrifft. Sie arbeiten an biologischen Speichern, mit größerer Leistungsfähigkeit als unsere Gehirne. Daran wurde weltweit lange geforscht. Aber die Chinesen waren immer die Ersten, wenn Forschende Geld brauchten oder wenn die Industrie investieren wollte. Jetzt haben sie in vielen Bereichen das Monopol. Und nicht nur das. Wenn wir nicht wachsam sind, werden sie bald unsere eigene Forschung behindern.«

Jason klang frustriert: »Okay. Sie meinen, die Geheimdienste müssten mehr tun, aber wie? Unsere Mittel sind begrenzt. Außerdem müssen wir immer erst alles genehmigen lassen.«

»Aber wenn Sie nichts tun, erfahren die Menschen dort draußen auch nicht, was in der Cyberwelt wirklich abläuft. Die Öffentlichkeit muss wissen, wo die KI bereits selbständig in ihr Leben eingreift. Ohne Schranken werden diese Tech-Konzerne nur nach eigenen Regeln arbeiten.«

Karlmann hatte ein paar Minuten nachgedacht, was Dyani vielleicht ungewollt angesprochen hatte: »Mal was anderes: Als Sie vorhin HAWAKI erwähnten, habe ich schon daran gedacht, dass der Konzern hinter dem Datenklau stecken könnte. Aber diese Spur brauchen wir ja nun nicht weiter verfolgen, habe ich recht?«

Brian sah sich gezwungen zu antworten: »Ich bin mir nicht sicher, ob ich das hier überhaupt erzählen darf. Aber es ist wichtig. Also Frida war doch an dieser Geschichte mit den Kameras in dem Kindergarten dran …«

»Jetzt hören Sie doch mal mit diesem Scheiß auf. Da war nichts. Wir haben das alles geprüft!«, sagte Beeske.

»Was genau wurde denn geprüft?«

»Das kann ich in dieser Runde nicht offenlegen. Nicht alle haben den notwendigen Sicherheitslevel.«

»Okay. Aber dann mal ganz konkret gefragt: Haben Sie die eingebaute Technik im Institut überprüft?«

»Wie Technik? Innerhalb des Instituts sind wir raus!«

Frida setzte zum Sprechen an, aber sie brauchte immer viel länger als die anderen und wurde deswegen schnell abgewürgt.

Sie nutzte ein Mittel, das immer wirkte und stand zum Sprechen auf: »Ich weiß, das war nicht meine Aufgabe, aber ich habe mir die Technik bereits angeschaut. Vor ein paar Jahren hat HAWAKI in vielen Ländern an wissenschaftliche Einrichtungen gespendet. Sie wollten die Wissenschaft fördern. Das war die Zeit, als sie Überkapazitäten hatten, nachdem alle Länder plötzlich von China unabhängig werden wollten. Die Forschungseinrichtungen haben sich natürlich über Spenden gefreut.«

»Ja und?«

»Auch das Institut in Freiburg hat zugeschlagen. Die haben ihr komplettes Netzwerk modernisiert. Ich habe eigentlich gedacht, der Staatsschutz wäre an der Sache schon dran, weil meine Meldung an die Vorgesetzten sofort im Sand verlaufen ist.«

Niemand traute sich, Beeske direkt anzuschauen, aber der sah sich wohl genötigt, zu reagieren: »Wie ich schon sagte, die Sache ist über Ihrem Sicherheitslevel, Frau Jensen. Aber zur Beruhigung für die Anwesenden: Alles wurde ordnungsgemäß ans Ministerium gemeldet.«

»Hoffentlich nicht übers Internet«, scherzte Jason, was Beeske brüskierte: »Was soll diese unverschämte Bemerkung?«

Brian war auch nicht zimperlich und meinte: »Aber inzwischen haben wir eine neue Regierung. Im Verteidigungsministerium wurden doch schon so viele Leute ausgetauscht. Haben die überhaupt noch Interesse an dem, was die Vorgänger gemacht haben?«

Beeske war noch wegen Jasons Stichelei und dessen fehlendem Respekt pikiert: »Reden Sie keinen Blödsinn, Wilson. Sie kennen sich vielleicht mit Telepathie aus, aber von Politik verstehen Sie nichts.«

Karlmann hätte Beeske gern aus dem Team genommen. Dessen ständige Gereiztheit und das Misstrauen allen anderen gegenüber machte ihn unberechenbar. Unberechenbarkeit war nichts für die Arbeitsweise in einem Geheimdienst. Nur hatte Beeske jetzt auch seine politischen Freunde im Ministerium sitzen. Das könnte schnell mal zum Stopp der ganzen Mission führen. Karlmann musste das Risiko eingehen und die Arbeitsgruppe verkleinern. Er wollte mit einer Schwarzoperation weiterarbeiten. Frida und Brian hielt er für geeignet, obwohl beide eigentlich medizinische Beobachtung brauchten. Die Lösung war, die beiden umgehend nach Freiburg zu fliegen. Offiziell zur psychischen Behandlung, während sich die *ERNST*-Gruppe nur noch um die Satellitenüberwachung kümmerte.

Freiburg, Institut für Psychologie und Verhaltensforschung

Noch am späten Nachmittag landete ein Eurocopter mit Frida und Brian auf dem Sportplatz des Instituts. Anna hatte dafür gesorgt, dass Dyani vorübergehend im Institut arbeiten konnte. Die Spannung stieg, denn Dr. Ashley Harrison hatte sich vom Direktor die Genehmigung für ein besonderes Experiment eingeholt. Um herauszufinden, wie es Lisa ging, wollten sie Fridas und Brians Fähigkeit zur Fernwahrnehmung nutzen. Noch am gleichen Abend war alles vorbereitet.

»Um diese Zeit schläft Lisa doch. Wir können es auch morgen …«, schlug Dyani besorgt vor.

Frida drängte: »Es ist gut, wenn sie schläft, so erreichen wir sie am besten. Außerdem spüre ich, dass wir nicht warten sollten. Es klingt vielleicht blöd, aber seit ich in diesen Räumen bin, drängt mich etwas zur Eile.«

Anna wusste genau, was Frida meinte. Sie hatte ein ähnliches Gefühl, seit ihre Kollegin Ashley in diesem Gebäude mit den Gesteinsproben experimentierte.

Es dauerte lange, bis sie Dyani davon überzeugt hatten, sich nicht in der Nähe des Instituts aufzuhalten, während die anderen über Fernwahrnehmung zu Lisas gelangen wollten. Sergei sorgte als Psychologe dafür, dass Lisa während der Sitzung nicht überfordert wurde oder sogar verstörende Ereignisse mitbekam. Er vertraute Frida und wusste, dass sie für die eigentliche Kontaktaufnahme am besten geeignet war, allerdings vielleicht nicht so einfühlsam vorgehen würde. Anna hatte Frida aus diesem Grund mental auf die Selbsthypnose vorbereitet und wollte während der Sitzung dabei sein. Außerdem neigte Frida dazu, tiefer in die Welt des medialen Kontaktes einzudringen, und brauchte danach lange, das alles zu verarbeiten. Das zu verhindern war wiederum Sergeis Aufgabe.

Die Idee mit der Kontaktaufnahme hatte Anna schon zwei Tage zuvor, aber Sergei war anfangs dagegen, weil sie wegen ihrer Freundschaft zu Dyani persönlich involviert war. Dagegen lag der Vorteil einer trainierten M-Agentin auf der Hand. Gerade weil Frida autistisch war, konnte sie beobachten, ohne durch Emotionen abgelenkt zu sein. Das erhöhte die Trefferquote bei der Deutung des Erlebten.

Die drei saßen nun im Labor. Sie hatten die bunten Mützen auf und traten gerade in die erste Trance-Phase ein. Alle Hoffnungen lagen darauf, dass Frida in wenigen Momenten Lisas Umgebung live erleben würde. Doch dann lief doch nicht alles wie geplant.

Mali

Was ist passiert und wieviel Zeit ist vergangen? Ich war doch in diesem Tunnel. Wieder so ein verdammter Traum?

Tony lag nicht mehr im Tunnel. Eine Stunde nach seinem Kollaps hatten ihn zwei Männer dort herausgeholt. Er lag jetzt neben einem Lagerfeuer und versuchte die Augen zu öffnen. Seine Lider waren verklebt und als sie freigerubbelt waren, sah er erstmal alles verschwommen. Mehrere kleine Lagerfeuer beleuchteten die steil aufragenden Felsen in diesem schmalen Tal. Wasser floss in der Nähe, aber hier war es ganz anders als in der Schlucht mit dem Tor zum Tunnel. Es gab grüne Rankpflanzen. Tony lag auf weichem Sandboden. Langsam verschwand der Schleier vor seinen Augen und der Blick nach oben traf auf die Milchstraße, hell wie in einem Planetarium und zum Greifen nah.

Als er sich zur Orientierung aufrichten wollte, drückte ihn eine Hand wieder zurück.

»Nicht aufstehen!«

Neben ihm hockte ein Bursche, dem er in den Dörfern noch nicht begegnet war. Kurz keimte Hoffnung auf, denn das mussten die Junggesellen sein, unterwegs um sich auf ihre Prüfung vorzubereiten.

Umständlich drehte sich Tony in eine sitzende Position und sah sich um. Etwa zehn Meter entfernt saßen die anderen Männer um ein Feuer. Es klang, als würden sie alle auf einmal reden.

»Wo ist Lisa?«

»Ich bin Bakari. Du solltest uns auch deinen Namen nennen«, sagte der Dogon.

»Ich heiße Tony.«

»Wer hat dir den Weg zu uns gezeigt?«

»Äh, ach so, ja. Da war eine Zeichnung.«

»Du lügst! Es gibt keine Zeichnung für den Weg hierher.«

»Warum sollte ich lügen. Ich sah eine Gravur im Stein unter dem Dach des Toguna und die hat mir den Weg gewiesen. Ganz einfach.«

»Du sprichst vom verlassenen Dorf?«

»Ja. Ich war mit Zikomo dort, aber er hat mich nicht weiter begleitet.«

»Du irrst! Wenn dich Zikomo bis zum verlassenen Dorf begleitet hat, dann hat er dir den Weg gewiesen. Das tat er auch mit uns.«

»Ich bin wegen meiner Tochter Lisa hier. Sag mir bitte, wo ich sie finde!«

»Ich werde mich mit den anderen beraten«, antwortete der Dogon und ging.

Dass Bakari die Zeichnung anders deutete, fand Tony merkwürdig. Darüber zu streiten hatte er aber keine Kraft. Überhaupt hatte er das Gefühl, die Sorge um Lisa verliere hier die Intensität.

Haben die mir etwas gegeben?

Als Bakari zurückkam, kam es ihm vor, als wollte ein Teil von ihm nach dem Ergebnis der Beratung fragen, ein anderer Teil aber war mit ganz anderen Gedanken beschäftigt. Seine Lippen formten wie von allein die Worte: »Wo sind wir hier?«

»Im Tal der Götter.«

»Dann ist es der Ort, wo ihr zum Lernen hingegangen seid?«

Bakari schaute überrascht, fand die Frage wahrscheinlich dumm. Nach ein paar Sekunden Blickkontakt antwortete er:

»Wir wissen, warum du hier bist, aber du bist noch nicht bereit. Bleib hier, bis uns die Muabhas rufen.«

Tony stand auf, fasste Bakari an den Schultern und schüttelte ihn leicht: »Sag, wo sie ist! Geht es ihr gut?«

»Weißt du es nicht?«

»Was soll ich wissen, verdammt! Erkläre es mir!«

Aufrechtstehen fiel Tony schwer. Es war keine Schwäche, eher das Gefühl, betrunken zu sein.

Bakari war zur Gruppe am anderen Feuer gegangen. Trotzdem glaubte Tony, seine Worte im Kopf zu hören: »*Das Totenritual ist noch nicht beendet. Die Ahnen beraten noch.*«

Das erinnerte ihn an Naha. Zikomo hatte ihm erklärt, dass die Beerdigung in den Bergen stattfinden wird, doch Tony dürfe nicht daran teilnehmen. Nun fiel ihm auch wieder ein, in welchem Moment sich Zikomo entschieden hatte, ihn nicht weiter zu begleiten: *Als ich sagte, die Muabhas im Traum getroffen zu haben, sollte ich plötzlich allein weitergehen. Meinte er es ernst damit, dass ein anderer Ho-Gon die Frauen ins Tal der Götter geführt hat?*

Darauf würde er nie eine Antwort bekommen, wenn er allein am Feuer sitzen bliebe. Tony stand auf und ging zu den anderen. Beim Näherkommen hörte er, wie sie leise Wörter im Chor sprachen. Es klang nicht wie ein Gebet, eher wie Auswendiglernen einer fremden Sprache.

Wie selbstverständlich rutschte Bakari ein Stück zur Seite und gab ihm ein Stück rauchendes Holz. Er machte vor, wie der Rauch eingeatmet werden sollte. Die Wirkung setzte auch bald ein. Anfangs ähnelte es der Hypnose, wie sie Sergei einmal bei ihm durchgeführt hatte. Je länger es dauerte, desto mehr Stimmen hörte Tony. Ohne seine Erfahrung hätte er es wohl nur wie einen Rausch über sich ergehen lassen. Doch in Freiburg lernten Sergeis Patienten, dass man dem Ursprung fremder Stimmen im Kopf nachgehen musste. Es gab krankheitsbedingte Störungen oder absichtlich herbeigeführte Erweiterungen des Bewusstseins. Die einen hielten das Wahrgenommene für Engel, die zu ihnen sprachen, andere ordneten das Phänomen einer weltlichen Ursache zu.

Die Gruppe schien bestimmte Sachverhalte zwei oder dreimal zu wiederholen, bevor der nächste Satz an der Reihe war. Diese Erzählform kannte Tony. Es ähnelte dem akkadischen, mit typisch semitischer Phonologie. Weil akkadisch ausgestorben war, hatte er die Aussprache nie im Original gehört. Das Lesen der dazugehörigen Keilschrift war genauso schwer zu erlernen, wegen der vielen Mythen um die Herkunft hatte er sich aber schon immer dafür interessiert.

Immer mehr Wörter begannen einen Sinn zu ergeben, bis ihm die Antwort ins Gehirn schoss: Diese Jungs lernten Sätze aus dem *Enuma elisch*, dem sumerischen Schöpfungsepos.

Das Chanten der Männer ging weiter, auch wenn zwischendurch mal einer von ihnen aufstand. Während Tony immer mehr von dem Text verstand, wurde ihm klar, was sie hier trieben. Es handelte sich um intensiven Unterricht. Die Junggesellen wurden auf ihr spirituelles Leben vorbereitet. Wie er von Zikomo wusste, würde der Aufenthalt in den Bergen mit einer weiteren Prüfung enden. Erst danach könnte feststehen, ob ein Kandidat für das Amt des neuen Ho-Gon dabei sein würde. Körperlich entspannt und geistig voll aufnahmefähig, hörte Tony weiter zu.

In einem Moment kurzer Ruhe kam es ihm vor, als hätte jemand seinen Namen gerufen. Und wirklich, da gab es etwas, das gar nicht zu dieser Atmosphäre passte. Es fühlte sich an, als hätte er jemand Vertrautes in seiner Nähe.

Alles nur Sinnestäuschungen. Kein Wunder, bei dieser Fülle von Eindrücken. Und dieser Rauch ist auch nicht von schlechten Eltern!

Abgelenkt durch viele Informationen, kümmerte er sich nicht mehr darum. Sogar die Sorge um Lisa wurde vom berauschenden Nebel vertrieben.

Später löste Bakari die Runde am Lagerfeuer auf. Er bot Tony Hirsebrot mit geröstetem Ziegenkäse an. Auf die Frage, woher die Lebensmittel stammten, bekam er nur unverständliches Gestammel zu hören.

Die Männer unterhielten sich auch untereinander auf akkadisch. Dabei tauchten Wörter auf, die Tony kannte, manche elektrisierten ihn sogar und er fragte nach: »Bakari, ihr sprecht immer von den Himmelstafeln. Manchmal nennt ihr sie auch *ME*s. Es hört sich für mich an, als wäre es ein Buch, aus dem euch jemand vorliest.«

»Im Dorf haben wir Bücher. Damit lernen die Kinder Französisch und andere Dinge. Mit den MEs erhielten die Ahnen einst ihre Gesetze. Darin sind auch Anleitungen für Männer und Frauen. Auch die heiligen Feste sind beschrieben. In diesem Tal lehren uns die Ahnen alles, was das Volk braucht. Es steht in den MEs.«

Tony ahnte die Antwort schon, fragte aber trotzdem: »Und das Wissen des Ho-Gon? Stammt das auch von dort?«

»Nein. Wer das Blut der Götter in sich trägt, hört mehr als die anderen. Mehr weiß ich darüber auch nicht.«

»In meinen Büchern stehen viele Dinge über das Sigui-Fest. Aber keine Antwort darauf, warum es alle sechzig Jahre stattfindet.«

Bakari schien darüber nachzudenken. Dann lief er zu den anderen und sie diskutierten ein paar Minuten. Schließlich winkte er Tony zu sich: »Morgen früh gehen wir zu den MEs. Sie erlauben uns, Fragen zu stellen.«

Tony war verwirrt. Erst jetzt wurde ihm klar, dass keiner der Männer die Texte vorgelesen hatte. Das Gelernte wurde ihnen in Trance übermittelt, als liefe im Hintergrund ein Radiosender.

Wenn sie Fragen stellen können, kann es kein fester Lern-Algorithmus sein. Faszinierend! Die sind davon überzeugt, dass die Ahnen das Wissen übermitteln. Kommt es direkt aus dem Gestein oder ist da noch etwas dazwischen? Was hat es mit den MEs auf sich? Könnten das vielleicht ...? Unmöglich, das wäre zu weit hergeholt, außerdem hatte ich den Ho-Gon nach den blauen Steinen gefragt. Er wusste nichts davon. Was ist eigentlich mit meiner Kopflampe?

Er zog sie aus dem Rucksack und wunderte sich schon gar nicht mehr über das Ergebnis. Die Akku-Ladekontrolle zeigte wieder zwei von fünf Balken an. Das elektromagnetische Feld im Tunnel musste also enorm gewesen sein.

Freiburg, in Annas Labor

Frida war allen Eindrücken konzentriert gefolgt, aber nun brachte sie sich zurück aus der Selbsthypnose. Sie ging davon aus, dass Tony nun schlief. Total erschöpft legte auch sie sich auf eine Liege, die in der Nähe stand.

Anna machte sich Sorgen wegen der gerade beobachteten Szene. Sie wollte das mit Sergei besprechen:»Irgendetwas ist schief gegangen. Frida konnte Lisa nicht erreichen, stattdessen hat sie sofort den Weg zu Tony gefunden.«

»Das ist vielleicht auch gut so. Lisa muss in der Nähe sein. Falls die Dogon seine Tochter mit Drogen betäubt haben, und davon müssen wir vielleicht ausgehen, war das der einzige Weg, in die Nähe des Kindes zu kommen.«

»Hast du bemerkt, wie sich Tonys Wesen verändert hat?«

»Ja. Aber so wird er von der Gruppe akzeptiert. Wir müssen auch davon ausgehen, dass er vom Chanten der Männer noch tiefer in ihre Zeremonie hineingezogen werden wird.«

»Aber das könnte mehrere Wochen dauern, viel zu lange für Lisa!«

»Im Moment sehe ich das noch nicht kritisch. Tony hat den Fokus verloren, das stimmt. Aber wir könnten ihn notfalls durch hartes Eingreifen zurückholen. Jedenfalls klappt das in den meisten Fällen«, relativierte Sergei, um nicht übertrieben optimistisch zu wirken.

Anna war nicht so sorglos:»Also ich finde es unglaublich, wie schnell er sich durch die Gruppe von seinem Ziel abbringen lässt!«

Sergei wusste, was sie meinte:»Das ist unsere Schwäche. Kaum einer wird es zugeben, aber jeder ist anfällig dafür. So ist unser Sozialverhalten programmiert. Aber wir sollten uns jetzt wieder mit Frida verbinden. Ich habe den Verdacht, dass wir bei Tony noch etwas Interessantes beobachten können.«

»Erwartest du etwas Bestimmtes?«

»Ich meine ein Phänomen, das ich eigentlich nur theoretisch kenne. Je länger ich darüber nachdenke, was die Indigenen in diesen Bergen tun, desto sicherer bin ich. Die beherrschen etwas, das ich in diesem Ausmaß nicht für möglich gehalten habe.«

»Meinst du etwa die *Epigenetik?* Die Dogon können so etwas unmöglich kennen!«

»Warum nicht? Sie lebten schon immer in der Sahelzone. Das war die Wiege des Homo sapiens. Auch wenn sie nicht genau wissen, was dabei in ihren Zellen passiert. Sie führen ihre Rituale durch, weil man es ihnen irgendwann einmal gezeigt hat. Dass sie damit einzelne Gene in ihren Körpern ein- oder ausschalten, ist ihnen nicht bewusst.«

»Um mit den Ahnen zu sprechen oder für eine schnellere Auffassungsgabe? Außerdem, in der Mythologie entschieden immer nur die Götter, wer besondere Fähigkeiten erhielt und wofür. Die Menschen hatten selbst keinen Einfluss darauf!«

»Mag sein, aber die Götter sind lange fort und ein paar Dinge haben sie dagelassen. Vor allem haben sie die Priester angelernt. Jedenfalls … ach, lassen wir das. Mir scheint nur, dass der Rauch dieses Holzes ihr Bewusstsein erweitert. Aber das kann noch nicht alles sein. Es kommt mir so vor, als würde Tony vor einer Entdeckung stehen. Vielleicht war noch nie ein Fremder bei so einer Zeremonie dabei. Mag sein, dass wir danach auch besser verstehen, wie Lisas Problem gelöst werden kann. Es ist eine einmalige Chance. Jetzt lass uns wieder zurückkehren und herausfinden, was diesen Ort so besonders macht.«

Anna hatte nicht nur viel von Sergei gelernt, sie schätzte ihn auch als Mensch sehr. Aber im Moment befürchtete sie, er würde den wissenschaftlichen Fortschritt über das Wohlergehen der kleinen Lisa stellen. Dabei wollte er doch gerade wegen der empfindlichen Kinderpsyche dabei sein. Sie schwor sich, von nun an nicht nur auf Frida zu achten.

Auch Anna und Sergei schliefen ein bisschen. Etwa gegen vier Uhr wurden sie von Frida geweckt: »Wir sollten weitermachen. Ich glaube, es passiert etwas.«

Minuten später trafen sie sich wieder in Tonys Kopf, umgeben von einem Berg voller Geheimnisse.

Im Tal der Götter

Einige Stunden Tiefschlaf waren vergangen. Kein Traum, keine Gedanken an Lisa. Nichts, was Tony besonders aufregen würde. Bis ihn ein Geräusch weckte. Erschrocken horchte er in die Dunkelheit. *Kann das wirklich sein? Das ist doch ... Lisa? Das Lied kenne ich!*

»... Weil's aber nicht kann sein,
weil's aber nicht kann sein,
bleib ich halt hier.«

Tony sprang auf und lief ein Stück, um die Quelle zu finden. Es war sehr leise, aber eindeutig Lisas Stimme. »Lisa! Wo bist du?«

Seine Rufe wurden von den Sträuchern und dem Geröll im Tal verschluckt. Kein Echo und schon gar keine Antwort. Einige der anderen wachten von seinem Schreien auf und schauten verwundert, blieben aber liegen.

»... Bin ich gleich weit von dir,
bin doch im Schlaf bei dir

und red' mit dir.
Wenn ich erwachen tu,
wenn ich erwachen tu,
bin ich allein.«

»Wenn ich ein Vöglein wär'
und auch zwei Flügel hätt',
flög' ich zu dir.
Weil's aber nicht kann sein,
weil's aber nicht kann sein,
bleib' ich halt hier.«

Dyani hatte es oft mit Lisa gesungen, obwohl das eigentlich ein Liebeslied war. Tony erinnerte sich, wie Dyani manchmal die zweite Stimme sang. Auch in diesem Moment vernahm er das Lied zweistimmig. Das machte ihn stutzig: *Alles Einbildung, ich Idiot! Kein Wunder, dass die anderen erst wach wurden, als ich herumgeschrien habe.*

Er wollte schon zum Nachtlager zurückgehen, doch es gab noch mehr undefinierbare Stimmen in seinem Kopf.

Kann das noch der Rausch vom Abend sein, oder versucht Lisa vielleicht doch, Kontakt aufzunehmen? Ich muss sie suchen!

Niemand versuchte ihn aufzuhalten, als er den Steilhang des Felsens mit schnellen Schritten nach einer Öffnung absuchte. Die Stirnlampe konnte er wieder benutzen, aber um Strom zu sparen, nur auf kleinster Stufe. Es war kurz nach vier Uhr morgens. Seine Schritte im Kiesbett verursachten einen merkwürdigen Widerhall. Auch durch dieses Tal floss Wasser. Die vielen kleinen Pfützen bedeuteten, dass es noch kürzlich Hochwasser gegeben haben musste. Die Sträucher wurden talabwärts dichter und das Wasser etwas tiefer, weshalb er wieder zurückging. Hinter ihm knackte es und er zuckte zusammen. In einem der Sträucher verschwand etwas.

Ein Tier? Der Schatten war recht groß. So große Tiere gibt es hier nicht.

Tony beschleunigte seine Schritte in die Richtung, wo er den Schatten gesehen hatte. Vor ihm knackte es noch einmal kräftiger und als er zum Horchen stehenblieb, waren auch Schritte im Kies zu hören. Er wollte rufen, hielt es aber für unsinnig, denn der Jemand lief ja schließlich vor ihm weg.

Wird wohl kaum der Zimmerservice sein. Aber der Weg muss irgendwohin führen.

Auf dieser Seite des Tals war alles zugewachsen. Als er näherkam, konnte er in zwei Metern Höhe eine Grotte erkennen. Ausgetretene Stufen führten zum Eingang. Innen hingen brennende Fackeln an den Wänden, die mit Zeichen in weißer Farbe bemalt waren. Auf dem ebenen Boden standen hölzerne Wasserschalen mit schwimmenden Protea-Blüten. Es strahlte eine feierliche Stimmung aus, was ihn sofort an Naha erinnerte, für die ja hier irgendwo das Totenritual stattfinden musste.

Tony hätte beinahe in den dunklen Teil der Grotte hineingerufen, besann sich dann aber noch, wie pietätlos es wirken könnte. Etwas weiter hinten sah er Fußspuren auf dem mit Sand bedeckten Steinboden und folgte ihnen.

Die Grotte verengte sich und endete an einem kunstvoll behauenen Portal, ähnlich dem, durch das er zwei Tage zuvor den Tunnel betreten hatte. Dieses Tor stand offen und sah aus, als wäre es noch nie bewegt worden. Auch hier war ein Gesicht abgebildet, aber es hatte menschliche Augen und trug einen Bart.

Das ist wirklich merkwürdig! Die Dogon tragen solche Bärte nicht und das Gesicht passt auch sonst nicht zu den hier lebenden Afrikanern.

Tony hatte das Portal schon hinter sich gelassen, ging aber nochmal zurück, um sich das steinerne Tor im Ganzen anzuschauen.

Das gibt's doch nicht! Sieht einem sumerischen Gott ähnlich. Trotzdem anders als die bekannten Skulpturen. Irgendwie auch moderner. Der Mann hält einen Stab mit zwei Schlangen vor seinem Körper. Wenn der Gegenstand größer als die Person und dazu noch im Vordergrund abgebildet ist, muss der Stab eine enorme Bedeutung haben. Ein Gegenstand, der von Generation zu Generation vererbt wird?

Nach der Überlieferung gab es einen Streit um die Herrschaftsansprüche auf der Erde. Anu, König der Götter, teilte die

Erde auf. Sein Sohn *Enki* erhielt den südlichen Teil der Erde, während Enlil zum Herrscher über den Norden wurde.

Die Darstellung sieht wirklich moderner aus, dann könnte es ein Nachkomme der alten Götter sein. Aber die Details sprechen eher für einen irdischen König.

Tony fuhr mit der Hand über die steinerne Tür und war begeistert von der Bearbeitung. Einige Details kannte er schon, so auch die Tierdarstellungen mit Menschenköpfen. Aber ungewöhnlich war ein Wandteppich mit Schuppenmuster.

Was ist hier anders? Solche Schuppen sieht man sonst an den Kleidern der Götter, aber dabei sind sie immer hängend angeordnet. Hier sieht es aus, als hätte der Teppich kleine Taschen. Vielleicht ein Aufbewahrungsort für Gegenstände?

Beim genauen Hinsehen fiel auf, dass in den Taschen gleich große, rechteckige Gegenstände steckten. Nur auf Augenhöhe waren einige Fächer leer.

Was soll das bedeuten, fehlt wirklich etwas? Deutet das Bild an, dass etwas gestohlen wurde? Mensch, was, wenn es den Aufbewahrungsort für die ME s zeigt? Es sollen einst mehrere Hundert gewesen sein. Jedes einzelne Stück mit bestimmten Informationen, Gesetzen, Karten, ... Formeln? Und vielleicht wird hier wirklich Enki gezeigt. Es heißt doch, dass er von der Göttin Inanna in einer Nacht betrunken und liebeshungrig gemacht wurde. Als Gegenleistung für ihre Dienste verlangte sie einige MEs von ihm. Damit wollte sie ihren Ehemann Dumuzi aus dem Reich der Toten zurückholen, nachdem er vom Gott Marduk ermordet wurde. Marduk war ein Unruhestifter und nicht mit der Erbfolge einverstanden. Nach der folgenreichen Nacht stieg Inanna mit den trickreich erworbenen MEs in die Unterwelt, um ihren geliebten Mann zurückzuholen. Doch sie fand dabei selbst den Tod und konnte nur mit Hilfe der anderen Götter wiedererweckt werden. Sollen die leeren Fächer den Diebstahl andeuten?

Tony war elektrisiert. Obwohl sein Verstand zu funktionieren schien, merkte er, wie die Gedanken in eine bestimmte Richtung gingen. Weg von Lisa, weg von sich selbst, als würde jemand aus dem Dunklen nach ihm rufen. Als ginge die Göttin *Inanna* immer noch ihrem verhängnisvollen Treiben nach. War es dieses Mal Tony, dem sie etwas Wichtiges zu stehlen versuchte?

Die Neugierde zog ihn weiter in die Grotte hinein. Auch hier hingen Fackeln, genauso gefertigt, wie bei den Dogon. Je weiter er kam, desto mehr davon waren bereits ausgebrannt. Noch zehn Meter, dann traf er auf die nächste Öffnung. Wieder ein Tor, dieses Mal aber ohne Tür und schmucklos. Es folgten noch vier dieser torähnlichen Durchgänge, aber das siebte war mit einem grob gewebten Vorhang verschlossen. Der Stoff ließ etwas Licht durchscheinen. Tony blieb wie angewurzelt stehen. Plötzlich wurde ihm klar, dass diesem Tor kein weiteres folgen würde. Genau wie in der sumerischen Version der Geschichte, wo Inanna in die Unterwelt hinabstieg, um ihren Ehegatten ins Reich der Lebenden zurückzuholen. An jedem Tor musste sie dem Wächter eine der machtverleihenden Himmelstafeln geben, sodass sie schließlich entmachtet das letzte Tor passierte.

Tony verharrte vor dem Vorhang. Im Kopfkino liefen verschiedene Varianten der mythologischen Geschichte ab. Ihm kam es vor, als wären die Grotten und Gänge dem Vorbild des Mythos nachempfunden worden. Als sollte dieser Ort den Gang in die Unterwelt der alten Götter nachbilden. Aber wozu? Die Dogon feierten alle sechzig Jahre die Wiederkehr der Ahnen. Stand Tony jetzt vor dem heiligsten Bereich der Ahnen? War dieser Ort so alt wie die Mythologie?

Sein Herz pochte so stark, dass er es zu hören glaubte. Dabei knirschten die Zähne vom Druck der Kiefer und seine Hand war schwer wie Blei. Als er den Vorhang zu Seite schob, fiel sein Blick auf eine fürchterliche Szene.

16 – Das Geheimnis der Muabhas

Am Eingang zum Hombori Tondo

Das abgerissene Label war nicht die einzige Spur der Pellers. Professor Bernard sah auch frische Fußabdrücke und abgerissene Trockengrasbüschel an einer Stelle, wo er ohne Hinweise gar nicht zu Klettern versucht hätte. Einige Meter weiter oben fand er die verborgene Stelle mit dem schmalen Spalt im Berg. Noch bevor er sich durchquetschen konnte, näherte sich das typische Geräusch von Rotorblättern. Anstatt sich sofort in die Felsspalte zu schieben, suchte er erschrocken den Himmel ab. Ein braun lackierter Hubschrauber schoss über den Berggipfel hinweg. Das Hoheitsabzeichen der ausländischen Söldnergruppe mit dem markanten Totenschädel in der Mitte war deutlich zu sehen. Als der Hubschrauber umkehrte und am Steilhang tiefer ging, begriff Bernard, dass sie ihn gesehen hatten.

Durch den Spalt gezwängt, atmete er erstmal auf und schaute sich nach Spuren um. Ein rotes Schnürsenkelende lag auf dem Boden, das farblich zu Tonys Trackingschuhen passte. Die dröhnenden Rotoren waren noch eine Weile zu hören. Wirklich beängstigend war allerdings, dass sie so lange über der Klippe kreisten. Mit ihren Spezialkameras könnten sie vielleicht auch Menschen in einer der schmalen Felsspalten aufspüren.

Der Weg bis zum Höhleneingang an der Talsohle war für den geübten Kletterer keine große Herausforderung. Er redete sich ein, die Soldaten würden ihn für zu unwichtig halten, als dass sie sich ins Tal abseilen und ihm folgen würden. In einer Sache irrte Bernhard nicht, denn die Besatzung des Hubschraubers war nicht hinter ihm her.

Als er die Höhle erreichte, schaute sich der Professor die Türkonstruktion genau an. Den hochgeschobenen Stein, der das Schließen des Portals verhinderte, schrieb er dem cleveren Peller zu. Die Tür offen zu lassen, behagte ihm allerdings nicht. Bevor die Söldner den Öffnungsmechanismus erkennen würden, hätte er schon einen ausreichenden Vorsprung. Auf der anderen Seite wäre ihm selbst der Rückweg versperrt. Er schaute sich den Mechanismus noch einmal genau an und sah keine Möglichkeit das Tor von innen zu öffnen. Schließlich vertraute er darauf, dass Peller zum gleichen Schluss gekommen sein musste, und ließ sie offen. Die Masken an der Decke im großen Raum betrachtete er allerdings noch genauer: *Vielleicht hängen die nicht nur zur Aufbewahrung hier. Könnte auch der Abschreckung böser Geister dienen. Heute wird es allerdings nicht viel helfen.*

Bevor er weiterging, fielen ihm Nischen in den Wänden auf. Sie waren einfach gehalten und Bernard wusste sofort, wozu sie gedient haben könnten. Das vor den Dogon ansässige Volk kannte eine Geschichte vom Totenreich. Diese unterschied sich nur leicht von der sumerischen Variante. Bei ihnen wurde der Eingang zur Unterwelt mit sieben Wandnischen geschmückt. Darin sollen einst die sieben Schicksalstafeln aufbewahrt worden sein, die der Göttin Inanna abgenommen wurden, als sie ungebeten in die Unterwelt eindrang und dafür getötet wurde. Als Inanna nach drei Tagen und drei Nächten von zwei geschlechtslosen Wesen wiedererweckt wurde, die Enki zu ihrer Rettung geschickt hatte, nahm sie die Tafeln wieder mit in die Oberwelt.

Von später erstellten Keilschriften erfuhr Bernard aber noch ein faszinierendes Detail: Angeblich sollen diese Tafeln ihre Kraft verloren haben, als Inanna getötet wurde. Es hieß, dass alle Schätze, die mit ins Totenreich gebracht wurden, für immer dort bleiben müssten. Wenn Inanna also ihre Tafeln nach der Auferstehung wieder mitnahm, wären es nur noch wertlose Steine gewesen. Deren eigentlicher Wert, das Wissen der Götter, müsste also im Berg geblieben sein.

Bernard war klar, dass das später in die Dogon-Religion eingegangen war. Sie verehrten diesen Berg seither als heilig und allwissend.

Der Professor leuchtete mit seiner Lampe nach oben, wo auch die meterlange Sigui-Maske mit ihren 80 Stockwerken hing. Für ihn erzählten die Dogon keine Fantasiegeschichten. Die Masken beschrieben einen Teil ihrer Vergangenheit und Bernhard wollte, dass deren Geheimnisse auch weiterhin geheim blieben, auch wenn die Hoffnung darauf jeden Tag schwand. Unglücklicherweise war die Geheimhaltung aber kein dauerhafter Schutz für die Dogon. Auch manche religiösen Sektierer und fanatische Alleinherrscher waren besessen vom Geheimwissen in alten Texten. Oft hatten diese Menschen eines gemeinsam: Sie glaubten nicht nur an Verschwörungstheorien, sondern verbreiteten auch solche. Sie sahen sich mit einem Recht auf irdische Macht ausgestattet. Das war der wahre Grund, warum Professor Bernard antikes Wissen nur dann preisgeben wollte, wenn es unverschleiert an allen Universitäten gelehrt würde.

Insgeheim hatte er noch die Hoffnung, der alte Ho-Gon hätte einen Weg gefunden, den Fortbestand seines Volkes zu sichern, ohne Lisa zu opfern. Nach dem Zyklus des Sigui-Festes hatten sie ja noch ein Jahr Zeit, einen Nachkommen in den eigenen Reihen zu finden. Gegen seine Zweifel ankämpfend, beschleunigte er seine Schritte und stellte sich die kleine Lisa vor, unversehrt irgendwo am Lagerfeuer sitzend.

Der Marsch durch den gleichmäßig behauenen Tunnelgang ließ sein Zeitgefühl verschwinden. Zwischendurch holten ihn immer wieder Zweifel ein: *Was, wenn der Gang an einem verschlossenen Tor endet? Oder ist es ein Irrweg, angelegt, um Eindringlinge fernzuhalten? Nirgendwo habe ich mehr wundersame Dinge erlebt als in diesem Land. Seit Jahrzehnten suche ich einen Weg in den Berg. Wieso finde ich ihn gerade jetzt? Hat der Ho-Gon es so gewollt? Gibt es noch Zusammenhänge, die ich besser wissen sollte, um nicht in eine Falle zu tappen?* An die Tunnelwand gelehnt, merkte Bernard, wie ungewöhnlich anstrengend das Gehen war. Normalerweise wirkte Granitgestein angenehm auf den Körper, aber jetzt hatte er das Gefühl, der Berg würde ihn erdrücken. Ob das real war, konnte er nicht sagen, aber er ahnte, dass es damit zu tun hatte, was man über den Hombori Tondo sagte. Die Dogon behaupteten, sie könnten die Präsenz der Ahnen spüren. Wer nicht willkommen war, würde es merken und sich deshalb von selbst fernhalten. Der Ho-Gon hatte Bernard auch erzählt, dass nicht alle Ahnen-Götter in Frieden aus dem Leben geschieden seien. Auch die Todesstrafe kam vor. Gleichzeitig würden Bösewichte unter ihnen Gelegenheiten nutzen, ins Leben zurückzukehren.

Bernard wusste, dass sich die Erzählungen der Dogon mit der Zeit etwas verändert hatten. Aber es bedeutete zumindest, dass sie sich mit der sumerischen Mythologie auskannten. Ihre Götter, die sie selbst oft einfach als Ahnen bezeichneten, hatten im Laufe der Zeit neue Namen bekommen. Dass es in Wirklichkeit dieselbe Geschichte wie im sumerischen Schöpfungsepos sein würde, wurde Forschern wie Bernard erst klar, nachdem sie das astronomische Wissen der Dogon ernst nahmen und genauer hinschauten.

Wirklich spannend wurde es, als man die sumerischen Tontafeln in jüngerer Zeit erneut übersetzte. Mit dem Wissen über Raumfahrt und Gentechnik las sich manches plötzlich ganz anders. Natürlich wurden diese Leute schnell als Pseudowissenschaftler verunglimpft, manchmal sogar zu Recht, denn auch Verschwörungstheoretiker mischten sich darunter.

Aber viel spannender war, was bei der Neuübersetzung herauskam. Ein Wesen im Reagenzglas nach dem Ebenbild eines anderen Wesens zu erschaffen, hatten inzwischen auch die Menschen gelernt. Letztlich lieferten die Tontafeln des *Enuma elisch* auch noch die Geschichte, wie es einst zu all dem kam: Die Sternenmenschen sollten von einem Planeten stammen, der in einer sehr großen elliptischen Umlaufbahn um die Sonne kreise.

Sich auf diese Gedanken zu konzentrieren war extrem anstrengend, aber Bernard ging weiter, um sich abzulenken. Es gelang nicht wirklich, denn schon bald schoss ihm noch mal das Schicksal Marduks durch den Kopf: *Hatte Inanna nicht den Mörder ihres Gatten bestrafen wollen, indem sie ihn in einem großen Berg einschloss? Vielleicht hat sie ihn sogar in diese Felsen verbannt! Aber es könnte auch etwas ganz anderes bedeuten. Was, wenn das mit den MEs stimmt? Diese Tafeln verliehen den Göttern ihr Wissen und damit die Macht über die Erde. Wir würden heute sagen, es war ihre KI. Mit dem Verlust der sieben Tafeln verloren sie dann einen wichtigen Teil ihrer Computerdaten. Vielleicht blieb ihnen deshalb nichts anderes übrig, als zur alten Heimat zurückzukehren. Aber wenn Inanna ihren Widersacher*

Marduk in diesem Berg eingeschlossen hat, dann ist er nicht als lebendes Wesen hier, sondern in rein digitaler Form, zusammen mit dem Wissen aus den verlorenen MEs.

Bernard wollte seine Schritte beschleunigen, um die vertrödelte Zeit aufzuholen. Dabei stürzte er zweimal über Bodenunebenheiten. Beim Gedanken an den Gott Marduk wurde ihm immer unbehaglicher. War er es vielleicht, der die hier lebenden Menschen dazu brachte, regelmäßig einen neuen Ho-Gon zu wählen? Vielleicht brauchte er immer wieder einen lebenden Organismus, um selbst eines Tages auferstehen zu können, so wie damals seine Widersacherin Inanna?

Bernhard hielt es nun auch für möglich, dass jeder Ho-Gon seine besonderen Kräfte von Marduk bekam. An so einem Wissen wären bestimmt auch die Auftraggeber der Söldner interessiert, die sich hier herumtrieben. Sollte jemand herausgefunden haben, wie sich das Wissen der MEs wieder aktivieren ließe, dann wären die Konsequenzen kaum absehbar.

Freiburg, abhörsicherer Meetingraum des Instituts

Bei Frida hatte sich der Puls während der Selbsthypnose so stark erhöht, dass Anna eingreifen wollte. Fridas Abwehr gegen fremdes Eindringen in ihren Kopf war aber unerwartet gut. Anna bat deshalb Sergei um Hilfe und zu zweit holten sie Frida zurück. Von dem Trip stark geschwächt, ging sie dann auch wieder freiwillig schlafen.

Zwei Stunden später wollten sie sich erneut treffen, aber Sergei rief sein ganzes Team bis auf Frida schon etwas eher zusammen. Es gab Neuigkeiten vom MAD. Jason hatte die zwei Neuen im Team ERNST mit Nachforschungen beauftragt. Die hatten mit Hilfe ihrer eigenen Software herausgefunden, dass im chinesischen Satelliten Gonzo ebenfalls Technik von HAWAKI verbaut wurde. Ein erster Verdacht bestätigte sich schnell: Mit Gonzo ließen sich auch Trojaner in allen Computernetzwerken aktivieren, in denen Technik der jüngsten Generationen aus diesem Konzern aktiv war. Oberstleutnant Karlmann ging davon aus, dass die Verantwortlichen bei HAWAKI Panik bekamen, nachdem Lucas Reimann als Informant aufgeflogen war.

Sergei erklärte den anderen: »Die Leute von dem Konzern haben noch versucht, alles zu kopieren, was wir zuvor aus den Sky Stones herausgelesen und auf den eigenen Servern gespeichert hatten. Wegen des *No-Cloning-Theorems* wurden dabei alle Informationen gelöscht, auch, was sich auf den Sky Stones befand. Dyani würde nun ihrem Auftraggeber in Sierra Leone erklären müssen, dass sie überhaupt keine verwertbaren Daten zu den Steinen liefern konnte.«

Anna überlegte kurz und ergänzte: »Aber vielleicht wussten die Leute von HAWAKI schon, dass die Daten beim Kopieren zerstört werden. Damit konnten sie uns praktisch alles wegnehmen. Aber was solls, das waren nur Daten. Viel schlimmer ist, …«

Anna war nervös und spürbar mitgenommen von dem, was sie zuletzt alle mit Tonys Augen sehen konnte. Als sie die erwartungsvollen Blicke der anderen sah, musste sie weinen. Sergei rang ebenfalls mit den Tränen.

»Was ist? Jetzt redet doch!«

Sergei sagte schließlich: »Ich denke, wir müssen jetzt zu Dyani fahren und ihr eine schlimme Nachricht überbringen.«

Brian schüttelte nur den Kopf: »Ihr habt nur Bilder gesehen. Es kann auch ein Albtraum von Tony gewesen sein!«

»Es sieht so aus, als sei Tony in den heiligsten Bereich des Hombori Tondo eingedrungen. Er fand dort zwei leblose Mädchen, …«

Weil Anna mit den Tränen rang, sprach Sergei weiter: »In dem Raum befinden sich am Boden zwei Vertiefungen, sauber aus dem massiven Gestein gehauen. In jeder Mulde lag ein Mädchen. Lisa und ein etwas älteres Kind. Beide waren mit Blumen bedeckt. Was das bedeutet, könnt ihr euch denken. Die Dogon führen bekanntlich ihre Totenrituale in den Bergen durch.«

»Was wir denken, ist unwichtig! Was hat Tony gemacht? Er muss doch geprüft haben, was mit seinem Kind passiert ist, oder nicht?«

»Als Tony sein Kind erkannte, ist er zusammengebrochen. Auch Frida ist seitdem völlig fertig. Wir können nur hoffen, dass wir nachher noch einmal Kontakt zu ihm bekommen.«

Brian wand sich an Anna: »Ich werde zu Dyani fahren.«

»Nein, das ist meine Aufgabe. ICH habe den Pellers geraten, die Dogon aufzusuchen«, widersprach Anna.

Sergei mischte sich ein, denn er war es, der den Kontakt zur Botschaft von Sierra Leone vermittelt hatte. Vielen jungen Menschen konnte er bis dahin helfen, ihre besonderen Fähigkeiten richtig einzusetzen. Oft war es für diese Kinder und Jugendlichen ein Schritt aus der Isolation und Stigmatisierung. Sie haben in seinem Institut gelernt, wozu sie wirklich fähig waren. Aber nun hatte er eine fatale Entscheidung getroffen. Er sah sich in der Pflicht, Dyani sofort zu benachrichtigen. Als er aufstand und den Raum verließ, stürzte ihm Anna hinterher: »Warte! Du kannst nicht zu ihr, ohne zu wissen, was mit Tony passiert ist. Wir können ihr nicht auch noch diese Ungewissheit zumuten.«

Sergei lief einfach weiter, bis Anna ihm den Weg versperrte, entschlossen, ihn in seinem emotionalen Zustand nicht gehen zu lassen.

»Also gut. Dann lass uns erst noch einen Versuch machen. Aber zuvor schaue ich mir Frida an. Sie muss dazu in der Lage sein.«

Im Tal der Götter

Während der letzten Meter im Tunnel ließ der Druck auf Bernards Körper nach. Zwischenzeitlich war da ein Gefühl, als stünde er zwischen gigantischen Lautsprecherboxen, deren Schwingungen massiven Druck auf die Lungen ausübten. Jetzt war das endlich vorbei und nun strömte ihm von vorn plötzlich wärmere Luft entgegen.

Als er ins Freie trat und das Tageslicht sah, schaute Bernard zum ersten Mal wieder auf die Uhr. Entweder stimmte etwas mit der Zeitanzeige nicht oder es war tatsächlich ein Tag vergangen, seit er in den Berg eingestiegen war. Viel Zeit blieb nicht, darüber nachzudenken. Als er den Kopf hob, stand ein junger Mann vor ihm und fragte: »Was tust du hier?«

Bernard kannte den Jungen. Er hieß Niam und lebte in einem Dorf südlich von *Samak*. Der gleichaltrige Lago hatte ihn immer wegen seiner Kletterkünste bewundert. Leider hatte Niams Vater nie gut über den Professor aus Europa gesprochen, der in dessen Augen das Wissen der Dogon stehlen und noch mehr Fremde in ihr Land bringen würde. Wegen des skeptischen Vaters durfte Niam auch nicht mehr zu den Samak, mit denen Bernard früher die meiste Zeit seiner Forschung über die Dogon verbrachte.

»Es freut mich, dich zu sehen, Niam! Ich bin auf der Suche nach einem Mann mit seinem Kind.«

»Du solltest nicht hier sein!«

»Ich muss sie sehen. Es ist wichtig. Hilfst du mir?«

»Tony aus Europa ist heute Nacht fortgegangen.«

»Wo sind sie hin und wie geht es dem Kind?«

»Er kam und ging allein.«

Bernard verstand sofort, dass das keine gute Nachricht war: *Wenn Tony allein kam, ist er auf der Suche nach seiner Tochter. Aber was ist da passiert? Niam weiß es nicht. Er ist vom Auftauchen der Fremden wohl eher verunsichert. Vielleicht denken die Jungen auch, das gehöre alles zu ihrer Prüfung.*

Bernard drehte sich, um das Tal zu begutachten. Obwohl er schon oft in der Nähe dieses Berges war, wusste er nichts von so einem großen Tal. Lediglich einige gefährliche Felsspalten waren bekannt, die von Kletterern unbedingt gemieden werden sollten. Der Berg selbst wurde von den Behörden schon lange als Heiligtum akzeptiert und ohne Genehmigung des Ho-Gon kletterte auch niemand an seinen Hängen. Das Ersteigen des Gipfels war absolut tabu.

»Wo sind die anderen?«, fragte er Niam.

»Sie hören den Nommos zu.«

Während sich Bernard umsah, ging ihm Niam nicht von der Seite. Er war wohl skeptisch. Das ungute Gefühl wurde von einem näher kommenden Geräusch verstärkt. Es waren die hart schlagenden Rotorblätter und deren Echo breitete sich beängstigend im Tal aus. Noch war es kaum zu hören und Bernard hoffte, dass es gleich wieder verstummen würde. Dem war nicht so. Niam reagierte noch mehr verunsichert: »Was passiert hier? Warum hast du diese Menschen hergeführt?«

»Die gehören nicht zu mir. Ich weiß nicht, was …«

»Du lügst! Die Weißen haben uns schon immer Unglück gebracht. Wir wollen euch hier nicht!«

Bernard wollte alles andere als Ärger mit den Junggesellen. Im Gegenteil, er überlegte, wie er sie vor den Söldnern schützen könnte. Er zeigte mit dem Finger zum Himmel und beschwor Niam: »Es ist besser, wenn sie uns nicht sehen!«

Den zweiten Teil der Warnung behielt er für sich, denn seiner Meinung nach waren die Söldner hinter Lisa her. Niam musste seine Verzweiflung im Gesicht richtig gedeutet haben. Er schaute für einen Moment auf eine Strauchgruppe, die talabwärts an der Felswand wuchs.

»Ist Lisa dort?«

Niam antwortete nicht, aber Bernard las die Antwort. Er lief los und fand auch schnell den Eingang in die Grotte. Schon das erste Tor machte ihm klar, auf was er hier gestoßen war. Für die Dogon war das der Ort, den auch die sumerischen Keilschrifttafeln beschrieben. Hier herrschte einst die Göttin der Unterwelt über die Seelen der Ahnen und alles, was sie auf ihrem Weg ins Totenreich mitbrachten.

Vor dem siebten Tor stand Bakari und versperrte Bernard den Weg: »Was willst du hier?«

»Ich möchte das Kind holen.«

»Das ist nicht möglich. Sie begleitet Naha durch die Zwischenwelt.«

»Darf ich sie sehen?«

Bakari schob den Vorhang zur Seite und ließ den Professor eintreten. Was er vorfand, war völlig überraschend. Nach all den Jahren Dogon-Forschung, sah er zum ersten Mal, was bisher nur dem Reich der Fantasie zugeordnet wurde.

Die jungen Männer saßen um die Bodenmulden herum, in denen je ein Mädchen lag. Tony Peller hockte zusammengesunken neben seiner Tochter. Bernard vermutete, dass er unter Drogen gesetzt wurde. Während das größere Mädchen barfuß war, trug

Lisa Hirsesandalen. Die bestanden nur aus einer geflochtenen Sohle und Lederbändchen.

Am Kopfende der Mädchen hockten zwei Muabhas. Eine von ihnen sprach akkadisch, was Bernard einigermaßen verstand. Dann übernahm die andere Frau und berichtete von der Ahnenmutter. Sie hatte den Vorfahren einst Zugang zum kosmischen Wissen geschenkt, indem sie den Unwissenden das Himmelreich öffnete. DIE VOM HIMMEL HERAB STIEGEN hatten die Tafeln der Weisheit mitgeführt. Diese Weisheit sei den unwissenden Menschen eingepflanzt worden. Seither trugen sie es in sich und jede Mutter gibt es an ihr Kind weiter.

Der Ho-Gon hatte Bernard einmal erklärt, dass das Himmelreich für die Dogon kein Ort war, sondern ein Zustand. Die Menschen bekamen Zutritt, indem ihnen die Fähigkeit zum Denken und zur Fortpflanzung geschenkt wurde. Fortan hatten sie die Möglichkeit, das Wissen derer, DIE VOM HIMMEL HERAB STIEGEN, in sich zu tragen.

Die Muabha erklärte auch, dass die Schöpfer sich nicht einigen konnten, ob Menschen dauerhaft die Frucht der Erkenntnis in sich tragen durften. Deshalb wurde die Ahnenmutter mit der Aufgabe betraut, alle sechzig Jahre zu prüfen, ob der Fortbestand ihres Vermächtnisses gewährleistet sei. Wenn nötig, müsse sie eine Jungfrau finden, in der eine neue vollwertige Frucht heranreifen kann.

In Bernards Kopf schwirrte alles durcheinander. Ihm war klar, dass das mit der Frucht in seiner eigenen christlichen Welt anders interpretiert wurde. Aber was diese Frau hier meinte, konnte nur eine Art genetischer Stempel sein, der den Menschen aufgedrückt wurde, damit sie zum »göttlichen« Ebenbild werden konnten. Scheinbar dachten die Dogon, dass der dauerhafte Erhalt ihres Erbguts gefährdet sei. Aber auch andere Überlegungen hatten Bernard schon schlaflose Nächte bereitet. Vielleicht war die Symbiose mit den Menschen für die »Götter« im eigenen Interesse. Diente der Mensch für diese Wesen vielleicht sogar als Wirt? Trugen Menschen etwas Wertvolles in sich, deren Fortbestand alle 60 Jahre kontrolliert werden musste? Brauchten sie den Ho-Gon, um den Menschen ihren Willen zu kommunizieren?

Wie lange er auch darüber nachdachte, eine Antwort könnten nur die fremden Wesen selbst geben. Was gäbe er alles dafür, mit ihnen sprechen zu können.

Nicht alle Worte der Muabha waren verständlich, aber dann folgte noch etwas, das Bernard aufhorchen ließ. Sie sprach von der Schuld einer Fruchtbarkeitsgöttin mit einem unaussprechlichen Namen. Das erinnerte ihn an das Thema Erbsünde und an die oft als unsittlich charakterisierte Göttin *Inanna*. Deren sexuelle Anziehungskraft hatte nicht nur männliche Götter ins Unglück gestürzt, sondern auch den Halbgott Gilgamesch, König von Uruk. Später fand Inannas lasterhaftes Verhalten auch Einzug in die abenteuerlichsten Geschichten über das Wesen der Frau, was auch zur Begründung diente, warum Männern das Recht zugesprochen sei, über die Frauen zu richten.

Bernard war beeindruckt, wie modern sich die Muabha ausdrückte, wobei sich doch auch die Dogon-Frauen den Männern unterzuordnen hatten. Aber dann folgte ein entscheidender Hinweis. Sie berichtete, dass sich nach achtzig Ahnengenerationen etwas ereignete. Einer der *Nommo*-Zwillinge hätte sich von den Himmelswegen entfernt. Er brachte den Menschen Dinge bei, die den Göttern vorbehalten sein sollten. Als Gegenleistung sollten sie ihn fortan als König akzeptieren. Er würde in seinem Großmut regelmäßig eine Menschenfrau zur Gattin nehmen und so den Fortbestand des himmlischen Wissens sicherstellen. Aber diese Gattin musste als sauber gelten.

Bernard wusste, dass »sauber« nur von Eingeweihten richtig verstanden werden konnte. Was die Muabha meinte, war die genetische Voraussetzung zur Paarung mit dem König.

An der Stelle hörte die Muabha auf zu sprechen. Bernard dachte daran, dass man eigentlich noch ein paar Worte ergänzen müsste. Er selbst hatte die malischen Ethnien jahrelang erforscht. Bei Völkern, die den *Monotheismus* einführten, veränderten sich die gesellschaftlichen Verhältnisse dramatisch. Je größer ein Königreich wurde, desto wichtiger wurden strenge Verhaltensregeln. Der Vielgötterglaube war dabei hinderlich. Wenn man eins von diesen rivalisierenden Göttern lernen konnte, dann, dass sie immer ihre Anhänger im Volk fanden und es so gezielt spalten konnten.

Die Aussage der Muabha enthielt noch eine erstaunliche Schlussfolgerung: Als aus vielen Göttern EIN Gott wurde, musste die Rangordnung von ganz oben bis nach unten neu geregelt werden. Das System der strengen Unterordnung zog sich bis in die Familie. Das war der Moment, wo die Frau einen neuen Platz in der Gesellschaft erhielt. Sie wurde zum Eigentum, zur Sache und nicht selten zum Handelsgut. Auch extreme Vorstellungen entwickelten sich. Aus Furcht, die eigene Tochter könnte dem Vorbild der unsittlichen Göttin Inanna folgen, wurden immer extremere Methoden entwickelt, das zu verhindern. Auch Neid und Missgunst unter den Volksstämmen brachten schlimme Auswüchse hervor. Widerfuhr einem Stamm großes Unglück, mussten Schuldige her. Was mancherorts nur das »sündige Weib« war, verkörperte anderenorts eine Hexe.

Die Muabha erklärte mit grandioser Feinfühligkeit, welche grausamen Sitten es in der Vergangenheit auch bei Dogon-Stämmen gab. Die arme Naha sei nun so einer fehlgeleiteten Tradition zum Opfer gefallen. Weil es in ihrem Dorf keinen klugen Anführer gab, konnten sich Fremde als Muabhas verkleiden und taten für Geld, was niemals hätte getan werden dürfen.

Die zweite Muabha stand auf und lief in einer Art rituellem Tanz um die beiden Mädchen herum. Dann warf sie sich vor Naha auf den Boden und riss ihr den Lendenschutz vom Körper. Als wäre das noch nicht schrecklich genug, zog sie Nahas Beine auseinander und zeigte auf die Reste ihrer verstümmelten Genitalien.

Schreckenslaute füllten die Kammer, einige machten Gesten, um ihre Emotionen auszudrücken, aber alle Gesichter spiegelten den grausigen Anblick wider. Bernard war besorgt, ob auch Lisa dieses Schicksal erlitten hatte. Tony dagegen schien von dem Geschehen gar nichts mitzubekommen. Er gab ein jämmerliches Bild ab. Sicher hatten die Muabhas vorausbedacht, dass er die Zeremonie ohne Sedierung nur stören würde. Aber sie hätten ihn auch außerhalb der heiligen Kammer ablegen können. Dass sie es nicht taten, bedeutete für den Professor, dass sie Tony respektierten wie alle anderen.

Nach ein paar Minuten forderten die Frauen alle auf, die Kammer zu verlassen. Es hieß, sie würden nun die Ahnen bitten, Naha in ihrem Haus aufzunehmen. Auf der Erde, so erklärten sie, hätte Naha eine Schwester gefunden, die ihre Seele von nun an mit ihr teilen würde.

Was damit gemeint war, wollte Bernard gar nicht mehr wissen. Er machte sich Gedanken, wie er Tony schnell aus seinem Zustand zurückholen konnte. Außerdem musste die leblose Lisa aus dem Tal gebracht werden. Zwei Burschen schleppten Tony in den Raum vor dem siebten Tor und setzten ihn auf den Boden. Danach schien er sich aber auch schon etwas orientieren zu können und lallte mit schlaffer Zunge unverständliches Zeug. Bernard setzte sich daneben und versuchte ihn zu beruhigen. Er ahnte nicht, dass Tony eigentlich eine wichtige Information für ihn hatte.

17 – Die Täuschung

In der Grotte

Das siebte Tor wurde immer noch von Bakari bewacht. Alle anderen Männer warteten nun ebenfalls vor der siebten Kammer. Bernard wollte zwischendurch nachschauen, was die Frauen mit den Mädchen taten, aber das wurde ihm verwehrt. In der Hoffnung, sie irgendwie ablenken zu können, verwickelte er die Männer in ein Gespräch.

»Ich habe von euch so vieles gelernt, aber manches verstehe ich noch nicht. Niemand konnte mir beantworten, warum das Sigui alle 60 Jahre gefeiert wird. Ich weiß, dass das Fest nach dem Sirius benannt ist, aber es gibt bei diesem Stern keinen passenden Zyklus.«

Edem, der Schmächtigste unter ihnen, wollte etwas sagen, aber Bakari stoppte ihn mit einem Handzeichen. Bernard hatte schon zuvor bemerkt, dass Edem ein helles Köpfchen hatte. Er wollte es deshalb anders versuchen: »Nun gut, es soll vielleicht ein Geheimnis bleiben, aber dann lasst mich erklären, was ich in den westlichen Schulen gelernt habe: In einem anderen Teil der Welt und zu einer anderen Zeit wurden Götter verehrt, die euren Ahnen sehr ähnlich sind. Sie wurden Anunnaki genannt und sollen von einem Planeten stammen, der 3600 Jahre um unsere Sonne benötigt. Aber die Wissenschaftler fanden noch keinen Planeten mit einer solchen Umlaufdauer. Wo ist der Fehler?«

Alle hörten gespannt zu. Dass der bewegungsunfähige Tony ebenfalls alles mitbekam, ahnte Bernard nicht.

Edem hatte sich von der Frage anstecken lassen und antwortete prompt: »Der Fehler ist eure Sprache. Dort gibt es manche Wörter nicht, weil sie in euren Gedanken keinen Sinn ergeben. Sogar die Sprache der Dogon kennt nicht für alles die passenden Wörter. Deshalb lernen wir hier wie die Ahnen zu sprechen und erst danach verstehen wir, was sie uns zu sagen haben.«

CHROMOSOM

»Danke, dass du so offen sprichst. Aber was ist nun die Lösung des Rätsels?«

»Die Anunnaki, wie sie vom Volk des Nordens einst genannt wurden, waren ursprünglich keine Kinder unserer Sonne. Ihre Väter und Mütter wurden im Sirius-System geboren. Das Jahr auf ihrem Planeten entsprach 3600 unserer Jahre, aber eines Tages beherrschten ihre drei Sonnen die eigenen Kräfte nicht mehr. Sie schleuderten den Planeten aus ihrem System heraus und schickten ihn auf eine lange Reise. Als unsere Sonne noch jung war und ihre Planeten noch wild, gab sie auch dem vorbeiziehenden Fremden eine neue Heimat. Aber sie gab ihm eine Umlaufbahn weit außerhalb aller anderen. Dessen neues Jahr dauert seither 6-mal länger als das ursprüngliche Jahr um den Sirius. Es sind nun 21.600 Erdenjahre.«

»Und warum feiert ihr Sigui alle 60 Jahre und nicht alle 6 oder 10?«

Weil Edem nicht antwortete, hielt es Bernard für verlorengegangenes Wissen oder es war vielleicht unwichtig für sie. Als hätte Edem diese Gedanken gelesen, machte er eine verneinende Geste, schien aber mit sich zu ringen, ob er darüber sprechen sollte: »Der Berg ist es, der uns den Zyklus vorgibt. Er allein kennt die Gesetze der Ahnen. Es ist für alle Zeiten in seinem Innern festgeschrieben.«

Das deutete der Professor dann doch als Teil der Mythologie, nahm sich aber vor, an der Sache dran zu bleiben. Wie alle paar Minuten, streifte sein prüfender Blick auch jetzt wieder den Deutschen, der plötzlich etwas aufrechter zu sitzen schien. Dann fiel Bernards Blick auf eine Zeichnung im Staub.

Das gibt's doch nicht! Der clevere Kerl hat alles mitbekommen!

Tonys Gekritzel ähnelte einer Kinderzeichnung, was Bernard der Lähmung zurechnete. Er klopfte ihm auf die Schulter: »Das wird schon wieder, alter Freund! Die Wirkung wird sicher gleich nachlassen.«

Tony deutet immer wieder mit einem Stöckchen auf die schwer erkennbare Zeichnung. Dass er aufgeregt war, sah man an der schnelleren Atmung und dem Speichel, der ihm aus dem

Mund lief. Bernard schaute sich das Kunstwerk am Boden noch mal an: *Das soll sicher Lisa darstellen. Der arme Kerl muss völlig verstört sein, befürchtet wohl, ich würde Lisa hierlassen.*

»Verlassen Sie sich auf mich, Peller. Sobald Sie wieder bei sich sind, werden wir Lisa rausholen. Ich kann das Kind tragen, solange Sie zu schwach sind. Wir werden auch einen Weg finden, sie nach Deutschland zu bringen.«

Weil die Knie schmerzten, konnte Bernard nicht lange in der Hocke bleiben. Beim Aufstehen sah er noch einmal auf die Zeichnung am Boden. Wegen der langen Haare und dem angedeuteten Rock sollte es sicher ein Mädchen darstellen. Trotzdem, ohne es genauer beschreiben zu können, war etwas merkwürdig an der Zeichnung. Tonys zitternde Hand zeigte immer noch mit seinem Stöckchen auf eine bestimmte Stelle.

Es kam Unruhe auf. Bakari gab vier der Jungen einen Befehl. Sie gingen in die letzte Kammer und trugen nach einer Weile Nahas Leichnam heraus. Ihren Körper hatten sie zuvor mit einem blau-weiß-gestreiften Stoff umwickelt. Er war nun steif wie ein Brett. Während der vielen Jahre Studium ihrer Lebensweise, war es Bernard noch nie gelungen, ein vollständiges Totenritual mitzuerleben. Er wusste nur, dass sie ihre Verstorbenen im letzten Schritt in eine der schwer zugänglichen Höhlen bringen. Aber dann fiel ihm noch etwas anderes auf. Als die Tote vor einer Stunde noch neben Lisas Körper lag, sah ihre Haut frisch aus, als würde sie schlafen. Nun war die Gesichtshaut zusammengefallen. Während sich Bernard über den schnellen Verfall wunderte, verstand Tony sehr gut, was da passiert war. Der Ho-Gon hatte zwei Tage zuvor das Phänomen des *Nyama* beschrieben. Glaubte man der Legende, hätte Nahas Seele vor wenigen Augenblicken endgültig den Körper verlassen. Aber was bedeutete das für Lisa?

Eine Muabha kam aus der Zeremonien-Kammer und legte eine Hand auf Tonys Kopf. Dabei flüsterte sie ein paar Worte. Die zweite Muabha zeigte an, dass sie nun zu Lisa gehen durften. Tony versuchte aufzustehen, aber er schaffte es gerade mal, sich an die Felswand zu lehnen.

»Ich werde sie holen«, beruhigte ihn Bernard. Lisa lag noch auf dem Boden, hatte aber die Augen auf. Als der Professor sie ansprach, schien sie ihn nicht zu erkennen. Sie reagierte auch nicht auf dessen Berührung.

»Komm, Mädchen! Wir gehen. Dein Papa wartet draußen auf dich.«

Lisas Lippen zuckten nur. Vermutlich wirkte die Droge noch, mit der sie ruhig gestellt wurde. Als Bernard das Kind hochheben wollte, sprach Bakari: »Das Mädchen kann noch nicht fortgehen. Wir werden sie später ins Dorf bringen, wenn es so weit ist.«

Schwankend hatte sich Tony in den Raum geschleppt und formte unbeholfen ein paar Worte: »Nein! Ich nehme sie sofort mit! Sie hat genug durchgemacht.«

Bakari blieb gelassen und trat einen Schritt zurück. Er machte keine Anstalten, die beiden Männer an irgendwas zu hindern. Bernard hob Lisa hoch und spürte, dass sie sich wehrte. Leise hörte er ihre Worte: »Geht fort! Ich muss hierbleiben!«

»Lisa, mein Schätzchen. Wir müssen nach Hause. Mama wird sonst traurig sein!«, rief Tony verzweifelt.

Bernard spürte Lisas Abwehr gegen seinen Griff und hatte ein ungutes Gefühl. Er versuchte sie neben ihren Papa zu stellen, damit sie seine Nähe spürte. Dabei fiel eine Strohpuppe herunter, die sie irgendwie am Körper gehabt haben musste. Jetzt begriff er, was die Zeichnung am Boden bedeutete. Tony versuchte unbeholfen, die Puppe aufzuheben. Bevor er sie anfassen konnte, schrie Lisa etwas Unverständliches und Tony wich erschrocken zurück.

»Keine Angst! Du kannst die Puppe behalten«, versuchte Bernard zu beruhigen und nahm das Spielzeug in die Hand. Sie war grob gearbeitet und straff gebunden. Der Körper war etwas klobig und mit einem stabilen Geflecht aus Hirsestroh ummantelt. Die zusammengebundenen Füße fand er ungewöhnlich, wollte da aber nichts hineininterpretieren. Er gab Lisa die Puppe zurück, doch das Festhalten fiel ihr schwer.

Beherzt klemmte sich Bernard das Mädchen unter den Arm und forderte Tony auf, ihm zu folgen. Es dauerte eine Weile, bis er einigermaßen gerade laufen konnte, aber es ging mit jeder Minute besser. Anders war es bei Lisa. Auch kurz vor Erreichen des Grottenausgangs konnte sie noch nicht allein stehen.

Etwa zwanzig Meter vor dem Ausgang war das erste Tageslicht zu sehen. Aber auch ein beunruhigendes Geräusch hallte aus dem Tal herein.

»Stopp! Hören Sie das?«, fragte er Tony, doch der schien nichts mitbekommen zu haben. Für den Professor hörte es sich wie weit entferntes Maschinengewehrfeuer an: *Verdammter Mist! Die Söldner müssen ins Tal eingedrungen sein. Aber auf wen schießen die?*

Bernard setzte Lisa auf den Boden und forderte Tony auf, zu warten. Er schob die Sträucher etwas auseinander, die den Eingang zur Höhle verdeckten. An den Felswänden hingen zwei Kletterseile. Jemand war also von oben ins Tal abgestiegen. Auf den Berggipfel konnten sie nur mit dem Hubschrauber gelangt sein. Aus seiner Deckung war niemand zu sehen oder zu hören, deshalb wagte er ein paar Schritte ins Freie. Dort, wo die beiden Seile den Boden berührten, lagen zwei leblose Männer in Uniformen. Also waren sie während des Abseilens erschossen worden. *Was war hier los? Haben die sich gegenseitig bekämpft?*

Vorsichtig und dicht an den Sträuchern, schlich er sich an einen der Toten heran. Am Oberarm des Mannes befand sich ein Aufnäher mit dem Emblem der Söldner-Gruppe. Bernard konnte nicht glauben, dass sich außer den Söldnern noch andere Bewaffnete in dieses Gebiet wagten. Und wenn doch, wonach suchten sie hier? Wer wollte die Söldner daran hindern, ins Heiligtum der Dogon einzudringen?

Etwa fünfzig Meter talaufwärts war das Lager der Junggesellen, aber von ihnen war nichts zu sehen. Womöglich versteckten sie sich. Oder sie waren tot, aber daran wollte er nicht glauben. Nach den Schüssen hatten sie sich vielleicht sofort in eine der Höhlen zurückgezogen. Bernard hielt es für wahrscheinlich, dass sich die Mörder irgendwo verschanzt hatten und nun warteten. Aber auf wen? Er hatte keine Idee, wie er vorgehen musste: *Ist es besser, wenn die Pellers in der Grotte warten? Ich muss eine Entscheidung treffen. Lisa braucht Hilfe. Jedes Kind wäre nach so einem Erlebnis traumatisiert, von den Schäden durch die merkwürdige Strahlung oder was auch immer dieser Berg hier verursacht ganz zu schweigen.*

Wieder zurück erklärte er Tony seinen Plan, von dem er sich gleichzeitig noch selbst überzeugen musste: »Wir können nur durch den langen Tunnel zurückgehen. Am Ende befindet sich das Steintor, das zur schmalen Schlucht führt.« In Flüsterlautstärke direkt an Tonys Ohr ergänzte er: »Das ist aber ein Risiko. Es könnten noch bewaffnete Männer irgendwo lauern.«

»Was sind das für Männer?«

»Von oben sind zwei Söldner ins Tal eingedrungen, wurden aber erschossen. Keine Ahnung, wer es auf sie abgesehen hatte. Aber was die Leute hier suchen, ist unklar.«

»Wenn sie von oben kamen, kennen sie den Tunnel vielleicht nicht. Das ist unsere Chance.«

»Selbst wenn wir es aus dem Berg schaffen, wie kommen wir dann weiter?«

Bernard sah nach seinem Satellitentelefon im Rucksack. Es war intakt und ausgeschaltet. »Wo ist eigentlich Ihres?«

Tony schaute auf Lisa, die immer noch abwesend zu sein schien: »Verschwunden. Ich dachte, Lisa hätte es mitgenommen. Vielleicht hat sie es irgendwo verloren.«

»Ich befürchte, eines der Telefone hat die Söldner hierher geführt.«

»Aber ohne Telefon können wir keine Hilfe holen!«

»Stimmt«, bestätigte Bernard, wollte aber nicht erwähnen, dass er gar nicht wusste, ob man sie im Dorf wieder aufnehmen würde. Die Reaktion der Bewohner beim Anflug hatte er als Ablehnung gedeutet. Wo also sollten sie hin? Im übernächsten Dorf lebten die *Kuram*. Ohne den Ho-Gon bekämen sie aber keinen Zutritt ins Dorf. So war das Telefon ihre einzige Chance.

Während er über den Fluchtplan nachdachte, fiel sein Blick auf Lisa, die ihre Puppe umklammerte und unentwegt die Lippen bewegte, ohne dass Worte zu hören waren.

Das arme Ding! Was hat sie in den letzten Tagen durchmachen müssen? Und wer sie hierher führte, wissen wir immer noch nicht.

Ohne es sich eingestehen zu wollen, wusste er es aber doch, denn bei der ganzen Geschichte passte eins zum anderen. Spätestens, wenn er Lisas Veränderung und die offensichtliche Bindung zu den Dogon betrachtete. Die Freiburger Kollegen hatten etwas herausgefunden und deshalb Bernhard um Hilfe gebeten. Sie waren davon überzeugt, das Mädchen sei in den Bergen und vor allem in der Nähe dieser Sky Stones in Gefahr. Mit Humangenetik kannte sich Bernard nur wenig aus, aber offensichtlich waren die Freiburger der Meinung, das Kind wäre hier einer künstlich herbeigeführten Mutation ausgesetzt. Was mit Lisa passierte, kam in abgewandelter Form schon einmal in alten Schöpfungsmythen vor. Und die Dogon wussten es von Anfang an. Deshalb banden sie das Kind sofort in ihre Zeremonien ein. Anstatt die Veränderung bei Lisa rückgängig zu machen, sahen sie eine Chance, das Blut der Dogon mit dem aus ihrer Sicht göttlichen Blut aufzufrischen. Vielleicht hatte der Ho-Gon einen Gewissenskonflikt und wollte die Pellers deshalb nicht hierher begleiten?

Wenigstens gibt es hier keine Sky Stones, wie befürchtet. Anderenfalls hätte ich schon mal etwas davon gehört, dachte er und rappelte sich hoch.

An seinem Rucksack war ein zusammengerollter Schlafsack befestigt. Aus beidem formte er ein längliches Bündel.

»Was ist in Ihrem Rucksack noch drin?«, fragte er Tony.

Dort kamen Lisas Strickjacke und gelbe Wanderschuhe zum Vorschein. Mit den Schuhen und der Strickjacke sah das Bündel nun aus gewisser Entfernung einem Kind ähnlich.

»Wir teilen uns auf. Ich nehme die falsche Lisa und klettere am Seil hoch. Falls noch bewaffnete Männer irgendwo lauern, kann ich sie damit ablenken. Ich denke, die wollen Lisa, deshalb werden sie mir nichts tun. Aber es gibt Ihnen genug Zeit, durch den anderen Tunnel zu verschwinden.«

»Warum sollten sie Lisa wollen?«

»Das erkläre ich Ihnen später. Es hängt mit den Sky Stones zusammen. Ich verstehe Ihre Vorsicht, aber es wäre besser gewesen, Sie hätten mir schon am ersten Tag alles erzählt. Aber was solls, ich will Ihnen keine Vorwürfe machen! Wahrscheinlich hätte ich ebenso gehandelt.«

»Was ist mit den Junggesellen?«

»Verschwunden. Sie sind Meister im Versteckspiel. Außerdem wird ihnen niemand etwas antun. Ihre Geheimnisse gehören zur Identität dieses Landes. Das respektieren sogar die Rebellen.«

Tony wusste nicht, ob er daran glauben oder besser skeptisch sein sollte. Letztlich blieb ihm nichts anderes übrig, als dem Professor zu vertrauen.

Bernard befestigte das Bündel an seinem Körper. Dafür verwendete er die Gurtausrüstung von einem der Toten. Gut durchtrainiert und als geübter Kletterer machte er sich auf den Weg zum Seil. Tony blieb noch eine Weile in der Deckung hinter den Sträuchern und beobachtete, wie sich der Professor recht zügig am Seil nach oben bewegte. Aus der Entfernung sah es wirklich aus, als wäre Lisa bei ihm. Ihre gelben Wanderschuhe machten den Look perfekt. Tony schätzte, dass der Aufstieg am Seil mehrere Stunden dauern würde. Nachdem es zwanzig Minuten im Tal ruhig blieb, wollte er sich auch mit Lisa auf den Weg machen.

»Komm mein Schätzchen!«

Lisa wehrte sich nicht mehr, aber die Puppe hielt sie fest, als wäre es das Wichtigste in ihrem Leben.

»Ich kann sie in den Rucksack stecken. Dort ist es sicher.«

Lisa weigerte sich, das Püppchen herzugeben. In seinem Rucksack fand Tony auch Bernards Telefon, das er ihm unbemerkt reingesteckt haben musste. Schließlich hielt er auch einen der zerdrückten Schokoriegel in der Hand, den er Lisa anbot: »Möchtest du?«

Sie verschlang ihn gierig und trank auch etwas aus der verbeulten Wasserflasche. Tony war sicher, dass die lähmende Wirkung nun auch bei ihr verschwunden war. Sie mussten also nicht länger warten. Das Tal war hier nur zwanzig Meter breit. Da der Fluss wenig Wasser führte, kamen sie trocken auf die andere Seite. Dort gab es zwar keine Sträucher, dafür war der Felsen so weit ausgespült, dass ein Überhang gute Deckung bot. Einmal schob Tony den Kopf vorsichtig heraus, um nach oben zu schauen. Den Professor sah er aber nicht mehr.

Bevor sie bei den toten Söldnern ankamen, hielt Tony seinem Kind die Augen zu. Von den Junggesellen war immer noch nichts zu sehen oder zu hören. Nur die Feuerstellen zeugten davon, dass sie letzte Nacht hier gelagert hatten. Tony war auch schleierhaft, wo die Muabhas geblieben waren. In der Grotte verschwanden sie plötzlich, als könnten sie sich in Luft auflösen. Da Lisa aber länger mit ihnen zusammen war, fragte er einfach: »Hast du die Frauen weggehen sehen?«

»Ja.«

»Wo sind sie jetzt?«

»Sie sind zurück in den Berg gegangen.«

»Dann haben sie einen anderen Weg genommen als wir?«

»Papa! Du verstehst nicht. Die Muabhas sind jetzt wieder im Berg! Sie kommen nur heraus, wenn die Dogon sie rufen!«

Tony überlegte, was sich sein Kind bei diesen Worten denken mochte. Was hatte sie in diesen zwei Tagen alles beobachtet?

Als dann plötzlich eine Öffnung im Felsen auftauchte, konnte sich Tony nicht daran erinnern, ob das der richtige Weg war. Sie hatten ihn bewusstlos aus dem Tunnel geholt, aber für lange Überlegungen war keine Zeit.

Die Batterieanzeige der Kopflampe zeigte unverändert zwei Balken an. Auf dem Weg durch den Tunnel hätte Tony ununterbrochen Fragen an Lisa stellen können, aber er wollte sie nicht überfordern. Ganz zurückhalten konnte er sich dann doch nicht: »Weißt du noch, wer dich aus dem Dorf geholt hat?«

»Die Muabhas.«

»Also haben sie den Berg doch verlassen?«

»Nein. Sie waren nur in meinem Kopf und haben mir den Weg gezeigt.«

»Warum hast du das Telefon mitgenommen?«

»Ich habe es nicht mitgenommen.«

Dabei wollte er es bewenden lassen. Trotzdem beschäftigte es ihn: *Lisas Antworten können nur bedeuten, dass ihr alles wie ein Traum vorkam. Reales und Irreales sind durcheinandergeraten. Oder ... vielleicht ist ihr das Gleiche widerfahren wie mir. Diese Träume ... Natürlich, ich habe die Muabhas zuerst im Traum getroffen. Was, wenn genau das passiert ist, was Lago über die Nommos erzählt hat. Sie kommen in veränderter Form in die Dörfer. Für die Dogon gibt es überall Geistwesen und trotzdem halten sie es für reale Erscheinungen. Das muss eine Art Suggestion sein. Sie wirken auf unser Bewusstsein ein und veranlassen, dass wir Dinge sehen und tun. So könnten sie Lisa im Traum in die Berge geführt haben.*

»Lisa, mein Schätzchen, bist du den ganzen Weg vom Dorf gelaufen?«

»Ich weiß nicht mehr.«

Weiteres Drängen hielt er für zwecklos. Sergei würde ihnen später vielleicht mit seiner Hypnosetechnik helfen, alles herauszufinden. Aber nun mussten sie erstmal aus dem Berg raus.

Noch ein paar Meter bis zum Gipfel. Die letzten Sonnenstrahlen der untergehenden Sonne trafen Bernards Gesicht. Auch der Savannenwind war zum ersten Mal wieder zu spüren. Oben angekommen überlegte er, ob es klug sei, noch vor Einbruch der Dunkelheit mit dem Abstieg an der Außenwand zu beginnen. Andererseits gäbe die Dunkelheit bessere Deckung und nachts würde wohl auch keine Hubschrauber-Patrouille vorbeikommen. Noch ein Argument sprach dafür, sofort abzusteigen. Irgendwann könnte sich jemand für den Verbleib der toten Söldner interessieren.

Seine Seile hatte Bernard inzwischen verstaut. Etwa zehn Meter entfernt hätte eigentlich das oberste Seil des zweiten Söldners hängen müssen, aber dort fand er nur noch die Befestigungshaken. Er war sich aber ganz sicher, dass das Seil Minuten zuvor noch hing.

Von den Dogon wird es niemand gewesen sein. Ein Dritter Söldner? Aber warum lässt er mich unbehelligt? Ein Tuareg wäre auch möglich. Verdammt, auch die könnten hinter Lisa her sein. Sie respektieren zwar die Tradition der Dogon, aber einen neuer Messias, und dann noch weiblich, würden sie niemals dulden. Im Islam ist Mohammed der letzte Prophet. Wer es auch ist, sollte er mich aus der Nähe beobachten, hat er meinen Trick mit der falschen Lisa schon durchschaut. Aber dann sind die Pellers noch in Gefahr!

Je länger er unbehelligt blieb, desto klarer wurde ihm, dass sein Täuschungsmanöver nicht funktioniert hatte. Aber zumindest brachte es den Pellers einen kleinen Vorsprung. Die

Ungewissheit quälte ihn und so begann er trotz Dunkelheit mit dem Abstieg am östlichen Steilhang des Hombori Tondo.

Freiburg

Die Hypnosesitzung hatten sie erneut unterbrochen, weil Frida wieder Erholung brauchte. Nun hielt sie schon minutenlang ein Sandwich in der Hand, war aber gedanklich abwesend. Plötzlich fragte sie ganz leise: »Wieviel davon ist tatsächlich passiert?«

Sergei hatte darüber auch nachgedacht, aber jetzt sorgte er sich um Frida: »Jetzt iss erst mal etwas. Vom Festhalten allein bekommst du deine Energie nicht zurück.«

Anna hatte sich gleich nach dem Ende der Sitzung Notizen gemacht. Was die Sensoren über die Mützen aufzeichneten, waren ja ungefilterte Eindrücke der fremden Sinne. Je länger sie darüber nachdachte, desto mehr würden die Erinnerungen durch Fremdeinflüsse verändert werden. Beim Tippen stockten ihre Finger an einer Stelle: »Habt ihr eigentlich auch das Gefühl, den Überblick zu verlieren? Ich kapiere nicht, wieso zwei rivalisierende Gruppen in den heiligen Berg der Dogon eindringen. Dann werden zwei Söldner ermordet und das war es dann?«

»Da wollte jemand verhindern, dass die Toten-Zeremonie gestört wird.«

»Ist das nun eine Gefahr für die Pellers oder nicht? Können wir noch mehr tun, um sie rauszuholen?«

Sergeis Mimik sagte schon alles: »Wir haben Professor Bernard vor Ort. Er wird Gründe haben, warum er allein dorthin ging. Und wenn ich es richtig verstanden habe, will er die Angreifer jetzt ablenken. Aber seit sie sich getrennt haben, wissen wir nicht, was er tut. Solange Tony im Tunnel ist, kommen wir auch an ihn nicht mehr heran.«

»Das ist aber trotzdem merkwürdig. In der Grotte hatten wir Kontakt und im Tunnel nicht.«

»Liegt der Tunnel tiefer im Felsen?«

Anna schüttelte den Kopf: »So ein Gestein ist nicht homogen. Das gilt auch für die abgegebene Strahlung. Die künstlichen

Hohlräume wurden sicher nicht ohne Grund an ganz bestimmten Stellen angelegt.«

»Von welcher Art Strahlung sprichst du?«

»Elektromagnetische Wellen können das Nervensystem beeinflussen. Auch Infraschall ist dafür bekannt, Unbehagen, Panikgefühle und so was hervorzurufen.«

Frida war plötzlich ganz bei der Sache: »In der Nähe von Funkanlagen bekomme ich nach einiger Zeit auch Probleme.«

Ashley war inzwischen dazugekommen. Von ihrem eigenen Labor aus hatte sie die Vitalwerte der drei überwacht: »Für mich liegt auf der Hand, dass sich in dem Tunnel etwas befindet, dass verschiedene Symptome verursacht.«

Brian stimmte dem zu: »Frida hat recht. Starke elektromagnetische Felder verursachen auch bei mir Bilder, Töne und Gefühle. Auch Schallwellen tun das manchmal. Ich bin sowieso davon überzeugt, dass das menschliche Gehirn permanent von Umwelteinflüssen manipuliert wird.«

»Aber auch Musik tut das. Nach mehrmaligem Hören bestimmter Melodien kann das zu einer Art Zwang führen. Geschickt angewendet, verändern auch gesprochene Worte das Verhalten.«

»Worauf willst du hinaus?«

»Was wir gerade erst in Berlin erlebt haben, ist der Beweis, dass man bestimmte Strahlung für Spionagezwecke einsetzen kann. Allerdings wird das kaum auf einen Granitfelsen inmitten von Afrika zutreffen. Dort müssen die Symptome wohl natürliche Ursachen haben.«

Sergei hatte nicht nur zugehört, sondern wie üblich auch parallel in seinen Unterlagen nachgesehen: »Möglich, aber was mir keine Ruhe lässt, ist die alte Geschichte mit den Göttern. Die Muabhas haben sie erwähnt, aber die Dogon sprechen dabei immer von ihren Ahnen. Langsam habe ich den Verdacht, dass ...«

Anna muss in dem Moment das Gleiche gedacht haben: »Das wäre völlig verrückt, aber es könnte genauso passiert sein!«

Ashley schaute verwirrt: »Wovon redet ihr?«

Anna hielt es jetzt nicht mehr in ihrem Sessel: »Die Götter kommen schon lange nicht mehr vom Himmel auf die Erde, wie damals die ersten Ahnen. Sie sind immer hier!«

»Wie kommst du darauf?«, fragte Frida, aber in dem Moment fiel es ihr auch selbst ein: »Natürlich! Edem hat es in der Grotte gesagt: DER BERG IST ES, DER UNS DEN ZYKLUS VORGIBT. ER ALLEIN KENNT DIE GESETZE DER AHNEN. ES IST FÜR ALLE ZEITEN IN SEINEM INNERN FESTGESCHRIEBEN.«

Jetzt hörte sich Anna etwas niedergeschlagen an: »Ich weiß nicht, wieviel die Dogon noch darüber wissen, wie das mit dem Berg wirklich funktioniert. Sie gehen dorthin, um zu lernen. Sollte aber nur eine Generation es nicht mehr tun, wäre alles vergessen.«

»Offenbar brauchen sie einen geistlichen Führer, der das alles überblickt und mit dem Berg reden kann.«

»Du meinst wirklich, nur der Ho-Gon kann lesen, was in dem Gestein abgespeichert ist?«

»Nein, das glaube ich nicht, aber der Ho-Gon hat etwas, das ihm den Weg in die Berge zeigt. Vermutlich hat nur er die notwendigen Visionen. Das normale Volk ist nicht dazu in der Lage. Erinnert euch, dass er schon verunglückte Touristen an den Berghängen aufgespürt hat.«

Brian schaute Frida an. Die beiden schienen genau zu wissen, was sich innerhalb dieses Berges abspielt. Brian fragte trotzdem: »War es das, was die kleine Lisa dazu brachte, in die Berge zu gehen?«

Sergei zuckte mit der Schulter: »Ich kann es mir nicht anders erklären.«

Beim Durchsehen ihrer Notizen war Anna noch etwas aufgefallen: »Etwas fehlt mir noch. Wir wissen zwar, dass Menschen den Berg lesen und verstehen können, sofern man die alte Sprache gelernt hat. Aber die Dogon behaupten auch, die Nommos oder Ahnen, wenn ihr so wollt, würden regelmäßig in die Dörfer kommen und nach dem Rechten sehen. Wie erklärt ihr euch das?«

»Sollte es DIE VOM HIMMEL HERABSTIEGEN immer noch irgendwo da draußen geben, dann nutzen sie den Berg vielleicht zur Kommunikation mit den Bewohnern auf der Erde. Ich glaube, dass sie es tun, indem sie die Körper und Sinne von Tieren nutzen, die es in diesem Gebiet gibt. Dabei sind sie an dem einen Abend auf Lisa gestoßen und haben ihr Potential gesehen. Es war eine Chance und sie haben sie genutzt.«

Anna sagte leise und mehr zu sich selbst: »Lisa wurde von einer fremden Seele heimgesucht und …«

»Was hast du gesagt?«

»Nein! Es ist keine fremde Seele. Es ist etwas von ihrer toten Zwillingsschwester. Hat der alte Mann in diesem Manuskript nicht genau das gemeint? Er schrieb doch, dass immer ein Zwilling von den Nachkommen der Familie Peller sterben muss, nicht wahr?«

»Du meinst, … aber das wäre doch absurd. So unmenschlich kann doch niemand sein.«

»Oder es ist einfach das Geheimnis, welches uns Menschen immer vorenthalten werden sollte. Die Götter waren sich nie in allen Dingen einig, wie wir aus den Tontafeln erfahren haben. Es gibt hunderte Varianten der uralten Geschichten. Wir sollten nicht vergessen, dass es eine Legende gibt, die weltweit erzählt wird: Jemand hat auf der Erde eine Arche bauen lassen. Was, wenn diese Arche nicht aus Holz, sondern aus Stein war.«

»Oder es gab beides, die von Menschen gebaute Arche und eine, in der die Götter ihr Vermächtnis für uns hinterlegt haben. Wir sollten eines Tages verstehen, was vor Jahrtausenden wirklich passierte. Leider sehen das nicht alle der heute lebenden Menschen so, und die Dogon haben das inzwischen auch begriffen und behalten ihre Geheimnisse für sich.«

Ashley war als Humangenetikerin diesbezüglich etwas pragmatischer: »Für mich hatte die biblische Erbsünde einen ganz praktischen Hintergrund. Adam oder Eva, oder wie sie in den noch älteren Zivilisationen auch immer hießen, müssen diese Abweichung im Chromosom 11 gehabt haben. Vielleicht auch nur einer von beiden. Deren Nachkommen hätten dadurch Zugang zum göttlichen Wissen bekommen. Das Menschenpaar wurde nicht aus Strafe aus dem Paradies verbannt. Es war eine Vorsichtsmaßnahme! Doch wir wissen auch, dass sich die Götter nicht einig waren. Zumindest einer von ihnen hinterließ am Ort der Schöpfung etwas für die Nachkommen von Adam und Eva.«

»Was meinst du mit Ort der Schöpfung?«

»Ich meine die *Sahelzone*, die Wiege des Homo sapiens. Wie auch immer, einer der abtrünnigen Götter muss heimlich etwas für die Menschen hinterlassen haben. Meiner Meinung nach war das sagenumwobene Paradies nichts anderes als der irdische Wohnort der Götter, abgeschirmt vor neugierigen Menschen. Und zum Bauplan des Paradieses gehörten einst auch Datenspeicher mit dem Wissen der Fremden. Warum sollen die MEs nicht einfach nur Speicherchips gewesen sein? Die Tontafeln sagen jedenfalls, dass es einst mehrere Hundert davon gab. Ich kann mir auch vorstellen, dass die Sky Stones Reste davon sind. Und der Ho-Gon weiß vielleicht als einziger davon. Nur scheint es in den Bergen keine Reste der Steine mehr zu geben.«

»Ich freue mich schon auf die Gesichter der Theologen, wenn sie deinen Vortrag auf einer der nächsten Konferenzen hören«, spottete Brian, aber Sergei ärgerten solche Bemerkungen: »Wir sollten uns nicht über die heutigen Glaubensgemeinschaften lustig machen. Lasst uns auf die Erforschung des Ursprungs der *Monotheistischen Religionen* beschränken.«

»Wie machen wir denn nun weiter?«, wollte Brian wissen.

Sergei schaute auf die Uhr und meinte: »Wir machen Pause, bis Tony Peller aus dem Berg herauskommt. Ihr seht alle müde aus. Anna, du kannst dich ja kaum noch auf den Beinen halten!«

»Ja, aber zuerst möchte ich noch eine Frage loswerden: Es klingt bestimmt verrückt, aber wenn meine Theorie stimmt, dann weiß jemand, dass Lisa genetisch in der Lage ist, mit dem Berg zu kommunizieren. Vielleicht auch so, wie ein Ho-Gon. Mit diesem Wissen könnten sich die Menschen theoretisch ein neues Paradies aufbauen. Lisa wäre dann …«

Brian umarmte Anna. Die letzten Worte trieben ihr Tränen in die Augen. Er fühlte, wie sehr sie Lisas Schicksal mitgenommen hatte. Nun sprach er einfach aus, was sich Anna nicht traute: »Lisa ist der Schlüssel zum Paradies. Und nicht nur die Dogon wissen das. Jemand will verhindern, dass die genetische Transformation bei ihr abgeschlossen wird. Wir wissen doch, dass da ein Prozess stattfindet, der mit den Sky Stones begann und nun wahrscheinlich mit diesem Totenritual abgeschlossen werden sollte.«

»Das ist ein Grund mehr, sie dort schnell herauszuholen. Aber wir brauchen zuerst eine Pause!«

Nur Ashley schien nicht müde zu sein. Sie beschäftigte sich noch mit etwas anderem: »Bernard hat doch diesen Jungen gefragt, warum das Fest genau nach 60 Jahren gefeiert wird. Ich dachte mir, wenn die Götter von einem anderen Planeten kamen, wollten sie sicher regelmäßig nach Hause telefonieren, also ihr wisst schon, was ich meine. Wenn man mit einem Ort im Weltraum kommunizieren will, braucht man auf beiden Seiten sehr genaue Uhren, die synchron laufen. Denkt an den Mond, wo auch eine lunare Zeitrechnung mit Zeitzonen installiert wurde. Die MEs hatten wohl auch die Funktion eines Zeitgebers. Auch die Sky Stones schwingen doch mit einer konstanten Frequenz, wie wir gesehen haben, sogar in einem 60-er Intervall.«

»Sie meinen, jetzt, wo die Daten von den MEs in den Berg kopiert wurden, hat der Berg die Funktion des Zeitgebers übernommen?«

»Natürlich. Vielleicht funktioniert der Berg ja auch als Telefon, das alle 60 Jahre zuhause anruft und die Breaking News von der Erde sendet?«

»Da hast du dir aber eine verrückte Theorie zusammengebastelt«, meinte Brian.

Anna war nicht so skeptisch: »Ich halte das für möglich. Ein sensibler Ho-Gon könnte das Signal bestimmt fühlen. Es wird für ihn wie ein Weckruf sein, so wie die Zugvögel den Puls der Natur spüren und den richtigen Zeitpunkt zum Abflug. Trotzdem merkwürdig, was da alles in dieser Grotte passiert ist. Und wir haben bestimmt nur einen Bruchteil davon mitbekommen.«

»Apropos merkwürdig«, meldete sich Ashley mit gehobener Hand. »Ich habe alles auf Video, was eure bunten Mützchen aufgezeichnet haben. Allerdings ist mir eine Sache erst beim zweiten Hinschauen aufgefallen. Schaut mal hier …«

»Was zum …«

»Ist doch echt abgefahren, oder?«

Sergei stand vor Ashleys Tablet und staunte: »Kannst du das mal vergrößern, bitte?«

»Das wird nicht schärfer, es ist nur ein KI-Bild, das auf Basis von Fridas Hirnströmen erstellt wurde.«

»Spul mal ein Stück zurück bis zu der Stelle, wo Tony neben Lisa am Boden hockt.«

»Das gibt's doch nicht!«

Was sie so erstaunte, war, dass man die Muabhas zwar deutlich sehen und hören konnte, aber sie bewegten sich anders als Menschen. Als eine von ihnen zur toten Naha ging, berührten ihre Füße den Boden gar nicht. Es fiel nur deshalb auf, weil die KI den schmalen Spalt zwischen Füßen und Boden auszugleichen versuchte. Dadurch waren die Füße mal größer und mal kleiner. Erst nach ein paar Minuten hatte der Computer gelernt, mit diesem Bildfehler klarzukommen.

»Für mich ändert das alles!«, erklärte Anna. »Bei dieser Zeremonie waren gar keine Frauen dabei. Es gibt diese Muabhas gar nicht. Sie werden den Anwesenden ins Bewusstsein projiziert. Später glauben sie, reale Personen gesehen zu haben.«

»Und was ist mit den Muabhas, die von Dorf zu Dorf ziehen?«

»Da haben die beiden virtuellen Frauen wohl die Wahrheit gesagt. In die Dörfer kommen nur falsche Muabhas. Sie nutzen die Legenden über die Berggeister für ihre Zwecke aus. Ein fieses Geschäftsmodell, wenn ihr mich fragt. Von den schrecklichen Ritualen, für die man sie bezahlt, ganz zu schweigen. Diese selbsternannten Muabhas halten eine missverstandene Tradition am Leben. Gleichzeitig helfen sie den Männern, ihre Macht über die Körper der Frauen zu behalten.«

Ashley schaute nochmal auf die Szene, bei der Nahas Verstümmelung gezeigt wurde: »Menschen sind so leicht zu täuschen. Aber tun es die falschen Muabhas wirklich nur für Geld? Ich denke, alte Traditionen sind schwerer zu bekämpfen als jeder Virus. Und wie wir bei Naha sehen, kann Tradition auch töten.«

»Okay, die Muabhas waren nur Projektionen in den Köpfen, aber die tote Naha kann keine Projektion gewesen sein. Visionen begräbt man nicht. Und solche Genitalverstümmelungen kommen in der Realität vor, selbst wenn es nur ein Lehrbeispiel für die Junggesellen gewesen ist.«

Brian war auch jemand, der für unerklärliche Phänomene zuerst technische Erklärungen suchte. Aber zu diesem Fall meinte er: »Ob Projektion oder nicht, die Personen bis auf die beiden Muabhas waren echt, so wie Tony und Lisa. Aber es ist schon verrückt. Scheinbar kann der Berg nicht nur die Uhr im Menschen ticken lassen, er kann auch ein Kopfkino produzieren, und zwar auf ziemlich gespenstische Weise, wie wir jetzt wissen.«

»Kein Wunder, dass die Dogon so unglaubliche Geschichten erzählen. Sie denken sich das nicht aus. Es sind im wahrsten Sinne Eingebungen.«

»Meint ihr, das könnte auch Phänomene an anderen Orten erklären?«, fragte Ashley. Anna schwieg, obwohl sie darüber mehr wusste als die anderen. Sie war die Letzte Absolventin aus Freiburg, die 2019 ihr Examen zum elften Meistergrad in einem antiken Bauwerk durchführen konnte. Der dafür gewählte Ort wurde unmittelbar danach vom Militär abgeriegelt. Nicht mal Brian durfte sie davon erzählen. Der Orden, dem sie anschließend beitrat, erwartete absolute Diskretion zum Schutz vor Missbrauch durch korrupte Leute und später sogar vor Tech-Milliardären, von denen mancher gern alle überstimmen wollte, die ihrem Größenwahn im Wege standen.

Sergei meinte nun in ernstem Ton: »Es fehlt nicht mehr viel, und wir sehen auch in diesem Labor Gespenster. Geht jetzt endlich schlafen!«

18 – Der große Irrtum

Im Berg Hombori Tondo

Seit einer halben Stunde wollte Lisa nicht mehr weitergehen. Auch getragen werden wollte sie nicht. Für Tony war es unvorstellbar, dass sein Kind den Weg vom Dorf bis zu diesem Berg gelaufen sein konnte. Selbst mit einem Aufputschmittel wäre das nicht zu schaffen gewesen. Ihm fiel bald nichts mehr ein, womit er sie motivieren konnte: »Erinnerst du dich an das Liedchen mit dem Vöglein?« Sie nickte wieder auf die merkwürdig erwachsen wirkende Art, aber die Begeisterung hielt sich in Grenzen. Tony stimmte es einfach an:

> »Wenn ich ein Vöglein wär'
> und auch zwei Flügel hätt',
> flög' ich zu dir.
> Weil's aber nicht kann sein,
> weil's aber nicht kann sein,
> bleib' ich halt hier.«

»Ich will nicht singen!«

»Ich habe davon geträumt und dachte schon, du hättest es für mich gesungen, weil du nach Hause möchtest.«

»Ich will nicht nach Hause! Wir müssen umkehren zu den Muabhas!«

»Aber möchtest du Mami nicht wiedersehen?«

Das ließ sie unbeantwortet. Nicht mal ein Schmollgesicht, keine typische Reaktion für eine Fünfjährige. Er versuchte es mit einer anderen Strophe und hoffte, die Wörter würden eine Assoziation hervorrufen:

> »Bin ich gleich weit von dir,
> bin doch im Schlaf bei dir
> und red' mit dir.

Wenn ich erwachen tu,
wenn ich erwachen tu,
bin ich allein.«

»Ich bin nicht allein und Mami auch nicht.«

»Natürlich nicht, sie ist mit Antony zuhause und wartet auf dich. Sie weiß, dass du so lieb zu Antony warst, als er krank war. Auch er braucht dich, so wie Mami! ... Und ich auch!«

Lisa war nicht mal anzusehen, ob sie innerlich mit sich rang. Äußerlich würde man sie für ein normales Trotzkind halten. Inzwischen war er sich sicher, dass die Träume und Visionen von der hier herrschenden Strahlung ausgelöst wurden. Dass sich die Nähe zum Ho-Gon wie erhofft positiv auf Lisas Körper ausgewirkt hatte, bezweifelte Tony inzwischen, zumal sie ja nicht mal einen Tag im Dorf gewesen war.

Eigentlich wollte er Lisa so schnell wie möglich aus dem Berg bringen. Seine Überlegungen lenkten ihn aber ständig ab und führten seine Gedanken auch immer wieder zu den vielen unbeantworteten Fragen: *Zweifellos manipuliert die Strahlung unsere Wahrnehmung und das Zeitgefühl. Die Junggesellen lernen wie aus dem Nichts die komplexesten Dinge und sogar eine uralte Sprache. Das muss eine gigantische Suggestionsmaschine sein. Wurde Lisa dadurch irgendwie abhängig gemacht? Werden sogar ihre Gefühle zu den eigenen Eltern unterdrückt, damit sie sich nicht wehrt? Verdammt, wir müssen hier raus!*

Im Freiburger Institut

Nach zwei Stunden Pause war Sergei als erster zurück im Labor mit den bequemen Sesseln und den farbigen Mützen. Er schaute seine Notizen noch mal durch. Die anderen wollte er möglichst lange schlafen lassen. Anna hatte Frida zum Einschlafen elektronische Stimulationsimpulse verabreicht. Das wirkte wie ein Schlafmittel und senkte schnell die Hirnfrequenzen auf Entspannungsniveau. Sobald das Gehirn dann selbständig Delta-Wellen erzeugte, waren alle Filter zum Bewusstsein geschlossen. Ohne Träume konnte die Regeneration des Körpers beginnen.

Sergei war mit solchen Behandlungsmethoden vorsichtiger geworden, nachdem Nebenwirkungen auftraten. Fridas Anderssein hatte er nicht ohne Grund Atypischen Autismus Typ-X genannt. Bei diesen Menschen traten manchmal unerklärliche Symptome auf. Wechselten die Hirnwellen zu schnell auf einen anderen Frequenzbereich, konnten Verbindungen zwischen den Hirnarealen offenbleiben, die im Tiefschlaf eigentlich getrennt sein sollten. Das war etwa so, als würde jemand die Haustür unverschlossen lassen und damit ungebetenen Gästen Zutritt gewähren.

Als er sich das Verhalten von Lisa noch einmal durch den Kopf gehen ließ, erinnerte ihn das an seine erste Dienstreise mit Tony Peller. Der hatte sich an energiereichen Orten ähnlich verhalten wie seine Tochter. Falls es erblich sein würde, wäre die Prophezeiung im Manuskript des alten Schweizers sehr ernst zu nehmen. Die Sache mit der Vorhersage über die Zwillinge war gespenstisch. Das veranlasste Sergei, selbst noch einmal in die alten Keilschrifttexte reinzuschauen, von denen die Muabhas in der Grotte sprachen. Gerade weil er nun wusste, dass diese Frauen nicht real waren, machte sich ein beunruhigender Gedanke breit: *Anna ist ein hochbegabtes Medium, aber auch eigensinnig. Sie hat schon mehrmals behauptet, die megalithischen Steinanlagen weltweit hätten sich in den letzten Jahren verändert. Anders als früher, würde sie in deren Nähe nicht mehr die volle Kontrolle über ihren Geist haben. Was, wenn der Hombori Tondo nicht der einzige Ort ist, wo in zeitlichen Abständen Menschen gezielt kontaktiert werden? Aber mit solchen Ideen muss ich vorsichtig sein. Vielleicht kommen Fanatiker auf dumme Gedanken und sprengen die antiken Zeitzeugen in die Luft. Trotzdem wäre es gut zu wissen, ob Anna recht hat und sich deshalb gegenwärtig so viele Menschen irrational verhalten.*

Als Annas verschlafenes Gesicht im Labor auftauchte, beschloss Sergei kurzerhand, solche Gedanken nicht länger mit sich herumzuschleppen. Er ordnete seine Theorie als Unsinn ein.

Doch gute Vorsätze waren oft nur Kurzzeitgäste im eigenen Kopf.

Berlin, Zentrum für Innovationen

»Sie haben allen Ernstes zwei Leute von den angeworbenen Söldnern verloren?«, zischte Frau Yang über den Tisch, als man ihr vom Zwischenfall in Mali berichtete. »Mein Gott! Die Dogon werden es nicht auf sich beruhen lassen, dass ihr Heiligtum geschändet wurde. Das könnte auch international für Wirbel sorgen.«

»Wir konnten nicht voraussehen, dass der Berg von Bewaffneten verteidigt wird. Es wurde niemand gesichtet, obwohl alles stundenlang mit High-Tech-Kameras abgesucht wurde. Deswegen können wir auch nicht ausschließen, dass sich die zwei Söldner gegenseitig erschossen haben.«

»Wieso hätten sie das tun sollen?«

»Wissen Sie, es muss einen Grund geben, warum die Dogon so lange sicher in der Nähe des heiligen Berges lebten und auch nie jemand ihre geheimsten Orte gefunden hat. In einer Legende heißt es, dass deren Ahnen nicht nur die Zugänge in den Berg tarnen, es heißt auch, die würden jeden, der in böser Absicht kommt, zum Wahnsinn treiben.«

»Solches Geschwätz nervt mich!«

»Wie Sie meinen. Mehr Leute zu schicken, hätte jedenfalls noch größere Aufmerksamkeit erregt. Seien Sie beruhigt, für den russischen Kommandeur wird es wie ein missglückter Kunstraub seiner eigenen Leute aussehen. Die Russen werden das dann vertuschen wollen, denn sie brauchen ein gutes Verhältnis zu den Einheimischen.«

»Haben Sie Ihren ursprünglichen Auftrag wenigstens zu Ende bringen können?«

»Noch nicht, aber sobald das Kind den Berg verlässt, greifen wir zu.«

»Sorgen Sie auch dafür, dass der Kommandeur keinen Verdacht schöpft. Es darf nicht so aussehen, als würden Leute aus seiner Söldnertruppe mit uns zusammenarbeiten.«

»Kein Problem! Dieser französische Professor hat sich so auffällig benommen, da war es nicht schwer, ihn als Kollaborateur verdächtig erscheinen zu lassen.«

»Falls Sie von Emil Bernard sprechen, der hat in Fachkreisen einen guten Ruf als Experte für afrikanische Kunst.«

»Stimmt. Aber aus seinem früheren Forschungsteam sind schon zwei Kollegen auf dem Kunst-Schwarzmarkt aufgefallen. Da war es nicht schwer, die Spur nun auf den Professor zu lenken. Den malischen Behörden haben wir entsprechende Hinweise gegeben. Dass man am Ort der Schießerei Spuren von ihm finden wird, macht es uns umso leichter.«

Yang führte danach ein Telefonat mit ihrem Partnerlabor in Bamako. Dort wartete man bereits auf eine Lieferung. Offiziell war das Labor für den Bergbau in Mali tätig, in den ein chinesischer Investor große Summen gepumpt hatte.

Mali

Als sie den Ausgang des Tunnels erreichten, atmete Tony auf. Die Drehtür des Portals stand noch offen, allerdings nur einen winzigen Spalt breit. Der Stein zur Sicherung hatte nachgegeben. Er setzte Lisa auf den Boden, um die Situation zu prüfen.

»Mein Engel, wenn wir draußen sind, kann ich dich wieder tragen.«

Er schaute sich das Tor an. Für die Kleine war der Spalt breit genug, aber Tony passte unmöglich durch. In dem Raum lagen trockene Holzreste herum, in denen er nach einem passenden Hebel suchte. Etwas Licht drang zwar durch den Türspalt, trotzdem hatte er kein gutes Gefühl dabei, Lisa allein im Dunkeln sitzen zu lassen. Als er zwischendurch nach ihr schauen wollte, war sie verschwunden.

»So ein verfluchter Mist!«, schoss es aus ihm heraus. *In welche Richtung ist sie gegangen?*

In der Hoffnung, sie würde nicht freiwillig in den dunklen Tunnel laufen, rief er durch den Türspalt nach draußen. Fast der gesamte Vorraum war zu sehen, nur Lisa nicht.

Kurz entschlossen rannte er im Tunnel zurück. Die Kopflampe verschaffte ihm einen Vorteil, aber nach einigen hundert Metern stand fest, dass sie niemals so schnell gewesen sein konnte. Er rief noch mal aus voller Kehle in die Dunkelheit. Wut, Verzweiflung und Kummer wechselten sich ab, aber dann brach er zusammen. Auf den Knien hockend, ließen sich die Tränen nicht mehr zurückhalten. *Was macht dieser verdammte Berg mit ihr?*

Minuten später hatte er sich wieder im Griff und versuchte logisch zu denken: *Wenn Lisa doch zurückgelaufen ist, dann wird sie nach Stunden erschöpft zusammenbrechen. Mit etwas Glück werden die Dogon sie finden. Sie haben auch mein Kommen gespürt. Egal, ich suche jetzt draußen, bevor sie in der Schlucht in ein Wasserloch fällt.*

Als er am Steintor ankam, stand es vollständig offen. Den Grund sah Tony auch gleich. Das Wasserbecken in der Höhle war gefüllt und hatte so den Mechanismus ausgelöst. Er rannte nach draußen, um nach Lisa zu suchen und fand sie völlig durchnässt und weinend an dem künstlichen Wasserlauf. Als sie ihren Papa sah, rief sie: »Papa, wo warst du?«

»Ich habe nach dir, …, ach egal, jetzt ist ja alles gut! Woher wusstest du, dass man das Wasserbecken füllen muss?«

Wie schon seit einigen Wochen, dauerte es etwas, bevor sie antwortete: »Das hast DU doch erzählt!«

Tony war sich eigentlich sicher, den Öffnungsmechanismus nicht erwähnt zu haben. Daran gedacht hatte er allerdings ständig. Er gab Lisa sein trockenes T-Shirt, das ihr bis zu den Knöcheln reichte. Ihre Hirsesandalen machten immer noch einen stabilen Eindruck, trotzdem musste Tony sein Kind den restlichen Weg aus der Schlucht tragen. Ihre Füße hatten aufgeriebene Stellen, aber aus unerklärlichen Gründen beschwerte sie sich gar nicht mehr. *Ob sie sich jetzt doch darauf freut, nach Hause zu kommen?*

Zwischendurch schlief sie auf seinem Rücken ein und wäre beinahe heruntergefallen. Sie suchten sich einen Platz zum Schlafen. Als Tony nach Stunden aufwachte, war es nach Mitternacht. Aus der Ferne glaubte er mehrere Male Propellergeräusche zu hören, aber sie verschwanden wieder. Mit dem ersten Tageslicht holte er frisches Wasser, das dicht neben ihnen aus dem Berg quoll. Als er Lisa die Flasche reichte, hatte sie ihn bereits minutenlang beobachtet. Nun fiel Tony auch auf, dass sich sowohl ihre Bewegungen als auch ihr Gesichtsausdruck verändert hatten, als sei sie in wenigen Tagen zwei Jahre älter geworden.

Bevor sie die Felsspalte erreichten, die aus dem Berg führte, war das Propellergeräusch wieder da. Um Lisa nicht zu ängstigen, ließ er sich aber keine Erregung anmerken. Als sie sich durch den Spalt geschoben hatten, blendete die Sonne, die gerade über den Baumwipfeln der Trockensavanne aufgegangen war. Tony schaute sich nach Professor Bernard um, der hier eigentlich auf sie warten wollte. Aber nun schien es, als ob sie doch schneller waren als er.

Während der letzten Meter des Abstiegs hatte Bernard kaum noch Kraft, das Seil vernünftig zu führen. An einem Überhang musste er das Bündel mit der Kinder-Attrappe abwerfen. Als endlich der Boden unter seinen Füßen zu spüren war, war die Sonne noch nicht vollständig zu sehen.

Wie aus dem Nichts schoss wieder ein brauner Hubschrauber über die Klippe hinweg. Bernard warf sich flach auf den Boden und hoffte, dass sie ihn nicht gesehen hatten. Aber sie drehten um und aus der offenstehenden Seitentür kamen Maschinengewehrschüsse. Die Kugeln schlugen dreißig Meter vor ihm im Sand ein.

Was machen die? So schlecht zielt man doch nicht mal betrunken. Oder waren das Warnschüsse?

Auf Letzteres hoffend, zog er sich hinter einen Felsbrocken zurück. Der Hubschrauber schwebte über dem Boden in der Nähe seines Seils, das noch immer am Steilhang hing. Ein Uniformierter sprang heraus und rannte zum Seil. Er schien etwas zu suchen. Trotz des aufgewirbelten Staubs war erkennbar, dass ihn nur das abgestürzte Bündel interessierte. Er riss den Schlafsack auf und schaute im Rucksack nach. Dann ging er den Bereich der Absturzstelle kreisförmig ab, bis er etwas gefunden hatte. Lisas Wanderschuhe hatten sich beim Absturz des Bündels gelöst und lagen nun im Sand herum. Einen davon steckte er in eine Plastiktüte. Zufrieden mit seiner Beute, rannte er zum Hubschrauber, der sofort verschwand.

Was war das denn? Klar, die haben begriffen, dass Lisa nicht bei mir war, aber warum nimmt der Kerl einen Schuh mit?

Bernard marschierte zum vereinbarten Treffpunkt. Als von Weitem Lisa in Tonys blauem T-Shirt zu sehen war, musste er mit den Tränen kämpfen. Auf den letzten Metern fiel ihm plötzlich ein, was der Grund für den Schuhdiebstahl gewesen sein könnte, aber das war alles andere als beruhigend. Er nahm sich vor, seine Vermutung für sich zu behalten. Zuerst musste er Tony beibringen, dass sie möglicherweise im Dorf der Samak nicht willkommen sein würden.

»Was ist mit dem Telefon? Können wir es jetzt benutzen?«

Da Bernard annehmen musste, dass die Söldner bereits hatten, was sie wollten, sah er kein Problem mehr, das Satellitentelefon einzuschalten. Vier Stunden später landete die Reims Rocket in der nahegelegenen Ebene und kurz vor Sonnenuntergang erreichten sie den östlich von Bamako gelegenen Flugplatz. Bernard hatte erwartet, von einem weißen Minivan der Universität abgeholt zu werden. Stattdessen stand ein Militärfahrzeug der malischen Armee dort. Vier bewaffnete Männer bildeten das Empfangskomitee.

Sie wurden aufgefordert, auf die Ladefläche des Pickups zu klettern. Sich zu unterhalten war ihnen nicht erlaubt. Bernard ging im Kopf alle Möglichkeiten durch, was passiert sein konnte. Dass ihn der Geheimdienst beobachtete, war schon lange klar, aber das war sicherlich nicht der Grund für diese Verhaftung.

Sie wurden an Bernards Haus am Stadtrand abgesetzt. Bernard selbst durfte es bis auf Weiteres nicht verlassen. Das stand alles auf einem Schreiben, das dem Professor vor dem Aussteigen übergeben wurde. Darin las er auch, dass ihn die Universität wegen illegalem Kunsthandel angezeigt hatte.

Von Bernards Frau erfuhren sie, dass schon seit Tagen eine Militärpatrouille vor dem Haus stand.

Als Lisa schlief, saßen die beiden Männer auf der Terrasse und diskutierten. Bernard bekam ein schlechtes Gewissen, weil er seine Vermutung über die ganzen Umstände mit Lisa für sich behielt. Er hielt es trotzdem für angebracht, um die Familie nicht noch weiter zu beunruhigen. Tony war zwar übermüdet, strahlte aber Freude aus.

»Wissen Sie, ich bin so froh, dass es Lisa wieder gut geht. Sie scheint auch irgendwie reifer geworden zu sein. Ich erkenne mein Kind nicht wieder. Jetzt bin ich doch überzeugt, dass der Aufenthalt bei den Dogon ein Erfolg war. Als ich vorhin meine Frau im Videochat sah, war ich aber erschrocken und kann mir vorstellen, was sie durchgemacht hat. Das soll sie nie wieder erleben müssen.«

»Ich wünsche Ihnen von ganzem Herzen, dass Sie recht behalten. Von wem hat sie eigentlich die Strohpuppe bekommen?«

»Weiß nicht. Ehrlich gesagt, kann ich mich nur noch an den Rückweg erinnern. Aber die Puppe muss wohl jemand von den Junggesellen angefertigt haben. Lisa nennt ihre Strohpuppe übrigens Rama.«

Bernard schenkte den malischen Rotwein nach, während er sprach: »Ich hoffe, man lässt mich noch mal in das Dorf zurückkehren. Ich habe noch so viele Fragen an den Ho-Gon. Bleibt zu hoffen, dass er noch eine Weile lebt.«

»Und was wird danach sein?«

»Sie werden einen der Junggesellen zum Oberhaupt wählen.«

»Und wenn es wahr ist, dass kein echter Ho-Gon mehr existiert?«

»Es kommen neue Generationen. Wie sie wissen, kenne ich auch die jüdischen Traditionen ganz gut. Dabei finde ich interessant, dass die gläubigen Juden auf den Messias warten, ihren künftigen König aus der Linie Davids. Das ist doch dann bei den Dogon ganz ähnlich, oder wie sehen Sie das?«

»Um ehrlich zu sein, möchte ich jetzt erstmal etwas Abstand von der ganzen Mythologie. Ich will mein Kind einfach nur nach Hause bringen.«

Der nächste Flug nach Europa ging am folgenden Nachmittag über Paris. »Sag bitte ordentlich Auf Wiedersehen«, flüsterte Tony in Lisas Ohr, aber das schien nicht notwendig zu sein. Sie sprang an Bernard hoch und klammerte sich für ein paar Sekunden fest. Der konnte ein paar Tränen nicht mehr zurückhalten. Als Bernards Frau die beiden Gäste zum Flughafen fuhr, winkte Lisa ihm noch lange zu und fragte ihren Papa: »Weiß Mami schon, dass ich schwimmen kann?«

»Von unserem Ausflug an den Niger musst du ihr noch mal ganz genau erzählen.«

Als sie sich auch von Madam Bernard verabschiedet hatten, wurde Tony zum ersten Mal bewusst, dass auch Lisa kaum Erinnerungen an ihren Trip zum Hombori Tondo hatte. Nur die letzten Stunden in der Schlucht, als er sie wegen der kaputten Füße tragen musste, waren noch in ihrem Gedächtnis.

Am Eingang zum Flughafengebäude gab es eine Passkontrolle. Das Gepäck wurde von Sprengstoffhunden untersucht. Das kannte Tony auch aus anderen Ländern, trotzdem hatte er ein komisches Gefühl. Als sie an der Reihe waren, glaubte er ein Déjà-vu zu haben. Derselbe Beamte wie bei der Einreise forderte ihn auf mitzukommen.

In einem Raum ohne Fenster saßen sie anderthalb Stunden, bevor eine Beamtin kam. Sie informierte Tony, dass ihre Ausreise im Moment nicht möglich sei. Er habe zu warten. Der Blick auf die Uhr verhieß nichts Gutes. Zehn Minuten später sollte das Boarding beginnen.

»Papa, ich muss mal!«

»Ja mein Schatz, ich sag Bescheid!«

Das Klopfen an die Tür half. Sie durften in Begleitung eines Beamten auf die Toilette. Während Lisa auf dem Klo saß, sah Tony ihre neuen Schuhe unter der Tür baumeln.

»Sind sie bequem, oder tun deine Blasen noch weh?«

»Nein. sie sind weg.«

»Wie weg? Zeig mal …«

Tony riss die Tür zur Box auf und zog Lisas Schuhe aus. Sie hatte leicht übertrieben. Die Hornhaut war noch eingerissen und auch nicht voll verheilt, aber es war kein Vergleich zum Vortag, als überall aufgeriebene Stellen zu sehen waren.

»Prima! Dann können wir gleich eine Wanderung machen!«, scherzte er, aber Lisa zeigte sofort ihr typisches Schmollgesicht.

»Papa! Emil hat gesagt, ich soll erstmal nicht so viel laufen.«

»Du durftest ihn Emil nennen, wie nett von ihm!«

Bevor sie in ihr dunkles Wartezimmer zurückgebracht wurden, beschwerte sich Tony nochmal, weil gerade das Boarding für ihren Flug angesagt wurde. Die eindeutige Geste des bewaffneten Beamten machte ihm klar, dass es besser war, still zu bleiben.

Lisa schlief schon eine Weile auf zwei zusammengestellten Stühlen. Der nächste mögliche Flug ging erst am darauffolgenden Morgen. Dieser Raum war denkbar ungeeignet, einen ganzen Tag mit einem fünfjährigen Mädchen darin zu verbringen. In dem Moment fiel ihm ein, dass zwei Tage später Lisas Geburtstag sein würde. Er schaute auf die Strohpuppe, die auf den Boden gefallen war.

Hoffentlich lassen sie Lisa ihr einziges Spielzeug. Nicht dass einer auf die Idee kommt, es sei geraubte Dogon-Kunst.

Auf dem Weg nach Düsseldorf, HAWAKI Zentrale

Frau Yang wurde von ihrem Chef Dr. Wen zu einem Gespräch beordert. Die Reise nach Düsseldorf passte ihr im Moment gar nicht, denn sie wollte die Vorgänge in Mali koordinieren. Das ging nicht in der Düsseldorfer Konzernzentrale. Dort wurde der Datenverkehr überwacht. Wer deswegen innerhalb des Gebäudes eine private Verschlüsselung wie VPN benutzte, machte sich verdächtig.

Von den jüngsten Vorgängen in Mali konnte ihr Chef eigentlich nichts wissen. Yang wollte ihn erst einweihen, wenn es konkrete Ergebnisse gab. Vor allem musste sie zuerst die dumme Sache mit den toten Söldnern erledigen. Der Konzern durfte damit nicht in Verbindung gebracht werden. Und dann war da noch dieses Mädchen. Bis Klarheit darüber herrschte, würden noch ein paar Stunden vergehen. Sollte sich herausstellen, dass die blauen Steine tatsächlich zu Mutationen bei bestimmten Menschen führten, musste sie in Besitz des Kindes kommen. Niemandem durfte ein so wertvolles Erbstück in die Hände fallen. Nicht auszudenken, was das Wissen darüber in der Öffentlichkeit auslösen könnte. Andererseits, wenn der Befund positiv ausfallen sollte, wüsste sie, dass die Indigenen Zugang zu den sagenhaften Tafeln des Wissens hätten. Dass es diese MEs gegeben haben musste, stand für Frau Yang außer Frage, und diese blauen Steine mussten damit zu tun haben. Vielleicht waren es sogar Bruchstücke davon. Das Dumme war, dass man sie nicht auf elektronischem Wege auslesen konnte. Die einzige Hoffnung an das Wissen heranzukommen, war das Mädchen, aber das galt es nun abzuwarten.

Um sich die Lorbeeren nicht wegschnappen zu lassen, wäre ein Vorstandsposten im Konzern hilfreich. Dafür reichte schon, wenn sie das Verfahren zur Datenspeicherung in quantenverschränkten Mineralien präsentieren könnte. Die wissenschaftlichen Grundlagen dafür stammten aus dem Freiburger Institut. Letztlich wäre das für ein Patent zur energiearmen Datenspeicherung ausreichend. Das alles sollte in Yangs Augen die Eintrittskarte in die Welt der Ruhmreichen werden. Ein ewiger Platz in den chinesischen Geschichtsbüchern wäre ihr garantiert.

Zwanzig Minuten bevor der ICE in Düsseldorf einfuhr, erreichte Yang eine E-Mail über das *Thor-Netzwerk*:

»… ergab der Befund der Patientin Lisa Kachina THAKUR-PELLER … keine Veränderungen bei den DNA-Sequenzen. Alle Werte entsprechen den Messergebnissen bei Einreise ins Land. Auch die bereits bekannte Normabweichung im Chromosom 11 ist unverändert.«

Yangs Gesicht war erstarrt. Die große Hoffnung hatte sich nicht erfüllt. Der ganze Aufwand, um an einen Schuh des Mädchens zu kommen, alles umsonst. Dabei war das mit den Schuhen ihre Idee, denn diese musste das Kind während der Zeit im Berg getragen haben und das sollte auch eine Verwechslung ausschließen. Nun blieb ihr nur der Versuch, ihrem Chef die Freiburger

Spionagemission so gut wie möglich zu verkaufen. Das deutsch-indische Mädchen hatte keinen Wert mehr für sie.

Der Zug fuhr schon am Hauptbahnhof ein, als sie ihre Antwort-E-Mail absendete: »Lassen Sie die Pellers ausreisen.«

Freiburg, 10 Jahre später

Dyani rief aus dem Bad: »Könntest du Antony morgen zum Training bringen? Anna bat mich, bei ihr vorbeizukommen.«

»Äh, na klar, was will sie denn?«

»Hat sie nicht gesagt, aber ich denke, es geht um die Examensvorbereitung. Da müssen wir noch zustimmen, weil Lisa nicht volljährig ist.«

»Das hätte sie mir doch heute auch sagen können. Ich hab sie in der Pause getroffen.«

Ein Handtuch um ihre Haare gewickelt, setzte sich Dyani auf Tonys Sessellehne: »Vielleicht ist es, weil Lisa jetzt schon zum dritten Mal früher nach Hause kam. Heute liegt sie auch schon seit dem Nachmittag im Bett. Dir fällt sowas wohl nicht auf?«

»Wie auch? Madam verschwindet doch immer gleich in ihrem Zimmer. Wenn ich etwas von ihr will, bekomme ich nur die schlechte Laune zu spüren. Dazu diese flegelhafte Sprache. So hätte ich nie mit meinen Eltern sprechen dürfen.«

»Ach, tatsächlich?«

»Jetzt, wo du es ansprichst, … seit einiger Zeit geht es eigentlich. Jedenfalls scheint sie sich öfter zusammenzureißen. Vielleicht haben wir Glück, und die Pubertät ist bald überstanden.«

»Nicht, wenn sie nach ihrem Vater kommt. In dir sehe ich heute noch manchmal einen aufmüpfigen Jungen.«

»Ha, ha.«

Nächster Tag

Als Dyani ins Institut kam, sah sie ein Auto auf dem Behindertenparkplatz. Es kam ihr bekannt vor. In dem Moment ahnte sie aber noch nichts.

»Hi, Dyani! Du kannst deine Jacke hierlassen, wir gehen rüber ins Labor.«

Sekunden später war klar, wem das Auto gehörte. Im Labor wartete Dr. Soh, die Kindersportärztin. Sofort erinnerte sich Dyani an die schreckliche Zeit vor zehn Jahren, als sie mit Lisas Diagnose konfrontiert wurden. Seit der Rückkehr aus Mali hatte sich ihr Kind aber wunderbar entwickelt. In Sergeis Institut wurden ihre Begabungen intensiv gefördert. Aber nun war die alte Angst zurück, Lisa könnte einen Rückfall haben.

»Sie zu sehen, freut mich sehr, liebe Dyani! Das ist mein letzter Monat, danach gehe ich in den Ruhestand.«

»Es freut mich auch, Sie zu sehen. Haben Sie schon Pläne?«

»Und ob. Ich lasse mich von Professor Fjodorow in einen Jungbrunnen setzen, dann fliege ich nach China, wo sie mir zwei neue Beine machen und wenn ich zurück bin, werde ich für die Olympiade trainieren!«

Dyani lachte und Anna war froh, dass die Ärztin es immer schaffte, für eine angenehme Gesprächsatmosphäre zu sorgen. Für das, was nun folgen würde, war es auch notwendig. Weil Anna ihre Nervosität nicht verbergen konnte, war Dyanis gute Stimmung schnell verflogen: »Was ist denn nun der Grund für unser Gespräch?«

»Wie du weißt, steht Lisas Examen an und wie bei allen Absolventen muss vorher ein Gesundheitscheck gemacht werden.«

»Nun mach es nicht so spannend, was ist los?«

Dass Dr. Soh auf die Frage antworten wollte, passte Anna eigentlich nicht, denn sie war manchmal zu direkt für sensible Themen. Trotzdem ließ sie die Ärztin reden: »Liebe Dyani, leider muss Ihre Lisa das Examen noch ein wenig verschieben.«

»Ist sie krank? Wieder das alte Problem?«

»Nun, Problem würde ich es nicht nennen und alt schon gar nicht. Ich würde eher sagen, sehr jung. Ihre Tochter bekommt ein Baby.«

Anna dachte wohl, ihre Freundin würde jetzt völlig ausflippen, aber das Gegenteil war der Fall. Dyani schaute irgendwo ins Leere und ließ sich tausend Dinge durch den Kopf gehen. Was sie wohl am meisten enttäuschte, war, dass so etwas passierte, obwohl sie mit Lisa immer offen über alles geredet hatte. Sie hatten sich schon früh über die Anatomie von Frauen und Männern unterhalten. Lisa kannte ihren Körper besser als manche Erwachsene in Gegenden der Welt, wo das Berühren des eigenen Körpers immer noch als Sünde galt. Außerdem wusste ihr Kind, wie man sicher verhüten konnte.

Anna konnte die Gedanken ihrer Freundin erraten und wollte sie nicht im Selbstzweifel versinken lassen: »Ich vermute, dir geht jetzt durch den Kopf, was du in Lisas Leben übersehen hast, stimmts?«

»Das kann man wohl sagen!«

»Bevor du dir irgendwelche Vorwürfe machst, solltest du wissen, dass Lisa noch Jungfrau ist.«

Annas Worte lösten so etwas wie einen Blitzschlag in Dyanis Kopf aus. Im Ergebnis kamen die Erinnerungen an die *Parthenogenese* wieder, die sie während der letzten zehn Jahre verdrängt hatte. Das galt genauso für Tony, der es tunlichst vermied, dieses Thema auch nur annähernd zu streifen.

»Ich will zu Lisa!«

Dyani ging zu den Seminarräumen, wo Lisa mit anderen Studenten gerade Pause machte. Als sie ihre Mutter kommen sah, fiel sie ihr in die Arme. Das hatte Dyani gar nicht erwartet.

Ein paar Tage später kam Tony auf eine Idee, die ihn den ganzen Tag nicht mehr losließ. Am Abend fragte er Lisa, ob er sich die alte Strohpuppe Rama einmal anschauen dürfe, die einen Platz am Kopfende von Lisas Bett hatte. Das Hirse-Geflecht war immer noch recht stabil. Mit einem Finger bohrte er sich durch das Stroh und fühlte etwas Hartes. Als er das Loch vergrößerte, kam ein himmelblauer Stein zum Vorschein.

Die neuen Umstände brachten Tony dazu, wieder mehr Zeit mit den Traditionen der Dogon zu verbringen. Er schaute sich eine Dokumentation über das letzte Sigui-Fest an. Die Abschluss-Zeremonie durfte 2034 von einem internationalen Team gefilmt werden.

Einiges davon kam ihm vertraut vor. Die Kamera fing einen bunt bemalten jungen Mann ein, der einen roten Rock trug. Es war Lago, der Sohn des alten Ho-Gon. Er hielt eine Strohfigur hoch, die an einem Stab befestigt war. Aber dann glaubte Tony, sein Herz würde stehenbleiben. Das Gesicht der Figur war von einer neu gefertigten Nommo-Maske bedeckt. Das war nicht ungewöhnlich, aber am Rücken des Strohkörpers hatten sie einen kleinen roten Kinderrucksack befestigt.

Nachwort

Lassen wir den Vorhang noch einen Moment offen, bevor Sie mir davonlaufen. Natürlich ist diese Romanhandlung fiktiv und das gilt insbesondere für Personen und die Vorgänge innerhalb der Institutionen. Vielleicht interessiert es Sie aber, dass einiges tatsächlich auf Fakten beruht.

Schauen wir auf ein paar Beispiele und beginnen mit den Sky Stones. Über dieses merkwürdige Gestein stolpert man in populärwissenschaftlichen Artikeln[40], aber ich habe noch keine wissenschaftliche Publikation gefunden. Was ist dann so spektakulär? Es gibt diese Steine und mehrere Labore in verschiedenen Ländern hatten Gelegenheit, die ungewöhnlichen Eigenschaften zu untersuchen. Es gibt auch nur den einen Fundort in Sierra Leone, aber wie das Material einst entstanden ist, bleibt schleierhaft. Die sonderbaren Eigenschaften werden der Grund sein, warum sich noch niemand an eine offizielle Stellungnahme herantraute. Genug Stoff also für meine Story!

Ich hatte es mir übrigens einfacher vorgestellt, eine Abenteuergeschichte aus dem geheimnisvollen Leben der Dogon zu entwickeln. Je mehr Material ich hatte, desto mehr Rätsel taten sich auf. Ich bin auf die Arbeit des Ethnologen Marcel Griaule (†1956) gestoßen, der viele Jahre der Erforschung der Dogon-Kultur widmete. In den Jahrzehnten nach ihm hat sich allerdings auch Neues ergeben. Kritiker wie Walter van Beek bezweifeln jedoch Griaules wissenschaftliche Methoden. So hätte er den Dogon ihr astronomisches Wissen durch suggestive Befragung eingeredet. Meiner Meinung nach sind Griaules Kritiker aber nicht immer frei von religiösen Dogmen an die Sache herangegangen. Von der Gesellschaft wird oft nur akzeptiert und honoriert, was in die aktuelle Geschichtsschreibung passt. Aber das werden künftige Forschungen hoffentlich unvoreingenommen aufklären.

Das immer noch geheimnisvolle Volk der *Dogon* lebt inmitten der *Sahelzone*, dem Geburtsort der Vorfahren des Homo sapiens. In unmittelbarer Nähe ihres heiligen Berges Hombori Tondo lebt nur noch ein kleiner Teil des Volkes. Bei den Beschreibungen ihrer Lebensweise habe ich versucht, möglichst authentisch zu bleiben. Das betrifft auch das *Sigui-Fest*, welches wirklich alle 60 Jahre gefeiert wird[23.3]. Was sich innerhalb der Berge abspielt, während sich die Junggesellen dort für mehrere Monate aufhalten, ist aber nach wie vor ein Geheimnis. Besonders die erlernte Geheimsprache ist faszinierend. Im Buch handelt es sich um Akkadisch, was allerdings nicht belegbar ist. In der Dogon-Religion wurden die *Nommos* einst vom Schöpfergott *Amma* geschaffen. Die ersten Nommos waren geschlechtlose Zwillinge, deren Aufgabe die Erschaffung der ersten Menschen gewesen sein soll[23.1]. Dazu modifizierten sie vor Ort angetroffene Wesen, also wahrscheinlich die Primaten. Die Dogon erzählen, dass das alles mit einem Sternenvolk zusammenhängt, das einst die Erde besuchte. Diese Geschichte ist deshalb faszinierend, weil sie zu den bekannten Schöpfungsmythen in anderen Erdteilen passt. An der Westküste Afrikas werden immer wieder Skulpturen gefunden, die diese fremden Wesen darstellen sollen und die man dort *Nomoli* nennt [39.1][39.2].

Das erwähnte Sternenvolk taucht mit erstaunlicher Übereinstimmung in den sumerischen Keilschrifttexten auf. Im Schöpfungs-Epos werden sie auch Anunnaki (wörtlich übersetzt: »Die vom Himmel zur Erde kamen«) genannt[49.1]. Die im Buch genannten Details zur sumerischen Mythologie und den Inhalt der Keilschrifttafeln habe ich den Veröffentlichungen von Marlene J. Evans entnommen. Sie ist emeritierte Professorin am SUNY Empire State College (USA)[49.2].

Bestandteil der sumerischen Göttergeschichte ist auch Nibiru, der Heimatplanet der Anunnaki. Dessen Umlaufbahn wird in den Texten mit 3600 Jahren angegeben. Aber nirgends ist festgehalten, von welchem Stern gesprochen wird. Die Übersetzer haben immer angenommen, dass nur unsere Sonne gemeint sein kann. Wenn man jedoch davon ausgeht, dass der »Planet der Götter« vom Stern Sirius abstammt, machen viele zuvor unverständlichen Textstellen plötzlich Sinn. Das betrifft auch die ägyptische Mythologie. Die Astrophysiker haben errechnet, dass es einen bislang unentdeckten neunten Planeten in unserem Sonnensystem geben muss. Uneinig ist man sich nur noch über Größe und Umlaufbahn[55]. Im Buch wird dessen Sonnenumlauf mit 21.600 Jahren angegeben. Das entspräche der 6-fachen Umlaufdauer um seinen leiblichen Mutterstern Sirius. Letzteres ist aber ein fiktiver Bestandteil meiner Geschichte.

Ich weiß, dass das Thema Jungfernzeugung (*Parthenogenese*) viel Grund für Diskussionen bietet. Dabei ist es gar nicht so weit hergeholt[41.1][41.2]. Wir mögen die mit Gentechnik künstlich ausgelöste Teilung einer menschlichen Eizelle für ethisch verwerflich halten. Trotzdem kommt diese eingeschlechtliche Fortpflanzung im Tierreich vor. Bei höher entwickelten Säugetieren wurde es zwar noch nicht beobachtet, im Labor wäre es aber inzwischen machbar. Das Thema ist faszinierend, wenn man mit heutigem Wissenstand antike Texte **neu** übersetzt und dabei Wörter verwendet, die es vor hundert Jahren noch gar nicht gab.

Überleitend führt uns das zu einem anderen Thema im Buch: die *Genitalverstümmelung* bei Frauen. Dieses schreckliche Verbrechen ist in den meisten Ländern geächtet, wird aber immer noch häufig praktiziert. Ich wollte in meinem Roman nicht die Entstehungsgeschichte dieser Tradition beschreiben, aber ich versuche die Wichtigkeit des Themas mit den Worten von Maria Noichl auszudrücken: »Leider ist der Körper von Frauen schon immer ein Kampfplatz gewesen. [...] Es geht immer um die Kontrolle von Männern über den Körper der Frau.«[29.2]

Und nun noch etwas anderes: Was hat es mit dem *Havanna-Syndrom* auf sich, ist es erfunden? Nein. Schaut man in die offiziellen Berichte, glaubt man sich in einen Polit-Thriller versetzt[7]. Die große Anzahl der Fälle und die Tatsache, dass es häufig in diplomatischen Einrichtungen (zuerst in Havanna) aufgetreten ist, lässt aufhorchen. Amerikanische Geheimdienste sehen Russland dahinter. Aber gegenwärtig ist der Auslöser für diese Symptome noch völlig unklar.

In der Handlung kommt auch das *No-Cloning-Theorem* vor. Es wird für das plötzliche Verschwinden von gespeicherten Daten verantwortlich gemacht. Dieses Phänomen existiert in der Quantenphysik wirklich, weswegen sich Qubits (kleinste

Informationseinheit in einem Quantensystem) nicht kopieren bzw. stehlen lassen. Beim Lesen der sumerischen Texte[49.1] bin ich auf etwas Interessantes gestoßen. Ich habe mich immer gefragt, warum der Verlust der *ME*s für die »[Götter,] die vom Himmel herabstiegen« so schmerzhaft gewesen sein soll. Wenn es einfach nur Speicherchips gewesen wären, hätte man doch eine Sicherheitskopie gehabt, oder nicht? Nein, sie hätten keine Kopie erstellen können, wenn jedes einzelne ME ein Teil eines verschränkten Systems gewesen wäre. Zum Schutz des »göttlichen« Wissens und auch wegen der schier unglaublichen Datenmenge, waren die Originaldaten sicher auf dem Heimatplaneten oder einem Mutter-Raumschiff gespeichert.

Es bleibt der kreativen Fantasie überlassen, warum alte Völker oft bestimmte Berge für heilig halten (Mount Kailash im Himalaja, Uluru/Ayers Rock in Australien, Mount Fiji in Japan, Mount Graham in den USA, Hombori Tondo in Mali, …). Sagt die sumerische Mythologie nicht, dass es einst viele hundert MEs gewesen sein sollen? Hat man deren Dateninhalte für uns einfältige Menschen irgendwo aufbewahrt, damit wir sie auslesen, sobald sie von unseren Sinnen (oder Computern) erfasst werden können? Wie auch immer, es liefert genügend Stoff für weitere Abenteuergeschichten!

Am Ende der Aufzählung noch ein ernstzunehmendes Thema: Einige meiner Protagonistinnen und Protagonisten weisen Symptome von Autismus auf, die im Zusammenhang mit Hochbegabung stehen. Bitte sehen Sie es mir nach, dass ich in einem Roman nicht alle Symptome und deren genetischen Ursachen medizinisch korrekt beschreiben konnte. Trotzdem möchte ich darauf hinweisen, dass Autisten und Autistinnen in unserer modernen Gesellschaft immer noch mit Vorurteilen zu kämpfen haben. Das betrifft auch die Tatsache, dass Anderssein nicht immer Kranksein bedeuten muss. Die Psychologin Melanie Theissler[35] ist selbst autistisch und hochbegabt. Sie hat den Begriff *autensitiv* geprägt und mich inspiriert, in diesem Buch einige Besonderheiten zu beschreiben.

In der Handlung geht es auch um Manuskripte, die Tony Peller zehn Jahre zuvor von einem alten Mann erhalten hat. Deren Entstehungsgeschichte und Tonys Abenteuer in Indien werden in meinem Roman »Das Eis der vergessenen Seelen« erzählt. Über viele andere Phänomene und historische Rätsel, die in meinen Büchern eine Rolle spielen, finden Sie auch auf meiner Internetseite Informationen.

Falls Ihnen das Buch gefallen hat, würde ich mich über eine Rezension im Online-Shop oder auf Ihrer Bücherplattform freuen. Sie können mich auch gern über meine Internetseite kontaktieren: **www.karsten-lehmann-books.de**

Namen im Buch

Andreas	Dr. Andreas Fugel, Forschungsgruppenleiter »Biophysikalische Phänomene« an der Universität Freiburg
Anja	Arbeitskollegin und Freundin von Dyani (Halterin der Mischlingshündin Stinka)
Anna	Anna Stein, wissenschaftliche Mitarbeiterin am Institut für Psychologie und Verhaltensforschung in Freiburg im Breisgau (Deutschland)
Antony	Zweites Kind (1) von Dyani und Tony
Alice	Wissenschaftliche Assistentin im Team von Tony Peller
Arvid	Jüngerer Sohn (3) von Susanna, besucht den gleichen Kindergarten wie Lisa
Ava	Spitzname der KI beim MAD
Baihu	Assistent in Tony Pellers Forschungsgruppe
Bakari	Junger Mann vom Stamm der Dogon
BEESKE	Major Beeske, Leiter einer Arbeitsgruppe für Cyber-Abwehr bei der Bundeswehr
BELL, Sophia	Kinderpsychologin
BERNARD, Emil	Professor Emil Bernard (franz.) ist Ethnologe und Leiter eines internationalen Kulturprojektes an der Universität für Kultur und Geisteswissenschaften in Bamako (Mali).
Bulli (Spitzname)	Chemiker an der Physikalisch-Chemischen Fakultät an der Universität Freiburg im Breisgau, Kollege von Dyani
Dyani	Dyani Thakur-Peller, verheiratet mit Tony Peller, Mutter von Lisa(5) und Antony(1), arbeitet als

Physikerin an der Physikalisch-Chemischen Fakultät der Universität Freiburg (i. Br.).

Edem

Junger Mann vom Stamm der Dogon

FJODOROW, Sergei

Prof. Dr. Dr. habil. Sergei Sergejewitsch Fjodorow, Direktor des Instituts für Psychologie und Verhaltensforschung in Freiburg (i. Br.). Seine Großeltern stammten aus der Ukraine und emigrierten nach England, wo er auch aufwuchs. Besitzt die deutsche und britische Staatsbürgerschaft.

Frida

Frida Jensen ist Agentin einer Cyber-Einheit der Bundeswehr, die aus Spezialisten der NATO-Partner zusammengestellt ist. Sie gehört zu einer Gruppe sogenannter »M-Agenten«.

HARRISON, Ashley D.

Dr. Ashley D. Harrison, Humangenetikerin am Institut für Psychologie und Verhaltensforschung in Freiburg (i. Br.)

HUBER, Theodor

Alter Mann, von dem Tony Peller zehn Jahre zuvor zwei Manuskripte zwecks Veröffentlichung erhalten hat.

Jason

Trainer der Cyber-Abwehr Gruppe beim MAD, Ehemaliger NASA-Ingenieur

John

Dr. Johnson Mammah, Kulturbeauftragter der Botschaft Sierra Leone in Berlin

KARLMANN

Oberstleutnant Karlmann ist Leiter der Cyber-Abwehr beim Militärischen Abwehrdienst (MAD) in Berlin

KONING, Rudi

(NATO-)Botschafter Rudi Koning, Ständiger Vertreter Deutschlands im Nordatlantikrat

KUTZNER

Oberst Kutzner ist Leiter einer Gruppe für Cyber-Abwehr beim Militärischen Abwehrdienst (MAD) in Köln

Lago

Junger Mann vom Stamm der Dogon, Sohn von Zikomo, dem Dorfältesten

Lisa	Lisa Kachina THAKUR-PELLER(5), Tochter von Dyani und Tony
Luan	Chinesischer Programmierer
Lucas REIMANN	Deutscher Erfinder und Firmengründer aus Berlin
Mailly	Wissenschaftliche Assistentin von Sergei am Institut in Freiburg
Naha	Mädchen vom Fula-Stamm(11), Schwester von Rama(5)
Niam	Junger Mann vom Volk der Dogon
PELLER, Tony	Dr. Tony Peller, Experimental-Archäologe am Institut für Psychologie und Verhaltensforschung in Freiburg im Breisgau (Deutschland)
Rama	Mädchen vom Fula-Stamm(5), kleine Schwester von Naha(11)
Renaldo CONTI	Wissenschaftlicher Mitarbeiter am Institut in Freiburg
Rita	Leiterin der Kindertagesstätte im Institut
Sabine	Wissenschaftliche Mitarbeiterin an der Universität Freiburg, Fachbereich Biophysik
Sean KELLER	Techniker bei der amerikanischen Botschaft in Berlin, mit Brian Wilson befreundet und ebenfalls Deutsch-Amerikaner
SOH, Annelise	Dr. Annelise Soh ist Kindesportmedizinerin und betreut Annas Trainingsgruppen im Institut.
Stinka	Mischlingshündin von Dyanis Arbeitskollegin Anja
Susanna	Mutter von Arvid(3) und Tristan(5). Beide Jungen besuchen denselben Kindergarten wie Lisa.

WEN, Chan Dr. Wen Chan ist Vertriebsleiter in der europäischen Zentrale des chinesischen Tech-Konzerns HAWAKI mit Sitz in Düsseldorf.

WILSON, Brian Chief Warrant Officer (CWO) Brian Wilson gehört zu U.S. Marine und wurde für spezielle NATO-Projekte nach Deutschland geschickt. Der Deutsch-Amerikaner ist Computerlinguist und Spezialist für Fernwahrnehmung. Sein Einsatzort ist das Maritime Operations Centre (MOC) in Rostock, wo spezielle NATO-Projekte koordiniert werden.

YANG, Min Mitarbeiterin des chinesischen Tech-Konzerns HAWAKI

Zikomo Zikomo ist der Dorfälteste im Dogon-Dorf des Stammes Samak. Er ist der Vater von Lago. Sein Name als geistlicher Führer ist Ho-Gon.

ZP ZP wird von Lucas Reimann als Synonym für »Zielperson« verwendet

Glossar

Aminosäuresequenz | Proteinstruktur: Proteine sind lebensnotwendig und aus Aminosäuren aufgebaut. Unser Körper ist aus verschiedensten Proteinen zusammengesetzt. Im Jahr 2024 ging der Nobelpreis für Chemie an den US-Biochemiker David Baker und die britischen Forscher Demis Hasabis und John Jumper. Sie haben die dreidimensionale Eiweißstruktur von Proteinen entschlüsselt. Mit einer Software können sie nun für eine gewünschte Proteinstruktur alle notwendigen Aminosäuresequenzen ermitteln.[55] Neben Impfstoffen und Medikamenten können so auch ganze Bestandteile des Lebens hergestellt werden, wie zum Beispiel menschliches Gewebe oder DNA (deutsch DNS).

Amma: Die Religion der Dogon kennt den Schöpfergott Amma. Er soll einen Nommo als erstes Lebewesen erschaffen haben. Aus diesem Nommo wurden später vier Zwillingspaare erschaffen. Diese Wesen sind amphibisch lebende, zwittrige Kreaturen (mehr dazu siehe auch **Nommo**).

autensitiv: Ein von der Psychologin Melanie Theissler geprägter Begriff für Menschen, die autistisch und gleichzeitig hochsensibel sind. Verbreitet herrscht immer noch die Auffassung, dass Menschen mit Autismus nicht hochsensibel seien. Theissler ist selbst Autistin mit ADHS, hochsensibel und hochbegabt. Als Mitglied im Verein für hochbegabte Menschen erforscht sie die besondere Situation autensiver Personen.[35]

Autismus-Spektrum-Störung (ASS): Eine unter dieser Störung leidende Person hat Schwierigkeiten beim Aufbau normaler Beziehungen und bei der Kommunikation. Es gilt als Spektrum (Bandbreite), da Art und Schwere stark variieren und kaum noch einer bestimmte Art von Autismus zugeordnet werden können. Manche Kinder mit ASS zeigen im Vergleich zu normalen Kindern Unterschiede im Aufbau und der Funktion ihres Gehirns. Oft bleiben die Symptome bis zum Schulalter unentdeckt.[10]
Hinweis: Ursachen, Symptome, Diagnose usw. von ASS sind sehr vielfältig. Die oben beschriebenen Punkte sind nur ein kleiner Auszug des komplexen Themas von ASS.

Bharat: Historischer Name für Indien. Der Name stammt vom legendären König Mahabharata (auch Bharata) ab. Die britischen Kolonialherren haben den Namen durch Indien ersetzt, was als Teil ihrer Bemühung galt, das Land kulturell und administrativ zu dominieren. Heute ist Bharat wieder eine offizielle Landesbezeichnung.

Chakra-Massage: Die Chakra-Massage kann als indische Energiemassage bezeichnet werden und im Zuge einer ayurvedischen Behandlung oder auch bei einer Yoga-Übung genutzt werden. Möglich ist eine Stimulation durch Handauflegen oder die Massage mit Edelsteinen jeweils an den sieben Chakren-Punkten.[1.1][1.2]

Chronisches Fatigue-Syndrom (CFS): Ein chronischer Erschöpfungszustand, der noch wenig erforscht ist. Diese Erkrankung tritt zunehmend auch bei Kindern auf, wird aber leider häufig nicht gleich erkannt.[25]

DMT (Dimethyltryptamin): Ein Tryptamin-Alkaloid mit halluzinogenen Eigenschaften. Es kommt in der Tier- und Pflanzenwelt vor und hat eine Ähnlichkeit mit dem Neurotransmitter Serotonin. Indigene Völker im Amazonasbecken nutzen es für rituelle Zwecke.[18] Es ermöglicht unserem Gehirn, neuartige Gedankenstrukturen und Empfindungen zu kreieren. Zudem vermutet Dr. Rick Strassmann, dass dieser Stoff bei bestimmten spirituellen Ritualen sowie bei Geburt und Tod von der menschlichen Zirbeldrüse ausgeschüttet wird.[19]

Dogon: Das Volk der Dogon siedelt im Osten von Mali (Westafrika). Die meisten von ihnen leben entlang des Bandiagara-Steilhangs. Weiter nordöstlich befindet sich ihr heiliger Berg Hombori Tondo. Die Herkunft der Dogon ist nicht vollständig geklärt, aber vermutlich stammen sie aus dem Gebiet des heutigen Ägyptens und dem Nordsudan. Ihre Kultur und das astronomische Wissen sind

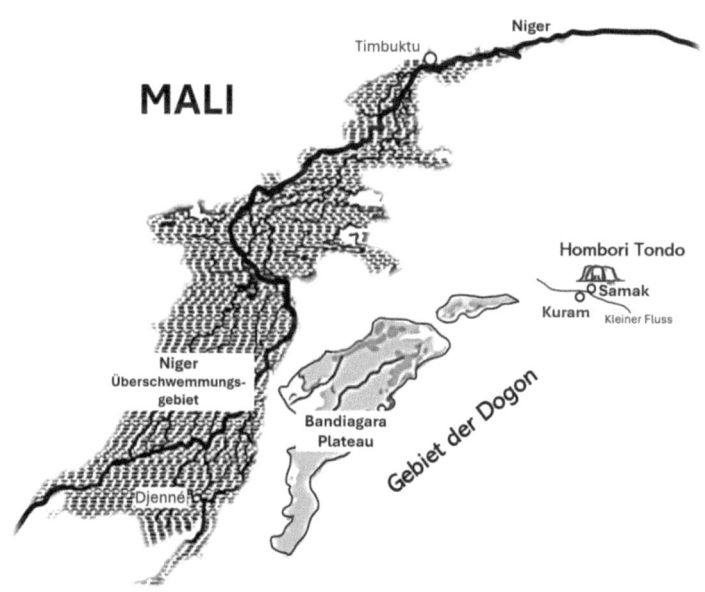

außergewöhnlich hoch entwickelt, obwohl sie sehr isoliert leben. Ihre Religion kennt interessante Parallelen zu den Schöpfungsgeschichten anderer Völker, wobei sie selbst angeben, von Sternenmenschen abzustammen. Sie verehren den Sirius als Mehrfach-Sternsystem.[23.1][23.2]

Drei-Körper-Problem: Ein mathematisches Problem der Himmelsmechanik zur Vorhersage der Bahnverläufe dreier Körper unter dem Einfluss der gegenseitigen Anziehung.[33] Bislang gab es nur mathematische Näherungslösungen, um die scheinbar chaotischen Bahnbewegungen eines Systems vorherzusagen, das aus mehr als zwei Körpern besteht, sofern sie unterschiedliche Massen aufweisen.

Enki: (akkadisch Ea) In der sumerischen Mythologie ist Enki der Weisheitsgott und Herrscher des Süßwasserozeans Abzu (Wohnstadt Enkis). Die Tontafeln beschreiben ihn als Erschaffer der Menschen und verschiedener Mischwesen. Die sumerischen Götter sind manchmal mit Flügeln dargestellt und manchmal mit Bezug zum Wasser. Das passt zur Herrschaft über Land, Wasser und Luft, einschließlich der Lebewesen.[52]

Bild: Sumerisches Rollsiegel mit Gott Enki

Enuma elisch: (akkadisch: Enūma eliš) Ein auf Tontafeln in Keilschrift verfasster babylonischer Schöpfungsmythos. Dieser vermutlich sieben Stück umfassende Teil stammt aus einer mehr als 25.000 Tontafeln bestehenden Sammlung, von denen einige bis in die früheste sumerische Zeit zurückgehen. Die ersten Übersetzungen Ende des 19. Jahrhunderts sahen in den Texten noch rein religiöse bzw. mythologische Inhalte. Der technische und gesellschaftliche Fortschritt erlaubt inzwischen viel tiefere Einblicke in die Aufzeichnungen dieser Hochkultur. Damit werden zwangsläufig auch alte Interpretationen neu hinterfragt.[48] [49]

Epigenetik: Bezeichnet das Bindeglied zwischen Umwelteinflüssen und Genen. Die Umwelt bestimmt mit, unter welchen Umständen welches Gen angeschaltet wird und wann es wieder stumm wird. Experten sprechen hier von Genregulation. Inzwischen ist bekannt, dass auch Lebensmittel bestimmte gute oder schlechte Gene ein- und ausschalten können. Auch bei Bienen wird deutlich, wie sehr allein Nahrung epigenetisch wirken kann: Wer einen Honig-Pollen-Brei bekommt, wird eine sterile Arbeiterbiene, und wer Gelée royale naschen darf, wird eine Königin.[51.1][51.2]

Im Buch wird davon ausgegangen, dass Drogen, elektromagnetische Strahlung, Schall und andere Einflüsse für besondere Eigenschaften verantwortlich sind, und dass darüber geheimes Wissen bei den indigenen Völkern existiert.

Erbsünde: Das 3. Kap. der Genesis erzählt in den Versen 14–19, wie die ersten Menschen Adam und Eva, von der Schlange verführt, gegen Gottes Gebot verstoßen und die verbotene Frucht vom Baum der Erkenntnis essen, weshalb sie aus dem Paradies vertrieben werden. Die Erbsünde wird als Urschuld betrachtet, die mit der Abkehr von ihrem Schöpfer beginnt. Die eigentliche Sünde besteht in der Erkenntnis der eigenen Nacktheit (Erlangung der Fruchtbarkeit [Anm. Autor]) und die Unterscheidungsfähigkeit von Gut und Böse (Erlangung von Bewusstsein und damit Gleichsetzung mit den Göttern [Anm. Autor]). In dieser Legende vom Verlust eines ursprünglichen Zustands der Unschuld wurde in der christlichen Kirche, nicht aber im Judentum, eine Urschuld für alle Nachkommen herausgedeutet und gleichsam als genetisch verankerter Trieb zum Bösen begründet. Die Vorstellung von einer anfänglichen Schuld ist älter als das Christentum und wurde in sumerischen Texten nachgewiesen (ca. 2000 v.u.Z.).[47]

ERNST: Die Abkürzung steht für **E**xperimentelle **R**aumfahrtanwendung basierend auf **N**ano-**S**atelliten-**T**echnologie. Der erste Kleinsatellit wurde 2024 in Dienst gestellt und dient der Erprobung eines Überwachungssystems zur Früherkennung von ballistischen Raketenstarts und Hyperschall-Flugkörpern aus dem sonnensynchronen Erdorbit (ca. 510km).[31]

Im Buch existiert eine gleichnamige Arbeitsgruppe beim Militärischen Abschirmdienst (MAD).

Fancy Bear: Ein aus Russland stammendes Hackerkollektiv des russischen Militärgeheimdienstes GRU (auch Einheit 26165, APT28 und Pawn Storm genannt). Die Gruppe ist durch die gestohlenen E-Mails der Demokraten vor der US-Wahl 2016 bekannt geworden. Sie wird auch für die Cyber-Attacke auf den Deutschen Bundestag im Jahr 2015 verantwortlich gemacht. Getarnt als Diplomaten, konnten vier Agenten der Gruppe im Jahr 2018 von niederländischen Behörden festgenommen werden.[6]

Fula (auch Fulbe): Ein ursprünglich nomadisierendes Hirtenvolk in Teilen Westafrikas. Deren komplizierte Sprache wird ebenfalls Fula genannt. Ethnologen lokalisieren den Ursprung dieses Volkes im Bereich zwischen Nil und Roten Meer (Ägypten bzw. Äthiopien). Von dort stammen auch mitgebrachte

Rituale. Sie verehren die Kuh als göttliches Tier. Es gibt gewisse Übereinstimmungen mit der ägyptischen Göttin Hathor. Die Überlieferung besagt, dass die Fula nach dem Sündenfall aus ihrem Ursprungsland (sie nennen es auch Paradies) verbannt wurden und so nach Westafrika auswanderten. Ein historisch kultureller Zusammenhang mit den Dogon wird vermutet.[3]

Generation Z: Als Generation Z (Geburtsjahre etwa 1995-2005) wird die Nachfolgegeneration von Generation Y bezeichnet.[34] Diese Generationen sind geprägt durch gute wissenschaftliche und politische Bildung, was sich besonders in völlig neuartiger Denkweise und Auseinandersetzungen mit Umwelt und Ökonomie zeigt. Wegen der starken Wirkung auf die Meinungsbildung in der Bevölkerung mussten sich konservative politische Organisationen schnell auf diese Generation einstellen, um politisch überleben zu können.

Genitalbeschneidung: In diesem Roman kommt das Thema der Verstümmelung weiblicher Genitalien vor. Ursachen, Verbreitung und Formen dieses grausamen Rituals sind weit umfangreicher, als es hier beschrieben werden kann. Das gilt auch für die Entfernung der Vorhaut bei Jungen, deren Auswirkungen auf Körper und Psyche keinesfalls mit der Verstümmelung bei Mädchen und Frauen verglichen werden kann. Bei der weiblichen Form handelt es sich um die teilweise oder vollständige Amputation der äußeren Geschlechtsorgane ohne medizinische Notwendigkeit. Die vorwiegend aus Tradition ausgeübte Handlung wird oft ohne Betäubung und mit unsterilen Werkzeugen, meist im Alter zwischen vier und 14 Jahren, vorgenommen. Es gibt unterschiedliche Ausmaße und Formen, die hier nicht im Detail beschrieben werden können. Bei der invasivsten Praktik werden Klitorisvorhaut, Klitoris sowie Schamlippen entfernt und die Vaginalöffnung teilweise zugenäht. Die Öffnung der Vulva obliegt dann dem Mann durch Penetration nach der Hochzeit, was manchmal mit einem scharfen Gegenstand unterstützt werden muss. Die weibliche Genitalverstümmelung ist heute weltweit geächtet und wird in vielen Ländern als Form des Kindesmissbrauchs anerkannt.[29.1][29.2] Trotz Forschung bleibt der Ursprung rätselhaft, wie auch die Entstehung anderer Traditionen bei afrikanischen Urvölkern.

GRU: Leitendes Zentralorgan des russischen Militärgeheimdienstes mit etwa 12.000 Mitarbeitern. Zu dessen Aufgaben gehören auch Auslandsaufklärung und Wirtschaftsspionage. Spezialeinheiten wie SPEZNAS dienen der verdeckten und unkonventionellen Kriegsführung. Der GRU finanziert gezielt EU-feindliche Parteien, um die EU zu destabilisieren. Einmischung in ausländische Wahlkämpfe und Cyberattacken auf westliche Einrichtungen gehören zum Auftrag.[12]

Havanna-Syndrom: Unspezifische Beschwerden wie Kopfschmerzen, Übelkeit oder Hörverlust unbekannter Herkunft. Es wurde zuerst bei Angehörigen der US-Botschaft in Havanna beobachtet. Diese Symptome traten danach weltweit bei westlichen Diplomaten auf. Gemäß investigativer Recherchen wird der russische Geheimdienst GRU dafür verantwortlich gemacht, eine neuartige Waffe einzusetzen.[7][8]

Ho-Gon (eigentlich Hogon): Spiritueller und im eigenen Dorf auch weltlicher Führer einer Dogon-Gemeinschaft. Im Buch wird die Silbentrennung benutzt, um eine Verwechslung mit dem Wort Dogon zu vermeiden.[24.1]

Inanna (auch Ishtar): Sumerische Göttin, Enkelin von Enlil (Bruder von Enki). Sie gilt als Göttin der körperlichen Liebe und Fruchtbarkeit, wobei sie für einige Missetaten bekannt ist, die ihr mit Hilfe körperlicher Reize gelangen. In den Mythen tritt sie oft als mächtige und zerstörerische Göttin auf, die Kriege führt und sogar andere Götter in Furcht versetzt.[49] [52]
Im Buch wird ihre Rolle beim trickreichen Raub der sogenannten Schicksalstafeln (**ME**s) erwähnt (siehe auch **Enki**).

Kuram: Ein kleiner Stamm, der von der Volksgruppe Fula (Fulbe) abstammt, sich aber mehr der Religion und Tradition der Dogon zugehörig fühlt. Sie akzeptieren auch den geistlichen Führer der Dogon und leben wie der Dogon-Stamm **Samak** nahe der Hombori-Berge im Osten Malis. Namen und Aufenthaltsorte aller im Buch vorkommenden Stämme wurden für den Roman geändert.

M-Agent: Geheimdienstagent mit Ausbildung als Medium. Ihr Einsatz erfolgt zur Fernwahrnehmung, Aufspürung verschwundener Personen oder in der Cyber-Abwehr. Es wird angenommen, dass M-Agenten auch in der realen Welt existieren und zur Erforschung von Quanten-Phänomenen und paranormalen Ereignissen in der militärischen Aufklärung eingesetzt werden.

MAD: Der Militärische Abschirmdienst ist der militärische Nachrichtendienst in Deutschland mit Sitz in Köln und Nebenstellen in größeren Städten. Er ist dem Bundesministerium für Verteidigung unterstellt. Der MAD ist hauptsächlich im Inland für die Aufklärung und Abwehr von Spionage, Sabotage, Extremismus und Terrorismus verantwortlich. Er übernimmt aber auch innerhalb des NATO-Bündnisses Informationsaufgaben.

ME: In der sumerischen Mythologie handelt es sich um kleine Tafeln mit Aufzeichnungen des göttlichen Wissens, ihrer Technologie und den Regelungen für deren Anwendung. Auch für die Menschen und ihre Verhaltensregeln sollen Exemplare angefertigt worden sein, diese allerdings in einer für Menschen lesbaren Schriftform. Die Götter (Anunnaki) sollen mehrere hundert ME auf die Erde mitgebracht haben.[48]

Monotheismus: Damit werden Religionen oder philosophische Lehren beschrieben, die einen allumfassenden Gott anerkennen. Im Unterschied dazu erkennt der Polytheismus viele Götter an.[53]

Morphisches Feld (auch Morphogenetisches Feld): Diesem Feld werden formgebende Eigenschaften zugesprochen. Dabei handelt es sich um ein physikalisch nicht klar definiertes Feld, welches Informationen über Strukturen der materiellen Welt enthalten soll. Nach Rupert Sheldrake handelt es sich um ein Feld, das als »formbildende Verursachung« für die Entwicklung von Strukturen sowohl in der Biologie, Physik, Chemie, aber auch in der Gesellschaft verantwortlich ist. Solche formgebenden Felder können mit Messgeräten der materiellen Welt nicht direkt erfasst werden. Wegen der Wechselwirkung mit Materie sind aber deren Auswirkungen auf die Materie einschließlich Lebewesen messbar.[5]

Naga: Schlangengottheit in der indischen Mythologie (aus dem Sanskrit, weiblich=Nagi, pl. Nagas). Den Wesen werden magische Eigenschaften zugesprochen, wobei sie auch verschiedene Gestalten annehmen können. Sie gelten als Wächter von Übergängen, Schwellen und Türen.[4.1][4.2]

Neuropsychologische Diagnostik: Bei dieser Methode werden kognitive, emotionale, motivationale und verhaltensmäßige Folgen von Schäden oder Dysfunktionen des Gehirns erfasst und objektiv ausgewertet. Es ist ein interdisziplinäres Gebiet der klinischen Psychologie und Neurowissenschaft.[15]

No-Cloning-Theorem: Das No-Cloning-Theorem besagt, dass man von einem unbekannten Quantenzustand keine Kopie erstellen kann, weil das Kopieren zwangsläufig den Wert des Ursprungssystems verändert. Innerhalb der Quantenphysik ist es deshalb nicht möglich, ein Qubit (kleinste Informationseinheit in einem Quantencomputersystem) auf ein anderes Qubit zu kopieren. Auch das Abhören einer Informationsübertragung in der Quanteninformatik ist nicht möglich, weil das Abhören einem Kopiervorgang gleichkäme.[50]

Nommo (auch Nummo, pl. Nommos): In der alten Religion der Dogon, zumindest bei den Stämmen, die noch nicht zum Islam konvertierten, werden die Nommos als Ahnengeister, manchmal auch als Gottheiten beschrieben. Darstellungen zeigen sie meist als am-

phibische, zwittrige Wesen. Bei einigen Figuren sieht man sie aber auch mit humanoiden Oberkörpern. Teilweise haben sie Beine oder auch Fischschwänze. Die Dogon beschreiben sie außerdem als »Meister des Wassers« oder als »Lehrer«. Diese Erläuterung gibt nur einen Bruchteil der Mythologie wieder. Die Volksstämme der Dogon und ihre Götter sind immer noch Gegenstand umfangreicher ethnologischer Forschungen.[2]

Nomoli:
Nomoli-Figuren sind Steinstatuen, die in Sierra Leone und Liberia gefunden wurden. Einige haben menschliches Aussehen, viele aber auch äußere Merkmale von Reptilien. Sie sind aus Speckstein, Granit oder Kalkstein gehauen. Über die Erschaffer dieser Figuren gibt es bis heute keine Klarheit. Da einige bis zu 50 Meter tief im Boden steckten, schätzen Experten die Entstehung auf 2.500 bis 17.000 v.u.Z.[39.1][39.2][39.3]

NSA: Die National Security Agency ist der größte Auslandsgeheimdienst der USA, zuständig für die weltweite Überwachung, Entzifferung und Analyse elektronischer Kommunikation. Ein spezieller Aufbau des Dachs der amerikanischen Botschaft in Berlin beherbergt wahrscheinlich eine getarnte Abhöranlage, die auch im Buch eine Rolle spielt.

Nyama: Dieses Wort wird in zentralafrikanischen Sprachen unterschiedlich verwendet, meist aber mit »Fleisch« übersetzt. Spirituell scheint es noch einen anderen Ursprung zu geben. Die Ho-Gon (geistlicher Führer der Dogon) kennen spezielle Sterberituale, mit denen der Kontakt zu den Ahnen des Sterbenden hergestellt wird. Interessant ist die Parallele zum **Tukdam** bei tibetischen Mönchen. Von ihnen sind einige in der Lage, während des Sterbeprozesses im Zustand der Meditation zu verbleiben. Dabei kann der Verwesungsprozess Tage oder sogar Wochen aufgehalten werden. Die Mönche beschreiben Tukdam so, dass der körperliche Tod erst eintritt, wenn die Seele den sterbenden Körper endgültig verlassen hat.[30]

Parthenogenese: Die Parthenogenese (altgriechisch parthenogénesis, von parthénos »Jungfrau« und génesis »Geburt«), auch Jungfernzeugung genannt, ist eine Form der eingeschlechtlichen Fortpflanzung. Dabei entstehen die Nachkommen aus einzelnen unbefruchteten Eizellen. Manche Pflanzen und weibliche Tiere wie z. B. Blattläuse, aber auch einige Fisch- und Eidechsenarten, Schnecken sowie die Blumentopfschlange können sich eingeschlechtlich fortpflanzen. Das geschieht ohne Befruchtung durch einen männlichen Artgenossen. Durch bestimmte Hormone wird der unbefruchteten Eizelle eine Befruchtungssituation vorgespielt, worauf diese sich zu teilen beginnt und zu einem Organismus heranreift. Es gibt Formen der asexuellen Fortpflanzung, wo die Nachkommen nur Clone der Mutter sind. Bei der in diesem Buch vorkommenden Art bildet die Eizelle bei der Teilung auch das Y-Chromosom, welches für männliche Nachkommen notwendig ist.[41.1][41.2]

Pseudologia phantastica: Das beschreibt ein auch Lügensucht genanntes Verhalten von Personen, häufiger als pathologisches Lügen bekannt. Das auftretende Symptom wird **Pseudologie** genannt (pseudo = falsch). Es herrscht noch

Uneinigkeit darüber, ob es sich um eine eigenständige psychische Störung handelt. Der Kriminologe von Hentig beschrieb den sogenannten Cäsarenwahnsinn des Kaisers Tiberius als Mittel zur Anpassung. In der Folge könne die Person zum gerissenen Diplomaten werden. Antisoziales Verhalten kann sich als Ordnungssinn, Gerechtigkeitsfanatismus, religiöse Orthodoxie, Sittlichkeitsstrenge und Kriegslust auswirken.[9]

Punktmutation: Punktmutation ist eine Form von dauerhafter Veränderung des Erbgutes (engl. DNA, deutsch DNS). Eine solche Genmutation ist eine Punktmutation, wenn nur eine Nukleinbase innerhalb einer Basensequenz eingefügt, entfernt oder ausgetauscht wird.[13]

Putamen: Ein Kerngebiet des Gehirns, das zu dem kognitiven Kerngebiet des Gehirns zählt und in der rechten und linken Hirnhemisphäre je einmal vorhanden ist. Zu den Aufgaben gehört die Steuerung der willkürlichen motorischen Abläufe. In der Nähe befinden sich Ansammlungen vieler Nervenfasern.[20]

Quanten-Tunnel: Der Tunnel-Effekt erlaubt es Teilchen, Barrieren und Entfernungen zu überwinden, die sich nach klassischer Physik nicht realisieren lassen. Diese Phänomene zeigen, wie die Quantenmechanik unsere klassische Vorstellung von Raum und Zeit herausfordert und eine neue Perspektive auf die Natur der Realität bietet.[42]

Reinkarnationstherapie: Das Konzept der Reinkarnation (Wiedergeburt) existiert in den Weltreligionen Hinduismus und Buddhismus. Bei der Therapie geht man davon aus, dass Reinkarnation und Weiterentwicklung einer Seele über eine Vielzahl von Erdenleben existieren. Aktuelle psychische und körperliche Probleme können durch frühere Inkarnationen verursacht sein. Bei einer **in Hypnose durchgeführten Rückführung** seien Erinnerungen an vergangene Leben sowie das Lernen aus früheren Leben möglich. Verstrickungen mit Traumata früherer Erdenleben können durch Liebe und Vergebung auch im jetzigen Leben gelöst werden. Dadurch sei größere Bewusstheit und Heilung auch im aktuellen Erdenleben der Klienten erreichbar.[20]

Sahelzone: Afrikanische Trockensavanne als Übergangszone zwischen der Wüste Sahara im Norden und der Savanne im Süden. Dort wurden die ältesten Knochen der menschlichen Vorfahren gefunden. (ca. 6 Mio. Jahre). Erstaunlicherweise finden wir im gleichen Gebiet auch die ältesten Schöpfungsmythen in den indigenen Religionen. Die Mythologien der Ägypter und Dogon ähneln sich. Die Dogon verehren den Schöpfergott Amma und die Nommos (Reptiloid-Wesen) als dessen Gehilfen bei der Erschaffung der ersten Menschen.

Samak: Stammesname und gleichnamiges Dorf im Land der Dogon. Im Buch wurde der Originalname durch diesen Namen ersetzt. Auch die Namen von Stammesangehörigen und die geografische Lage des Dorfes wurden geändert.

Sexagesimal System: Sexagesimal ist ein Zahlensystem mit 60 als Basis. Es stammt von den alten Sumerern im 3. Jahrtausend v.u.Z., weiterentwickelt durch die Babylonier. Es wird in abgewandelter Form heute zur Messung von Zeit, Winkeln und geographischen Koordinaten verwendet. Das System birgt immer noch Rätsel. Das sumerische Sternenjahr dauert 3600 Jahre. Diese Zahl wird durch einen Kreis dargestellt. Es bedeutet auch abgeschlossener Zyklus und ergibt sich aus 60 Zyklen mit je 60 Jahren.[38]

Ein Zusammenhang mit dem Sigui-Fest (Sigui=Sirius) der malischen Dogon, welches alle 60 Jahre gefeiert wird, ist schwer zu leugnen.

Sigui-Fest: (Sigui=Sirius) Ein Welterneuerungsritual der Dogon in Mali. Es wird alle sechzig Jahre gefeiert und dauert sieben Jahre. Das nächste Sigui-Fest beginnt im Jahr 2027. Dabei werden riesige magische Masken aus Holz getragen, die sie in geheimen Felsgrotten aufbewahren. Nach der Dogon-Religion beinhaltet das Fest kultische Handlungen, bei denen die Vorgänge des Sirius-Mehrfachsternsystems wiedergegeben werden.[28]

Toguna: Ein öffentliches Gebäude, meist im Zentrum eines Dogon-Dorfes. Dort hält sich der Ho-Gon (Dorfältester bzw. geistlicher Führer) die meiste Zeit des Tages auf.[24.1][24.2]

Tor-Technologie (Tor-Netzwerk): Tor ist ein Computerprogramm mit passendem Tor-Browser (eine Version von Firefox), um sich im Internet unentdeckt zu bewegen. Er schützt Benutzer, indem dessen Kommunikation durch ein verteiltes Netzwerk aus Relays (Weiterleiter) geschickt wird, das sich Tor-Netzwerk nennt. Es wird von Freiwilligen aus der ganzen Welt betrieben. Dadurch wird verhindert, dass jemand, der eine Internetverbindung überwacht, Informationen über besuchte Webseiten und den Standort des Nutzers erfährt. Das Tor-Projekt ist eine gemeinnützige Organisation mit Sitz in den USA. Es unterstützt Menschen vor Internetzensur und Repressalien in ihren Ländern, wird aber auch von Kriminellen genutzt.[37]

Tummo-Mönche: Tummo ist eine spezielle Atemtechnik und stammt von tibetisch-buddhistischen Mönchen. Die Wurzeln liegen in einer speziellen Art der Meditation, wobei die Körpertemperatur durch Atemübungen verändert werden kann. Die Änderung der Körpertemperatur kann wissenschaftlich erklärt werden, nicht jedoch, wie es den Mönchen gelingt, höhere Bewusstseinszustände zu erreichen. Interessant ist auch, dass diese Mönche beim Meditieren mit ihren Gedanken Einfluss auf die Materie ausüben.[21]

Verfassungskreislauf (nach Polybius): Der Geschichtsschreiber Polybius definierte diesen Kreislauf im 2. JH v.u.Z. als ein beständiges Abwechseln von sechs Verfassungstypen. Drei rechtmäßige/gute Formen (Monarchie, Aristokratie und Demokratie) werden regelmäßig von drei Verfallsformen abgelöst: Monarchie durch Tyrannis, Aristokratie durch Oligarchie, Demokratie durch Ochlokratie. Die Zerstörung des Systems erfolgte zumindest in der Antike durch den moralischen Verfall bei den Herrschenden, der sich in Habsucht, Überheblichkeit, Ungerechtigkeit und Herrschsucht ausdrückte.[44]

W-Boson: Dabei handelt es sich um ein Elementarteilchen, das wie das Z-Boson die schwache Wechselwirkung, eine der fundamentalen Grundkräfte der Physik, vermittelt. Verglichen mit anderen seiner Art ist dieses Teilchen verhältnismäßig schwer. Im CERN (Kernforschungseinrichtung bei Genf/Schweiz) hat man festgestellt, dass die gemessene Masse etwa 86-mal größer ist als die theoretische berechnete Masse. Eine Theorie geht davon aus, dass sich die Differenz dadurch ergibt, dass Informationen Masse besitzen. Das W-Boson speichert also in seiner Lebenszeit Informationen, weswegen es immer schwerer wird.[46] Im Buch wird davon ausgegangen, dass das W-Boson ein Informationsträger der Quantenwelt ist und möglicherweise auch der Speicherort unseres Bewusstseins. In diesem Fall wäre die Information eine 5. Form von Materie. Die 5 Formen (oder Aggregatzustände) sind: Fest, Flüssig, Gasförmig, Plasma, Information.

Weiße Pyramide: In einer abgelegenen, flachen Ebene in der Provinz Shaanxi (in der Nähe der alten Hauptstadt Xi'an) liegen Dutzende spektakuläre Pyramidenhügel, die außerhalb Chinas wenig bekannt sind. Es gibt die Legende von einer riesigen weißen Pyramide, die sogar die Große Pyramide von Gizeh in den Schatten stellen soll. Während einige Forscher glauben, dass Luftsichtungen der Weißen Pyramide von Xi'an mit der Maoling-Pyramide, dem Grab des Kaisers Wu von Han, übereinstimmen, behaupten andere, dass die legendäre Pyramide von den Behörden versteckt gehalten wird.[43.1][43.2]

Zweimalgeborene (Dvija): Dvija bezieht sich auf ein bestimmtes Ritual im Hinduismus, das Upanayana. Wer diese Einweihung mitmacht, wird dabei wiedergeboren. Traditionell vollziehen nur die drei oberen Kasten (Varnas) dieses Ritual. Im erweiterten Sinne können sie damit Unsterblichkeit erlangen oder zumindest ein sehr hohes Alter. Das würde die langen Regierungszeiten der alten Könige in der Mythologie erklären.[26]

Quellen und Internetseiten

1.1	https://portal.massage-expert.de/massage-lexikon/energiemassage/ **(Energiemassage | Chakra-Massage)**	2024
1.2	https://www.anahata.de/blogs/wissen/die-bedeutung-der-7-chakren **(Sieben Chakren)**	2024
2	https://en.wikipedia.org/wiki/Nommo **(Nommo oder Nummo)**	2024
3	https://de.wikipedia.org/wiki/Fulbe **(Fula | Fulbe)**	2024
4.1	Buttler, Johannes von: Drachenwege-Strategien der Schöpfung, Herbig, München, 1990	1990
4.2	https://de.wikipedia.org/wiki/Naga_(Mythologie) **(Naga)**	2023
5	https://de.wikipedia.org/wiki/Pr%C3%A4kognition **(Präkognition | Außersinnliche Wahrnehmung | Morphische Felder)**	2024
6	https://de.wikipedia.org/wiki/Sofacy_Group **(Fancy Bear | APT25 | Pawn Storm)**	2024
7	https://de.wikipedia.org/wiki/Havanna-Syndrom **(Havanna-Syndrom)**	2024
8	Fleischer, Robert: **Sie sind hier! Was jetzt?**, Tiger Press, Frankfurt am Main, 2024	2024
9	https://de.wikipedia.org/wiki/Pseudologie **(Pseudologie | Pseudologia phantastica)**	2024
10	https://www.msdmanuals.com/de-de/heim/gesundheitsprobleme-von-kindern/lern-und-entwicklungsst%C3%B6rungen/autismus-spektrum-st%C3%B6rung **(Autismus-Spektrum-Störung ASS)**	2024
11	Lehmann, Karsten: **Z-ALPHA**, BoD, Norderstedt, 2022	2022
12	https://de.wikipedia.org/wiki/Glawnoje_Raswedywatelnoje_Uprawlenije **(Russischer Geheimdienst GRU)**	2023
13	https://www.studysmarter.de/schule/biologie/genetik/punktmutation/ **(Punktmutation)**	2024
14	https://de.wikipedia.org/wiki/Veda **(Indische Veden)**	2021
15	https://de.wikipedia.org/wiki/Neuropsychologische_Diagnostik **(Neuropsychologische Diagnostik)**	2023
16	Sabine Hossenfelder: **Das hässliche Universum**, Fischer Verlag, 2018 (engl. ed. „Lost in Math")	2018
17	Illobrand von Ludwiger: Burkhard Heim das Leben eines vergessenen Genies. Berlin 2010	2010
18	Rumpl, Lukas Johannes, Diplomarbeit „**Effekte des endogenen Dimethyltryptamins (DMT)** auf biopsychologische Parameter und therapeutische Implikationen", Medizinische Universität Graz, 2018	2018
19	Strassman, Rick: DMT: The Spirit Molecule, Park Street Press, 2000 https://www.zentrum-der-gesundheit.de/bibliothek/koerper/koerperfunktionen/zirbel-druese **(DMT, Dimethyltryptamin, Zirbeldrüse)** 2021	2021
20	https://de.wikipedia.org/wiki/Reinkarnationstherapie **(Reinkarnationstherapie)**	2024
21	https://www.anahana.com/de/breathing-exercise/tummo-breathing **(Tummo-Mönche**	2024
22	https://medlexi.de/Putamen **(Putamen)**	2024
23.1	https://afrika-junior.de/inhalt/kontinent/regionen/westafrika-und-der-sahel/die-dogon-das-geheimnisvolle-volk-in-westafrika.html **(Volk der Dogon | Dorfleben | Religion | astronomisches Wissen)**	2024
23.2	https://focusongeography.org/publications/articles/mali/index.html **(Die Dogon mit ihren Geisterwelten)**	2024
23.3	https://de.wikipedia.org/wiki/Dogon **(Dogon)**	2024
24.1	https://en.wikipedia.org/wiki/Hogon **(Hogon | Ho-Gon)**	2024
24.2	https://en.wikipedia.org/wiki/Toguna **(Toguna)**	2024
24.3	Griaule, Marcel: Schwarze Genesis (aus dem Französischen von Janheinz Jahn) Ein afrikanischer Schöpfungsbericht, Suhrkamp, Frankfurt am Main, 1980	1980
25	https://www.dsai.de/fileadmin/user_files/fachartikel/cfs_artikel_behrends_nl24.pdf	2024

CHROMOSOM

|---|---|---|
	(CFM | Chronisches Fatigue-Syndrom)	
26	https://mein.yoga-vidya.de/video/dvija-zweimal-geborener-hinduismus-w-rterbuch (Zweimalgeborene | Dvija)	2015
27	Temple, Robert K.G.: The Sirius Mystery: New Scientific Evidence of Alien Contact 5,000 Years Ago, Destiny Books, London, 1998 (Das Sirius Rätsel – Eine Verbindung der Dogon nach Ägypten)	1998
28	https://www.britannica.com/topic/sigui (Sigui-Fest)	2024
29.1	https://de.wikipedia.org/wiki/Weibliche_Genitalverst%C3%BCmmelung (Weibliche Genitalverstümmelung | engl. Female Genital Mutilation FGM)a	2024
29.2	https://www.europarl.europa.eu/topics/de/article/20200206STO72031/weibliche-genitalverstummelung-hintergrund-und-folgen (Weibliche Genitalverstümmelung: Hintergrund und Folgen)	2020
30	https://de.wikipedia.org/wiki/Tukdam (Tukdam)	2024
31	https://www.emi.fraunhofer.de/de/aktuelles/aktuelles-presse/freiburger-satellit-soll-raketenstarts-erkennen-.html (ERNST | Experimentelle Raumfahrtanwendung mit Nanosatelliten-Technologie)	2024
32	https://www.uibk.ac.at/theol/leseraum/bibel/offb8.html#11 (Offenbarung des Johannes, Kapitel 8), Universität Innsbruck	2023
33	https://de.wikipedia.org/wiki/Dreik%C3%B6rperproblem (Dreikörperproblem)	2024
34	https://de.m.wikipedia.org/wiki/Generation_Z (Zukunftskinder „Generation Z") 2021	2021
35	https://www.autistic-psychologist.net/post/autsensitiv-die-besondere-wahrnehmung-der-hochsensiblen-autistinnen (Inneres Mind-Map | autensitiv | hochsensibel und autistisch)	2023
36	Fotoarchiv Karsten Lehmann	2024
37	https://www.torproject.org/de/ (Tor-Projekt | Tor-Browser | Tor-Technologie)	2024
38	https://de.wikipedia.org/wiki/Sexagesimalsystem (Sexagesimalsystem)	2024
39.1	https://en.wikipedia.org/wiki/Nomoli_figurine (Nomoli)	2024
39.2	https://howandwhys.com/nomoli-figurines/ (Nomoli)	2024
39.3	Lamp, Frederick J.: House of Stones: Memorial Art of Fifteenth-Century Sierra Leone, Published online 14.08.2014 Article Online: https://www.collegeart.org/pdf/artbulletin/Art%20Bulletin%20Vol%2065%20No%202%20Lamp.pdf (Steinfiguren Nomoli)	2014
40	https://seenfeed.site/unprecedented-find-in-africa-a-stone-composed-largely-of-oxygen/ https://archaeology-world.com/stone-made-of-pure-oxygen-found-in-africa/ (Sky Stones)	2023 2020
41.1	https://www.britannica.com/science/parthenogenesis (Parthenogenese)	2024
41.2	https://de.wikipedia.org/wiki/Parthenogenese (Parthenogenese)	2024
42	https://www.weltderphysik.de/gebiet/teilchen/quanteneffekte/tunneleffekt/tunneleffekt-wie-durch-einen-unsichtbaren-tunnel/ (Quantentunnel | Quantentunneleffekt)	2023
43.1	https://de.wikipedia.org/wiki/Pyramiden_von_China (Pyramiden von China)	2024
43.2	https://www.ancient-origins.net/unexplained-phenomena/white-pyramid-xian-002470 (Weiße Pyramide in China)	2024
44	https://de.wikipedia.org/wiki/Verfassungskreislauf (Kreislauf der Verfassungen bei Polybios)	2021
45	https://www.mdpi.com/about/announcements/9565 (David Baker | Demis Hassabis | John Jumper | 2024 Nobelpreis Chemie)	2024
46	Roman Perezogin: Entropy - Wissenschaft Schnell Erklärt (YouTube Video): https://www.youtube.com/watch?v=uEHdvgR_9HE&t=2368s (W-Boson | Informationsträger der Quantenwelt)	2024
47	https://www.juraforum.de/lexikon/erbsuende Ursprüngliche Quelle: Satter, Erich: Lexikon freien Denkens, Angelika Lenz Verlag, Neu-Isenburg, 2010 (Erbsünde | Sündenfall)	2024
48	https://de.wikipedia.org/wiki/Me_(Mythologie) (ME | Sumerische Tafeln des Wissens und der Gesetze)	2024
49.1	Evans, M.J.: Zecharia Sitchin und der außerirdische Ursprung der Menschheit, AMRA Verlag Hanau, 2021	2021

49.2	https://thebooktree.com/m-j-evans-phd/ **(Marlene J. Evans, Ph.D.)**	2024
50	https://de.wikipedia.org/wiki/No-Cloning-Theorem **(No-Cloning-Theorem)**	2024
51.1	https://de.wikipedia.org/wiki/Epigenetik **(Epigenetik)**	2024
51.2	https://www.planet-wissen.de/natur/forschung/epigenetik/index.html **(Epigenetik | Mensch ist mehr als Summe seiner Gene)**	2024
52	https://de.m.wikipedia.org/wiki/Enki **(Sumerischer Gott Enki/Ea)**	2021
53	https://de.wikipedia.org/wiki/Monotheismus **(Monotheismus)**	2021
54	https://www.econstor.eu/bitstream/10419/248227/1/sais-cari-pb48.pdf **(Chinas Aktivitäten in Mali)**	2020
55	https://www.mdr.de/wissen/planet-neun-soll-fast-wie-die-erde-sein-und-gar-nicht-so-weit-entfernt-sein-102.html	2023
	https://de.wikipedia.org/wiki/Planet_Neun **(Planet Neun | Nibiru)**	2024

Danksagung

Die Wörter eines Buches sind wie Lichtpunkte am Nachthimmel, jeder von einem Feuer erhellt. Dieser Roman wäre nichts ohne jene Menschen, in denen auch eines der vielen kreativen Feuer brannte oder brennt und deren Gedanken mich auf verschiedene Arten zur vorliegenden Geschichte inspiriert haben.

Meiner lieben Frau Ines möchte ich ganz herzlich danken. Sie war es, mit der ich oft schon die ersten Ideen diskutieren durfte und die auch dieses Mal meine wichtigste Kritikerin war. Danke für dein Verständnis und die Geduld, auch weil uns dadurch oft Zeit für andere Dinge fehlte.

Ebenso gern danke ich unseren Töchtern Maja und Carolin, die wieder viel Zeit investierten, um sich mit dem Text zu beschäftigen. Die Sichtweise dieser Generation ist mir sehr wichtig, weil sie den größten Einfluss darauf hat, welchen Weg unsere Gesellschaft demnächst einschlagen wird.

Auf keinen Fall möchte ich vergessen, meiner Lektorin Elke Harms zu danken. Sie hat sich hartnäckig durch das Manuskript gearbeitet. Zwischendurch haben wir aber auch ausgiebige Hundespaziergänge genutzt, um das eine oder andere Detail zu diskutieren.

Natürlich möchte ich auch nicht versäumen, allen nicht einzeln aufgeführten Probelesern und Diskussionspartnern zu danken. Auch ihr Beitrag hat wesentlich zum Gelingen des Buches beigetragen.

Herzlichst
Karsten Lehmann

Der Autor

Karsten Lehmann (Jg. 1965) studierte Maschinenbau und ging später in die Informationstechnik. Mit seinen Büchern begibt er sich auf Zeitreisen und in Grenzbereiche der Wissenschaft, um den Spuren alter Zivilisationen zu folgen. Wie die Digitalisierung das Leben und die Verhaltensweisen verändert, spielt in allen Romanen eine Rolle. Lehmann konfrontiert uns auch mit der gezielten Manipulation unserer Psyche im Alltag. Seit den 1980ern beschäftigt sich der Autor mit Menschheits-Frühgeschichte und antiken Baustrukturen. Wie auch andere Zeitgenossen stieß er dabei  auf ein Paradoxon. Einige der ältesten kulturellen Hinterlassenschaften scheinen perfekter zu sein als jüngere. Auch die Suche nach den Geheimnissen dieser prähistorischen Epoche zieht sich durch seine abenteuerlichen Geschichten.

Besuchen Sie die Webseite des Autors: **www.karsten-lehmann-books.de**

Weitere Bücher von Karsten Lehmann

Das Eis der vergessenen Seelen
Paperback, 396 Seiten, ISBN 978-3-7578-9084-1
Wissenschaftsroman | Fiktion

*Mysterien, die sich nach geltender Geschichts-
schreibung nicht erklären lassen ...*

Der junge Archäologe Tony wird nach Indien geschickt,
wo rätselhafte Artefakte am Meeresboden gefunden
werden. Genauso rätselhaft ist die hübsche Dyani, die er
beim Tauchen kennenlernt.

Z-ALPHA: Die Spur des eisernen Drachen
Paperback, 396 Seiten, ISBN 978-3-7583-2008-8
Techno-Thriller | Fiktion

Der Ozean lässt keine Zeit für Angst!

Die amerikanische Navy wirbt Brian Wilson an. Als ausge-
bildetes Medium und Computerlinguist wird er zu einer
Marine-Einheit nach Deutschland geschickt. Bald muss er
erkennen, dass es bei dem Auftrag um Geheimnisse aus
alten asiatischen Texten geht.

MANUJA: Das verschwundene Wissen
Paperback, 440 Seiten, ISBN 978-3-7534-4197-9
Zeitreise-Fiktion

*Wer von den Geheimissen der Manujas weiß, lebt
gefährlich!*

Zwei Teenager teilen ein Geheimnis, doch sie leben in
verschiedenen Zeiten. Sie können ein Examen ablegen,
das ihnen den Weg zu unvorstellbarem Wissen öffnet.
Doch wenn sie sich dafür entscheiden, gibt es kein Zurück
mehr.

Scan mich!

www.karsten-lehmann-books.de